파우스트

파우스트

요한 볼프강 폰 괴테 | 정경석 옮김

& 문예출판사

Faust

Johann Wolfgang von Goethe

차례

장면 해설

드리는 말씀

《파우스트》를 60년에 걸쳐서 완성하는 동안 《파우스트》 초고를 미완성인 채 발표하여 친지들에게 낭독해주던 옛날을 생각하며, 원고가 완성된 이제 그들이 세상을 떠났거나 멀리 헤어져 있음을 쓸쓸히 회상하는 서정시다.

무대에서의 서언

《파우스트》를 상연하기 전에 실리주의적인 극장 지배인과 이상주의적인 전속 시인 그리고 관중을 웃기는 어릿광대가 각기 다른 입장에서 연극에 대한 의견을 말하고 있다. 괴테는 여기서 그의 문학관의 일부를 피력하고 있다.

천상의 서곡

《파우스트》는 이 천상의 서곡부터 시작한다. 천계를 다스리는 라파엘과 대지를 다스리는 가브리엘, 대기 중의 모든 현상을 다스리는 미카엘, 이 삼대천사들이 신의 창조를 찬양하고 있다. 여기에 메피스토가 등장하여 인간의 비참한 모습을 말한다. 주(主)는 그의 창조물인 파우스트를 메피스토에게 맡기면서 그를 유혹하여 지옥으로 타락시킬 수 있다면 해보라고 한다. 그러나 주는, 인간은 노력하는 한 결국에 가서는 구제되며, 다만 무한한 휴식을 바라는 인간에게 자극을 주기 위해서 악마에게 맡기고 있음을 파악할 수 있다. 이 〈천상의 서곡〉 속에 《파우스트》 전곡의 과정과 구제의 이념이 제시되어 있다.

비극 제1부

밤

부활제 밤에 파우스트는 그의 서재에 앉아 모든 학문의 무력함에 실망하고 천지의 비밀을 풀지 못함을 한탄한다. 그는 마술의 힘을 빌려 주문으로 지령(地靈)을 불러냈으나, 지령까지도 상대해주지 않는다. 이때 제자인 바그너가 잠옷 차림으로 나타나 무미건조한 학문 이야기를 끄집어낸다. 파우스트는 적당히 그를 응대하여 쫓아낸 뒤 드디어 자살을 기도한다. 막 독배를 입에 대려는 순간 부활제를 축하하는 새벽의 합창 소리가 들려와 늙은 파우스트는 어린 시절 추억을 떠올리고 젊은 생명의 힘을 다시 느끼며 독배를 손에서 떨어뜨린다.

성문 앞에서

화창한 부활제날 파우스트는 바그너를 데리고 산책을 한다. 남녀들이 즐겁게 춤을 추며 축제를 즐기고 있다. 노인은 파우스트에게 인사하며 술을 권하고 파우스트 역시 싱싱한 자연과 인생을 접한다. 그러나 그는 바그너에게 지식의 무용을 한탄하고 석양을 바라보며, 이 세상의 향락에 대한 집착과 높은 이념의 서계로 오르려는 마음의 갈등을 호소한다. 이 틈을 타서 어둠 속에 있던 메피스토가 검은 복슬개의 모습을 하고 파우스트의 서재까지 따라온다.

서재 (1)

파우스트는 마음속에 이성과 희망이 솟아올라 진정된 기분으로 신약성서를 독일어로 번역해보려고 한다. 이때 검은 복슬개 모습을 했던 메피스토가 정체를 드러내며 여행복 차림의 학생 모습으로 나타나 두 사람 사이에 문답이 시작된다. 이 장면에서 메피스토는 부정(否定)의 영으로서 자기의 본질을 설명한다. 메피스토는 서재 밖에 있는 영들에게 노래를 부르게 하여 파우스트를 잠들게 하고 그 사이에 문으로 빠져나간다.

서재 (2)

메피스토가 또 파우스트의 서재로 찾아온다. 여기서 파우스트와 메피스토는 처음으로 계약을 맺는다. 즉 메피스토는 파우스트의 하복(下僕)으로 봉사하여 환락을 맛보게 해주는 대가로 파우스트 사후의 영혼을 메피스토가 차지한다는 내용이다. 이때 대학 신입생이 하나 찾아와 학문의 방법에 대한 가르침을 받고자 한다. 메피스토가 파우스트를 가장하여 학생을 우롱한다. 여기서 오성이 발달한 현실주의자인 메피스토가 진면목을 발휘한다.

라이프치히의 아우어바흐 지하 술집

파우스트와 계약을 맺은 메피스토는 파우스트를 마법 외투에 태워 이곳으로 날아온다. 대학생들에게 마술을 써서 술을 마시게 하고 노래를 불러 주며 마음껏 우롱한 후 술통을 타고 도망을 친다.

마녀의 부엌

이미 50세가 넘은 파우스트가 이러한 소란에 만족할 리가 없다. 그래서 메피스토는 우선 파우스트를 젊어지게 하기 위해서 이곳으로 끌고 온다. 여기서 파우스트가 거울 속에서 미인을 발견하자 황홀해하는 모습을 보고 메피스토는 내심 회심의 웃음을 짓는다. 즉 파우스트를 미인으로 유혹할 수 있다고 자부한다. 마녀가 만든 약으로 파우스트는 20대 청년으로 되돌아가며, 메피스토는 후일 그에게 그러한 미인을 소개해주겠다고 약속한다.

길거리

파우스트는 교회에서 돌아오는 마르가레테를 보고 첫눈에 반하여 메피스토에게 그녀를 손에 넣게 해 달라고 조른다. 그리하여 메피스토는 그날 밤 그녀의 방으로 파우스트를 안내할 것을 약속한다.

저녁

마르가레테가 없는 사이에 파우스트와 메피스토가 그녀의 방에 들어가 보석 상자를 옷장 속에 넣고 나온다. 그러나 파우스트는 순결하고 청초한 그녀의 방 분위기에 감격한 나머지 본능적인 욕망을 후회하며 진심으로 애정을 느끼게 된다. 밖에서 돌아온 마르가레테는 옷장에서 보석 상자를 발견하고 깜짝 놀란다.

산책

마르가레테의 보석을 그녀의 어머니가 보고는 불순한 물건이라고 여겨 목사를 부른다. 그러나 상담만 했을 뿐인데 보석을 고스란히 목사에게 빼앗기자 파우스트는 분개한다. 파우스트는 또 새로운 선물을 하고 싶다고 메피스토에게 말한다.

이웃 여인의 집

마르가레테 이웃에 마르테라는 중년 부인이 살고 있었다. 마르가레테가 새로운 보석 상자가 또 발견됐다고 보여주러 온다. 그 자리에 메피스토가 마르테를 찾아와서 마르테의 남편이 이탈리아에서 죽었다는 이야기를 하면서 마르테를 유혹한다. 마르테는 남편의 사망 증명서를 입수하여 자유의 몸이 되고 싶어 한다. 메피스토는 자기 친구를 증인으로 세워서 증명서를 만들어주겠다고 그날 저녁, 집 뒤뜰에서 그녀와 만날 약속을 한다. 마르가레테에게도 미인이라고 칭찬하며 자기 친구도 훌륭한 사람이니 꼭 오늘 저녁에 오라고 당부하자 그녀는 매우 수줍어한다.

길거리

메피스토는 파우스트에게 사망 증명서의 증인이 되라고 한다. 그러나 파우스트가 거짓 증인은 싫다고 하자 메피스토는 사랑 때문이라면 거짓말이라도 해야 하지 않느냐고 몰아붙인다.

정원

파우스트는 마르가레테와, 메피스토는 마르테와 서로 팔짱을 끼고 정원을 산책한다. 마르가레테와 파우스트는 꽃잎으로 점을 치며 서로 사랑을 고백한다. 마르테는 메피스토의 유혹에 넘어가 진심으로 메피스토에게 달려든다.

정자

마르가레테는 파우스트의 손을 뿌리치고 정자 속에 숨는다. 파우스트가 뒤쫓아와서 키스한다. 마르테와 메피스토가 밤이 늦었으니 돌아가자고 하여 두 사람은 섭섭하지만 헤어진다.

숲과 동굴

마르가레테를 사랑하는 파우스트는 잠시 깊은 숲 속에 들어가서 자연 속에 파묻혀 명상에 잠긴다. 메피스토 때문에 자신이 향락과 욕망을 갈망하게 되었다고 탄식한다. 그때 메피스토가 나타나 파우스트가 도망친 줄로 알고 마르가레테가 비탄에 젖어 있다고 충동한다. 파우스트의 마음은 또다시 불타올라 마르가레티와 운명을 함께해도 좋다고 마음먹는다.

그레첸의 방

한편 그레첸(마르가레테의 애칭, 이후 그레첸이란 이름을 쓰고 있다)은 자나깨나 애인만을 생각하면서 물레를 돌리며 노래를 부른다.

마르테의 정원

마르테의 정원에서 파우스트는 그레첸과 다시 만난다. 그레첸은 파우스트에게 메피스토는 기독교인이 아닐 것이라면서, 그의 얼굴만 봐도 몸서리가 쳐진다고 말한다. 그녀는 드디어 파우스트의 소원을 들어주기로 하고 수면제가 담긴 약병을 받는다. 그날 저녁 음식에 수면제를 넣어 어머니를 잠에 빠지게 하고 문을 잠그지 않아 파우스트가 방에 들어갈 수 있도록 하여 두 사람은 드디어 육체 관계를 맺는다.

우물가에서

그레첸의 사랑은 더욱 열을 올린다. 그런데 우물가에서 물을 긷다가 친구에게서 이웃 처녀가 임신한 채 애인에게 버림받았다는 이야기를 듣고는 남의 일 같지 않아 가슴을 졸인다.

성벽 안쪽 통로

그레첸이 성벽에 마련된 벽감 속 고난의 성모상에 꽃을 꽂으며 이미 순결을 잃은 자신의 고뇌를 기도한다.

밤

병역에 나간 그레첸의 오빠 발렌틴은 언제나 귀여운 누이동생을 자랑하고 있었다. 그러나 그 누이동생에 대한 좋지 못한 소문만 들려온다. 어느 날 저녁, 집 앞의 거리에 나가 있으려니까, 파우스트와 메피스토가 창가에 와서 기타를 치며 누이동생을 유혹하려고 한다. 분격한 발렌틴은 칼을 빼들고 두 사람에게 덤벼들었으나 파우스트의 칼에 찔려 죽고 만다. 파우스트와 메피스토는 도망 치고 발렌틴은 숨을 거두며 누이동생의 부실(不實)을 저주한다.

성당

그레첸의 오빠가 죽는 동시에 수면제를 과도하게 마신 어머니도 세상을 떠난다. 성당에서는 이 두 사람을 위한 미사가 올려진다. 그레첸은 오르간과 합창 소리를 들으면서 자기의 죄를 책하는 악령에게 시달려 여러 사람 앞에서 졸도하고 만다. 악령은 어머니와 오빠의 죽음이 그녀의 죄라는 사실뿐만 아니라, 뱃속에 있는 죄의 씨앗도 문책한다.

발푸르기스의 밤

메피스토는 그레첸의 비참한 운명을 숨기려 파우스트를 발푸르기스 밤의 마녀들의 환락제로 끌고 가서 관능적인 정욕으로 그를 사로잡으려고 하지만 파우스트는 그레첸을 결코 잊지 못한다. 발푸르기스의 밤은 5월 1일 전야에 마녀들이 하르츠의 브로켄산(山)에 모여서 발광하는 축제다.

흐린 날

파우스트는 그레첸의 운명을 알고 메피스토를 몰아붙인다. 그레첸은 파우스트의 아이를 낳아 물에 던져 죽이고 감옥에 갇혀 있다. 파우스트는 어떻게 해서든지 그녀를 구해낼 결심을 한다. 파우스트는 메피스토를 재촉하여 마법의 말을 타고 감옥으로 달려간다.

밤

두 사람은 흑마를 타고 돌아온다.

감옥

메피스토의 힘을 빌려 간수의 정신을 잃게 하고 열쇠를 빼앗은 파우스트는 그레첸이 있는 곳까지 온다. 그러나 정신이 산란한 그녀는 사랑하는 파우스트까지 형리로 착각한다. 차마 눈으로 볼 수 없는 그녀의 비참한 상태를 보고 눈앞이 캄캄해진 파우스트는 애정을 다하여 그녀의 이름을 부른다. 잠시 그녀의 마음속에 그리운 남자의 음성이 떠올랐으나 이내 어머니와 오빠의 죽음, 그리고 죽은 어린아이의 환각이 떠올라 파우스트가 아무리 끌어내려 해도 소용이 없다. 그러는 동안에 시간은 흘러 메피스토가 더 늦으면 생명이 위험하다고 알린다. 메피스토는 그녀가 벌을 받았다고 하는데, 그때 천상에서는 구제되었노라고 들려온다. 파우스트는 메피스토에게 이끌려 그레첸을 옥중에 남긴 채 감옥에서 빠져 나간다.

비극 제2부

제1막
풍취 좋은 지방

제1부에서 그레첸을 감옥에 버려두고 온 파우스트는 심신이 피로하여 아름다운 풍경의 알프스 숲 속에 누워 있다. 위대한 자연 속에서 마음의 상처를 치료한다. 요정의 노랫소리에 그는 애욕의 병에서 벗어나 마음이 진정되며 싱싱한 생명력이 솟아오른다.

황제의 궁성

메피스토가 파우스트에게 애욕의 세계를 보이려고 끌고 온 곳이다. 이 제국은 국정 전반에 걸쳐 곤궁에 빠져 있었다. 황제는 향락만을 일삼았으며, 신하들은 허영의 무리이고 군기는 문란하여 국법은 권위를 잃고 재정은 파탄 상태에서 허덕이고 있었다. 이리하여 황제는 죽은 어릿광대 대신에 메피스토를 채용하여 어전 회의에서 그의 의견을 채택한다. 메피스토는 지하에 막대한 재물이 매장돼 있어 그것을 파내는 자가 현자라고 설득한다. 그리하여 천문학자의 입을 통해서 황제에게 우선 가장무도회를 개최하라고 권한다. 이 틈을 타서 파우스트를 궁중에 끌어들여 일을 벌이고자 한다.

옥좌가 있는 황실

궁정인이 총동원되어 소동을 벌이며 파우스트는 부의 신 플루투스로 가장하고 메피스토는 말라 빠진 사람으로 분장하여 일대 소동을 벌인다.

유원지

가장무도회 다음 날 대신들이 황제를 알현한다. 재상이 황제에게 한 증서를 내보인다. 그것은 지하의 보물을 담보로 발행한 지폐로, 황제가 가장무도회 때 정신 없이 메피스토의 계략에 넘어가서 서명한다. 그 지폐를 하룻밤 사이에 수천 매나 인쇄하여 모든 지불을 완료한다. 국내는 환희에 넘쳤고 황제는 메피스토와 파우스트의 지혜와 공훈을 치하하며 더욱 신임하게 된다.

어두운 복도

황제는 이번에는 파우스트에게 세계 제일의 미남 미녀인 파리스와 헬레네를 보고 싶다고 한다. 파우스트는 메피스토를 믿고 승낙하지만 북구의 메피스토에게는 인연이 없는 그리스 사람이라 그도 곤궁에 빠진다. 그러나 메피스토는 파우스트에게 한 방법을 가르쳐준다. 메피스토는 파리스와 헬레네를 불러오려면 우선 '어머니 나라'에 내려가서 거기에 있는 삼발이 향로를 가져와야 한다며 파우스트에게 열쇠를 준다. '어머니 나라'란 일체의 창조물이 될 것들이 환상으로 존재하는, 공간도 시간도 없는 영원히 공허한 장소다. 메피스토는 열쇠로 향로를 부딪치면 향이 올라오며 향로 속에서 여신이 나타난다고 말한다. 파우스트는 열쇠를 가지고 '어머니 나라'로 내려간다.

밝게 불이 켜진 방들

파우스트가 파리스와 헬레네를 데리러 간 사이에 궁중의 부인들과 시동들이 메피스토에게 각자 자신의 고통을 호소하고, 메피스토는 적당한 해결 방법을 그들에게 일러준다.

기사의 홀

황제와 궁신들이 파리스와 헬레네를 보려고 기다리고 있다. '어머니 나라'에서 돌아온 파우스트는 열쇠를 향로에 부딪친다. 검은 연기가 사방에 자욱하게 퍼지고 그 연기가 걷히더니 그 속에서 미소년인 파리스가 나타난다. 파리스는 잠이 들어 있다. 이번에는 고대 그리스의 미의 전형인 헬레네가 파리스에게 다가가서 키스한다. 파우스트는 헬레네를 보고 그 아름다움에 감탄한 나머지 헬레네를 잡으려고 달려든다. 그러나 그 순간 열쇠가 파리스의 몸에 닿자 폭발이 일어나, 미남 미녀의 모습은 온데간데없이 사라지고 파우스트는 그 자리에 쓰러지고 만다.

제2막
높고 둥근 천장의 고딕식 좁은 방

쓰러진 파우스트를 업고 메피스토는 옛 서재로 다시 돌아온다. 모든 것이 그대로 남아 있다. 제자 바그너는 이미 교수가 되어 있고 메피스토가 골려먹은 신입생은 신진 학자가 되어 주관적 관념론을 떠들어대고 있다.

실험실

제자 바그너는 인조 인간 실험에 몰두하고 있었는데 마침 메피스토가 왔을 때 드디어 성공한다. 병 속에서 소인(小人) 호문쿨루스가 탄생한다. 총명한 소인은 메피스토에게 말을 걸어오며 옆방에서 자고 있는 파우스트가 무슨 꿈을 꾸는지 메피스토에게 보고한다. 실신한 파우스트를 소생시키려면 그리스로 데리고 가는 수밖에 없다. 그리하여 메피스토와 호문쿨루스는 잠든 파우스트를 마법 외투에 태워 그리스 최고의 전설 발상지인 테살리아의 파르살루스로 날아간다. 호문쿨루스가 병 속에서 빛을 내며 하늘의 길을 안내한다.

고전적 발푸르기스의 밤

제1부에 나오는 브로켄산의 발푸르기스의 밤과는 대조적으로 쓰였다. 파르살루스에 끌려와 잠에서 깨어난 파우스트는 거기에 모인 요귀들 사이에서 헤매며 헬레네를 찾아다닌다.

페네이오스강 상류

파우스트와 메피스토는 페네이오스 강변을 헤매며 스핑크스 등에게 헬레네의 소재를 묻지만 알 수가 없다. 그러나 인수마신(人首馬身) 케이론에게 물으면 알 수 있으리라고 한다.

페네이오스강 하류

이번에는 페네이오스 강 하류로 간다. 물에서 놀던 님프가 말굽 소리가 들려온다고 한다. 그곳에 달려온 케이론을 세워 태워달라고 한다. 케이론에 올라탄 파우스트는 케이론에게 고대 그리스의 영웅들 이야기를 끄집어낸다. 이리하여 최고의 미인 이야기가 나오자 케이론은 헬레네를 태운 일이 있다고 한다. 그 말을 듣고 파우스트가 열광하자 케이론은 만토에게 파우스트를 내려놓고 엽초의 힘으로 병을 고쳐주라고 한다. 만토는 파우스트를 받아 올림포스의 하계(下界)의 여왕 페르세포네에게 데리고 가서 헬레네를 데려갈 수 있도록 부탁해보자고 한다.

페네이오스강 상류

그동안 메피스토는 근방의 이상한 무리들 사이를 걸어다니고 있었다. 지진의 신이 지하에서 요동을 하더니 큰 산을 만들어놓았다.

지진으로 갈라진 바위 틈에서 황금이 보였다. 메피스토는 이곳저곳에서 요귀들과 이야기를 나누며 그들을 놀려 대곤 한다. 드디어 메피스토는 세 사람이 한데 엉겨붙어 눈 하나와 이빨 하나밖에 가지고 있지 않는 추녀 포르키스 중 하나로 모습을 바꾼다.

에게해의 바위로 된 후미

한편 인조 인간 호문쿨루스는 수성론자(水成論者) 탈레스를 따라 바다의 신 프로테우스 집으로 간다. 프로테우스는 작은 일에서 시작하여 점점 커지면서 큰 일을 하려면 넓은 바다로 가야 한다고 한다. 그리하여 세 사람은 에게 해로 나가 바다의 축제를 구경하기로 한다. 달빛이 비치는 해상에 온갖 해신들과 요귀들의 행렬이 지나간다. 프로테우스는 호문쿨루스를 등에 태우고 해신 갈라테이아의 조개 마차에 접근한다. 호문쿨루스는 좋아하며 더욱 빛을 내보이지만 수레에 부닥쳐 산산이 흩어지고 생명의 불은 바닷속으로 흘러가고 만다.

제3막
스파르타에 있는 메넬라오스 왕의 궁전 앞

파우스트가 만토의 안내로 하계의 여왕 페르세포네에게 가서 헬레네를 한 번만 더 데리고 가겠다고 한 청원이 이루어져 헬레네는 다시 이 세상으로 돌아온다. 지상에 돌아온 헬레네는 메넬라오스 왕 궁전 앞에 서 있다. 헬레네의 부친은 그녀의 남편으로 항해자인 메넬라오스를 택했으나 남편이 없는 사이에 헬레네는 파리스의 유혹을 받는다. 이리하여 헬레네를 되찾으려는 트로이 전쟁이 일어난다. 헬레네는 다시 남편의 성으로 돌아오게 되는데 남편인 메넬라오스 왕보다 한 발 앞서서 돌아온다. 그런데 궁전에는 추악하고 말라 빠진 시녀 포르키스의 모습으로 변장한 메피스토가 기다리고 있다. 앞서 헬레네는 돌아가 희생의 제단을 준비하라는 남편의 명령을 받았지만 희생의 제물이 무엇인지는 모르고 있다. 포르키스는 모든 준비가 완료되었다고 알리며 제물은 다름아닌 헬레네라고 말한다. 그러는 동안에 메넬라오스 왕이 돌아오는 나팔 소리가 들려온다. 헬레네는 살 길을 찾는다. 포르키스는 메넬라오스 왕이 없는 사이에 헬레네에게 스파르타 북방 산간에 성을 쌓은 이민족의 성주에게로 가면 살 수 있다고 말해 헬레네와 시녀들을 성주인 파우스트에게 데리고 온다.

성 안뜰

성에 도달하니 파우스트가 중세기의 궁정복 차림으로 헬레네를 맞는다. 눈이 밝은 탑지기가 눈부신 헬레네의 모습에 당황하여 미처 그녀의 도착을 알리지 못해 벌을 받는다. 파우스트는 헬레네를 여왕으로 추대하여 행복을 누린다. 그러자 헬레네의 남편 메넬라오스 왕이 대군을 이끌고 공격해온다. 그러나 용감한 파우스트의 부하들이 퇴각시키고 만다. 헬레네와 결혼한 파우스트는 멀리 떨어진 낙원 아르카디아에서 행복하게 생활한다. 그들 사이에 오이포리온이란 아들이 태어났다. 이 아들은 너무나 조숙하여 여기저기 뛰어다니고 뛰어오르고 하여 부모의 근심거리가 된다. 그리스가 야만족을 상대로 벌인 독립 전쟁을 몸소 체험하려고 공중으로 날지만 깊은 산골에 떨어져서 죽고 만다. 지하에서 어머니를 부르는 오이포리온의 목소리를 듣고 헬레네도 옷과 면사포만 파우스트에게 남긴 채 하계로 다시 돌아가버리며 포르키스도 다시 메피스토의 본래 모습으로 돌아간다.

제4막

고산련봉

헬레네를 잃은 파우스트는 구름을 타고 그리스에서 다시 독일의 높은 산정으로 돌아온다. 파우스트는 구름이 헬레네로도 보이고 그레첸으로도 보여 아름다운 추억에 잠긴다. 파우스트는 메피스토에게 인간의 지혜로 바다를 정복하고 싶다는 욕망을 피력한다. 즉 바닷물을 몰아내고 광대한 해안 일대에 인민을 위한 자유의 신천지를 건설하겠다는 포부였다. 때마침 악정에 견디다 못 해 반란이 일어나 전쟁이 시작된다. 파우스트는 메피스토의 힘을 빌려 황제를 도와 승리를 얻게 한다. 그리하여 전공(戰功)에 대한 보상으로 해안 일대의 토지를 얻자고 한다.

앞산 위에서

여기서는 황제가 진을 치고 있다. 파우스트와 메피스토가 가담하나 처음에는 싸움에 진다. 그러나 메피스토가 총지휘자가 되어 물로 마술을 부려 큰 승리를 얻는다.

반역 황제의 천막

적의 반역 황제가 도망을 치고 그곳에 승리한 황제가 나타나 여러 신하들을 임명하고 국토를 분배한다. 파우스트도 자기가 원했던 해안 일대의 토지를 받는다.

제5막

확 트인 지방

파우스트는 해안 일대를 메워 신천지를 건설하고 궁성도 짓는다. 그런데 옛 해안 언덕 위 판잣집에는 필레몬과 바우치스 노부부가 살고 있었으며 새로운 토지를 주어도 이사하기를 싫어한다.

궁전

파우스트도 이제는 늙었다. 궁전을 짓고 자유민을 위해서 신천지를 개척하는 동안에 메피스토는 해외에서 이국의 보물을 들여온다. 파우스트는 언덕 위 보리수나무 옆에 있는 오막살이 집터로 옮겨 자기가 건설한 국토를 내려다보고 싶어 하나 필레몬과 바우치스 노부부는 말을 듣지 않아 메피스토에게 그들을 철거시키도록 한다.

깊은 밤

메피스토의 난폭한 행동으로 노부부와 함께 있던 나그네는 죽고, 오막살이와 예배당은 불에 타서 없어진다.

한밤중

파우스트는 메피스토의 난폭한 행동에 책임을 느끼고 괴로워한다. 불탄 자리에서 네 명의 회색 여인이 연기 사이로 나타난다. 즉 부족, 죄악, 우수, 곤란이란 이름을 가진 여인들이다. 우수의 여인을 제외한 다른 여인들은 되돌아갔으나 우수의 여인만은 집 안으로 들어와 이미 확고한 신념을 지닌 파우스트의 마음을 흔들어놓으려 하나 실패한다. 그는 이미 모든 체험과 생활을 통해서 신을 인식하는 경지에 이른 터였다. 화가 난 우수의 여인은 파우스트 얼굴에 독을 뿜어 파우스트는 실명하게 된다.

궁전 앞 넓은 뜰

실명한 후에도 파우스트는 차근차근 인민들이 자유롭게 살 수 있는 낙원을 건설해나간다. "인민들이 자유롭게 사는 것을 볼 때는 '멈추어라, 참 아름답다' 하고 외치는 순간을 맛볼 수 있을 것이다"라는 말을 남기고 파우스트는 최후를 고한다.

매장

메피스토는 파우스트의 무덤을 판다. 파우스트의 죽음을 자기의 승리로 착각한 메피스토가 계약대로 파우스트의 영혼을 차지하려고 한다. 부하 악마들을 동원하여 파우스트의 사체에서 영혼이 뛰쳐나오는 순간 영혼을 잡으려고 기다리고 있다. 그때 천국에서 노랫소리가 들려온다. 천사들은 장미꽃을 뿌리면서 다가온다. 메피스토는 악마들을 지휘하여 파우스트의 영혼을 빼앗기려 하지 않는다. 그러나 하늘에서 떨어지는 장미꽃은 불덩어리처럼 뜨거워 악마들의 몸을 태워버리고 평소 호색한인 메피스토는 아름다운 천사에게 정신이 팔린다. 그 사이에 천사들은 파우스트의 영혼을 안고 하늘 높이 올라간다. 영혼을 빼앗긴 메피스토는 혼자 남아 냉소할 뿐이다.

심산유곡

여기는 세 사람의 신성한 은사가 살고 있는 산정이다. 하늘 높이 파우스트의 영혼을 날라 가는 천사들이 나타난다. 신의 구제를 받은 아이들의 무리와 속죄하는 여인들이 나타난다. 그중에는 전에 파우스트의 애인이었던 그레첸이 나타나 성모에게 파우스트의 영혼을 위하여 은총을 탄원한다. 그리하여 영원한 사랑의 상징인 영원한 여성에게 인도되어 그의 영혼은 높이높이 올라간다. 여기서 인간의 끊임없이 노력하는 마음은 드디어 하늘과 신과 합치한다.

주요인물

제1부

파우스트 16세기의 전설적인 마술사, 학자. 끊임없는 인생 탐구자
　　　　　지식에 절망하고 사랑에서 삶의 보람을 찾는다.

메피스토펠레스 파우스트 전설의 악마. 파우스트의 길동무가 되어 그의
　　　　　영혼을 빼앗으려 한다.

바그너 파우스트의 제자로 실리주의자

마르가레테 (또는 그레첸) 순진하고 불쌍한 소녀

마르테 그레첸의 이웃 여자로 중매쟁이 노릇을 한다.

발렌틴 그레첸의 오빠. 군인

제2부

파우스트 미(美)와 행위(行爲)의 단계를 체험하고 승천한다.

메피스토펠레스 추악한 마녀 포르키스로 변신한다.

황제 이름이 없고, 향락을 즐기는 호걸

바그너 제1부에서는 학생이었지만 대학자가 되어 있다.

헬레네 그리스의 이상적인 미인. 파우스트와 결혼한다.

파우스트

비극

- 본문의 주석은 모두 옮긴이 주다.
- 시행의 번호는 원서를 따랐다. 발언자가 바뀌어도 하나의 시행으로 처리되는 경우는 원문에 따라 들여쓰기로 구분했다.
- 문장 부호 '—'는 줄표가 아니라 희곡에서 배우가 호흡을 끊고 잠시 생각한 후 다음 대사를 이어가도록 지시하는 '생각줄'로 쓰였다.

드리는 말씀[*]

그 옛날 한때 내 흐린 눈에 나타났던 어렴풋한 모습들^{**}이여,
그대들이 다시 가까이 다가오는구나.
이번에는 기어이 그대들을 붙잡을 수 있을까?
내 마음은 아직도 그 옛날의 환상에 끌리는 것일까?
그대들이 몰려오는구나. 그러면 좋다, 안개와 아지랑이 속에서   5
내 주위에 나타나 마음대로 해보라.
그대들을 감싼 요염한 숨결에,
내 마음은 젊어지고, 두근거림을 느낀다.

그대들은 즐거웠던 날의 모습을 일깨우며,

---

* 뮤즈의 여신에게 바치거나 작가의 보호자에게 바치는 말이지만, 여기에서는 괴테가 일반 독자들에게 자신의 생생한 감회를 말하고 있다.
** 단편《파우스트》를 발표한 무렵에는 작품에 나오는 모든 인물의 성격이나 행동이 아직 명백한 모습을 띠지 못했음을 가리킨다.

수많은 사랑스러운 모습*이 떠오르게 하는구나.   10
첫사랑과 우정이 함께 떠올라
반쯤 잊었던 옛이야기와도 같이,
고통은 새로워지고 슬픔은 지난날 더듬던
인생의 혼란한 미로를 헤매며,
행복에 눈이 어두워 아름다운 시간을 잃고   15
내 앞에서 사라져 간 좋은 친구들의 이름을 불러본다.

처음에 나의 노래를 들어주던
그들은 이제 나의 다음 노래를 듣지 못하게 되었으며
정다웠던 모임도 흩어지고 말았다.
아아, 처음에 울렸던 반향(反響)도 사라지고   20
나의 노래는 낯선 무리에게만 울리게 되었구나.
그들의 박수갈채까지도 내 마음을 두렵게 하는구나.
나의 노래를 듣고 즐거워할 친구들이 아직 살아 있기는 하나,
이제 이 세상 방방곡곡 흩어져 헤매고 있다.

저 고요하고 엄숙한 영(靈)들의 나라에 대한 그리움에   25
이제 나는 다시 사로잡히는구나.
나의 속삭이는 노래는 아이올로스의 수금(竪琴)**과도 같이
가냘픈 소리를 내며 바람에 스쳐 가니

---

*   이미 세상을 떠난 사람들, 다시 말하면 아버지, 누이동생 코르넬리아, 친구 메루
       크나 렌츠 등을 말한다.
**   그리스 바람의 신 아이올로스가 바람의 강약에 따라 미묘한 음이 나도록 만든 고
       대 악기

마음이 서늘하고 눈물이 흐른다.
굳은 마음이 부드러워지는 것 같고
눈앞에 있는 것이 아득히 보이며,
사라진 것이 다시 살아나는구나.

30

무대에서의 서언*

단장, 전속 시인, 어릿광대.

단장**   그대들 두 사람은 여러 차례나,

고난과 역경 속에서 나를 도와주었지만

독일 각지에서 상연할 이번 공연이,   35

성공할는지 말을 좀 해보게나.

많은 손님을 즐겁게 해주기를 나는 열렬히 소망하네.

더구나 사람들은 자기도 재미를 보고 남에게도 재미를 보여주고

싶어 하는 법이지.

벌써 기둥도 섰고 판자도 둘러 세웠으니,

---

*   이 서언은 괴테가 인도의 희곡《산크란탄》의 번역을 읽고 모방해서 썼다고 한다.

**   18세기 말경 독일에는 극장다운 극장이 거의 없었기 때문에 극단은 유랑하면서
       막사를 짓고 공연했다. 단장이란 그런 극단을 조직한 흥행사이기 때문에 그의 연
       극관도 저속한 관객의 구미에 맞추어 돈벌이를 하자는 것뿐이었다.

이젠 누구나 잔치가 벌어지기만 기다리고 있네   40
손님들은 벌써 눈썹을 치켜세우고 앉아 있고
깜짝 놀라게 해주기만 기다리고 있네.
나도 관중들의 마음을 구슬릴 줄은 알지만,
이번처럼 당황한 때는 이제껏 없었네.
하긴 그자들이 늘 걸작만 보아온 것은 아니지만,   45
사실 읽은 것이 많단 말일세.
어떻게 모든 것을 새롭고 신기하고,
게다가 뜻깊고 마음에까지 들게 할 수 있겠는가?
물론 초만원을 이루는 것을 보고 싶고
구경꾼이 물결치듯 우리 가설극장에 몰려들어,   50
고래고래 아우성을 치며 밀치며 밀려나고,
그 비좁은 은총의 문*에 들어가려고 법석을 떨며,
네 시도 안 된 대낮부터 벌써
서로 부딪치며 매표구에 몰려들어
흉년에 빵집 문 앞에서 소동이 나듯   55
표 한 장을 위해서 목이 부러질 지경이 된다면 얼마나 좋겠나.
그러한 기적을 각계각층의 구경꾼들에게 나타낼 수 있는 사람은
오직 시인뿐일세. 여보게, 이번에 그렇게 좀 해보게나.

시인**　　아, 제발 그 가지각색의 난잡한 무리들 말씀은 마십시오.
그들을 보기만 해도 시인들의 정신은 날아가버립니다.   60
자기도 모르게 우리들을 소용돌이 속으로 밀어 넣는

---

*　　성경의 "좁은 문"에서 나온 말로 극장을 가리킨다.

**　　시인은 상연될 각본을 짜는 것이 주된 임무로 항상 전속으로 따라다니기는 하지
　　만, 흥행을 목적으로 하는 단장과는 달리 연극을 포에지(poésie)라고 주장한다.

그런 들끓는 오합지졸은 보이지 않게 해주십시오.
제발 나를 고요한 천국의 한구석으로 데려다주십시오.
거기서만이 시인의 순수한 기쁨이 꽃핍니다.
거기서만이 사랑과 우정이 성스러운 손길로   65
우리들 마음의 축복을 창조하고 길러냅니다.

아! 여기 우리들의 가슴 속 깊이에서 솟아나는 것,
그것을 입술은 수줍은 듯 더듬어봅니다.
때로는 그르치고 때로는 잘되기도 하지만
그것도 무서운 찰나의 힘이 용서 없이 삼켜버리고 맙니다.   70
몇 해를 두고 고생을 거듭한 후에야 비로소
완성된 모습으로 나타날 때도 있습니다.
황홀하게 번쩍이는 것은 순간을 위해서 태어나고,
참된 것은 후세에까지도 길이 남는 법입니다.

어릿광대* 제발 그 후세란 말만은 듣고 싶지 않습니다.   75
가령 나 같은 것이 후세를 운운한다면
도대체 그 누가 이 세상 사람들을 즐겁게 해줄 수 있나요?
그들도 역시 재미를 보고 싶으며 또 그래야 하겠지요.
어쨌든 훌륭한 젊은 배우가 한 사람이라도 있다는 것은
그것만으로도 이미 상당한 의의가 있다고 봅니다.   80

---

*   어릿광대는 작중 인물이나 사건과는 별로 관계가 없고, 무대에 나타나서 관객을
    웃기는 역을 맡고 있다. 그는 배우의 입장에서 독자적인 연극관을 말하는데, 여
    기서도 괴테의 연극관의 일면을 엿볼 수 있다. 괴테는 모든 면에서 독일의 연극을
    분석, 비판하고《파우스트》에서 자신의 포부와 주장을 입체적으로 해결하려고
    한다.

사람들을 즐겁게 해주는 기술을 지닌 인간은,

대중의 심술쯤은 화를 내지 않습니다.

물론 손님은 많을수록 좋겠지요.

그래야 더욱 확실하게 흥을 돋울 수 있으니까요.

그러니 당신도 솔직히 훌륭한 솜씨를 보여주십시오.　　　　　85

공상(空想)에다 모든 노래를 붙여 들려주시오.

그 이성과 지성과 감정과 열정 같은 것 말이죠.

하지만 익살도 잊지 말고 들려주도록 정신을 차리시오.

단장　　　그러나 무엇보다도 많은 사건*이 일어나게 하시오.

손님들은 구경하러 올 것이고, 보는 것을 무엇보다 좋아하니까요.

　　　　　　　　　　　　　　　　　　　　　　　　　　　　　90

눈앞에 여러 사건이 줄줄 풀려나와, 손님들이 놀라서 입을 벌리게

만 해주구려.

그러면 그대들은 관중들의 마음을 사로잡았다고 할 수 있고,

대단한 인기 작가가 되겠지.

수(數)는 양(量)으로 이기는 수밖에 없네.　　　　　　　　　95

그러면 그 속에서 필경 누구나 무엇인가를,

많이만 내놓으면, 많은 사람이 얻어 가는 걸세.

그러면 누구나 만족스러워하며 돌아갈 걸세.

한 가지를 내놓아도 여러 개로 조각을 내도록 해주게.

그런 요리쯤은 쉽게 해낼 수 있을 테지.　　　　　　　　100

쉽게 생각해 내 쉽게 늘어놓을 수 있지 않은가.

---

* 　당시 독일 연극에 대한 비판이 담겨 있다. 흔히 대사극이라 불리는 정략극 같
　　은 것이 유행했으며, 레싱도 "독일 비극은 프랑스의 고전극에 더 많은 것을 늘어놓
　　고 싶어 한다"라고 말했다.

완전한 것을 통째로 내놓는다 해도 그게 무슨 소용인가.

어차피 구경꾼은 발기발기 뜯어버릴 걸세.

시인　　　그러한 잔재주가 얼마나 나쁜 짓이며 또 그것이

진정한 예술가에게는 얼마나 부당한 짓인지 당신은 모르나요.　105

그러한 잔재주만이, 훌륭한 엉터리 선생들의 장난이

내가 보건대 그대들에게는 원칙이 되어버린 것 같군요.

단장　　　그러한 비난쯤엔 꼼짝도 안 하지.

한번 제대로 일을 해보겠다는 자라면,

제일 좋은 도구*를 소중히 여길 줄 알아야 하네.　　　　　　　110

생각 좀 해보게, 그대는 연한 나무를 뻐개는 일을 맡고 있는 것
일세.

도대체 어떤 친구들을 상대로 쓰고 있단 말인가.

어느 놈은 지루한 나머지 구경 오는가 하면,

산해진미에 배가 차 지쳐서 오는 자도 있는가 하면,

제일 몹쓸 구경꾼은 신문을 읽다가 질려서 오는 자들이라네.　115

마치 가장무도회에라도 가듯이 멍청히 달려오는 자도 있고,

또 호기심이 생겨 오는 놈들도 있단 말일세.

여자들은 화려하게 단장한 제 꼴을 구경시켜주며

보수도 안 받고** 연극을 함께 해주는 셈이지.

도대체 그대는 그대들 시인의 천국에서　　　　　　　　　　　120

무슨 꿈을 꾸고 있단 말인가?

그러면 극장이 터지도록 만원이 된 객석을 즐거워하는 것은 웬일

---

*　　힘 안 들이는 간단하고 확실한 방법

**　　오비디우스의 말, "그녀들은 구경하고 또한 구경시키기 위하여 와준다"에서 온
　　　말이다.

인가?

그 관객들을 가까이서 자세히 보게나!

그들은 반은 냉담하고 반은 설익은 상판들이라네.

연극이 끝나면 카드놀이를 하자고 하는 자가 있는가 하면,　　　125

여자 품에 안겨 광란의 밤을 지내려는 자도 있다네.

그런 자들을 상대로 그 상냥스러운 뮤즈의 여신을 그다지도 괴롭

히려* 하다니,

어리석기 짝이 없지 않은가?

그대에게 일러두거니 다만 많이만 늘어놓게, 많이 늘어놓기만 하

란 말일세.

그러면 절대로 목적한 바에서 벗어나지는 않을 걸세.　　　130

사람들을 얼떨떨하게 만들기만 하면 된단 말일세.

인간을 만족시키기란 어려운 일이란 말일세.

아니 왜 그러나? 신이 나나? 아니면 괴로운가?

시인　　　딴 곳에서 딴 종놈이라도 찾아보시구려.

명색이 시인이란 자가 자연이 베풀어 준 최고의 권리를,　　　135

인간의 그 권리를 당신 때문에,

무심하게도 장난처럼 버리라는 거요!

무엇으로 시인은 모든 인간의 심금을 울리는 것일까요?

무엇으로 수·화·풍·토(水·火·風·土)의 네 큰 요소를 이겨낼 수 있단

말이요?

그것은 가슴 속에 치밀어 올라　　　140

세계를 자기 심장 속에 다시 잡아들이는 화음(和音)의 힘 아닐까요?

---

* 　걸작을 쓰려고 노력한다는 의미이다.

자연은 끝없이 긴 실을

되는대로 물레에 감아 넣습니다.

조화를 이루지 못한 삼라만상(森羅萬象)이

엉클어져 어수선하게 소리를 냅니다.   145

이처럼 단조롭게 한없이 흘러나오는 연줄을 갈라내어

가락을 만들고 생생하게 움직이게 만드는 것은 누구란 말입니까?

하나하나 보편적 조화로 불러들여,

희한한 화음(和音)을 울리게 하는 것은 누구란 말입니까?

그 누가 휘몰아치는 폭풍우를 정열의 광란으로 만들며,   150

붉은 저녁노을이 엄숙한 뜻을 지니고 타오르게 한단 말이오?

그 누가 사랑하는 임이 가는 길에

온갖 아름다운 봄꽃을 피우는 것일까요?

보잘것없는 푸른 잎*을 엮어서

갖가지 공훈의 명예로운 관으로 만드는 것은 누구일까요?   155

올림포스**를 진정시키고 신들이 함께 모이게 하는 것은 누구일

까요?

그것은 시인의 마음속에 제시되는 인간의 힘이 아니겠습니까.

어릿광대   그럼 그 재주 있는 힘을 부려서

시인이란 장사를 좀 해보시구려,

마치 우리가 연애의 모험을 하듯이 말이오.   160

우연히 가까워지고, 무엇인지를 느끼고 발을 멈추고

그리곤 점점 서로 뒤얽혀 꼼짝도 못 하게 되지요.

---

*   월계수 잎을 가리킨다.

**   그리스 신들의 정주처

행복이 자라면 방해가 끼어들고,

황홀해지면 고통이 찾아들고.

미처 정신을 차리기도 전에 이미 소설이 되어 있단 말이에요.　165

우리도 그러한 연극을 하나 만듭시다.

그저 풍만한 생활 속에서 대담하게 잡으시구려.

누구나 그렇게 살지만 의식하지는 못하지요.

그놈을 잡기만 하면 재미는 나지요.

화려하고 복잡한 그림에다 뚜렷한 점을 그리고,　170

많은 오류 속에 한 가닥 진리의 불빛을 비추면

최고의 술이 빚어지게 마련이지요.

그것이 온 세상의 생기를 돋우어 계발(啓發)하게 되고

그러면 꽃같이 아름다운 청년들이 당신의 작품 앞에 모여들어

그 계시(啓示)에 귀를 기울이게 될 것이오.　175

그리고 부드러운 마음씨를 지닌 사람은 당신의 작품에서,

우울한 양분을 흡수하게 될 것입니다.

드디어는 이런저런 감격을 느끼게 되고

각자 자기의 마음속에 간직한 것을 알게 될 것입니다.

젊은 사람들은 또 울기도 웃기도 합니다.　180

감정의 비약을 숭상하고 가상(假象)을 즐기기도 합니다.

완성된 인간에겐 어쩔 수 없지만

아직 성장하는 인간은 언제나 고맙게 생각할 것입니다.

시인　　그럼 나 자신이 아직 젊었던

그 시절을 돌려주시구려.　185

철철 흐르는 노래의 샘물이

끊임없이 새롭게 솟아 나오고

온 세상은 안개에 덮여 있고

꽃봉오리가 아직도 기적을 약속해주고,
골짜기마다 넘치도록 가득 찼던   190
무수한 꽃을 꺾어 가졌던 시절을.
그때 나는 아무것도 갖지 못했지만
진리에 대한 충동과 환상을 즐기는 마음으로 충만했지요.
그때 억제할 수 없던 충동과
그 깊은 고동에 가득 찬 행복을,   195
그 증오할 수 있는 힘과 사랑의 위력을,
나의 청춘을 나에게 돌려주시오.

어릿광대　하지만 친구여,
그대가 청춘을 필요로 하는 것은
전쟁이 나 적이 쳐들어왔을 때라든가,   200
아주 귀여운 아가씨가 당신 목을 힘껏 끌어안고 매달렸을 때라
든가,
그리고 경주할 때 아직 멀리 보이는 결승점에서
승리의 월계관이 아련히 손짓할 때나,
아니면 맴도는 춤이 끝난 후에,
며칠 밤이고 잔치를 벌여 술로 세월을 보낼 때겠지요.   205
그러나 손에 익은 현악기를
대담하고 맵시 있게 켜는 일,
그리고 스스로 정해놓은 목표를 향하고,
흐뭇한 환상 속을 이리저리 헤매는 일,
바로 연로한 당신네의 일입니다.   210
그렇다고 당신들에 대한 우리의 존경심이 줄어들지는 않습니다.
세상에서 말하듯이 늙으면 어린애 같지는 않다지만,
천만에, 우리는 늙어도 참으로 어린애다운 데가 있지요.

단장   말을 주고받는 것은 이만하기로 하고,

이젠 그만 행동으로 보여주게나!   215

그대들이 어물어물 비위를 맞추는 사이에,

쓸모 있는 일이 생길 수도 있을 것일세.

기분이 이렇다저렇다 한들 무슨 소용이 있단 말이요?

망설이는 자에겐 결코 기분이 날 리가 없고,

자네가 시인이라 자처하고 나온 이상은,   220

시에게 호령이라도 해서 불러보시구려!

우리에게 필요한 것은 그대들도 알다시피

독한 술을 마시고 싶다는 것이라오.

자, 주저하지 말고 어서 빚어 달란 말입니다.

오늘 안 된 일이 내일 될 리 없지요.   225

하루라도 놓쳐서는 안 될 것이오.

마음을 결정하고 우선 할 수 있는 것부터

과감하게 머리채를* 휘어잡아야 하오.

그리고 결심한 이상 놓쳐버리고 싶지 않을 것이고,

그래서 할 수 없이 일은 끌고 나가게 마련이고,   230

알다시피 우리 독일의 무대에서는,

누구나 자기가 좋아하는 것을 해볼 수가 있단 말입니다.

그러니 이번에는 배경이건 도구이건

아낄 필요가 없소.

햇빛이건 달빛이건 마음대로 쓰고,   235

별빛 따위도 마음껏 써도 상관이 없소.

---

*   그리스 행운의 신 카이로스는 뒷머리가 없어 그를 붙잡으려면 앞머리를 잡아야
한다.

물도 좋고 불도 좋고 돌벽도 좋고,
짐승이나 새들까지도 마음대로 해보시구려.
그러나 이 비좁은 판잣집이지만
피조물의 전 영역을 끝까지 거닐며   240
신중하게, 서둘지 말고,
천국에서 이 지상을 지나 지옥에까지 사건을 끌어가보게.

천상의 서곡*

주(主), 천사의 무리, 뒤에 메피스토펠레스.
대천사 셋이 등장.

라파엘 태양은 예나 다름없는 가락을 울리고
한 겨레인 별들과 다투어 노래를 부르며
우레의 우렁찬 걸음걸이로   245
그들의 정해진 길을 달린다.
그 광경을 보면 천사들은 힘이 솟는다.
아무도 그 근본을 캐내지는 못하지만,

---

* 〈천상의 서곡〉은 1800년과 1808년 사이에 쓴 것으로 《파우스트》 전체의 이념을
총괄적으로 그린 지극히 중요한 장면이다. 주님과 메피스토펠레스의 관계, 메피
스토펠레스와 파우스트의 관계가 단적으로 나타나 있다. 괴테는 이 서곡이 성서
의 〈욥기〉에서 힌트를 얻었다고 말했다.

** 천계(天界)를 다스리며 악령을 막는 대천사

그 위대하고 고매한 성업(聖業)은

천지개벽의 그날과 다름없이 여전히 장엄하도다.　　　　　250

가브리엘* 　또한 빨리 굉장히도 빨리

장엄한 지구는 제 발로 돌아,

낙원과 같이 밝은 낮과

길고도 공포에 가득 찬 밤이 뒤바뀐다.

바다는 넓은 조수를 이루어　　　　　　　　　　255

깊은 바닷속 바위에 부딪쳐 끓어오르고,

바위며 바다며 영원히 빠른

천체의 운행에 휩쓸려 간다.

미카엘** 　또한, 폭풍우는 바다에서 육지로

육지에서 바다로 다투어 몰아치고　　　　　　260

광란하며 그 주위에다

길고도 깊은 작용의 사슬을 빚어낸다.

때로는 우레 내리치는 무서운 번개 파괴의 번갯불이

우리 가는 길에 타오른다.

하지만 주여, 당신의 천사들은　　　　　　　265

하루하루 평온한 움직임을 우러러봅니다.

셋이 함께 　그 광경을 보면 천사들은 힘이 솟는다.

아무도 그 근본을 캐내지는 못하지만,

온갖 당신의 고매한 성업으로

천지개벽의 그날처럼 여전히 장엄하다.　　　　　270

----

*　　대지를 다스리며 예언하는 대천사

**　　대기의 현상을 다스리며 인간을 수호하는 대천사

메피스토펠레스 이거 주인 영감님, 또 이렇게 오셔서

저희 꼴이 어떻게 되어가는지 물어주시고

게다가 늘 저 같은 것도 기꺼이 만나주시니,

저도 이렇게 하인들 속에 끼어 나타났습니다.

용서하십쇼, 저는 고상한 말을 쓸 줄 모릅니다. 275

아마 이 자리에 계신 분들이 모두 저를 비웃을지 모르지만!

점잖은 체해 봤자, 별수 없이 웃음거리만 될 것입니다.

물론 웃음 같은 것은 아주 잊으시지 않았다면 말입니다.

태양이니 천지니 하는 것은 저도 모릅니다.

제 눈에 띄는 것은 오직 인간들이 고생하는 꼴뿐입니다. 280

하긴 이 지상의 어린 신(神)들은 언제나 같은 꼬락서니를 하고 있
어서

천지개벽하던 날과 조금도 다름없이 기묘하기만 합니다.

차라리 그들에게 하늘의 불빛 같은 것을 주시지 않았으면,

좀 더 잘살 수 있지 않았을까 합니다.

그놈들은 그것을 이성(理性)이라 부르고 오직 그것을, 285

어느 짐승보다도 더욱 짐승답게 사는 데에만 이용하고 있습니다.

말씀드리기에 거북합니다만 제게는 그 인간이란 것들이,

늘 푸르르 날고, 나는 체하다가는 펄쩍 뛰고

곧 풀 속에 틀어박혀, 낡아 빠진 노래나 부르는

다리가 긴 메뚜기 같단 말씀입니다. 290

차라리 언제까지건 물속에나 누워 있었으면 좋으련만,

거름 더미만 보면 곧 코를 쑤셔 박습니다.

주 내게 할 말은 그 말뿐인가?

늘 못마땅하다는 소리만 하러 오는 것인가?

지상엔 그대 마음에 드는 것이라곤 영영 하나도 없단 말인가? 295

메피스토펠레스 없고말고요! 그곳은 예나 이제나 매우 좋지 못합니다.

인간들의 비참한 생활을 보고 있노라면 하도 딱해서,

저 같은 놈까지도 그 불쌍한 놈들을 괴롭히고 싶지 않을 정도입니다.

주   그대는 파우스트를 아는가?

메피스토펠레스 그 박사 말씀입니까?

주   나의 종이니라.

메피스토펠레스 과연 그렇군요! 그 작자는 묘한 꼴로 영감님을 섬기고 있습니다.   300

그 어리석은 녀석이 마시고 먹는 것은 지상의 것이 아닙니다.

가슴 속에 들끓는 것이 그 작자를 아득한 곳으로 몰아댑니다.

자기의 미친 꼴도 절반은 알아차리고 있습니다.

하늘에서는 가장 아름다운 별을 갖고자 하고

지상에서는 최상의 쾌락을 모조리 맛보겠다고 덤빕니다.   305

그리고 가까운 것이건 먼 것이건,

그 작자의 가슴 속 깊이 들끓는 마음을 만족시킬 수 없습니다.

주   그는 지금 혼돈 속에서 나를 섬기고 있지만

내 머지않아 그를 맑고 밝은 곳*으로 인도하리라.

정원사도 어린나무들이 푸르러지면   310

꽃과 열매가 머지않아 닥칠 계절을 장식하리라는 것을 아는 법이다.

메피스토펠레스 무슨 내기를 하겠습니까? 만일 영감님께서 저에게,

그 작자를 슬쩍 제 길로 끌어들이는 것을 허락만 해주신다면,

---

* 파우스트도 인간이므로 방황하게 마련이지만, 진실하게 노력한다면 하늘의 구원을 얻을 수 있다는 뜻이다.

그놈을 영감님에게서 **빼앗겠**습니다.

주   그 자가 지상에서 살고 있는 한,   315

그대에게 그런 짓을 못 하게는 않겠다.

인간이란 노력하는 동안에는 헤매느니라.

메피스토펠레스 이거 매우 고맙습니다. 이런 말씀을 드리는 것도

원래 저는 죽은 놈 다루기가 질색이라 그렇습니다.

그저 제일 좋은 건 통통하고 싱싱한 볼입니다.   320

송장이라면 전 질색이랍니다.

제가 하는 짓은 고양이가 쥐를 상대로 하는 것과 꼭 같습니다.

주   그럼 됐다, 어디 그대에게 맡겨보겠다.

그 영혼을 그자의 근원에서 떼어내어,

만일 그대가 잡을 수만 있다면,   325

그를 유혹해서 너의 길로 끌어 내려보아라.

그리고 네가 다음과 같이 실토하는 날에는 무안해질 거다.

착한 인간은 설혹 어두운 충동에 휩쓸릴지라도,

올바른 길은 잊지 않고 있다는 것을.

메피스토펠레스 좋습니다. 길게 잡을 것도 없습니다.   330

이번 내기는 조금도 겁나지 않습니다.

제가 목적을 달성하는 날에는

가슴이 터져라 만세 부를 것을 허락해주십시오.

그놈에게 쓰레기를 처먹이겠습니다. 그것도 신이 나서 먹게,

바로 저의 아주머니인 저 유명한 뱀*처럼 말씀입니다.   335

주   다음에라도 오고 싶으면 언제라도 오너라.

---

* 이브를 유혹해서 아담과 이브에게 지혜의 열매를 먹게 한 뱀을 가리킨다.

나는 한 번도 너의 무리를 미워한 적이 없다.
부정(否定)을 일삼는 온갖 영혼 중에서,
제일 짐이 안 되는 것이 짓궂은 장난꾼이니라.
인간의 활동은 너무나도 느슨해지기 쉽고,   340
자칫하면 무조건 휴식을 좋아하는 법이다.
그래서 나는 그들에게 친구를 붙여주어,
그들을 자극하고 정신 차리게 하며 악마의 일을 시켜야만 한다.
그러나 너희들 참된 신의 아들들아,
이 생생하고 풍성한 아름다움*을 즐기도록 하라!   345
영원히 살아서 움직이는 생성(生成)의 힘이,
사람의 부드러운 울타리로 그대들을 둘러싸듯이
변화하며 떠도는 현상을
끊임없는 사상으로 잡아매어두도록 하라.

　　(천국은 닫히고 대천사들 흩어진다.)

메피스토펠레스 저 영감을 가끔 만나는 것도 나쁘진 않단 말야.   350
그래서 나도 의가 상하지 않게 조심하고 있지.
악마인 나한테까지 저렇게 정답게 말해주다니,
대단한 영감이란 말야. 기특한 일이지.

---

* 　우주의 대조화, 천사와 인간계를 망라한 생명의 변화와 통일을 의미한다.

비극

제1부

밤

높고 둥근 천장의 좁은 고딕식 방에서, 파우스트가 안절부절못
하고 책상 앞에 놓인 팔걸이의자에 앉아 있다.

파우스트   아! 이제 나는 철학*도,
법학도, 의학도,   355
게다가 신학까지
열성을 다하여 속속들이 연구했다.
그런데 나는 이처럼 가련한 바보구나.
그렇다고 전보다 더 현명해지지도 않았다.
더구나 석사**니 박사니 하면서,   360
그럭저럭 10년 동안이나

---

*   중세 유럽의 대학은 철학·법학·의학·신학의 4학부로 구성되어 있었다.
**   중세의 학위는 바카라우레우스·마기스텔(baccalaureus·magister), 독톨(Doctor)의
     두 단계로 구분되었다.

학생들의 코를 쥐고
아래위로 이리저리 잡아 흔들고 있지만 —
우리는 아무것도 알 수 없다는 것을 알았을 뿐이다.
그걸 생각하면 정말 가슴이 타버릴 것만 같다.   365
하긴 나도 박사니 석사니 저술가니 목사니 하는 따위
온갖 바보들보다는 그래도 나을는지 모른다.
나는 회의나 의혹으로 괴로워하지는 않는다.
지옥도 악마도 무섭지 않다 —
그 대신 나는 모든 기쁨을 빼앗기고 말았다.   370
제법 알아야 할 것을 알고 있다는 자부심도 없거니와
인간을 선도하고 개심(改心)시키기 위하여,
무엇을 가르칠 만한 자신도 없다.
그렇다고 재산이나 돈이 있는 것도 아니다.
이 세상 명예나 영화도 갖지 못했다.   375
이런 꼴로 더 살아간다는 것은 개라도 싫다고 할 것이다.
그래서 나는 영혼의 힘과 말을 빌려,
여러 가지 비밀이 계시(啓示)되지나 않을까 해서
이 몸을 마술에 맡겨보았다.
그렇게 하면 이제는 더는 비지땀을 흘려가며   380
나도 모르는 것을 말할 필요도 없고,
이 세계를 그 가장 깊은 마음에서 통치하고 있는 것이
무엇인지를 알 수 있고,
모든 활동을 일으키는 힘과 종자(種子)를 직관할 수 있고,
더는 부질없이 말들을 들추지 않아도 된다고 생각했다.   385

오오, 둥근 달빛이여, 네가 내 고통을 내려다보는 것도

52

오늘 저녁이 마지막이었으면 싶다.

나는 정말 밤중이면 여러 번

잠을 이루지 못하고 네가 떠오르기를 이 책상머리에서 기다렸다.

그럴 때면 슬퍼 보이는 친구여,   390

너는 책이나 종이 위에 그림자를 비춰주었지.

아아! 너의 정다운 빛을 받으며

높은 산마루를 거닐 수는 없을까.

산속 동굴 근처를 영(靈)들과 떠돌 수는 없을까.

풀밭 위를 너의 은은한 빛 속에서 거닐며   395

온갖 지식이 빚어내는 자욱한 연기 속에서 벗어나,

너의 이슬에 몸을 씻어 건전해질 수는 없을까.

슬프구나! 아직도 나는 이 감방 속에 갇혀 있단 말인가?

여기는 저주받은 음산한 담벼락의 굴이 아니냐.

이 속엔 정다운 하늘빛마저   400

채색한 유리창을 통해 희미하게 비칠 뿐!

게다가 이 굴속은 산더미 같은 책으로 비좁기 한이 없다.

좀이 쓸고 먼지투성이인 채

드높은 천장까지 쌓인 책에는

그을린 종잇조각이 사방에 흩어져 있다.   405

유리병과 상자들이 사방에 놓여 있고,

여러 가지 실험 기구들이 가득 차 있으며,

대대로 물려받은 가구들마저 처박혀 있다 —

이것이 너의 세계다! 이것을 하나의 세계라고 할 수 있느냐 말

이다!

이래도 너는, 아직 어째서 너의 심장이   410

가슴 속에서 불안하게 압박을 느끼는지 이상하게 생각하느냐?
그리고 어째서 알 수 없는 고통이
너의 모든 생명의 충동을 방해하고 있는가를 의심하느냐?
신은 인간을 살아 있는 자연 속에
만들어 넣어주셨는데   415
너는 그을음과 곰팡이 속에서
짐승과 사람의 해골에 싸여 있단 말이냐!

자, 도망하거라! 넓은 세상으로 뛰어나가거라!
그리고 여기 비밀이 가득 담긴!
노스트라다무스*가 자필로 적은 책이 있으니,   420
이것이면 너의 안내자로선 충분하지 않은가.
그렇게 하면 별의 운행도 알게 될 것이다.
또한 자연의 가르침을 받는다면,
영(靈)과 영이 서로 어떻게 말을 주고받는지 깨달으리라.
영혼의 힘이 네 속에서 눈을 뜨리라.   425
메마른 사색만으로
이 책의 신성한 부적(符籍)을 해명하려는 짓은 헛된 일이다.
영들이여, 너희들은 내 곁을 떠돌고 있구나.
만일 내 말이 들린다면 대답을 해보라.
        (그 책을 펴고 대우주의 부적을 들여다본다.)
오오! 이것을 보니 갑자기 벅찬 환희가   430
나의 오관(五官)을 쑤시고 흐르는구나!

---

*   프랑스의 천문학자이자, 의사, 예언가

54

나는 젊고 성스러운 생의 행복감이
새로이 타오르며 신경과 혈관 속으로 흐르는 것을 느낀다.
이렇게 설레는 내 가슴을 진정시켜주고,
비참한 내 가슴을 기쁨으로 채워주고,   435
몰아치는 신비로운 힘으로
자연의 온갖 힘을 내 주위에 드러내 보여주는
이런 부적을 그린 자는 신이 아닐까?
아니, 내가 신일까? 유난히도 내 마음이 밝아지는구나!
여기 이 선명한 필치(筆致)를 보고 있노라면,   440
생동하는 자연이 내 영혼 앞에 뚜렷이 나타난다.
이제 비로소 나는 그 옛 성인의 말씀을 깨닫는다.
영의 세계가 닫힌 것이 아니라,
그대의 의식이 막히고 그대의 심장이 죽었노라
일어나거라, 학도들이여. 참고 견디어   445
세계에 젖은 그 가슴을 아침 햇살에 씻어 내라.
　　(부적을 들여다본다.)
이를 보라. 모든 것이 함께 모여 혼연일체를 이루고
하나하나가 어울려 살아서 작용하고 있구나.
하늘의 모든 힘이 오르내리며
서로 황금빛 두레박*을 주고받는구나!   450
그 모든 것이 축복의 향기가 그윽한 날개로
하늘에서 내려 이 땅에 스며들어

---

* 성경에 나오는 천사들이 오르내리는 '야곱의 사다리'처럼 우주의 생명력은 끊임
없이 하늘에서 에테르를 통하여 하계에 내려오고 작용이 끝나면 다시 올라가는
규칙적인 순환이 이루어진다.

조화를 이루며 우주 만물 속에 울려 퍼지는구나!

이 무슨 장관(壯觀)이냐! 그러나 슬프다. 한낱 장관에 지나지 않는구나.

무한의 자연이여, 내 그대의 어디를 붙잡아야 좋으랴?　　　　　455

너희의 젖가슴은 어디란 말이냐?

너희는 하늘도 땅도 유아처럼 거기 달린 온갖 생명의 원천이다.

메마른 가슴이 목말라 달려드는 원천이여 —

너희들은 샘솟고 만물의 목을 축여 주지만, 나만은 헛되이 애태워야 하는가!

　(못마땅한 듯 책장을 넘기고 지령(地靈)의 부적을 본다.)

이 부적이 주는 작용은 어찌 이다지도 다를까!　　　　　460

그대 대지의 영*이여, 너는 내게 훨씬 더 가깝다.

갑자기 내 힘이 솟아오르는 것을 느낀다.

갑자기 나는 새로운 술에 취한 듯 몸이 달아오르는구나.

용감히 세상에 뛰어들어,

지상의 괴로움도 지상의 행복도 받아들이고,　　　　　465

다가오는 비바람과 힘껏 싸우며,

파선(破船)을 당해도 두려워하지 않는 용기를 나는 느낀다.

내 머리 위에 구름이 이는구나 —

달빛이 숨어버리는구나 —

등불이 꺼진다!　　　　　470

---

*　16세기 자연철학자들은 별에 각각의 영들이 살고 있다고 생각했다. 지구의 영이 '대지의 영'이다. 파라셀수스는 대지의 영이 땅속의 불로 금과 은을 응고시킨다고 생각했다. 괴테는 대지의 영이 자연뿐만 아니라 인간의 행위를 다스린다고 생각한 듯하다. 즉, 대지의 영이 '신의 생생한 피륙'을 짜는 것이다.

안개가 낀다 ― 붉은 광선이

내 머리 위를 돌며 번쩍인다 ― 천장에서

소름이 쫙 끼치는 기운이 불어

나를 엄습하는구나.

내가 그다지도 원한 영이여, 네가 내 주위에 떠돌고 있구나.　　　475

모습을 나타내라!

허어! 내 마음이 갈기갈기 찢어지는 것 같구나.

내 오관이 들쑤셔지고,

새로운 감정이 솟아오르는구나.

나는 내 마음이 송두리째 너에게 정복당한 느낌이다.　　　480

자, 나타나거라! 생명을 빼앗겨도 좋으니 어서 나타나거라!

　　(책을 손에 들고 영의 부적을 신비스러운 어조로 왼다. 불꽃이
튀고 그 속에 영이 나타난다.)

영(靈)　　나를 부르는 자가 누구냐?

파우스트　(외면하며)　　무시무시한 모습이다.

영　　너는 힘차게 나를 끌어당겨 오래도록 내 영역 내에 달라붙
어 떨어지려 하지 않았다.

그런데 이제 ―

파우스트　아아, 나는 너를 더는 견뎌내지 못하겠다.　　　485

영　　너는 숨을 헐떡이며, 나를 보고 싶어 하고

내 소리를 듣고 싶어 하고 내 얼굴을 보고 싶다고 애원했다.

나는 네 억센 영혼의 간청에 못 이겨,

이렇게 여기 찾아왔다. 초인인 네가

그 무슨 가련하기 짝이 없는 공포심에 사로잡혔단 말이냐!　　　490

영혼의 부르짖음은 어디로 갔느냐?

자기 속에 하나의 세계를 창조하여,

그것을 품어 길러내고 기쁨에 떨면서, 우리들 영과 겨루어 보겠다
고 부풀었던 가슴은 어디 있느냐?

너는 어디 있느냐, 파우스트여, 나에게 목소리를 들려주던 너는?

있는 힘을 다하여 내게 덤벼들지 않았더냐.   495

내 입김이 닿자마자

생명의 그 깊은 속까지 떨고 있는 것이

겁을 삼켜 어쩔 줄 모르던 것이 바로 너였더냐?

파우스트   불길 같은 너의 모습에 내가 물러설까 보냐?

나다, 내가 파우스트다. 너와 꼭 같은 무리다.   500

영   생명의 물결 속에서, 행동의 폭풍우 속에서,

물결치며 오르락내르락,

이리 뛰고 저리 뛰고,*

탄생과 무덤,

영원한 대양(大洋),**   505

변전(變轉)하는 자연의 활동,

불타오르는 생명.

이처럼 시간의 소란한 베틀에 매달려,

신의 생동하는 옷을 나는 짜내고 있다.

파우스트   넓은 세계를 두루 떠돌아다니는 부산한 영이여,   510

나는 얼마나 너와 가깝게 느끼고 있는지 모른다.

영   너는 네가 생각하는 영과 닮았지,

---

*   생명의 물결은 자연의 작용이다. 변화와 추이이다. 행동의 용솟음은 인간의 생활
    과 행동을 의미한다. 그 속에서 승강(昇降)·왕환(旺還)·생사(生死) 등 모든 운동
    이 창조와 생성의 원리를 이룬다.

** 생과 사는 호수의 간만에 비할 수 있다.

나와 닮은 것은 아니다. (사라진다.)

파우스트　(쓰러지며) 너와 닮지 않았다고,

그럼, 대체 누구와 닮았단 말이냐?　515

신의 모습을 그대로 닮은 내가 아니냐!

그런데 너조차도 닮지 않았다니!

　(문을 두드리는 소리가 들린다.)

에이, 제기랄! 알겠어 ― 저건 내 조수 녀석일 거야 ―

나의 다시없는 행운이 무너져버리는구나!

환상으로 충만한 이 순간이,　520

저런 보잘것없는 좀도둑 친구한테 방해받아야만 하다니!

　(바그너, 잠옷 바람에 나이트캡을 쓴 채 등잔을 손에 들고 등장.

파우스트, 못마땅한 듯 돌아다본다.)

바그너　용서하십쇼! 선생님께서 낭독하시는 소리가 들리기에.

아마 그리스 비극을 읽고 계셨겠지요?

저도 그런 낭독술을 배워 득을 봤으면 합니다.

요즘엔 그 분야가 상당한 효과를 거두고 있으니까요.　525

저도 낭독에 관해 칭찬이 자자하다고 자주 들었습니다만.

뭐 배우도 목사의 스승 노릇을 할 수가 있다더군요.

파우스트　물론, 목사가 배우라면 그럴 수도 있겠지.

가끔 그런 일이 없는 것은 아니니까.

바그너　아아, 저희들처럼 연구실에 갇혀 있어　530

세상 구경을 하는 것도 겨우 휴일 정도인 데다

그것마저 멀리서 망원경으로 내다보는 처지에,

어떻게 연설로 세상 사람들을 지도할 수 있겠습니까.

파우스트　자네가 진정으로 느끼고 마음에서 우러나와,

강력한 흥미를 느끼고　535

모든 청중의 심금을 찌르지 못하면
자네가 말하는 목적을 달성할 수가 없을 것일세.
어디 그런 꼴로 줄곧 앉아만 있어보게나, 모아 붙이기나 하고,
남의 잔칫상 찌꺼기나 주워 모아 잡탕이나 만들고,
긁어모은 쥐꼬리만 한 자네 자신의 잿더미로   540
초라한 불이라도 불어서 일구어보게나.
그래도 어린애나 원숭이는 감탄할는지 모르니까.
그런 것이 자네의 구미에 맞는다면 말일세.
그러나 진정 자네의 마음에서 우러나온 것이 아니라면
결코 사람들의 마음을 찌르지 못할 것일세.   545

바그너   그렇지만 웅변가*는 말솜씨로 성공하는 거 아닌가요.
저도 그건 잘 알고 있지만 아직 거기까지 미치지 못합니다.

파우스트   분수에 맞는 성공을 바라게나.
종만 울리는 바보는 되지 말게.
두뇌가 있고 마음만 곧으면   550
재주를 부리지 않아도 연설은 절로 나오는 법일세.
진정에서 우러나오는 말이라면
말투를 꾸미려고 애쓸 필요가 있나.
그렇지, 자네들의 연설이란 인생의 휴지들을 꾸겨서
장식으로 삼은 듯, 번쩍번쩍 빛은 나지만,   555
가을에 가랑잎 사이로 살랑거리며 부는
축축한 바람처럼 불쾌한 것일세.

바그너   아아! 예술은 길고

---

*   중세에는 수사학이 최고의 학문이었다.

인생은 짧습니다.
저는 제가 하는 비판적 연구*에 종사하고 있노라면,   560
가끔 제 머리와 가슴이 불안에 가득 찹니다.
근원에까지 가기 위한 방법을 터득하기란 쉬운 일이 아닙니다.
그 길을 반도 채 가기 전에
아마 불쌍한 인간은 죽어버릴 것입니다.   565

파우스트   그런 고서(古書) 따위가 그래 한 모금 마시면
갈증을 영원히 가셔주는 샘물이기라도 하단 말인가?
그것이 자네 자신의 영혼에서 솟아나지 않는 한
시원한 생기는 얻지 못하는 법일세.

바그너   죄송합니다. 그러나 모든 시대정신 속에 자기를 옮겨놓아,

570

현명한 선인들이 어떻게 생각했는지를 살피고,
마침내는 우리가 그것을 얼마나 훌륭하게 발전시켰는가를
살피는 것도 역시 지극히 즐거운 일이 아니겠습니까?

파우스트   그렇고말고, 하늘의 별에까지 닿을 만한 발전이겠지!
여보게, 지나간 시대란 우리에겐   575
일곱 겹으로 봉한 책이란 말일세.
자네들이 시대의 정신이라고 부르는 것도
결국 선생들 자신의 정신 속에,
모든 시대가 반영된 것일세.
그래서 정말 딱한 일이 자주 일어나지!   580
사람들은 자네들을 한 번 보면 도망치고 말 걸세!

---

*   비판적인 역사 연구는 바그너의 목표인데, 그 내용은 이른바 대사극과 같은 통속
   극처럼 겉보기만은 당당하지만 정신적으로는 공허하다.

쓰레기통이 아니면 넝마 창고거나,

기껏해야 꼭두각시의 입에나 어울릴

그럴듯한 실용적인 교훈을 엮어 넣은

겉만 번드레한 터무니없는 대역사극(大歷史劇)* 같은 것이지. 585

바그너   그러나 이 세계! 인간의 마음과 정신.

이런 것에 대해선 누구나 좀 인식하고 싶어 하지요.

파우스트   그 인식이란 게 문제지!

누가 갓 낳은 어린아이의 참된 이름을 부를 수가 있겠나?

적으나마 참된 것을 인식했던 소수의 사람은   590

어리석게도 자기들의 벅찬 마음을 숨겨두지 못하고,

천민들에게 자기들의 감정, 자기들의 관조(觀照)를 밝혔기에,

예로부터 십자가에 못 박히고 화형(火刑)당하곤 했단 말일세.

미안하지만 여보게, 밤도 깊었으니,

오늘 밤엔 이만 이야기하세.   595

바그너   전 언제까지고 이렇게 자지 않고,

선생님과 학문에 관해 이야기하고 싶습니다.

그러나 내일은 부활제 첫날이니,

그때도 한두 가지 질문을 하게 해주십시오.

저는 지금까지 열심히 연구에 몰두해서,   600

아는 것이 많기는 합니다만 모든 것을 다 알고 싶습니다.   (퇴장.)

파우스트   (혼자서) 저 친구의 머리에서 아직 모든 희망이 사라지지
            않고 있다니.

언제까지나 헛것에 들려서

---

*   민중의 생활을 소재로 역사적, 정치적 내용을 담은 극작품

탐욕스러운 손으로 보물을 파내려다,

지렁이를 발견하고 좋아서 날뛰는구나.   605

영들의 기운이 자욱이 나를 싸고 돌던 이곳에서

저런 인간의 목소리가 울려서야 되겠는가?

하지만, 아! 이번만은 너에게 감사한다.

이 세상 모든 사람 중에서도 가장 가련한 너에게 감사하겠다.

너는 나의 감각을 송두리째 파괴하려던,   610

그 절망에서 나를 구해주었다.

아! 그 모습은 너무나도 위대했기 때문에,

자신을 정녕 난쟁이로 느끼지 않을 수 없었다.

신의 모습을 닮은 나는, 이미

영원한 진리의 거울 앞에 꽤 가까이 왔다고 생각하고,   615

천국의 광명 속에서 스스로 즐기며

이 세상 인간의 껍질을 훌훌 벗어던진 느낌이었다.

또한 천사보다 뛰어난 내 자유로운 힘이

이미 자연의 혈관 속에 흘러내리고

창조하면서 신들의 생활을 즐길 수 있으리라고,   620

은근히 자부하던 내가 무서운 벌을 받고 말았구나.

벽력같은 말 한마디로 혼비백산하였으니.

감히 내가 너와 닮았다고 주제넘게 생각해서는 안 되었다.

너를 끌어낼 힘은 내게 있었지만.

너를 붙잡아 둘 힘이 내게는 없었다.   625

그 행복한 순간에

나는 자신을 너무나 작게 또한 위대하게 느꼈다.

그러나 너는 가혹하게도 나를 이런 불안한

인간의 운명 속으로 다시 몰아넣었다.
누가 내게 가르쳐 준단 말이냐? 무엇을 피해야 하는가?   630
그런 마음의 충동을 따라야 할 것인가?
아! 우리들의 행위 자체가 우리들의 고난과 마찬가지로
우리가 살아가는 길을 가로막는다.

우리의 정신이 획득한 가장 훌륭한 덕성일지라도,
언제나 이질적인 요소가 따르게 마련이다.   635
우리가 이 세상의 부귀영화에 도달하면,
더욱 높은 영적(靈的)인 것을 허망이고 망상이라고 부른다.
우리에게 생명을 부여한 아름다운 감정도
속세의 붐비는 혼란 속에서는 굳어버린다.

여느 때는 대담하게 날개를 펴고   640
희망에 부풀어 영원의 경지까지 퍼져 나가는 공상도,
믿었던 행운이 차례로 시간의 소용돌이 속에서 부서져버리면,
이젠 자그마한 영역도 그에겐 달갑다.
그러면 마음속 깊숙이 시름이 깃들고,
그곳에 남모를 고뇌를 빚어내어   645
불안에 몸부림치면 즐거움과 안식을 어지럽힌다.
이런 시름은 항상 새로운 탈을 뒤집어쓰고 나타난다.
때로는 집이 되고 대궐이 되고 계집이 되고 자식이 되며,
혹은 불이 되고 물이 되고 비수도 독약도 될 수 있다.
너는 기우(杞憂)에 지나지 않는 일 때문에 겁을 내고   650
결코 잃어버릴 리가 없는 것을 잃을까 언제나 걱정해야만 한다.

나는 신과 닮지 않았다! 나는 그것을 뼈저리게 느꼈다.
내가 닮은 것은 쓰레기 속에서 꿈틀대는 구더기다.
쓰레기 속에서 살찌며 목숨을 이어 나가다가
길 가는 사람에게 밟혀 죽어 묻혀버릴 뿐이다.   655

서재의 높은 벽을 수백 개의 선반으로 칸을 막아
좁게 만드는 것도 쓰레기가 아니더냐?
오만 가지 하찮은 물건으로 이 좀벌레의 세계 속에
나를 답답하게 만드는 고물 따위도 쓰레기가 아니더냐?
이런 가운데 내가 구하는 것을 찾아내려고 한단 말이냐?   660
아니면 내가 천 권의 책을 펴 들고,
인간은 어디에서나 고생하고 있으며,
간혹 복 받은 인간도 하나쯤 있다는 걸 찾아내야 한다는 거냐?
속이 빈 해골들아, 어째서 너는 이빨을 드러내고 나를 노려보
느냐?
너의 뇌수(惱髓)도 내 것과 같이 한때는 갈피를 못 잡고   665
안이한 날을 찾다가는 어스름 속에서
진리를 추구하며 비참하게 헤매었다는 것을 말하려는 것이겠지.
수레바퀴, 톱니바퀴, 롤러, 손잡이 따위가 달린 기계들이여,
너희들도 물론 나를 비웃고 있으리라.
내가 문 앞에 서 있을 때 너희들은 열쇠가 돼야 했었다.   670
열쇠 끝은 울퉁불퉁하였지만 자물쇠를 열어 주지는 못했다.
자연은 밝은 대낮에도 비밀을 간직하고,
그 너울을 벗기게 내버려두지는 않는다.
그리고 자연이 우리에게 계시하지 않는 것을
지렛대나 나사로 억지로 열어 보려 한들 무슨 소용이랴.   675

내게는 아무 소용 없는 낡은 도구들이여,
너희들은 내 부친이 사용했기에 여기 있다.
너 낡은 양피지 두루마리 녀석아, 네놈은 책상에서,
이 희미한 등불이 시커먼 연기를 내는 동안은 그을리게 되리라.
이런 쓸데없는 것을 걸머지고 여기서 진땀을 흘리느니보다는,   680
진작 팔아 치웠더라면 훨씬 좋았을 것을.
조상한테 물려받은 것을
진정한 제 것으로 하자면 제힘으로 만들어야 한다.
쓸데없는 물건은 무거운 짐이 될 뿐이다.
필요에 따라 만들어진 것만이 순간순간 이용할 수 있다.   685

그런데 내 눈은 어째서 그곳에 달라붙어 떨어질 줄 모르는가?
저 작은 병이 내 눈을 끌어당기는 자석이란 말이냐?
어째서 내 마음은 갑자기 어두운 밤에 숲속에서
달빛을 온몸에 받은 듯 흐뭇이 밝아오는 것일까?

너 목이 긴 단 하나의 병이여,   690
나는 너에게 인사하고 경건한 마음으로 집어 내리노라!
네 속에 깃든 인간의 지혜와 기술에 경의를 표하겠노라.
조용히 잠들게 하는 묘약이여!
모든 것을 죽음으로 인도하는 불가사의한 힘의 액체여,
너의 주인에게 은혜를 베풀어 다오.   695
너를 보니 고통이 가벼워지고
너를 손에 잡으니 의욕이 풀어져서,
정신의 조수(潮水)가 점점 물러가는구나.
바다 한가운데로 나는 끌려 나가

거울 같은 물결이 내 발밑에서 빛나고,   700
새로운 날이 새로운 기슭으로 나를 부른다.
화염을 뿜는 수레*가 훨훨 하늘로 날아서,
내게로 다가온다. 나는 새로운 길을 밟으며
창공을 뚫고 들어가, 순수한 활동의 신천지로,
달려갈 마음의 준비가 되었음을 느낀다.   705
이 비길 데 없는 고귀한 생활, 이 지극한 신들과 같은 희열,
아직은 벌레에 불과한 네가 그것을 향유할 자격이 있을까?
좋다. 그리운 이 세상의 태양에서,
과감히 돌아서라!
누구나 살금살금 그 앞을 스치고 지나는 문을   710
대담하게 열어젖혀라!
사나이의 위엄은 신들의 권위 앞에서도 물러서지 않고,
공상이 스스로 빚어낸 고뇌 속에 자기를 저주하고 집어넣는
그런 암흑의 동굴도 겁내지 않고,
비좁은 문턱에서 지옥의 불길이 타오르는   715
그 통로로 과감하게 돌진해서,
설혹 허무 속으로 흘러 들어갈 위험이 있더라도
명랑하게 그 첫걸음을 내디딜 결의를,
행동으로 증명하려면 지금이 그때다.

자, 이번에는 맑은 수정의 잔을 꺼내보자!   720
나는 여러 해 동안 너를 잊고 있었지만,

---

*   성경의 〈열왕기〉에서 엘리야가 화염을 뿜은 수레를 타고 승천했다는 데서 나
    왔다.

이제 너의 그 낡은 상자에서 나오너라!

조상들이 잔치를 베풀 때면 너는 반짝거렸다.

그리고 너를 차례로 돌리노라면,

근엄한 손님들까지도 흥겨워했다.   725

재치를 부려서 사치스럽게 아로새긴 그 무늬가 있어

그것을 시구(詩句)로 엮어서 설명하거나

단숨에 너를 들이마시는 것이 주객(酒客)의 의무였던

그 옛날 젊은 시절에 지내던 밤들이 머리에 떠오르는구나.

오늘 밤엔 너를 이웃 손님에게 권하거나   730

너의 무늬를 놓고 내 시재(詩才)를 보이자는 것도 아니다.

여기 있는 것은 사람을 빨리 취하게 하는 액체다.

그 갈색의 액체로 너의 배를 채우련다!

내 스스로 만들고 내가 택한 이 최후의 한 잔을

잔치의 엄숙한 인사로서   735

정성을 다하여, 아침을 위해서 바치노라!

   (잔을 입에 댄다.)

   (종소리와 합창.)

천사들의 합창　　　그리스도 부활하셨네!

     죽어 갈 자에게 기쁨이 있으라.

     남몰래 숨어들어

     파멸로 인도하는   740

     원죄로 얽매인 자에게

     기쁨이 있으라.

파우스트　　저 그윽한 종소리 저 맑은 노랫소리 저것이 강제로 내 입
에서 잔을 떼게 하는구나.

너희들 그 은은한 종소리는 벌써
부활제의 시작을 알리는가?   745
너희들 합창하는 무리는 그 옛날 어두운 무덤가에서
천사의 입술에서 흘러나와 신약(新約)의 바탕을 이룬
그 위안의 노래를 벌써 부르는 것이냐?

여인들의 합창   우리들은 향유로
주님의 몸을 씻으리.   750
주님께 충실한 우리들,
주님의 몸을 뉘었도다.
하얀 천과 노끈으로
깨끗이 감싸드렸도다.
아아! 우리 주 그리스도,   755
이제 여기 계시지 않도다.

천사들의 합창   그리스도 부활하셨네!
괴로움은 크셔도
구원하고 단련시키려
시련을 이겨내시고   760
사랑을 베푸신 주여, 축복이 있으라.

파우스트   천상의 노랫소리여, 왜 이리 억세고 부드럽게
티끌 속에 있는 나를 찾아 드는 것이냐?
다정다감한 사람들이 있는 곳에나 울려주렴.
복음은 들려오지만, 나에게는 신앙이 없다.   765
기적이란 신앙이 낳은 가장 귀여운 자식.
자애로운 소식이 울려오는
그런 세계로는 감히 나는 들어가지 않으련다.
하지만 저 노랫소리는 어린 시절부터 익숙한 것이기에

지금도 나를 삶의 속으로 다시 불러들이는구나.					770
옛날에는 엄숙한 안식일의 고요 속에서
천상 사람의 입맞춤이 내리덮었다.
그 시절엔 넘쳐흐르는 종소리가 듬뿍 여운을 남기고 울리며,
기도는 그대로 열정적인 즐거움이었다.
그리고 알 수 없는 사랑스러운 그리움에 끌려서,					775
나는 숲과 들을 헤매었다.
한없이 뜨거운 눈물을 흘리면서
나를 위해 하나의 세계가 나타난 듯 느꼈다.
저 노랫소리는 젊은이에게 즐거운 놀이를
봄 축제의 행복과 자유를 알려주었다.					780
추억은 이제 어린 시절의 감정으로,
나를 이 최후의 엄숙한 발걸음에서 구해주고 말았구나!
오오, 사뭇 울려라, 감미로운 천상의 노래여!
눈물이 솟는구나, 대지는 나를 다시 찾았도다.

사도들의 합창 땅에 묻히신 분은					785
    살아서 숭고하신 분은
    이미 하늘나라로
    영화롭게 오르셨네.
    생성하는 기쁨 속에
    창조에 가까우셨네.					790
    아아! 우리는 서럽게도
    이 땅의 품에 아직도 안겨 있네.
    주님은 우리를
    애도하시며, 여기 남겨놓으셨네.
    아아! 주님이시여, 우리는					795

당신의 복락(福樂) 때문에 여기서 통곡합니다.

천사들의 합창   그리스도는 부활하셨네.

썩은 대지의 품을 벗어나셨네.

너희들도 기쁨으로

이 세상의 굴레를 끊어 좋으리!

행동으로 주님을 찬양하고

이웃을 사랑하는 자,   800

형제처럼 음식을 나누며

전도하며 길을 가는 자,

영원의 기쁨을 약속하는 자여,

주님은 그대들에게 가깝고

그대들을 위해 여기 계신다.   805

성문 앞에서

각양각색의 산책하는 사람들이 성문 밖으로 나온다.

몇 명의 견습공　왜 그쪽으로 가는 거지?

다른 견습공들　우리는 사냥꾼의 집으로 가네.

첫 번째 견습공들　우리는 물방앗간으로 가려고 하는데　　　810

견습공 한 사람　냇가 주막으로 가는 것이 좋을 걸세.

두 번째 견습공　그리로 가는 길은 재미가 없어.

두 번째 견습공들　그럼, 자네는 어떻게 할 작정인가?

세 번째 견습공　난 남들이 가는 대로 따라가겠네.

네 번째 견습공　산성(山城) 마을로 올라가세. 거기는 틀림없이

아가씨도 제일 예쁘고, 맥주 맛도 최고이고,　　　815

멋들어진 싸움판도 벌일 수 있을 걸세.

다섯 번째 견습공　이 친구 들떠서 어쩔 줄 모르는군.

벌써 세 번째 아닌가, 어째 근질거린 모양이군.

난 아예 그런 데는 안 가겠네. 거긴 생각만 해도 몸서리가 쳐지네.

| 하녀 | 싫어, 싫어, 난 시내로 돌아가겠어. | 820 |

두 번째 하녀 그 사람 틀림없이 저 버드나무 옆에 있을 거야.

처음 하녀 와 있댔자 내가 좋을 게 뭐야.

그 사람은 너하고만 나란히 걸을 텐데.

놀이판에서도 너하고만 춤을 추는걸.

너 혼자 좋아한들 내게 무슨 상관이야!   825

두 번째 하녀 오늘은 틀림없이 혼자가 아닐 거야.

그 고수머리하고 같이 올 거라고 하던데.

학생 이크! 저 아가씨들 신이 나서 걸어가는구나!

자, 여보게! 저것들 뒤를 밟아보세.

독한 맥주에 독한 담배와   830

게다가 단장한 아가씨가 내 취향이거든.

여염집 처녀 저 근사한 학생들 좀 봐요!

저런 창피한 꼴이 정말 어디 있어?

얼마든지 좋은 상대와 사귈 수가 있을 텐데.

저런 하녀들의 꽁무니를 따라다니다니.   835

두 번째 학생 (첫 번째 학생에게) 그리 서둘지 말게! 저 뒤에도 둘이
　　　　　오고 있지 않나.

제법 맵시 있게 차렸는데.

한 아이는 우리 이웃이군.

난 저 여자에게 아주 녹았다네.

저렇게 얌전히 걷고 있지만,   840

결국은 우리와 어울려줄 걸세.

첫 번째 학생 여보게, 그만두게! 난 답답한 건 질색일세.

빨리 가세, 기껏 걸려든 것을 놓쳐버리기 전에

토요일에 비를 들던 손이라야

일요일에 남자를 최고로 어루만져주는 걸세.   845

시민   정말, 새 시장(市長)은 기분에 맞지 않아.

자리에 앉자마자 날이 갈수록 거드름만 피우고,

도대체 이 고을을 위해서 무엇을 했습니까?

시정(市政)은 나날이 나빠질 뿐만 아니라

전에 없이 명령에 복종해야 하고,   850

전보다 세금을 더 내야 하니 말이오.

걸인   (노래한다.) 착하신 어른들, 어여쁘신 마나님들,

잘도 차려입으시고 신수도 훤합니다그려.

제 꼴을 한번 살피시고

제 불쌍한 처지를 생각해서 도와주소서.   855

제 손풍금을 헛되이 울게 하지 마소서!

적선하시는 분은 복을 받습니다.

여러분이 흥겨워하는 날이 바로

제게는 추수하는 날입니다.

두 번째 시민   일요일이나 축제일에는,   860

전쟁이나 전쟁의 함성(喊聲)에 관한 이야기가 제일이고말고.

하기야 저 먼 터키 같은 곳에서

백성들이 서로 치고받는 경우 말입니다만,

우리는 그저 창가에서 한잔 들이켜며,

오색 찬란한 배들이 강물을 따라 내려가는 것을 보다가,   865

이윽고 저녁이 되면 즐거운 마음으로 집에 돌아가,

천하태평을 축하할 뿐이지요.

세 번째 시민   그렇고말고요. 나도 그렇습니다. 이웃 양반.

남들이야 머리를 서로 깨든 말든,

모두 뒤범벅이 되든 말든,   870

우리네 집안만은 영구불변이면 되지요!

노파 (여염집 처녀들에게) 단장들을 꽤 했구려, 젊고 아리따운 아
가씨들.

저러면야 반하지 않을 사람이 있으려고.

하지만 그렇게 새침하진 말구려. 그만하면 됐어요!

당신들의 소원쯤은 나도 성취해드릴 수 있지.   875

여염집 처녀 아가테야, 저리로 가자!

그런 마귀 같은 할멈하고, 남 보는 데서 같이 갈 수야 없잖니.

하긴 성 안드레아의 날* 밤에 그녀는

장래 내 남편감을 보여주기는 했지만 —

다른 처녀 나한테는 수정** 속에다 그이를 비춰서 보여주더라.   880

군인인가 봐! 억세게 생긴 몇몇 사람들과 같이 있었어.

그래 가는 곳마다 사방을 찾아보았지만

그런 사람은 만날 수가 없지 뭐야.

군인들 성이라면 높고

든든한 것,   885

여자라면 긍지 있고

거만한 여자를

우리는 정복하련다.

어려움 크다 해도

보람은 더욱 있으리.   890

---

* 안드레아 사도의 순교일, 즉 1월 17일의 밤. 이날 밤에 미혼의 여자가 일정한 형
식을 지키고 주문을 외면 미래 애인의 모습을 볼 수 있다고 전한다.

** 점성사는 수정이나 거울 속에 영이나 그곳에 없는 사람의 모습을 나타낼 수 있다
는 믿음이 있었다.

나팔 소리 울리면
우리는 달려가리.
즐거운 자리에도
수라장에도
이것이 돌격이다.   895
이것이 인생이다.
여자도 성벽도
함락시키고 말리라.
어려움이 크다 해도
보람은 더욱 있으리.   900
그래서 군인은
용감하게 전진한다.

(파우스트와 바그너.)

파우스트   부드러운 봄날의 생기에 넘치는 빛을 받아,
강도 시냇물도 얼음에서 풀렸다.
골짜기에는 희망과 행복이 푸르르다.   905
지나간 겨울은 기운을 잃어
거친 산속으로 물러간다.
거기서 겨울은 물러가면서
싸라기 같은 얼음의 맥 풀린 소나기를 뿌려서
푸른 들판에 줄무늬를 그린다.   910
그러나 태양은 모든 흰 것을 허용치 않는다.
어디에 가나 생성과 노력이 약동하며
태양은 만물에 빛을 주어 생기를 돋우려 한다.

그러나 이 근처에 아직 꽃이 피지 않아,
그 대신 울긋불긋한 차림의 사람들을 모여들게 한다.   915
돌아서서 이 언덕 위에서,
시내 쪽을 돌아다보게나.
텅 빈 어두운 성문에서
울긋불긋한 인파가 밀려 나온다.
누구나 오늘은 햇볕을 쪼이고 싶어서다.   920
그들은 주님의 부활을 축복하지만,
자기네들 스스로가 부활했기 때문이다.
낮은 집 침침한 방에서
직공이나 상인의 번거로움에서
박공이나 지붕의 육중한 중압에서   925
붐비는 좁은 거리에서
교회의 엄숙한 어둠에서
그들은 모두 밝은 햇빛을 찾아 나왔다.
자, 보라, 얼마나 많은 사람들이 활발하게,
정원과 들을 지나서 흩어져가고 있는가?   930
그리고 강물은 좌우 사방에서
저렇게 즐거운 놀잇배들을 띄우고 있구나.
저 마지막 거룻배는 가라앉을 정도로
사람들을 잔뜩 싣고 떠난다.
저기 먼 산의 오솔길에서도   935
울긋불긋한 옷들이 아른거린다.
벌써 마을에선 웅성대는 소리가 들린다.
여기야말로 인간의 참다운 천국이다.
어른, 아이 할 것 없이 흐뭇해서 소리를 지르고 있다.

여기서는 나도 인간이다. 여기서는 나도 인간다워질 수 있다.　940

바그너　선생님! 선생님과 함께 산책하는 것은,

영광이며 얻는 바도 많습니다.

그러나 저는 거친 것은 무엇이나 싫어하므로,

혼자 이런 곳을 헤매고 싶지 않습니다.

양금(洋琴) 소리나 고함, 구주희(九株戱) 하는 따위의　945

그런 소리는 저는 질색입니다.

모두가 귀신한테 쫓기기나 하는 듯이 미쳐 날뛰면서

그게 즐거움이요, 노래라고 하니 말씀이에요.

(농부들, 보리수 밑에서 노래와 춤.)

목동이 춤추러 간다고 단장을 했네.

울긋불긋한 저고리와 리본과 꽃다발로　950

꾸미고 나선 꼴이 멋들어지군.

보리수 주위에는 벌써 초만원,

너나없이 미친 듯 춤을 춥니다.

유흐헤! 유흐헤!

유흐하이자! 하이자! 헤!　955

양금 소리 구성지다.

거기에 허둥지둥 뛰어든 목동,

얼떨결에 팔꿈치로

한 아가씨를 밀어붙였네.

팔팔한 그 아가씨 홱 돌아보고는,　960

아니, 이건 얼간이로군.

유흐헤! 유흐헤!

유흐하이자! 하이자! 헤!

버릇없는 사람이 나는 싫어요.

그러나 재빨리 돌면서 돌아가면서   965

좌우로 둥실둥실 춤을 추었네.

옷자락은 너펄거리며

얼굴은 불그레 몸은 후끈 달아서,

두 사람은 팔을 끼고 숨을 돌리네.

유흐헤! 유흐헤!   970

유흐하이자! 하이자! 헤!

어느새 허리에 팔이 스치네.

제발 그렇게 정다운 체하지 말아요.

약혼자마저 속이고

버린 남자 얼마나 많은가요!   975

그러나 그 친구 슬슬 구슬려 데리고 가네.

멀리 보리수 쪽에서,

유흐헤! 유흐헤!

유흐하이자! 하이자! 헤!

(사람의 고함 소리, 바이올린 소리.)   980

늙은 농부 이거 참, 선생님 잘 오셨습니다.

저희들을 이렇게 싫다고 안 하시고,

대학자님의 귀하신 몸으로

이런 천한 백성들이 들끓는 곳에 나오시다니요.

자, 그럼 새 술을 담은   985
제일 좋은 잔을 드십시오.
제가 술을 한잔 올리며 소리 높여 소망하노니,
이 잔이 선생님의 갈증을 가셔줄 뿐 아니라,
여기 남은 술의 방울 수만큼
오래 사시기를 축원합니다.   990
    (사람들이 주위에 모여든다.)

파우스트 그러면 그 시원한 술을 들고
여러분께 축복과 감사를 돌려드리겠소이다.

늙은 농부 정말이지, 오늘 같은 즐거운 날에 나와주셔서,
참으로 반갑습니다.
지나간 날 저희가 재앙을 당했을 땐   995
선생님의 은덕을 많이 입었습니다.
선생님의 부친께서 전염병이 창궐했을 때,
무서운 열병으로 고생하던 사람들을
아슬아슬한 순간에 구해주셔서,
지금도 이렇게 살아 있는 사람이 정말 많습니다.   1000
그때 선생님께서는 아직 젊으셨을 때이지만
환자들의 집을 일일이 찾아주셨습죠.
그리고 많은 시체가 업혀 나갔지만,
선생님께서 무사히 벗어나시고
여러 가지 어려운 고비를 겪으셨습죠.   1005
하늘이 사람을 도와주신 분을 살려주신 것이지요.

일동   위대한 선생님께서 길이길이 장수하셔서
오래도록 인명을 구해주시기를!

파우스트 저 하늘에 계신 분에게 감사를 하시구려.

그분이 구하는 법을 가르쳐주시고, 도와도 주시는 것이지요.   1010

（그는 바그너와 함께 계속 걸어간다.）

바그너   선생님, 저렇게 많은 사람의 존경을 받으시니,

기분이 얼마나 좋으시겠습니까.

자기의 재능으로 이렇게 성공을 거둘 수 있는 사람은,

진정 행복하리라 생각합니다.

아버지는 자식보고 선생님을 본받으라고 가르치고   1015

저마다 어디 계시냐고 묻고 밀치고 달려들 오고

양금 소리도 그치고 춤추던 사람도 잠시 멈추는군요.

선생님이 지나가시면, 양쪽에 쭉 늘어서서

모자들을 공중으로 날리며,

마치 성체(聖體)가 거동할 때와 같이,   1020

너나없이 무릎이라도 꿇을 것 같군요.

파우스트   저 바위가 있는 데까지 좀 더 올라가서,

산책을 좀 쉬기로 하세.

여기서 나는 가끔 생각에 잠긴 채 홀로 앉아

기도와 단식으로 내 몸을 괴롭혔네.   1025

희망에 부풀고 신앙에 매여

눈물을 흘리고 한숨을 짓고 손을 비벼대며,

그 흑사병을 근절해주십사고

하늘에 계신 주님께 애원했네.

지금 저 사람들의 칭찬이 내게는 비웃음으로 들리네.   1030

자네는 내 손을 모르겠지만,

우리 아버지와 나는

칭찬받을 만한 일을 못 하였네.

우리 아버지는 숨은 군자라고 할 수 있는 분이라,

자연과 그 신성한 운행에 대해서　　　　　　　　　　1035
성실했지만 자신만의 방법대로
망상에 가까운 노력을 하며 연구하셨다네.
연금술사들의 무리와 어울려서
컴컴한 부엌*에 틀어박혀
수없는 처방에 따라　　　　　　　　　　　　　　　1040
서로 성질이 맞지 않는 것을 조화시키려고 했었지.
그래 대담한 구혼자(求婚者)인 붉은 사자**를
미지근한 탕 속에서 나리꽃***과 짝을 지웠지.
그리고 이 두 가지를 타오르는 불로 지지며,
이 신방**** 저 신방을 몰아치곤 하였네.　　　　　　　1045
그러나 오색 찬란한
젊은 여왕*****이 유리그릇 속에 나타났지.
바로 그것이 약이었지만 환자는 죽었다네.
나은 사람이 누구냐고 묻는 이는 하나도 없었지.
그와 같이 우리는 터무니없는 탕약을 가지고　　　　　1050
이 근처 방방곡곡을 돌아다니며,
흑사병보다 더 해독을 끼치며 날뛰었네.
나 자신 그 독약을 수천 명에게 주어,
그들은 말라 죽었는데 나는 이렇게 살아남아서

---

*　　　연금술사들의 실험실
**　　 파라셀수스가 붙인 약명으로 적색을 띠는 산화수은
***　 파라셀수스가 붙인 약명으로 백색을 띠는 염산
**** 약물을 혼합하는 시험관
***** 만병통치약으로 여겨 연금술사들이 얻고자 했던 '현자의 돌'

파렴치한 살인자가 칭찬받게 되었네.   1055

바그너   그런 일로 상심하실 필요가 없습니다.

선인(先人)들에게서 물려받은 기술을

양심껏 정확하게 시행하기만 하면,

그것으로 넉넉히 훌륭한 인간이라고 할 수 있지 않겠습니까?

선생님이 젊은 시절에 아버님을 존경하신 이상,   1060

그분이 물려주시는 것을 기꺼이 받으셔야겠죠.

만일 어른이 되신 후에 학문을 쌓으시면,

아드님은 좀 더 높은 목적을 이루시게 될 테니까요.

파우스트   아아, 이 미궁의 바다에서 헤어날 수 있다고,

희망을 품을 수 있는 자는 얼마나 행복하랴.   1065

우리는 모르는 것이 반드시 필요하며

알고 있는 것은 별로 소용이 없다.

그러나 이 순간의 행복을

그런 우울한 기분으로 망쳐버리지 마세.

자, 보게, 저 푸른 숲에 둘러싸인 오막살이가   1070

붉은 저녁놀 속에 얼마나 빛나고 있는가.

해는 기울어 물러가니 오늘 하루도 다 가버렸구나.

해는 저쪽 나라로 달려가서 새로운 삶을 재촉할 것이다!

아, 내가 이 땅에서 떠올라 어디까지든지,

저것을 쫓아갈 날개가 없음이 슬프구나.   1075

그러면 나는 영원한 저녁놀 속에

고요한 세계를 발밑으로 보며

봉우리마다 불타고 골짜기마다 고요하며,

은빛 시냇물이 황금빛 강물로 흘러 들어가는 것을 볼 수 있으련만,

그러면 수많은 깊은 골짜기를 가진 험한 산들도   1080

신과 같이 나는 나의 길을 가로막지는 못하련만,

물이 미지근한 항만을 낀 바다가,

벌써 내 놀란 눈앞에 전개되는구나.

그러나 태양의 여신은 기어이 가라앉고 만다.

그러나 나에겐 새로운 충동이 일어나고,   1085

여신의 영원한 빛을 들이마시려고 여전히 좇는다.

낮을 안고 밤을 등지고,

위에는 하늘, 아래는 파도를 바라보며,

이것은 아름다운 꿈이다. 그 사이에 여신은 사라져간다.

아아, 마음의 날개는 하늘을 날아도,   1090

육체의 날개가 쉽게 어울려 주지 않는구나.

그러나 우리들의 머리 위에서 푸른 하늘로 사라져가며,

종달새 우짖는 소리 울려 퍼지고,

치솟는 가문비나무 위에서

독수리가 날개를 활짝 펴 날고,   1095

들과 호수를 건너

두루미가 제 집을 찾아 날아가는 것을 볼 때면,

사람의 감정이 하늘 높이 위로 치닫는 것은

누구나 타고난 천성이 아니겠는가?

바그너   저 역시 가끔 변덕스러운 생각이 드는 때가 있습니다. 1100

그런 충동은 아직 한 번도 느껴 보지 못했습니다.

숲이나 들을 바라보아도 곧 싫증이 납니다.

새의 날개를 부러워하는 일은 절대 없을 것입니다.

한 권 한 권, 한 장 한 장, 책을 읽는

정신적인 기쁨은 얼마나 다릅니까?   1105

기나긴 겨울밤도 정답고 아름다워지며

복된 생기가 사지를 녹여줍니다.

더구나, 그 소중한 양피지 책을 펼치고 있으면,

천국이 온통 당신에게로 온 듯 느끼실 겁니다.

파우스트   자네는 오직 한 가지 충동만을 알고 있네.   1110

또 다른 하나의 충동은 모르고 지내게나!

아아, 나의 가슴에는 두 개의 영혼이 깃들어 있어,

서로 떨어지고 싶어 한다네.

그 하나는 음탕한 애욕에 불타서

달라붙는 관능으로 현세에 집착하고,   1115

다른 하나는 억지로 속세를 떠나

숭고한 선인들의 영계(靈界)로 오르려고 하네.

이 하늘과 땅 사이를 지배하며,

대기 속에 영이 떠돌고 있다면,

황금빛 안개 속에서 내려와   1120

나를 새롭고 찬란한 삶으로 인도해 다오!

그렇다, 하다못해 내게 마법의 외투라도 있어서

그것이 나를 다른 나라로 데려다줄 수 있다면,

그것이 내게는 어떤 값진 의상보다도,

아니 제왕의 어의보다도 값진 것이 되련만,   1125

바그너   제발 그 악명 높은 마귀들*을 부르지 마슆쇼.

그 마귀들은 대기 속에 흘러들어 흩어져서

사방에서 인간에게

---

* 대기의 영들로 북에서는 살을 에는 한풍, 동에서는 폐로 쳄투하는 건조한 바람, 남에서는 열병을 일으키는 열풍, 서에서는 폭우를 몰고 오는 기만의 바람이 되어 습격한다.

오만 가지 해를 끼치려 하고 있습니다.

북쪽에선 날카로운 이를 드러낸 마귀가   1130

활촉같이 날카로운 혀를 가지고 선생님께 덤벼들고

동쪽에서 덤벼드는 놈은 만물을 메마르게 하고

선생님의 허파에서 양분을 빨아 살찌고 있습니다.

남쪽의 사막에서 보내온 놈들은

선생님의 머리에 끊임없이 불을 지르며,   1135

서쪽에서 몰려오는 무리는 처음엔 생기를 돋우어주지만,

당신과 논밭을 물로 덮어버리는 놈입니다.

놈들이 다른 사람의 말을 잘 듣는 사람의 재앙을 달콤하게 여기기

때문이며,

선뜻 순종하는 것은 우리를 속이려는 수작이지요.

놈들은 하늘에서 내려온 듯 꾸미고   1140

거짓을 말할 때도 천사처럼 속삭입니다.

그러나 이만 돌아가시지요. 온 누리가 벌써 어두워지고,

바람이 싸늘해지고 안개가 내리고 있습니다.

저녁이 되니 비로소 집의 고마움을 알겠군요.

무엇을 그렇게 서서 놀라신 듯 바라보십니까?   1145

어스름 속에서 마음을 사로잡습니까?

파우스트   자네는 저 새싹들과 그루터기 사이를 배회하는 검은 개가
　　　　　　보이나?

바그너   벌써 보고 있지만 별로 대수롭지는 않는데요.

파우스트   잘 살펴보게나, 자네 저 짐승이 무엇인지 아나?

바그너   복슬개죠. 제 버릇대로   1150

　　　주인의 발자국을 찾느라고 애쓰고 있군요.

파우스트   자네는 보이나? 저놈이 넓게 달팽이 껍데기 같은 나선형

을 그리며

우리들 주위를 돌면서 점점 가까이 오는 것을,

내가 잘못 본 것이 아니라면 저놈이 지나간 자리에는,

봄꽃이 소용돌이치며 따르고 있네.   1155

바그너   저에겐 검은 복슬개밖에는 안 보입니다.

혹시 선생님께서 잘못 보신 게 아닐까요?

파우스트   내가 보기에는 장차 인연을 맺으려고,

우리들 발에다 눈에 띄지 않는 마법의 올가기를 치고 있는 것

같네.

바그너   저놈은 제 주인이 아니고   1160

낯선 사람이 둘 있어서 겁을 집어먹고 우리 주위를 뛰어다니는

군요.

파우스트   원이 오므라들었군, 벌써 가까이 왔군!

바그너   자, 보세요, 개지요. 마귀가 아닙니다.

쿵쿵거리고 의심도 하고 배를 깔고 엎드리기도 하고

꼬리를 치기도 하는군요. 모두 개가 하는 버릇이지요.   1165

파우스트   이놈아, 이리 와! 우리와 같이 가자!

바그너   이놈 참 우스운 짐승이군요.

선생님께서 걸음을 멈추시면 기다리고,

무슨 말을 건네시면 덤벼들려고 하는군요.

무엇이든 잃어버리면 저놈이 집어 오겠는데요.   1170

선생님의 단장을 찾으려고 물속에라도 뛰어들겠군요.

파우스트   아마 자네 말이 맞을지도 모르겠네. 보아하니,

영의 흔적은 조금도 찾아볼 수 없고 모든 게 훈련의 탓이군.

바그너   훈련을 잘 받은 개라면

현명한 분의 마음에도 들 것입니다.   1175

이놈은 학생으로서는 아주 어울리는 제자이니
충분히 선생님의 귀염을 받을 만한 자격이 있습니다.

(두 사람은 성문으로 들어간다.)

서재 (1)

파우스트, 복슬개를 데리고 들어온다.

파우스트 깊은 밤에 잠긴
들과 밭에서 나는 돌아왔다.
밤은 예감에 찬 신성한 두려움으로   1180
우리들의 마음속에 보다 나은 영혼을 일깨운다.
우락부락하게 행동하려는
거친 충동도 이제 잠들었다.
이젠 인간에 대한 사랑,
그리고 신에 대한 사랑이 움직이고 있다.   1185
조용히 해라, 복슬개야, 그렇게 이리저리 뛰지 마라!
문지방에서 무슨 냄새를 맡고 그러느냐?
난로 뒤에 가서 누워 있거라!
내 가장 좋은 방석을 네게 주마.
네가 바깥 언덕길에서 이리 뛰고 저리 달리며   1190

우리를 즐겁게 해준 대신에
이젠 환영받는 얌전한 손님이 되어
나의 대접을 받아라.
   아아, 우리의 비좁은 방에
   등잔불이 다시 정답게 타오르면,   1195
   우리의 가슴 속이나
   자신을 아는 그 마음이 밝아진다.
   다시 이성은 말을 하기 시작하고
   희망은 또다시 꽃피기 시작한다.
   사람은 삶의 시냇물을 그리워하고
   아아, 생명의 근원을 그리워한다.   1200
으르렁대지 마라, 복슬개야! 지금 내 영혼을,
싸고도는 신성한 음향에
짐승의 소리는 어울리지 않는다.
인간이 자기가 모르는 것을 비웃고
가끔 번거롭게 여기는   1205
선과 미를 보고서 투덜거리는 꼴을
우리는 지금까지 흔히 보아왔는데,
개도 인간들처럼 그것을 보고 으르렁거리는 것이냐.

아아, 마음은 간절해도
이 가슴에선 이제 만족감은 솟아나지 않는구나.   1210
그러나 어째서 생명의 흐름이 이다지도 빨리 고갈되고,
우리는 다시금 갈증을 느껴야 하는가?
내가 여러 번 경험한 일이다.
이러한 결함은 메울 수가 있다.   1215

우리는 초자연적인 것을 아끼는 것을 배우고,

또한 신의 계시를 그리워한다.

그러한 계시는 신약 성서에 나타난 것보다도

존귀하고 아름답게 빛나는 것은 없느니라.

곧 그 원전*을 펴놓고   1220

성실한 마음으로 한번

신성한 원문을

내 사랑하는 독일어로 옮겨보고 싶어졌다.

(한 권의 책을 펴 들고 번역을 시작한다.)

기록하여 가로되 "태초에 말씀**이 있었느니라."

나는 이 대목에서 벌써 막히고 만다. 누가 날 도오 앞으로 나아가게

할 수 없을까.   1225

나는 말이란 것을 그렇게 높이 평가할 수가 없다.

만일 내가 영의 계시를 올바르게 받고 있다면,

그와는 달리 옮겨놓아야 할 것이다.

기록하여 가로되 "태초에 뜻이 있었느니라."

경솔하게 붓을 휘두르지 않기 위하여   1230

첫 구절을 신중하게 생각해야겠다.

만물을 창조하고 움직이는 것이 과연 뜻일까?

이렇게 적어야 할 것이다. "태초에 힘이 있었느니라."

---

*   그리스어로 된 신약성경. 파우스트가 번역하는 것은 〈요한복음〉의 서두이며 문
     제의 '로고스'라는 말을 루터는 '말'로 번역했다.

**   말씀(로고스)는 불멸의 본질이다. 그리스인은 이성의 소리로 생각했고, 유태인
     은 신의 자의식으로 해석했다. 세계는 로고스를 통해 성립하고 통치된다. 〈요한
     복음〉에서는 로고스가 신의 산 모습이며, 모든 생명이고 인간의 광명이라 생각
     한다.

하지만 내가 이렇게 써 내려가는 동안에,
벌써 그것으로도 안 되겠다고 깨우쳐주는 것이 있다.　　　　1235
영의 도움이다! 문득 좋은 생각이 떠올라
확신을 가지고 이렇게 써야 할 것이다. "태초에 행동이 있었느
니라."

나와 같이 한방에 있으려면
복슬개야, 그렇게 울어대지 말아 다오,
짖어대지 말아 다오.　　　　1240
그렇게 시끄러운 친구를
옆에 두고 참을 수는 없다.
너건 나건 어느 한쪽이
나가야만 하겠다.
본의 아니지만 손님의 권리를 취소한다.　　　　1245
문은 열려 있다. 마음대로 나가 다오.
그런데 이것이 어쩐 일일까?
이런 일이 세상에 있을 수 있을까?
이것이 환상이란 말이냐, 현실이란 말이냐?
복슬개가 가로세로 마구 커지다니!　　　　1250
기를 쓰고 일어난다.
이것은 개의 모습이 아니다.
내가 정말 도깨비를 집 안에다 끌어들였구나!
벌써 이놈은 하마 같은 꼴을 하고
불같은 눈에 무시무시한 이를 드러내고 있다.　　　　1255
오오, 네놈은 내 손아귀에 들어 있다.
이런 지옥에서 반편으로 태어난 놈에겐

‘솔로몬의 열쇠*’란 주문이 잘 들을 것이다.

영들   (복도에서) 이 안에 한 마리가 갇혔네.

밖에 있거라, 따라 들어가면 안 되지.   1260

덫에 걸린 여우처럼

지옥의 늙은 살쾡이가 겁을 먹고 있구나.

그러나 정신 차려야지.

저쪽으로 둥실 이쪽으로 둥실

아래위로 휠휠 날아라.   1265

그러면 그 친구는 빠져나오리라.

그 친구한테 도움이 된다면,

이대로 내버려두지는 말아라.

우리는 모두 여러 가지로

그 친구의 신세를 졌으니까.   1270

파우스트   이런 짐승을 대하려면, 우선

사대원(四大元)의 주문(呪文)이 필요하다.

불의 요정 살라만드라여, 타거라,

물의 요정 운디네여, 굽이쳐라,

바람의 요정 실프여, 사라져라,   1275

흙의 코볼트여, 수고하라.

이 사대원과

그 가진 힘과

---

*   마법의 책

그 성질을
모르는 자는   1280
영들을 다스리는
스승이라고 할 수는 없다.

　　불꽃이 되어 사라져라,
　　살라만드라여!
　　한데 뭉쳐 쏴쏴 흘러라,   1285
　　운디네!
　　유성과 같이 아름답게 빛나라,
　　실프여!
　　집안 일을 거들어라,
　　인쿠부스*, 인쿠부스여!   1290
　　나타나서 끝장을 내거라!

사대원 중의 그 어느 하나도
저 짐승 속엔 깃들어 있지 않다.
꼼짝도 안 하고 누워서 나를 노려보고 있다.
아직도 나한테 따끔한 맛을 못 보았구나.   1295
오오, 좀 더 효과 있는
주문을 들려주마.

---

*　　앞에 나오는 코볼트와 같은 흙의 요정인 동시에 집안을 돌보는 요정이다. 살라만
　　드라는 불의 요정, 운디네는 물의 요정, 실프는 바람의 요정, 코볼트는 흙의 요정
　　이다.

이놈, 너는
지옥의 도망자냐?
그렇다면 이 부적을 보아라.   1300
이것은 암흑의 무리도
머리를 숙이는 부적이다.

벌써 털을 곤두세우고 부풀어 오르는구나.

이 잔악무도한 놈아!
이것을 읽을 줄 아느냐?   1305
생겨나지 않은 자,
모든 하늘나라에 골고루 넘쳐
흐르는 자,
그리고 무참하게도 꿰찔린 자이다.

난로 뒤에 갇히어   1310
이놈이 코끼리처럼 부풀어 올라,
온 방안을 가득 채우고는
안개로 변해서 사라지려는구나.
천장으론 오르지 마라.
이 스승의 발 아래 꿇어앉아라.   1315
알겠다, 난 공연히 위협하는 게 아니다.
신성한 불길로 너를 지지겠다!
세 겹으로 타오르는 불*을
기다릴 셈이냐!
나의 술법 중에서 제일 강한 것을   1320

기다리지 말거라!

(안개가 사라지며 메피스토펠레스가 여행하는 학생 차림으로 난로 뒤에서 나타난다.)

메피스토펠레스 왜 이리 야단이십니까? 무슨 일이신가요?

파우스트 이게 바로 복슬개의 정체였군.

여행하는 학생이라? 그것 참 우습게 되었군.

메피스토 박식한 선생님께 인사를 드리겠소.   1325

내게 어지간히 진땀을 흘리게 했습니다그려.

파우스트 이름이 무엇인가?

메피스토 그 질문은 어째 시시하군요.

말을 그처럼 경멸하고

모든 겉모양을 무시하고,

오직 본질의 깊은 곳에 뜻을 두신 분으로서는 말씀이죠.   1330

파우스트 그러나 너희들의 경우라면 이름만 들어도

대개 그 본질을 알 수 있지.

파리의 신**이라든가, 유혹자, 위선자 하면,

그것으로 오죽이나 똑똑히 알 수 있냐 말이다.

그럼 좋다, 자넨 도대체 무얼 하는 자인가?

메피스토 항시 악을 원하지만,   1335

그러나 항상 선을 행하는 그런 힘의 일부분이오.

파우스트 그런 수수께끼 같은 말은 무슨 뜻이지?

메피스토 나는 항시 부정만 하는 영이오.

---

* 한가운데 신의 눈이 그려진 삼각형의 부적으로, 삼위일체를 상징하고 일광에 둘러싸여 빛나는 원형이다.

** 헤브라이어 'Beelzebub(악마의 이름)'을 독일어로 직역했다.

그리고 그것은 당연한 일이죠. 생겨나는 모든 것은,

의당 말하는 가치밖에 없을 뿐 아니오?   1340

그러나 차라리 생겨 나지 않는 것이 좋지요.

그래서 당신네가 죄라든가 파멸이라든가,

요컨대 악이라고 부르는 것이,

모조리 나의 특성이죠.

파우스트　자넨 스스로 한 부분이라고 부르면서 내 앞에는 전체로서

　　　　　있지 않느냐?   1345

메피스토　난 당신한테 에누리 없는 진리를 말씀드렸소이다.

어리석은 인간은 자기를 소우주라 하고,

흔히 자기를 전체라고 생각하지만 —

나 같은 놈은 처음에는 일체였던 것 일부분의 또 일부분이지요.

빛을 낳은 어둠의 일부분이지요.   1350

그 교만한 빛은 이제 와선 모체였던 밤을 상대로

해묵은 지위와 공간을 서로 빼앗으려고 하지만,

그러나 될 일이 아니지요. 제아무리 몸부림을 쳐봐도

빛은 물체에 묶여 떨어지지 않으니 별 수 있소.

빛은 물체에서 흘러나와 물체를 아름답게 하지만,   1355

그러나 물체는 빛의 진로를 막아버리지요.

그러니까, 오래지 않아 빛은

물체와 더불어 멸망하고 말 것이오.

파우스트　이제 나는 너의 그 굉장한 임무를 알았다.

자네는 전체를 파괴할 수는 없으니,   1360

조그만 일부터 시작하자는 수작이구나.

메피스토　그렇게 해도 물론 별일은 못 해냅니다.

무(無)에 대립하고 있는 어떤 유(有) 말이에요.

즉 볼품없는 세상 말인데요.

이놈은 내가 여러 가지로 해본 일이긴 하지만,　　　　　　　　1365

도저히 손을 댈 수가 없습니다.

파도, 폭풍, 지진, 화재 등 여러모로 해보았지만,

결국 바다건 육지건 예나 다름없이 평온하단 말이에요.

게다가 그 못마땅한 놈인, 동물이나 인간의 부류에는

전혀 손을 쓸 수가 없단 말씀이오.　　　　　　　　　　　1370

기왕에 얼마나 많은 놈들을 파묻었는지 모르겠소!

그런데 여전히 새롭고 싱싱한 피가 순환하고 있단 말이에요.

형편이 이러니 우리도 미칠 지경이지요.

공기 속에선 물, 땅속에선

오만 가지 싹이 터져 나오거든요.　　　　　　　　　　　　1375

메마른 곳, 습기 찬 곳, 따뜻한 곳, 그리고 추운 곳에서도 말이에요.

그 불이란 놈을 내가 잡아두지 않았던들

내세울 특수한 무기조차도 없을 뻔했지요.

파우스트　　그래서 자네는 영원히 쉬지 않고

복된 창조를 하는 힘에 대해서　　　　　　　　　　　　　1380

차가운 악마의 주먹을 들이대고 덤비는 모양인데,

제아무리 흉악하게 주먹을 불끈 쥐어도, 소용이 없을걸!

혼돈이 낳은 기괴한 아들아!

자넨 다른 일을 찾아서 하는 것이 좋을 것일세.

메피스토　　사실 생각해볼 문제입니다.　　　　　　　　　　　1385

좀 더 자세한 것은 요다음에 듣기로 하고,

이번에는 물러가도 되겠지요?

파우스트　　왜 그런 질문을 내게 묻는지 모르겠네.

이젠 자네하고 알게 되었으니

언제나 마음이 내키거든 나를 찾아오게나.   1390

여기 창문이 있고 저기 출입문이 있으니까.

굴뚝도 자네한텐 안성맞춤의 출입구일 테고.

메피스토 털어놓고 말씀하지요.

내가 빠져나가는 데에 작은 방해물이 길을 막고 있습니다.

저 문턱 위에 그려 놓은 펜타그램*의 마귀 쫓는 표식이.   1395

파우스트 저 펜타그램이 너를 괴롭힌단 말이냐?

그거, 이상하군. 지옥의 아들이여, 만일 저것이 자네를 묶어놓았
다면,

도시 어떻게 들어올 수 있었나?

저런 영의 힘을 어떻게 속였느냐 말이다.

메피스토 저것을 잘 보시구려, 완전하게 그려져 있지 않거든요. 1400

바깥쪽으로 한쪽 모서리가

보시다시피 조금 열려 있지요.

파우스트 그것 참 공교롭게도 잘 들어맞았구나!

그러면 너는 내 포로가 되었단 말이지?

이건 뜻밖의 성공이군.   1405

메피스토 복슬개 모습으로 뛰어 들어올 때는 미처 보지 못했어요.

그런데 이제 사태가 좀 달라졌군요.

악마는 이 집에서 못 나간단 말이에요.

파우스트 하지만 왜 창문으로 나가지 않나?

메피스토 악마나 귀신에게도 규칙은 있어서,   1410

들어온 곳으로 나가게 마련입니다.

---

* 악귀를 쫓는 별표 부적

들어올 때는 자유지만 나갈 때는 제한을 받습니다.

파우스트   지옥에도 규칙과 법이 있단 말인가?

그것 됐구나, 그러면 자네들 신사 제군과

적당한 계약을 할 수 있겠군.   1415

메피스토   약속한 것은 몽땅 드릴 수 있지요.

깎거나 치사한 짓은 절대로 하지 않습니다.

하지만 그런 이야기는 그리 간단히 되지 않으니,

다음에 이야기하기로 합시다.

이번에는 나를 놓아주시기를   1420

간절히 부탁드리겠습니다.

파우스트   그렇지만 잠깐만 더 있게나,

좀 재미나는 이야기라도 듣고 싶군.

메피스토   이번에는 좀 놓아주시구려! 곧 돌아오겠습니다.

그땐 무엇이든 물어주시오.   1425

파우스트   내가 너를 노린 것이 아니라,

네가 스스로 그물에 걸린 것이 아니냐.

악마를 붙잡은 이상, 놓칠 수야 없지!

그렇게 손쉽게 두 번 다시 잡기는 어렵거든.

메피스토   소원이시라면, 나도 용의가 있습니다.   1430

여기 남아서 벗이 되어드리죠.

하지만 심심풀이가 될 만한 요술을

보여드린다는 조건을 붙이겠습니다.

파우스트   어디 구경해보세, 자네 멋대로 해보게.

다만 되도록 재미있는 것을 보여주게!   1435

메피스토   선생, 당신은 아마 이 한 시간 동안에,

단조롭던 일 년 동안에 누린 것보다,

더욱 많은 것을 당신의 감각은 얻게 될 것입니다.

귀여운 영들이 노래를 불러주며

또 그들이 보여 드릴 아기자기한 모습들은   1440

마술과 같은 헛것은 아니란 말요.

당신 코에도 향기가 풍길 것이고,

당신의 입에도 단맛이 돌 것입니다.

그리고 당신의 마음도 황홀해질 것입니다.

미리 준비할 것도 별로 없지요.   1445

모두 모여 있습니다. 자, 시작들 하렴!

영들   사라지거라, 머리 위의

어두운 둥근 천장아!

보다 따뜻하고 정답게

들여다보렴.   1450

푸르른 하늘아!

검은 구름은

흩어져버리거라!

어린 별은 반짝이며,

해와도 같은 큰 별들,   1455

어울려 부드럽게 빛나는구나.

영과 같이 아름다운

하늘의 아들들,

너울너울 허리 굽혀

두둥실 떠가는구나.   1460

그리움으로 타는 가슴 안고

그들의 뒤를 쫓아가렴.

그리고 옷들의 허리띠는

번쩍이면서
들과 산을 덮고   1465
정자를 덮는다.
정자 아래 사랑하는 이들
깊은 사랑에 잠겨
백년해로를 언약하는구나.
정자들 즐비하게 늘어서고   1470
싹트는 덩굴 기어오른다.
주렁주렁 늘어진 포도송이
벌써 압착기에 눌려서
통 속으로 넘쳐흘러
거품이 이는 포도주 되어   1475
도랑 이루고 흘러넘쳐,
맑고 귀한
바위틈을 흘러내려
산들을
뒤로 두고   1480
초록빛 언덕이
겹겹이 늘어선 곳에
퍼져서 호수가 되는구나.
그리고 새의 무리는
기쁨의 술 마시고   1485
태양을 향해 날며,
물결 속에
넘실대는
밝은 섬들을 향하여

훨훨 날아가는구나.   1490
섬에는 기쁨에 넘친 무리
입을 모아 노래 부르고,
들에 나와
춤을 추도다.
누구나 집에서 나와   1495
즐거운 날을 보내는구려.
높은 산에
오르고,
물속에 뛰어들어,
헤엄치고   1500
어떤 이는 하늘을 날고
모두가 생(生)을 갈망하고
모두 먼 곳으로
사랑스러운 별을 바라보며,
복되고 은혜로운 하늘로 향하는구나.   1505

메피스토　이제 놈이 잠이 들었구나! 잘했다, 산들바람처럼 상냥한
　　　　　아이들아.
너희들은 열심히 노래를 불러 이자를 잠들게 하였다.
이번 합창으로 나는 자네들에게 빚을 졌네.
너는 아직 악마를 붙잡아 둘 인간은 못 되지!
한번 이놈에게 아름다운 꿈의 모습을 보여 홀려주렴.   1510
망상의 바닷속에 깊이 처넣어주어라!
한데, 이 문턱의 마력을 풀려면,
쥐들의 이빨이 필요하구나.
허나 불러내는 데 오래 주문을 외울 필요도 없다

벌써 저기서 한 놈이 바스락거리는구나, 곧바로 내 목소리를 들은
모양이군.   1515
큰 쥐, 작은 쥐, 파리, 너구리,
빈대와 이들아, 임금님의 분부다.
자, 이리 나와서
이 문턱을 갉아버려라.
이렇게 여기다 기름을 발라 놓자마자 ─   1520
벌써 너는 튀어나오는구나.
자, 어서 일을 시작해라, 내게 방해가 되는
모난 곳은 그 가장자리의 맨 앞쪽이다.
옳지, 더 한 번만 갉아라, 이젠 됐다. ─
이놈 파우스트, 다시 상면할 때까지 꿈이나 실컷 꾸려무나.   1525
파우스트   (눈을 뜬다.) 또 속았단 말이냐?
영들의 예감으로 가득했던 그 순간이,
꿈에 악마를 보고, 복슬개가 도망친 것만으로
끝나버렸단 말인가?

서재 (2)

파우스트. 메피스토펠레스.

파우스트 문을 두드리는군. 들어와요! 누가 나를   1530
또 괴롭히려는 걸까?

메피스토 나요.

파우스트 들어와요!

메피스토 세 번 말해줘야 하오.

파우스트 들어오라니까!

메피스토 됐어, 내 마음에 들었소.
우리는 서로 친해질 수 있을 것 같군요.
당신의 우울증을 쫓아내주려고
나도 귀공자로 차려입고 왔소이다.   1535
붉고 황금색 단을 단 옷에다 바삭바삭하는 비단 외투를 걸쳤고,
모자에는 깃털을 꽂았으며,
게다가 길고 뾰족한 칼도 찼습니다.

그런데 한마디로 잘라서 말씀드리지만,   1540
당신도 나와 같은 옷차림을 하시구려.
그리고 모든 속박을 떨치고 자유롭게,
인생이 어떠한지 체험해 보시구려.

파우스트 어떤 옷차림을 하든 이 비좁은
지상 생활의 괴로움을 느끼게 될 것이다.   1545
나는 놀고먹기에는 너무 늙었고
아무런 욕심도 내지 않기에는 아직 너무도 젊다.
세상이 대체 내게 무엇을 줄 수 있단 말인가?
곤란을 참아라, 없는 대로 만족하라!
이것이 영원한 노래다.   1550
그 노래는 우리의 일생 동안
목쉰 소리로 끊임없이
누구의 귀에도 울려온다.
나는 아침마다 눈을 뜰 때 공포만을 느낀다.
오늘 해가 지기까지   1555
한 가지 소원조차 이루어질 수 없고,
모든 쾌감의 예감까지도
고집 센 세인들의 시비로 부서지고,
나의 넘치는 가슴의 창조력도
온갖 추악한 세상에서 방해받을 것을 생각하면   1560
나는 쓰라린 눈물을 흘리며 울고 싶어진다.
그리고 밤이 닥쳐와도
나는 불안한 마음으로 자리에 누워야만 하며
잠자리에서도 안식을 얻지 못하고,
사나운 꿈에 놀라게 마련이다.   1565

내 가슴 속에 살고 있는 신은

나의 가장 깊은 마음의 밑바닥까지 뒤흔들어 놓을 수는 있지만

나의 온갖 힘을 지배하는 이 영은

외부의 것은 하나도 움직일 수가 없다.

그리하여 나에겐 이 세상에서 산다는 것이 무거운 짐이 되고   1570

죽음만이 바람직하고, 삶이란 그저 저주스럽기단 하다.

메피스토   하지만 죽음도 전적으로 환영할 만한 손님은 아니더군요.

파우스트   아아, 승리의 영광 속에서

피투성이 월계관을 머리에 쓰고 죽는 자는 복 받으리.

미친 듯이 돌아가는 춤을 춘 후에   1575

아가씨 품 안에서 죽음을 찾은 자도 복 받으리.

나도 숭고한 지령(地靈)의 힘을 눈앞에 보았을 따,

황홀한 대로 넋을 잃고 쓰러졌더라면 좋았을 것을!

메피스토   그래도 누군지 그날 밤에

갈색 액체를 마셔버리지 않았더군요.   1580

파우스트   어째 염탐하는 것이 자네의 취미인가 보군.

메피스토   나는 전지(全知)하다곤 할 수 없지만 아는 것은 퍽 많지요.

파우스트   그 무서운 정신착란 속에서

귀에 익은 감미로운 소리에 내가 끌리고,

어린 시절의 남은 감정이   1585

즐거웠던 날의 여운에 속기는 하였으나,

유혹과 농락으로,

눈속임과 감언이설로

이 슬픔의 동굴인 육체 속에다

나를 가두어두는 모든 것을 나는 저주한다.   1590

우선 인간의 정신이 저 자신을 잘났다고 하는

오만불손한 마음을 나는 저주한다.
우리의 오관(五官)을 매혹하는
현상의 현혹을 저주하고
꿈을 가지고 우리를 속이는   1595
명성이니 불멸의 명예니 하는 거짓을 저주한다.
처자가 되고 종이 되고 쟁기가 되어
우리 마음에 아첨하는 모든 것을 저주한다.
재물로 우리에게 대담한 행동을 하도록 자극하고
안일한 쾌락을 취할 수 있도록   1600
부드러운 자리를 펴주는
황금의 영도 저주한다.
포도의 영액(靈液)도 나는 저주한다.
지고(至高)한 사랑*의 은총도 저주한다.
희망도 저주한다! 신앙도 저주한다!   1605
그리고 무엇보다도 저주스러운 것은 인내다.

영들의 합창   (모습은 보이지 않는다.) 슬프다, 슬퍼!
그대는 아름다운 세계를
억센 주먹으로
산산이 부수었구나.   1610
세상은 무너져 쓰러진다.
반신(半神)의 인간이 그것을 때려 부쉈다.
우리는 부서진 조각들을
허무 속으로 나르며

---

*   신의 사랑

잃어버린 아름다움을   1615
서러워한다.
이 땅의 아들 중
억센 그대여,
보다 아름답게
세계를 재건하여라.   1620
그대의 가슴 속에 이룩하여라!
청신한 마음으로
새로운 생의 걸음을
내디뎌라!
그러면 새로운 노랫소리   1625
울려 퍼지리!

메피스토   저것은 우리 집
어린것들이지요.
얼마나 점잖은 투로
환락과 행동을 권하고 있나 들어보시오.   1630
오관의 움직임과 피의 흐름이 막힐 듯한,
고독의 경지에서
당신을 넓은 세상으로
그네들은 당신을 유혹하려 하오.
독수리처럼 당신의 생명을 쪼아 먹는   1635
번민을 가지고 희롱하는 짓은 그만두시오.
아무리 졸렬한 인간이라도, 어울려보면,
당신도 인간은 인간과 더불어 살아야 한다는 것을 느끼게 될 것입
니다.
그렇다고 당신을.

천민(賤民)들 속으로 떠밀어 넣자는 것은 아닙니다.   1640

나는 결코 위대한 인간은 아니지만,

당신이 나와 함께 어울려,

세상에 발을 들여놓을 생각이라면,

나는 당장에 기꺼이

당신의 것이 되겠소이다.   1645

당신의 길동무가 되어서,

만일 당신의 마음에 든다면,

하인이건 종이건 무엇이든 되어드리리다.

파우스트   그럼 그 대신 나는 어떤 일을 자네한테 해주면 되나?

메피스토   거기에는 아직 충분한 시간이 있습니다.   1650

파우스트   안 돼, 안 돼. 악마는 이기주의자니까!

남에게 이로운 일을

그렇게 쉽사리 공짜로는 안 할걸.

똑똑히 조건을 말해주게.

그런 하인배는 자칫하면 해를 집안에 끌어들이기 쉽지.   1655

메피스토   그럼, 이 세상에서는 내가 당신 시중을 들지요.

지시하는 대로 열심히 일하겠소이다.

하지만 저승에서 다시 만나게 되면,

당신이 같은 일을 내게 해주면 됩니다.

파우스트   저승 같은 것은 나는 염려하지 않네.   1660

자네가 이 세상을 산산이 부숴버린 다음

어떤 세상이 생겨 나와도 상관없지.

이 땅에서만 나의 기쁨은 솟아 나오며,

이 태양만이 나의 고뇌를 비쳐줄 뿐일세.

내가 그것들과 헤어진 뒤에는   1665

무엇이 어찌 되든 상관이 없네.

저세상에도 사랑과 미움이 있는지,

그 세상에도

상하의 구별이 있는지 없는지,

그런 이야긴 듣고 싶지도 않네.   1670

메피스토 그런 생각이면 과감하게 해보시구려.

계약을 합시다. 그러면 앞으로는 곧

내 재주를 재미있게 구경하게 될 것이오.

어떤 인간도 보지 못한 것을 보여드리겠소.

파우스트 자네 같은 못난 악마가 무엇을 보여주겠다는 건가?   1675

숭고한 노력을 잊지 않는 인간의 정신을

자네들 따위가 이해한 일이 있었는가?

그렇지 않으면 자네는 절대로 배부르지 않는 진수성찬이나,

수은처럼 돌돌 굴러서

쉴 새 없이 손에서 빠져 떨어지는 황금 같은 것을   1680

결코 이겨 낼 수 없는 놀음 같은 것을,

내 품에 안겨 있으면서

이웃 사내한테 곁눈질로 붙으려는 계집 따위를,

혹은 유성처럼 사라져 버리는

신들의 법열(法悅)과도 같은 명예 따위라도 보여주겠다는 건가?

                                                          1685

따기도 전에 썩어버리는 열매건,

나날이 새로 푸른 잎이 우거지는 나무건 어디 보여주게나.

메피스토 그런 주문에는 놀라지도 않습니다.

그런 따위의 주문이면 대령할 수 있습니다.

하지만 선생, 편안히 앉아서 맛있는 음식이라도   1690

먹고 싶을 때가, 이윽고 닥쳐올 것이오.

파우스트 만일 내가 한가하게 안락의자에라도 눕게 되는 날이면

나는 끝장을 본 것일세.

만일 자네가 감언이설로 나를 속여,

나를 내로라하게 할 수 있고,   1695

환락에 취해 떨어지도록 농락할 수 있다면 —

내게는 마지막 날이지!

내기하자꾸나!

메피스토 좋소!

파우스트 자, 그럼 다시 한번 약속이다.

내가 어느 순간을 보고, 섰거라,

너는 정말 아름답다고 말한다면,   1700

너는 나를 꽁꽁 묶어도 좋다.

그대로 나는 망해도 좋다.

그때는 내 죽음을 위로하는 종이 울려도 좋다.

그리고 자네도 머슴살이에서 풀려나거라.

시계는 걸음을 멈추고, 바늘이 떨어질 것이다.   1705

나의 일생은 바로 마지막이다!

메피스토 잘 생각하시구려. 들은 것은 잊지 않을 테니까요.

파우스트 그 일엔 자네한테 전권(全權)을 인정하네.

나는 경솔하게 무모한 짓을 한 것은 아니란 말일세.

한군데 머무르게 된다면 난 노예가 틀림없다.   1710

자네의 노예건 그 누구의 노예건 묻지 않는다.

메피스토 그러면 당장에 학위 축하연에서

하인배로서 내 의무를 다하겠습니다.

다만 한 가지 — 훗날을 위해서

한두 줄 적어주시기를 바랍니다.   1715

파우스트   아니, 증서까지 받자는 거냐, 속된 자로군.

자넨 대장부를, 대장부의 말이 어떻다는 것을 모른단 말이냐.

나의 입에서 나온 말이 영원히

나의 일생을 지배하는 것으로 충분치 않단 말이냐?

세계는 무수한 물줄기로 갈라져서 흘러가는데   1720

나는 한 가지 계약에 매여 있어야 한단 말이냐?

하지만 그런 망상은 인간의 마음속에 뿌리박고 있어,

누구나 거기서 벗어나려 하지 않는다.

그러나 신의를 깨끗이 가슴 속에 지닌 자는 행복하다.

어떤 희생을 치러도 후회하지 않을 것이다.   1725

그렇지만 글씨를 쓰고 도장을 찍은 양피지는

누구나가 두려워하는 도깨비와 같은 것이다.

문자는 붓끝에서 이미 생명을 잃게 되고,

장정이나 뚜껑이 모든 것을 지배하게 된다.

악독한 악마 놈아, 너는 무엇이 소원이냐?   1730

철판이나 대리석에다 새기느냐? 혹은 양피지나 아니면 종이에다
쓰랴.

철필로 쓸까, 끌로 새길까. 펜으로 쓰랴?

무엇이든 마음대로 골라잡아라!

메피스토   왜 그렇게 곧 열을 올려

이야기를 과장하기를 좋아하시죠?   1735

아무 종잇조각이라도 좋습니다.

다만 피를 한 방울 내어서 서명을 해주시오.

파우스트   그것으로 네 마음이 흡족하다면,

어리석은 짓이지만 그렇게 하지.

메피스토　피라는 것은 어쨌든 특별한 액체니까요.　　　　　1740

파우스트　내가 이 계약을 깨뜨릴까 겁낼 건 없다.

내가 전력을 다해서 노력하는 일과,

바로 네게 약속한 것은 같다.

나는 바로 너 정도의 인간밖에는 안 되는데,

지나치게 잘난 체했다.　　　　　1745

하지만 그 위대한 영*은 나를 물리치고,

자연은 내 앞에 문을 닫아버렸으며,

사색의 실마리는 끊어져나가고,

모든 지식에 대해서 이미 구역질이 난 지 오래다.

제발 관능의 세계 속에 파묻혀,　　　　　1750

불타는 정열을 진정케 해 다오!

꿰뚫어 볼 수도 없었던 마법의 장막 속에

온갖 기적을 곧 마련해 다오!

시간의 시끄러운 급류 속으로

사건의 어지러운 소용돌이 속으로 뛰어들자!　　　　　1755

그러면 고통과 향락이!

성공과 차질이

마음대로 엉클어져 닥쳐와도 좋다.

오직 쉬지 않고 활동하는 것이 장부가 아니냐.

메피스토　당신한테 척도나 한계는 마련하지 않겠습니다.　　　　　1760

마음만 내키면 어디서건 집어 잡숫고,

빵소니치다가도 무엇이건 날쌔게 후려 가시구려.

---

*　지령을 말한다.

114

하여간 마음에 드는 것이면 잡숫구려.

그저 잽싸게 손을 내밀어 휘어잡고, 멍청하게 굴지만 마시구려!

파우스트   아까도 말했지만 쾌락 같은 것은 문제가 아닐세.   1765

나는 오직 도취와 흥분에 몸을 던져보고 싶을 뿐일세.

비통한 향락도, 사랑에 눈이 먼 증오도, 속이 후련히 풀리는 화풀
이도 좋네.

지식에 대한 욕구에서 벗어난 나의 가슴은,

이제부턴 어떤 고통일지라도 사양하지 않겠네.

전 인류에게 주어진 것을   1770

나는 내부의 자아로서 맛보겠네.

나는 정신을 가지고 가장 높고 가장 깊은 것을 휘어잡고

인류의 행복과 인류의 고통을 이 가슴에 쌓아 올려,

내 자신의 자아를 인류의 자아에까지 넓히고

끝내는 인류 그 자체와 더불어 나도 멸망하고자 한다.   1775

메피스토   벌써 여러 천 년 동안 이 질긴 음식을

되씹어 내려온 나를 믿어주시오.

요람에서 관으로 들어가기까지

누구 한 사람 이 해묵은 빵의 효모를 삭여 내지 못했습니다.

우리네 무리의 말을 믿으란 말이오.   1780

이 모든 것은 온통 신 하나만을 위해서 만들어진 것이오.

신은 자기만 영원한 광명 속에 있으면서

우리네는 암흑 속에다 처박아 넣었소.

당신네 인간에게만 낮과 밤을 마련해준 것이오.

파우스트   그렇지만 나는 해보겠다!

메피스토   그럴듯한 말씀이오!   1785

그런데 한 가지 염려되는 것이 있습니다.

시간은 짧고 예술은 길단 말씀이에요.

당신은 내가 가르쳐 드리는 것을 들어줄 것으로 생각합니다만,

시인이란 작자하고 결탁하도록 하시지요.

그리고 그 양반한테 공상 속을 헤매게 해서   1790

온갖 슬기로운 자질을 모조리

당신의 정수리에 영예롭게 쌓아 올려 달라시오.

사자의 용맹성이라든가

사슴의 민첩성이라든가

이탈리아 사람의 끓는 혈기나   1795

북극인의 끈기 같은 것을 말씀이오.

그 시인 선생한테 부탁해서

관대한 마음과 간사한 지혜를 결합해

뜨거운 청춘의 충동을 간직하며

정해진 계획에 따라 연애하는 비결을 찾아 달라시구려.   1800

그런 양반 같으면 나도 알고 지내고 싶고,

소우주의 선생이라고 불러드리겠습니다.

파우스트　나의 모든 지각이 추구하고 있는

인류의 영광을 끝내 손에 넣지 못한다면,

대체 나는 무엇이란 말이냐?   1805

메피스토　당신은 결국 여전히 당신일 테지요.

몇백만의 고수머리 털로 만든 가발을 썼다고 해도

굽이 아무리 높은 신을 신었다고 해도

필경 당신은 그대로 당신인걸요.

파우스트　나도 그것을 느낀다. 나는 부질없이,   1810

인간 정신의 온갖 보물을 긁어모아보았지만

결국 이런 꼴로 앉아 있으니,

아무런 새로운 힘도 안에서 솟아 나오지 않는다

나는 털끝만큼도 키가 자라지 않았고

한 뼘도 무한에 다가서지도 못했다.   1815

메피스토 아니 선생, 당신은 사물을

그저 세상 사람들이 보듯이 그대로 보고 있군요.

삶의 기쁨이 달아나기 전에

좀 더 약삭빠르게 굴어야지요.

제기랄! 물론 손이나 발이나   1820

그리고 대가리며 궁둥이는 당신 것이 뻔하지요.

그렇다고 자기가 새로이 향유(享有)했다고 해서,

그것이 자기 것이 아니라고는 못 할 거요.

가령 내가 말 여섯 필의 값을 치를 수 있다면,

그놈들의 힘은 내 것이 아닐까요?   1825

나는 마구 달릴 수 있고 마치 다리를

스물네 개나 가진 듯한 당당한 사나이지요.

그러니 기운을 내시구려! 생각은 모조리 집어치우고

곧장 세상 속으로 뛰어듭시다그려!

말씀 여쭙지만 이리 궁리 저리 궁리하는 놈은   1830

마치 마귀에 홀려서 메마른 황야를

뱅뱅 끌려다니는 말이나 소와 같단 말씀이에요.

바깥 언저리에는 훌륭한 푸른 목장이 있는데 말이지요.

파우스트 그럼 어떻게 시작하지?

메피스토 그대로 떠나는 거죠.

여기야말로 정말 지독한 고문장이 아닙니까?   1835

자기는 물론 젊은 친구들까지도 지루하게 하면서,

무슨 인생을 산다는 겁니까?

그런 짓은 동료이신 배불뚝이 선생*한테 맡겨두십시오.

왜 고생을 사서 이삭도 없는 짚단을 훑고 있나요?

게다가 당신이 알아낼 수 있었던 최고의 진리는   1840

마구 학생들한테 말할 수도 없지 않소.

마침 그런 친구 하나가 복도에 와 있는 것 같던데요.

파우스트   이 마당에 그런 학생을 만날 수 없네.

메피스토   딱하게도 그 친구 오래 기다렸는데요.

한마디 위로의 말도 없이 보낼 수야 없지 않소.   1845

자, 그 가운하고 모자를 이리 내시오!

이런 가장은 내게 제법 어울릴 것입니다.

    (그는 옷을 갈아입는다.)

그런데 그건 저의 재치에 맡겨두시오!

단 15분이면 충분합니다.

그동안에 즐거운 여행의 채비나 차리시구려!   1850

    (파우스트 퇴장.)

메피스토   (파우스트의 긴 옷을 입고) 이성이니 학문이나 하는 따위

인간 최고의 힘을 마구 멸시하는구나.

오직 요술과 마법을 써서,

거짓 정신으로 기운을 돋아보자꾸나.

자, 네놈은 틀림없이 내 손아귀에 들었다 —   1855

운명이 그에게 쥐여준 정신은

억제할 길 없이 마구 앞으로 치닫고,

---

*   파우스트의 조수 바그너를 가리킨다.

지나치게 성급한 그의 노력 때문에
이 지상의 환락은 눈여겨보지도 않고 뛰어넘을 것이다.
내 저놈을 거친 생활과   1860
평범 무의미한 속사(俗事) 속에 끌어넣으리라.
네놈을 허우적대며 오금을 못 펴고 달라붙게 하리라.
그리고 배고파 못 견디는 저놈의 욕심 내는 입술 앞에
진수성찬에다 술을 어른거리게 하리라.
저놈은 견딜 수 없는 기갈을 채우고자 헛되이 애걸복걸하리라.
                                              1865

그렇게 되면 악마에게 몸을 내맡기지 않아도,
결국은 파멸하지 않을 수 없을 테지!
　　（한 학생 등장.）

학생　　저는 최근에 처음 이 고을에 왔습니다만,
어디서 들어도 고명하신 선생님을
한번 뵙고 말씀을 듣고자   1870
삼가 찾아뵈러 왔습니다.

메피스토　정중한 인사 매우 기쁘오!
보시다시피 다른 이와 다를 것 없는 평범한 인간이오.
그래 벌써 여기저기 둘러보셨나?

학생　　저를 제자로 받아주십시오.   1875
저는 대단한 용기를 가지고 고향을 떠나왔습니다.
학비도 넉넉하고 혈기도 왕성합니다.
어머니는 떨어지려 안 하셨지만,
저는 밤에 나와 그럴듯한 것을 배우고 싶었습니다.

메피스토　그럼 자네는 알맞은 곳으로 왔네.   1880

학생　　바로 말씀드려, 사실은 벌써 떠나버리고 싶었습니다.

저 성벽과 강당은
조금도 마음에 들지 않습니다.
아주 옹색한 고을이고
푸른 풀 한 포기, 나무 한 그루 볼 수가 없고   1885
교실에 들어가 자리에 앉아 있으면
듣고 보고 생각하는 것이 멍해집니다.

메피스토　　그건 다만 습관 들이기에 달려 있네.
갓 낳은 아이도 어머니의 젖을
처음부터 다짜고짜 물고 늘어지는 것은 아닐세.   1890
하지만 곧 맛있게 먹게 되지.
그와 마찬가지로 날이 갈수록
지식의 젖가슴을 그리워하게 될 걸세.

학생　　지식의 목이라면 기꺼이 매달리고 싶지만,
어떻게 하면 거기까지 갈 수 있을지 일러주십시오.   1895

메피스토　　우선 다른 이야기를 하기 전에
어떤 과를 택하겠는지 말해보게.

학생　　저는 훌륭한 학자가 되고 싶습니다.
지상의 일과
천국의 모든 것을 다 배워서,   1900
학문과 자연을 이해하려고 합니다.

메피스토　　그러고 보니 길은 바로 잡았네.
그러나 방심해서는 안 되네.

학생　　심신을 기울여서 하겠습니다.
하지만 즐거운 여름 방학 때는   1905
좀 자유를 얻어 심심풀이쯤 해도
좋을 듯합니다만.

메피스토　세월은 빨리 가버리는 것인즉 시간을 아껴 쓰게.

하지만 규칙 있게 움직이면 시간을 얻을 수 있을 걸세.

내가 아끼는 자네한테 충고하지만　　　　　　　　　　1910

우선 논리학 강의를 듣도록 하게.

그러면 정신의 훈련을 받아,

스페인식 장화*를 신은 듯 죄어져서

그 덕에 사상(思想)의 길을 더듬어 나가는데도,

조심스럽게 살금살금 걷게 되어,　　　　　　　　　　1915

도깨비불 모양 가로 세로

이리 비틀 저리 비틀 하지는 않을 것일세.

그리고 얼마 동안에 자네들은

여태까지는 먹고 마시는 일처럼 마음대로

단숨에 해치우던 일도　　　　　　　　　　　　　　1920

하나 둘 셋 순서가 필요한 것을 배우게 될 걸세.

사실 사상의 공장도

훌륭한 직조품과 같은 것이어서,

한 번 밟으면 천 올의 실이 움직이고

북이 이리저리 넘나들며　　　　　　　　　　　　　1925

실들은 눈에도 안 보이게 흐르고

한 번 치면 수천의 연결이 이루어지는 것일세.

철학자는 들어와서

자네들에게 이것은 이래야 된다고 증명을 할 걸세.

즉 첫째는 이렇고 둘째는 이렇다.　　　　　　　　　1930

---

*　고문용 장화

그러므로 셋째와 넷째는 이래야만 하고

만일 첫째와 둘째가 없었더라면

셋째와 넷째는 절대로 있을 수 없다고 말일세.

이런 이론을 어디서나 칭찬을 하지만

그런데 훌륭한 방직공이 된 자는 없단 말일세.　　　　　1935

살아 있는 것을 인식하고 기술하려는 자들이

우선 정신을 그 속에서 내몰고자 한단 말이야.

그래서 부분적인 것은 손에 넣고 있지만,

딱하게도 정신적인 유대가 없게 마련이거든.

이것을 화학에서는 엔케레이신 나투레〔自然操作〕*라고 부르지만

　　　　　　　　　　　　　　　　　　　　　　　　　1940

자기 자신을 조롱하는 것밖에는 안 되는 것이면서도 그 이치를 모
르고 있다네.

학생　　하시는 말씀을 잘 알아들을 수가 없는데요.

메피스토　머지않아서 알아듣게 될 걸세.

모든 것을 근원으로 환원해서,

하나하나 적당하게 분류할 줄 알게 되면 말일세.　　　　1945

학생　　말씀을 듣고 있으려니 아물아물해져서

머릿속에서 방앗간 수레가 뱅뱅 도는 것 같군요.

메피스토　그다음에 다른 모든 일은 제쳐놓고

형이상학에 덤벼들어야 하네!

그러면 인간의 머리로서 알 수 없는 것을,　　　　　　1950

---

*　슈트라스부르크 대학교의 슈필만 교수가 사용한 용어로 '자연의 손길'을 뜻한다.
분석화학 분야에서는 이런 개념을 쓰는 것이 자조적이라는 언급이 바로 이어진
다. 메피스토가 유식을 과시하는 부분이다.

심원한 의미를 붙여서 파악하게 될 걸세.

머릿속에 용납되는 것이든, 안 되는 것이든,

훌륭한 술어가 마련되어 있다네.

하지만 우선 닥쳐올 반년가량

특히 질서라는 것에 주의를 기울이게.   1955

날마다, 다섯 시간씩 수업이 있네.

종소리가 나면 곧 교실로 들어가게.

미리 예습을 잘해두어야 하며

한 구절 한 구절씩 잘 연구해두게.

그러면 나중에 선생이란   1960

책에 쓰인 것 외에는 다른 말을 하지 않는다는 걸 잘 알게 되지.

그렇다고 해도 필기는 열심히 해둬야 하네.

마치 성령(聖靈)이 자네한테 구술하는 것처럼.

학생   그건 두말하실 것도 없습니다.

필기가 얼마나 유용한가는 저도 잘 알고 있습니다.   1965

무엇이든 흰 바닥에 검게 적어놓은 것은 안심하고 집으로 가지고

갈 수 있으니까요.

메피스토 그런데 무슨 학과를 택하겠나!

학생   법률학은 마음에 내키지 않는군요.

메피스토 자네가 그렇게 말해도 별로 탓할 수도 없네,   1970

그 학문이 어떤 꼴인지 나도 알고 있으니.

대체로 법률이나 제도라고 하는 것은

영원한 고질과 같이 유전되는 것으로서

한 대에서 다음 대로 줄줄이 이어 내려가고

한 고장에서 다른 고장으로 슬금슬금 옮아가기도 하는 것일세.

                                                    1975

도리가 불합리로 변하고, 선행이 고통의 원인이 되기도 하지.

자손으로 태어난 자만이 서럽단 말일세!

그리고 우리가 태어날 때부터 가진 권린데

그것은 딱하게도 전혀 문제가 안 되네.*

학생   그 말씀을 들으니 더욱 싫어졌습니다.   1980

선생님께 지도받는 사람은 참으로 행복합니다.

저는 그래서 신학을 하면 어떨까 합니다.

메피스토   나는 자네를 그릇된 걸로 인도하고 싶지 않으이.

신학이란 학문으로 말하면,

그릇된 길을 피하기가 지극히 어렵단 말일세.   1985

그 속에는 숨어 있는 독이 하도 많아서

그것을 약이 될 것과 판별하기가 거의 불가능하지.

이 경우에도 가장 좋은 방법은 오직 한 사람의 스승만 받들어,

그 스승의 말을 굳게 믿는 것일세.

대체로 ── 말이라는 것을 존중해야 하네.   1990

그러면 안전한 문을 통과해서

확신의 전당으로 들어가게 될 걸세.

학생   하지만 말에는 개념이 있을 게 아닙니까.

메피스토   그야 그렇지! 하지만 너무 꼼꼼히 애를 태울 필요는 없네.

그래도 좋을 것이 바로 개념이 군색하게 되었을 때,   1995

말이란 알맞게 찾아드는 법이니까.

말만으로도 훌륭하게 토론할 수 있고,

말만으로도 체계를 세울 수도 있으며,

---

*   18세기에는 실증법과 자연법의 문제가 심한 논쟁의 대상이었다.

말 자체를 그대로 믿을 수 있지.

한마디 말에서는 한 획도 빼앗을 수가 없다네.   2000

학생   여러 가지 질문으로 바쁘신 선생님이 괴로우시겠으나,

한두 가지만 더 수고를 끼쳐야겠습니다.

의학에 대해서도 한마디

유효적절한 말씀을 들려주실 수 없을까요?

3년이라면 짧은 세월입니다.   2005

그런데 정말 학문의 분야는 넓기만 하군요.

슬쩍 방향만이라도 지시해주신다면,

그다음은 넉넉히 다듬어나갈 수 있을 것 같군요.

메피스토   (혼자서) 이젠 이런 무미건조한 말투엔 진저리가 나는구나.

슬슬 악마의 본색을 드러내야겠군.   2010

(큰 소리로) 의학의 정신은 파악하기 쉽지.

우선 자연계와 인간 세계를 두루 연구하고

다음엔 결국 신의 뜻대로

되어가는 대로 내버려두는 수밖에 없지.

학문이니 연구니 하며 두루 헤매고 다녀도 소용없는 일일세. 2015

누구나 제가 배울 수 있는 것밖에는 못 배우는 법이니까.

그러나 기회를 잘 포착하는 인간이야말로,

잘난 사나이라고 할 수 있지.

자네는 더욱이 제법 몸집도 좋고

뱃심 역시 없지는 않을 것 같군.   2020

그러니 자네 스스로가 자신을 갖게 되면,

세상 사람들도 자네를 믿게 될 것일세.

더구나 여자들을 다루는 법을 배워야 하네.

여자들의 아프다 쓰리다 하는 소리는 그칠 날이 없고,

그것도 각양각색이지만,   2025
꼭 한 군데*를 고쳐주기만 하면 되는 법이지,
그리고 자네가 웬만큼 성실하게 해나가기만 하면,
여자 같은 건 모조리 자네 손에 넣을 수 있을 걸세.
학위가 있으면 자네의 솜씨가 누구보다
월등하다는 것을 믿게 해야 한단 말일세.   2030
그리고 환영하는 표시로 다른 친구들이 여러 해 동안 어루만지던
소중한 일곱 군데를 손으로 더듬어보게나.
맥을 짚어보는 것도 잘 알아서 해야 하네.
그리고 타는 듯한 능청스러운 눈길을 보내면서
얼마나 꼭 졸라맸는지 보아야겠다는 꼴로   2035
그 날씬한 허리를 대담하게 잡아보란 말일세.

학생   그 말씀이 훨씬 알기 쉽습니다. 어디를 어떻게 해야 할지
           알 수 있으니까요.

메피스토 여보게, 모든 이론은 회색이요,
           푸른 것은 인생의 황금빛 나무란 말일세.

학생   솔직하게 말씀드리면 저는 마치 꿈만 같습니다.   2040
           다시 한번 선생님을 찾아뵙고
           선생님의 학문을 속속들이 듣고 싶습니다.

메피스토 내가 할 수 있는 것은 무엇이건 해주지.

학생   이대로 돌아갈 수는 없겠습니다.
           이 기념첩에 한 줄 적어주셨으면 합니다.   2045
           제발 호의의 표시로 하나 적어주십시오.

---

*   성욕을 가리킨다.

메피스토　어렵지 않지. (그는 적어서 돌려준다.)

학생　(읽는다.) 그대 신과 같이 되어 선악을 알게 되리라.

　　　(공손히 기념첩을 접고 물러간다.)

메피스토　이 옛 문구와 나의 숙모인 뱀을 따르게나!

　　　언젠가는 네가 신과 닮은 것이 두려워질 게다.　　　　　　　2050

　　　(파우스트 등장.)

파우스트　자, 이제 어디로 갈 것인가?

메피스토　당신 마음이 내키는 대로 갑시다.

　　　우선 작은 세상*을 보고 다음에 큰 세상을 보기로 합시다.

　　　이런 과정을 공짜로 마음껏 볼 수 있다니

　　　얼마나 즐겁고 유익한 노릇이겠소!

파우스트　그러나 내가 이런 긴 수염을 달고 있는 체면에　　　　　2055

　　　어찌 그런 허황한 세상살이를 할 수 있겠나.

　　　그렇게 해 본들 별로 잘될 것 같지 않네.

　　　나는 여태까지도 세상과 어울려 지내지 못한 사람일세.

　　　다른 사람 앞에 나서면 자기가 매우 옹졸하게만 느껴지니,

　　　줄곧 망설이기만 할 뿐일세.　　　　　　　　　　　　　　2060

메피스토　여보시오, 그런 것쯤 다 어떻게 될 것입니다.

　　　당신이 자신만 가지면 살아갈 수 있게 될 거요.

파우스트　그런데 이 집에서 어떻게 빠져나가지?

　　　말이나 하인 마차 등속은 어디에 있지?

---

*　작은 세상은 시민 사회로서 마르가레테가 나오는《파우스트》제1부의 세계, 큰
　　세상은 궁정 생활로서 제2부의 세계를 의미한다.

파우스트　127

메피스토   다만 이 외투를 활짝 펴기만 하면,   2065
그것이 우리를 신고 하늘을 날아갈 것입니다.
이런 대담무쌍한 나그넷길에는
커다란 짐만은 가지고 갈 수가 없을 거요.
내가 마련하는 약간의 불기운*이
우리를 훌쩍 이 땅 위에서 들어 올릴 거요.   2070
우리가 가벼우면 가벼울수록 빨리 올라갈 것이오.
그럼 당신의 인생의 새출발을 축하해드리겠소이다!

---

*   1782년에 처음으로 열기구를 띄운 사건을 시사하는 구절이다. 메피스토는 날으
는 외투를 걸치고 이동한다.

라이프치히의 아우어바흐 지하 술집

명랑한 친구들의 주연(酒宴).

프로슈[*]   왜들 안 마시지? 웃는 놈도 없나?

우는 상판들을 만들어놓아야 알겠느냐.

전에는 늘 확확 타오르던 놈들이   2075

오늘은 모두 물에 젖은 짚단 같구나.

브란더[**]   그건 네 탓이다. 네놈이 아무것도 안 하니까 그렇지.

늘 하던 어리석은 짓도, 더러운 장난도 말이다.

프로슈   (브란더 머리에다 포도주를 붓는다.) 자, 두 가지를 다 보여

주마!

브란더   이 돼지 같은 놈이!

---

[*]   대학 신입생

[**]   제2기 대학생

프로슈   하라니까 한 것뿐이다.   2080

지벨*   싸우는 놈은 밖으로 나가라!

가슴을 활짝 펴고 룬다**를 불러라. 마시고 외쳐라!

자, 홀라, 호!

알트마이어***   아이구, 질렸어!

솜을 좀 줘, 귀가 터져나가겠다.

지벨   천장이 찌르릉찌르릉 울려야,   2085

제대로 저음의 위력을 알게 되는 법이다.

프로슈   알았어! 기분 나쁜 녀석이 있으면 나가라.

아! 타라, 라라 다!

알트마이어   아, 타라, 라라 다!

프로슈   목청이 들어맞는구나. (노래한다.)

사랑하는 신성로마제국은 어이   2090

아직도 견딜 수 있느냐?

브란더   더러운 노래군! 쳇, 정치적 노래라니!

아니꼬운 노래군. 매일 아침 신에게 감사하렴.

너희들이 로마 제국을 위해 걱정할 필요가 없음을.

나는 황제나 재상이 아닌 것을   2095

여간 고마운 일이 아니라고 생각하고 있다.

하지만 우리들도 두목이 없을 순 없으니,

---

*   대학을 오래 다닌 학생의 이름

**   후렴이 붙어 있는 윤창(輪唱)

***   나이 든 학생의 이름

법왕*을 선출하기로 하자.
어떤 자격으로 그것이 결정되고
추대될 것인지는 모두 알고 있을 게다.   2100
프로슈   (노래한다.) 프르룩 날아라, 꾀꼬리 날아라.
우리 임한테 천만 번이라도 안부를 전해 다오.
지벨   임한테 안부라니, 집어치워라! 듣기도 싫다!
프로슈   임에게 안부를 전해 다오, 키스도 전해 다오. 네놈이 방해
를 놓지는 못할걸. (또 노래한다.)

빗장을 열어라, 고요한 밤에   2105
빗장을 열어라, 내 사랑 기다리니,
빗장을 걸어라, 이른 새벽에!
지벨   그래, 자꾸 불러라. 그녀를 잘났다고 자랑해라!
언젠가는 내가 웃어줄 날이 올 게다.
내가 꼬임수에 넘어간 것처럼 네놈도 넘어가리라.   2110
그녀의 서방으론 도깨비가 제격이다.
도깨비끼리 네거리에서 실컷 희롱이나 하려무나.
그러면 브로켄산에서 돌아오는 늙은 염소**가
음매 저녁 인사나 해줄 테지.
진정 육신과 핏줄을 갖춘 대장부라면   2115
그런 년한텐 과분하단 말씀이야.
그런 년한테 안부 좀 전해 다오라니 나는 질색이다.

---

*   즉, 가장 많이 마시는 자가 법왕(法王)이 될 자격이 있다.

**   발푸르기스의 밤에 마녀들이 염소를 타고 브로켄산에서 도인다고 전한다. 여기
서는 호색한 동물로서 인용되었다.

그녀의 창문을 돌멩이로 내갈기는 것이 좋겠다.

브란더　(식탁을 두드리며)

잠깐 잠깐만 내 말 좀 들어!

나라는 인간이 철이 든 사람인 건 자네들도 알겠지.　　　　2120

자, 여기 여자한테 반한 친구가 둘이 앉아 있네.

자, 이 친구들한테 내가 오늘 저녁 인사로,

우리 학생 신분에 어울리는 노래를 불러드려야겠네.

정신 차리고 잘 들어! 최신 노래다.

그리고 후렴은 기운차게 불러 달란 말야! (노래한다.)　　　　2125

지하실 구멍에서 쥐가 한 마리

기름기와 버터만 먹고 살았더라네.

그래서 배때기엔 살만 쪘다네.

그 꼴은 루터 박사도 무색할 지경.

그런데 식모 아줌마가 쥐약을 놓았네.　　　　2130

쥐새끼는 세상이 좁아졌다네,

가슴에 임 생각 품은 듯이.

합창　(기뻐 날뛰면서) 가슴에 임 생각 품은 듯,

브란더　이리 뛰고 저리 뛰고

시궁창만 찾아서 물만 들이켰다네.　　　　2135

온 집안을 다니며 할퀴고 후비고,

심술을 부려도 소용이 없었다네.

괴로운 나머지 팔딱팔딱 뛰어도

불쌍한 그놈엔 소용이 없네.

가슴에 임 생각 품은 듯이　　　　2140

합창　가슴에 임 생각 품은 듯이

브란더　겁에 질려 대낮에

부엌으로 뛰어들어서

부뚜막에 부딪쳐 쓰러지더니,

꿈틀하고 늘어져서 숨만 할딱거렸네.　　　　2145

그러자 쥐약 놓은 식모도 웃어대었네.

하, 요놈이 단말마의 피리를 부네.

가슴에 임 생각 품은 듯이.

가슴에 임 생각 품은 듯이.

지벨　치사한 녀석들이 좋아들 하는구나!　　　2150

불쌍한 쥐새끼한테 쥐약이나 뿌려놓는 것이,

고작 네놈들의 재주로구나!

브란더　너는 꽤 쥐새끼를 귀여워하는 모양이구나.

알트마이어　대머리에 배뚱뚱이 양반이

계집 운이 없어서 기가 죽었군!　　　　　　2155

그래 물에 불은 쥐새끼를 보고

제 꼴을 쏙 빼놓았다고 생각하는구나.

(파우스트, 메피스토펠레스 등장.)

메피스토　우선 무엇보다도 이제 당신을

즐겁게 놀아나는 친구들한테 끌고 가야겠소.

그래야 얼마나 편히 살 수 있는지 알 수 있을 테니 말입니다.　2160

여기 모인 무리에겐 날마다 잔칫날이지요.

머리는 둔하지만 아주 흥에 겨워

비좁은 원을 그리며 춤을 추고 있어요. 마치 꼬리에

꼬리를 물고 뱅글뱅글 도는 고양이 새끼 같단 말씀이에요.

머리가 쑤시지 않고,　　　　　　　　　　2165

주인이 외상으로 마시게만 해주면

빈둥거리면서 근심 걱정 모르고 살아갑니다.

브란더   저놈들은 나그네들이군.

괴상한 꼬락서니를 보니 짐작이 간다.

여기 온 지 한 시간도 안 된 것 같군.   2170

프로슈   그래, 자네 말이 옳아! 라이프치히는 좋은 고장이야.

작은 파리라고 할 만하지. 여기 사는 인간은 세련되고 말이야.

지벨   저 낯선 친구들을 무엇으로 보나?

프로슈   내게 맡겨두게! 술 한 잔을 듬뿍 마시며, 어린애의 이빨이

라도 뽑듯이   2175

놈들 콧구멍에서 정체를 밝혀내겠네.

어째 집안은 나쁘지 않은 것 같은데,

거만하고 못마땅한 꼴이란 말일세.

브란더   야바위꾼이 틀림없네. 내기를 해도 좋아!

알트마이어 그럴지도 모르지.

프로슈   두고 보게. 내가 주리를 틀어놓을 테니.   2180

메피스토   (파우스트에게) 저자들은 악마라는 걸 도무지 모르는군요.

설사 제 목덜미를 붙잡혀도 말입니다.

파우스트   안녕하시오, 여러분!

지벨   감사합니다. 안녕하십니까?

(메피스토를 옆에서 바라보며 나직이)

이자는 한 발은 절름발이* 아냐?

메피스토   우리도 당신들 틈에 끼어 앉아도 되겠소?   2185

뭐 좋은 술은 있지도 않을 것 같으니,

---

*   악마는 천국에서 지옥으로 떨어졌을 때 절름발이가 되었다고 한다.

함께 어울려 재미나 보게 해주시구려.

알트마이어   당신들은 꽤 사치에 젖은 분들인가 보구려.

프로슈   아마 늦게서야 리파흐*를 떠나오신 모양이군요.

그곳 한스 군과 저녁을 같이 하셨겠군요?   2190

메피스토   오늘은 그 친구를 그대로 지나쳐 왔습죠.

하지만 지난번에 만나 봤지요.

조카님들 말을 많이 하더군요.

여러분에게 안부를 전해달라고 하던데요.

(프로슈에게 허리를 굽힌다.)

알트마이어   이봐, 당했군! 제법인데!

지벨   능청스러운 놈들이군.   2195

프로슈   어디, 가만있어. 찍소리 못 하게 할 테니!

메피스토   좀 전에는 제가 잘못 듣지 않았다면,

숙련된 목소리로 합창들을 하시던데?

틀림없이 여기서 노래를 부르면 이 둥근 천장이

훌륭하게 울리겠군요!   2200

프로슈   아마, 당신은 명수인가 보구려!

메피스토   아니, 천만에요. 재주는 없지만 취미는 많죠.

알트마이어   한 가락 불러주시구려.

메피스토   원하신다면야, 얼마든지.

지벨   단 최신의 노래를 불러주시구려.

메피스토   우리는 지금 막 스페인에서 돌아오는 길이죠.   2205

그곳은 술과 노래의 나라라더군요. (노래한다.)

---

*   라이프치히 교외에 있는 농촌 마을. 라이프치히 사람들은 우둔한 인간을 '리파흐
의 한스 아르슈'라고 불렀다.

옛날 옛적 임금님 한 분이 계셔서
큼직한 벼룩 한 마리를 기르셨단다.

프로슈   여보게! 벼룩 한 마리라네. 알겠어?
벼룩이라니 그거 근사한 손님이군.   2210

메피스토   (노래한다.) 옛날 옛적 임금님이 한 분 계셔서
큼직한 벼룩 한 마리를 기르셨단다.
마치 왕자님이나 되는 듯이
적잖이 사랑하셨단다.
그래 궁중 재단사를 부르셔서
재단사가 헐레벌떡 대령했단다.   2215
자, 도련님의 옷을 지어라,
그리고 바지도 치수를 재어라.

브란더   잊지 말고 재단사한테 엄한 분부를 내려주게,
치수를 정확히 재도록 말일세.   2220
그리고 그놈 목숨이 아깝거든,
바지에 주름이 잡히지 않도록 하라고!

메피스토   비단으로 안을 받친 벨벳 옷을
도련님은 그래서 입으셨단다.
웃옷에는 리본이 달리고   2225
십자가도 달아주었다.
그러자 벼락으로 재상이 되고
게다가 커다란 훈장까지 받으셨단다.
그리고, 연줄 있는 형제자매들까지
모조리 궁중에서 벼락감투 썼단다.   2230

궁중의 귀족이나 귀부인들은

그 때문에 대단히 괴로워했고
왕비와 시녀들도
찔리고 물리고 했단다.
하지만 눌러 죽이면 큰일이 나고,   2235
긁어서 쫓아내도 안 되었다더라.
우리네야 그놈이 물기만 하면
그대로 눌러서 죽여버리지.

합창   (환성을 지르며)
우리라면 한 놈이 물기만 하면
그대로 눌러서 죽여버리지.   2240

프로슈   만세! 만세! 그거 좋았다.

지벨   벼룩이란 놈은 모조리 그렇게 해야지!

브란더   손가락을 내밀어서 살짝 잡아내야지!

알트마이어   자유 만세! 술도 만세!

메피스토   이 술이 조금만 좋은 술이었던들,   2245
자유 만세를 위해 나도 한잔 들겠는데.

지벨   그런 소리는 두 번 다시 듣고 싶지 않다.

메피스토   이 집 주인이 투덜거릴까 두렵습니다.
만일 그렇지만 않다면 여러분 귀한 손님들에게
우리 술 창고에서 제일 좋은 것을 드리겠는데.   2250

지벨   자, 내놓기만 해요! 잔소리는 내가 맡겠소.

프로슈   좋은 술 한 잔 마시게 해준다면야, 당신들을 칭찬하고
말고.
하지만 쥐꼬리만큼 맛만 보여서는 안 되오.
내게 술맛을 감정시키려거든
입 안에 듬뿍 품게 해야 하오.   2255

알트마이어　　　(나직한 소리로) 어째 저놈들은 라인* 지방에서 온 놈
　　　　　들 같군.

메피스토　　송곳을 한 자루 마련해주시오!

브란더　　송곳으로 어쩌자는 거요?

　　설마 문 앞에 술통을 가지고 온 것은 아니겠지?

알트마이어　　　저 안에 집주인의 연장 바구니가 있소.

메피스토　　(송곳을 들고, 프로슈에게) 자! 당신의 구미에 맞는 술 이름을
　　　　　대시오!　　　　　　　　　　　　　　　　　　　　　　2260

프로슈　　어쩌자는 거요. 그렇게 여러 가지 있소?

메피스토　　한 분 한 분에게 소원대로 드리지요.

알트마이어　　　(프로슈에게) 아니, 자네는 벌써 입술을 핥고 있군.

프로슈　　좋소! 내가 고른다면야 라인 포도주로 하겠소.

　　조국의 산물이 제일이란 말야.　　　　　　　　　　　　　2265

메피스토　　(프로슈가 앉은 자리의 식탁에다 구멍을 뚫는다.) 곧 마개를 해
　　　　　야 할 테니 밀초를 좀 주시오!

알트마이어　　　아아, 이건 요술이군.

메피스토　　(브란더에게) 그리고 당신은?

브란더　　난 샴페인으로 하겠소.

　　그렇지만 제대로 거품이 나야 하오!

　　　(메피스토, 송곳을 돌린다. 그동안 다른 한 사람은 초로 마개를
　　만들어 막는다.)

브란더　　외국산이라고 반드시 배척할 수는 없지.　　　　　2270

　　고급품이란 흔히 먼 곳에 있는 법이니까.

─────────────

* 독일의 대표적인 와인 산지로, 라인 지방 사람들은 포도주 품질에 일가견이 있다
　는 인식에서 온 말이다.

순종 독일인이란 프랑스 놈을 싫어하지만,

그들의 포도주만은 즐겨 마시거든.

지벨　　　(메피스토가 그의 자리에 가까이 오자) 솔직히 말해서 나는 신

것은 좋아하지 않소.

진짜 달콤한 놈을 한 잔만 주구려.　　　　　　　　　　　2275

메피스토　　(송곳을 돌리며) 이제 곧 토카이가 흘러나오게 하리다.

알트마이어　　아니, 여보시오, 내 얼굴 좀 보게!

당신들이 우리를 곯려 먹다니, 좀 너무 당돌한 짓이 아니오.

메피스토　　어림도 없소. 당신들같이 훌륭한 손님에게

그런 짓을 한다는 것은 좀 지나치다고 하겠소.　　　　　2280

자, 어서! 서슴지 말고 말씀하시오!

무슨 포도주를 드릴까요?

알트마이어　　뭐든 좋소! 너무 묻지 마시오.

(구멍을 다 뚫고 마개를 하고 나서)

메피스토　　(야릇한 태도로)

포도송이는 포도 덩굴에!

뿔은 염소의 수놈에 나네.　　　　　　　　　　　　2285

포도주는 액체고, 덩굴은 나무,

나무 책상에서도 포도주가 솟네.

자연을 깊이 통찰하시오!

여기 기적이 있으니, 믿어만 주오!

자, 마개를 빼고 맛을 보시오!　　　　　　　　　　2290

일동　　　(마개를 빼자, 각자의 잔에 원하는 술이 채워진다.)

아아, 아름다운 샘이 솟는구나!

메피스토　　한 방울도 흘리지 않도록 조심하시오.

(모두들 연거푸 마신다.)

일동　(노래한다.)

이거야말로 재미있구나. 유쾌하다, 유쾌해.

마치 500마리의 돼지 떼처럼!

메피스토　민중은 자유롭소. 얼마나 유쾌합니까.　　　　2295

파우스트　이제 떠나고 싶은데.

메피스토　자, 정신 차려보시오. 이제부터 야수(野獸)의 기질이

정말 희한하게 터져 나올 테니까요.

지벨　(어설프게 마시다 술이 바닥에 흐르고 불이 일어난다.) 사람 살

려! 불이야! 사람 살려! 지옥이 타는구나!

메피스토　(불을 보면서 주문을 외기 시작한다.) 진정하라, 정다운 4대 원

소(元素)야!　　　　2300

(일동을 향해서)

이번만은 한 방울의 연옥(煉獄)의 불로 끝났습니다.

지벨　이게 무슨 짓이지? 가만있어! 그대로 지날 수는 없지!

우리를 잘못 본 것 같은데.

프로슈　두 번 다시 이따위 수작을 해봐라!

알트마이어　난 저놈을 조용히 쫓아내는 게 상책이라고 생각하네.

2305

지벨　뭐요, 이봐! 어림도 없지.

여기서 요술을 부리겠다는 거냐?

메피스토　꼼짝 말아, 낡은 술통아!

지벨　뭐, 이 빗자루 같은 놈아!

그래도 우리한테 싸움을 걸 작정인가?

브란더　가만있거라, 빗발 같은 주먹맛을 좀 볼 테냐!　　　　2310

알트마이어　(마개 하나를 식탁에서 잡아 뺀다. 갑자기 불길이 얼굴에 확

쏠린다.)

아이구 나는 타 죽는다. 타 죽어!

지벨　　마술이다!

무찔러라! 이런 놈은 죽여도 좋다!

(그들은 모두 칼을 빼 들고 메피스토에게 덤벼든다.)

메피스토　　(엄숙한 몸짓으로)

허망한 그림자와 언어(言語)여,

마음과 장소를 바꾸어라!

여기에 있으되 저기도 있어라!　　　　　　　　2315

(그들은 놀란 듯 서로 쳐다본다.)

알트마이어　　여기가 어디냐? 아름다운 경치로구나!

프로슈　　포도원이로구나! 이것이 꿈이 아닐까?

지벨　　포도송이가 손에 잡힌다.

브란더　　여기 이 푸른 정자 밑을 보게!

이게 웬 덩굴이지! 이게 웬 포도송이지?

(지벨의 코를 붙잡는다. 다른 자들도 번갈아 그렇게 하며 칼을
쳐든다.)

메피스토　　(전과 같이)

거짓이여, 눈가리개를 풀어주라!　　　　　　　2320

이놈들, 악마의 노는 꼴을 명심하여라.

(그는 파우스트와 더불어 사라진다. 사람들은 손을 놓는다.)

지벨　　어찌 된 일이지?

알트마이어　　알 수 없군!

프로슈　　이게 자네 코였나!

브란더　　(지벨에게) 내가 네 코를 쥐고 있었구나.

알트마이어　　지독하게 한 대 맞았구나, 사지가 이상한데!

의자를 다오! 쓰러질 것 같다.　　　　　　　2325

프로슈   아니, 이게 어찌 된 일인지 말 좀 해봐!

지벨   그놈은 어디로 뺑소니쳤지, 찾아만 봐라.

살려두지는 않는다!

알트마이어   그놈이 문으로 나가는 것을 난 봤네 ─ 술통에 올라

타고 가던데 ─   2330

나는 발이 납덩이처럼 무거운데.

(식탁을 돌아보며)

참, 아직도 술이 흘러나올까?

지벨   모두가 허위였어, 거짓과 속임수였어.

프로슈   하지만 술을 마신 것 같았는데.

브란더   그런데 그 포도송이는 어떻게 된 노릇이지?   2335

알트마이어   이래도 기적을 믿어서는 안 된다고 할 놈이 있을까?

마녀의 부엌

나지막한 부뚜막 위에 큼직한 솥 하나가 불에 걸려 있다. 거기서 피어오르는 김 속에 여러 가지 모습이 나타난다. 꼬리가 긴 암컷 원숭이 한 마리가 솥 옆에 앉아 거품을 걷어내어 넘치지 않게 한다. 꼬리가 긴 수컷 원숭이가 새끼들과 같이 그 옆에 앉아서 불을 쬐고 있다. 벽과 천장은 기묘한 마귀의 도구로 장식되어 있다.

파우스트, 메피스토펠레스 등장.

파우스트 그런 미친 요술 장난은 정말 재미가 없는걸.
너는 그런 떠들썩한 미친 짓거리로
내 몸과 마음이 소생하리라고 장담할 수 있느냐?
늙은 마녀 따위한테 부탁해서   2340
이런 더러운 국물로
나를 30년이나 젊게 해줄 수 있단 말이냐?
네가 좀 더 뾰족한 수를 모른다니 딱한 일이군.

이미 희망은 내게서 사라졌다.

자연이나 성현들이 지금까지   2345

아무런 묘약도 발견하지 못했단 말이냐?

메피스토 여보시오, 당신 또 약은 체하시는구려.

당신을 젊게 하려면 물론 자연 요법도 있지만,

그러나 그것은 다른 책에 적혀 있는 것으로,

이상한 대목*이지요.   2350

파우스트 그것이 알고 싶단 말이다.

메피스토 좋소, 그건 돈도 들지 않고,

의사나 마술도 필요 없는 방법이지요.

당장에 밭으로 나가시구려.

그것을 갈고 흙을 파헤쳐 보시구려.

그리고 몸과 마음을   2355

극히 제한된 범위에 두어보시오.

아무것도 섞이지 않은 음식으로 영양을 취하고

가축과 같이 가축으로서 생활하고 자기가 거두어들일 밭에

스스로 비료를 주는 것을 꺼리지 마십시오.

아시겠어요? 그것이 80세까지   2360

당신을 젊게 하는 가장 좋은 방법입니다.

파우스트 그런 일엔 내 손이 익숙지 않고,

손에 괭이를 들 생각까지는 없다.

그런 답답한 천지는 내게 어울리지도 않는다.

메피스토 그러면, 마녀의 신세라도 질 수밖에 없군요.   2365

---

*   우리와는 관계없는, 불가능한 방법이라는 의미다.

파우스트   도대체 어째서 하필이면 노파라야 한단 말인가!

자네는 제 손으로 그 약을 지을 수 없단 말인가?

메피스토   심심소일도 유분수이지요.

그런 틈이 있으면 요술 다리*를 천 개라도 놓겠소.

이런 일은 기술과 학문만이 아니라,   2370

인내라는 것이 필요합니다.

조용한 성격을 가진 놈이 몇 해를 두고 붙어 있더야 한답니다.

시간만이 이 묘한 발효에 효력을 더 내게 할 뿐이죠.

그리고 이 약에 필요한 것은

모조리 해괴한 물건들뿐이란 말이오.   2375

마녀에게 그 기술을 가르친 것은 악마이지만,

악마 혼자선 만들 수 없는 것입니다.

（짐승들을 바라보며）

좀 보시구려, 참으로 귀여운 놈들이죠!

이놈이 시녀이고 저놈이 머슴**이랍니다.

（원숭이들에게）

어째 할멈이 집을 비운 것 같구나!   2380

원숭이들   굴뚝으로 빠져서

집을 나갔지요.

잔치에 가셨어요.

메피스토   보통 얼마 동안이나 쏘다니다가 돌아오느냐?

원숭이들   우리가 손을 쬐고 있는 동안이죠.   2385

---

*   기암이나 다리는 악마가 만든 것이라고 생각했다.

**   원숭이는 지옥의 악마가 만든 것이라고 전한다. 그래서 여기서 원숭이가 마녀의
     하인 노릇을 하고 있다.

메피스토 (파우스트에게) 이 귀여운 놈들이 어떻습니까?

파우스트 저런 흉측한 놈들은 생전 처음 본다.

메피스토 천만에, 지금 주고받은 것 같은 이야기가

바로 내가 제일 즐기는 것입니다!

　(원숭이들에게)

이 빌어먹을 꼭두각시 같은 놈들아! 어디 말이나 해봐라!　　2390

너희들이 휘젓고 있는 그 죽은 무엇이냐?

원숭이들 거지들에게 나누어줄 멀건 죽*이랍니다.

메피스토 그럼 손님이 많이 올 모양이구나.

수컷 원숭이 (가까이 와서 메피스토펠레스에게 아양 떤다.)

자, 어서 주사위를 던져서

저도 한번 부자가 되게 해 주세요.　　2395

제발 이기게 해 주세요!

신세가 말이 아니랍니다!

하지만 돈만 있으면

저도 철이 든답니다.

메피스토 이런 원숭이들도 복권이나 탈 수 있다면　　2400

얼마나 행복하다고 좋아할까?

　(그동안 어린 원숭이들이 큰 공을 갖고 놀다가 그것을 앞으로
굴리며 나온다.)

수컷 원숭이 이것이 지구(地球)**다.

올라갔다, 내려갔다

---

*　수도원에서 빈민들에게 나눠주는 멀건 죽으로 내용은 빈약하나 대중성을 띤 작
　품을 풍자했다.

**　원숭이가 지구의를 장난감 삼아 노는 것으로 세계 역사의 순환을 풍자했다.

끊임없이 도는구나!

유리같이 소리가 나는구나.   2405

참 깨지기도 잘하지!

속은 빈털터리지.

이쪽이 번쩍하면

저쪽은 더욱 번쩍하네.

나는 정말로 살아 있다!   2410

귀여운 내 자식아,

저만큼 물러서거라!

자칫하면 죽으리라!

진흙으로 구운 공이니,

깨지면 산산조각이 나리라.   2415

메피스토   그 체*는 무엇에 쓰는 거냐?

수컷 원숭이   (체를 내리며)

만일 당신이 도둑이라면,

이것으로 곧 알 수 있지요.

(원숭이 암놈에게 가서 비추어 보인다.)

이 체에 비추어 보구려.

도둑인 줄 알아도   2420

이름을 대서는 안 돼요.

메피스토   (불 옆으로 가까이 가며) 그러면 이 냄비는?

원숭이들   미련한 바보구려.

냄비도 모르고

---

*   마법에 쓰는 도구 중 하나로, 체를 통해서 보면 모든 것의 본질과 진상을 알 수 있
다는 믿음이 있다.

솥도 모르다니!

메피스토 버릇없는 놈들!

수컷 원숭이 여기 이 먼지떨이*를 들고

안락의자에 앉으시오!

(메피스토를 억지로 앉힌다.)

파우스트 (그동안 거울 앞에 서서 거울에 다가섰다 물러섰다 하더니)

여기 보이는 게 뭐지? 정말 선녀와 같은 모습이,

이 마귀의 거울**에 비치는구나! 2430

오, 사랑의 여신이여, 당신의 가장 빠른 날개 하나를 빌려주어

그녀 있는 곳으로 나를 데려다주오!

아아, 내가 이 자리에 머무르지 않고

가까이 가려고 하면,

그녀는 안개에 싸인 듯이 희미하게 보일 뿐이구려! 2435

그야말로 여인 중에서도 가장 아름다운 모습이구려!

이렇게 아름다운 여인이 있을 수 있을까?

이렇게 쭉 뻗고 누운 몸에서

온갖 하늘의 정체를 보지 않을 수 없구나.

이런 것이 이 지상에 있을 수 있을까? 2440

메피스토 물론이죠, 신이 엿새 동안이나 애를 쓰고 나서

마지막에 스스로 훌륭하다고 말할 정도였으니까,

틀림없이 영리한 무엇이 되었겠지요.

이번에는 실컷 눈요기나 하시구려.

---

* 원숭이가 먼지떨이를 옥홀(玉笏)이라며 메피스토에게 주고 옥좌에 앉으라고 권
한다.

** 먼 곳에 있는 애인을 보여주는 중세 전설 속 거울

그렇게 귀여운 애를 찾아 드릴 테니까요.   2445

신랑으로서 저런 여자를 집으로 데리고 갈 수 있는

행운이 찾아 든 사람이라면 얼마나 행복하겠소!

　(파우스트는 계속 거울을 들여다보고 있다. 메피스토텔레스는
안락의자에 앉아 몸을 쭉 펴고 먼지떨이로 장난하면서 말을 계속
한다.)

여기 앉았으니 마치 옥좌에 앉아 있는 왕과 같구나.

군주의 지팡이도 여기 있으니, 그저 왕관이 없을 뿐이다.

짐승들　(그때까지 오만 가지 기괴한 몸짓을 하다가 고함을 지르며
　　　메피스토펠레스에게 관을 가져온다.)

　　　제발 부탁이오니   2450

　　　땀과 피로*

　　　이 관을 붙여주시오!

　(서툴게 관을 다루다가 동강을 내어 왕관을 들고 이리 뛰고 저
리 뛴다.)

이젠 영영 글렀구나!

우리는 말하고 보고, 들어서

시(詩)를 짓는다오 ―   2455

파우스트　(거울을 향해서) 아아, 괴롭다. 나는 미칠 것만 같구나.

메피스토　(짐승들을 가리키며) 이러니 나도 머리가 어질어질해지는
　　　구나.

짐승들　우리도 운이 트이고

---

* 국민의 땀과 피로 왕위를 보전한다는 뜻이다. 메피스토는 짐승들의 청으로 관을
　붙여서 주지만 가지고 놀다가 다시 깨진다. 깨진 왕관은 프랑스 혁명에 대한 암
　시다.

잘되면

사상*이 있다고 하겠지요! 2460

파우스트 (여전히 같은 태도로) 내 가슴이 타기 시작하는구나!

자 어서 이 자리에서 떠나세!

메피스토 (같은 태도로)

그런데 이놈들이 적어도

정직한 시인**이라는 것을 인정해야겠소.

　(그때까지 원숭이 암놈이 등한히 한 냄비가 넘기 시작한다. 불
길이 확 일어나며 굴뚝으로 치솟는다. 마귀가 무섭게 외치며 불길
을 헤치고 굴뚝에서 내려온다.)

마녀 　아우, 아우, 아우! 2465

오라질 놈의 짐승들! 빌어먹을 돼지 같으니!

냄비를 살피지 않아서 안주인을 그을게 하다니!

빌어먹을 짐승들!

　(파우스트와 메피스토펠레스를 보고)

여기 이건 또 뭐냐?

너희들은 누구냐? 2470

뭐 하러 여기 왔지?

숨어 들어온 자가 누구냐?

뼈마디가 짜릿하도록

불벼락을 맞아 볼 테냐!

---

*　엉터리로 만든 시라도 운이 좋으면 사상을 가진 것이 된다는 의미다. 정치 풍자에
서 문학 풍자로 비약했다.

**　시인이란 이 원숭이처럼 정직하게 고백하지 못하니 원숭이는 그런 점에서 시인
이라는 의미다.

(그녀는 거품을 걷는 국자를 냄비에 넣었다가 파우스트, 메피스토
펠레스, 그리고 짐승들에게 불꽃을 튕긴다. 짐승들 낑낑대며 운다.)

메피스토　　(먼지떨이를 거꾸로 쥐고 유리그릇과 단지들을 두들긴다.)

　　　　　두 동강을 내어라, 두 동강!　　　　　　　　　　2475

　　　　　자, 죽이 흐르는구나!

　　　　　유리잔이 구르는구나!

　　　　　이건 장난에 지나지 않는다.

　　　　　너의 가락에 맞추는

　　　　　장단이다, 이 더러운 년아!　　　　　　　　　　2480

　　　　　(마녀는 매우 화가 나고 놀라서 물러선다.)

　　　나를 몰라 보느냐? 이 해골 같은 년아! 이 마귀야!

　　　너의 주인이며 스승인 나를 몰라보느냐?

　　　사양할 게 뭐 있니. 나는 이렇게 부수고,

　　　네년과 고양이 귀신들도 때려 부수리라!

　　　이젠 이 붉은 조끼*가 두렵지 않단 말이냐?　　　　　2485

　　　이 닭털도 몰라본단 말이냐?

　　　내가 이 얼굴을 가리기라도 했단 말이냐?

　　　내 이름을 일러바쳐야 한단 말이냐?

마녀　　　어머나 주인장, 너무 실례했군요!

　　　말발굽이 보이지 않아서 그만.　　　　　　　　　　2490

　　　당신이 키우던 까마귀** 두 마리는 어디 있지요?

메피스토　　이번은 살려주마.

---

* 　붉은 조끼나 새의 깃털은 메피스토가 좋아하는 복장이다.

** 　불길한 새, 악마를 상징한다.

물론 우리가 서로 만나지 못한 지가

이미 꽤 되었으니까 말이다.

이 세계를 모조리 핥고 다니는 그 문화라는 것이,　　　　　2495

악마에게까지 미치게 되었으니

북극의 허깨비는 이젠 볼 수 없게 되었지.

뿔이나 꼬리나 발톱 같은 것을 어디서 찾을 수 있단 말인가?

발이라고 하면 나에게는 말발굽이 없으면 곤란하지만,

사람들을 대하게 되면 내게 해가 되지.　　　　　2500

그래서 나는 젊은 사람들처럼

오래전부터 가짜 종아리*를 달고 걸어 다니고 있지.

마녀　　　(춤을 추며) 젊은 마왕께서 여기 다시 오셨으니

어리둥절해서 정말 정신을 차릴 수가 없군요.

메피스토　할망구 그 이름을 입 밖에 내지 마시오.　　　　　2505

마녀　　　왜요? 그 이름이 무슨 해라도 끼쳤던가요?

메피스토　그 이름은 이미 오래전에 동화책 속에 쓰여 있었지.

그러나 그렇다고 해서 인간은 조금도 나아진 것이 없네.

악마한테서는 벗어났지만 악당들은 여전히 남아 있지.

나를 남작이라고 불러주면 좋겠어.　　　　　2510

나도 다른 어떤 기사들과 다름이 없는 기사니까.

나의 점잖은 혈통을 그래도 의심하지 않겠지.

자, 보게나. 이것이 내가 달고 다니는 우리 집의 휘장이네!

(음탕한 몸짓을 한다.**)

---

*　　악마는 다리가 가늘어서 가짜 종아리로 인간처럼 보이게 한다.

**　메피스토가 자주 하는 행동으로 남근 발기를 연상하는 몸짓이다.

마녀 　(요망스럽게 웃는다.)

　　호호호, 그것은 당신의 버릇이지요!

　　여전히 변함없는 장난꾸러기군요!　　　　　　　　2515

메피스토 　(파우스트에게)

　　자, 여보시오, 좀 배워두시란 말씀이오!

　　이것이 마녀와 사귀는 요령이지요.

마녀 　　그런데 두 분은 무슨 용무로 오셨지요?

메피스토 　그 이름난 약을 듬뿍 한 잔만 주게나!

　　하지만 제일 오래 묵은 놈을 주어야 하네.　　　　2520

　　해가 묵을수록 효력은 배가 나니까 말일세.

마녀 　　좋고말고요! 여기도 한 병 있습니다.

　　이것은 저도 가끔 홀짝 마셔봅니다.

　　그리고 이제 조금도 구린내가 나지 않아요.

　　이것을 곧 한 잔 드리겠어요.　　　　　　　　　2525

　　(낮은 목소리로)

　　그렇지만 이분이 갑자기 이걸 마시면,

　　잘 아시다시피 한 시간도 못 살 텐데요.

메피스토 　이분은 좋은 친구란 말이네. 꼭 효력이 있기를 바라네.

　　마누라 주방에서도 제일 좋은 것을 마시게 하고 싶은데

　　저번처럼 원을 그리고, 주문을 외어주게나.　　　　2530

　　그리고 한 잔 가득 드리도록 하게나!

　　(마녀는 기묘한 몸짓으로 원을 그리며 그 안에 이상한 물건들을
　　늘어놓는다. 그동안에 유리그릇이 울리고 냄비도 소리를 내고 음
　　악이 시작된다. 끝으로 마녀는 커다란 책을 가져다가 원숭이들을
　　그 원 속에 끌어들여 어떤 놈은 책상으로 쓰고 어떤 놈에겐 횃불을
　　들게 한다. 마녀는 파우스트에게 자기에게 오라고 눈짓한다.)

파우스트   (메피스토펠레스에게)

아니, 이건 어떻게 되는 건가, 말 좀 하게!

이런 어리석은 짓이며 이 미치광이 시늉,

이런 흥이 깨지는 속임수 따위,

이건 나도 알고 있네, 정말 질색인데.   2535

메피스토   원 쓸데없는 소리, 이건 웃음거리지요.

그렇게 진지하게 생각하지 마시구려!

저 약이 잘 들을 수 있게 하려면

마누라도 의사니까 요술을 부려야 하오.

(그는 파우스트를 억지로 원 안에 들어가게 한다.)

마녀   (수다스러운 어조로 책을 낭독하기 시작한다.)

그대는 알아야 하느니라!   2540

하나에서 열을 만들라.

둘은 사라지게 하고

당장에 셋을 만들지어다.

그러면 그대는 부유하리라.

넷을 잃도록 하라!   2545

다섯과 여섯에서,

마녀는 가라사대

일곱과 여덟을 만들지어다.

이리하여 이루어졌도다.

아홉은 곧 하나이니   2550

열은 즉 공이니라.

이것이 마녀의 구구법이라오.*

파우스트   저 노파도 열에 떠서 헛소리를 하는구나.

메피스토　아직도 끝나려면 멀었습니다.

나도 알고 있지만 저 책은 온통 저런 투지요.　　　　　　2555

나도 저것 때문에 꽤 시간을 허비했습니다.

그럴 것이 완전히 모순된 것은

현자(賢者)한테건 우자(遇者)한테건 똑같이 신비롭게 마련이니까요.

여보세요, 학술이란 낡고도 새로운 것이란 말이오.

예나 지금이나 다름이 없단 말씀이죠.　　　　　　　　　　2560

셋이 하나라느니, 하나가 셋이라느니 하며,[**]

진리 대신에 오류를 퍼뜨리고 있단 말씀이오.

이렇게 어리석은 짓을 지껄이고 가르쳐도 무방하거든,

이런 바보는 내버려두는 것이 상책이죠.

흔히 인간은 말만 들으면　　　　　　　　　　　　　　2565

그 말엔 생각해봐야 할 무슨 내용이 있으리라고 믿는다는 말씀이
에요.

마녀　　　(주문을 계속한다.) 숭고한 위력은

학술에도, 그리고

온 세상에도 감추어져 있나니.

오직 사색하지 않는 자에게만　　　　　　　　　　　2570

그것은 주어질 것이로다.

애태움이 없이 차지하리라.[***]

---

[*]　이 마녀의 구구법(九九法)을 억지로 해석할 필요는 없다 오히려 의미 없는 것을
　　의미가 있는 듯 노래하는 것이 그 의도이다.

[**]　삼위일체를 뜻한다.

[***]　젊어지는 영약(靈藥)은, 과학적 사고의 산물이 아니다. ㅅ-고하지 않는 자에게 우
　　연히 주어진다.

파우스트   이 여자는 무슨 잠꼬대를 늘어놓는 것이냐?

내 머리가 당장에 터질 것만 같구나!

마치 나는 십만 명이나 되는 바보 녀석들이   2575

온통 소리를 모아 떠들고 있는 듯한 기분이다.

메피스토   이젠 그만 됐어, 훌륭하신 무당 마나님!

그 약을 갖다가 잔에

철철 넘치도록 빨리 부어드려라.

내 친구분은 그 약에 탈이 날 염려는 없을 테니.   2580

많은 경력을 쌓으신 분이시라

이것저것 좋은 약도 많이 마셔보셨다네.

    (마녀가 갖가지 의식을 올리면서 잔에다 약을 붓는다. 파우스트가 그것을 입으로 가져가자 슬쩍 불길이 일어난다.)

메피스토   자, 쭉 들이켜세요! 쉬지 말고 단숨에 쭉!

곧 가슴에 흥이 일어날 테니

당신은 악마하고 너 나 하는 사이인데.   2585

그렇게 불꽃을 두려워한단 말입니까?

    (마녀는 원을 푼다. 파우스트가 걸어 나온다.)

메피스토   자, 새로운 기분으로 나오시오! 그대로 가만히 있으면 안 됩니다.

마녀   그 약이 잘 듣도록 빌겠습니다.

메피스토   (마녀한테)

네가 무엇이든 내게 부탁할 일이 있으면,

사양 말고 발푸르기스의 밤*에 말하거라.   2590

---

*   4월 30일 밤, 브로켄산에서 오만 가지 악마들이 회합한다.

마녀　　　여기 노래가 하나 있어요.* 가끔 이것을 부르시면

각별한 약의 효과를 느끼시게 될 거예요.

메피스토　(파우스트한테)

자, 빨리 타요, 내가 안내하리다.

약기운이 안팎으로 스며들도록

당신은 부득불 땀을 내야 합니다.　　　　　　　　　　　2595

그 후에 차차 고상한 안일(安逸)의 맛도 느끼게 해드리겠습니다.

그리고 곧 사랑의 신이 꿈틀대고

이리 뛰고 저리 뛰는 것을 흥겹게 느끼실 겁니다.

파우스트　저 거울 속을 또 한 번만 슬쩍 보게 해주게!

그 여인의 모습은 정말 너무나 아름다웠네.　　　　　　2600

메피스토　그만두시오! 이제 곧 모두 여자들의 전형이라고 할 수 있

는 견본을,

바로 눈앞에 산 채로 보여드리리다.

(나직한 목소리로)

그 약이 몸에 들어간 이상

네놈은 모든 여자가 헬레네**로 보이리라.

---

* 음탕한 노래를 적어 파우스트에게 건넨다.

** 여기서는 세계 제일의 미녀라는 의미로 썼다.

길거리

파우스트, 마르가레테가 지나간다.

파우스트 여보세요, 어여쁘신 아가씨, 실례지만   2605
제 팔을 빌려 모셔다드려도 될까요?

마르가레테   전 아가씨도 아니고 어여쁘지도 않아요.
혼자서도 집에 갈 수 있어요.
(그녀는 뿌리치고 퇴장.)

파우스트 아니, 정말 그 애는 예쁘구나!
저런 애를 본 일이 없다.   2610
의젓하고 얌전한 데다
게다가 좀 새침한 데도 있고 말이다.
붉은 입술에다 볼엔 윤기가 흐르고
나는 죽을 때까지 그 애를 못 잊겠다!
그 애가 눈을 아래로 살짝 감는 모습은,   2615
내 가슴에 깊이 아로새겨졌다.

그 애가 톡 쏘아 뿌리치는 꼴이,

정말 귀엽기 짝이 없구나!

(메피스토펠레스 등장.)

파우스트 여보게, 저 처녀를 내 손에 넣게 해주게!

메피스토 아니, 어떤 애 말이요?

파우스트 지금 막 지나갔지.   2620

메피스토 저 애요? 저 애는 신부 놈한테서 돌아오는 길이에요.

아무런 죄도 없다는 말을 듣고 말이오.

내가 고해석 바로 곁을 살짝 지나왔는데,

저 앤 아무런 죄도 없으면서 고해하러 가는

정말 순진한 애랍니다.   2625

저런 애한테는 맥을 못 씁니다.

파우스트 그래도 열네 살*은 넘었을 테지.

메피스토 이젠 아주 난봉꾼 한스 같은 소리를 하시는구려.

귀여운 꽃은 모조리 내 것으로 만들고

제가 꺾을 수 없는 정조니, 사랑이란   2630

없노라고 뽐내는 놈과 똑같구려.

그러나 줄곧 그렇게만 되지는 않을걸요.

파우스트 참 점잖은 도덕군자 선생이시군.

나를 도덕의 율법으로 괴롭히지는 말아주게.

그리고 잘라서 말해두네만,   2635

만일 귀여운 젊은 애가

---

*   당시 열네 살 이하의 소녀와 결혼이나 성교는 법으로 금지했다.

오늘 밤에 내 품 안에서 잠들게 해주지 않는다면

오늘 밤 우리는 헤어질 테니 그리 알아두게.

메피스토 생각을 해 보시구려, 될 일이 있고 안 될 일이 있지 않소!

기회를 얻는 데만도   2640

적어도 2주는 걸립니다.

파우스트 내가 일곱 시간만이라도 여유가 있다면

저런 계집애를 꾀어내는 데,

구태여 악마의 손을 빌릴 필요도 없단 말이다.

메피스토 당신은 벌써 프랑스 놈 같은 말투이구려.   2645

하지만 제발 화는 내지 마십시오.

그렇게 다짜고짜 재미를 본다고 무엇이 좋겠소?

우선 이리저리 주물럭거리고

오만 가지 장난한 다음에

귀여운 인형을 반죽해서 요리하는 편이,   2650

훨씬 더 재미가 있을 것입니다.

왜 이탈리아나 스페인 소설에도 그런 게 나오지 않습니까.

파우스트 그런 짓을 안 하고 빨리 먹고 싶단 말이다.

메피스토 자, 험구 농담은 제쳐놓고 말이지만,

저 예쁜 아이로 말하면,   2655

절대로 손쉽게 되지는 않습니다.

마구 덤벼들어서는 어림도 없습니다.

우선 계략을 꾸며 볼 수밖에 없을 거요.

파우스트 그럼 저 귀여운 애가 몸에 지니고 있던 물건이라도 내게
        갖다주게!

나를 그 애가 자는 곳으로 데려다주게!   2660

저 애 가슴에 댔던 목도리도 좋고

양말대님이라도 좋으니 내 사랑의 욕망을 위해 마련해주게!

메피스토 내가 당신의 안타까운 심정을 어떻게 해드리고 싶고,

어떻게든 도움이 돼주고 싶다는 것을 보여드리기 위해,

한시라도 헛되이 하지 말고   2665

오늘 중에라도 당신을 그 애 방으로 인도해드리리다.

파우스트 그러면 그 애를 볼 수 있겠나? 손에 넣을 수 있겠나?

메피스토 안 됩니다!

그 애는 이웃 마누라한테 가 있을 것이오.

그 애가 없는 틈에 당신은 혼자서

처녀의 향기가 풍기는 그 방안에서   2670

미구에 닥칠 기쁨을 꿈꾸며 실컷 즐기시구려.

파우스트 지금 곧 가도 되나?

메피스토 지금은 너무 이릅니다!

파우스트 그 애에게 줄 선물을 하나 마련해주게나! (퇴장.)

메피스토 당장에 선물이라! 그거 좋군! 그럼 잘될 것이 틀림없지!

내가 좋은 장소를 여러 군데 알고 있지.*   2675

그리고 옛적부터 보물이 묻힌 곳도 알고 있지.

좀 조사를 해봐야겠군. (퇴장.)

---

*   예로부터 땅속에 묻힌 재보(財寶)는 모두 악마의 지배하에 있다고 믿었다.

저녁

자그마하고 청결한 방.

(마르가레테, 머리를 땋아 올리며)

마르가레테 오늘 그분이 누구였을까?

내가 알 수만 있다면 뭐라도 내놓겠어!

정말 착실한 분 같았고   2680

지체 높은 집안의 아드님이 틀림없지.

그건 그분의 얼굴만 보아도 알 수 있지 —

그렇지 않고서야 그렇게 대담한 짓을 할 순 없었을 거야. (퇴장.)

(메피스토펠레스, 파우스트 등장.)

메피스토 들어와요, 조용히, 살짝 들어와요!

파우스트 (잠시 묵묵히 있다가) 제발 나를 혼자 있게 해 다오.   2685

메피스토 (사방을 살펴보며) 이렇게 깨끗한 처녀도 드물 것 같구나.

(퇴장.)

파우스트 (주위를 살펴며) 반갑구나, 이 성스러운 전당 안에 꽉 들어
　　　　　차서 떠도는
　　　다정한 황혼의 어스름이여!
　　　가슴을 죄고 희망의 이슬을 마시며 간신히 살아가는
　　　감미로운 사랑의 고뇌여, 나의 가슴을 쥐어뜯어라!　　　　　2690
　　　이 주위에선 정적과 질서와
　　　그리고 만족이 따뜻이 숨 쉬고 있지 않느냐!
　　　이런 가난 속에 이런 뿌듯한 기운이 가득 차 있구나!
　　　이런 좁은 방 속에 어찌도 이 같은 축복이 깃들어 있는 것이냐!
　　　（침대 가에 놓인 가죽 안락의자에 몸을 던진다.）

아아, 나를 앉게 해 다오. 의자여, 너 일찍이 그 애의 조상들을 슬플
때나 기쁠 때나 팔을 활짝 벌려　　　　　　　　　　　　　　　2695
　　　맞아주었던 의자여, 내 몸도 받아주려무나!
　　　아아, 이 가장(家長)의 자리에는 아이들의 무리가
　　　얼마나 자주 매달리곤 하였던가?
　　　아아, 나의 사랑하는 그 애도 토실토실한 귀여운 볼을 하고,
　　　성탄절의 선물에 감사하고자 천진난만하게,　　　　　　　2700
　　　할아버지의 시든 손에 입을 맞추었으리라.
　　　아아, 귀여운 소녀여, 그대의 풍족과 질서의 정신이
　　　내 주위에서 살랑대고 있는 것 같구나.
　　　바고 그 정신이 어머니처럼 너를 위하여,
　　　식탁에 깨끗한 보를 깔게 하고　　　　　　　　　　　　2705
　　　발밑에 흰모래를 물결무늬로 뿌리게 하였으리라.
　　　오! 그 사랑스러운 손! 바로 신의 손과도 같구나!
　　　이런 오막살이도 네 손으로 천국이 된다.

그리고 이곳은!

(그는 침대에서 휘장을 쳐 든다.)

소름이 오싹 끼치는 즐거움이 나를 사로잡는구나!

나는 마냥 몇 시간이고 머물고 싶구나.　　　　　　　　　2710

자연이여, 그대는 여기서 가벼운 꿈 속에서,

태어난 천사를 길러냈다.

여기 그 애는 보드라운 가슴을

따뜻한 생명으로 채우고서 누워 있었다.

그리고 신성하고 깨끗한 힘이 작용하여,　　　　　　　　2715

여기에 신들과 같은 아름다운 소녀가 길러졌다.

그런데 너는! 어떤 마음보로 여기 숨어 들어왔느냐?

여기서 얼마나 마음속 깊이 감명받았느냐!

너는 여기서 무엇을 할 작정이냐? 왜 이렇게 가슴이 답답해지는 것일까?

가련한 파우스트여! 너는 아주 몹쓸 놈이 되어버렸구나.　　2720

여기서 나를 둘러싸고 있는 것은 이상한 숨길이다.

오직 외곬으로 향락할 욕심에서 여기를 찾아왔는데.

이제 사랑의 꿈속에 몸도 마음도 녹아서 사방으로 흘러내리는 것 같구나.

우리는 대기 압력의 노리개란 말인가?

만일 이 순간에 그 애가 들어온다면,　　　　　　　　　2725

네 이런 방자한 짓을 어떻게 속죄할 것이냐!

잘난 척하는 대장부가 이 얼마나 조무래기처럼 위축할 거냐!

아아, 녹아서 없어질 듯이 그녀 발밑에 엎드릴 것이다.

메피스토 (등장.) 어서 빨리 나오시오! 그 애가 저 밑에 오고 있으니 까요.

파우스트 가자, 가! 나는 다시는 오지 않으련다!　　　　　　2730

메피스토 여기 제법 묵직한 조그만 상자가 있습니다.

다른 데서 집어 왔지요.

이것을 그대로 옷장 속에 넣어두시구려.

틀림없이 그 애가 정신이 아득해질 것입니다.

이 속에는 귀부인이라도 유혹할 수 있을 만한　　　　　　2735

귀여운 물건들을 당신을 위해 넣어두었습니다.

뭐니 뭐니 해도 어린애는 어린애고 장난은 장난이니까요.

파우스트 그런 짓을 해도 괜찮을까?

메피스토 웬 잔소리가 그리 많소?

이 보물을 당신이 가지고 싶단 말씀인가요?

그렇다면 그런 방탕한 짓을 위해　　　　　　2740

아예 귀중한 시간을 허비하는 일은 집어치우시오.

그리고 내게 더는 애쓰게 만들지는 마십시오.

당신은 설마 구두쇠는 아니겠지요!

나는 그래도 머리를 긁어 대고, 손을 비비며,

　　（상자를 옷장 안에 넣고, 자물쇠를 다시 잠근다.）

자, 갑시다. 빨리!　　　　　　2745

당신을 생각해서 귀여운 저 젊은 애를

당신의 소원과 뜻대로 해주려는 것이란 말이오.

그런데 당신은 마치

교실에 들어갈 때와도 같은 꼴이구려.

물리학이나 형이상학이 어려운 낯을 하고　　　　　　2750

바로 당신 말에 장승처럼 서 있는 것 같습니다그려.

자, 어서 갑시다! (퇴장.)

(마르가레테, 등잔을 들고 등장.)

마르가레테 여긴 왜 이리 무덥고 답답할까.

(창문을 연다.)

밖은 그렇게 덥지도 않은데

웬일인지 모르지만 기분이 참 이상해진다.*   2755

얼른 어머님이 돌아오셨으면 좋겠는데.

온몸이 오싹오싹하는구나.

하지만 난 얼마나 어리석고 겁이 많은 여자일까?

(옷을 벗으며 노래를 시작한다.)

      옛날 옛적 툴레**에 임금이 계셨네.

      백년해로에 마음 변할까 보냐.   2760

      사랑하는 왕비는 세상 떠나며

      황금의 술잔을 남기셨도다.

      그에게는 다시 없는 보물이기에

      잔치마다 그 잔으로 마셨다네.

      그리고 그 잔을 비울 때마다   2765

      그의 눈에는 눈물이 넘쳤다네.

      돌아가실 날이 다가왔을 때

---

*   청순하고 맑은 영혼을 지닌 처녀는 벌써 악마의 기운을 느끼고 있다.

**   유럽 대륙의 남단에 있다는 전설의 나라. 이 담시(譚詩)는 부부의 정결한 관계를
        노래하고 있다.

나라 안 고을을 모두 세어서
대를 이을 아들에게 주었지만,
그 잔만은 물리지 않았다네.   2770
그 왕이 큰 잔치에 자리 잡으니
기사를 가득하게 둘러앉았네.
바닷가 높은 성 위,
선조 대대 모시던 높은 누(樓)에서
늙으신 임금께서 일어서시며,   2775
마지막 들으시는 생명의 불길,
이윽고 성스러운 잔을 쳐들어
바닷물 속으로 던지셨네.

바다로 떨어지며 기울어져서
깊숙이 가라앉은 잔을 보시고   2780
그분은 두 눈을 스르르 감으시고
그 이상 한 방울도 안 마셨다네.

(마르가레테, 옷을 치우려고 옷장을 열다가 노리개 상자를 발
견한다.)

어떻게 이런 예쁜 상자가 여기 들어 있을까?
내가 분명히 옷장을 잠가두었는데.
참 이상도 해라! 이 속에 무엇이 들어 있을까?   2785
아까 어느 누가 담보로 가져와서
어머님이 그 값으로 돈을 빌려주신 것일 게다.
여기 끈에 열쇠가 달려 있구나!

내 열어 볼까 보다!

이게 뭐지, 에구머니나! 이것 좀 봐.   2790

이런 것은 내 생전에 처음 본다!

노리개로군! 이것이면 귀부인이라도

어떤 잔칫날에도 꽂고 나갈 수 있을 게다.

이 목걸이가 내게 어울릴까 몰라!

이런 훌륭한 것들이 누구의 것일까?   2795

   (노리개를 몸에 달고 거울 앞으로 간다.)

그저 이 귀고리만이라도 내 것이었으면.

전혀 딴 얼굴로 보일 텐데!

얼굴이 잘나고 젊어야 무슨 소용이 있담.

그것도 물론 다 좋기야 하겠지만,

사람들은 단지 그뿐이라고 생각할 거야.   2800

칭찬하면서도 반은 가엾게 여기는걸.

모두가 돈 때문에 모여들고,

돈에 달린 거지 뭐.

아아! 우리처럼 이렇게 가난해서야!

산책

파우스트, 생각에 잠겨 오락가락 서성대고 있다.
거기에 메피스토펠레스 등장한다.

메피스토   실연한 사랑을 생각하고, 아니 지옥의 불길에 맹세하지만

2805

아니 더 지독하게 저주할 수 있는 말은 없단 말이냐!

파우스트   왜 그러나? 왜 그리 화를 내고 있지?

난 평생 그런 얼굴 꼴을 본 일이 없다.

메피스토   만일 내 자신이 악마가 아니었던들,

당장에 악마한테 몸을 내맡기겠다만.   2810

파우스트   뭐, 머릿속이 뒤틀리기라도 했나?

하긴 자넨 미친놈처럼 날뛰는 것이 어울리지만!

메피스토   생각 좀 해 보시구려. 그래 그레첸*을 위해 마련한,

노리개를 신부 녀석이 쓸어가버렸단 말이오.

그것을 그 애 어미가 보더니만,   2815

당장에 어쩐지 무서워졌단 말씀이에요.

그 마누라란 것이 아주 냄새를 잘 맡아서

언제나 기도서에 코를 틀어박고 있을 뿐 아니라

집 안의 가구란 가구는 모조리 킁킁거려보고

그 물건이 깨끗한지 더러운지 냄새 맡고 다닌단 말이에요.　　　2820

그 노리개가 별로 깨끗한 것이 못 된다는 것도

재빨리 알아냈단 말씀이에요.

"애야" 하고 어미가 이렇게 불러 놓고는 "부정한 보물이란

영혼을 해치고 피를 좀먹는단다.

이것을 성모님께 드리기로 하자.　　　2825

그러면 천국의 만나**로 우리를 즐겁게 해주실 테니" 하더란 말

이오.

마르가레테는 입을 삐죽하고 생각했지요.

'빌어먹을 형편에 무슨 불평이 있으랴,

그리고 고맙게도 이걸 갖다주신 분은

절대로 신을 저버린 분이 아닐 거야'라고.　　　2830

하지만 그 애 어미는 신부 놈을 데려왔단 말이에요.

그자는 그 내력을 채 듣기도 전에

물건을 보고 홀딱 반해버렸단 말이에요.

놈의 말 좀 들어보슈. "옳은 생각이십니다!

욕심을 이겨내는 분은 득을 보게 될 겁니다.　　　2835

교회는 튼튼한 위장을 가졌으니,

---

*　　　마르가레테의 애칭

**　　성경의 〈요한 묵시록〉에 "자기를 이기는 자에게는 내 숨겨둔 만나를 주리라"라고
　　　되어 있다.

허다한 나라들을 집어삼켰지만

아직 한 번도 체한 적이 없소이다.

사랑하는 부인네들, 오직 교회만이

불의의 재물이라도 소화할 수가 있는 거요.*"   2840

파우스트   그건 흔히 볼 수 있는 버릇이지.

유대인이나 국왕들도 곧잘 그런 짓을 하거든.

메피스토   그러고는 팔찌, 목걸이, 반지 할 것 없이

마치 허섭스레기처럼 슬쩍 쑤셔넣고는,

호도라도 한 광주리 얻은 정도의   2845

고맙다는 인사밖에는 하지 않고,

다만 하느님의 은혜만을 약속했단 말이오.

그래도 여자들은 감지덕지 신이 났더란 말이에요.

파우스트   그러면 그레첸은?

메피스토   마음을 잡지 못하고 앉아서

제가 무엇을 하고 싶은지, 제가 무엇을 할지를 모르고,   2850

밤이나 낮이나 그 노리개만을 생각하고,

그보다 더욱, 그것을 가져온 분을 생각하고 있다오.

파우스트   그 귀여운 애를 괴롭게 해선 딱하다.

당장에 새로운 노리개를 마련해주게!

처음 것은 그리 대단한 것도 아니었지.   2855

메피스토   그러실 테지요! 어르신한테는 모두가 어린애 장난일 테
지요!

파우스트   자, 빨리 내 뜻대로 해놓으란 말이다.

---

*   교회의 탐욕을 풍자하고 있다.

우선 그 애 이웃집 마누라하고 친해져야 하네.

자, 악마 놈아, 그렇게 죽처럼 끈적끈적하지 말고,

냉큼 새로운 패물을 마련해오란 말이다.   2860

메피스토   아무렴요, 주인 나으리, 분부대로 하고말고요.

　　　(파우스트 퇴장.)

메피스토   여자한테 홀딱 반한 저런 바보는,

　사랑하는 여자를 위하는 일이라면,

　해건 달이건 별이건 간에 모조리 공중으로 쏘아 올리고 싶어 하는

법이지. (퇴장.)

이웃 여인의 집

마르테   (혼자서) 우리 남편이 천벌이나 안 받았으면 좋겠구나. 2865

그이가 내게는 별로 잘해준 일은 없고말고!

무작정 세상으로 뛰어나가선

나를 혼자 이렇게 거적 위에다 내버려두었으니 달이지.

진정 나야 그이한테 애를 먹인 일도 없고,

진심으로 사랑했다는 건 하느님도 아시는 일인데.   2870

(운다.)

혹시 그이는 죽어버렸는지도 모르지! 아아, 가엾어라!

이왕이면 사망 증명서라도 있다면 좋으련만!

마르가레테   (등장.) 마르테 아주머니!

마르테   그레첸 아가씨, 왜 그러오?

마르가레테   기겁을 해서 주저앉을 뻔했어요!

글쎄 또 이런 상자가, 흑단 나무예요.   2875

옷장 안에 들어 있군요.

그리고 속의 물건도 정말 희한하고

전보다도 훨씬 많아요.

마르테　그걸 어머니한테 말해서는 못써요.

당장 또 고해할 때 가지고 가실 테니까.　　　　　　　2880

마르가레테　아이고 이걸 좀 보세요! 이걸 좀 보세요!

마르테　(마르가레테를 단장해준다.) 아가씨는 참 복도 많구려!

마르가레테　그렇지만 이걸 달고서 거리에도 교회에도 나갈 수 없

으니 서러워요.

마르테　아따, 내 집에 자주 건너와서　　　　　　　　2885

여기서 남몰래 패물을 차보면 되지.

그리고 한 시간쯤 거울 앞을 서성거리기만 해도

그것도 즐거움이 되는 거라오.

그러다가 기회가 생기면, 명절 같은 때가 오면은

차츰차츰 사람들 눈에 띄게 하면 되지.　　　　　　2890

처음에는 목걸이만, 다음엔 귀에다 진주를, 그런 식으로 말이오.

어머니도 눈치를 못 채실 게고, 또 무슨 핑계고 할 수 있을 게야.

마르가레테　대체 누가 상자를 둘씩이나 갖다주셨을까요?

일이 암만 해도 심상치가 않아요!

(누가 문을 두드린다.)

아이, 큰일 났네. 어머니가 아닐까요?　　　　　　2895

마르테　(휘장을 들고 내다보며) 들어오세요. 낯선 양반인데 ─

(메피스토 등장.)

메피스토　이렇게 함부로 쑥 들어와서,

우선 부인들께 용서를 빌어야겠습니다.

(마르가레테에게 경의를 표하고 물러선다.)

마르테 슈베르트라인 부인을 뵙고 싶은데요!

마르테　　　전데요, 무슨 일이시죠?　　　　　　　　　　　　2900

메피스토　　(그녀에게 낮은 소리로) 이렇게 뵙게 되어 다행입니다.

아주 귀한 손님이 오신 듯한데

함부로 찾아온 걸 용서하십시오.

오후에 다시 오겠습니다.

마르테　　　(큰 소리로) 이봐요, 아가씨. 세상에도!　　　　　2905

이분이 당신을 귀한 댁 아가씬 줄 아시는군요.

마르가레테　　　저는 가난한 집에서 태어났어요.

아이, 참 그 말씀은 지나친 말씀이에요.

패물이나 보석은 제 것이 아니에요.

메피스토　　아, 아닙니다. 노리개만을 두고 하는 말이 아닙니다.　2910

왠지 인품이, 게다가 눈매가 아주 명민하시니 말이에요!

그대로 있어도 좋다면 얼마나 기쁘겠습니까.

마르테　　　대체 무슨 일로 오셨는지, 궁금하기 짝이 없군요 ―

메피스토　　좀 더 희소식이었다면 좋았을 텐데!

그렇다고 저를 원망하지는 마시길 바랍니다.　　　　2915

댁의 주인께서 돌아가셨습니다. 당신한테 소식을 전하더군요.

마르테　　　아니, 죽었다고요? 그 착한 사람이! 아이고!

영감이 죽다니! 아이고, 정신이 아득해지는군요!

마르가레테　　　아이, 아주머니, 낙심하지 마세요.

메피스토　　글쎄, 그 슬픈 이야기를 들어보세요!　　　　　　2920

마르가레테　　　이래서 전 한평생 혼자서 있고 싶다는 거예요.

그 사람을 잃다니 서러워 죽을 지경이군요.

메피스토　　기쁨 끝에 슬픔이, 슬픔 끝에 기쁨이 따르는 법이지요.

마르테　　　우리 주인의 마지막 얘기나 들려주세요!

메피스토   파도바*에 산소를 모셨습지요.   2925

바로 성 안토니오의 묘 곁에,

아주 신성한 자리를 마련하여,

영원히 차가운 잠자리로 삼으셨지요.

마르테   그 밖에 전하실 건 없나요?

메피스토   네, 중대한 청을 한 가지 하더군요.   2930

제발 그 사람을 위해 미사를 삼백 번 올려주시란 것입니다.

그렇지만 제 주머닌 빈털터리로 왔습니다.

마르테   뭐라고요! 메달 한 개, 패물 한 개도 없단 말인가요?

그런 건 젊은 직공들도 기념으로

전대 속에 간직해두고,   2935

굶거나 구걸할망정 내놓지 않는 법인데.

메피스토   부인 정말 안됐습니다.

하지만 그분이 돈을 마구 뿌린 것은 아닙니다.

그리고 자기 잘못을 몹시 뉘우치고 있었지요.

그래요, 하지만 자기의 불운을, 왜 이다지도 불운하냐고 한탄하곤

한답니다.   2940

마르가레테   아! 사람들은 왜 이렇게도 불행할까요!

저도 그분의 넋을 위해 기도를 올리겠어요.

메피스토   아가씨는 곧 결혼해도 될 것 같군요.

정말 마음씨가 착한 분이군요.

마르가레테   아니 별말씀을, 아직 그런 처지가 못 되요.   2945

메피스토   남편이 아니라도, 우선 애인이라도 좋지 않습니까.

---

*   이탈리아 동북부 파도바에는 성 안토니오의 유골을 봉안한 유명한 성당이 있다.

사랑하는 이를 품에 안는 것은

하늘이 주시는 그지없는 선물의 하나니까요.

마르가레테   그런 짓은 이 고장 풍습이 아니에요.

메피스토   풍습이건 아니건! 있을 수 있는 일이지요.   2950

마르테   그 이야기를 좀 더 해 주세요.

메피스토   저는 그분이 임종하는 자리에 있었습죠.

그것은 쓰레기 더미보다는 좀 나은 자리긴 하였지만,

다 썩은 거적때기였죠. 하지만 그리스도 신자로서 세상을 떠났죠.

그리고 아직 갚을 죄가 많다는 것을 알고 있는 것 같더군요.

이렇게 소리치더군요. "내가 하던 장사도 마누라도,   2955

이렇게 버리고 가다니 속속들이 나라는 인간이 원망스럽다!

아아, 옛 생각을 하면 죽어 마땅하다.

내가 살아 있는 동안에 마누라가 용서라도 해주었으면 ─ "

마르테   (울면서) 얼마나 좋은 분인지! 난 벌써 용서해드렸는데.

메피스토   "하지만 모르긴 몰라도 마누라가 나보다 죄가 더 많아"라고

말하더군요.   2960

마르테   그건 거짓말이에요! 무슨 소리예요! 죽어가면서까지 거짓

말을 하다니!

메피스토   아마 마지막 숨결 속에서 한 헛소리겠죠.

저도 당신이 어떤지는 잘 모르기는 합니다만,

이런 소리를 하더군요. "난 한가하게 멍청히 지낸 건 아니다.

우선 자식들이 생겼다. 그래서 그들을 위해 먹을 걸 벌어야 했다.

                    2965

먹을 것이라고는 하나 가장 넓은 의미의 빵을 말하는 거다.

그래서 내 몫은 차분하게 먹을 수도 없었단 말이다."

마르테   그렇게 정성을 바치고 온갖 정성을 바쳤는데,

밤낮없이 고생했는데도 다 잊었단 말이군요.

메피스토 천만에요. 그 점은 진심으로 생각하고 있었어요.　　　　2970

이렇게 말하던데요. "내가 말타 섬에서 떠날 때는,

마누라와 자식을 위해 열심히 기도를 드렸다.

그래서 그랬는지 하늘도 무심치 않아,

우리 배는 마침 터키 황제의 재물을 싣고 가던,

터키 배를 한 척 사로잡았지.　　　　2975

그래서 용맹한 일에 보람이 있어,

나 역시 당연한 일이지만,

합당한 몫을 받았지."

마르테 저런, 그것을 어떻게 했지요? 혹시 묻어두지 않았을까요?

메피스토 누가 아나요, 사방에서 바람이 불어 어디로 날렸는지.　2980

그분이 낯선 나폴리를 이리저리 헤맬 때,

한 어여쁜 아가씨가 보살펴주었더란 말이에요.

그 여자가 어찌나 정성으로 아기자기 섬겼던지.

그분은 죽을 때까지 그것이 골수에 사무쳤지요.*

마르테 몹쓸 사람! 자식들의 몫을 훔친 거지 뭐예요.　　　　2985

아무리 비참하고 아무리 중해도

욕된 생활을 버리지 못했군요!

메피스토 그러니까 보세요, 그 대신 그 사람은 죽었지요.

만일 제가 당신 처지라면

일 년쯤은 얌전히 복을 치르고 있다가　　　　2990

다음에 서서히 새사람이라도 구하겠소이다.

---

*　성병에 걸렸다는 뜻. 나폴리의 아름다운 창녀가 그에게 '나폴리병(mal de Naples)',
　즉, 매독을 옮겼다는 의미다.

마르테   원 별말씀을! 그래도 전 남편 같은 사람은

이 세상에선 다시 만나기 쉽지 않지요!

그처럼 마음씨 착한 사람은 없을 거예요.

한 가지 흠은 너무 떠돌아다니기를 좋아한 거죠.   2995

그리고 타향의 계집들, 타향의 술,

게다가 그 망할 놈의 노름을 좋아한 게 탈이었지요.

메피스토   그럴듯하군요. 그러면 남편 쪽에서, 그

만큼 당신을 관대하게 봐주었다고 한다면,

그럭저럭 서로 맞은 셈이군요.   3000

그런 조건이라면 저도 한번

당신하고 반지를 교환하고 싶군요.

마르테   아이고, 이 양반 농도 좋아하시네!

메피스토   (혼잣말로) 이젠 슬슬 도망을 쳐야겠군!

이 여자라면 악마의 말꼬리도 곧잘 잡아챌 것 같군.   3005

    (그레첸에게)

그런데 당신의 마음은 어떠하신가요?

마르가레테   저, 무슨 말씀인지요?

메피스토   (혼잣말로) 넌 착하고 순진한 아이로구나!

    (큰 소리로) 안녕히 계십시오, 부인들!

마르가레테   안녕히 가세요!

마르테   잠깐 한마디만!

전 제 남편이 어디서 어떻게 죽어서 묻혔는지

증명을 한 장 받았으면 하는데요.   3010

전 예전부터 꼼꼼하게 해두는 것을 좋아해서,

교회 주보 같은 데라도 그이가 죽었다는 것을 알리고 싶은데요.

메피스토   네, 알겠습니다. 부인, 두 사람의 증인만 있으면,

어디서라도 사실이 인정됩니다.

제게 인품이 훌륭한 친구가 하나 있으니,   3015

그 친구를 당신을 위해서 재판관 앞에 세우기로 하지요.

그 친구를 여기로 데리고 오죠.

마르테   정말 그렇게 해주세요!

메피스토   그리고 이 아가씨도 여기 계시겠죠?

훌륭한 청년이죠. 여행도 많이 했고요.

아가씨들에 대한 예절도 다 알고 있지요.   3020

마르가레테   그런 분 앞에선 전 얼굴이 빨개지고 말 거예요.

메피스토   아니, 이 세상 어떤 왕 앞에 나가도 부끄러울 게 없습니다.

마르테   그럼 저희 집 뒤뜰에서

오늘 저녁에 두 분을 기다리겠어요.

길거리

파우스트, 메피스토펠레스.

파우스트   어때? 잘될 것 같은가? 곧 어떻게 될 것 같은가?   3025

메피스토   됐습니다. 불덩이처럼 달아올랐군요.

　얼마 안 가서 그레첸은 당신 것이오.

　오늘 저녁에 마르테의 집에서 그녀를 만나게 해드리지요.

　마르테는 중매쟁이나 뚜쟁이로선 알맞은 여자니까요.

파우스트   잘됐군!   3030

메피스토   하지만, 우리한테도 부탁이 있던걸요.

파우스트   가는 정이 있어야 오는 정이 있지.

메피스토   우린 다만 그 여자 남편의 죽은 시체가

　파도바의 신성한 곳에 잠들고 있다는

　법률상 유효한 증언을 해주면 되는 거지요.   3035

파우스트   굉장히 똑똑하시군! 그럼, 우리가 우선 여행을 떠나야 할

　판 아닌가!

메피스토   당신이야말로 순진한 성자시구려!* 그럴 필요는 없어요.

사실은 몰라도 증언만 하면 돼요.

파우스트   자네한테 더 좋은 방안이 없다면 이 계획은 파기하겠네.

메피스토   오, 참 성인이시군! 그러니까 성인이라고 할 수 있지!   3040

당신이 허위 증언을 하는 것이

당신 생전에 이번이 처음이란 말이요?

당신은 신, 세계, 그리고 그 안에서 움직이고 있는 것에 대해서,

그리고 인간이라든가 그 머리나 가슴 속에서 꿈틀거리고 있는 것

에 대해서,

자신만만하게 정의를 내린 적이 없단 말이요?   3045

그것도 뻔뻔한 얼굴로, 대담하게 가슴을 내밀고 말이오.

하지만 당신이 곰곰 생각해보면

솔직하게 말해서 당신의 그런 것에 대한 지식은

슈베르트라인 씨의 죽음에 대한 것보다도 더 많이 아는 것이 없지

않소!

파우스트   자네는 언제나 변함없이 거짓말쟁이자 궤변가군.   3050

메피스토   그렇소. 내가 좀 더 깊이 당신의 속을 모르고 있더라면.

그것도 그럴 것이 내일이면 온통 점잔을 빼고,

가련한 그레첸을 꾀어내서

진정으로 사랑한다고 맹세할 게 아니겠소?

파우스트   그것은 사실 진심이지.   3055

메피스토   좋소이다!

그럼 영원한 정성이니 사랑이니,

---

* 종교개혁가 얀 후스가 화형당할 때, 형장에서 장작을 나르던 신앙심 두터운 한 노
파를 보고 소리친 말이라고 전해진다.

182

유일의 전능한 마음의 충동이니 하는 따위도
역시 진심에서 우러나오는 것일 테지요.

파우스트　그만두게! 진심이야 ─ 내가 마음속에 느낄 때
그 감정 그 마음의 갈등을 나타낼　　　　　　　　　　3060
이름을 찾아도 발견 못 해서,
오관을 모조리 동원하여 이 세상을 두루 헤매면서,
온갖 최상급의 말들을 휘어잡아
나를 불태우는 그 정열을
무한이다, 영원, 영원이라고 부른다고 해서,　　　　　3065
그것이 악마들의 거짓말 놀이란 말인가?

메피스토　그래도 제 말이 옳습니다!

파우스트　알겠나! 이것만은 조심하게 ─
더는 쓸데없이 혀를 놀리기는 싫지만
어떻게든지 제 말이 옳다고 고집을 부리려고 한 가지 말만 하면
그야 이길 수도 있겠지.　　　　　　　　　　　　　3070
자, 가자. 이제 나는 지껄이는 것이 싫어졌다.
자네가 옳다. 그렇게밖에 나로선 할 수 없는 처지니 별 수 있나.

정원

마르가레테는 파우스트와 팔짱을 끼고, 마르테는 메피스토펠레스와 같이 오락가락 산책한다.

마르가레테 저를 단지 아끼셔서 억지로 억지로 상대해주신다는 것은
저도 알고 있어요. 그래서 부끄러워요.
나그네는 예의상 싫은 얼굴을 하지 않는   3075
버릇에 익숙하니까요.
그런 많은 경험을 하신 분이 저 같은 여자의
하찮은 이야기가 즐거울 수 없다는 것을 저는 알고도 남아요.
파우스트   당신의 눈빛, 당신의 말 한마디가
이 세계의 모든 지식보다 더욱 즐겁습니다.   3080
     (그녀의 손에 입 맞춘다.)

마르가레테   억지로 그런 짓까지 하실 필요 없어요. 어찌 이런 손
에 입을 다 맞추시나요?

이렇게 흉하고 거친 손인데요!

정말 저는 안 하는 일 없이 다 해야 했어요!

어머님은 지나치게 꼼꼼하시거든요.

(두 사람이 지나간다.)

마르테   그래, 당신께선 줄곧 여행만 하시나요?   3085

메피스토   워낙 직업과 직무에 쫓겨 어쩔 수 없으니까요.

하긴 고장에 따라서는 떠나기가 퍽 괴로운 곳도 있기는 하지만,

한곳에 머물러 있을 수는 없단 말씀이에요.

마르테   젊은 나이엔 이러고저러고 마음대로,

세상을 떠돌아다니는 것도 좋겠지요.   3090

하지만 점점 나이가 들고, 그것도 홀아비로

혼자서 무덤으로 터벅터벅 걸어간다는 건

누구에게나 별로 반가운 일이 아닐 거예요.

메피스토   멀리서부터 그게 보이니까 무시무시합니다.

마르테   그러니까 시기를 놓치지 마시고 생각해두셔야죠.   3095

(두 사람이 지나간다.)

마르가레테   그래요. 안 보면 정도 떨어지는 거예요.

공손한 태도는 아주 버릇이 되셨을 거예요.

그렇지만 친구분들이 많으실 테고

저보다는 모두 총명한 분들이겠지요.

파우스트   아니, 이거 봐요, 그 총명하다는 것이   3100

자칫하면 오히려 허영심이나 천박한 경우가 많지요.

마르가레테   아니, 무슨 말씀이에요?

파우스트   아, 이렇게 단순하고 순진한 아이란,

자신의 신성한 가치를 조금도 모르는구나.

겸양지덕(謙讓之德)이란, 자혜롭게 분배하는 이 자연 지고의

보물인 것을!   3105

마르가레테   당신은 그저 한순간 저를 생각해주실 뿐이지만,

저는 오래오래 당신을 잊을 수가 없을 거예요.

파우스트   당신은 아마 혼자 있을 때가 많을 테지요?

마르가레테   네, 저희 살림살이는 작기는 하지만

그래도 돌보지 않을 수가 없는 일이에요.   3110

우린 하녀가 없어요. 밥 짓고 청소하고 뜨개질이니,

바느질이니 해서 아침부터 밤늦게까지 뛰어다녀야 해요.

게다가 어머님은 무슨 일에나

아주 꼼꼼하세요!

하지만 꼭 그렇게 빠듯하게 살아가야 할 필요는 없어요.   3115

남들보다는 훨씬 여유가 있다고도 할 수 있거든요.

아버님의 상당한 재산과

조그만 집과 동네 밖에 밭도 남겨놓고 가셨으니까요.

하지만 저는 요새는 꽤 한가한 날을 보내고 있어요.

오라버니는 군인이고   3120

여동생은 죽었어요.

그 애 때문에 참 애를 많이 태웠어요.

하지만 그런 고생이면 다시 한번 해보고 싶어요.

정말 그 애는 귀여웠으니까요.

파우스트   당신을 닮았다면 천사와 같겠지요.

마르가레테   제가 길렀기 때문에 정말 저를 따랐어요.   3125

아버님이 돌아가신 뒤에 낳은 애였어요.

그때 어머님은 어찌나 쇠약했는지,

전혀 가망이 없다고 생각했어요.

회복이 아주 더뎠기 때문에

어머님은 가엾은 어린애에게 손수   3130

젖을 먹이실 생각은 하지도 못했어요.

그래서 제가 혼자서 우유와 물로

그 애를 길러냈거든요. 그러니까 제 아이가 되어버렸죠.

제 팔에 안기고 제 품에 안겨서

좋아했고 바둥대면서 컸어요.   3135

파우스트   당신은 확실히 가장 순결한 행복을 맛보셨군요.

마르가레테   하지만 정말 매우 괴로운 때도 많았어요.

밤이면 어린애의 요람을

제 잠자리 곁에 놔두었어요. 그것이

조금만 움찔해도 저는 바로 잠에서 깨곤 했어요.   3140

젖을 먹이거나, 제 곁에 끼고 눕거나,

그래도 찡얼대면 자리에서 일어나서

얼러대면서 방 안을 오락가락했어요.

그리고 날이 새면 일찍부터 빨래를 해야 하고

다음엔 시장에 가야 하고, 부엌일을 보살펴야 했어요.   3145

그래서 요즘도 매일 그렇게 지냈지요.

그래서 늘 기분이 유쾌했다고는 할 수 없었지만

그 대신 밥맛이 좋았고, 잠도 잘 잤지요.

(두 사람이 지나간다.)

마르테   여자는 그런 때 참 곤란해요.

홀아비 양반의 마음을 돌리기란 어려운 일이거든요.   3150

메피스토   나 같은 사람을 뜯어고쳐놓는 일은

오직 당신들 손에 달렸지요.

마르테   똑바로 말씀해보세요. 그래 아직도 못 찾아내셨나요?

          어디고 마음을 매둔 데가 없으신가요?

메피스토   속담에 이런 말이 있죠. "문전옥답과 착실한 부인은   3155

          금 주고도 못 산다"라는.

마르테   아니, 당신은 한 번도 그럴 생각이 없으셨단 말이에요?

메피스토   어디를 가나 제법 정중한 대우를 받았습죠.

마르테   제 말은 진정으로 마음에 두신 적은 없으셨냐는 거예요.

메피스토   그야 물론 부인들한테 감히 농을 할 수야 없지요.   3160

마르테   아아, 제 말씀을 알아듣지 못하시는군요!

메피스토   정말 유감천만입니다.

          하지만 알고 있지요 ― 당신이 매우 친절하시다는 건.

          (두 사람이 지나간다.)

파우스트   제가 정원에 들어섰을 때 천사여!

          곧 저를 다시 알아보셨나요?

마르가레테   못 보셨어요? 저는 곧 눈을 아래로 깔았는데요.   3165

파우스트   그런데 요전에 당신이 성당에서 돌아올 때,

          감히 뻔뻔스러운 짓을 했지요.

          제가 실례한 것을 용서해주시겠지요?

마르가레테   전 깜짝 놀랐어요. 그런 일은 당해본 적이 없으니까요.

          저는 누구한테나 욕을 먹은 일이 없지요.   3170

          그래서 그이가, 저의 태도에서

          뭐 건방지고 얌전치 못한 데라도 보신 것이 아닌가 생각했어요.

          당장에 이런 여자는 간단히 다룰 수 있다고

          생각하시게 된 게 아닌가 했어요.

솔직히 말씀드리자면, 그때 제 마음속에서,   3175
당신을 좋은 분이라고 생각하기 시작한 것을 저도 몰랐어요.
그렇지만 당신한테 좀 더 화를 낼 수 없었던
제 자신이 정말 미웠어요.

파우스트　귀여운 소릴 하는군!

마르가레테　　잠깐만!

（들국화 한 송이를 꺾어서 꽃잎을 하나씩 뜯는다.）

파우스트　무얼 하는 거지? 꽃다발인가?

마르가레테　　아니에요. 그저 장난하는 거예요.

파우스트　뭐라고?

마르가레테　　저리 가세요. 아마 웃으실 거예요!   3180

（꽃잎을 따면서 중얼댄다.）

파우스트　무엇을 혼자 중얼거리지?

마르가레테　　（좀 소리를 내어）그이는 나를 사랑하신다 ― 사랑하
시지 않는다.

파우스트　정말 그대는 귀여운 천사로군!

마르가레테　　（계속한다.）나를 사랑하신다 ― 안 하신다 ― 하신다
― 안 하신다.

（마지막 꽃잎을 따면서 즐거운 듯）

그이는 나를 사랑하는구나!

파우스트　그럼, 사랑하고말고! 그 꽃 점을
신들의 말씀이라고 생각하오. 당신을 사랑하지!   3185
당신은 사랑한다는 것이 무슨 뜻인지 알겠소?
사랑을 받는다는 의미를!

（그녀의 두 손을 잡는다.）

마르가레테　　어쩐지 마음이 떨려요!

파우스트   오, 그렇게 떨지 말아요!

이 눈길과 이 악수로 말할 수 없는 것을

말하게 해주구려!   3190

당신에게 몸도 마음도 송두리째 바치고

영원한 기쁨을 느끼오.

영원한 ─ 기쁨이 사라지면 절망이오.

아니 끝날 리가 없다. 절대로 끝날 리가 없지.

　　(마르가레테는 파우스트의 두 손을 꼭 쥐었다가 뿌리치고 달아
난다. 파우스트는 잠시 생각에 잠겼다가 그의 뒤를 따른다.)

마르테   (등장하며) 어두워지는군요.   3195

메피스토   그렇군요, 자, 갑시다.

마르테   좀 더 오래 계셔주셨으면 하지만,

이 고장은 아주 시끄러운 곳이에요.

이웃 사람들이 하는 꼴이나 짓을

지켜보는 일밖에는

딴 일이라곤 할 일이 없는 그런 곳이에요.   3200

그래서 어떤 짓을 해도 소문나게 마련이에요.

그런데 그 두 사람은?

메피스토   저쪽 길로 뛰어가더군요.

멋대로 놀아난 나비들 같군요!

마르테   그분은 그 애가 마음에 드는 모양이지요.

메피스토   아가씨도 그렇고요. 세상일이 다 그렇죠.

정자

마르가레테, 뛰어 들어와서 문 뒤에 몸을 숨기거니 손가락을 입술에 대고 틈새로 엿본다.

마르가레테　　그이가 오셨다!

파우스트　　(등장.) 요 장난꾸러기, 나를 놀리는구나! 자, 잡혔다! (그는 키스한다.)　　　　　　　　　　　　　　　　　3205

마르가레테　　(파우스트를 안고 그에게 키스해주며) 내 사랑! 당신을 진정으로 사랑해요!

(메피스토펠레스가 문을 두드린다.)

파우스트　　(발을 구르며) 누구냐?

메피스토　　친한 친굽니다.

파우스트　　빌어먹을!

메피스토　　이제 가 볼 시간인 것 같은데요.

마르테　　(등장.) 네, 이젠 밤이 깊었습니다. 아가씨.

파우스트　바래다주면 안 될까?

마르가레테　　하지만 어머니가 저를 ― 안녕!

파우스트　그러면 가야 하나? 안녕!

마르테　안녕히.

마르가레테　　곧 다시 만나요!　　　　　　　　　3210

　(파우스트, 메피스토펠레스 퇴장.)

마르가레테　　정말 저분은

　모르는 게 없으셔!

　그분 앞에선 부끄럽기만 하고

　무슨 일이건 그저 '네, 네' 할 수밖에 없으니,

　나야 아무것도 모르는 불쌍한 앤데　　　　　3215

　왜 나를 좋아하시는지 모르겠어. (퇴장.)

숲과 동굴

파우스트, 혼자서.

파우스트　숭고한 대지의 영이여, 너는 내가 원하던 것을
아낌없이 나에게 주었다. 네가 불 속에서
너의 얼굴을 내게 보여준 것도 허사가 아니었다.
화려한 자연을 내 천국으로 주었고,　　　　　　　　3220
그것을 느끼고 즐기는 힘도 주었다.
단지 냉정하게 자연과 접촉하는 걸 허락해주었을 뿐만 아니라,
다정한 친구의 품속과 같이 자연의 품속을
깊숙이 들여다보는 은혜를 내게 베풀어주었다.
너는 생명 있는 것들의 대열을 인도하여,　　　　　3225
내 앞을 지나가고 조용한 숲과 허공과
그리고 물속에 사는 내 형제들을 만나도록 해주었다.
비바람이 숲속에서 요란히 울고
전나무 거목(巨木)이 쓰러지며 이웃 나무의

가지와 허리통을 꺾으며 쓰러뜨리고.   3230

그 소리에 언덕도 둔하게 망망히 메아리칠 때면

너는 나를 안전한 동굴로 인도하여,

나 자신을 돌아보게 하였다. 그러면 내 가슴 속에는,

남모르는 깊은 기적이 드러나곤 했다.

그리고 때로는 내 눈앞에 밝은 달빛이,   3235

마음을 달래 주듯 떠오르면, 암벽이나

이슬에 젖은 덤불 속에서,

전설의 세계에서나 나올 듯한 은빛 모습들이 떠올라

성찰(省察)의 준엄한 욕구를 달래주었다.

오오, 그러나 인간에겐 완전한 것은 하나도 주어지지 않음을,   3240

이제야 나는 절실히 느낀다. 너는 나를 점점 신들에게

가까이 데려다주는 이런 환희에다,

동시에 귀찮은 동행을 붙여주었다. 그놈은 냉혹하고 뻔뻔하게도,

내 스스로 천하게 느끼게 하며

한마디 입김으로 네 선물을 허무로 돌려버리는 놈이지만,   3245

나는 이젠 그자 없이는 지낼 수 없게 되었다.

그자는 나의 가슴 속에 부산하게도

그 아름다운 모습에 대한 사나운 불길을 부채질하고 있다.

그리하여 나는 욕망에서 향락으로 비틀거리며,

또한 향락 속에서 새로운 욕망을 그리워한다.   3250

(메피스토펠레스 등장.)

메피스토   당신도 이젠 그런 생각은 이만하면 충분하시겠죠.

그렇게 질질 끌면 어찌 재미가 있을 수 있겠소.

하긴 한 번쯤은 해보는 것도 좋겠지만

하지만 또 다른 새로운 것을 시작해야죠!

파우스트 남이 기분 좋을 때 와서 귀찮게 구느니보다는   3255
자네도 할 일이 많을 텐데.

메피스토 그렇고말고요. 저는 당신을 쉬게 하고 싶습니다.
뭐 그렇게 정색을 하고 말씀하실 것까지는 없어요.
당신처럼 그렇게 정떨어지고 무뚝뚝하며 미치광이 같은 친구는
정말 잃는다고 해도 별 손해될 것은 없습니다.   3260
온종일 할 일이 양 손에 듬뿍 있는 데다
어떻게 하면 마음에 들지, 어떤 것을 안 해야 할지,
도무지 안색으로는 살필 수 없는 분이라서요.

파우스트 그게 바로 네겐 꼭 어울리는 말이겠다!
나를 따분하게 만들고는 감사까지 해 달라는군.   3265

메피스토 당신 같은 불쌍한 지상의 아들이,
내가 없었더라면 어떻게 사시겠소?
공상 속에서 갈팡질팡하는 것을
잠시라도 구해준 것은 내가 아니었소?
그리고 만일 내가 없었던들 당신은 벌써,   3270
이 지구에서 사라진 지 오랠 것이오.
어쩌자고 이 같은 굴속 바위 틈에 와서,
마치 부엉이처럼 하릴없이 앉아 있소!
뭐 때문에 축축한 이끼나 물이 뚝뚝 떨어지는 바위에서,
두꺼비처럼 양분을 빨고 있는 것이오!   3275
정말 훌륭하고 달가운 심심풀이로구려!
몸에서 아직 학자님 티가 빠지지 않았구려.

파우스트 이렇게 황야를 헤매고 있노라면, 어떤 새로운 생활력이
내게 생기는지 자네는 모를걸세.

만일 자네가 어렴풋이나마 그걸 알 수 있다면   3280
점점 악마의 본성을 발휘하여,
나의 행복을 빼앗아갈걸세.

메피스토   현세를 벗어난 만족감이겠구려?
밤중에 이슬을 맞으며 산 위에 누워,
하늘과 땅을 황홀함에 젖어 얼싸안고,
신이나 된 듯 스스로 부풀어올라,   3285
예감의 힘으로 대지의 골수를 파헤치고,
6일 동안 이룩한 신의 작업을 내 가슴으로 느끼고
오만한 생각으로 자기도 모를 것을 즐기고
때로는 사랑의 기쁨에 취하여 우주 만물 속에 넘쳐흐르게 하고,
이 땅의 아들의 모습은 흔적도 없이 사라지고   3290
이윽고 그 고상한 직관인가 하는 놈을,
    (추한 몸짓을 한다.)
그런 식으로 끝맺자는 말씀이지요.

파우스트   괘씸한 녀석!

메피스토   기분에 거슬리는 모양이군요.
당신이야 얌전한 체 괘씸하다고 말할 자격이 있겠죠.
순결한 마음을 지닌 사람도 억제하려야 억제할 수 없는 것을   3295
순결한 귀에다가 말해서는 안 된다는 말씀이군요.
요컨대, 가끔 자기를 속여 넘기는
그런 재미도 때로는 즐거운 일입니다.
하지만 이런 꼴은 오래 계속하지 못할걸요.
당신은 벌써 꽤 피로해진 것 같군요.   3300
만일 좀 더 이런 꼴이 계속된다면, 완전히 녹초가 되어
미치거나 무서워 덜덜 떨게 될걸요.

그건 그렇다 치고! 당신의 애인은 그 마을에 들어앉아,
모든 게 답답하고 서럽게만 되었단 말씀이오.
당신을 도무지 잊을 수가 있어야죠.   3305
당신을 무던히도 사모한단 말이오.
처음엔 당신의 정열이 마치 눈이 녹아,
시냇물이 불어나듯
철철 그 아이의 가슴 속에 넘쳐흐르더니만,
이젠 그 시냇물이 얕아졌단 말이오.   3310
어째 이런 숲속의 왕좌에 도사리고 앉아 계시느니보다는
그 불쌍한 어린 처녀의
연정에 보답이나 하는 것이
위대한 어르신한테는 어울릴 것 같군요.
그 애한테는 시간이 참을 수 없이 길게 느껴져   3315
창가에 서서는 그 마을의 낡은 성벽 위를,
흘러가는 구름만 덧없이 바라보고 있습니다.
"내가 만일 새라면"이란 노래만을
하루 종일 밤새껏 부르고 있단 말씀이오.
명랑한 때도 있기는 하지만 대개는 시무룩해서   3320
몹시 많이 울어보는가 하면
다시 마음이 가라앉는 것 같기도 하고요.
하지만 못내 사모하고 있는 것은 사실이오.

파우스트   독사 같은 놈 같으니!

메피스토   (혼잣말로) 됐다, 붙잡았다!   3325

파우스트   나쁜 놈 같으니, 썩 물러가지 못할까.
그 귀여운 아이의 이야기를 하지 말아 다오!
반쯤 미쳐버린 내 마음에 다시,

그 애의 매력적인 육체에 대한 욕망을 일으키게 하지 말아라.

메피스토 도대체 어찌 된 셈이지요? 그 애는 당신이 도망친 줄 생각

하고 있습니다.　　　　　　　　　　　　　　　　　3330

사실 당신은 거의 그럴 생각이 아닌가요.

파우스트 나는 그 애 곁에 있다. 아무리 떨어져 있다고 해도.

그 애는 절대 잊을 수 없고 잊지도 않을 것이다.

이러고 있는 동안에도 그 애 입술이 닿는다고 생각하면,

성체(聖體)까지도 시기하게 된단 말이다.　　　　　　3335

메피스토 암 그러실 테지요! 장미꽃 그늘에서 풀을 뜯는,

쌍둥이 사슴*을 생각하고 당신이 부러웠으니까요.

파우스트 꺼져버려라, 이 뚜쟁이 놈아!

메피스토 좋소! 마음대로 욕하시죠, 제게는 우습기만 하군요.

사내와 계집을 만들어 낸 신도

스스로 뚜쟁이 노릇을 하는 것이　　　　　　　　　3340

가장 고귀한 사명이라고 곧 깨달았단 말씀이에요.

자, 가보시죠, 정말 불쌍하기 짝이 없습니다.

당신의 귀여운 애의 방으로 가란 말씀이오.

뭐 죽으러 가라는 것이 아니란 말이오.

파우스트 그 애 팔에 안긴 천국 같은 기쁨인들 무엇이랴?　　3345

그 애 가슴에 기대어 내 몸을 녹여도,

나는 줄곧 그 애의 고난을 느끼고 있지 않느냐?

나는 도망자가 아니냐? 집조차 없는 놈이 아니냐?

목적도 안식도 모르는 비인간이며,

---

*　마르가레테의 양쪽 가슴을 가리킨다.

말하자면 바위에서 바위로 내리닫는 폭포수가,　　　　　　3350
미치광이처럼 날뛰며 정욕에 끌려서 심연 속으로 떨어지는 것 같
구나.
　옆에 비켜선 채 그 애는 어린애처럼 어렴풋한 다음으로,
알프스 초원의 비좁은 오막살이 같은 집에서 살며
돌보는 집안일이란 모조리
옹졸한 세계 속에 한정되어 있다.　　　　　　　　　　3355
　그런데 신의 미움을 산 나라는 인간은,
바윗덩이를 부여잡고는,
그것을 산산조각이 나도록 부숴버리고도
그래도 마음이 차지 않아
그 애를, 아니 그 애의 평화를 나는 파괴하고 말았단 말이다.　3360
지옥이여, 그대는 이런 희생이 필요했단 말이냐!
악마 놈아, 제발 이 공포에 찬 시간을 줄여 다오!
어차피 일어날 일이면 당장에 터지거라!
그 애의 운명이 내 머리 위에 무너져 내려
나와 함께 멸망하는 한이 있더라도 좋다.　　　　　　　3365
메피스토　또 끓기 시작하고, 다시 불길이 타오르기 시작했군요.
자, 빨리 가서 그 애를 위로해주시구려, 천치 같은 영감아!
그런 머리는 빠져나갈 구멍을 못 찾으면,
당장에 끝장만을 생각한단 말이야.
누구나 다부지게 구는 자만이 만세란 말이오.　　　　　3370
당신도 이젠 제법 악마다워졌을 텐데.
세상에서 절망하여 허둥대는 악마의 꼴보다
보기 싫은 꼴은 다시 없단 말씀이오.

그레첸의 방

그레첸, 홀로 물레 앞에 앉아서.

그레첸   마음의 평화 사라지고
내 가슴 무거워요.   3375
그 평화 이제 못 찾으리.
영원히 찾지 못하리.

임 안 계신 마을
무덤이나 다름없네.
이 세상 넓다 해도   3380
내게는 쓰디쓸 뿐.

가련한 내 머리,
어지럽게 미쳤으니
가엾은 이 내 마음

산산이 조각났네.   3385

마음의 평화 사라지고
내 가슴 무거워요.
그 평화 이제 못 찾으리.
영원히 찾지 못하리.

행여나 임 오실까   3390
영창으로 내다보고
혹시나 임 뵈올까
문밖으로 뛰어가죠.

그 임의 늠름한 걸음걸이
그 임의 귀한 모습,   3395
그 임의 입에 담은 웃음
그 임의 눈에 담은 정기

그리고 그 임의 말씀
흐르는 향기
그 임의 꼭 쥔 손,   3400
아아, 그 임의 입맞춤아!

마음의 평화 사라지고
내 가슴 무거워요
그 평화 이제 못 찾으리,
영원히 찾지 못하리.   3405

내 가슴 한결같이
임 향하여 사무치니
아, 임을 붙잡고 매달려
내 곁에 오실 수 있을까.

내 마음 찰 때까지   3410
임을 안고 입맞추고
내 몸 그 입맞춤에
넋과 몸이 사라져도.

마르테의 정원

마르가레테, 파우스트.

마르가레테   약속해요, 네, 하인리히* 씨!

파우스트   내가 할 수 있는 일이라면,

마르가레테   그럼 말씀해주세요. 당신은 종교를 어떻게 생각하시

지요?   3415

당신은 진정 선한 분이긴 하지만,

종교는 별로 중하게 여기지 않는 것 아녜요?

파우스트   그런 것은 내버려둬요! 내가 당신을 사랑하고 있는 것은

느낄 테지.

사랑하는 사람을 위해선 살도 피도 아끼지 않소.

또 누구이건 그의 감정이나 교회를 빼앗을 생각 없소.   3420

---

*   이 대목에서 파우스트가 처음으로 '하인리히'라고 불린다.

마르가레테   옳지 않아요. 그걸 믿으셔야 해요!

파우스트   믿어야만 하나?

마르가레테   아아, 제가 당신을 어떻게 해드릴 수 있다면!

그리고 당신은 성사(聖事)도 공경하지 않으시죠?

파우스트   공경하기는 하지.

마르가레테   하지만 마음에서 우러나와야죠.

미사에도 안 가고 고해도 안 하신 지 오래됐지요.   3425

당신은 하느님을 믿으세요?

파우스트   이봐요, 누가 감히 말할 수 있나요?

나는 신을 믿는다고

신부이건 현자이건 간에 물어보구려.

그 사람들의 대답은 마치 묻는 사람을,

우롱하고 있는 것으로밖엔 들리지 않을 거요.   3430

마르가레테   그래서 믿지 않으세요?

파우스트   오해하지 말아요. 나의 귀여운 아가씨!

누가 감히 신이라고 이름 붙일 수 있을까?

"나는 신을 믿는다" 하고

감히 누가 터놓고 말할 수 있을까?

마음엔 무엇인지 느끼고 있지만   3435

그렇다고 나는 그런 것을 믿지 않는다고,

감히 잘라서 말할 사람은 누군가 말이오.

만물을 품고 있는 자,

만물을 떠받치고 있는 자,

그자는 나도 너도 자기 자신까지도,   3440

품에 안고 받쳐주고 있지 않소?

하늘은 저기 저렇게 높이 둥글게 덮여 있고,

204

땅은 여기 이 아래에 굳건히 깔려 있지 않소?
영원한 별들은 정다운 듯 바라보며
떠오르고 있지 않소?   3445
당신과 이렇게 눈과 눈을 마주 보고 있으면,
온갖 것이 당신 머릿속으로,
당신 가슴 속으로 치밀고 들어가,
영원한 신비에 싸여 당신 곁에서
눈에 보일 듯 안 보일 듯 움직이고 있지 않소?   3450
당신은 가슴을 그런 기운으로 흠뻑 채우구려.
그리고 당신이 그런 느낌에 젖어 황홀감을 느꼈을 때,
그것은 행복, 진정, 사랑 혹은 신이라고 하든,
당신 좋을 대로 이름을 붙이면 되는 거요.
그것을 무엇이라고 부르면 좋을지 모르겠소!   3455
감정만이 전부요.
이름 따위는 천장의 불길을 어렴풋이 싸고도는
허무한 울림이거나 연기와 같은 것이오.

마르가레테   말씀하시는 것은 정말 모두 훌륭하고 좋아요.
신부님의 이야기도 대개 그와 비슷해요.   3460
다만 쓰시는 말이 좀 다르지만요.

파우스트   청천 백일하에 사는 모든 사람의 마음은,
어디를 가든 그런 말을 할 것이오.
다만 각자가 자신의 말로 표현할 뿐이지.
나라고 나대로 말해서 안 될 것이 뭐요?   3465

마르가레테   그 말씀을 들으면 그럴듯하게 생각되기도 해요.
하지만 여전히 잘못된 데가 있는 것 같아요.
당신은 그리스도교를 믿지 않으시니까요.

파우스트　원 당신도!

마르가레테　전 벌써 전부터 마음이 아팠어요.

당신이 그 친구분하고 같이 다니시는 것이. 3470

파우스트　어째서 그래?

마르가레테　당신이 늘 같이 있는 사람 말예요.

그분이 저는 마음속으로부터 싫어요. 저는 제 평생에 아직도

그 사람의 얼굴처럼

내 가슴에 못을 박는 얼굴을 못 봤어요. 3475

파우스트　당신은 귀엽기도 하오, 그 친구를 무서워할 것은 없소!

마르가레테　그 사람을 보면 저는 피가 끓어요.

그 밖엔 저는 누구한테나 호의를 가지고 있어요.

그렇지만 당신이 보고 싶어 제아무리 그리워질 때라도

그 사람 앞에 서면 웬일인지 소름이 끼쳐요. 3480

그리고 어쩐지 그 사람이 악한 같은 생각이 들어요.

혹시 제가 잘못 알았으면 미안한 일이지만요.

파우스트　그런 이상한 녀석도 있어야 하는 법이오.

마르가레테　그런 사람하곤 함께 지내고 싶지 않아요!

그 사람이 문에 들어설 때마다 3485

언제나 사람을 조롱하는 듯한 그리고

심술궂은 얼굴로 보여요.

남이야 어찌 되었든 나는 모르겠다는 태도예요.

어떤 인간이고 사랑할 수는 없다고

그의 이마에 역력히 적혀 있는 것 같아요. 3490

당신 품에 안겨 있으면 후련하고

모든 것을 내맡겨버린 듯 포근한데,

그 사람이 있으면 제 마음이 조이는 것 같아요.

파우스트　이 앤 눈치가 어지간히 빠르군!

마르가레테　그런 느낌에 완전히 압도당해서　　　3495
그 사람이 어디서건 우리한테 다가오기만 하면,
저는 당신이 이젠 싫다는 생각조차 들어요.
게다가 그 사람이 오면 도무지 기도를 올릴 수가 없어요.
그래서 그것이 저는 여간 애가 타지 않아요.
하인리히 씨, 당신도 필경 그럴 거예요.　　　3500

파우스트　말하자면 본시 성질이 맞지 않은 탓이겠지.

마르가레테　전 이제 가봐야 해요,

파우스트　아아, 단 한 시간이라도
마음 놓고 당신 몸에 안겨
가슴과 가슴, 마음과 마음이 맞부딪칠 수도 없단 말이오?

마르가레테　아이, 제가 혼자 자기만 하면 얼마나 좋겠어요!　3505
그러면 오늘 밤에 빗장을 열어둘 텐데요.
하지만 어머님은 깊이 잠들지 않으세요.
그러다가 어머니에게 들키기나 해봐요.
전 당장 죽어버릴 거예요!

파우스트　이거 봐요, 그런 것은 조금도 걱정할 것 없어요.　3510
여기 조그만 병이 있단 말이오! 그저 세 방울만
어머니 마시는 것에 섞으면
세상모르고 단잠을 주무시게 될 거요.

마르가레테　당신을 위한 일이라면 무엇을 못 하겠어요?
설마 어머님께 해가 되지는 않을 테지요.　　　3515

파우스트　여봐요, 내가 해가 될 것을 권할 것 같소?

마르가레테　아이, 참, 전 당신을 보기만 해도
당신의 뜻대로 하게 되니 나도 모르겠어요.

벌써 당신을 위해 하도 일을 많이 해버려서,

이젠 할 일이 별로 남은 것 같지가 않아요. (퇴장.) 3520

(메피스토펠레스 등장.)

메피스토   그 철부지! 가버렸나요?

파우스트   또 엿들었구나?

메피스토   자초지종 잘 들었소이다.

박사님께서 교리문답을 당하시더군요.

마음의 양식이 되기를 바라겠소이다.

계집애들이란 사내가 옛날식대로 3525

신앙심이 깊고 정직한지 여간 마음을 쓰는 게 아니죠.

그쪽에 머리를 숙이는 사내면 이쪽 말도 들어준다고 생각하거든요.

파우스트   네놈 같은 도깨비 따위가 알 게 뭐냐?

저 귀여운 성심성의를 가진 애는

자기에게 축복을 주는 3530

유일한 신앙을 가슴에 듬뿍 안고서

가장 사랑하는 남자가 길을 잃지나 않을까

진정으로 근심 걱정하고 있다.

메피스토   색을 초월한 듯하면서도 색을 쓰는 색골이구려!

그러다간 어린 계집한테까지도 놀림감이 될걸요. 3535

파우스트   이 똥과 지옥의 불로 된 머저리 같으니!

메피스토   게다가 그 계집은 관상도 용하게 본단 말이야.

내가 옆에 있으면 왠지 모르게 이상하게 된다니

말하자면 내 상통이 숨은 뜻을 나타내고 있단 말이지.

내가 틀림없이 이상한 천재이며, 3540

자칫하면 악마일지도 모른다고 눈치채고 있지요.

그런데 오늘 밤에는 ― ?

파우스트 네 알 바가 아니다.

메피스토 하지만 나도 온몸이 떨리고 반가워서요!

우물가에서

그레첸, 리스헨, 물동이를 들고.

리스헨   너 베르벨헨 이야기 들었니?

그레첸   아무 말도 못 들었어. 난 별로 나가지 않으니까.   3545

리스헨   정말이래, 오늘 시빌레한테 들었어.

결국 홀딱 넘어갔다는구나.

그렇게도 거드름을 피우더니.

그레첸   어떻게 됐는데?

리스헨   큰일 났다더라!

이젠 먹고 마시는 것이 두 목숨 몫이라더라.

그레첸   저런!   3550

리스헨   결국 될 대로 된 거지 뭐냐.

어지간히 오랫동안 그 남자한테 죽자 살자 매달려 있더니!

소풍을 합네,

마을의 무도장으로 안내를 합네 하고는,

어디를 가나 제일 가는 여자라고 치켜세워놓고는,   3555

만두 요리니, 술이니, 비위를 맞춰주더니만 말이야.

그래서 그 애도 제가 미인이나 된 듯 신이 나서,

사내한테 물건들을 받아도 부끄러운 줄 모를 만큼

염치가 없게 되었지, 뭐냐.

둘이 붙어서 핥고 빨고 하다가, 결국 꽃이 떨어져 버린 거지.   3560

그레첸　　가엾어라!

리스헨　　아니! 그래도 불쌍하다고 생각하니?

우리 같은 애들은 물레틀에 늘 매달려 있어야 하고

밤에는 어머니가 밖에도 내보내주지 않는데,

그 애는 제 사내하고 붙어서 단맛을 보고,   3565

문 앞의 벤치나 어두운 복도에 앉아서는

시간이 가는 줄도 모르고 있지 않았니.

그러니 이젠 맥이 풀리고,

죄수옷이라도 입고 교회에 가서 속죄해야지.*

그레첸　　그 사람이 그 애를 아내로 맞을 게 아니냐.   3570

리스헨　　그럼 그 사내가 바보지.

날쌘 젊은이라면, 다른 데서도 얼마든지 결혼할 상대자를 고를 수
가 있거든.

그러지 않아도 벌써 달아나버렸다더라.

그레첸　　그거 안됐구나!

리스헨　　그 사내하고 결혼만 해봐라! 혼을 내줄 테니까.

사내들은 그 애의 꽃판을 뜯어버릴 게고,   3575

---

* 타락한 '죄 지은 여인'은 교회의 제단 앞에서 수의(壽衣) 한 장만 입고 여러 사람
앞에서 참회 속죄해야 한다는 법이 있었다.

우린 문 앞에다 지푸라기를 뿌려줄 테야.*

그레첸　(집으로 돌아가며) 전엔 딱한 계집애들이 잘못을 저지르면,
어떻게 그처럼 대담하게도 헐뜯을 수 있었는지!
다른 사람의 죄를 다스리는 데는
아무리 지껄여도 시원치가 않았지.　　　　　　　　　　　3580
남이 한 짓이 검게 보이면 그의 검은색이
아직도 멀었다고 더욱 시커멓게 먹칠했지.
나는 잘됐다 하고 그렇게도 잘난 체했지.
한데 이제 내가 그런 죄에다 몸을 맡겼구나!
하지만! 그렇게 되기까지 모든 것은,　　　　　　　　　3585
하느님, 얼마나 아름다웠으며! 아, 얼마나 즐거웠나요!

---

* 결혼 전에 출산한 처녀가 결혼하게 되면 이런 식으로 박해받는 관습이 있었다.

성벽 안쪽 통로

벽 쪽에는 고난의 성모상이 있고 그 앞에 꽃병들이 놓여 있다.

그레첸   (싱싱한 꽃을 병에 꽂는다.)
아아, 고난의 성모여,
너그러운 얼굴로
저의 곤경을 살펴주소서!

가슴에 칼을 맞으시고   3590
수없는 고통을 받으시며
당신의 아드님을 쳐다보고 계시군요.

하늘에 계신 아버지를 우러러보시고,
아드님과 당신의 괴로움 때문에,
한숨을 짓고 계시는군요.   3595

저의 사지를 후비는
이 괴로움을
다른 누가 살펴주오리까?
저의 안타까운 가슴이 겁을 먹고
떨며 바라옵던 바는   3600
오직 당신만이 알고 계십니다.

어디를 가나,
저의 가슴 속은
이처럼 쓰리고 쓰립니다.
혼자 있을 때면   3605
저는 울고, 울고 또 울어서,
가슴이 미어질 듯합니다.

당신을 위해 이 꽃을 바치려고
이른 아침 꺾었을 때,
창문 앞에 놓인 화분을, 아아,   3610
저의 눈물로 적시었습니다.

아침 일찍 태양이 훤히
저의 방 안을 비쳤을 때
저는 벌써 자리에 일어나 앉아
애달픔에 싸여 있었습니다.   3615

구해주십시오! 치욕과 죽음에서 저를 건져주십시오!
고난의 성모님,

제발 저의 곤경을 자비로이
굽어살펴주십시오!

밤

그레첸의 집 앞길.

발렌틴　　(그레첸의 오빠인 병사)
누구나 제 자랑을 늘어놓기 좋아하는　　　　　　　3620
술자리에라도 내가 앉아 있게 되면
모두들 내 앞에서 꽃 같은 여자들을
소리 높여 칭찬하고,
좋다고들 넘실거리는 잔을 들이키곤 하였지 ─
그러면 나는 팔꿈치를 괴고서,　　　　　　　　3625
여유만만하게 도사리고 앉아서
모두들 지껄이는 소리를 듣고 있다가,
웃으면서 수염을 쓰다듬고는
넘실거리는 잔을 손에 들고서
"그야 모두 각기 제멋이 있겠지!　　　　　　　3630
하지만 온 나라 안에

216

우리 귀여운 그레첸과 견줄 만한 아이가,

내 누이동생한테 시중이라도 들 만한 아이가 있느냐 말일세?" 하면

옳지, 옳아, 쨍그랑, 쨍 하고 잔이 돌곤 했지.

그리고 한 놈은 "자네 말이 맞네.   3635

그 애는 온 여성의 자랑이다" 하고 소리쳤었지.

그러면 전에 칭찬하던 놈들도 모두 벙어리가 되었더란 말이다.

그런데 이젠 어떤가! ─ 이 머리를 쥐어뜯고

담벼락을 뛰어 올라간들 소용이 없게 됐다 ─

오사리잡놈까지도 빈정대고,   3640

코를 씰룩거리며 나를 모욕한다.

나는 마치 고약한 빚쟁이처럼 쪼그리고 앉아

지나가는 말만 들어도 진땀을 흘리게 되었구나!

그래 그들을 모조리 메어꽂고도 싶지만,

놈들이 거짓말쟁이라곤 할 수 없으니 별수 없지.   3645

저기 오는 것이 뭐지 저 살금살금 오는 놈이 누구지?

내가 잘못 본 게 아니라면, 저게 바로 그 두 놈들이로구나.

만일 그놈이라면 당장에 멱살을 잡아서

이 자리에서 살려 보내지는 않을 테다!

(파우스트, 메피스토펠레스.)

파우스트   저기 수도자 휴게실 창문에서   3650

영원한 등불이 비쳐 올라가고

점점 이 빛이 옆으로 희미해져서

끝내 주위가 암흑에 싸여 있듯이

내 가슴 속도 한밤중 같구나.

메피스토 그런데 내 기분은 저기 소방서 망루를 지나서 3655
살짝 담을 끼고 앙금앙금 기어가는
욕심 많은 고양이 새끼 같단 말씀이오.
어쩐지 여간 유쾌하지 않고
도둑놈 마음보도 좀 있고 색골 근성도 좀 있고 말이오.
벌써 나의 온 육신에 저 희한한 3660
발푸르기스의 밤의 잔치 기운이 배어들고 있습죠.
모레 밤이면 또 그날이 됩니다.
왜 밤을 새우게 마련인지 거기 가면 알게 될 것이오.

파우스트 저게 바로 땅속의 보물이 솟아나는 게 아니냐?
저기 저쪽에서 불길이 치미는 것이 보이지. 3665

메피스토 당신은 보물이 든 냄비를 파내는 일도
머지않아 겪어보게 될 겁니다.
요전번에 슬쩍 곁눈질해 보니
그 속에 사자 무늬의 기막힌 금화가 듬뿍 들었더군요.

파우스트 내 귀여운 아가씨를 장식할 만한 3670
보석이나 반지는 하나도 없더란 말이냐?

메피스토 그 속에 글쎄 진주를 꿰놓은,
목걸이 같은 것도 있던 것 같더군요.

파우스트 그것 잘됐네! 선물도 없이
그 애한테 가기엔 마음에 안됐단 말일세. 3675

메피스토 공짜로 재미를 보는 따위의
비참한 꼴은 당하지 않게 해 드리겠소.
한데 지금 하늘에는 온통 별들이 반짝이고 있군요.
어디 정말 예술적인 노래를 한 곡 들려드릴까요.

그 계집애를 좀 더 틀림없이 홀리기 위해,   3680
도덕적인 노래를 부르겠소이다.

(기타 반주에 맞춰서 노래한다.)

     이런 첫새벽에
     카타리나, 여기서
     사랑하는 이의 문전에서
     그대는 무얼 하고 있소.   3685
     아서라, 제발 말아라!
     대문을 들어설 땐
     숫처녀지만 나올 때는
     숫처녀가 아니랍니다.

     정신을 바짝 차려야죠!   3690
     다 끝나버리기만 하면
     다음은 잘 있거라, 그만이다.
     가엾은 처녀들이여!
     제 몸이 귀하거든
     아예 도둑에겐   3695
     반지를 끼워줄 때까지는
     마음을 주지를 말아야지요.

발렌틴   (앞으로 나서며) 네놈은 여기서 누굴 꾀어내려는 것이냐, 괘
       씸한 놈!
  이 저주받을 쥐잡이 놈들 같으니!*
  우선 그 깽깽이를 없애버리고   3700

다음으로 노래 부른 놈을 죽여버리겠다.

메피스토 기타가 두 동강이 났구나! 전혀 쓸모없게 됐군!

발렌틴 이번엔 네놈의 대갈통이 두 조각이 난다.

메피스토 (파우스트에게) 자, 박사님 물러서지 말아요! 기운을 내요!

내게 찰싹 붙어서 시키는 대로만 해요.   3705

당신의 그 먼지떨이**를 쑥 뽑아요!

그저 찌르기만 해요! 받는 건 내가 맡을 테니.

발렌틴 이것을 받아라!

메피스토 못 받을 게 뭐냐?

발렌틴 이것도 받아라!

메피스토 좋고말고!

발렌틴 상대가 악마로구나!

이게 웬일이야? 벌써 손이 저려오니.   3710

메피스토 (파우스트한테) 자, 찔러요!

발렌틴 (쓰러진다.)   아이고, 분하다!

메피스토 이제 잡놈이 얌전해졌군.

하지만 자, 도망칩시다. 우린 곧 사라져야 합니다.

벌써 살인이라는 소리가 들리는군요.

경찰 상대라면 멋지게 해치울 수 있지만,

목숨을 거는 신의 재판은 질색이란 말이오.   3715

마르테 (창가에서) 이거 봐요! 나와보세요!

그레첸 (창가에서) 불을 좀 가져오세요.

---

* 저주받은 쥐잡이는 노래를 부르고 바이올린을 켠다. 그러면 집 안의 쥐들이 모여
드는데, 이 쥐잡이들은 아이들이나 여자들을 유혹하기도 한다.

** 가벼운 검을 익살스럽게 말했다.

마르테	(전과 같이) 욕을 퍼붓고 쥐어뜯고 악을 쓰고 싸웠어요.
사람들	벌써 한 사람이 죽어 자빠졌군.
마르테	죽인 놈들은 벌써 도망쳤나요?
그레첸	여기 쓰러져 있는 건 누구죠?

3720

사람들	네 어머니의 아들이다.
그레첸	어머나, 하느님 어쩌면 좋아!
발렌틴	나는 죽는다! 말도 빨랐지만

더욱 쉽게 나는 죽게 되었다.

여봐요, 여인네들 왜 그렇게 서서 울고불고하는 거요?

이리들 와서 내 말을 들어보구려!　　　　　　　　　　　3725

　　(모두 그의 주위에 모여든다.)

여봐라, 그레첸, 너는 아직도 어리고,

아직 아무런 분별도 없이

일을 저지르고 말았어.

너에게만 조용히 말해두지만

어쨌든 너는 이젠 창녀가 되어버렸다.　　　　　　　　　　3730

그게 아마 당연한 노릇인지도 모르겠다.

그레첸	아니 오라버니! 무슨 말씀이에요! 아! 하느님!
발렌틴	농담이라도 하느님을 찾는 것은 그만둬라.

일어난 일은 일어난 일이니 딱하지만 할 수 없다.

그리고 될 대로 되어갈 테지.　　　　　　　　　　　　　3735

너는 한 놈하고 남몰래 시작했다.

하지만 그런 놈들이 점점 늘어갈 거다.

그것이 열둘쯤 되면은

이제 너는 온 장안의 노리갯감이 될 거다.

죄악의 씨라도 생겨   3740
남몰래 그 씨를 낳게 되면,
암흑의 장막을
그 머리와 귀에 씌워버리겠지.
사실 죽여버리고 싶겠지만
그래도 그것이 자라서 크면   3745
백주에도 버젓이 나다니겠지만
어떻든 죄의 씨는 신통하게 되지는 않는 법이다.
그 녀석의 얼굴이 추해지면 추해질수록,
더욱더 어디나 나타나는 법이지.

벌써 내 눈에는 그런 때가 다가오는 것이 보이는 것 같다.   3750
점잖은 이 고을의 모든 사람이
전염병으로 죽은 시체를 멀리하듯이
창녀가 된 너를 비켜 가며
그 사람들이 네 얼굴을 쳐다보면
얼마나 네 마음이 섬뜩할 것이냐!   3755
이젠 금목걸이*도 걸 수는 없다.
성당에 나가도 제단 앞에는 서지도 못한다.
아름다운 레이스의 깃을 달고
춤을 즐길 수도 없다.
어둡고 비참한 구석에서   3760
걸인이나 병신들 틈에 숨어서 지내야 한다.

---

*   당시 매춘부는 금목걸이를 하거나 벨벳, 비단으로 만든 옷을 입고서 교회 의자에
    앉지 못하는 법이 있었다.

비록 하느님이 너를 용서해준다 치더라도

너는 이 세상에선 저주받은 몸이다.

마르테 하느님께 빌어서 당신의 혼이나 건지도록 해요!

그런 욕지거리로 죄를 더 걸머지려고 그래요? 3765

발렌틴 이 뻔뻔한 뚜쟁이 계집년아!

네년의 말라 빠진 몸뚱어리를 실컷 두들겨주었으면 좋겠다.

그러면 내 죗값을

치르고도 남을 테니 말이다.

그레첸 오라버니! 얼마나 괴로우세요! 3770

발렌틴 제발 눈물을 짜지 말아라!

네가 네 체면을 벗어던졌을 때

내 가슴은 가장 심한 타격을 받았다.

나는 잠들 듯 죽어서 하느님에게로 간다.

군인으로서 용감하게. (죽는다.) 3775

성당

장례 미사, 풍금과 합창. 그레첸이 사람들 틈에 끼어 있다. 그레
첸 뒤에는 악령이 있다.

악령   그레첸, 너는 정말 달라졌구나.
네가 아직 순진하기 짝이 없던 시절
저 제단 앞에 나가서
다 해진 기도서를 펼쳐 들고,
반은 어린애 장난으로   3780
반은 마음으로 하느님을 생각하고
더듬거리며 기도를 올리던 일이 생각나느냐!
그레첸!
네 머릿속은 어찌 된 거지?
너의 가슴 속에는   3785
정말 못된 죄악이 숨었구나?
너는 너 때문에 길고 긴 고통 속으로,

224

잠들며 죽어간 어머니의 넋을 위해 기도하는 거냐?

너의 집 문턱엔 누구의 피가 흘렀지?

　― 그리고 너의 가슴 속에는　　　　　　　　　　　3790

무엇인지 벌써 부풀 듯 움직이며,

미래의 불안을 담뿍 품고,

현재 이미 너 자신까지도 괴롭히고 있지 않느냐?

그레첸　　슬프고 괴롭구나!

나를 책망하며

오락가락하는 이런 생각에서　　　　　　　　　　　3795

벗어났으면 얼마나 좋을까.

합창　　노여움의 날* 그날이 오면

세계는 녹아서 재가 되리라.

　(풍금 소리)

악령　　신의 노여움이 너를 엄습한다.　　　　　　　3800

심판의 나팔 소리 울린다!

무덤들이 모조리 흔들린다!

그리고 너의 넋은

죽음의 재 속 안식으로부터

이글대는 불길의 고통으로　　　　　　　　　　　　3805

다시 불려 나가

겁을 먹고 떨리라!

그레첸　　여기서 나갈 수 있으면 좋으련만!

마치 풍금 소리가

---

*　최후 심판의 날을 의미한다.

내 숨통을 틀어막고   3810

노랫소리는 내 마음을

속속들이 녹여내는 것 같구나.

합창   그리하여 심판자 자리에 앉으면

숨은 일 모조리 밝혀지리니,

하나도 남김없이 벌을 받으리.   3815

그레첸   아아, 가슴이 답답하다!

벽의 기둥이

나를 사로잡아

둥근 천장이

나를 억누르는구나 ─ 아아, 숨이!   3820

악령   몸을 숨겨라! 죄와 부끄러움은

숨기지 못하리라.

숨이 막힌다고? 눈이 부시다고?

불쌍한 놈이구나!

합창   가엾은 나, 그때는 무엇이라 말하리.   3825

그 누구에게 나의 보호를 부탁하리.

옳은 이들조차 그 마음이 불안한데.

악령   성스러운 사람들은 네게서

얼굴을 돌릴 것이고

순결한 자들은   3830

손을 내밀다가도 몸을 뗄 것이다.

불쌍도 하구나!

합창   가엾은 나, 그때는 무엇이라 말하리.

그레첸   옆에 계신 분 그 향수병*을 좀!

        (그레첸이 기절한다.)

발푸르기스의 밤*

하르츠의 산중, 쉬르케와 엘렌트 부근,
파우스트, 메피스토펠레스.

메피스토 당신은 빗자루** 같은 것이라도 필요하지 않소!   3835
나는 억센 수놈 염소라도 한 마리 있으면 하오.
목적지까지는 아직도 이 길을 한참 가야 하니까요.
파우스트 내 두 다리에 아직도 싱싱한 기운이 돌고 있는 동안엔
나는 이 울퉁불퉁한 지팡이면 충분하네.
별로 서두르는 길도 아니고 보면   3840
꾸불꾸불 돌아드는 골짜기 길을 천천히 걸어서

---

* 발푸르기스는 8세기 영국 태생 성녀로 독일에서 포교에 종사했다. 질병이나 마
법에 대한 수호 여신으로 성녀의 기념일 5월 1일 전야인 4월 30일 밤에는 마녀들
이 브로켄산에 모인다.

** 마녀들은 빗자루나 염소를 타고 브로켄산으로 모여든다.

다음에 이 바위를 올라가면

거기서는 샘물이 영원히 콸콸 흐를 테지.

그런 것이 이런 나그네 길을 장식하는 흥취가 아닌가?

봄은 벌써 백양나무 속에서 꿈틀거리고,   3845

전나무까지도 이미 봄을 간직하고 있구나.

그러나 우리들의 사지에도 봄은 사기를 불어넣어 주지 않을까 보냐.

메피스토   그런데 사실은 저는 그런 걸 조금도 느끼지 않는걸요!

이 몸속은 엄동설한인걸요.

이 길에도 눈과 서리가 깔렸으면 싫군요.   3850

보시오. 저렇게 희미한 붉은 조각달이,

구슬프게 떠오르고 있지만,

조금도 길을 비춰주지 않아서

한 발짝마다 나무나 바위에 부딪힐 것 같군요!

미안하지만, 도깨비불에 부탁을 합시다그려!   3855

저기 마침 신나게 타오르는 놈이 보입니다.

어이! 여보게! 우리한테로 와줄 수 없나?

그렇게 헛되이 타버릴 필요가 어디 있겠나.

안됐지만 우리가 올라가는 길을 좀 밝혀주게.

도깨비불   황송합니다. 어디 저의 주책없이 흔들거리는 성품을   3860

어떻게든 억제해보기로 하겠습니다.

다만 저희가 갈지자로 걷는 버릇은 용서하십쇼.

메피스토   아니, 무어라고! 네놈은 인간의 흉내를 낼 작정이로구나.

악마의 이름으로 명령하나니 똑바로 가란 말이다!

그렇지 않으면 네놈의 깜박이는 목숨을 훅 불어 꺼버릴 테다.   3865

도깨비불   당신이 이 산중의 어르신네란 것은 저도 잘 알고 있습죠.

그러니 될 수 있는 한 말씀대로 따르려고 합니다.

하지만 생각해 보십쇼! 오늘 이 산중이 온통 미쳐 날뛰고 있으니
도깨비불에 길잡이를 시키려면
좀 더 너그러이 보아주셔야 하겠습니다.   3870

파우스트, 메피스토펠레스, 도깨비불   (번갈아 노래한다.)

꿈의 나라, 마귀의 나라로
어느덧 우리는 들어섰구나.
우리를 잘 모셔
이 넓고 쓸쓸한 산길을
서둘러 앞으로 달려가게 해 다오.   3875

나무들 뒤에도 또 나무들이
언뜻 선뜻 뒤로 물러 달아나고
허리 굽힌 절벽들,
길게 뻗친 바위의 콧대를
얼마나 코를 골며 숨을 내뿜는가!   3880

돌부리 휘돌고 풀밭을 헤치며
산골 물 시냇물 내리 닥치고
들리는 것은 물소리냐? 노랫소리냐?
행복하던 젊은 날의
달콤한 사랑의 하소연이냐?   3885
희망의 노래여, 사랑의 가락이여!
그리운 지난날의 옛이야기처럼
메아리는 그윽이 울려오는구나.

우후우! 슈우후! 가까이서 우는
부엉이, 갈까마귀 어치 등속들   3890
모두가 아직도 깨어 있었더냐?
덤불 속을 기는 것은 도롱뇽이냐?
기름한 다리에다 배도 부르군!
바위와 모래밭에서 배암처럼
비비꼬며 솟아나온 나무뿌리들,   3895
우리를 위협하고 사로잡아보려고,
이상한 띠를 펼치고 있구나.
꿈틀거리는 우악스러운 나무의 옹이 자리에서,
해파리 팔다리인 양 오랏줄 뻗어나
나그네의 발목을 낚으려 한다.   3900
가지각색 쥐들은 떼를 지어서
이끼와 풀밭 속을 달아난다.
그리고 반딧불이도 한데 몰려 엎치락뒤치락
이리 날고 저리 날아
나그네의 길을 어지럽힌다.   3905

한데 우리는 걸음을 멈추고 있는가?
아니면 계속해서 걷고 있는 것일까?
모든 것이 모조리 돌고만 있는 것 같구나.
얼굴을 찡그리는 바위와 나무들,
게다가 자꾸만 늘어만가며   3910
무럭무럭 커져가는 도깨비불까지도.

메피스토   내 옷자락을 꼭 붙드시구려!

여기가 중턱쯤의 고개올시다.
산속에 묻힌 황금이 얼마나 빛나는지
놀랄 정도로 잘도 보이죠.   3915

파우스트   먼동이 틀 무렵처럼 붉고 희미한 빛이,
골짜기마다 아련하게 비추고 있는 것이 정말 이상도 하구나!
그리고 깊고 깊은 골짜기의
아득한 나락까지 비춰 들고 있구나.
저긴 물김이 서려 오르고 가스가 뻗어나간 곳도 있고,   3920
여기선 안개와 연기 속에서 불길이 타오른다.
그 불길은 마치 가느다란 한 올의 실처럼 기어가기도 하고
때로는 샘물처럼 용솟음치기도 한다.
이쪽은 수없이 광맥을 이루고서
서리서리 얽혀서 긴긴 골짜기를 뒤덮었고,   3925
그리고 이편 비좁은 구석에서는
갑자기 산산이 흩어져버린다.
그러면 황금빛 모래알을 뿌린 듯
이 근처엔 불꽃들이 사면으로 튀고 있다.
그런데 저걸 보지! 저 바위 절벽은   3930
아래서 위까지 모조리 불에 타고 있구나.

메피스토   오늘 잔치를 위해 황금의 신*께서
자기의 궁궐을 화려하게 불로 밝힌 것이 아니겠습니까?
당신이 이것을 구경하였으니, 복도 많소이다.
벌써 미쳐 날뛰는 마녀들이 오는 것 같군요.   3935

---

*   황금의 신 맘몬을 가리킨다. 맘몬은 사탄을 위해 타오르는 금광맥으로 아름다운
    궁전을 지었다.

파우스트   회오리바람이 지독하게 공중에서 소용돌이를 치는구나.

무서운 힘으로 내 목덜미에 부딪히는군!

메피스토   그 바윗덩이의 늙은 갈빗대를 꼭 붙잡아요.

아니면 저 심연(深淵)의 골짜기로 떨어져버릴 것입니다.

안개가 덮여, 밤이 더욱 짙어지는군요.   3940

들어봐요, 숲속에서 와직끈거리는 저 소리를!

부엉이란 놈도 질겁을 해서 날아가버리는군요.

들어보세요. 영원히 푸르른 궁궐의

기둥도 쪼개져 나가는군요!

가지들은 우지끈 부러지고!   3945

줄기들은 꽈르릉 소리 내며 쓰러지고!

뿌리가 뿌드득 끊어지며 찢어져 나가고

모두가 무섭게 얽히고설켜서

엎치락뒤치락 비명을 지르며 쓰러집니다.

그리고 나무들이 산산조각 난 골짜기에는,   3950

바람이 식식거리고 윙윙댑니다.

그런데 저 소리가 들리나요? 저 높은 곳에서도

먼 곳에서도, 이 가까운 곳에서

아니 이 산중에 온통 울려 퍼지는

미친 듯한 마녀들의 노래가 들립니다.   3955

마녀들   (합창) 마녀들이 브로켄산으로 출동하신다.

그루터기는 누런색, 묘판은 초록색.

그곳에 굉장한 무리가 모여듭니다.

우리안님*이 꼭대기에 앉아 계신 산.

이렇게 돌부리 나무뿌리 넘어서 갑니다.   3960

마녀는 방귀를 뀌고 염소는 구리다.

목소리　바우보 할멈**이 혼자서 오네.

새끼 밴 암돼지 올라타고요.

합창　자, 어서 잘 오셨습니다.

바우보 부인 앞장서서 안내하시오!　　　　　　　3965

돼지는 씩씩하고, 타신 임은 어머니시다.

그래서 마녀들은 모조리 따라갑니다.

목소리　어떤 길로 너는 왔느냐?

목소리　일젠슈타인*** 재를 넘어왔지요!

지나다가 부엉이 집을 들여다보았지요.

그랬더니 두 눈을 부릅뜹니다요!

목소리　아이! 이게 무슨 짓이야!　　　　　　　　3970

왜 이다지도 빨리 달리나요!

목소리　나에게 이렇게 생채기를 냈어요.

이것 봐요, 이 상처를 봐요!

마녀들　(합창) 길은 넓고 길은 멀다.

왜 이다지 밀고 밀치느냐?　　　　　　　　　3975

갈퀴는 찌르고, 빗자루는 할퀸다.

배 안의 갓난애 숨이 막히고, 어미는 배가 터진다.

마녀의 두목　(반수(半數) 합창) 달팽이 살금살금 걸어라.

계집들은 모조리 앞질러 가고

악마의 집을 찾아갈 땐   3980

계집은 천 걸음을 앞장서거든.*

남은 반수   우리는 그것을 시끄럽게 말하지 않겠네.

여자는 첫걸음을 아지작거려야지만,

아무리 여자가 서둘러 간들

사나이가 한 걸음 펄쩍 뛰면 따라가지요.   3985

목소리   (위에서) 어서 와요, 어서 와, 산간 호수의 친구들이여!

목소리   (밑에서) 우리 모두 올라가고 싶은데요.

몸은 날마다 씻어서 번쩍이지만

영원히 아이는 배지를 못한답니다.

두 합창   바람은 자고 별은 도망친다.   3990

흐린 달빛마저 몸을 숨겼네.

마귀의 합창 소리 요란한 속에.

무수한 불꽃이 하늘로 튀네.

목소리   (밑에서) 기다려 다오! 기다려!

목소리   (위에서) 바위틈에서 부르는 건 누구냐?   3995

목소리   (밑에서) 나를 같이 데려다주오!

나는 이미 300년이나 오르고 있지만

아직 꼭대기에는 이르지 못했네.

내 친구들과 같이 어울리면 좋으련만.

양쪽의 합창   빗자루도 태워 가고 지팡이도 태워 간다.   4000

갈퀴도 타고 오고, 염소도 타고 오라.

오늘도 못 오르는 놈들은

---

* 괴테가 볼 때, 여자는 일단 악에 발을 들여놓으면 남자보다 맹목적으로 돌진한다.

영원히 구원될 수 없는 놈들이라네.

절반 마녀 (밑에서) 나는 이미 오랫동안 아장아장 쫓아가고 있지만,

다른 이들은 벌써 저렇게 아득하게 앞질러 가버렸어요!　　　4005

집에 있어도 안절부절못하겠고

여기까지 와 보아도 따라갈 수가 없고요.

마녀의 합창 고약*으로 칠해 기운을 내거라.

넝마 조각만 있으면 돛이 되고

어떠한 물통**도 배가 되고요.　　　4010

오늘 날지 않는 놈은 영원히 못 날리라.

양쪽의 합창 우리는 봉우리를 끼고 난다.

너희들은 땅을 기어가거라.

아득하고 넓은 황량한 들판에

떼 지어 몰려드는 마녀의 무리.　　　4015

(모두 하늘에서 내려온다.)

메피스토 밀고 밀리고, 허둥대고 까불고,

쉭 하기도 하고 뱅뱅 돌며, 끌고 울부짖기도 하고,

빛나고 번쩍하고 구린내 풍기고 불꽃이 튀고

이것이야말로 진정 마녀의 세계로다!

자, 내게 꼭 붙어요! 놓치면 당장에 떨어져버려요.　　　4020

아니, 어디로 갔어요?

파우스트 (멀리서) 여기 있네!

---

* 　마녀가 비행할 때 자기 발이나 빗자루, 부젓가락에 고약을 칠하면 쾌속으로 날아
　갈 수 있다.

** 　반죽하는 통을 가리킨다. 마녀는 이 통을 타고 날아가기도 한다.

메피스토 뭐요! 벌써 거기까지 휩쓸려 가다니!

이렇게 되면 집안의 법도(法度)를 행사 안 할 수 없군.

물러가라! 폴란트 공자님*이 나가신다. 물러서라!

귀여운 무리야, 물러서라!

여깁니다. 박사님, 나를 잡아요! 한 번 펄쩍 뛰어서, 이 혼란에서 벗

어납시다!   4025

하도 지랄들이라 나 같은 악마까지도 질색이구려.

저 옆에 무엇인지 아주 이상하게 빛나는 게 있군요.

어쩐지 나는 저 수풀에 끌리는데요.

자, 이리 오시오! 저 속으로 기어 들어갑시다.

파우스트 이 반대와 모순의 마귀 놈아! 좋다, 가자! 어디고 데리고

                가렴!   4030

하지만 생각건대 이래야 하나.

우리는 발푸르기스의 밤에 브로켄산에까지 와서

멋대로 이런 곳에 쓸쓸히 떨어져 있겠다는 거냐.

메피스토 저기나 좀 보시구려, 얼마나 오색찬란한 불길입니까?

신나는 패들이 모여 있군요.   4035

규모가 작은 모임에선 외롭지 않은 법이라오.

파우스트 하지만 나는 위로 가보고 싶다.

벌써 불길과 회오리치는 연기가 보인다.

많은 무리가 마왕의 잔치로 밀어닥치고 있다.

거기면 많은 수수께끼가 풀리겠지.   4040

메피스토 풀리기도 하지만 많은 수수께끼가 생길 수도 있지요.

---

*   악마의 이름. 메피스토는 멋대로 제 이름을 지어 부른다.

그 커다란 세계는 떠들게 내버려두시구려.
우리는 여기 조용한 곳에 자리를 잡읍시다.
커다란 세계 안에다 작은 세계를 꾸미는 것은
오랜 옛날부터 내려온 일이니까요.   4045
보시다시피 젊은 마녀 애들은 발가벗었고,
나이 든 것들은 꽤 맵시 있게 몸을 가리고 있습죠.
제발 제 체면을 생각해서 대해 주시구려.
애는 쓰지 않아도 재미는 크단 말씀이오.
무슨 악기 소리가 들리지 않습니까?   4050
저주스러운 음악 소리지만 이내 익숙해져야 하죠.
자, 갑시다. 별수가 없지 않소!
내가 앞서가서 당신을 소개하죠.
새로운 인연을 맺게 해주리다.
어때요? 그리 좁은 곳도 아니죠.   4055
자, 좀 내다보시구려! 끝이 안 보일 지경이지요.
수백 개의 불이 줄지어 타오르고 있지요.
춤을 추고 조잘대고 끓이고 마시며 사랑하지요.
여기보다 더 좋은 곳이 있으면 말해보구려 ─

파우스트   그런데 우리가 여기 한몫 끼려면   4060
자네는 마술사 행세를 할 텐가, 그렇지 않으면 악마 노릇을 할 텐가?

메피스토   하긴 나는 암행(暗行)을 하는 데는 퍽 익숙하지마는
축제일이 되면야 누구라도 훈장을 달고 싶어 하지요.
가터 훈장쯤은 조금도 나를 빛낼 수는 없지만
여기서는 말발굽이 멋지게 제격에 어울린단 말예요.   4065
저기 저 달팽이가 보입니까? 이쪽으로 슬슬 기어 오고 있지요.
저놈이 가진 촉각으로

벌써 내 본성의 냄새를 맡아냈단 말이오.

암만해도 여기서는 내 정체를 숨길 수가 없단 말씀이오.

자, 가십시다. 모닥불에서 모닥불로 돌아다녀봅시다.　　　　　4070

나는 중매쟁이고 당신은 구혼자란 말예요.

　　(꺼져가는 숯불을 둘러싸고 있는 몇몇 사람*에게)

노인장들! 이런 한쪽 구석에서 무얼 하고 있지요?

버젓하게 한가운데 나가서 젊은 친구들이

떠들썩하게 노는 사이에 끼어드는 게 좋을 듯하군요.

우두커니 혼자서야 집에선들 못 있겠소이까.　　　　　4075

장군　　　누가 국민을 믿을 생각이 나겠소.

그렇게도 많은 공을 그들을 위해 세웠는데.

평민들이란 마치 계집들 같아서

줄곧 젊은 놈들만 죽자 사자 한단 말이오.

재상　　　현대는 너무나 궤도를 벗어나고 있소.　　　　　4080

앞 시대 사람들이야 훌륭했죠.

사실 우리가 무슨 일에건 중용되었던 시절이

참다운 황금시대였었지요.

벼락부자　　우리들 역시 사실 어리석지는 않았지요.

그래서 해선 안 될 짓도 자주 하긴 했지요.　　　　　4085

하지만 막 한몫 단단히 움켜쥐려는 판국에

세상이 홀러덩 뒤집혀버리고 말았지요.

작가　　　요즈음 온건하고 현명한 내용의 책 같은 것을

＊　이 인물들은 모두 프랑스 혁명 반대자들이고, 앙시앙 레짐의 변호자들로 혁명 후
　　독일로 망명해 왔는데, 그들은 세상에서 버림받은 구시대의 대표자들이다. 괴테
　　는 여기서 그들을 마귀 취급했다.

읽고 싶다고 생각하는 사람이란 없단 말이오.

게다가 요즈음 젊은 놈들 말이지만   4090

이처럼 건방졌을 때는 없었으니까요.

메피스토 (갑자기 늙어 버린 것 같은 꼴을 하고) 나도 이번에 마지막으로

　　　　　마녀의 산에 올라왔지만,

이곳 친구들이 최후의 심판을 받을 날도 머지않은 것 같군요.

술통이 차츰 밑바닥이 드러나면 술이 탁해지듯이

어쩐지 세상도 다 된 것 같군요.   4095

고물상 마녀　여보세요, 어르신네들, 그렇게 지나가버리지 마세요!

이런 좋은 기회를 놓쳐버리지 마세요!

우리 물건들*을 잘 살펴보세요.

오만 가지 물건이 다 있습니다.

하지만 우리 가게는   4100

세상의 다른 가게와는 달라서,

인간이나 이 세상에 화를 입히지 않은

물건은 하나도 없습니다.

피를 흐르게 하지 않은 비수도 없거니와,

매우 튼튼한 몸에서 목숨을 빼앗는 뜨거운 독약을   4105

부어 보지 않은 잔도 없습지요.

패물은 귀여운 여자의 마음을 유인하지 않는 것이 없고,

공약을 어기거나 상대방을 등 뒤에서

찌르지 않은 칼도 없습니다.

메피스토　여보, 아주머니! 당신은 세월을 모르고 있구려.   4110

---

* 일 년에 한 번 있는 마녀들의 축제이므로 여러 가지 물건들이 나와 있다.

한 일은 지난 일이고, 지난 일은 다 끝난 것 아니요?

좀 신기한 물건을 팔도록 해봐요!

신기한 것이 아니면 우리 마음을 끌 수는 없단 말예요.*

파우스트   어째 정신이 아찔하구나!

이건 대목 장이라고나 생각해야 할 것인가?   4115

메피스토   이 뒤끓는 군중들이 위로만 가려고 하고 있지요.

당신은 남을 밀고 있다고, 생각하고 있을지도 모르지만 밀리고 있는 거요.

파우스트   저건 누구지?

메피스토   자세히 보시구려. 릴리트지요.

파우스트   누구라고?

메피스토   아담의 첫째 부인**이지요.

저 아름다운 머리칼을 조심하시오.   4120

저것만이 저 여자가 자랑하는 노리개지요.

저것을 가지고 젊은 사내를 손아귀에 넣기만 하면,

좀처럼 놓아주지 않는단 말이에요.

파우스트   저기 두 사람이 앉아 있구나, 할머니와 달이.

벌써 어지간히 춤을 추어 지친 것 같구나!   4125

메피스토   저 패거리들이 오늘 쉴 리가 없지요.

다시 춤을 출 겁니다. 자, 우리도 춥시다그려.

---

*   메피스토는 고물상 마녀가 권하는 물건들은 낡았고, 사람을 멸망시키려면 피를 흘려서는안 되며 더 확실하고 효과적인 수단이 있다고 말한다.

**   자기 고집 때문에 이혼당한 뒤 악마의 첩이 되어 자식을 낳았다. 랍비의 전설에서 이브는 그 후 아담의 늑골로 만들어졌고, 머리카락에 억센 마력이 있고, 때로는 뱀이 되어 남자를 잡아먹는다.

파우스트 (젊은 마녀와 춤을 추며)

언젠가 나는 즐거운 꿈을 꾸었지.

꿈에서 능금나무 하나 보았지.

번쩍번쩍 빛나는 능금*이 두 개,   4130

마음이 끌려 올라가보았지.

예쁜 마녀 능금은 옛날 옛적 극락 시절부터,

당신네 남자들이 탐내던 물건.

우리 집 뜰에도 그것이 열렸으니,

나는 좋아요, 나는 기뻐요.   4135

메피스토 (할머니와 춤을 추며)

언젠가 무시무시한 꿈을 나는 꾸었지.

그 나무는 갈라져 있었더라오.

그 나무에는 ○ ○ ○ ○ ○ ○**이 났는데

하도 ○ ○*** 나는 마음에 들었더라오.

할머니 말발굽 가지신 기사님을   4140

진심으로 환영하겠습니다.

○ ○ ○****이라도 싫지 않으시면

○ ○ ○ ○ ○*****를 미리 마련하세요.

---

*   구약성경에서 선악을 알게 하는 나무 열매를 의미하거나 혹은 여인이 자신의 연
인을 능금나무에 빗대어 표현한 것을 암시한다.

**   "크기도 큰 것". 육필 원고에는 있지만 인쇄본에서 복자(伏字)로 표기되었다.

***   복자로 "굵어"

****   복자로 "그 구멍"

*****   복자로 "잘 맞는 마개"

궁둥이 마술사[*] 이 망할 놈들아! 무슨 수작들이냐?

도깨비가 제대로 버젓한 발이 없다는 것은,   4145

벌써 옛날에 증명되지 않았느냐?

그런데 네놈들은 우리들 인간처럼 춤을 추다니!

예쁜 마녀 (춤을 추며) 저이는 무도회에 와서 어쩌자는 것인가?

파우스트 저놈 말인가! 저놈은 어디고 안 가는 데 없지.

남이 춤을 추면 비평이란 걸 안 하면 못 배기니까.   4150

어떤 스텝이건 저놈이 한마디 하지 않으면,

그 스텝은 밟지 않은 것이나 다름없다고 생각하고 있지.

우리가 앞으로 나가는 것이 저놈은 제일 못마땅하거든.

저놈 집의 낡은 물레방아가 돌아가듯이[**]

우리가 한 군데서 뱅뱅 돌고만 있으면   4155

제법 좋은 편이라고 한단 말이지.

제발 고평(高評)을 바라겠나이다 하면 더욱 좋다고 할 게고.

궁둥이 마술사 아직도 여전히 그러고 있구나, 괘씸한 놈들.

없어지지 못할까! 우리는 세상을 계몽하고 있다.

악마들이란 규칙을 무시하는 놈들이란 말이다.   4160

우리는 이렇게 총명해졌는데 아직도 테겔[***] 근처에는 도깨비가

---

[*] '엉덩이로 유령을 보는 사람'이라는 뜻으로, 당대 계몽주의자인 프리드리히 니콜라이(Christoph Friedrich Nicolai, 1733~1811)에 대한 풍자다. 《젊은 베르테르의 슬픔》을 패러디해 《장년 베르테르의 슬픔과 기쁨》을 썼는데, 몰이해와 악의로 가득 찬 책이다. 괴테는 숭고한 정신을 상실한 계몽주의자인 니콜라이를 브로켄 산의 마귀로 만들었다.

[**] 출판업을 겸했던 니콜라이의 저작이 지루하기 짝이 없음을 비꼬는 말

[***] 테겔에는 훔볼트의 저택이 있었다. 1791년 그곳에서 귀신이 나온다는 소문이 났을 때, 니콜라이는 문명 시대에 요괴 따위가 있을 리 없다는 강연을 했다.

나온다.

나는 정말 오랫동안 미신을 쓸어버리려고 애를 썼는데.

조금도 깨끗해지지 않았다. 괘씸한 노릇이다!

예쁜 마녀　그런 이야긴 그만둬요, 귀찮게도 구는군요!

궁둥이 마술사　네놈들 도깨비의 상판에 대고 똑바로 이야기하지만

4165

심령의 독재주의는 용서할 수 없다.*

내 심령은 그런 짓을 할 수가 없단 말이다.

　(계속 춤을 춘다.)

오늘은 어째 성공한 것 같지가 않구나.

하지만 여행기만은 늘 가지고 다니다가,**

마지막 한 걸음을 디디기 전까지는

4170

악마와 시인놈들 혼을 내주고 말 테다.

메피스토　저놈은 곧 물구덩이에 주저앉게 될 거요.

그것이 마음을 편안히 하는 저놈의 방식이니까요.

그래서 거머리가 저놈의 엉덩이에 붙어 있는 동안은

도깨비들과 제 심령에서 해방되는 것이지요.

4175

　(춤판에서 나온 파우스트에게)

왜 그 예쁜 애를 놔주었지요?

춤을 추며 아주 귀엽게 노래를 부르던데요.

파우스트　아이고, 말도 말게. 막 노래를 부르고 있는 판인데,

입속에서 붉은 쥐새끼가 튀어나왔단 말일세.

---

*　니콜라이의 합리주의는 영혼을 제거하는 동시에 숭고한 정신도 상실했다.

**　니콜라이의 12권짜리 여행기《독일과 스위스 여행기》를 풍자하고 있다.

메피스토　그것쯤은 별것 아니지요! 염려할 것 없습니다.　　　4180

　하여튼 회색의 쥐가 아니라 다행이었군요.

　여자하고 재미를 보는 판에 누가 그런 걸 문제 삼습니까?

파우스트　그리고 다음에 눈에 띈 것은 ―

메피스토　뭐지요?

파우스트　메피스토, 저것이 보이나?

　저 멀리 파리하고 어여쁜 아이가 외롭게 서 있지 않나?

　저렇게 느릿느릿 움직이고 있는 것을 보면,　　　4185

　두 발이 묶인 채 걸어가고 있는 것 같네.

　솔직히 말해서 저건 어쩐지

　착한 그레첸과 닮은 것 같단 말일세.

메피스토　저런 건 내버려둬요! 건드리면 좋을 게 없으니.

　저건 마(魔)의 환영(幻影)이에요. 살아 있지 않은 그림자요.　　4190

　저런 것한테 걸리면 좋지 않아요.

　저놈의 눈이 말끄러미 쳐다보기만 하면 인간의 피가 굳고 말아요.

　자칫하면 돌멩이로 변해버리고 말지요.

　메두사*의 이야기는 당신도 들었겠지요.

파우스트　사실 저 눈은 죽었을 때　　　4195

　사랑하는 이의 손이 감겨주지 않은 눈이다.

　저 가슴은 그레첸이 내게 바친 가슴이다.

　저 육체는 내가 즐기던 그리운 육체다.

메피스토　저건 요술이라니까요! 당신은 참 홀리기도 잘하시오!

　저 여자는 누구에게나 제 애인처럼 보이는 여자란 말이에요　　4200

---

*　그리스 신화에 나오는 괴물로, 머리카락은 모두 뱀이다. 훗날 페르세우스가 그 목
　을 잘라죽였는데, 그 잘린 목을 보는 사람은 모조리 돌로 변해버렸다.

파우스트　정말 기쁘기도 하고 괴롭기도 하구나!

나는 저 눈초리에서 떠날 수가 없다.

한데 저 귀여운 목덜미를 오직 한 올의

붉은 끈으로 단장하고 있으니* 참으로 이상도 하구나!

그것도 칼의 잔등만큼도 넓지 않은 끈이로구나!　　　　　4205

메피스토　맞았습니다. 제게도 그렇게 보이는군요.

저 여자는 자기 머리까지도 겨드랑이에 끼고 다닐 수 있을지도 모

르지요.

페르세우스가 그 머리를 잘라버렸으니까요.

늘 그렇게 망상만을 즐겨서는 못 써요!

자, 저 언덕으로 가봅시다.　　　　　　　　　　　　　　4210

여기는 마치 프라터**같이 즐거운 곳입니다.

그리고 내가 홀린 것이 아니라면

연극까지도 하고 있군요.

거기서 하는 게 대체 뭐지요?

안내역　곧 다시 시작합니다.

새로운 작품이며 일곱 개 중의 마지막 것입니다.　　　　　4215

그렇게 많은 것을 보여드리는 것이 이 고장의 관례올시다.

이 작품을 쓴 사람도 도락으로 썼거니와

연기를 하는 사람도 도락으로 하는 것이외다.

용서하십시오. 여러분들, 잠깐 물러가야겠습니다.

저도 도락으로 하는 짓이라 막을 제가 열고 싶어서 그럽니다.　4220

---

*　영아를 살해한 여자는 목이 잘리는 형을 받는데, 그 잘린 목에 영혼이 붉은 끈과
　선으로 남아 있다는 의미다.

**　오스트리아 빈에 있는 공원 이름

메피스토   너희들과 브로켄산에서 만나게 되다니 잘되었다.

이곳은 너희들이 어울리는 곳이니 말이다.

발푸르기스 밤의 꿈*
혹은 오베론과 티타니아의 금혼식

간주곡

무대 주임   미딩** 씨의 씩씩한 제자분들.

오늘은 우리들도 놀게 되었소.

해묵은 산과 습기 찬 골짜기가   4225

그대로 무대로 쓰일 테니 말이오.

해설자   금혼식은 결혼 후 50년이 흘러가야 하는 법이오.

하지만 내외 싸움은 끝났으며

더구나 즐거운 임금님의 금혼식이오.   4230

---

*   〈발푸르기스 밤의 꿈〉이라는 제목은 셰익스피어의 희곡《한여름 밤의 꿈》을 모
     방했다. 오베론과 티타니아는 모두《한여름 밤의 꿈》에 나오는 요정의 이름이다.
     이 간주곡은 일종의 가장무도회로 오베론과 티타니아의 금혼식에 초청된 사람
     들이 왕좌 앞에서 사행시를 읊는다.

**   바이마르 극장의 유명한 무대 감독

오베론	여봐라, 영들아, 가까이들 있으면
	이 순간에 모습을 나타내어라.
	왕과 왕비가
	새롭게 인연을 맺는 자리란 말이다.
푸크*	푸크가 와서 비스듬히 돌아서
	발을 끌고 줄지어 나갑니다.
	나하고 즐기고자 뒤에는
	수백 명이 따라옵니다.
아리엘**	아리엘이 앞장서서 노래에 흥을 돋웁니다.
	천상의 맑은 소리 울리면서.
	추한 자도 홀려서 모여들지만,
	미남 미녀도 유혹합니다.
오베론	금슬 좋게 지내려는 부부라면
	왕과 왕비에게 배우란 말이다.
	두 사람이 서로서로 사랑하기 위해서는
	헤어져서 살아 볼 필요가 있단 말이다.
티타니아	심술 난 남편과 부어 있는 아내는
	재빨리 두 사람을 붙잡아서
	여자는 남녘으로 사내는
	북녘 끝으로 보내면 된다.
관현악 합동 연주	파리의 주둥이에 모기의 코끝
	그리고 그 족속들

4235

4240

4245

4250

나뭇잎의 개구리에 풀 속의 귀뚜라미

이것들이 악사(樂士)랍니다.

독창   저것 보라, 퉁소군이 나타납니다.   4255

비눗방울의 도깨비로군.

슈네케, 슈니케, 슈니크 하고

납작코에서 흘러나오네.

애송이 신령   거미의 발에다 두꺼비 배때기

그런 작은 생물에 날개가 돋쳤네.   4260

그런 동물은 있지도 않지만

시에서라면 그래도 있을 수 있지.

젊은 한 쌍   꿀 같은 이슬과 향기를 헤치고

둘이서 아장아장 껑충껑충.

너는 그렇게 총총걸음을 치지만   4265

하늘까지는 날지 못할걸.

구경 좋아하는 나그네* 이것은 가장무도회의 장난이런가?

내 눈이 헛본 것이 아닐까.

아름다운 신이신 오베론을

오늘 이런 데서 뵐 줄이야?   4270

정교(政敎) 신도** 발톱은 없고 꼬리는 없어도

그래도 의심할 여지가 없지!

그리스의 신들이나 마찬가지로

저놈도 역시 마귀는 틀림없지.

---

*   계몽주의자 니콜라이가 여기에도 얼굴을 내밀어 오베론과 브로켄의 마녀들이
        한데 모인 것이 불합리하다고 말한다.

**   실러의 시 〈그리스의 신들〉을 비난한 프리드리히 폰 슈톨베르크에 대한 풍자

북방의 화가*　　내가 손을 대고 있는 것은,　　　　　　　　　　4275

　　　아직 지금은 수작에 지나지 않지만

　　　언젠가는 적당한 기회를 잡아

　　　이탈리아 여행을 준비해야지.

정화주의자**　　아아, 어쩌다 운수 나쁘게 이런 델 왔을까.

　　　이곳은 정말 타락한 고장이로다.　　　　　　　　　4280

　　　이렇게 마녀들이 우글대는 속에서

　　　분칠한 것은 둘밖에 없다니.

젊은 마녀***　　분 바르고 옷치레하는 건

　　　백발이 성성한 늙은 할멈뿐이지.

　　　그러니 나는 알몸으로 염소를 타고,　　　　　　　　4285

　　　이 탐스러운 몸뚱이를 보여주죠.

늙은 귀부인***　　우리는 워낙 행실이 바르니까

　　　여기서 너희들과 입씨름하고 싶지는 않지만,

　　　너희들의 그 젊고 보드라운 몸뚱이가

　　　그대로 썩어 문드러졌으면 좋겠다.　　　　　　　　4290

악장　　파리 주둥이에 모기의 코끝,

　　　제발 발가벗은 여자한텐 덤비지 마라!

　　　나뭇잎의 개구리에 풀 속의 귀뚜라미,

---

* 　북구의 예술가는 남구의 고전 예술에서 배우지 않으면 진정한 예술가가 될 수 없
　　다고 말한다.

** 　외적인 형식이나 도덕적 약속에 신경 쓰는 예술가다. 새롭고 자유로운 정열적 예
　　술은 인정하지 않는다.

*** 　자연주의적인 작가다. 즉, 형식이나 도덕을 부정하고 노골적인 젊음과 야성을 구
　　가하는 작가에 대한 풍자

**** 형식과 체면을 고수하는 구파

노래의 박자를 틀리지 마라!

풍신기　(한쪽을 향해서) 더할 나위 없이 훌륭하군요.　　　　4295

정말 훌륭한 새댁감뿐이군요.

그리고 젊은 총각 여러분도 하나하나

모두가 앞날이 청청한 분들이군요!

풍신기　(다른 쪽을 향하고) 만일 이 땅덩어리가 입을 활짝 벌려,

저놈들을 모조리 삼켜버리지 않는다면,　　　　4300

차라리 내가 달음박질쳐서

곧장 지옥으로 뛰어들 테다.

크세니엔 우리들은 날카로운 칼을 가진

벌레의 모습으로 찾아왔습죠.

아버님이신 마왕께　　　　4305

응당한 경의를 표하려고요.

헤닝스　저걸 봐라! 저놈들이 저렇게 한데 어울려서

순진하게 놀아나는 꼴을!

저러고도 마지막엔 제 놈들이

마음씨가 곱다고 할는지도 모르지.　　　　4310

무자게트　　나도 이 마귀들 무리에

같이 섞였으면 좋겠구나.

---

* 　바람 부는 대로 때로는 젊은 마녀를 칭찬하고, 때로는 늙은 귀부인을 칭찬하는 팔
　방미인. 악장이면서 문필가였던 라이하르트에 대한 풍자

** 　괴테와 실러가 협력해서 당시 문인들을 모조리 통렬하게 풍자한 시집의 제목

*** 덴마크인 아우구스트 헤닝스. 잡지《시대정신》에서 실러를 비난했기 때문에《크
　세니엔》에서 실러와 괴테의 공격을 받았다.

**** 그리스 신화에 나오는 음악과 시의 신 아폴론의 별명이며, 헤닝스가 간행한 시집
　의 제목

물론 나는 뮤즈 신보다 오히려

마귀를 다루는 데에 능하니까.

전(前) 시대 정신*   홀륭한 사람들과 사귀면 뭣이 되리라.   4315

자, 내 옷자락을 꼭 붙잡아라!

브로켄산도 독일의 파르나스나 한가지로

산정(山頂)은 어지간히 넓은 곳이다.

구경 좋아하는 나그네**   여보시오, 저 무뚝뚝한 친구는 누군가요?

꽤 거만한 걸음걸이로군요.   4320

맡을 것만 있으면 무엇이든 냄새를 맡지요.

'예수회 냄새가 난다'라고 하는 친구로군요.

학***   맑은 냇물에서 고기잡이하는 것도 좋아하지만

흐린 냇물에서도 싫지는 않단 말일세.

그러나 너희들은 신앙심이 깊은 어르신네들이   4325

악마하고 사귀는 수작을 보아두란 말이다.

현실주의자****   보아하니 신앙이 두터운 사람에겐

만사가 방편인 모양이군요.

그러니까 이 브로켄산에서도

여러 가지 비밀 집회를 열고 있지요.   4330

---

*   헤닝스의 잡지《시대정신》이 후일《19세기의 정신》으로 개칭되었기 때문에 '전(前)'
이라는 말이 붙게 되었다.

**   다시 니콜라이가 소환되었다. 니콜라이 자신이 말하는 것은 아니고, 그에 대한 풍
자다.

***   괴테의 벗인 라바터는 그 작풍과 언행이 군자연했고, 걸음걸이도 학과 같았다는
데서 나왔다.

**** 괴테 자신을 가리킨다. 악마적인 것뿐만 아니라 현실적인 생각도 가졌음을 드러
낸다.

무용수들   저기 아마 새로운 합창대*가 오는가 보다.

멀리서 북소리가 들린다.

"조용히 해요! 갈대밭에서 입 모아 우짖는 해오라기라오."

무용 선생 **   옳지 됐다. 모두 발들을 잘도 치켜드는구나!   4335

되도록 알몸을 드러내 보이겠다는 거지!

꼽추도 깡충깡충, 뚱뚱보도 뒤룩뒤룩,

꼴이 어떻건 상관할 게 무어냐.

제금가 ***   저 야비한 놈들은 서로 미워해서,

죽을 때까지 아옹다옹하면서도   4340

짐승들이 오르페우스의 칠현금 소리에 모여들 듯이,

여기선 저놈들이 퉁소 소리에 모여드는구나.

독단론자 ****   비판이나 회의론을 끄집어내서

아무리 외쳐 봐도 홀리지 않는다.

악마라도 반드시 그 무엇일 것이다.   4345

왜냐하면 악마는 이미 존재하기 때문이다.

이상론자 *****   이번에는 내 마음속의 상상력이

좀 지나치게 네 활개를 치는구나.

---

*   새로운 학설을 제창한 철학자의 무리를 가리킨다.

**   제2의 새로운 무용수들은 철학의 대변자들이다. 철학이 별로 능숙하지 못한 무용가의 발짓에 비유되고 있다.

***   주락원(奏樂園) 속에서 제금가는 제 음악에 맞춰서 춤을 추는 학파 간의 갈등을 조롱한다.

**** 철학자들은 각자의 입장에서 악마가 현실성을 가지고 있는가를 논한다. 독단론자는 개념이 존재에서 그것 자체의 존재를 증명하고자 하는 칸트 이전의 본체론자이다. '비판'은 칸트의 철학을, '회의론'은 흄의 철학을 가리킨다.

*****피히테를 가리킨다. 그는 외계를 모든 자아에 내재하는 의식의 반영으로 본다.

254

사실 이 모든 게 나의 자아라고 한다면,

나는 오늘 어쩐지 머릿속이 이상하구나.   4350

실재론자[*] 악마의 존재들은 정녕 나의 두통거리다.

나를 무조건 괴롭히고만 있더니

여기 와서 보니 처음으로

내 입장이 흔들리게 되었구나.

초자연주의자^{**} 여기 와 보니 정말 유쾌하게   4355

이 친구들과 즐겁게 지낼 수 있구나.

악마 편에서 따지고 보면

착한 영들도 증명할 수 있을 테지.

회의론자^{***} 이 친구들은 자그마한 불꽃을 따라가서

보물을 찾아낼 수 있다고 믿고 있다.   4360

하지만 악마(Teufel)하고 운(韻)이 맞는 건 의혹(Zweifel)뿐
이지.

그러니 회의론자인 나만이 이 자리에 올 자격이 있다고 할
수 있지.

악장   나뭇잎 위에 앉은 개구리, 풀 속에 숨은 구뚜라미,

이 저주받은 풋내기 악사 놈들아!

파리의 주둥아리, 모기의 코끝,   4365

네놈들은 어쨌든 악사로구나!

---

*   감각을 통해서 인식한 현실의 사물 이외의 존재를 믿지 않는 경험론자

**   신령의 존재를 시인하는 철학자

***   흄 일파의 철학자

처세의 능수들[*] 태평회(泰平會), 이것이 우리들의

즐거운 친구들의 모임의 이름이다.

두 발로 걸어 다닐 수 없으면

머리로도 걸어 다닐 수 있으니까 말예요.   4370

곤경에 빠진 사람들[**] 아첨으로 알랑알랑 단물을 빨았건만,

이젠 정말 망해 버렸소!

춤만 추고 살아서 신발은 해지고

맨발로 걸어 다니는 신세랍니다.

도깨비불[***] 우리는 더러운 늪에서 태어나서   4375

더러운 늪에서 찾아왔습니다.

하지만 곧장 춤추는 축에 끼면

제법 번쩍이는 멋쟁이라오.

유성[****] 별처럼 반짝이고 불처럼 빛나면서

나는 하늘에서 떨어져 내려왔어요.   4380

지금은 풀 속에 비스듬히 누워 있지만 ―

누가 나를 일으켜주겠습니까?

뚱뚱보들[*****] 에라, 비켜라! 물러나거라! 사방으로 물러나라!

풀들도 이렇게 굽어 엎드리지 않느냐.

도깨비가 나오신다, 도깨비 역시   4385

---

[*] 혁명으로 세상이 뒤집혀도 대세에 순응하여 바로 걷지 못하며 머리로 걸어 다니는 낙천가들

[**] 프랑스 혁명의 망명자들

[***] 정변이 일어나 갑자기 우쭐해진 정치가들

[****] 도깨비불과 반대로 삼일천하를 뽐내던 실각한 정치가. 한 번 번쩍했다가 다시 꺼진다.

[*****] 혁명에서 파괴적인 폭동민들

살진 사지는 가지고 있단 말이다.

푸크　　코끼리 새끼처럼 뒤룩뒤룩하게,

육중한 몸집으로 나오지 마라.

오늘의 제일 가는 뚱뚱이 역은

바로 단단한 푸크이군요.　　　　　　　　　　　4390

아리엘　자비로운 자연과 신령이

너희들에게 날개를 주었나니

나의 가벼운 발길을 따라서 오라,

장미의 언덕*으로 따라오너라!

관현악　(가장 약하게) 흘러가는 구름도 자욱한 안개도　　4395

점점 위로부터 밝아 오는구나.

나뭇잎에 부는 바람, 갈대숲에 부는 바람.

모든 것이 흔적도 없이 사라졌도다.

---

*　　오베론 성이 있는 곳

흐린 날

벌판.

파우스트, 메피스토펠레스.

파우스트　비참한 꼴을 당해 절망하고 있구나!

　불쌍하게도 오랫동안 이 세상을 헤매다가, 이제는 사로잡힌 몸이 되었구나! 그렇게도 귀엽고 복을 받지 못한 아이가 죄인이 되어 옥에 갇혀 무서운 곤욕을 치르고 있다니! 그렇게까지 되었구나! 그렇게까지! 아무짝에도 소용없는 배반자의 영아! 그런데 네놈은 그것을 내게 감추었던 말이지 — 그렇게 우두커니 서 있거라, 서 있어! 그렇게 원망스럽게 악마의 눈깔을 마음껏 굴려 대고 있거라. 그렇게 뻣뻣이 서서 네놈의 참을 수 없는 꼴로 내게 덤벼들거라! 그 애는 갇혔다. 다시는 건질 수 없는 그런 비참한 꼴을 당하고 있다.

　무서운 가책의 영들에 둘러싸여 냉혹한 판관(判官)의 수중에 들어가 있다! 더구나 그동안에 네놈은 재미도 없는 심심풀이로 나를 끌어 놓고 하루하루 늘어가는 그 애의 괴로움을 감쪽같이 숨기고, 그 애를 구원할 길도 없이 파멸의 구렁텅이 속에 떨어뜨렸구나!

메피스토 그 애가 처음 당한 애는 아니란 말이오.

파우스트 이 개놈아, 흉악한 짐승 놈아! 무궁무진한 숭고한 지령(地
靈)이여, 이놈을, 이 버러지 같은 놈을 도로 개꼴로 돌려놔
주오. 이놈은 자주 그런 개의 꼴을 하고 야밤중에 나의 앞
에서 이리 뛰고 저리 뛰다가 아무 죄도 없는 지나가는 사
람들의 발밑에서 뒹굴다가 그 사람이 쓰러지면 어깨를 물
고 늘어지곤 하였단 말이다. 이놈을 그런 제가 좋아하는
꼴로 다시 돌려놔 다오. 그러면 내 발밑의 모래밭을 배를
깔고 기어다니는 이놈을 발로 짓밟아주겠다. 이 썩은 놈
을! 그 애가 처음이 아니라고! 비참한 일이다! 처참한 일
이다! 이제 와선 인간의 마음으론 이해를 할 수가 없게 되
었구나. 이런 비참한 구렁텅이 속에 떨어진 것이 한 사람
만이 아니고 영원히 죄를 용서하는 자의 눈앞에서 그 몸부
림치던 괴로움을 제일 먼저 받은 자만으로도 모든 인간의
죄가 충분히 씻어지지 않았다니 알 수 없는 노릇이구나.
나는 오직 이 한 아이 때문에만도 뼈와 살을 우벼 패는 것
같은데 ― 그런데 네놈은 수천 명의 운명을 태연하게 비
웃기만 한단 말이냐!

메피스토 자, 이쯤이면 우리들이 가진 지혜의 한계도 끊어지고 당신
들 인간은 자칫하면 미쳐버릴 지경이 되지요. 하지만 끝까
지 해낼 수도 없는데 왜 나와 한패가 되고자 했지요? 날고
싶지만 눈앞이 어지럽다는 말씀인가요? 대체 내가 당신한
테 억지로 매달렸나요? 아니면 당신이 우리한테 졸라댔
나요?

파우스트 나를 보고 네놈의 그 흉악한 그 이빨을 드러내지 말아라!

구역이 난다! 위대하고 장엄한 지령(地靈)이여, 그대는 감사하게도 내게 모습을 나타내주었고 또한 내 마음도 영혼도 알고 있으면서, 어째서 이런 인간의 화를 좋다고 하고, 인간의 파멸을 즐겨 핥아먹으려는 비열한 놈을 내게 친구로 붙여주었느냐?

메피스토 이젠 끝났습니까?

파우스트 그 애를 구해내라! 그렇지 않으면 혼을 내줄 테다. 몇천 년을 두고 무엇보다도 무서운 저주를 네게 할 테다.

메피스토 나는 판관이 묶어 놓은 사슬을 풀 수도 없거니와 잠가둔 자물쇠를 열 수도 없소이다 — 그 애를 구해내라고 하지만 그 애를 이렇게 파멸시킨 것은 누구지요? 나인가요, 당신인가요?

파우스트 (미친 듯이 주위를 돌아본다.)

메피스토 당신은 나를 태워 죽이려고 번갯불이라도 잡으려는 겁니까. 다행하게도 그런 일은 당신들같이 죽어야 할 운명을 지닌 불쌍한 인간들에겐 부여되어 있지 않단 말이에요. 하지만 이렇게 죄도 없이 상대를 해주고 있는 자를 박살을 내겠다니 당황한 나머지 화풀이를 하는 폭군의 짓이 아닙니까. 무슨 방법으로라도 울분을 풀면 된단 말이죠.

파우스트 나를 데려다 다오! 그 애를 살려내야겠다!

메피스토 당신이 당하게 될 위험은 어떻게 하지요? 알고 있어야 해요. 그 고을에는 당신의 손으로 저지른 살인죄가 그대로 남아 있단 말씀이에요. 그리고 피살된 인간의 무덤에는 복수의 영들이 떠돌고 있어 살인자가 다시 돌아오기를 노리고 있단 말이에요.

파우스트 네놈은 그런 말까지 하기냐? 괴물 같은 놈아! 네놈한텐 온

세상의 살인죄와 죽음의 저주를 덮어 씌워주겠다. 나를 데
리고 가란 말이다. 그리고 그 애를 살려내란 말야.

메피스토 좋아요, 데려다 드리죠. 하지만 내가 할 수 있는 일이 무엇
인지, 들어 보시지요. 내가 천지간의 모든 능력을 가지고
있단 말입니까? 내가 문지기란 놈의 정신을 몽롱하게 만
들어놓을 테니 열쇠를 빼앗아서 인간의 손으로 그 여자를
데리고 나오시구려! 내가 망을 보지요. 마법의 말을 준비
해 놓았다가 당신들을 태우고 도망가지요. 그런 일은 제가
할 수 있습니다.

파우스트 자, 가자!

밤

트인 벌판.
파우스트, 메피스토펠레스, 검은 말을 타고 온다.

파우스트 저것들은 저기 형장에서 무엇을 하고 있지?

메피스토 모르겠는데요. 무얼 끓이면서 만들고 있는 걸까요?   4400

파우스트 둥실둥실 떠올랐다 내려왔다 허리를 젖혔다가 구부렸다
하는군.

메피스토 어째 마녀들의 모임인 것 같군요.

파우스트 모래를 뿌리기도 하고 주문을 외기도 하고.

메피스토 자, 어서 가요, 빨리 지나갑시다.

감옥

파우스트. 한 뭉치의 열쇠와 등불을 들고 자그마한 철문 앞에서.

파우스트　오랫동안 잊고 있던 전율이 나를 엄습하는구나.　　　4405
인류의 모든 고뇌가 나를 사로잡는구나.
이런 습기 찬 담벼락 속에 그 애가 잡혀 있다.
한데 그 애가 저지른 죄란 한갓 악의 없는 망상이 아니었더냐!
너는 그 애한테 가기를 망설이고 있구나!
그 애하고 다시 만나는 것이 겁이 나는구나!　　　4410
빨리 가라! 어물어물하다가는 그 애의 죽음을 재촉할 뿐이다.
　　（자물쇠를 잡는다. 안에서 노랫소리가 들린다.）

　　이 내 몸을 죽인 건
　　창녀! 우리 엄마.
　　이 내 몸을 잡순 건

악당 우리 아빠!   4415
내 뼈를 주워 올려
시원한 곳에 묻어준 것은
내 어린 동생이래요.
그래서 나는 귀여운 새가 되어
날아갑니다. 날아갑니다.   4420

파우스트 (자물쇠를 열면서) 애인이 여기서 귀를 기울이고,
사슬이 절렁거리고, 짚이 바삭거리는 소리를 듣고 있는 것을 그녀
는 꿈에도 모르리라.
(안으로 들어간다.)

마르가레테 (자리에 몸을 숨기면서) 아이고! 어쩌나! 사람들이 오네. 무
참히도 죽는구나!*

파우스트 (나직한 소리로) 조용히 해! 조용히! 나요, 당신을 구하러
왔소.

마르가레테 (파우스트의 앞으로 쓰러지며) 당신도 인간이라면 저의
고초를 살펴주세요!   4425

파우스트 그렇게 소리를 지르면 파수꾼이 잠에서 깨요!
(그는 사슬을 쥐고 풀려고 한다.)

마르가레테 (무릎을 꿇고) 누가 형리인 당신에게
나를 마음대로 다루는 권리를 줬지요.
아직 오밤중인데 나를 벌써 끌어내다니요.
제발 불쌍히 여겨 나를 살려두세요!   4430
내일 아침에도 시간은 많지 않아요!

---

* 그레첸은 파우스트를 알아보지 못하고 사형 집행인이 왔다고 생각한다.

(일어선다.)

난 아직도 이렇게 젊은데, 이렇게도 젊은데요!

벌써 죽어야 한다니요!

그리고 저는 예쁘기도 했지요. 그것이 화가 된 거지요.

그리운 이가 가까이 있었는데 이젠 멀리 가버렸어요.　　　　4435

화관(花冠)은 뜯기고 꽃은 흩어졌어요.

그렇게 억세게 붙잡지를 마세요.

용서해 주세요, 네. 당신한텐 난 아무 짓도 안 했잖아요?

제발 제 소원을 들어주세요, 제발.

여태까지 한 번 뵌 일도 없잖아요.　　　　4440

파우스트　이런 비참한 꼴을 보고 어찌 참을 수 있으랴!

마르가레테　이젠 나는 당신한테 달려 있어요.

제발 어린애 젖이나 좀 먹이게 해주세요!

밤새도록 아이를 꼭 끼고 있었는데,

날 괴롭히려고 그 애를 빼앗아갔어요.　　　　4445

그리고 내가 그 애를 죽였다는 거예요.

이제 나는 두 번 다시 즐거운 날은 없을 거예요.

모두 나를 빈정대며 노래를 부르는걸요! 심술쟁이들이지요!

어떤 옛날이야기가 그렇게 끝났더군요.

그렇지만 그것을 내 이야기였다고 할 건 없잖아요?　　　　4450

파우스트　(꿇어앉으며) 사랑하는 사람이 당신 발밑에 있단 말이오.

이 비참한 고역 속에서 당신을 건지려는 것이오.

마르가레테　(그의 곁에 꿇어앉으며)

자, 우리 함께 꿇어앉아서 성자님께 빕시다.

봐요! 이 계단 밑에서

그리고 저 문지방 밑에서도　　　　4455

지옥의 불이 타오르고 있지요!

악마가

무섭게 화를 내서

요란한 소리를 내고 있어요!

파우스트　(큰 소리로) 그레첸! 그레첸!　　　　　　　　　　4460

마르가레테　　(귀를 기울이고) 저건 그이의 목소리다!

　　(벌떡 일어나자 사슬이 풀려서 떨어진다.)

그이가 어디 계신가? 그이가 나를 부르셨어.

난 살았다! 아무도 막지 못할걸.

그이에게로 훌쩍 날아가서

그이의 품에 안겨야지!　　　　　　　　　　　　　　　　4465

그레첸! 하고 부르셨지. 저 문턱에 서 계셨어.

지옥이 울부짖고 이를 가는 속에서

성난 마귀들의 조롱하는 소리에 섞여서,

그 그립고 사랑스러운 소리가 똑똑히 들렸어.

파우스트　나란 말이오!

마르가레테　　당신이구려! 제발 다시 한번 말씀해줘요.　　4470

(그를 붙잡으며)

그이로구나! 그이야! 내 몸의 괴로움은 모두 어디로 갔지?

감옥살이의 불안은 어디로 갔지? 쇠사슬은 어디로 갔을까?

당신이구려! 나를 살려주려고 왔군요.

난 이젠 살았군요! ―

벌써 저기 당신하고 처음 만났던　　　　　　　　　　　4475

그 길이 보이는군요.

그리고 마르테 아줌마하고 당신을 기다리던

그 밝은 뜰도 보이는군요.

파우스트　(데리고 나가려고 애를 쓰면서)

자, 같이 가요, 같이 가요!

마르가레테　아이, 잠깐 기다리세요!

전 당신과 함께 있고 싶어요.　　　　　　　　　　　　　4480

（그를 애무한다.）

파우스트　서둘러야 해!

만일 서두르지 않으면

우린 혼이 나게 될 거란 말이오.

마르가레테　어마, 이제 키스도 할줄 모르시나요?

이봐요, 그래 잠깐 떨어져 있었다고　　　　　　　　　4485

키스까지도 잊으셨나요?

당신 목을 끌어안고 있는데 왜 이렇게 무서울까요?

전에는 당신이 말씀하시거나 쳐다만 보셔도

하늘이 온통 나를 덮어씌우는 것 같았는데요.

그리고 당신은 숨이 막힐 지경으로 키스하셨죠.　　　　4490

자, 키스를 해주셔요!

안 하시면 제가 하겠어요!

（그를 끌어안는다.）

어머나! 당신 입술이 왜 이리 차가워요.

왜 벙어리가 됐지요?

당신의 애정은　　　　　　　　　　　　　　　　　　4495

어디로 가버렸지요?

누가 나한테서 **빼**앗아갔지요?

（그를 외면한다.）

파우스트　자, 갑시다! 나를 따라요! 여보, 기운을 내요!

나중에 천 배나 뜨겁게 귀여워해줄 테니,

어서 나를 따라오기만 해요! 이것만이 내 소원이오!   4500

마르가레테   (그에게로 몸을 돌려) 그런데 정말 당신인가요? 틀림없

이 당신인가요?

파우스트   나란 말이오. 자, 같이 갑시다!

마르가레테   당신은 사슬을 풀어주시고

다시 나를 당신 품에 안아주시는군요.

당신은 어째서 무섭지 않은가요?

당신은 도대체 누구를 살려주신다는 걸 알고 있나요?   4505

파우스트   자, 갑시다. 가잔 말이오! 벌써 날이 새고 있단 말이오.

마르가레테   우리 어머닐 나는 죽였어요.

어린애는 물속에 던져버렸고요.

그 앤 당신하고 나한테서 생긴 애예요.

정말로 당신인가요! 어째 믿을 수가 없군요.   4510

당신의 손을 이리 내세요! 꿈이 아니로군요!

당신의 사랑스러운 손! — 아이 축축해라!

씻어버리세요! 어째

피가 묻은 것 같군요.

아이구, 맙소사! 무슨 일을 저질렀군요!   4515

제발 소원이니

그 칼을 집어넣으세요!

파우트스   지나간 일은 지나가버린 것으로 해두어요.

그런 말 하면 나는 죽고만 싶소.

마르가레테   아니에요! 당신은 살아남아야 해요!   4520

난 당신한테 묫자리를 부탁하고 싶어요.

내일 곧

돌보아주셔야 해요.

어머니를 제일 좋은 자리에 모시고

우리 오라버니는 바로 그 옆에,   4525

나는 좀 떨어진 곳에 묻어주세요.

하지만 너무 떨어지면 싫어요.

그리고 어린애는 내 오른편 가슴 있는 데다 묻어주세요.

그 밖엔 내 옆에 아무도 묻으면 안 돼요!

난 당신 곁에 꼭 붙어 있던 일이   4530

즐거웠고 말할 수 없는 행복이었어요!

그러나 이제 그렇게 될 것 같지가 않군요.

어쩐지 내가 억지로 당신한테 가려고 하는 것 같고

당신은 나를 밀어내는 것만 같군요.

하지만 역시 당신이군요. 착하고 어질게도 바라보시네.   4535

파우스트   나라는 것을 알았으면 자, 갑시다!

마르가레테   여기서 나가요!

파우스트   밖으로 나가는 거요.

마르가레테   저 밖에 무덤이 있고

죽음이 노리고 있다면 자, 가요!

여기서부터 곧장 영원한 잠자리로 가야지요.   4540

거기서 더는 한 발짝도 안 가겠어요.

이젠 가버리시나요! 하인리히 씨, 나도 같이 갔으면.

파우스트   갈 수 있단 말이오. 가자고만 마음먹으면! 문은 열려 있소.

마르가레테   전 갈 수 없어요. 앞날이 없는 몸인걸요.

도망쳐봐야 소용없어요. 저를 모두 노리고 있는데요.   4545

빌어먹어야 한다는 것도 비참한 일이에요.

게다가 양심의 가책까지 받아야 하는걸요!

낯선 고장을 헤매고 다니는 것도 정말 비참하군요.

결국에 가선 저는 붙잡히고 말 거예요.

파우스트   내가 당신 곁에 있지 않소.   4550

마르가레테   빨리! 빨리요!

당신의 불쌍한 아이를 살려줘요.

자, 저쪽 길로 자꾸만

시내를 거슬러 올라가서

징검다리를 건너,   4555

숲속으로 들어서면

왼편에 널빤지로 다리를 놓은

늪 속이에요.

좀 빨리 붙드세요!

떠오르려고   4560

아직도 허우적거리고 있군요.

살려주세요. 살려줘요.

파우스트   정신을 차리란 말이오!

한 걸음만 나서면 당신은 풀려 난단 말이오!

마르가레테   저 산만 빨리 넘어갔으면!   4565

거기 우리 어머니가 바위에 앉아 있어요. 어째

섬뜩한 게 내 머리채를 뒤에서 잡아당기는 것 같아요.

거기 우리 어머니가 바위에 앉아서

머리를 끄덕이고 있군요.

손짓도 고갯짓도 안 해요. 머리가 무거운가 봐요.   4570

오랫동안 주무시더니 이젠 영영 깨지 못하나 봐요.*

---

* 그레첸의 어머니는 그레첸이 준 수면제를 먹고 깨어나지 못했다.

270

우리들이 즐거움을 맛볼 수 있게 잠드셨지요.

정말 행복한 시절이었어요!

파우스트   이렇게 애걸복걸하고 타일러도 소용이 없다면

당신을 안아서 데리고 나갈 수밖에 없지.   4575

마르가레테   놓으세요! 싫어요, 난 억지로 그러면 싫어요.

그렇게 죽일 듯이 나를 잡지 마세요!

다른 일은 당신이 하라는 대로 모두 해드렸잖아요.

파우스트   동이 트는구려! 여보! 여보!

마르가레테   동이 튼다고요! 그래요. 마지막 날이 다가오는군요!

4580

저의 혼인날이 되었을 것을!

누구한테고 그레첸한테 갔었다고 말하면 안 돼요.

내 화관은 망치고 말았어요?

하지만 일을 망쳤으니 할 수 없죠.

우리 다시 만나요.   4585

하지만 춤추는 데서는 싫어요.

많은 사람이 몰려와요. 그런데 아무 소리도 들리지 않는군요.

장터에도 골목에도

사람들이 꽉 찼군요.

종이 울리고 지팡이도 부러졌어요.*   4590

아아, 나를 동여매고 꽁꽁 묶어놓는군요!

나는 벌써 교수대까지 끌려왔어요.

저의 목덜미에서 번쩍이게 될 칼날을

---

*   사형 집행이 있으면 교회의 종이 울리고, 사형 집행 선고 후에 손에 들고 있던 지
팡이를 꺾어서 죄인이 더는 살아날 수 없음을 알렸다.

누구나 이미 자기 목에 느끼는 것 같군요.

온 누리가 무덤처럼 고요하군요!   4595

파우스트 아아, 나는 세상에 태어나지 않았으면 좋았을 것을!

메피스토 자, 갑시다. 그러지 않으면 당신은 파멸이오.

왜 쓸데없이 망설이고 있소! 망설이며 사설만 늘어놓고 있다니!

말이 몸서리를 치고 있소.

날이 훤히 밝아온단 말이오.   4600

마르가레테   저 땅에서 솟은 것은 무엇이죠?

그 사람이군요, 그 사람! 그 사람을 쫓아버려요!

이런 거룩한 곳에서 무얼 하려는 거예요?

나를 잡아가려는 거지요!

파우스트 당신을 죽이고 싶지 않소!

마르가레테   하느님! 저는 당신의 심판에 몸을 맡기겠나이다! 4605

메피스토 (파우스트에게) 가요! 갑시다. 당신을 그 애하고 내버려둘

테란 말요.

마르가레테   하늘에 계신 아버지시여, 저는 당신의 것입니다. 구원

해주소서!

천사들이여! 당신들의 성스러운 무리여!

주위를 둘러싸고 저를 보호하소서!

하인리히 씨, 나는 당신이 무서워요.   4610

메피스토 그 애는 벌을 받았다!

목소리   (천상에서) 구원을 받았느니라!

메피스토 (파우스트에게) 이리 와요!

　　(파우스트와 같이 사라진다.)

목소리   (안에서 점점 사라진다.) 하인리히! 하인리히!

비극

제2부

제1막
풍취 좋은 지방

파우스트, 지쳐버리고 안정을 잃은 채 꽃이 피어 있는 잔디밭에 누워서 잠을 청하고 있다.

해 질 무렵.

신령의 무리, 우아하고 자그마한 모습으로 공중에 떠서 움직이고 있다.

아리엘   (아이올로스의 수금에 맞추어 노래한다.)

만발한 꽃잎들, 봄비 내리듯

모든 사람 머리 위에 휘날리며 떨어지고,

들마다 가득한 초록의 은총이

이 땅 위에 태어난 모든 자들에게 빛나면,   4615

몸은 작아도 마음이 넓은 요정들은,

구원을 줄 수 있는 분에게로 달려갑니다.

거룩한 자이건 흉악한 인간이건,

불행한 이를 그들은 불쌍히 여깁니다.   4620

너희들, 이 사람의 머리 위를 빙빙 날아다니는 요정들아.

너희들의 거룩한 방식대로 힘을 보여라.

이 사람 가슴의 무서운 고뇌를 달래어주고,

타는 듯 쓰라린 가책의 화살을 뽑아내어

이제껏 겪은 공포에서 그의 마음을 씻어내 다오.　　　　　　4625

밤 시간은 넷으로 나눌 수가 있지만,*

자, 지체 말고 그 시간을 정답게 베풀어 다오.

우선 이 사람의 머리를 시원한 베개 위에 눕히고,

다음에 그를 레테** 강물로 목욕시켜주렴.

그가 고이 쉬고 새벽을 맞아 기운을 차리면,　　　　　　4630

경련으로 굳어버린 사지도 곧 부드러워지리라.

이렇게 그 사람을 거룩한 광명으로 돌려주도록,

요정들의 아리따운 책임을 다하여라.

합창　　　(한 사람씩 또는 두 사람이나, 여럿이 교대로 혹은 함께 모여 노래
　　　　　　한다.)

　　　　　　산들바람 훈훈히

　　　　　　초록에 싸인 들에 가득하고,　　　　　　4635

　　　　　　황혼의 달콤한 향기와

　　　　　　우윳빛 안개의 옷자락 내리덮일 때

　　　　　　정답고 달콤한 평화의 소리 속삭여

　　　　　　마음을 구슬려 아기처럼 잠재우고,

　　　　　　여기 이 고달픈 사람의 눈에다,　　　　　　4640

---

* 　로마 군대의 야간 경계 근무가 밤부터 새벽까지 넷으로 구분된 것을 말한다.

** 　그리스 신화에 나오는 명부(冥府)의 강. 레테의 물을 마시면 지상의 기억을 잃는다.

하루의 문을 닫아 주려무나.

밤은 이미 땅에 내려앉고
하늘에는 별들이 서로 모여서
큰 불빛, 작은 불꽃
가까이서 반짝이고 멀리서 빛난다.   4645
여기 호수에 비쳐 반짝이고
저기 맑은 밤하늘에 빛난다.
하늘에 가득 찬 찬란한 달빛은
다시 없는 깊은 안식의 행복을 약속한다.

이미 시간은 흘러서   4650
괴로움도 행복도 간 곳 없구나.
이미 예감하리라, 그대는 회복하리.
새 날이 밝아옴을 믿으시오!
산골짜기 푸르르고 언덕은 부풀어,
무성한 나무들로 안식할 그늘 이루었다.   4655
은빛 물결 파도치듯
추수를 기다리는 오곡이 술렁댄다.

가지가지 소원을 이룩하려는
저 아침 햇살을 우러러보라!
그대는 오직 가볍게 사로잡힌 몸이거늘,   4660
잠이란 껍질이다, 그것을 벗어던져라!
세상 사람들은 주저하고 방황하더라도,
그대 늦지 않게 분연히 일어나라.

사리에 밝고 재빠르게 손을 쓰는

위대한 인물은 못 할 것이 없느니라.   4665

(무시무시하게 큰 소리가 태양이 다가옴을 알린다.)

아리엘   듣거라! 저 우레처럼 치닫는 호렌*의 소리를!

요정들의 귀에는 그 우렁찬 소리 들리고

이미 새날은 태어났도다.

바위문이 요란하게 열리고,

포이보스의 수레**는 요란하게 굴러간다.   4670

빛이 이다지도 소리를 낸단 말인가!

크고 작은 나팔 소리 우렁차고 요란도 하구나.

눈이 번쩍하고 귀가 놀라니,

그 지나친 소란한 소리 참을 수가 없구나.

숨거라, 꽃부리 속으로!   4675

조용히 살기 위해 더욱 깊숙이,

바위틈이나 나뭇잎 그늘에 숨어 있으라.

저 소리에 부딪치면 그대들은 귀가 먹으리라.

파우스트   생명의 맥박은 새로운 기운으로 생생히 고동치고,

대기의 어스름에 부드러운 인사를 드린다.   4680

대지여, 그대는 간밤도 변함없더니,

---

*   시(時)의 여신들. 태양신 아폴론이 전차를 몰고 나타나면 천공의 문을 열어준다.

**   '포이보스'는 '빛나는 자'라는 뜻으로 태양신 아폴론의 별칭이며, 아폴론은 불타
는 수레(전차)를 몰고 하늘을 달린다. 태양은 그가 전차를 몰고 달리는 모습이며
바퀴 소리가 요란하지만 사람들은 그 소리가 익숙해져 인지하지 못한다.

새로이 기운을 얻어 내 발밑에서 숨 쉬고,
벌써 기쁨으로 나를 감싸기 시작하는구나.
그리고 나를 자극하여 힘찬 결심을 고무시켜,
지고(至高)의 존재로 줄곧 치닫게 하려는구나!   4685
새벽녘 어스름에 세계는 이미 활짝 열려 있고,
숲엔 오만 가지 생명들의 노랫소리 울려 퍼지고,
산골마다 들락날락 안개는 서린다.
그러나 맑은 하늘빛은 낮은 곳까지 비쳐 들어   4690
작고 큰 나뭇가지들은, 숨어 잠자던
향기로운 깊은 산골에서 새로 힘차게 움튼다.
꽃과 잎이 한들거리며 진주알 이슬을 흘리는 대지로부터는
차례차례 찬란한 색채가 떠오르니,
나의 주위에는 낙원이 전개되는구나!
위를 바라보라! 거인처럼 우뚝 솟은 산정들은   4695
벌써 장엄한 해뜨는 시간을 알리고 있다.
산정들은 보다 먼저 영원한 빛을 누릴 수 있고
뒤늦게 그 빛은 우리에게로 비쳐오는 것이다.
이제 알프스의 푸르고 언덕진 초원은
새로운 광휘(光輝)와 밝은 빛의 은혜를 입어,   4700
그것이 한 발 한 발 아래로 기어 내려온다.
태양은 솟았다! ─ 하나 슬프게도 나는 벌써 눈이 부셔
눈 속으로 스미는 고통에 얼굴을 돌려야만 하는구나.
애달프게 바라는 희망이 추근추근하게,
지고의 소원을 향해 치달아 오르다가, 성취의 문이   4705
활짝 열린 것을 발견하면 아마 이런 기분이리라.
하지만 그 영원한 밑바닥에서 무서운 불길이 터져 나오면,

우리는 기겁하고 걸음을 멈춘다.

우리는 오직 생명의 횃불에 불을 붙이려 했건만

봄 바다가 우리를 휩싸 버렸으니, 이거 웬 불이란 말인가!　　　4710

우리를 삼키려고 활활 타는 이 불은 사랑인가, 미움인가?

쓰라림과 기쁨이 번갈아 무섭게 휘감기면,

우리들은 싱싱한 아침 안개 속에 몸을 숨기고자

다시금 대지로 눈을 돌린다.

태양은 내 등 뒤에 머물러 있거라!　　　4715

바위틈에서 콸콸 쏟아지는 폭포수를

나는 점점 더해가는 황홀한 기분으로 바라보노라.

줄을 이어 떨어지는 물줄기는 이제,

몇천 갈래 몇만 갈래로 흩어져 쏟아지고,

하늘 높이 거품을 쭉쭉 내뿜는다.　　　4720

하지만 이 빗발치는 거품 속에서

오색영롱한 무지개가 사라졌다 나타났다 하는 그 모습은 얼마나

장엄하냐.

때로는 또렷이 그려지고 때로는 공중에 흩어지며,

사면에 향기롭고 시원한 빗발을 뿌리곤 한다.

무지개는 인간의 노력을 비추는 거울.　　　4725

그것을 보고 생각하면 좀 더 잘 알게 되리라.

인생은 채색한 영상에 불과하다.

황제의 궁성

옥좌가 있는 황실

각료들이 황제를 기다리고 있다.

나팔 소리.

각 부서의 신하들, 화려하게 차리고 등장.

황제가 옥좌에 앉는다. 그 오른편에 천문학 박사.

황제　　원근(遠近)에서 이처럼 모여든

충성스럽고 친애하는 경들에게 인사를 보내노라.

현명한 박사는 내 곁에 보이는데,　　　　　　　　　4730

어릿광대 바보 놈은 어디를 갔단 말인고?

시종　　바로 폐하의 옷자락 뒤를 따라오다가

계단에서 그만 고꾸라지고 말았습니다.

누군가가 그 뚱뚱보를 걸머지고 나갔습니다만,

죽었는지 취했는지 알 수가 없습니다.　　　　　　4735

두 번째 시종　　그러자 놀라우리만큼 잽싸게

그 자리에 딴 놈이 들이닥쳤습니다.

꽤 값진 옷차림을 하고 있습니다만,

하도 낯짝이 흉해서 모두 깜짝 놀라고 있습니다.　　　　　4740

파수꾼이 문간에서 창을 십자(十字)로 세우고,

그놈을 문턱에서 가로막고 있습니다만,

아니 그런데도 벌써 저놈이 저기 오는군요, 저 맹랑한 놈이!

메피스토　　(옥좌 앞에 무릎을 꿇으며)

괴상하고 고약한 놈이라고 생각되면서도 언제나 환영받는 놈이

누구이겠습니까!

와 주었으면 싶은데 언제나 쫓겨 나는 놈은 누구이겠습니까?　4745

줄곧 보호를 받게 되는 놈은 누구이겠습니까?

지독하게 욕을 먹고 잔소리만 듣는 놈은 누구이겠습니까?

폐하가 불러내서 안 될 사람은 누구입니까?

누구나 그 이름을 듣고 좋아하는 놈은 누구입니까?

옥좌의 층대로 다가오는 놈은 누구입니까?　　　　　　　4750

스스로 추방을 당하게 한 놈은 누구입니까?

황제　　이것 봐, 그만 좀 떠들게.

여기는 수수께끼를 할 장소가 아니다.

그것은 여기 계신 어른들의 소관이란 말이다.

그거라면 마음대로 풀어보렴. 그러면 나도 듣고 싶네.

어쩌 나의 어릿광대가 멀리 가버린 것 같구나.　　　　　　4755

그대가 대신 그 자리에 앉아 나의 곁에 있거라.

(메피스토펠레스, 계단에 올라서서 왼쪽에 선다.)

군중들의 중얼대는 소리　　새로 온 어릿광대라 ─ 새로운 두통거
　　리지.
　저놈이 어디서 왔지? ─ 어떻게 저놈이 들어왔지?
　먼젓번 놈은 고꾸라졌다 ─ 볼장 다 본 거지 ─　　　　　　　4760
　그놈은 술통이었지 ─ 이번 놈은 나뭇조각이군.
황제　　자, 그러면 충성하고 친애하는 경들,
　원근에서 잘들 오셨소!
　경들은 운수 대길의 별들 아래 모였소.
　저 하늘에는 행운과 축복이 적혀 있구려.
　그런데, 우리가 근심 걱정을 털어버리고,　　　　　　　　　4765
　가장무도회답게 가면이나 쓰고
　흥겹게 놀아 보자고 생각했는데,
　하필이면 이런 날을 택해서
　어째서 회의를 열고 고생하려는 것이요?
　허나 경들의 생각이 부득이하다고 해서　　　　　　　　　4770
　이렇게 된 것이오. 그러면 회의를 시작하도록 하오.
재상　　지고의 성덕이 마치 후광처럼
　폐하의 머리를 감싸고 있사옵니다.
　오직 폐하만이 그 성덕을 유효하게 발휘하실 수가 있사옵니다.
　즉 이것은 정의의 덕으로서 ─ 만인이 그것을 사랑하고　　　4775
　또한 요구하며 만인이 바라고, 없으면 괴로워하는,
　이런 성덕을 백성한테 베푸시는 것은 바로 폐하께 달렸사옵니다.
　그렇지만 아아, 나라 안이 송두리째 열병에 걸린 듯 발칵 뒤끓고,
　흉악한 것이 또 흉악한 것을 낳고 있으니
　인간 정신에 도리(道理)가, 선량(善良)이 심정(心情)에,　　4780
　또한 선뜻 나서는 열성이 손에 있은들 무슨 소용이겠사오리까?

여기 높은 대궐 위에서 넓은 나라 안을 내려다보는 사람은
괴물들이 기괴한 꼴로 맹위를 떨치고,
불법이 합법적으로 세상을 지배하고,
그릇된 것투성이의 세계가 벌어지고 있는 꼴을 보면,   4785
마치 흉몽과 같은 생각이 들 것입니다.
어떤 자는 가축을 훔치고, 어떤 놈은 부녀자를 약탈하고,
계단에서 술잔과 십자가와 촛대를 훔치는 무리가
오랜 세월이 흘러도 털끝 하나 다치는 일이 없이,
오히려 제 한 짓을 자랑하고 있사옵니다.   4790
이제 와선 고소인들이 법정에 몰려들고,
판관들이 높은 의자 위에 앉아 쓸데없이 위엄만 떨고 있는 동안에,
폭동의 혼란은 점점 커져만 가서
사나운 홍수처럼 파도치고 있사옵니다.
세도하는 공범자를 배후에 가진 놈은,   4795
흉악무도한 짓을 하고도 큰소리를 치고 있사옵니다.
그리고 무죄라도 홀로 양심만 지키는 날이면,
유죄 판결이 난다는 것은 아시고 계실 것이옵니다.
그리하여 온 세상은 산산조각이 나고
질서를 따르는 자는 값이 없어지게 마련입니다.   4800
그러하온즉 우리들을 정의로 인도하는 유일한
신의가 어찌 여기서 생겨나겠습니까?
청렴한 인간이라도 끝내는
아첨하고 뇌물이나 쓰는 인간으로 기울고,
죄과를 벌할 능력이 없는 판관은   4805
결국엔 범죄자와 한패거리가 됩니다.
소인이 그림에다 너무 시커멓게 먹칠만 한 것 같습니다.

차라리 두터운 포장으로 그림을 덮어씌웠으면 합니다.

（간격을 두고）

이젠 결단을 내리심이 필요하옵니다.

국민 모두가 가해자이고 국민 모두가 피해자인 꼴이 되면   4810

지존(至尊)의 체통마저 빼앗기게 될 것이 아니옵니까?

병무상　이 흥세의 미쳐 날뛰는 꼴을 차마 볼 수 없습니다!

모두가 죽이고 죽고 하는 판국이라

명령을 해도 들은 척도 안 합니다.

시민들은 성안에서,   4815

기사 놈들은 층암절벽 소굴 속에서

서로 작당하고 우리를 무찌르고자,

제 놈들의 세력을 꾸준히 공고히 하고 있습니다.

용병 놈들은 조급하게 안달을 부리며,

성화를 부리며 삯전을 내라고 보채고 있습니다.   4820

만일 우리가 더 미루지 못하고 다 갚아주는 날이면,

놈들은 모조리 도망치고 말 것입니다.

그리고 놈들 모두의 요구를 거절하거나 하면,

벌통을 쑤셔놓은 꼴이 될 것이 틀림없습니다.

그들이 수호해야 할 이 나라는,   4825

황폐해지고 약탈당하는 대로 버려져 있습니다.

이렇게 놈들의 횡포를 미쳐 날뛰게 버려두니,

이미 국토의 반은 결딴이 나고 말았습니다.

아직 변경의 왕들이 있다고 해도

누구 하나 걱정하는 사람도 없습니다.   4830

재무 대신　누가 이제 와서 우방의 영주들을 믿겠습니까?

우리에게 약속한 원조금 따위는

물 마른 수도처럼 끊어지고 말았습니다.

그뿐이겠습니까, 폐하. 넓고 넓은 폐하의 국토가

누구한테 그 소유권이 넘어갔는지 아십니까?   4835

어디를 가나 새로 나온 놈이 살림을 차려놓고,

남의 방해를 받지 않고 살고 싶어 합니다.

우리는 그저 놈들의 하는 짓을 방관할 수밖에는 없습니다.

지나치게 여러 가지 권리를 내주었기 때문에

우리에게 남은 권리는 하나도 없을 지경입니다.   4840

그리고 당파 역시 어떤 명목이 붙은 것일지라도

오늘날에 와서는 조금도 믿을 수가 없습니다.

그들이 찬성하건 반대하건,

시시비비가 다 무관심하게 되어버렸습니다.

황제당(皇帝堂)이건 교황당(敎皇堂)이건   4845

몸을 숨기고, 안일한 생활만을 탐내고 있습니다.

이런 때 누가 이웃을 도우려고 하겠습니까?

사람마다 제 할 일이 너무도 많습니다.

황금의 문은 닫혀버렸으며

저마다 긁고 파고 모아서,   4850

국고는 늘 텅텅 비어 있사옵니다.

궁내 대신   저도 얼마나 곤경을 겪고 있는지 모르겠습니다.

날마다 절약하려고 하지만

날마다 지출은 늘어나기만 합니다.

그래서 날마다 새로운 고통이 불어만 갑니다.   4855

숙수(熟手)들은 물자가 모자란들 배 아플 것이 조금도 없습니다.

멧돼지·사슴·토끼·노루,

칠면조·닭·거위·오리 따위의

286

확실한 토지 수입의 공물(貢物)은

아직도 상당히 들어오고 있습니다.   4860

하지만 필경 포도주가 떨어지게 되었습니다.

전에는 술광에 술통들이 들이쌓이고,

산지(産地)도 연수(年數)도 최상의 것뿐이었는데,

귀족들이 무한정 퍼마시는 바람에

마지막 한 방울까지 동이 날 지경에 이르렀습니다.   4865

그래서 시청 소관의 재고품마저 낱말로 사들여도 하지만,

저마다 큰 잔으로 들이켜고 대접으로 마시는 통에,

진수성찬이 상 밑에 흩어져도 모를 지경입니다.

그런데 셈하고 물어 주는 것은 저의 소임이란 말씀입니다.

유대인 장사치는 인정사정없이,   4870

다음 해 세입을 담보로 한 푼이라도 꾸어주기 때문에

해마다 일년 앞당겨 마시는 꼴이 됩니다.

돼지는 기름질 틈이 없으며,

침상의 이불마저 저당으로 잡히고,

수라상에는 값도 치르지 않은 빵이 올라오는 판국입니다.   4875

황제 (잠시 골똘히 생각한 후에, 메피스토에게)

여봐라, 이 어릿광대야. 네놈은 그밖에 무슨 어려운 일이 없느냐?

메피스토 소인 말씀인가요, 천만에, 없습니다. 주의에는 장관을 이
　　　　루고 있는

폐하와 신하들을 뵈올 뿐입니다 ─

폐하께서 무조건 명령을 내리시면

널리 떨치는 폐하의 위력이 원수의 뜻을 분쇄하고,   4880

또한 지력(智力)을 겸비한 의지와 다방면의 활동력이

마련되어 있는데, 무슨 걱정이십니까?

이렇게 신하들이 기라성처럼 빛나고 있는데, 어느 누가 작당하여
화근이나 암흑을 빚어내겠습니까?

중얼대는 소리　저놈은 악당이다 — 제법 잘 노는데　　　　　　4885
알랑대는 거짓말이구나 — 어디 얼마나 가나 보자.
뻔히 알 수 있다 — 그 속에 뭣이 들었는지.
이제 무슨 짓을 할 건지 — 꿍꿍이속일 테지.

메피스토　이 세상에 모자라는 것이 없는 고장이 어디지요?
저기선 이게 없고, 여기선 저게 없게 마련인데, 댁에는 돈이 없을
뿐입니다.　　　　　　　　　　　　　　　　　　　　　　　　4890
하긴 돈이란 마룻바닥에서 긁어모을 수는 없지만 —
지혜의 힘이란 아주 깊이 묻혀 있는 것이라도 파낼 수가 있습죠.
주조한 금화건 그렇지 않은 황금이건
산중 광맥이나 돌담 바닥에서 찾아낼 수 있지요.
그런데 그것을 누가 캐내 올 것이냐고 묻는다면　　　　　　　4895
그것은 재능 있는 사나이의 본능과 영력(靈力)이라고 말씀드릴랍
니다.

재상　본능과 영력*이라 — 그런 것은 기독교도에게는 말할 필
　　　　요가 없어요.
그러한 언사는 극도로 위험하다니까요.
무신론자를 태워 죽이는 것이오.
본능이란 죄악이며, 영이란 악마요.　　　　　　　　　　　　4900
이 두 가지가 어울리면
회의라는 잘못된 쌍둥이를 낳지요.

---

* 여기에 등장하는 재상은 대주교를 겸하고 있다. 그래서 본능(자연)이나 영력의
힘을 믿고 신의 은혜를 업신여기는 것은 비그리스도적이라고 말하고 있다.

우리에겐 그런 것은 있을 수 없소. ─ 황제의 오랜 나라에는
오직 두 가지 씨족이 일어나서
이들이 왕좌를 받들어 모시고 있는 것이오.   4905
그것이 바로 성직자와 기사란 말이오.
그들은 어떤 비바람이라도 맞섬으로써,
그 대가로 교회와 국가를 위임받고 있는 것이오.
정신이 혼란한 무리의 야비한 근성에선
오직 반역만이 자라게 마련이며,   4910
이단자나 마법사가 바로 그 무리들이오!
그런 도배(徒輩)들이 도읍과 국가를 망치는 것이오.
그대는 그런 놈을 지금 파렴치한 농담을 빌어서
이 엄숙한 대궐 안으로 슬쩍 끌어들이려는구나
─ 그런데 경들은 이런 썩어 문드러진 심보를 믿고 있다니 ─ 4915
이 천치 놈은 그놈들과 같은 패거리요!

메피스토 말씀을 들으니 학식이 많은 분인 줄 알겠습니다.
당신이 손으로 만져 보지 않은 것은 수십 리 밖에 있고,
스스로 붙잡을 수 없는 것은 전연 없는 것이나 다름이 없고,
스스로 헤아리지 않는 것은 사실이 아니라고 생각하고,   4920
스스로 달지 않은 것은 무게가 없고,
스스로 만들지 않은 돈은 통용될 수 없다고 생각하시는 거지요.

황제   그런 말을 늘어놓아도 모자라는 게 해결될 리는 없잖나.
이제 그런 단식절(斷食節) 설교* 같은 소릴 해서 어쩌자는 거냐?
줄곧 이러면 어떨까, 저러면 어떨까 하는 따위 소리엔 물렸다. 4925

---

*   참회를 권하는 설교. 대주교, 즉 재상의 구설을 비꼬는 말이다.

돈이 없다면, 좋다, 돈을 만들면 될 게 아니냐.

메피스토   원대로 소인이 장만해드립죠, 원하시는 이상으로 만들어
          드립죠.

쉬운 일이외다. 하지만 쉬운 일이 어려운 법,

돈은 이미 여기 있소이다. 그러나 있는 것을 손아귀에 넣는 일,

그것이 재간이란 말씀이오. 자, 어떤 양반이 그것을 할 수 있지요?

4930

생각 좀 해보세요, 이방인들이 홍수처럼 밀려와서,

국토와 백성들을 삼켜버린 저 공포 시대에

어찌나 놀랐던지, 이놈 저놈이

제 가장 귀한 물건을 여기저기 감춰두었더란 말이오.

옛날 강대한 로마 제국 시대부터 그렇게 내려왔고,   4935

어제까지 아니 오늘까지도 남아 있습니다.

그래서 그 모든 보물이 땅속에 조용히 묻혀 있단 말씀이오.

토지는 폐하의 것*이니 폐하께서 그 보물을 가지심이 마땅하지요.

재무 대신   천치 녀석치고는 제법 말을 잘하는군.

사실 그것은 옛날부터 제왕의 권리로 되어 있지.   4940

재상   사탄이 경들한테 금실로 짠 올가미를 치고 있는 거요.

신의 뜻에 맞는 올바른 일은 아닌 성싶소.

궁내 대신   제발 궐 내에서 필요한 물건만을 준비해준다면,

좀 부정한들 어떠냐 말이오.

병무 대신   저 천치 놈은 똑똑하군. 모든 사람에게 소용되는 것을 약
          속하니.

4945

---

*   쟁기가 미치지 못하는 깊은 땅속은 황제의 소유에 속한다. 지하 자원의 발굴은 모
    조리 황제의 특권이다. 옛 독일의 법률로 정해진 바다.

병사들은 돈의 출처 같은 것은 묻지 않을 테고.

메피스토   만일 여러분이 나한테 속는다고 생각하시면 ─

여기 마침 좋은 분이 계시지 않소, 이 천문학 박사*께 물어보시구려!

이분은 시각이건 별자리건 하늘 구석구석까지 아실 테니,

자, 말씀해보시지요. 오늘의 천문은 어떻습니까.   4950

중얼대는 소리   두 놈 다 악한이다 ─ 서로 기맥이 통하는구나 ─

천치와 허풍선이가 ─ 저렇게 옥좌에 가까이 있다니

싫증이 나도록 듣던 낡은 노래지 ─

천치가 불어넣고 ─ 박사가 지껄인다.

천문학 박사**   (메피스토가 불어넣는 대로 말한다.) 태양 자체는 순금으
　　　　　　로 되어 있습니다.   4955

수성은 사신(使臣)이요, 총애와 급료를 바라며 일하고,

금성 부인은 여러분을 유혹해서

아침부터 밤늦도록 귀여운 눈짓을 하고 있습니다.

순결한 달님은 이랬다저랬다 심술쟁이시고

화성은 벼락을 내리진 않아도 위력을 보여 위협하고 있습니다.

                                                              4960

목성은 언제나 변함없이 가장 아름다운 빛을 내고 있으며

토성은 크지만, 보는 눈에는 멀고 작습니다.

이건 금속으로선 별로 대단치는 못하겠소이다.

---

*   16~17세기 궁정에서 익살꾼과 천문학 박사는 반드시 동일 인물은 아니었다. 천
　　문학 박사는 궁정에서 지자(知者)이며 최고의 고문(顧問)이었다.

** 천문학 박사의 대사 내용은 신비적으로 들리기는 하지만 당시의 속설을 말한 데
　　지나지 않는다. 점성술과 연금술을 합쳐서 태양(金), 수성(水銀), 금성(銅), 달
　　(銀), 화성(鐵), 목성(錫), 토성(鉛)이라고 한다. 무의미한 것을 의미심장한 듯이
　　말해서 황금에 대한 욕망과 마법을 믿는 분위기를 조성하려 한다.

무게는 무거우나 값어치가 적단 말이오.

그렇습니다! 달님이 해님과 정답게 어울리면,   4965

금과 은이 한데 뭉치니 세상이 흐뭇하게 되며,

그 나머지는 무엇이든 얻을 수 있습니다.

대궐이건 정원이건 유방이건 불그스레한 볼이건

우리들 중의 아무도 못 하는 일을 해낼 수 있는,

대학자님이면 무엇이든 마련해줄 것입니다.   4970

황제　　　저놈의 말이 이중으로 들리는걸.*

그래도 납득이 가지를 않는군.

중얼대는 소리　　쓸데없는 소리다 — 알맹이 없는 엉터리 재담이군.

점술이요 — 연금술이다.

저런 소린 자주 들었지만 — 늘 속기만 했지.   4975

그런 인간이 나타났다고 해도 — 필경 협잡꾼일 게다.

메피스토　　여러분은 빙 둘러서서 어안이 벙벙할 뿐

훌륭한 발견을 도무지 믿지 않으시지만,

만드라고라**의 뿌리로 부자가 되었다느니,

검둥개가 보물을 캐낸다느니 어쩌니 하면서 터무니없이 믿곤 한

단 말이오.   4980

약은 체하며 비판하거나 마술은 안 되겠다고

야단을 치신들 무슨 소용이겠습니까.

---

*　　이중으로 들리는 이유는 메피스토가 프롬프터처럼 대사를 일러주는 소리와 천
　　문학 박사가 그것을 받아서 말하는 소리가 겹치기 때문이다.

**　　일명 '알라우네'라고 불리는 약초. 그 뿌리는 인간의 형태를 하고 있으며, 불로장
　　수와 막대한 부를 가져다 주는 마법의 약으로 사용됐다. 검둥개를 이용해서 한밤
　　중에 뿌리를 캤다.

사실 발바닥이 근질거릴 때*도 있거니와
아무렇지도 않은 발걸음이 말을 듣지 않는 경우도 있으니까요.

즉 여러분도 영원히 지배하는 자연의   4985
신비로운 작용을 몸에 느끼시는 것이지요.
그것은 대지의 맨 밑바닥에서부터
생동하는 혼적이 휘감기듯 솟아오르는 까닭이지요.
사지가 꼬집히는 듯하고
있던 곳이 어쩐지 마음이 섬뜩해지거나 하면,   4990
곧 마음을 다잡아 파헤쳐보십시오.
그곳에는 악사(樂師)가 묻혀 있거나** 보물이 있을 것이오.

중얼대는 소리   내 발이 납덩이같이 무거운걸 ―

나는 팔이 떨려 오는데 ― 통풍이다.
나는 엄지발가락이 쑤시는데 ―   4995
나는 등허리가 온통 아픈걸 ―
이런 징조가 있는 것을 보면 이곳에는
잔뜩 보물이 묻혀 있는 것 같군.

황제   자, 서둘러라! 다시는 너를 놓치지 않을 게다.
네놈의 거품 같은 거짓말이 정말이란 증거를 보이고,   5000
그런 귀중한 장소를 알리도록 하여라.
너의 말이 거짓이 아니면
나는 검과 황제의 지팡이를 버리고,

---

* 발바닥이 간지러운 곳을 파면 땅속에 보물이 있다거나, 발걸음이 이상할 때 바로
  그곳을 파면 보물이 나온다는 속설이 있다.

** 발에 돌이 채이거나 하면 "그곳에 악사가 묻혀 있다"라는 말이 옛부터 전해진다.

스스로 이 귀한 손으로 그 일을 해내리라.

그러나 거짓말이라면 너를 지옥에 보내리라.   5005

메피스토   지옥으로 가는 길이라면 모를 것도 없습니다만 —

여기저기 주인 없이 기다리고 묻혀 있는,

보물을 일일이 댈 수는 도저히 없는데요.

밭고랑을 갈던 농부가 흙덩이와 함께

황금 단지를 파낼 수도 있고,   5010

진흙 담벼락에서 초석(硝石)이나 캐낼까 하다가,*

금빛도 찬란한 돈 꾸러미를 발견하고 기절초풍을 해서

가난에 수척해진 손으로 기뻐 움켜쥐는 수도 있지요.

보물이 있는 곳을 아는 자는

어떤 지하실이건 폭파해야 하고   5015

어떠한 바위틈이건, 어떤 갱도(坑道) 속이건, 그리고

지옥 근처까지라도 대담하게 육박해 들어가야 하는 법이외다.

옛날부터 간직해 내려온 넓은 술 창고 안에는,

황금의 큰 잔, 대접, 접시 들이

줄을 지어 늘어놓은 것이 발견되기도 합니다.   5020

루비로 만든 다리가 긴 잔도 있어서,

그것으로 한잔하려고 들면

바로 그 곁엔 해묵은 술도 있단 말씀이오.

하지만 — 그 일에 소상한 저를 믿어주신다면

술통의 나무는 벌써 오래전에 썩어 문드러지고   5025

엉겨 붙은 주석(酒石)이 포도주 통이 되어 있습죠.

---

*   진흙 벽 속에서는 가끔 초석(硝石)이 나오는 일이 있는데, 가축에게 먹인다고 한다.

황금과 보석뿐만이 아니고,

이런 귀한 술의 정수(靜髓) 같은 것도

어둠과 무서운 곳에 숨겨져 있습니다.

현인은 이런 곳을 끈기 있게 찾고 있소이다.　　　　　5030

백주에 사물을 인식하는 것쯤은 어린애 장난이며,

신비는 암흑 속에 자리 잡고 있는 법이외다.

황제　　신비 따위는 그대에게 맡기노라, 암흑이 무슨 소용이 닿는

　　　　단 말인고?

값진 것은 햇빛을 보게 되어야 하는 법이다.

누가 깊은 밤중에 악한을 분간해 낼 수 있을까?　　　5035

암소는 검고 고양이는 회색으로 보이게 마련이지.

그 황금이 가득 찬 땅속의 묵직한 항아리들을,

쟁기로 밝은 곳으로 파내 오도록 하여라.

메피스토　괭이와 삽을 잡으시고 친히 파십쇼.

농군의 일은 폐하를 거룩하게 할 것이며,　　　　　5040

금송아지*들이 떼를 지어

땅속에서 솟아 나오게 될 것입니다.

그런 연후엔 아무 거리낌 없이 황홀한 기분으로,

폐하 자신과 사랑하시는 여인들을 치장하실 수 있습니다.

빛깔이며 유난히 반짝이는 보석은　　　　　　　　5045

아름다움과 위풍을 더욱 높일 것입니다.

황제　　당장에 하란 말이다. 당장에! 언제까지 끌 작정인가!

천문학 박사(전과 같이) 폐하, 그런 간절한 욕망은 눌러두시고

---

*　재보를 의미한다. 구약성경 〈탈출기〉 32장 4절

우선 가지각색의 놀이를 먼저 끝내도록 하십시오.

마음이 산란해서는 목적을 이룰 수가 없습니다.   5050

첫째 마음을 가다듬고 신의 마음을 달래어,

천상의 것으로써 지하의 것*을 얻어내야 할 것입니다.

착한 것을 원하는 자는 스스로 착해야 하는 법,

즐거움을 원하는 자는 제 피를 달랠 것이오.

술이 마시고 싶으면 무르익은 포도송이를 짜나,   5055

기적을 원하는 자는 믿음을 굳게 할 것이외다.

황제　　그렇다면 즐거운 놀이로 시간을 보내도록 하자꾸나!

마침 알맞게 성회(聖灰)의 수요일**도 다가온다.

아무려나, 그동안엔 더욱 신명 나게

마음껏 사육제를 즐겨보자꾸나.   5060

　　(나팔 소리, 퇴장.)

메피스토　　공로와 행복은 하나로 얽혀 있다는 것을

저 어리석은 작자들은 한 번도 깨닫지 못한단 말이야.

저 자들이 설령 현자(賢者)의 돌***을 가졌다 한들,

현자는 가버리고 돌만 남을 것이다.

---

*　　재보를 뜻한다.

**　　사순절의 첫날인 재의 수요일과 부활절 전 수요일. 가톨릭 신자는 이날 이마에 성
　　회(聖灰)를 바른다.

***　　연금술에서 만능의 영석(靈石)을 의미한다. 아무리 영석을 가졌어도 그 어리석
　　은 무리들에게는 아무런 효능도 발휘하지 못한다고 말하고 있다.

많은 객실이 딸린 널찍한 홀

가장무도회를 위해서 장식되어 있다.

의전관* 자, 여러분은 독일 국내에 있다고 생각하면 안 됩니다. 5065
악마 춤, 천치 춤, 해골 춤 따위도 상관이 없습니다.
여기선 신나는 잔치가 여러분을 기다리고 있습니다.
폐하는 예전에 로마 원정의 군을 일으키시어
한편으로 당신을 위하시고 한편으론 여러분의 즐거움을 위하여,
험준한 알프스의 산들을 넘으시고   5070
한 명랑한 나라를 손에 넣으셨습니다.
그리고 황제께선 먼저 교황의 성화(聖火)에 입맞추시고,
통치를 위한 권리를 간청하여 얻으시고,
황제의 관을 받으러 가셨을 때에,
우리들을 위하여 어릿광대 벙거지까지 가지고 오셨습니다.   5075
그래서 우리들은 새로 태어난 사람처럼 되었습니다.
처세에 능한 분은 너 나 할 것 없이 이 모자를,
머리와 귀를 덮도록 포근하게 푹 써보시란 말입니다.
그러면 미쳐버린 천치처럼 보이겠지만,
모자 속에선 얼마든지 약삭빠르게 굴 수 있지요.   5080
보아하니, 벌써 떼를 지어 오시는군요.
혼자 떨어져서 비틀대기도 하고 정답게 짝을 짓곤 하는군요.

---

* 가장무도회의 사회자다. 가장무도회의 이념을 말하고 있는데 로마의 사육제이
  다. 이탈리아 르네상스의 쾌활한 기분이 파우스트 시대의 독일 궁정에 영향을 주
  었으며, 16~17세기경 이러한 축연은 궁정의 권위를 보이기 위해 개최되었다.

합창하는 패들도 꼬리를 물고 미어지게 몰려들고 있군요.
들락날락 그저 들떠 있습니다.
결국 이 세상이란   5085
오만 가지 익살을 부린다 해도
예나 지금이나, 한 사람의 큰 천치에 불과하군요.

꽃 가꾸는 여인들 (만돌린 반주에 맞추어 노래한다.)
　　여러분께 칭찬을 받고 싶어,
　　우리 피렌체의 아가씨들은,
　　오늘 밤에 이렇게 몸단장하고,   5090
　　화려한 독일의 대궐을 찾아왔어요.

　　고동색 굽이치는 머리에는 ―
　　웃음 짓는 꽃*들을 멋으로 꽂았지요.
　　비단실 비단 솜뭉치가
　　여기선 장식품의 구실을 하고 있어요,   5095

　　그것도 그럴 것이 이러한 장식은
　　보람 있고 아주 칭찬할 만하니까요.
　　우리들의 번쩍이는 조화(造花)는
　　사시사철 언제나 꽂혀 있으니까요.

　　오색으로 물들인 종잇조각을   5100

＊　　조화(造花)다. 괴테 시대에는 조화를 이탈리아에서 주로 수입했는데 독일에서도
　　제조되었다.

298

좌우 같은 꼴로 맞춰보았습니다.
하나하나 보시면 흉하다 하시겠지만,
전체를 보시면 마음이 끌리시지요.

우리 뜰 가꾸는 처녀들도요,
보시면 귀엽고 아리따워요.   5105
그럴 것이 여자의 천성이란
대단히 예술과 가까우니까요.

의전관   그 머리에 이고 가는 바구니에서
팔에 안고 가는 바구니에서
넘치듯 피어나는 화려한 꽃들을 보여드리시오.   5110
어떤 분이건 마음에 드시는 것을 골라잡으세요!
자, 빨리 서두르세요. 이 나뭇잎 뒤덮인 통로가
곧 꽃밭으로 변하도록 말입니다.
파는 아가씨들이나 그 물건들도
모두 모여들 만한 값어치가 있습니다.   5115
꽃 가꾸는 여인들 자, 이 번화한 장소에서 흥정하세요.
하지만 장바닥은 아니랍니다.
사신 물건이 어떤 꽃인지를
뜻깊은 꽃말을 붙여드리겠어요.
열매가 달린 올리브 가지   나는 어떤 꽃이건 탐내지 않습니다.   5120
어떤 싸움이건 나는 피한답니다.
그건 내 천성에 맞지 않으니까요.
원래부터 이 몸은 야산의 정수(精髓)여서,
틀림없는 담보물과 같은 것이라,

어디서나 평화의 상징이 되어 있답니다.   5125

그러나 오늘은 될 수만 있다면,

아리따운 분의 머리를 기품 있게 장식해드렸으면 싶어요.

보리 이삭 (황금빛) 케레스 여신*의 선물은 여러분을 장식하기에

얌전하고 귀엽게 어울릴 것입니다.

실용적으로 가장 환영받는 이 물건은   5130

당신들의 장식품으로 아름답습니다.

환상적인 화환 당아욱을 닮은 오색의 꽃이,

이끼에서 피어났으니 이상도 하구나.

자연에는 흔히 볼 수 없는 물건이라도,

유행은 그것을 만들어냅니다.   5135

환상적인 꽃다발 저의 이름을 여러분께 가르쳐드리기는

테오프라스토스 선생**이라도 감히 못 할 것입니다.

그런데 만인에게라곤 할 수 없겠지만,

많은 부인들의 마음에 들고 싶습니다.

그런 분의 것이 저는 되고 싶습니다.   5140

저를 머리에 꽂아주세요.

가슴 한구석에라도

자리를 마련해주셨으면 합니다.

　(도전적으로***)

화려한 공상의 꽃은

---

*　고대 로마 곡물의 여신. 그리스 신화에서 데메테르와 동일하다.

**　아리스토텔레스의 제자이며, 식물학의 아버지로 불린다.

***　이제까지 숨어 있던 여인이 자연생 장미의 꽃봉오리가 달린 가지를 들고 조화에
　　도전하고 있다.

결심이 되어 있다면   5145

그날그날을 위해서 피어나리라.

자연이 아직 드러내지 못한 신기한 모습을 보여 다오.

푸른 줄기에 황금빛 방울처럼

탐스러운 곱슬머리에서 내다보네 —

그러나 우리는 —   5150

장미꽃 봉오리   숨어 있겠습니다.

우리들의 신선한 모습을 찾아내는 분은 즐거울 것입니다.

여름이 왔노라 소식이 있고,

장미의 봉오리에 불이 켜지면

누구에나 이 행복은 더할 수 없는 즐거움이죠.

희망을 약속하고 그 희망이 이루어지는 것,   5155

그것이 꽃의 나라에서는,

눈도 마음도 가슴도 함께 지배하는 것입니다.

　　(푸른 나무 그늘에서 여자 원예사들이 아름답게 조화를 장식하
고 있다.)

과수원의 사나이들 (테오르베*의 반주로 노래한다.)

　　　보십시오, 꽃이 조용히 피어나서

　　　여러분의 머리를 곱게 단장한 것을.

　　　하지만 열매는 유혹하려 들지는 않습니다.   5160

　　　맛을 보며 즐기면 됩니다.

　　　버찌며 복숭아며 자두의 열매들이

　　　검붉은 얼굴을 보여줍니다.

---

*　　4~16현(絃)의 목이 긴 이탈리아 악기로 저음 기타와 같다.

오십쇼! 혀와 입에 비하면
눈의 판단이란 믿기가 어렵지요.   5165

어서 오십쇼, 이 무르익은 과일을
맛있고 즐겁게 잡수시러 오십쇼!
장미라면 시로도 읊을 수 있겠지요.
능금은 깨물어봐야 압니다.

용서하시구려, 당신들의 젊고   5170
풍성한 꽃들 곁으로 우리도 가겠습니다.
그리고 이 무르익은 푸짐한 과실들은
나란히 보기 좋게 쌓아 올리겠습니다.

흥겹게 얽어 놓은 나뭇가지 밑에서,
장식도 아름다운 정자 한 구석에서   5175
무엇이든 모조리 보실 수 있습니다.
봉오리도 나뭇잎도 꽃도 과실도.

(기타와 낮은 테오르베의 반주로 번갈아 노래 부르며, 두 쌍의
합창대가 물건을 점점 높이 장식하고 손님에게 팔려고 한다.)

어머니와 딸

어머니   애, 네가 이 세상에 태어났을 때는,
나는 조그만 모자로 너를 단장해주었단다.
얼굴도 정말 귀엽기도 했었지.   5180
몸매도 정말 화사하기도 했었지.
벌써 새색시나 된 듯이
벌써 부자한테 시집이나 간 듯이
벌써 새아씨나 된 듯이 생각이 들었단다.

아아, 그런데 어언간 여러 해가   5185
덧없이 흘러가버렸구나.
별의별 신랑감이 많기도 하더니
그대로 순식간에 지나가버렸구나.
너도 어느 분하고는 날렵하게 춤도 추고,
어떤 분에게는 살며시   5190
팔꿈치로 정다운 암시를 주기도 했지.

별의별 파티를 다 열어보았지만
만사가 허사였고,
벌금 내기, 술래잡기 다 해보았지만,
아무런 소용도 닿지 않았다.   5195
오늘은 누구나 미친 듯이 날뛰는구나.
얘야, 너도 네 품을 헤쳐 보이렴!
혹시 한 사람쯤 걸려들지 모르니.

(어리고 예쁜 여자들이 몰려와서 어울려 정다운 이야기로 떠들

썩하다.

　어부와 새잡이로 가장한 청년들이 그물, 낚싯대, 끈끈이 장대와 다른 도구들을 들고나와 아름다운 소녀들 사이에 섞인다. 서로 유혹하고 환심을 사려 하고 붙잡고 도망치고 잡아두려고 하여 즐거운 대화의 기회를 만들어낸다.)

나무꾼들　(수선을 떨며 사나운 동작으로 등장.)

　비켜라, 물러서라.

　우리는 장소가 필요하다.　　　　　　　　　　5200

　우리가 나무를 베면

　우지끈 쿵쿵쾅 쓰러진다.

　우리가 나무를 베면

　어디건 부딪게 마련이다.

　제 자랑은 아니지만　　　　　　　　　　　5205

　이것만은 똑똑히 알아두라.

　일하는 천한 놈이

　나라 안에 없다가는

　양반네들 혼자서

　아무리 약은 체해도　　　　　　　　　　　5210

　어떻게 살아가리오?

　이것만은 명심해두라.

　우리네가 땀 안 흘리면

　당신네는 얼어 죽어요.

어릿광대*　(멋없고 거의 미련하게)

　당신들은 천치들이야,　　　　　　　　　　5215

　날 때부터 허리가 꼬부라졌나 보지.

304

우리들은 똑똑하지,
무엇을 걸머진 일이 없다.
우리들은 벙거지건
저고리건 넝마 같은 옷이건 간에   5220
가벼운 몸차림이지.
그리고 유쾌하게,
언제나 놓고 먹고,
슬리퍼를 신은 채로
장터이건 군중 속이건   5225
이리저리 다니면서,
얼빠진 듯 서 있다가
큰 소리로 불러 대지.
그런 소리 들으면
밀고 밀치는 사람 떼 사이로   5230
뱀장어처럼 빠져나가
한데 얼려 춤을 추고
한데 뭉쳐 미쳐 날뛰지.
당신들이 칭찬을 하건
욕설을 퍼붓건 간에   5235
우리는 그대로 내버려두지.

식객들   (비위를 맞추며 무엇을 탐내는 듯이)

당신들 씩씩한 나무꾼들,
그리고 당신네 의형제인

---

*   페드로리노라고 불리는 이 어릿광대는 이탈리아 희극이나 카니발에 나타나는
     익살꾼 역할이다.

숯을 굽는 분들은
우리네에겐 소중한 분들입니다.   5240
우리들은 공손히 허리를 굽히고
지당한 말씀이라고 끄덕이지요.
속이 뻔히 보이는 빈말도 합니다.
대상자의 비위를 맞추느라
따스하게도 차갑게도   5245
이중으로 숨을 내쉬기도 합니다.
하지만 그것이 무슨 소용일까요?
하긴 하늘에서
무섭게 불이
떨어질 수도 있겠지만,   5250
그래도 아궁이가 미어지게
불길이 타오르는
장작이나 숯이 없다면
무슨 소용이겠습니까?
그것이 있어야 굽고 끓이고   5255
지지고 볶고 할 게 아닙니까.
진정 식도락이라 불리고,
접시까지 핥는 사나이는
구운 고기를 냄새로 알아내고
보지 않고 생선을 알아냅니다.   5260
그래야 주인댁 식탁에서
한바탕 공을 세울 기분도 난답니다.

주정꾼　　(정신을 잃고) 오늘은 어느 놈이고 내게 덤비지 말라.
나는 즐겁고 자유로운 기분이다.

신선한 기분이건 유쾌한 노래건   5265
내가 손수 가져온 게 아니냐.
그러니 나는 마신다. 마신다, 마셔!
자, 잔을 부딪치자! 쨍그랑, 쨍!
여보, 거기 있는 양반, 이리 나오구려.
자, 잔을 부딪칩시다, 옳지 그래야지.   5270

우리 집 여편네가 화가 나서 소리를 지르고,
나의 색동옷 보고 인상을 찡그렸지.
아무리 내가 뽐내봐도 당신은 가장복(假裝服) 옷걸이라고 욕하
더군.
하지만 나는 마신다! 마신다, 마셔.   5275
자, 잔을 부딪쳐라! 쨍그랑, 쨍!
옷걸이 여러분, 잔을 부딪칩시다.
쨍그랑 소리 나면, 됐어, 그래야지.

나를 집 잃은 놈이라고 하지 말게.
이래도 나는 내 마음에 드는 곳에 있는 거야.   5280
주인이 마다하면 안주인이 외상 주지.
끝내는 종년까지 외상을 준다.
하여간 나는 마신다. 마신다, 마셔!
자, 여러분도 합시다, 쨍그랑, 쨍!
차례로 잔을 부딪쳐요! 됐어, 그래야지.   5285
옳지, 잘된 것 같군.

어디서 어떻게 내가 재미를 보든

멋대로 하게 내버려 두게.

내가 눕는 곳에 그대로 재워주게.

이젠 더 서 있고 싶지가 않단 말이다.   5290

합창   형제 여러분, 자, 마십시다, 마셔요!

신나게 건배합시다, 쨍그랑, 쨍!

의자나 빈 술통에 단단히 앉았거라.

상 밑에 쓰러진 놈은 마지막이다.

(의전관이 여러 시인의 등장을 알린다. 자연시인, 궁정 찬미 가
수, 기사 찬미 가수, 상냥한 시인 등 모두가 앞을 다투며 남에게 낭
독할 기회를 주지 않는다. 어떤 시인, 몇 마디 말하고 살금살금 사
라진다.)

풍자 시인   그대들은 아는가, 시인인 내가,   5295

진정 즐거워하는 것이 무엇인가를.

사람마다 듣기를 꺼리는 것을

나는 노래하고 말할 수 있습니다.

(밤과 무덤의 시인은, 소생한 흡혈귀와 흥미진진한 대화 중에
서 새로운 시풍이 발전할는지도 모르기 때문에 용서를 구하게
했다. 의전관은 하는 수 없이 인정하고 그리스 신화를 불러낸다.
그것은 근대의 가면을 쓰고 있지만 성격이나 매력을 잃지 않고
있다.)

우미(優美)를 상징하는 세 여신*

빛의 여신 아글라이아 우리는 아리따운 마음을 인생에 주었으니,

주는 데도 아리따운 마음이 있어야 합니다.   5300

행복의 여신 헤게모네 받는 쪽도 아리따운 마음으로 받아야 하며

소원을 이루게 되면 즐거운 일이 아닐까요.

기쁨의 여신 에우프로시네 평온한 하루하루의 울 안에 갇혀 있으면,

감사의 마음도 정녕 아리따워야 할 것이오.

운명(運命)의 세 여신**

생명의 실을 끊는 여신 아트로포스 가장 나이 많은 이 몸이 이번에, 5305

실을 짜도록 초대받았습니다.

가냘픈 생명의 실을 잣고 있노라면,

생각하고 걱정할 것이 많아요.

나긋나긋 보드라운 실을 뽑으려고

나는 가장 좋은 삼을 택했지요.   5310

그 실이 매끈하고 고르도록

재주 있는 손끝으로 가려냅니다.

즐거움도 좋고 춤도 좋지만,

당신들 지나치게 흥겨우면

---

* 그리스 미의 여신으로, 보통 아글라이아(영광), 탈레이아(행복), 에우프로시네(기쁨)를 가리킨다. 괴테는 탈레이아를 헤게모네로 바꿨으며 여기서 세 여신이 각각 증여·수령·감사를 대표하게 했다.

** 생명의 실을 잣는 클로토, 실을 가르는 라케시스, 가위로 실을 자르는 아트로포스다. 피할 수 없는 운명을 지배하는 여신들이다. 그러나 괴테는 이 헤시오도스의 설을 고쳐서 클로토와 아트로포스의 역할을 바꿔놓았다.

이 실낱의 한계도 생각해야 합니다.   5315

조심들 하세요. 실이 끊어집니다.

실을 잣는 여신 클로토   요 며칠 전부터는 제가 가위를

갖게 되었다는 것을 아셔야 해요.

나이 많은 언니가 하시는 품이

흡족하지 않은 데가 많았던 탓이지요.   5320

아무짝에도 소용이 닿지 않을 실밥을

오랫동안 빛과 바람에 날리면서,

기막힌 희망으로 부푼 실오리는

잘라서 어두운 무덤으로 끌고 갑니다.

하지만 저 역시 젊은 기운에   5325

벌써 몇백 번 잘못을 저질렀지요.

오늘만은 조심해야겠기에

가위는 자루 속에 넣어두었지요.

그리고 오늘은 이 교훈을 달게 받으며

즐거운 마음으로 이 무도회를 구경하겠습니다.   5330

오늘은 허용된 날이기에

계속해서 마음껏 놀아보시오.

운명을 정하는 여신 라케시스   저 혼자만이 사리에 밝아서

언제나 질서를 잡는 역할을 합니다.

저의 물레는 쉬지 않고 움직여서,   5335

지나치게 빨리 돌아간 적이 없습니다.

실오리가 나타나면 물레에 감고

각 올마다 제 갈 길로 인도합니다.

한 올도 빗나가겐 하지 않습니다.

빙글빙글 도는 대로 감기게 마련이지요.   5340

제가 한 번 정신을 놓는 날이면

이 세상이 어찌 될지 걱정입니다.

시간을 헤아리며, 해는 저울질하고,

실타래는 무명 짜는 신의 손에 들어갑니다.

의전관   여러분이 아무리 옛 서적에 능통할지라도   5345

지금 나타나는 것은 모를 것입니다.

못된 짓은 많이도 합니다만, 보시면

반가운 손님이라 하실 겁니다.

저것은 복수의 여신들이올시다. 아마 아무도 믿지 않을 겁니다.

예쁘고 맵시 좋고 정다우며 나이도 젊습니다.   5350

하지만 한 번만 사귀어보시면 알게 되지요.

이 비둘기들이 뱀처럼 무서운 상처를 입히는 것을.

모조리 음흉하기 짝이 없지만 오늘만은 그래도

누구나 천치가 되어 자기의 결점을 자랑하는 판이니,

그들도 천사로서의 명성을 바라지 않고,   5355

도시나 시골의 재앙신으로 자처하고 있습니다.

복수(復讐)의 세 여신[*]

증오의 여신 알렉토 별수 없이 당신들은 우리를 믿게 될걸요.

우리는 예쁘고 젊고 고양이처럼 알랑쇠니까요.

당신들 중에 귀여운 애인을 가진 분이 있으면,

귀밑을 간질여서 기분을 내드리지요.   5360

마지막엔 눈과 눈을 마주 보며 이렇게 말하겠어요.

저 여자는 당신뿐이 아니라, 이 사람, 저 사람에게도 추파를 던지고,

게다가 머리는 미련하고 허리도 굽었으며 절름발이다.

새색시 감이라면 쓸모가 없다고 한단 말이오.

그리고 아가씨에게도 이렇게 이간질하지요.   5365

당신의 애인이 2, 3주일 전에 이러저러한 여자한테 당신 욕을 하더
라고요.

이쯤이면 화해해도 꺼림칙한 것은 남게 마련이지요.

적의(敵意)의 여신 메게라   아직 장난이지요. 두 사람이 드디어 결혼
하면,

이번에는 제가 도맡아서 어떻게 해서든지   5370

그 한없이 아름다운 행복을 변덕을 부려서 넌더리를 내게 만들어
놓지요.

인간은 변하고 시간도 변하는 것이니까요.

아무도 자기가 그렇게도 원하던 것을 품 안에 넣어두지 못하고,

---

[*] 고대 신화에서 복수나 형벌을 다스리는 무서운 여신들. 다만 여기서는 애인들의
     사이를 이간질할 뿐이다.

지상의 행복에도 곧 익숙하고 버릇이 되어

어리석게도 보다 나은 것을 원하며, 아쉬워하게 되는 법이죠. 5375

따스한 태양을 등지고 차가운 서리를 따뜻하게 녹이고 싶어 하는

것이죠.

저는 이런 모든 것을 처리하는 재주가 있으므로,

그저 아스모디*라는 친한 마귀를 데리고 와서,

적당한 때에 재앙의 씨를 뿌리고,

짝을 지은 인간들을 망쳐놓을 것입니다. 5380

생명을 빼앗는 복수의 여신 티시포네 나는 독설로 복수하지는 않는다.

배반자에겐 독약을 타고 칼날을 세우리라.

딴 여자를 사랑하면 조만간에

파멸이 그대에게 닥쳐오리라.

순식간의 꿀 같은 재미가 5385

그대로 거품 이는 쓰디쓴 독약으로 변하리라!

흥정도 없고 에누리도 없다.

저지른 죗값은 치러야 하지.

용서를 찬양해서 노래하지 말아라!

나는 바윗돌을 향해 호소하련다. 5390

들어라, 메아리는 복수하라고 대답한다.

여자를 바꾸는 자는 살려두지 않으리라.

---

*   결혼을 파괴하는 악마

의전관 여러분, 제발 옆으로 물러서시오.

지금 나타날 것은 당신들과는 생판 다른 괴물입니다.

보시는 바와 같이 산더미*가 들이닥치고 있습니다.　　　　5395

옆구리엔 오색찬란한 양탄자를 자랑스레 늘어뜨리고,

머리에는 긴 어금니와 구렁이 같은 코가 붙었습니다.

신비로운 것이지만 내가 이것을 푸는 열쇠를 드리지요.

그 목덜미에는 귀엽고 가냘픈 여인이 타고 있고,

가느스름한 채찍으로 익숙하게 몰고 나갑니다.　　　　5400

또 한 사람, 그 위에 훌륭하고 고귀한 여인은,

후광에 싸여 있어, 눈이 부셔 견디기 어렵습니다.

그 곁으로는 기품 있는 두 여인이 사슬에 묶인 채 걸어가고 있습

니다.

한 여자는 불안한 듯, 딴 여자는 즐거운 듯 보입니다.

한 여자는 자유를 구하고 딴 여자는 자유를 얻은 것 같군요.　　5405

그럼 누가 누군지 자기소개를 해보십시오.

공포 그을리는 햇불과 등불과 촛불이

붐벼 대는 잔치를 은은하게 비치고 있습니다.

사람의 눈을 속이는 이 가면들 속에서,

아아, 나는 사슬에 묶여 있습니다.　　　　5410

---

*　가장행렬 중에서 가장 중요한 중심을 이루고 있는 것이 이 무리다. 커다란 산은
거대한 코끼리(강대한 권력)이다. 코끼리의 등에는 승리의 여신 빅토리아가 타고
있다. 이 코끼리를 다루는 것은 상냥한 여인(지혜)으로 코끼리의 좌우에는 사슬
에 매인 '공포'와 '희망'이라는 두 여인을 거느리고 있다. 공포는 힘을 무력하게 하
지 않으려고, 희망은 몽상으로 무용하게 힘을 낭비하지 않으려고 각각 자유를 속
박하고 있다.

314

길을 비켜요, 우스꽝스럽게 웃음을 웃는 사람들이여!
그 히죽거리는 웃음은 수상하게만 보인단 말이오.
나를 저주하는 온갖 원수들이
오늘 밤에 내게로 몰려드는군요.

자, 보세요. 여기 한 벗이 또 원수가 되었습니다.   5415
저 가면은 나도 확실히 알고 있습니다.
저 사람은 나를 찔러 죽이려고 하다가
탄로가 나서 도망쳤습니다.

아! 어느 쪽으로는, 이 세상에서
빠져나갈 수만 있으면 좋겠어요.   5420
하지만 저세상에선 파멸이 나를 위협하고 있으니,
나는 어둠과 무서움 속에 잡혀 있게 마련이군요.

희망 정다운 자매들, 인사를 드리겠어요.
당신들은 오늘도 어제도
가장무도회로 흥겹게 노시는군요.   5425
하지만 내일이면, 어떤 분이건
그 옷을 벗어 던질 것으로 알고 있어요.

그리고 이런 횃불 아래서는,
별로 마음도 즐겁지가 않지만
맑게 갠 날을 맞으면   5430
우리들은 제 마음껏
때로는 여럿이, 때로는 혼자서
아름다운 들판을 자유로이 거닐고

마음 내키는 대로 쉬며 움직이며
근심 걱정 벗어난 살림 속에서   5435
부족을 모르고 언제나 노력하지요.
그러니 어디서나 환대받는 손님들로서
우리는 안심하고 발을 들여놓습니다.
틀림없이 지선(至善)의 보물은
어디서건 찾아낼 수 있으니까요.   5440

지혜　　공포와 희망이란 인간의 가장 큰 두 가지 적이지요.
그래서 이 두 가지를 사슬에 묶어
사람들한테 떼어놓고 있습니다.
자, 길을 비키시오, 당신들은 안심하시오.

보시오, 등에 탑을 걸머진   5445
살아 있는 거상을 나는 몰아갑니다.
한 걸음 한 걸음 가파른 길을
이놈은 끈기 있게 걸어갑니다.

저 높은 탑 위에는 가벼운 날개를 활짝 편 여신이 있어,   5450
승리를 거두려고
사방을 돌아다보고 있습니다.

여신을 둘러싼 영광스러운 광채는
아득하게 멀리 사방을 비추고 있습니다.
그는 스스로 승리의 여신이라 일컬어   5455
세상의 온갖 활동을 다스리는 여신입니다.

남을 헐뜯는 난쟁이 초일로와 테르시테스*

이것 참 마침 맞게 잘 왔군.

너희들은 모두 나쁜 놈들이란 말이다.

하지만 내가 제일 노리고 있는 것은,

저 위에 있는 승리의 여신이란 말이다.   5460

저놈이 흰 날개 따위를 펴고

마치 독수리나 된 듯이

어디고 제가 돌아다보기만 하면

사람이건 땅이건 모두 제 것이 되는 줄로 생각한다.

하지만 어디서건 칭찬할 만한 것이 이루어지면   5465

나는 밸이 꼴려서 못 견디겠단 말이다.

낮은 것은 높다고, 높은 것은 낮다고,

굽은 것은 곧다고, 곧은 것은 굽었다고 하고 싶단 말이다.

그래야만 나는 직성이 풀리기 때문에,

세상만사를 나는 그렇게 하고 싶단 말이다.   5470

의전관   야, 이 불한당 놈아,

이 거룩한 지팡이의 수련을 쌓은 매를 한 대 맞아 보아라.

자, 목을 배배 꼬고 뒹굴어 보아라!

저것 보지, 난쟁이를 두 놈 겹친 것 같은 몸뚱이가,

저렇게도 빨리 구역질 나는 덩어리로 뭉쳐버리다니.   5475

─ 참, 희한도 하다! ─ 덩어리가 계란이 되었구나.

---

* 테르시테스는 호메로스의 서사시에서 트로이 전쟁의 영웅이나 용사들을 하나
  나 헐담한 인물. 초일로는 기원전 3세기 아테네의 수사학자로 호메로스 서사시
  의 문법이나 어법의 틀린 곳을 지적하거나 비난했다. 여기서는 두 사람이 한 몸으
  로 결합되어 있는데, 메피스토펠레스를 가리킨다.

계란이 부풀더니, 두 조각으로 터졌다.

속에서 나온 것은 쌍둥이로군.

한 놈은 살무사고 한 놈은 박쥐로군.

살무사는 쓰레기 속을 우벼 파고 기어다니고,   5480

박쥐 놈은 시커먼 몸뚱이로 천장으로 날아간다.

밖에 나가 서로 합치려고 서두르는구나.

나는 그런 중매꾼 노릇은 싫단 말이다.

중얼거리는 소리 자, 갑시다! 저 안에서는 벌써 춤을 추는군요 ―

싫어요! 저는 이제 돌아가고 싶어졌어요 ―   5485

무시무시한 귀신 같은 기운이

어쩐지 우리를 휩싸는 것 같지 않으세요 ―

머리 위에서 무엇이 쏴 하는 것 같아요* ―

이상한 게 발을 건드리는 것 같군요 ―

아무도 다친 사람은 없는데 ―   5490

하지만 모두 겁을 먹고 있어요 ―

재미를 보긴 이제 다 틀렸군 ―

그 짐승들의 짓이야.

의전관   가장무도회가 있을 때마다,

의전관의 직무를 분부받은 뒤부터,   5495

여러분의 이런 즐거운 자리에,

불길한 놈이 숨어들지 못하도록

저는 엄격하게 문을 지키고 서서

---

* 머리칼에서 느끼는 이상한 바람은 박쥐의 날개 소리다. 다음 행에서 발에 느껴지
는 무서운 것은 살무사. 박쥐는 빛을 싫어하는 편협과 비소(卑少)를, 살무사는 질
투와 허위를 상징한다.

동요하지도 물러서지도 않았습니다.

하지만 창문으로 자칫하면 하늘을 나는   5500

도깨비가 들어오지나 않을까 겁이 납니다.

그런 헛것이나 유령에 대해서는 저라 할지라도

여러분을 지켜드릴 수는 없습니다.

그 난쟁이 녀석도 수상한 수작을 했지만,

저걸 봐요! 저쪽에서 억센 친구들이 오고 있군요.   5505

저는 직책상 저 모습들의 의미를

설명해드리고 싶습니다만,

알 수가 없는 것은

설명할 수가 없습니다.

여러분 도움으로 저도 배우고 싶습니다.   5510

저 많은 사람 가운데서 흔들리며 오는 것이 보입니까?

네 필의 용(龍)*이 끄는 화려한 수레가,

저 많은 사람 사이를 뚫고 달려오고 있습니다.

그런데, 군중들을 헤쳐놓지도 않는 것 같고,

아무 데서도 혼란이 일어난 것도 같지 않습니다.   5515

멀리서 가지각색의 찬란한 빛이 번쩍이고,

갖가지 별들이 불꽃처럼 명멸(明滅)합니다.

수레를 끄는 용이

가쁘게 숨을 몰아쉬며 달려들고 있습니다.

비키십시오! 저도 몸서리가 쳐집니다.

---

*   부(富)의 신 플루투스(사실은 파우스트가 가장한 모습)가 등장하는 장면으로 그가
    탄 수레는 용이 끌고 있다.

수레를 모는 소년* 멎거라! 5520

　천마(天馬)들아, 날개를 접어라.

　이 익숙한 고삐를 느끼지 못하느냐, 내가

　그대들을 억제하듯, 그대들도 스스로 억제하라.

　그리고 내가 기운을 불어넣으면 달려가거라.

　이 안에서는 점잖게 굴어야 한다. 5525

　주위를 둘러보렴, 감탄하고 있는 분들이

　점점 그 수가 늘어서, 몇 겹으로 둘러싸고 계신다.

　자, 의전관 어른, 당신 말대로 법식에 따라,

　우리가 다시 가버리기 전에,

　우리를 설명하고 이름을 대시구려. 5530

　우리는 비유(알레고리)란 말이에요.

　이렇게 말하면 우리의 정체를 아실 테지요.

의전관　　임자들의 이름을 댈 수는 없지만

　본 대로 설명할 수야 있지.

수레를 모는 소년 그럼 어디 해보시구려! 5535

의전관　　솔직히 말해서 첫째 당신은 젊고 미남이오.

　제법 어른다운 데가 있는 소년이오. 그래서 부인네는

　당신이 완전히 성숙한 것으로 볼 거요.

　어쩐지 당신은 장래 여자깨나 울릴 것 같군.

　말하자면 꼭 타고난 오입쟁이라 할 수 있지. 5540

수레를 모는 소년　그거 들을 만한 소리군요! 계속해보시구려.

　수수께끼를 푸는 재미나는 말을 생각해내시구려!

---

*　후에 제3막에서 오이포리온으로 태어나는 영이 여기서는 '수레 모는 소년'으로
　나타난다. 오이포리온과 마찬가지로 '시(詩)'에 대한 알레고리이다.

의전관   검은 번개 같은 눈에다 칠흑 같은 고수머리,

보석 띠로 화려하게 단장했군요.

그리고 정말 고운 옷자락이   5545

어깨에서 신발까지 흘러내리고 있군요.

게다가 옷에는 자줏빛 단과 눈부신 금박을 했군요.

어딘지 여자 같다고 탓할지도 모르지만,

좋으니 나쁘니 해도 당신은 아마

지금도 아가씨들한테 인기가 있겠지요.   5550

아가씨들이 당신한테 사랑의 초보 정도는 가르쳐주었을걸.

수레를 모는 소년   그러면 이 수레 위의 옥좌에서 빛나고 있는

당당한 분은 누구신지 아세요?

의전관   부귀와 인덕 있으신 임금이신 것 같군요.

그분의 은혜를 입는 자는 복될 것이오!   5555

더는 구태여 애쓸 필요도 없고

누가 모자라는 것이나 없나 살피시다가

시주를 하시는 저분의 깨끗한 즐거움은,

혼자만의 부귀나 행복보다 더 큰 것이라 생각하시겠죠.

수레를 모는 소년   거기서 그쳐서는 안 됩니다.   5560

좀 더 자세한 설명을 계속하십시오.

의전관   저분의 위엄 있는 모습은 설명할 수가 없소이다.

하지만 달과 같이 둥글고 건강한 얼굴,

오동통한 입, 그리고 꽃처럼 불그레한 볼이,

터번의 장식 아래서 빛나고 있소이다.   5565

주름을 많이 잡은, 품이 넉넉한 옷을 입으시고 아주 편하신 듯하군요!

다정한 몸가짐은 어떻게 말해야 할지?

왕자로서 저분은 유명한 분 같군요.

수레를 모는 소년　실은 부귀의 신이라 불리는 플루투스시지요!

이런 훌륭한 차림으로 거동하시게 된 것도,　　　　　　　5570

이곳 황제 폐하께서 간청하셨기 때문이지요.

의전관　그럼 당신 자신은 누구이고 무얼 하는 사람이요?

수레를 모는 소년　낭비하는 놈이죠, 시(詩)올시다, 시인이란 말이오.

자기의 가장 소중한 재물을 아낌없이 낭비해서

자신을 스스로 완성하는 시인이란 말이오.　　　　　　5575

나 역시 무한량의 부귀를 누리고 있어,

플루투스만 못할 것이 없다고 자부하고 있소.

저분의 무도회나 잔치 때면 활기를 불어넣고,

저분에게 없는 것을 내가 나누어준단 말이오.

의전관　큰소리치는 것도 당신에게 잘 어울리는군.　　　　5580

하지만 어디 당신의 재주를 우리에게 보여주구려!

수레를 모는 소년　이걸 봐요. 내가 이렇게 손가락을 튀기기만 하면,

금시 수레의 주위가 번쩍번쩍하지요.

자, 이렇게 진주 목걸이도 튀어나온단 말이오.

　　(손가락으로 이리저리 튀겨 댄다.)

자, 이 황금의 목걸이와 귀걸이를 받으세요.　　　　　5585

흠잡을 데 없는 빗도 관도 나오고,

반지에 박을 값진 보석도 나옵니다.

가끔, 불씨도 부조하지요.

어디 불을 붙일 만한 곳은 없을까 하고요.

의전관　놓칠세라, 많은 사람이 움키고 쥐고 하는구나!　　　5590

저러다간 주는 사람이 꼼짝 못하게 되었구려.

마치 꿈속에서처럼 보석들을 튀겨내고 있군요.

그러자 모두 넓은 방 안에서, 그것을 주우려고 덤비고 있습니다.

아니 이번에는 새로운 술책을 쓰는군요.

한 친구가 간신히 한 개를 움켜쥐었는데,   5595

그 주운 물건이 훨훨 날아가버렸습니다.

이건 정말 허탕을 쳤군요.

진주를 꿴 줄이 갑자기 풀어져서,

손바닥에선 풍뎅이들이 우글거리는군요.

저런, 그 딱한 친구가 그것을 내동댕이치니까,   5600

풍뎅이*들은 머리를 맴돌며 왱왱거리고 있습니다.

다른 사람들은 실속 있는 물건인 줄 알고,

잡아채고 보니 엉뚱하게 나비들이었습니다.

그런데 저 고약한 놈은 그렇게 큰소리를 치더니,

금빛으로 번쩍이는 가짜 물건을 뿌렸을 뿐이군요.   5605

수레를 모는 소년   알고 보니 당신은 가장은 설명할 줄 알지만

껍질 속의 본질을 밝혀내는 일은

궐내 의전관의 임무가 아닌가 보군요.

그런 일을 하려면 좀 더 날카로운 눈이 필요합니다.

하여간 무슨 싸움이건 나는 피하도록 조심하고 있소.   5610

그래서 임금님, 저는 당신한테 직접 물어야겠습니다.

　(플루투스를 향해서)

당신은 나에게 질풍과 같은

용 네 필이 끄는 용차를 맡겨주지 않았습니까?

분부대로 탈 없이 몰지 않았습니까?

뜻을 두신 곳으로 가지 않았습니까?   5615

* '시'가 주는 보배는 단순한 공상의 소산이고 실체가 없기 때문에 풍뎅이와 같은
  것이 되어서 속임수에 넘어간 사람들의 머리 위를 날며 그들을 놀린다.

그리고 대담하게 날아서 당신을 위해,

영예로운 종려나무를 손에 넣을 수 있지 않았던가요?

당신을 위해 몇 번이나 싸웠는지 모릅니다만,

그때마다 이기지 않은 적이 없습니다.

당신의 이마를 월계관으로 단장하게 된 것도,　　　　　　5620

제가 이 손과 마음으로 엮어드린 것이 아닙니까?

플루투스　그대에게 증명하는 말을 줄 필요가 있다면,

나는 기꺼이 이렇게 말하리라, 그대는 내 정신 중 정신이라고.

그대는 언제나 나의 뜻을 받들어 행동하고,

나 자신보다도 부유하지.　　　　　　5625

나는 그대의 공로에 보답하여 모든 나의 왕관보다는

그대가 엮어 준 푸른 나뭇가지를 소중히 여기고 있다.

모든 자들에게 나는 진실한 말을 전하노라.

내 사랑하는 아들아, 나는 그대가 마음에 드노라고.

수레를 모는 소년 (군중을 향하며)

내 손에 있는 가장 큰 선물을,　　　　　　5630

보시오, 나는 주위에 두루 뿌렸습니다.

이 사람 저 사람의 머리에서

내가 튀긴 불씨가 훨훨 타고 있습니다.

그 불씨는 이 사람에게서 저 사람한테로 튀어서

어떤 이한테는 그대로 머물러 있으면서 어떤 이한테서는 도망쳐

버립니다.　　　　　　5635

아주 드문 일이지만 어떤 때는 확 불길이 솟아올라,

순식간에 활짝 불꽃이 피어나기도 합니다.

하지만 대부분은 알아차리기도 전에,

슬프게도 다 타버려 꺼져버립니다.

말 많은 여자들 용 네 필이 끄는 용차 위에 앉은 놈은,   5640

틀림없이 야바위꾼일 거야.

그 바로 뒤에 어릿광대 놈이 쭈그리고 있지.

기갈이 심해서 바짝 말랐나 보지.

여태 저런 꼴을 본 일이 없어.

꼬집어도 아마 아픈 줄도 모를걸.   5645

말라 빠진 사나이* 내 옆에 오지 말아, 이 구역질 나는 여편네들아!

내가 언제나 너희들 마음에 들지 않는다는 것은 알고 있다 ―

여자들이 아직 부엌일을 돌보고 있을 무렵에는

나는 아바리치야, 즉 절약이라는 여성 명사였다.

그 무렵엔 우리 집안도 넉넉했단 말이다.   5650

들어오는 건 많았고 나가는 것은 하나도 없었거든 ―

그래서 나는 열심히 함과 농을 보살폈다.

그것이 이제 와서 정말 죄악이란 말인가.

그런데 요 근년에 와서는

계집들은 전혀 절약하는 습관은 없어지고,   5655

마치 셈이 흐린 빚쟁이처럼

가진 돈보다도 욕심이 훨씬 많단 말이다.

이렇게 되면 남편은 고생이 이만저만이 아니지,

어디를 돌아봐도 빚투성이란 말이다.

계집들은 우려낼 수 있는 대로 모조리 우려내서,   5660

몸치장을 하거나 정부(情夫)한테 바치거든.

나불나불 아양 떠는 사내놈들하고

---

* 뒤에 쭈그리고 앉은 말라 빠진 사나이는 '욕심쟁이'로서 메피스토의 등장을 의미
한다.

맛있는 것을 처먹거나 마시고 싶은 대로 마시는 거지.

그래서 나는 더욱 돈을 탐내게 되어,

탐욕이라는 남성으로 변해버렸다.   5665

여자 두목   용은 용끼리 욕심을 부리면 되지,

결국은 거짓이고 속임수인 걸 뭘 그래?

저 높은 사내들을 부추기려고 왔어.

그렇지 않아도 사내란 귀찮은 물건인데 말야.

여자들의 무리   저 허수아비 같은 놈, 따귀나 한 대 때리지!   5670

저런 해골 같은 놈이 뭐 우릴 위협하겠다고?

저런 상판을 보고 우리가 무서워할까 보냐!

용이란 것도 나무와 마분지로 만든 거야.

자, 기운을 내고 저놈을 무찔러버립시다.

의전관   이 지팡이를 걸고 명령하겠소. 자, 조용히들 하시오.   5675

하지만 내가 손을 쓸 필요도 없구나.

보십시오, 저 성난 괴물들이

어느새 주위에 있던 사람들을 몰아내고,

양쪽 쌍 날개를 펼쳤습니다!

용은 언저리에 비늘이 돋친 커다란 주둥아리를   5680

불을 내뿜으면서 격분한 듯 흔들어 대고 있습니다.

군중들은 도망치고, 그 자리는 벌써 텅 비었습니다.

(플루투스, 수레에서 내린다.)

의전관   수레에서 내리신다. 참으로 당당한 모습이로구나!

눈짓하시니까 용들이 움직이고,

황금이 든 상자를, 그 구두쇠도 한꺼번에   5685

수레에서 내려서,

그분의 발채에다 갖다놓았습니다.

어떻게 이런 일이 있을 수 있는지 신기합니다.

플루투스 (수레를 모는 소년에게) 자, 그대는 성가시기 짝이 없는 짐에 서 벗어났으니,

해방된 자유의 몸이라, 이제 기운을 내어 그대의 세계로 가라! 5690

여기는 그대의 세계가 아니다. 여기서는 추악한 모습들이,

얼룩얼룩 서로 뒤얽혀 사납게 우리를 싸고 밀려들고 있을 뿐이다.

오직 그대가 뚜렷하게 사랑스럽고 깨끗한 경지를 들여다볼 수 있는 곳,

그대가 그대 자신의 것이 되며, 그대 자신만을 믿을 수 있는 곳,

오직 선(善)과 미(美)만이 마음에 드는 곳,   5695

그 고독의 경지로 돌아가라. ─ 거기서 그대의 세계를 창조하라.

수레를 모는 소년   그러면 저는 당신의 귀한 사자로 자처하고 가겠습니다.

당신을 가장 가까운 친척으로서 사랑하겠나이다.

당신과 함께 있는 자에게 부귀가 주어지고,

저와 함께 있는 자들은 누구나 희귀한 이득을 얻은 듯 느낄 것입니다.

5700

개중에는 당신한테 몸을 바칠까, 저를 따를까,

모순된 삶 속에서 뒤흔들리는 사람도 있습니다.

당신을 따르면 물론 평안하게 살 수 있습니다.

저를 따르는 자는 언제나 할 일이 많습니다.

저는 남몰래 일을 해치울 수는 없으며,   5705

슬쩍 숨만 내리 쉬어도, 벌써 탄로 나게 마련입니다.

그러면 안녕히 계십시오! 당신은 제게 행복을 베풀어주셨지만.

조용하게 귓속말만 하셔도 저는 곧 돌아오겠습니다.

(왔을 때처럼 퇴장.)

플루투스　이제, 이 보물의 결박을 풀 때는 왔다.

　의전관의 지팡이를 빌어서 열쇠를 이렇게 치면, 　　　　5710

　자, 열렸소이다! 보시구려! 청동의 가마솥 안에서,

　알맹이가 드러나서 황금의 피는 들끓고 있다.

　우선 왕관, 목걸이, 반지 등의 장식이 나오고 있다.

　하지만 끓어올라, 장식들도 녹아서 삼켜버릴 것 같소이다.

군중들의 서로 고함치는 소리　아, 저것 봐, 잔뜩 솟아오르는군. 　5715

　상자의 테두리까지 넘쳐흐르는구나!

　황금의 그릇이 녹아난다.

　돈 꾸러미가 마구 나뒹구는군 ―

　지금 막 구워 낸 듯 금화가 튀어나오는구나.

　오오, 가슴이 뛰는구나! 　　　　5720

　탐나는 것이 모조리 있구나!

　저런, 땅바닥으로 굴러떨어지는군 ―

　주어진 것이니 곧 이용하란 말이오.

　어서 허리를 굽혀, 주워서 부자가 되자 ―

　우리들은 번개같이 날쌔게, 　　　　5725

　저놈의 상자를 송두리째 집어 가자.

의전관　어리석은 양반들 이게 무슨 수작이오!

　이건 단지 가장무도회의 장난이 아니냔 말이오.

　오늘 저녁엔 이제 그만 욕심을 내십시오.

　여러분에게 참말 황금을 줄 것으로 믿나요? 　　　　5730

　이런 장난을 치는 데는 장난감 돈일지라도

　좀 지나치단 말이오.

　답답한 분들이군! 얌전히 겉만 꾸며 보이는 것이

　그대로 세련되지 못한 진실이라고 할 수 있지만

진실이란 무엇을 말합니까? — 여러분은 억척같이,   5735
막연한 망상을 뒤쫓고 있는 것뿐입니다.
탈을 쓴 플루투스 영감, 이 가장무도회의 영웅이시여,
이 무리를 제발 이 자리에서 두들겨 쫓아 주십쇼.

플루투스 그대의 지팡이는 이런 때 쓰자고 마련한 것이 아닌가?
그것을 잠시 나에게 빌려주게 —   5740
이 지팡이를 훨훨 타고 있는 불 속에 처넣자 —
자, 가장한 여러분들, 조심하란 말이오.
번쩍번쩍 반짝반짝 불똥이 튑니다.
지팡이는 벌써 시뻘겋게 달았소이다.
지나치게 가까이 밀려오는 사람은   5745
사정없이 당장에 그을러 드리리다 —
자, 이제 한 바퀴 돌아다녀볼까요.

비명과 혼란 아이고, 우리는 다 죽는다.
도망갈 수 있으면 어서 도망쳐라!
여보, 뒤에 있는 양반, 물러나요 물러나!   5750
뜨거운 불똥이 내 얼굴로 튀어든다.
뻘겋게 달은 지팡이가 무겁게 짓누르는구나.
이제 우린 모조리 망했구나 —
물러나오! 물러나! 가장한 분들!
물러나요! 물러나! 정신 나간 무리!   5755
날개가 있으면, 날아서 도망치련만 —

플루투스 이제, 둘러섰던 무리가 밀려났구나.
아무도 불에 덴 사람은 없을 것이다.
군중은 물러나고,
쫓겨 갔다 —   5760

하지만 질서가 다시 흐트러지지 못하게

여기 눈에 보이지 않는 줄을 쳐놓자.

의전관　　훌륭한 일을 해내셨습니다.

현명하게 처리해주셔서 감사합니다.

플루투스　　아니, 여보게, 좀 더 견뎌야 하네.　　　　　5765

여전히 여러 가지 폭동이 일어날 것 같네.

구두쇠　　자, 이제 마음대로

즐겁게 모인 사람들을 구경할 수 있구나.

무엇이고 구경거리가 있고 먹을 것만 있으면,

우선 덤벼드는 것은 언제나 여자란 말이다.　　　　5770

나도 아직 그렇게 완전히 녹이 슬진 않았지.

예쁜 계집은 역시 예쁜 법이거든.

게다가 오늘은 돈도 들지 않으니,

어디, 안심하고 여자나 낚으러 가보자.

하지만 이렇게 사람들이 붐비는 장소에서는　　　　5775

말이 누구의 귀에나 완전히 들린다고는 할 수 없으니,

약게 굴어 몸짓으로 내 뜻을 뚜렷이 전할 수 있는,

방법을 취해보자. 잘되겠지.

하지만 손짓, 발짓, 몸짓만으로는 모자랄 테니,

연극이라도 한 토막 꾸며 내야 되겠군.　　　　　　5780

어디 금을 진흙처럼 주물러보기로 하자.

이 금이란 놈은 무엇으로든지 둔갑하니 말이다.

의전관　　무엇을 할 작정일까, 저 말라 빠진 천치 녀석이!

저런 굶주린 놈도 농담할 줄 안단 말인가?

저놈이 금을 모조리 반죽을 만들고 있군.　　　　　5785

저놈 손에 들어가니 금이 물러지는구나.

아무리 이겨 대고 둥글게 뭉치고 해도
여전히 망측한 모양만 생겨나는구나.
저놈은 그것을 여자들에게 보이려고 대들고 있다.
그러니 여자들은 모두 비명을 지르고 도망치려 하며   5790
정말 싫어서 못 견디겠다는 꼴들이다.
저 못된 놈이 제법 잔악한 짓을 하는군.
저놈이 아마도 풍기 문란한 짓을 하고도,
좋아하는 것이 아닐까.
그렇다면 내가 잠자코 보고만 있을 수 없지.   5795
내 지팡이를 내시오, 저놈을 쫓아버려야겠으니.

플루투스   지금 무슨 일이 닥쳐올지 저 친구는 짐작도 못 하는군.
마음대로 어리석은 짓을 하게 내버려두시오!
곧 그런 장난을 칠 여지가 없어질 것이오.
법률의 힘도 크지만, 고난의 힘은 더욱 큰 것이오.   5800

혼잡과 노래   높은 산에서, 깊은 골짜기에서,
사나운 무리한테 어울려 왔어요.
거침없이 밀려들어 왔어요.
목신(牧神) 판*을 제사 지내려는 것이지요.
아무도 모르는 것을 우리는 알고 있지요.   5805
그래서 사람 없는 곳으로 밀고 들어가지요.**

플루투스   나는 그대들과 그대들의 위대한 목신도 알고 있다.

---

*   원래 목축과 수렵의 신이지만 그리스어로 '판'은 '일체' '전체'를 의미하므로 '일체'가 신이 되어 요정들을 거느리고 나타난다.

**   앞서 플루투스로 가장한 파우스트가 궤짝 주위에다 그린 마술의 원 안으로 들어가는 것을 가리킨다.

한데 어울려 대담한 수작을 하려는구나.

나는 남이 모르는 것까지도 잘 알고 있단 말이다.

그러니 당연한 의무로써 이 막아 놓은 경계선을 열어주노라.　5810

이 사람들이 행운을 맞았으면 좋으련만!

지극히 불가사의한 일이 일어날지도 모르지.

이 사람들은 어디로 자기가 가는지 모르고 있다.

조금도 조심하고 있지 않으니 말이다.

난폭한 노래　　　여보, 모양낸 친구들, 겉만은 번지르르하군!　5815

껑충껑충 뛰고 마구 달려서,

상스럽고 험악한 꼴로 찾아왔소이다.

쿵쾅쿵쾅 기운차게 발을 구르라.

숲의 신 판들　　　판의 무리

즐겁게 춤을 춥니다.　5820

고수머리에다가는

떡갈나무 관을 쓰고요.

가늘고 뾰족한 귀가

물결치는 머리칼에서 삐져나왔군요.

납작코에 넓적한 얼굴이지만　5825

그래도 여자들은 싫어하지 않는다오.

판이 손을 내밀면,

절세미인도 춤을 쉽사리 거절 못 한답니다.

숲의 신 사티로스 다음은 사티로스가 튀어나옵니다.

비쩍 마른 정강이에, 염소의 발,　5830

마르고 가냘파도 힘줄은 억세다오.

그리고 산마루에 높이 올라

사방을 둘러보는 재미도 압니다.

자유로운 산중의 공기를 즐기면서
안개와 연기가 자욱한 깊은 골짜기에서,   5835
그래도 살아 있다고 뱃심 좋게 생각하는,
사내나 여자나 아이들을 비웃습니다.
산은 정결하고 방해물도 없으며
세계는 나 혼자만의 것이랍니다.

흙의 신령 놈들   난쟁이의 무리도 아장아장 나옵니다.   5840
둘씩 짝을 짓는 것을 싫어합니다.
이끼로 지은 옷에, 등잔을 손에 들고,
우왕좌왕 성급하게 오락가락합니다.
누구나가 혼자서 일을 하는데,
빛을 내는 개미처럼 우글댑니다.   5845
그리고 분주하게 왔다 갔다,
이리 가고 저리 가고 바쁘기만 합니다.

사람한테 유익한 난쟁이 요정과 가까운 친척이며,
바위의 외과의사로 잘 알려져 있다.
우리는 높은 산에서 피를 빼며   5850
충만한 그 혈관에서 피를 뽑는다.
"조심해, 조심해" 하고 믿음직하게 정다운 인사를 나누면서
우리는 금속을 무더기로 캐낸다.
이것도 원래 세상을 위해 하는 것으로,
우리는 착한 인간들의 편이올시다.   5855
하지만 이렇게 파내 온 황금 때문에,
도둑질하는 놈, 여자를 파는 놈,
그리고 대량 살인을 꾸미는

거드름 피우는 사나이들도 이 쇠붙이가 없으면 안 되게 마련.

십계(十戒) 중에 삼계(三戒)*를 범하는 놈은   5860

다른 계율도 중히 여기지는 않는 법.

그러나 그것은 모두 우리의 죄는 아닐진대,

여러분도 우리처럼 참아 나가시구려.

거인들   사나운 사나이라 불려서

하르츠 산중에선 그래도 이름났고   5865

타고난 벌거숭이로 힘이 억세고,

모두가 거인답게 걸어 나온다.

오른손엔 지팡이로 전나무를 짚고

허리에는 동아줄 허리띠를 매고

가지와 잎으로 엮은 우악스러운 앞치마,   5870

교주께서도 부러워할 친위대들이오.

님프들의 합창   (숲의 신, 판을 둘러싸고) 저분도 나오셨구나!

세계의 만상을

구현하고 계신

위대한 숲의 신 판.   5875

자, 여러분, 명랑하게 저분을 둘러쌉시다.

사뿐사뿐 춤을 추며 둥실둥실 저분을 싸고돕시다.

엄숙한 분이시나 마음이 착하시고

여러분이 즐겁게 노는 것을 원하시지요.

판 신께서는 푸른 하늘 밑에서도   5880

늘 잠에서 깨어 계십니다.

---

*   십계 중 '도둑질하지 말라', '간음하지 말라', '살인하지 말라'의 세 계명

하지만 시냇물이 졸졸 흘러내리며 속삭이고,
솔솔 바람이 부드럽게 휴식을 청할 때면,
그리고 그분이 대낮에 잠이 드시면,
싱싱한 초목의 향기로운 냄새는,   5885
소리도 없이 고요한 공중에 가득 찹니다.
님프도 신명을 내기를 꺼리고
선 채로 그대로 잠들고 맙니다.
이윽고 느닷없이
판 신의 목소리가,   5890
우레와 같이, 노래와 같이,
힘차게 울려 퍼지면
모두 어쩔 줄을 모르고,
전쟁터의 용맹스러운 군세도 산산이 흩어지고
혼란 속에 든 영웅도 몸을 떱니다.   5895
그러니 숭상해야 할 신을 숭상합니다.
우리를 인도해 주신 분에게 영광이 있으라!

흙의 신령 놈들의 대표   (위대한 판 신을 향하여) 저렇게 번쩍이는 풍
　　　성한 보물이,
실오리처럼 바위틈에 줄지어 있으니,
오직 영악한 마(魔)의 지팡이*만이   5900
그 미로(迷路)를 가리켜줍니다.

우리가 어두운 굴에 둥근 천장을 뚫고,

---

* 　지하의 재보나 광맥을 발견하는 데 효능이 있다는 지팡이

어두운 굴속을 집으로 삼았으니

당신은 맑게 갠 한낮의 바람 속에서,

가지가지 보물을 자비롭게 나누어줍니다.   5905

한데 지금 바로 여기서

우리는 희한한 샘*을 찾아냈습니다.

그렇게도 얻기가 어려운 것을

쉽사리 나누어주려는 셈입니다.

당신만은 이 일을 해낼 수 있습니다.   5910

주여, 모든 것을 당신의 지배하에 거두시지요.

어떤 보물이건 당신의 손에 들어가서,

비로소 온 세상에 복을 가져올 것입니다.

플루투스   (의전관을 향해서) 우리는 굳건한 마음씨를 지녀야 하느

　　　　　니라.

그리고 일어나는 것은 태연하게 내버려두어야 하느니라.   5915

그대는 여느 때도 억센 용기로 가득 찬 사람이었지.

이제 곧 무서운 일이 일어날 것이로다.

현세나 후세 사람까지도, 그것을 필경 거짓이라고 생각할 터이니,

사실 그대로 그대의 기록 속에 남기도록 하라.

의전관   (플루투스가 들고 있던 지팡이를 받아 들면서) 난쟁이들이 위

　　　　　대한 판 신을 슬슬   5920

불을 뿜는 샘으로 인도하여 갑니다.

---

*　플루투스의 수레에서 내린 궤짝을 가리킨다.

샘은 깊은 나락에서 끓어올라서
다시 밑바닥으로 가라앉으면,
벌어진 입은 암흑입니다.
그러고는 다시 시뻘건 불길이 끓어오르는데,   5925
위대한 판 신은 만족하여
그 이상한 물건을 즐거운 듯 바라보고 있습니다.
진주의 거품이 이리저리 튀곤 합니다.
어떻게 저분은 저런 것을 믿을 수 있을까?
속을 깊이 들여다보려고 몸을 구부립니다 —   5930
저런, 한데 그분의 수염이 그 속으로 떨어졌군요 —
저렇게 미끈한 턱을 가진 분이 누굴까?
손으로 그 턱을 가려서 보이지를 않는군 —
이거, 큰일 났습니다.
그 수염에 불이 붙어서 도로 날아오더니,   5935
그분의 관에도 머리에도 가슴에도 불이 붙었습니다.
즐거움이 괴로움으로 변했습니다.
불을 끄려고 여러 사람이 달려가지만,
불길에 휩싸이지 않은 사람이 없습니다.
아무리 치고 두들겨도,   5940
새로운 불길이 일어날 뿐입니다.
불길 속에 말려들어
가면을 쓴 얼굴은 모두 타버립니다.

그런데 귀에서 귀로, 입에서 입으로,
전해지는 말은 무엇일까. 아니, 별소리를 다 듣겠군!   5945
아아, 영원히 불행한 밤이여,

너는 어떻게 그런 괴로움을 싣고 왔느냐!
누구나 듣기를 원하지 않는 일이
내일은 사람들에게 전해질 테지.
여기저기 고함치는 소리가 들려옵니다.   5950
"황제 폐하께서 그런 화를 당하셨다"고.
제발 그것만은 사실이 아니었으면 좋으련만!
황제께서도 그리고 시종들도 모두 타 죽는구나.
황제 폐하를 유혹해서, 송진 붙은
나뭇가지로 몸을 싸고,   5955
울부짖듯 노래하며 미쳐 날뛰며
군신을 모조리 파멸로 유혹한 놈은 저주를 받아라.
오오, 청년들이여, 청년들이여, 그대들은 환락에서,
적절한 절도를 지킬 수는 없단 말이냐?
오오, 폐하는 전능의 신처럼,   5960
전지(全知)할 수는 없었단 말입니까?
벌써 숲도 불이 붙었습니다.
불길은 뾰족한 혀로 핥듯이 날름거리며,
판자로 된 천장까지 치닫고 있습니다.
방 안 전체가 불에 휩싸이려 합니다.   5965
재앙의 한도도 지나쳤습니다.
대체 누가 우리를 구해줄 것인지?
그렇듯 풍성하던 황제의 영화도
하룻밤에 잿더미로 변합니다.

플루투스　이만하면 공포는 충분히 퍼졌겠지.   5970
　　　이젠 슬슬 구원의 손길을 뻗치기로 하자! ─
　　　대지가 흔들리고 울리도록

이 신성한 지팡이로 힘껏 치자꾸나.

사면에 널리 퍼진 대기여.

냉랭한 기운을 가득 채워라!   5975

습기를 품고 뻗어나간 자욱한 안개여,

이리 와서 주위에 떠돌고,

불길에 휩싸여 붐벼 대는 사람들을 덮어씌워라!

주룩주룩 사락사락 구름을 일으키고

뭉게뭉게 기어들어, 남모르게 불기운을 죽이고,   5980

사면에서 불을 끄며 싸워 다오.

불길을 달래는 축축한 기운이여,

이 어지러운 불놀이를

한 줄기 번갯불로 변하게 하라!

영들이 우리를 해치려고 덤빌 때는,   5985

마법이 그 힘을 나타내야 하느니라.

유원지

아침 해

황제, 신하들.

파우스트, 메피스토, 단정하지만 별로 눈에 띄지 않고 예의범절
에 맞는 옷을 입고 두 사람은 무릎을 꿇고 있다.

파우스트   폐하, 어제의 그런 무례한 마술 불놀이를 용서해주시겠습
            니까?

황제   (일어나라고 손짓하고) 나는 그런 장난을 썩 좋아하네.

갑자기 나는 활활 불타오르는 속에 갇혀,

마치 내가 지옥의 신인 플루톤이 된 느낌이었네.   5990

암흑과 석탄 속에 바위의 밑바닥이 보였고,

불길이 훨훨 타오르고 있었네. 여기저기 틈새에서는

무수한 불길이 소용돌이치며 치솟고,

그 불길은 한데 뭉쳐 둥근 천장 모양이 되었더군.

그리고 천장의 용마루를 향해 불길이 혀를 날름대고,   5995

그런 둥근 천장이 생겼다가는 없어지고 없어졌다간 생기고 하더군.

배배 꼬인 불기둥이 늘어선 넓은 방의 저쪽으로

사람들의 긴 행렬이 움직이는 것을 보았고,

그것이 넓은 원을 이루고 점점 가까이 다가오더니,

언제나 그렇게 하듯 내게 충성을 표시하더군.   6000

그중에는 이 궁중에서 알던 얼굴도 한둘 보이더군.

그래 나는 수천의 불의 신령(살라만드라)의 왕 같은 기분이었네.

메피스토   사실 폐하는 그런 분이십니다. 왜냐하면,

모든 요소가 폐하의 존엄성을 절대로 인정하고 있으니까요.

이미 불의 충성은 이제 시험해보셨습니다.   6005

다음은 사나운 파도가 미쳐 날뛰는 태양에 뛰어들어 보십시오.

진주들이 쫙 깔린 해저(海底)를 밟게 되시자마자

물이 부글부글 끓어올라서 화려한 자리를 만들어낼 것입니다.

보랏빛 단으로 장식한 엷은 초록색의 출렁이는 파도가

당신을 둘러싸고 당신은 한가운데 모시고,   6010

부풀어 올라서 아름답기 그지없는 궁전을 이룰 것입니다.

그리고 어디로 발을 옮기시든 그 궁전도 함께 따라올 것입니다.

물로 이루어진 그 벽 자체가 생명을 지니고 있으며,

화살같이 떼 지어 잔고기들이 몰려가고 몰려옵니다.

바다의 괴물들이 그 새로 생긴 부드러운 빛이 그리워 몰려오지만,   6015

마구 덤벼들 뿐 앞으로는 들어올 수가 없습니다.

그곳엔 황금빛 비늘이 돋친 용도 빛을 내며 놀고 있습죠.

상어란 놈이 입을 쩍 벌리면 폐하는 입속을 들여다보시고 웃으시

기만 하면 됩니다.

지금도 온 대궐 안이 폐하를 모시고 흥겹게 지내고 있긴 하지만,

바닷속의 번잡한 모습을 보신 일이 없으실 것입니다.   6020

하지만 폐하 곁엔 괴물만이 아니라 귀여운 놈도 있습니다.

틀림없이 호기심이 많은 네레우스의 딸들*이,

영원히 새롭고 화려한 궁전을 보고자 다가올 것입니다.

젊은 애들은 겁을 내면서도 물고기처럼 음탕하고,

나이 든 애들은 꾀가 많습니다. 하나 큰언니인 테티스가 알게 되면

6025

폐하를 제2의 펠레우스**로 알고 손과 입을 내밀 것입니다.

다음엔 옥좌를 올림포스 산 위로 옮기고 보면 ―

황제   그런 공중의 영역을 당분간 그대에게 맡기노라.

그 사후(死後)의 옥좌인 그곳에 가려면 아직 이르니까 말이다.

메피스토   아닙니다, 폐하. 지상은 이미 폐하가 소유하고 계십니다.

6030

황제   마치 천일야화에서 튀어나온 듯

---

*   바다의 신 네레우스에게 50명의 딸들이 있는데, 그들을 '네레이데'라고 부른다.
그중 맏딸이 테티스이다.

**   바다의 여신 테티스의 남편으로, 아킬레우스의 아버지다.

그대가 여기 온 것은 얼마나 다행한 일인가!

그대가 셰에라자드*에 못지않은 풍부한 꾀를 가졌다면,

나는 그대에게 최상의 은총을 보증하리라.

흔히 있는 일이나 이 현실 세계가 지긋지긋해질 때면   6035

그대를 부를 것인즉 그리 알고 있거라.

궁내 대신 (급히 등장.) 저는 일생을 두고,

이처럼 고맙고 행복한 일을 알려 드리게 되리라고는 미처 생각지

못했습니다.

이건 참으로 복되기 이를 데 없어

어전에 나와도 기쁘기에 한량없습니다.   6040

그 많은 부채를 모조리 정리하였사오며,

고리 대금업자의 날카로운 손톱도 꼼짝 못 하게 하였습니다.

진정 지옥의 고초를 벗어난 기분입니다.

천국에 오른다 해도 이렇게 유쾌할 수는 없겠습니다.

병무 대신 (급히 뒤따라 등장.) 밀린 급료는 나누어서 지급하기로 처리

했으며,   6045

군대 전체가 다시 계약했습니다.

병정들은 신선한 피가 도는 느낌이며,

술집 주인과 계집들까지도 좋아하고 있습니다.

황제   그대들은 가슴을 활짝 펴고 숨을 쉬고 있군!

주름 잡힌 얼굴에 희색이 돌아 환하고   6050

어째서 그리 급하게들 달려오는고?

재무 대신 (나타나며) 그 일을 처리한 이 두 분에게 물어주십시오.

---

* 《아라비안나이트》에 나오는 재상의 딸이자 술탄의 왕비로 밤마다 왕에게 무수한 이야기를 들려주어 목숨을 건졌다.

파우스트   이런 일은 재상께서 말씀드리는 것이 좋겠습니다.

재상   (천천히 다가오면서) 장수한 덕에 기꺼운 일을 보게 되었습니다.

그럼 이 지극히 중대한 문서를 보시고 말씀을 들어주십시오. 6055

이것이 화를 복으로 뒤집어놓은 것이올시다.

(읽는다.)

"알고자 하는 자에게 널리 알리노라.

이 종이쪽지는 천 크로네의 가치가 있다.

이 확실한 담보를 보증할 수 있는 것은,

제국 내에 허다하게 매장된 재물이다. 6060

이 풍부한 재물을 곧 발굴하여,

언제든지 곧 보상하는 데에 도움이 될 것이다."

황제   고약한 짓이, 터무니없는 사기가 자행된 것 같구나!

여기 이 황제의 서명은 누가 위조했느냐?

이런 불법 사실을 처벌도 하지 않고 내버려둘 줄 아느냐? 6065

재무 대신   기억이 안 나십니까? 폐하 손수 서명하셨습니다.

바로 어젯밤의 일입니다. 폐하가 위대한 숲의 신 판으로 나타나셨을 때

재상께서 저희와 함께 나가서 말씀드렸습니다.

"이런 훌륭한 잔치가 백성들의 행복이 되도록

한두 줄 적어주시면 좋겠습니다"라고요. 6070

그러자, 술술 적어주시기에, 어젯밤 사이에,

마술사를 시켜서 천 배로 늘렸나이다.

폐하의 은총이 만인에 고루 미칠 수 있도록

한 장 한 장 일일이 관인(官印)을 찍어서,

10, 30, 50, 100크로네짜리가 준비되었습니다.   6075

그것이 얼마나 백성들을 기쁘게 했는지 폐하는 모르실 것입니다.

도시를 보십시오. 여태까지 반죽음으로 곰팡이가 슨 듯했던 놈이,

모두 살아나서 흥겨워하며 들끓고 있습니다.

예전에도 폐하의 어명은 백성들을 즐겁게 했지만

이번처럼 그렇게 환영받은 적은 없었습니다.   6080

다른 문자들은 이제 무용지물이 되었고,

어명의 글자만으로 모두가 행복해집니다.

황제   그러면 그것이 백성들에겐 금화 대신 통용된단 말이냐?

군대와 궁중의 급료도 그것으로 전액을 치를 수 있단 말이냐?

그렇다면 좀 이상하긴 하지만 인정할 수밖에 없구나.   6085

궁내 대신   기왕에 날개 돋친 듯 나간 것을 회수하는 것은 불가능합
니다.

마치 번갯불처럼 세상에 흩어지고 말았습니다.

황금 은행은 모조리 문을 열어놓고 있으며,

한 장 한 장에 대해서 물론 수수료는 떼지만,

금화와 은화로 바꾸어주고 있습니다.   6090

그곳에서 곧장 푸줏간, 빵집, 술집으로 달려가고 있습니다.

세상의 반은 오직 맛난 음식을 먹는 데 정신이 팔리고,

나머지 반은 새 옷을 입고 뽐내고 싶어 하는 것 같습니다.

소매점에선 피륙을 끊어 주고, 재단소는 옷을 짓고,

술집에선 "황제 만세"의 고함 소리가 들끓고 있으며,   6095

지지고 볶고, 접시 소리가 젱그렁거리고 있습니다.

메피스토   공원의 테라스를 혼자 어슬렁대고 있을라치면,

화려하게 단장한 아름다운 여인들이,

자랑스러운 공작 날개로 한쪽 눈을 살짝 가리고

방긋이 웃음을 짓고 지전(紙錢)을 살짝 곁눈질합니다.   6100

이쯤 되면 꽤나 구변으로 달래기보다 훨씬 손쉽게,

듬뿍 사랑의 호의가 드러납니다.

지폐 한 장이면 품 속에 넣어두기도 쉬우며

지갑이나 주머니에게 수고를 끼치지 않습죠.

그리고 연애 편지와 함께 넣기도 편합니다.   6105

신부들은 경건한 태도로 기도서에 끼워두고,

병사들은 재빨리 '뒤로 돌앗!' 할 수 있게,

허리에 찬 띠가 가벼워집니다.

이야기가 너무 자세해서 위대한 사업을,

천하게 하는 결과가 된 것 같으면 용서해주십쇼.   6110

파우스트 무진장의 보물이 폐하의 영토 내 깊은 땅속에

묻혀서 때를 기다리며 이용되지 않고 있습니다.

아무리 웅대한 사상이라도 이러한 재물에 비하면,

너무나도 보잘것없는 울안의 물건이며,

아무리 사상이 그 날개를 펴고 높이 난다고 해도   6115

헛되이 노력할 뿐이며 미칠 수가 없습니다.

하지만 깊이 통찰할 힘을 지닌 인간은,

무한한 재물에 대해서 무한한 신뢰가 있는 거지요.

메피스토 이러한 금이나 진주를 대신하는 지폐는

여간 편리한 것이 아니어서 제 주머니 속을 훤히 알 수 있지요. 6120

그래서 우선 값을 깎거나 바꿀 필요가 없습니다.

마음껏 사랑이나 술에 취할 수가 있거든요.

금화가 소원이면 환금업자가 기다리고 있습니다.

그곳에도 금이 없으면 잠깐 파오면 되거든요.

파낸 잔이나 사슬은 경매에 붙여서,   6125

지폐를 상환해주면 되거든요.

이렇게 되면 건방지게 우리를 비웃던 의심 많은 놈들은 창피를 당
하게 되지요.

습관이 되면 지폐가 제일이라고 할 것입니다.

이렇게 해서 폐하의 영토 내에는 어디를 가나,

보석, 황금, 지폐가 얼마든지 있게 됩니다.   6130

황제   우리나라는 그대들의 덕으로 큰 혜택을 입었다.

가능하면 그 공로에 어울리는 상을 내리고 싶다.

우리나라의 땅속을 그대들에게 맡기겠노라.

그대들은 보물의 가장 훌륭한 관리자다.

매장되어 있는 보물의 광대한 지면을 알고 있은즉,   6135

그것을 파낼 때면 그대들의 말을 따르겠다.

나라의 보물을 다스리는 그대들 두 사람은 힘을 합하고,

지상과 지하의 세계가 서로 합치고 협력해서,

나라의 복리를 증진하는 자리를 위임받은

임무를 즐거운 마음으로 완수해주길 바란다.   6140

재무 대신   저희들은 이 두 사람과 조금도 분쟁을 일으키지 않겠습
니다.

마술사가 동료라서 좋아하고 있습니다.

(파우스트와 같이 퇴장.)

황제   대궐 안의 한 사람 한 사람에게 지폐를 줄 터인즉

각자는 어디에 그것을 쓸 것인지 아뢰도록 하라.

시종   (받으면서) 흥겹고 명랑하고 즐겁게 살겠습니다.   6145

다른 시종 (받으면서) 당장 애인한테 목걸이와 반지를 사주겠습니다.

346

시종 (받으면서) 이제부터 두 배 좋은 술을 마시겠습니다.

다른 시종 (똑같이) 주머니 속 주사위가 근질근질합니다.

귀족 (신중하게) 잡혔던 성(城)과 전답을 찾아야겠습니다.

다른 귀족 (마찬가지로) 다른 보물과 함께 저축하겠습니다.　　　　6150

황제 나는 새로운 일을 시작할 흥미와 용기를 기대하였노라.

　　　한데, 그대들을 아는 사람은 쉽사리 짐작이 가겠지만,

　　　알고 보니, 아무리 재물이 꽃처럼 피어도,

　　　그대들은 예나 다름없는 목석들이구나.

어릿광대 (앞으로 나오며) 적선하시려면 혜택을 주십시오!　　　　6155

황제 다시 살아났다 해도 네놈은 이 돈으로 또 마셔버리고 말
　　　겠지.

어릿광대 마술 같은 지폐라! 도무지 알 수 없는 일이군.

황제 아마 그럴 테지, 네놈은 그것을 변변히 쓰지도 못할 테니까.

어릿광대 다른 지폐가 떨어졌습니다. 어떻게 할까요?

황제 그것도 받아두렴, 네 몫이다. (퇴장.)　　　　6160

어릿광대 5,000크로네나 내 손에 들어왔구나!

메피스토 두 발 달린 술통 놈아, 다시 살아났느냐?

어릿광대 가끔 있는 일이지만 이번처럼 잘된 일은 없었죠.

메피스토 어찌나 기쁜지 땀까지 뻘뻘 흘리고 있군.

어릿광대 이걸 좀 보슈. 이것이 돈으로 쓰인단 말인가요?　　　　6165

메피스토 그것이면 목구멍이나 배가 탐내는 물건을 살 수 있고말고,

어릿광대 그럼 밭과 집과 가축도 살 수 있습니까?

메피스토 사다마다! 흥정만 붙여보란 말이다. 손에 안 들어오는 게
　　　없을 테니.

어릿광대 그리고 산과 수렵장과 양어장이 붙은 성도 살 수 있을까요?

메피스토 물론이지!

　네가 그럴듯한 성주가 된 꼴을 좀 보고 싶구나!　　　　　　　6170

어릿광대 오늘 밤에는 대지주가 된 꿈이나 꿔볼까!

메피스토 (혼자서) 이래도 누가 또 익살꾼의 지혜를 의심하랴!

어두운 복도

　파우스트, 메피스토펠레스.

메피스토 어째 이런 어두운 복도로 끌고오는 것입니까?

　저 안에서는 아직도 즐거움이 모자란단 말인가요?

　붐벼 대는 대궐 안의 잡다한 무리 속에서는　　　　　　　　6175

　장난이나 사기를 할 기회가 없단 말인가요.

파우스트 그런 말은 그만두게. 그런 짓은 자네도,

　벌써 오래전에 싫증이 나도록 했을 텐데. 그러나,

　자네가 지금 이리 피하고 저리 피하는 것은,

　내게 확실한 대답하기를 피하려는 것이겠지만,　　　　　　6180

　나는 피할 수 없는 일이 있단 말일세.

　궁내 대신과 시종이 성화를 부리고 있네.

　황제가 헬레네와 파리스를 눈앞에 놓고 보고 싶다고,

　그것도 당장에 보아야겠다고 한단 말일세.

　즉 남자와 여자의 이상적인 모습을　　　　　　　　　　　6185

　산 채로 보시고 싶다는 말일세.

　즉시 일을 시작해주게! 약속을 어길 수는 없으니.

메피스토 경솔하게 그런 약속을 하시다니 될 노릇인가요.

파우스트 여보게, 자네의 술책이 우리를 어떤 결과로

인도할지 자네는 생각을 못 했네그려.   6190

우리가 황제를 부자로 만들어놓은 바에는

이번에는 즐거움을 제공해야만 되게 되었네.

메피스토 그런 일이 척척 될 수 있다고 망상을 하는군요.

이번에는 더욱 험준한 고개를 넘어야 합니다.

전혀 생소한 영역*에 손을 내밀고서,   6195

결국에는 무모하게도 새로운 빚을 걸머지게 되고 말지요.

대체 헬레네를 그 금화 대신 쓰는 종이 도깨비처럼

그렇게 쉽사리 불러내 올 수 있다고 생각하시오?

얼빠진 마녀나 엉터리 도깨비나

병신 난쟁이들 같으면 당장에라도 대령시키겠지만,   6200

그렇다고 나무랄 정도는 아닌지 모르겠으나, 악마의 정부(情夫)
따위를,

고대의 이름난 여자 대신 내세울 수는 없지 않소?

파우스트 또 그런 낡아 빠진 잔소리가 나오는군!

자네한테 걸리면 언제나 이야기가 애매해지거든.

자네는 모든 장해의 근원일세.   6205

수단을 빌릴 적마다, 새로운 보수를 내라고 하네그려.

잠깐 주문만 외면 일은 다 되는 게 아닌가.

뒤돌아보는 사이에 자네는 두 사람을 이 자리에 데려올 수 있지
않나.

---

* 중세 그리스도교적 세계에 사는 악마 메피스토에게는 고대 그리스의 세계는 멀
고 그 힘이 미치지 못하는 세계이며, 따라서 헬레네를 불러내라는 요구는 별로 반
가운 일이 아니다.

메피스토 나는 그런 이교도*하곤 아무런 상관이 없소이다.

그것들은 또 다른 지옥에 살고 있단 말이오.   6210

하지만 수단은 한 가지 있소이다.

파우스트 말해보게, 지체 말고!

메피스토 그런 고상한 비밀을 털어놓고 싶지 않지만 ―

깊은 고독 속에 여신들은 거룩하게 살고 있소이다.

거기에는 공간도 없고 시간도 없습니다.

그 여신들에 대해서는 이야기하기조차 어렵습니다.   6215

그것은 '어머니들'입니다.

파우스트 (깜짝 놀라며)   어머니들이라고?

메피스토 소름이 끼칩니까?

파우스트 어머니들이라! 어머니들! 이상한 이름이군.

메피스토 사실 이상하지요. 당신들 죽을 운명을 가진 사람은 모르며

우리도 부르기를 꺼리는 여신들입니다.

그들이 사는 곳으로 가려면 아주 깊은 숲속으로 숨어 들어가야 합

니다.   6220

그런 것한테 일이 생겼다니, 당신의 죄입니다.

파우스트 그 길은 어디로 해서 가지?

메피스토 길이 어디 있나요? 사람이 가보지 않은

발을 들여놓을 수 없는 곳이지요. 아무도 바랄 수 없는

가볼 수 없는 길이지요. 갈 용의가 있습니까?

열어젖힐 자물쇠도 빗장도 없습니다.   6225

오직 외로움에 이리 쫓기고 저리 쫓기고 합니다.

---

* 헬레네는 그리스의 왕비이므로 이교도이며, 메피스토는 기독교의 악마이다.

당신은 처량하고 고독한 뜻을 알고 있습니까?

파우스트　그런 말은 안 해도 되리라고 생각하는데

어째 그 마녀의 부엌 냄새가 나는군.

벌써 아득하게 지난날의 냄새가 말일세.　　　　　　6230

나도 전에는 세상하고 사귀어본 일이 있었지?

그리고 공허한 것을 배우고 가르치지 않았나?

내가 나의 본대로 이치에 닿는 말을 할라치면,

반대되는 말이 갑절이나 시끄럽게 들려왔었지.

그래서 그 불쾌한 세상의 오해와 미움을 피해서　　　6235

나는 고독한 곳으로 황량한 자연 속으로 도망쳤던 것일세.

그리고 그렇게 버림받고 혼자 살지 않으려고

끝내는 악마한테 몸을 내맡긴 것이 아닌가.

메피스토　그러나 당신이 망망대해를 헤엄쳐 다니그,

무한한 공간에 눈길을 준 일이 있다 해도,　　　　　6240

연달아 밀려오는 파도는 바라볼 수 있을 것이오.

혹은 당신이 익사할까 겁을 낼지는 모르지만,

어쨌든 무엇이든 볼 수 있는 거지요. 잔잔한 바다의,

초록색 물을 헤치고 지나가는 돌고래라도 볼 테지요.

흘러가는 구름이나 해, 달, 별들도 볼 수 있죠.　　　6245

하지만 그 영원히 공허하고 아득한 경지엔 아무것도 안 보입니다.

자기가 밟는 발소리도 들리지 않으며,

몸을 쉬려 해도 단단한 자리조차 없습니다.

파우스트　네놈은 고래로 충실한 신입 제자를 속여 먹는

신비교의 도사 중의 제일가는 놈같이 말하는구나.　　6250

단지 거꾸로 된 것뿐이다. 네놈은 나를 공허 속으로 보내놓고

거기서 내 솜씨와 힘을 증진해주겠다는 것이지.

네놈은 나를, 불 속에서 밤을 집어내게 하는

고양이 역할을 나에게 시키려 드는구나.

상관없다! 어디 밑바닥까지 밝혀내보자꾸나!　　　　　　　　6255

나는 네가 말하는 허무 속에서 일체를 찾아내련다.

메피스토 당신이 떠나기 전에 칭찬을 해드려야겠습니다.

확실히 당신은 악마란 놈을 잘 알고 있군요.

자, 이 열쇠를 받으시오!

파우스트 이런 조그만 물건인가?

메피스토 자, 쥐어보시구려, 그리고 만만히 보지 말란 말이오.　　6260

파우스트 손에 잡고 보니 커지는구나! 번쩍번쩍 빛이 나기 시작하

는군!

메피스토 당신, 무슨 물건을 갖게 되었는지 아시기나 하오?

이 열쇠가 올바른 장소의 냄새를 알아낼 것이외다.

그놈만 따라가요. 그러면 어머니들한테로 인도할 것이오.

파우스트 (몸을 부들부들 떨며) 어머니들한테로! 듣기만 해도 몸이 오

싹해지는구나!　　　　　　　　　　　　　　　　　　6265

정말 듣고 싶지 않은 그 말은 무슨 뜻일까?

메피스토 새로운 말이 불쾌해질 만큼 당신은 평범하단 말이오?

기왕에 듣던 말만 당신은 듣고 싶단 말이오?

지금부터 무슨 소리가 들려와도 언짢게 생각하면 안 되오.

벌써 여러 가지 이상한 것에 익숙해진 지 오래지 않소.　　6270

파우스트 하지만 무감동한 데서 나는 행복을 찾지는 않겠다.

전율이란 것은 인간의 가장 깊은 정신의 부분이다.

하긴 세상은 이런 감동을 여간해서 인간에게 주지 않지만,

이런 감동에 사로잡혀봐야 비로소 비상한 것을 깊이 느끼는 법

일세.

메피스토　그럼, 내려가보구려, 아니 올라가보라고 해도 되겠지! 6275

똑같은 것이니까요. 당신은 이미 생성된 사물의 세계에서 떠나,

형태가 없는 형태만의 세계로 가보시구려!

이미 존재하지 않는 것이 형태를 찾아가는 것입니다.

그러면 오락가락하는 구름처럼 얽히고설키는 무리가 있을 것이오.

그때 이 열쇠를 휘둘러 그것을 피하도록 하시오! 6280

파우스트　(감동하는 듯) 알았네. 이것을 꽉 쥐니까 새로운 힘이 솟고,

가슴도 활짝 펴지는 것 같다. 자, 위대한 일을 위해 나서볼까.

메피스토　훨훨 불길이 타오르는 삼발이 향로*가 보이면,

제일 깊은 밑바닥까지 이른 것이오.

향로의 불빛으로 어머니들이 보일 것입니다. 6285

앉아 있는 이도 있고 서성거리거나 거닐고 있는 이도 있을 것이오.

그때의 처지에 따라 다를 것이오. 모양이 생기기도 하고 모양을 바

꾸기도 하니,

말하자면 영원한 의미가 있는 영원한 대화가 계속되며,

주위에는 온갖 피조물의 형태가 떠돌고 있소.

어머니들에게 보이는 것은 오직 그림자뿐이므로 당신은 보지 못

할 것이오. 6290

하지만 여간 위험하지 않으니 마음을 다잡고서,

곧장 그 삼발이 향로 있는 데로 가서

이 열쇠로 그것을 건드려보시오.

---

*　하나의 상징이다. 델포이의 피티아에 있는 것은 가장 신성한 예언을 하는 신비스
러운 향로로 알려졌다. 파우스트는 전설에서 그렇듯이 '어머니들의 나라'에서 직
접 헬레네를 데려오는 것이 아니고 이 향로를 가지고 와서 헬레네의 모습을 만들
어내려고 한다.

(파우스트는 열쇠로 무슨 명령이라도 내리는 듯한 단호한 태도를 취한다.)

메피스토 (그를 바라보면서) 그럼 됐소!

그 향로는 당신에게 붙어서 충직한 하인처럼 따라올 것이오.

당신이 태연자약하게 올라오면, 행운이 끌어올려주니, 6295

어머니들이 모르는 사이에 당신은 그것을 가지고 돌아올 수 있소.

그리고 그것을 한번 이곳으로 가져와놓기만 하면

옛날 영웅이건 미인이건 암흑세계에서 불러낼 수 있소이다.

그렇게만 되면 당신은 이런 일을 감히 해치운 최초의 인간이 되는 거요.

그 일은 이루어지는 것이고 그것은 당신의 공이오. 6300

그다음엔 마술의 조작만을 부리면 틀림없이

향기로운 연기가 떠오르며 신으로 변합니다.

파우스트 그러면 이제 어떻게 하지?

메피스토 당신의 심혼을 바쳐 내려가려고 노력하시오.

발을 구르며 내려가시오. 또한 발을 구르며 올라오고.

(파우스트, 발을 구르며 내려간다.)

메피스토 열쇠가 말을 잘 들어주었으면 좋으련만, 6305

다시 돌아오게 될지 어디 두고 보자.

밝게 불이 켜진 방들

황제와 영주들, 신하들이 거닐고 있다.

시종 (메피스토에게) 당신은 유령들을 보여주는 장면을 마련해
　　　야겠습니다.

　　곧 시작해 주시오. 폐하께서 조바심을 내고 계시오.

궁내 대신 지금 막 폐하께서 어찌 되었냐고 물으셨소.

　　우물쭈물하다가는 폐하의 체면이 손상되는 판이오.　　6310

메피스토 하지만 그 일 때문에 내 친구가 떠났단 말이오.

　　그는 무엇부터 시작해야 한다는 것을 이미 알고 있으며

　　혼자 들어박혀 실험을 하고 있소이다.

　　여간한 고생이 아닐 것입니다.

　　그런 미(美)라는 보물을 파내 오자면,　　6315

　　현자의 비방이라는 최고의 재간이 필요하니까요.

궁내 대신 어떤 재간이 소용되는지는 문제가 아니오.

　　폐하는 다 되기만을 원하고 계신 거요.

금발의 여인(메피스토에게) 여보세요, 한 말씀만. 제 얼굴은 이렇게 곱
　　　지만,

　　지긋지긋한 여름이 오면 그렇지를 못해요.　　6320

　　거무스레한 붉은 점이 잔뜩 돋아서

　　하얀 살결을 덮어버리니 정말 싫어 죽겠어요.

　　약이 없을까요?

메피스토 안됐군요, 당신처럼 아름다운 미인이,

　　5월이 되면 댁의 얼룩 고양이처럼 점이 박히다니.

　　개구리알과 두꺼비 혀로 맑은 즙을 짜내서,　　6325

　　보름달이 차면 정성 들여 증류해서,

　　달이 기울거든 깨끗하게 바르도록 하십시오 ─

　　봄이 되면 반점은 흔적도 없을 것입니다.

갈색 머리의 여인 모두 모여들어 당신을 둘러싸고 법석들이군요.

저도 약 좀 주세요. 발에 얼음이 박혀서,   6330

걷는 데도 춤추는 데도 방해가 돼요.

인사를 하려 해도 되지 않는군요.

메피스토   실례지만 제가 한 번 밟아드리지요.

갈색 머리의 여인   망측해라, 그런 짓은 애인들끼리나 하는 거 아녜요.

메피스토   아가씨, 내가 밟는 것은 더 큰 의미를 가졌다오.   6335

무슨 병이고 같은 곳은 같은 곳으로 고치는 법이죠.

발은 발로 고치고 다른 곳이면 다른 곳으로 고칩니다.

자, 이리 와요. 정신 차려요. 맞장구를 칠 건 없어요.

갈색 머리의 여인   아야, 아야, 이봐요. 지독하게도 밟으시는군요.

말발굽*에 밟힌 것 같아요.   6340

메피스토   이제 다 나았을 것입니다.

이젠 마음대로 춤을 출 수 있을 거요.

식탁에서 입맛을 다시며 애인과 발장난이라도 치시구려.

귀부인   (들이닥치며) 좀 들어가게 해주세요! 괴로워서 못 견디겠

어요.

제 가슴이 속속들이 끓어올라 뒤집히는 것 같아요.

어제까지도 내 눈초리에서 즐거움을 살피던 그이가,   6345

글쎄 딴 여자하고 소곤대며 날 버리고 돌아섰어요.

메피스토   좀 중병인데, 하지만 내 말만 들으시구려.

살금살금 그 사람 곁으로 다가서란 말이오.

그리고 이 숯으로 그분의 소매나 외투나 어깨에나

하여간 칠하기 좋은 곳에다 두 줄을 그으세요.   6350

---

*   악마 메피스토가 말발굽을 가지고 있다고 언급한 제1부 2490행과 4140행 참조

그러면 그 사람은 틀림없이 후회하고 가슴에서 뜨끔한 고통을 느낄 것입니다.

하지만 그 숯덩어리는 그 자리에서 삼켜버려야 해요.

술이나 물도 먹으면 안 됩니다.

아마, 그분은 오늘 밤 안으로 당신 문 앞에 와서 한숨을 쉬리다.

귀부인　　독약은 아니겠지요.

메피스토　(화를 낸다.) 천벌을 받을 소리는 그만해요!　　　　6355

이런 숯은 가까운 데선 못 구한단 말이오.

이건 전에 우리가 열심히 불을 질렀던,

화형장의 장작더미에서 나온 것이란 말이오.

사동　　　저는 연애를 하고 있지만, 상대자는 저를 어른 취급을 안

　　　　　해줘요.

메피스토　(혼자서) 이젠 뉘 말을 먼저 들어야 할지 모르겠군.　　6360

(사동에게) 너무 어린애를 상대하니까 그런걸세.

중년 부인이라면 자네를 귀여워할걸세 ─

　　(다른 자들이 밀려온다.)

또다시 애송이구나! 무슨 장난이 이렇게 고될까!

결국 사실대로 말하면 나는 빠져나가게 되지만,

가장 서투른 술책이지! 고생도 이만저만이 아니다 ─　　　　6365

아아, 어머니, 어머니들이여! 파우스트를 돌려보내주오!

　　(주위를 돌아보며)

넓은 대청에는 벌써 불빛이 흐려졌구나.

궁중의 정신(廷臣)들이 갑자기 움직이더니,

얌전하게 줄을 지어 긴 복도와

멀리 주랑(柱廊)을 지나가는 것이 보인다.

음, 알겠다! 모두 그 해묵은 기사의 넓은 방으로 모이는구나.　6370

하지만 모두 들어간 것 같지는 않군.
널찍한 벽은 양탄자로 장식했고
구석이나 감실(龕室)에는 무기가 장식되어 있다.
여기라면 마술사의 말은 필요가 없을걸.
유령이 저절로 기어 나올 것만 같구나.   6375

기사의 홀

> 희미한 조명.
> 황제와 신하들이 등장해 있다.

의전관   연극을 설명하는 나의 오랜 소임도,
유령들이 보이지 않게 거동하니 저도 잘은 모르겠습니다.
이런 얽히고설킨 진행을 분명하게 따져서
설명하는 것은 암만해도 헛된 일입니다.   6380
의자니 걸상들은 벌써 준비가 다 되어,
폐하는 벽을 마주 바라보시고 좌정하셨습니다.
벽걸이, 양탄자에 그려진 전성시대의 전쟁 그림이나
잠시 편안하게 구경해주십시오.
이제 이곳에 황제와 정신들이 모조리 둘러앉아 계십니다.   6385
뒤쪽에는 의자들이 꽉 들어찼습니다.
이런 음산한 유령이 나오는 대목에서까지 연인은
연인 곁에 정답게 자리를 차지하고 있습니다.
이렇게 모든 사람이 어울리는 자리를 마련하였으니
준비는 다 되었군요. 자, 유령들이여, 나타나라.   6390

(나팔 소리)

천문학 박사   즉시 연극을 시작하여라!

폐하의 명령이다. 벽들아, 열리거라!

여기는 마법의 세상이다. 아무 거리낄 것도 없다.

벽걸이, 양탄자도 불길에 말리듯 없어진다.

돌벽도 쪼개져 문짝처럼 넘어진다.   6395

깊숙한 무대가 마련되는 것 같구나.

신비에 찬 불빛이 한 줄기 비치는 것도 같다.

어디 무대 앞턱으로 나는 올라가보자.

메피스토   (프롬프터가 있는 구멍에서 몸을 나타내고) 나는 여기서 구경
        꾼들의 인기나 얻어보자.

대사를 거들어주는 것이 악마의 화술이다.   6400

    (천문학 박사를 보고)

당신은 별들의 걸음걸이 박자까지도 알고 계신 분이니,

내가 귀띔하는 말도 능란하게 알아차리겠지요.

천문학 박사   불가사의한 힘으로 육중하기 짝이 없는

고대의 신전이 여기 눈앞에 나타났습니다.

한때 하늘을 떠받치고 있던 아틀라스와 같이   6405

원주(圓柱)들이 죽 열을 지어 서 있습니다.

기둥 두 개면 큰 집을 받칠 수 있을 것 같으니,

이만하면 아마 충분히 돌의 무게를 지탱하리라.

건축가   이것이 이른바 고대 양식이란 말인가요? 칭찬할 수 없군요.

둔하고 지나치게 육중하다고나 할까요.   6410

조야한 것을 고상하다 하고 거친 것을 웅대하다고 하는군요.

내가 좋아하는 것은 한없이 위로 뻗어 올라가는 좁다란 기둥이오.

뾰족한 지붕마루는 정신을 높여줍니다.

그런 건축이야말로 우리에게 가장 즐겁습니다.

천문학 박사   성운(星運)이 트인 이 시각을 경건한 마음으로 받아

들이시오.   6415

마법의 주문으로 이성 따위는 묶어버리는 게 좋겠소.

그 대신 희한하고 대담한 공상력을

자유자재로 마음껏 발휘하도록 하십시오.

여러분이 대담하게 요구하는 것을 눈으로 보십시오.

불가능한 것이기에 믿을 만한 가치가 있습니다.   6420

(파우스트, 무대 전면 반대쪽에 나타난다.)

천문학 박사   목사의 옷을 입고 화환을 쓴 이상한 사람이 나타났다.

확신을 가지고 시작한 일을 지금 완수하려고 합니다.

텅 빈 구멍에서 삼발이 향로가 함께 솟아오릅니다.

벌써 그 향로에서 향내가 나는 것 같습니다.

그 사람은 이 대사업을 축복하려고 준비하고 있습니다.   6425

이제부터는 일이 잘되어 나갈 것 같습니다.

파우스트   (장중하게) 끝없는 고장에 좌정하고 영원히 외롭게 살아

가며,

그러면서도 함께 모여 살아가는 어머니들이여, 그대의 이름으로

그대들의 머리를 둘러싸고,

생명 없이 움직이는 생명의 형태들이 떠돌고 있다.   6430

한때 온갖 광명과 광휘에 싸여 존재하던 것이,

거기서 움직인다. 그것은 영원을 원하기 때문이다.

만능의 위력을 지닌 그대들은 그것을 갈라놓아,

어떤 것을 밝은 날의 천막 속으로, 어떤 것은 밤의 지붕 밑으로 보

낸다.

그리하여 어떤 자는 인생의 즐거운 행로를 받아들이고,   6435

어떤 자는 겁을 모르는 마술사가 찾으러 간다.

그 마술사는 자신만만하게, 얼마든지 아낌없이

누구나 소원하는 기기묘묘한 것을 보여주는 것이로다.

천문학 박사　　시뻘겋게 달은 열쇠가 향로에 닿자마자,

안개가 무럭무럭 당장에 방안에 자욱이 덮입니다.　　　　　　6440

안개는 서로 휘감기고 구름처럼 피어오르고,

늘어졌다가 뭉쳤다, 얽혔다가 떨어졌다, 다시 짝을 짓습니다.

자, 유령을 다루는 저 능란한 기술을 보십시오.

안개가 떠다니는 데 따라 음악 소리가 일어납니다.

아득한 음향에서 무엇인지 모를 것이 솟아나고,　　　　　　6445

안개가 움직이면 모두가 음률이 됩니다.

원주는 물론이고 그곳에 아로새긴 세 줄기 장식*도 올리고 있습니다.

어쩐지 신전(神殿) 전체가 노래를 부르고 있는 듯도 합니다.

안개 같은 것이 가라앉습니다. 그러자 그 가벼운 베일 속에서,

아름다운 젊은이가 사뿐사뿐 박자를 맞추며 걸어 나옵니다.　6450

여기서 나의 소임은 입을 다물겠습니다. 젊은이의 이름은 댈 필요조차 없으니.

누가 그 귀여운 파리스**를 모른다고 하겠습니까?

(파리스 등장.)

귀부인 1　　어쩌면, 저렇게도 한창 아름답게 피어나는 젊음이 찬란

---

*　도리스식 원주(圓柱) 위에 있는 장식대(frieze)에는 수직으로 세 줄의 홈 무늬가 있다.

**　트로이 왕자로 스파르타의 왕비 헬레네를 유혹해서 트로이 전쟁을 일으켰다.

할까!

귀부인 2   물기가 줄줄 흐르는 싱싱한 복숭아 같군요!

귀부인 3   모양도 예쁘지, 저 통통한 입술이 귀엽기도 해!   6455

귀부인 4   저런, 잔에다 입을 대고 싶은 게로구나?

귀부인 5   기품이 있다고는 할 수 없지만 정말 예쁘군요.

귀부인 6   조금만 더 재치가 있었으면 좋으련만.

기사   양 치는 목동*이라는 느낌이 들게 하는군요.

    귀공자다운 점은 하나도 없고 궁중의 예법도 전혀 모르는 것 같고.

                                                    6460

다른 기사   옳은 말씀! 반 벌거숭이라 보기 좋지요.

    하지만 갑옷을 입혀놓고 봐야지 어디 알겠소!

귀부인   앉는군요. 사뿐히, 기분좋게.

기사   그의 품에 안기면 기분 좋을 것이라고 생각하시겠죠?

다른 귀부인   머리에다 팔을 참 맵시 있게도 고였네.   6465

시종   버르장머리 없군! 용서할 수 없는걸!

귀부인   남자분들은 만사에 흠만 잡으려 드는군요.

시종   폐하의 어전에서 버릇없이 기지개를 켜다니!

귀부인   연극을 하는 것뿐 아네요! 저 혼자만 있는 줄 알고 있어요.

시종   연극일지라도 여기서는 예의를 지켜야지.   6470

귀부인   저런, 귀엽게도 새근새근 잠이 들었네.

시종   이제 곧 코를 골 거요. 완전히 자연 그대로군.

젊은 귀부인   (황홀해서) 향내에 섞여서 나는 냄새는 무엇일까요.

    나는 가슴 속까지 시원해지는 것 같아요.

---

*   파리스는 양치기였고, 이다산에서 세 여신을 만났다.

중년 귀부인   정말 마음속까지 스며드는 향기로군요.   6475

저 사람한테서 나오는데요!

가장 늙은 귀부인   한창 피어난 꽃이라오.

젊은이의 몸속에서 빚어진 영약(靈藥)이,

공중에서 사방으로 퍼지는 거지요.

    (헬레네, 등장.)

메피스토   대체 이것이 그 여자일까! 그러면 안심해도 좋겠다.

예쁘긴 하지만, 내 취미엔 맞지 않는군.   6480

천문학 박사저는 공평무사하게 솔직히 고백합니다만,

이번엔 저도 어떻게 해야 좋을지 모르겠습니다.

절세미인이 나왔으니, 불같은 혀*를 가졌어도 할 말이 없습니다.

예로부터 미인에 대해서는 여러 가지 찬양이 있었으나,

이런 미인이 한번 나타나면 모두 넋을 잃게 됩니다.   6485

더구나 그런 여자를 제 것으로 만들면 최고의 영광이라 하겠습니다.

파우스트   내게는 아직 눈이 있나? 마음속 깊이.

미의 원천이 철철 솟아오르는 것을 느끼지 않느냐?

나의 무서운 여행이 지고의 복된 벌이를 해왔구나.

여태까지 얼마나 이 세상은 보잘것없고 닫혀 있었던가!   6490

내가 사제(司祭)가 된 후로 이 세상은 일변해버렸구나!

세상은 비로소 바람직하고 견고하고 영원히 계속될 수 있는 것이

되었다.

---

*   〈사도행전〉 2장 3절에서 나온다. 이 천문학 박사의 대사는 메피스토의 구술을 받아서 발언했다.

만일에 내가 그대에게서 다시 떨어져 나가는 일이 있다면

내가 살아서 숨 쉬는 힘이 없어져도 좋다!

예전에 마법의 거울*에 비추어 나를 즐겁게 하고   6495

황홀하게 했던 그 아름다운 자태,

그런 것쯤은 지금 이 같은 여성미에 비하면 거품 같은 그림자에 불

과하다. ─

내가 모든 힘의 발동을, 정열의 정수(精髓)를,

사모를, 사랑을, 숭배를, 오뇌를

모두 바치는 것은 바로 그대로다.   6500

메피스토   (프롬프터의 통 안에서) 정신을 차리시오. 사제의 소임을 잊
어서는 안 되오.

중년 귀부인   키도 크고 몸매도 예쁘지만 머리가 좀 작은 것 같군요.**

젊은 귀부인   저 발을 좀 보세요. 상스럽게 크군요.

외교관   영주 부인들 중에서 저런 모습을 본 일이 있지요.

머리끝에서 발끝까지 더할 나위 없이 아름답군요.   6505

신하   잠든 청년에게로 사뿐사뿐 다가서는군요.

귀부인   순결한 젊은이에 비하면 정말 못생겼지 않아요!

시인   저 사나이는 여인의 미(美)로 빛나고 있습니다.

귀부인   엔디미온과 루나!*** 꼭 그 그림 같군요!

시인   옳은 말씀이군요! 여신이 허리를 굽혔습니다.   6510

---

*   제1부 마녀의 부엌 장면에서 나왔던 거울. 2430행 참조

**   그리스의 조각가 리시포스의 인체나 메디치가(家)에 있는 비너스 조각상은 두부
(頭部)가 너무 작다는 비평이 있었다. 동시에 고대 조각은 발을 비교적 크게 만든
것이 특징이다.

***   잠든 미소년 엔디미온에게 달의 여신 루나(그리스 신화의 셀레네)가 남몰래 가까
이 가서 입을 맞추는 모습은 자주 등장하는 화제(畵題)다.

사나이 위로 몸을 숙이고 그의 입김을 들이마시려고 하는군요.

　부러운데! 입을 맞춘다! 이거 너무하군.

여장관 　저런, 모든 사람이 보는 데서, 미친 짓이로군!

파우스트 　어린놈에게 과분한 복이로군!

메피스토 　쉿, 조용히들 하시오!

　유령들이에요. 하고 싶은 대로 하게 내버려두시오.　　　　　6515

신하 　여자가 사뿐 뒤로 물러섰군요. 청년이 잠에서 깼군요.

귀부인 　여자가 돌아다보는군요. 내 그럴 줄 알았어요.

신하 　저 친구 놀라는군. 기적 같은 일을 당하게 되었으니 그럴
　　　테지.

귀부인 　저 여자로선 눈앞에 벌어진 일이 하나도 기적이 아니죠.

신하 　얌전하게 청년에게로 되돌아가는군요.　　　　　　　　6520

귀부인 　그럴 테지요. 청년에게 가르치려는 속셈이죠.

　이런 경우 사내들은 모조리 바보들이죠.

　저 사람도 아마 제가 첫 번째 상대자인 줄 알 거예요.

기사 　제 마음엔 꼭 듭니다. 기품이 있고 고상하고 —

귀부인 　창녀예요. 저런 걸 천하다고 하는 거죠!　　　　　　　6525

사동 　내가 저런 처지라면 오죽이나 좋을까!

신하 　저런 그물에 어느 누가 걸려들지 않겠소?

귀부인 　보물은 보물이지만 벌써 여러 사람의 손을 거쳐 온 보물이
　　　에요.

　그리고 금박도 상당히 벗겨져 나갔어요.

다른 귀부인 　열 살 때부터 몹쓸 여자였죠.*　　　　　　　　　6530

기사 　누구나 때에 따라 제일 좋은 것을 취하던 되는 거죠.

　나 같으면 저런 예쁜 찌꺼기라도 만족하겠소.

학자 　저 여자가 내 눈에 똑똑히 보이긴 하지단 솔직히 말해서,

저것이 진짜 헬레네인지 의심스럽습니다.

눈에 보이는 건 흔히 사람을 과장되게 만들기 쉽기에   6535

나는 무엇보다도 기록되어 있는 것을 믿고 있습니다.

읽어 보니 문헌에는 이렇습니다. 저 여자는 사실 트로이의

수염이 허연 노인들한테 특히 인기가 있었다오.

생각건대, 이번 경우에는 꼭 들어맞습니다.

저는 노인인데도 저 여자가 마음에 드니까 말이오.   6540

천문학 박사   이젠 이미 어린애가 아니지요. 사나이는 대담한 영웅
             이 되어,

여자를 끌어안으니, 여자는 거역할 기운조차 없군.

사내는 억센 팔로 여자를 높이 치켜올렸어.

그녀를 납치해 갈 생각일까?

파우스트   건방진 천치 놈이 ―

감히 그런 짓을! 들리지 않느냐! 가만있거라! 두고 보니 네놈 너무

하구나!   6545

메피스토   당신 자신이 연극을 하고 있는 거 아니오, 저건 도깨비 장
           난이오!

천문학 박사   한 말씀 더 드립니다! 여태까지의 줄거리로 보아,

이 연극은 '헬레네의 약탈'이라 부르겠습니다.

파우스트   뭐, 약탈이라고! 내가 이 자리에 멍청히 있을 것 같으냐!

이 열쇠가 내 손아귀에 들어 있지 않으냐!   6550

이것이 나를 인도하여 무인지경의 공포와 파란을 헤치고

안전한 기슭으로 나를 인도했다.

---

*   헬레네는 열 살 때 테세우스에게 아티카로 유괴당했다.

366

여기서 나는 확고히 발을 디디고 있다. ― 여기에 현실이 있다.

여기 서서 정신은 신령들과 싸워서,

영혼과 현실이 합치된 크나큰 나라를 마련한다.   6555

그녀는 멀리 떨어져 있었지만 이 이상 가까이 올 수 있을까.

내가 저 여자를 구하겠다. 그러면 저 여자는 이중으로 내 것이 된다.*

자, 덤비자, 어머니들이여, 용서해주시오!

한 번 저 여자를 알게 된 이상 다시는 헤어질 수 없다.

천문학 박사   무슨 짓을 하시오, 파우스트, 아니 폭력으로,   6560

여자를 붙잡는군요, 벌써 여자의 모습이 흐려지니.

이번에는 젊은이한테 열쇠를 들이대는군요.

젊은이한테 닿았어! 아이고, 큰일 났군! 저런! 순식간에!

　　(폭발, 파우스트는 마룻바닥에 쓰러진다. 신령들이 안개로 변

해서 사라진다.)

메피스토   (파우스트를 어깨에 걸머지고)

　　그것 보라니까! 천치 녀석을 걸머지면,

　　결국엔 악마라 할지라도 손해를 보게 마련이군.   6565

　　(암흑, 혼란)

---

*　　헬레네를 어머니들의 나라에서 데려왔고, 이제 파리스에게서 빼앗았으니 이중
　　으로 소유하게 되었다는 뜻

제2막

높고 둥근 천장의 고딕식 좁은 방

파우스트의 예전 방, 아무 변화도 없다.

메피스토   (막 뒤에서 걸어 나온다. 그가 막을 올리고 뒤를 돌아다보았을 때
파우스트가 구석 침대에 누워 있는 것이 보인다.)

여기 누워 있거라, 풀기 어려운,

사랑의 굴레에 묶인 불행한 친구여!

헬레네에게 맥을 못 추게 된 인간은

그리 쉽게 정신을 차리지 못할 것이다.

(주위를 돌아보며)

위를 보아도 주위를 돌아보아도   6570

조금도 변함없이 옛 그대로구나.

채색한 유리창은 전보다 좀 탁해진 것 같고,

거미줄도 늘었구나.

잉크는 굳어버렸고 종이도 누렇게 바랬구나.

하지만 모든 것이 제자리에 그대로 놓인 채로구나.   6575

파우스트 선생이 악마한테 몸을 판다는 증서를 쓴

그 펜조차도 여기서 그대로 나뒹굴고 있다.

그렇구나! 이 펜대* 속엔 내가 멋지게 속여서,

빼앗은 피가 한 방울 들어 있구나.

이런 하나밖에 없는 진품이   6580

훌륭한 수집가의 손에 들어가면 얼마나 좋아할까.

게다가 저 낡은 털옷까지 녹슨 못에 걸려 있다.

저것을 보니 언젠가 내가 그 소년 학생에게

교훈을 베푼 장난이 생각난다. 그 소년은,

청년이 되었어도 여전히 내가 가르쳐준 것을 되씹고 있을 테지.

                                                                          6585

털이 푹신푹신한 외투여, 다시 한번 너를 몸에 걸치고,

세상에서 자기만이 절대로 옳다고 생각하는

대학의 선생님으로 뽐내보고 싶은

구미가 내게 진정 돋는구나.

학자들이면 당연히 바라는 노릇이지만   6590

악마는 벌써 오래전에 그런 재미는 잃어버렸지.

　　(털가죽 외투를 내려서 터니까 귀뚜라미·딱정벌레·나방 들

이 튀어나온다.)

벌레의 합창　　어서 오세요! 어서 오세요!

　　　예로부터 우리의 두목이신 이여!

　　　날며 노래하며 벌써

　　　우리는 당신을 알아보았습니다.   6595

---

* 　거위 깃으로 만든 펜

당신은 우리를 그저 하나씩

조용히 심어놓았지요.

그런데 우리는 수천 마리씩

춤을 추며 찾아오지요, 아버지.

가슴 속에 장난꾸러기는   6600

한사코 몸을 숨기지만

이는 털가죽 속에서

어느 사이에 기어 나오지요.

메피스토   뜻밖에 어린 피조물들과 만나게 되니 기쁘구나.

씨만 뿌려 놓으면 언젠가는 수확하는 법이다.   6605

다시 한번 이 낡은 털옷을 털어보자꾸나.

또 한 마리씩 여기저기서 뛰어나온다 ─

자, 뛰어올라라! 이리저리 달아나라! 귀여운 놈들!

어서어서 무수한 구석으로 숨어들어라!

저기 낡은 상자가 놓여 있는 곳이라든지,   6610

여기 고동색이 되어 버린 양피지 속에든지,

해묵은 항아리의 먼지에 덮인 조각 속에든지,

저 해골의 멍하게 뚫린 눈 속에라도 숨거라.

이런 잡동사니와 곰팡이 낀 세계에는

언제건 벌레가 살아 있어야 하는 법이지.   6615

　　(털가죽 외투를 입는다.)

자, 이리 와서 다시 한번 내 어깨를 덮어 다오!

오늘은 내가 또다시 선생님이시다.

하지만 그렇게 되어봐도 별수가 없구나.

나를 맞아줄 인간들은 어디 있는가?

(초인종을 잡아당기자 째지는 듯한 가슴에 섬뜩한 소리가 울려 퍼지고 그

때문에 건물이 뒤흔들리고 문이 모조리 열린다.)

조수   (길고 어두운 복도를 비틀거리며 걸어온다.)

　이게 무슨 소린가? 이게 웬 집 울림인가.　　　　　　　　　6620

　층계가 거들먹대고 벽이 진동하는구나.

　색유리가 덜커덩거리는 창문으로

　번갯불이 번쩍번쩍하는 것이 보인다.

　마루청이 갈라져 일어나고 천장에선

　울려서 벗겨진 석회와 흙덩이가 쏟아진다.　　　　　　　　6625

　그리고 굳게 잠가놓은 문들이

　이상한 힘으로 열렸구나 ─

　저것이 뭐지! 어째 겁이 나는구나! 어떤 거인이

　파우스트 선생님의 낡은 털옷을 걸치고 서 있으니!

　그가 바라보고 눈짓이라도 한다면　　　　　　　　　　6630

　나 같은 건 그 자리에 주저앉을 것만 같구나.

　도망을 칠까? 버텨볼까?

　아, 나는 어떻게 될 것인가!

메피스토   (눈짓하며) 이리 오게나, 여보게! 자네가 니코데무스지?

조수   그렇습니다, 선생님! 기도라도 드려야겠나 보군요.　6635

메피스토   그런 짓은 그만두게!

조수   어찌 제 이름까지 알고 계십니까?

메피스토   잘 알고 있네, 나이는 들었어도 아직 학생이군.

　만년 학생이라고나 할까, 학자님들이라 해도

　그렇게 공부를 해나가는 것일세. 별수가 없으니까 말일세.

　그렇게 해서 소박한 공중누각을 세우지만,　　　　　　　6640

　아무리 굉장한 정신의 소유자도 준공을 못 시키네.

　하지만 자네의 선생 말인데, 그 사람은 능수능란한 사람이지.

석학인 바그너 선생을 모를 사람이 누구겠나.

지금은 학계에서 제일인자이고말고!

학계를 걸머지고 있는 단 한 분으로서   6645

날마다 인지(人智)를 증진하고 계시는 분일세.

지식에 굶주린 청강생들이,

떼를 지어 그분 주위에 모여들고 있지.

강단에선 그분 한 분만이 빛나고 있고,

마치 성 베드로처럼 열쇠를 사용하여*   6650

지상의 것이건 천상의 것이건 열어젖혀서 보여주지.

어쨌든 그 누구보다도 찬란하게 빛나고 있으며,

누구의 명성에도 명예에도 견줄 수가 없네.

파우스트 박사의 이름조차 희미해지는 판이니,

독창의 재능은 오직 그분 한 분이란 말일세.   6655

조수   잠간, 선생님, 이런 말씀을 드리면,

말씀을 거역하는 것 같아 죄송합니다만

지금 말씀하신 것은 모조리 문제가 안 됩니다.

겸양지덕이 바로 그 선생님의 천성이랍니다.

전에 고명한 선생께서 이상하게 자취를 감추셔서   6660

어찌할 바를 모르고 계신 듯합니다.

그 선생님이 돌아오시는 것만이 위안이며 행복이라 생각하고 계
십니다.

방도 파우스트 박사께서 계시던 때 그대로

손도 대지 않고 그분이 떠나신 후

---

*   〈마태복음〉16장 19절에 보면 베드로는 천국과 지옥의 문 열쇠를 맡아 가지고 있
다. 그와 마찬가지로 바그너는 천계와 지계의 비밀을 계시한다.

옛 주인께서 돌아오시기만 고대하고 있습니다.   6665

저는 그 방에 들어갈 엄두도 못 내고 있습죠.

대체 지금 성시(星時)는 어느 때쯤일까요?

벽이란 벽이 모두 겁을 먹고 있는 것 같고

문설주도 뒤흔들리고 빗장도 벗겨져 달아났습니다.

그렇지 않았던들 손님도 들어오실 수 없었을 테죠.   6670

메피스토　자네의 선생님은 어디 가셨나?

나를 그분에게 인도하거나 그분을 이리로 데려오게.

조수　　　하지만 그분의 분부가 아주 엄하셔서

그런 짓을 해도 좋을지 모르겠습니다.

커다란 일거리 때문에 벌써 몇 달 동안   6675

아주 조용하게 실험실에 파묻혀 지내고 계십니다.

학자님들 중에서도 가장 허약한 분이신데도,

마치 숯 굽는 사내 같은 꼴이 되어,

귀밑에서 코끝까지 새까맣게 검정 칠을 하시고

두 눈은 불을 불어 대서 충혈이 되시고,   6680

이제나저제나 일의 완성에 애를 태우고 계시며

불집게는 잘가당잘가당 음악처럼 울려납니다.

메피스토　내가 들어가는 것을 그가 거절할 수는 없겠지.

나는 그 일의 성공을 촉진해주려 온 사람일세.

　　　(조수 퇴장, 메피스토는 의젓하게 자리에 앉는다.)

내가 여기에 자리를 잡고 앉자마자   6685

저 안에서 낯익은 손님이 한 분 나타나시는군.

하지만 이번에는 그도 최신 학파에 속하고 있으니

한정 없이 건방지게 굴 테지.

학사　　　(복도를 마구 달려오며)

대문도 방문도 열려 있구나!
이제 비로소 전같이   6690
산 사람이 죽은 사람처럼
곰팡이 속에서 오그라들고 썩어서
산 채로 죽어가는 것 같은
어리석은 일도 없을 터이지.

이 담들도 그리고 이 벽들도   6695
기울어져서 무너질 것 같구나.
재빨리 도망치지 않으면,
그 밑에 깔려버리고 말 것 같구나.
나는 누구보다도 대담하지만,
이제는 한 발짝도 나갈 수가 없구나.   6700

한데 오늘은 이상한 일도 다 보겠다.
이곳은 벌써 여러 해 전에 내가
철모르는 애송이 학생으로서
조마조마 가슴을 조이며 왔던 곳이 아니냐?
그리고 그 수염 텁석부리들을 믿고   6705
그들의 허튼소리를 감지덕지했었지.

그자들은 케케묵은 낡은 책에서
알아낸 것이든지, 알고 있어도
자기도 믿지 않는 것으로 속여
제 생명과 내 생활까지 앗아가버렸겠다.   6710
저게 뭐지? 저 안의 방 속에

어둑어둑한 곳에 여전히 한 친구가 앉아 있군.

가까이 가면서 보니 놀랍게도
저 작자는 여전히 고동색 털옷을 걸치고 있다.
사실 내가 헤어졌을 때 그대로   6715
털북숭이 가죽옷에 싸여 있구나!
그때는 아직도 철이 없어서
저 친구가 노련한 학자로 보였지.
하지만 오늘은 그렇게는 안 될걸.
기운을 내서 한번 부딪쳐보자.   6720

이거 노 선생님, 망각의 강 레테의 탁한 물결이
갸우뚱 기울이신 그 벗어진 머리를 적시지 않았다면
여기 옛날 학생이 대학교수의 교편을 벗어나서
이렇게 찾아온 것을 알아보시겠지요?
선생께서는 처음 뵈었을 때와 여전하시군요.   6725
저는 아주 딴사람이 되어 다시 돌아왔습니다.

메피스토 내가 누른 초인종으로 자네가 와주었으니 기쁘군.
그때에도 나는 자네를 과소평가하지는 않았지.
애기벌레나 번데기를 보면 이미 그것이 장래,
울긋불긋한 나비가 되리라는 것을 아는 법일세.   6730
자네는 고수머리에, 깃에는 레이스 장식을 하고
어린애처럼 즐거운 듯 보였지.
자네는 한 번도 머리를 땋아 내린* 일은 없었다.
오늘은 스웨덴식으로 머리를 깎고 있는데,
아주 과감하고 씩씩하게 보이긴 하나   6735

그저 절대주의자**가 되어서 돌아온 것은 아닐 테지.

학사   노 선생님! 우리는 옛날과 같은 장소에서 만났습니다만,

새 세대의 흐름을 잘 생각하셔서

모호한 말씀은 삼가주십시오.

우리들은 전혀 보는 것이 달라졌단 말씀이에요.   6740

선생님은 착하고 성실한 젊은이를 우롱하셨습니다.

그것도 아무런 재주도 부리지 않고 해내셨지요.

오늘날엔 감히 그런 짓을 하는 사람은 없습니다.

메피스토   젊은 사람한테는 진리를 그대로 말하면

아직 주둥이도 노란 것들이 아주 싫어한단 말이야.   6745

하지만 그런 친구들도 뒤미처 나이를 먹고,

그 모든 것을 절실하게 피부에 느끼게 되면,

그것이 바로 제 머리에서 나온 일이나 되는 듯이 뽐내고,

그 선생은 바보였다고 주접을 떤단 말이야.

학사   아마 능구렁이였다고 하겠지요 — 어떤 교사가 직접   6750

우리 얼굴에다 맞대고 진리 따위를 말한답니까?

누구나 철모르는 아이들을 상대로 늘이고 줄여서,

때로는 정색하고 때로는 농을 하며 약삭빠르게 다루는 거지요.

메피스토   배우는 데는 물론 때라는 것이 있네.

자네는 벌써 남을 가르칠 나이가 되었군.   6755

---

*   18세기에서 19세기 초에는 땋아 늘인 머리가 유행하였다. 다음 행의 스웨덴식 머리 모양은 짧게 깎은 가장 새로운 머리 모양이다. 전설의 파우스트 시대가 아니고 괴테 시대의 풍속이다.

**   피히테, 혹은 셸링, 헤겔 등의 아류들. 체험을 가볍게 생각하고 사변에만 의존하는 사상가를 가리킨다.

그로부터 많은 세월이 흘렀으니

자네도 제법 풍부한 경험을 쌓았을 것으로 아네.

학사 경험이라고요! 그 따위는 거품 아니면 연기지요.

정신과는 격이 워낙 다릅니다.

솔직하게 털어놓으시죠! 여태까지의 인간의 지식은   6760

전혀 알 만한 가치조차 없는 것이었다고 말이에요.

메피스토 (잠시 쉬었다가) 옛날부터 생각한 것이지만 나는 천치 같은

놈이었네.

이젠 나 자신이 천박하고 어리석게만 생각이 되네그려.

학사 그 말씀 대단히 반갑군요! 여하간 분별 있는 말씀을 들었

습니다.

이성적인 노인을 만난 일은 이번이 처음입니다.   6765

메피스토 나는 묻혀 있는 황금의 보물을 찾으러 나섰다가

소름 끼치는 석탄을 캐내고 만 것이네.

학사 솔직하게 말씀하시죠? 당신의 두개골과 대머리는

저기 저 속 빈 해골보다 값어치가 없다고요!

메피스토 (유유히) 자네는 자네 말이 얼마나 난폭한지 모를 테지.   6770

학사 독일인으로서 지나친 공손은 거짓과 통한다고 하죠.

메피스토 (자기의 수레가 달린 의자를 차차 무대 전면으로 밀고 나와 관

중석을 향해서) 저기선 눈이 핑핑 돌고 숨이 막힐 것만 같

군요.

여러분 틈에 좀 피난시켜주실까요?

학사 시대에 뒤떨어져서 이젠 아무런 가치조차 없는데,

제법 자신이 무슨 인물이나 되는 듯이 생각하는 것은 건방진 수작

이죠.   6775

인간의 생명은 핏속에 살아 있지만.

청년의 몸속에서처럼 피가 들끓고 있는 곳이 있습니까?

새로운 생명을 생명에서 만들어내는 것은

싱싱한 힘을 가진 살아 있는 피올시다.

그곳에서 모든 것이 활동하고 행동하며,   6780

약자는 쓰러지고 승자는 전진합니다.

우리가 세계의 절반을 정복하고 있는 동안에,

도시 당신들은 무엇을 했습니까? 졸다가 생각하다,

꿈을 꾸다가 궁리하다가, 이럴까 저럴까 늘 계획만 세웠지요.

사실 노령이란 차가운 열병 같은 것이며,   6785

변덕스러운 고민으로 사로잡히게 되지요.

인간이 서른이 지나면

이미 죽은 거나 진배없죠.

당신 같은 사람은 적시에 때려죽이는 게 상책이겠죠.

메피스토   이렇게 되면 악마도 더 할 말이 없구나.   6790

학사   내가 원하지 않으면 어떤 악마도 존재할 수 없소이다.*

메피스토   (혼자서) 그 악마가 이제 네놈의 다리를 걸어 넘어뜨릴

게다.

학사   이것이 청년들의 가장 고귀한 사명입니다.

세계는 내가 만들어 내기 전에는 존재하지 않았고,

태양은 내가 바다에서 끄집어 올린 것이며,   6795

달이 기울고 차는 것도 나와 함께 시작되었으며,

밝은 날은 나의 가는 길을 비춰주며

대지는 나를 맞아 푸르르고, 꽃을 피웁니다.

---

*   주관적 관념론자는 모든 존재가 자아 관념의 소산이라고 주장했다.

378

그 첫날밤엔 나의 눈짓 한 번으로

만천(滿天)의 별들이 일시에 화려한 빛을 반짝였으며,　　　　　6800

당신들을 속인들의 옹졸한 사상의 굴레에서

해방시킨 것은 내가 아니고 누구였습니까?

나는 내 영의 소리에 따라

자유로이, 즐겁게 내면의 빛을 따라가

광명을 가슴에 안고 암흑을 등지고서　　　　　6805

독자적인 황홀경에 몸을 적시며 씩씩하게 나아가는 것입니다. (퇴장.)

메피스토　　괴물 같은 놈아! 어디 신이 나서 해보렴

하지만 아무리 어리석은 혹은 슬기로운 것을 생각해 낸들

모름지기 선인들이 기왕에 생각지 못한 것이 없다는 것을

깨달으면 네놈도 얼마나 마음이 쓰리겠나 ―　　　　　6810

하지만 저런 놈이 있다 해도 하나도 위험할 것은 없다.

몇 년이 지나면 그것도 달라질 것이다.

포도즙이 아무리 독하게 끓어오른다고 해도

결국에는 맑은 포도주밖에는 되지 않는 법이다.

　　(아무 갈채도 없는 하층의 젊은 관객을 보고)

당신들은 내 말을 듣고도 냉정하시구려.　　　　　6815

하지만 착한 아이들이니 그대로 내버려두지만.

잘 생각하오, 악마는 나이를 먹었단 말이오.

당신들도 나이를 먹으면 악마를 이해할 수 있으리오.

실험실

중세적이며, 공상적인 목적으로 쓰이는 복잡하고도 다루기 어려운 기계들이 놓여 있다.

바그너　　(난로 옆에서) 무섭게 종소리가 울려서,
그을린 벽들을 뒤흔드는구나.　　　　　　　　　　　6820
진지한 기대가 이루어질지 어떨지,
더는 애매하게 끌지는 않을 테지.
어두웠던 곳이 이미 밝아지고 있다.
벌써 시험관에 중심점에
타는 듯한 석회 같은 것이, 아니,　　　　　　　　　6825
번쩍이는 홍옥 같은 것이 생겨서
어둠을 뚫고 번갯불처럼 사방에 빛을 낸다.
밝고 흰 불빛이 나타났구나!
이번만은 실패하지 않아야겠다!
아니, 저런, 무엇이 문에서 덜커덩거리지?　　　　　6830

메피스토 (들어오면서) 안녕하십니까? 기쁜 마음으로 찾아왔습니다.

바그너 (불안스러운 듯) 어서 오십시오. 성운(星運)이 좋은 때 찾아

오셨습니다.

(나직하게) 하지만 숨을 죽이고 가만히 계십시오.

곧 굉장한 일이 이루어질 것입니다.

메피스토 (더욱 나직한 목소리로) 대체 무엇입니까?

바그너 (더욱 나직하게) 사람을 만들어냅니다.   6835

메피스토 인간이라고요? 그래, 어떤 정든 남녀 한 쌍을,

정신을 이 그을린 유리관 속에 가두어놓았습니까?

바그너 원, 천만의 말씀을! 지금까지 유행하던 출산 방법은

순전히 엉터리 같은 장난이라고 우리는 선언합니다.

생명이 튀어나오는 오묘한 결합점이라든가,   6840

체내에서 충동으로 치밀고 나와서 받거니 주거니 하여

자신의 모습을 본떠 내는 자혜(慈惠)의 힘이라든가,

처음에는 내부의 것으로 다음에는 외부의 것으로 생장하는

그 수태 따위는 이제 엄숙도 신성도 아닙니다.

동물은 이후에도 역시 그런 짓을 즐길지 모르나   6845

모름지기 위대한 천분을 타고난 인간이라면

장차는 좀 더 고원(高遠)한 출생이 필요합니다.

(난로 쪽을 바라보며)

빛나고 있군요! 보십시오! ― 이젠 진실로 가능성이 보입니다.

우선 수백의 물질을 혼합해서 ―

하긴 이 혼합에 문제가 되지만 ―   6850

인간의 원료를 빚어내서

시험관 속에 넣고 밀봉합니다.

그것을 알맞게 증류합니다.

그렇게 해서 남모르게 일이 이루어집니다.

(다시 난로를 향해서)

되어갑니다! 덩어리가 움직여서 맑아집니다! 6855

이것으로 확신한 바가 점점 진실이 되어갑니다.

인간이 자연의 신비라고 찬양해오던 것을,

우리는 오성의 힘으로 감히 해결합니다.

그리고 자연이 종래에 유기적으로 빚어낸 것을

우리는 결정(結晶)시켜서 만들어냅니다. 6860

메피스토 오래 살면 여러 가지 경험을 하게 마련인데

이 세상엔 새로운 것이라곤 하나도 일어나지 않는군요.

나는 예전에 여기저기 돌아다니고 있을 무렵에

결정으로 이루어진 사회를 본 일이 있습니다.

바그너 (그때까지 줄곧 시험관을 주시하고 있다가)

이제 올라옵니다. 빛이 나고 한데 모여듭니다. 6865

이제 곧 이루어질 것입니다. 위대한 계획이란

처음에는 미친 지랄처럼 보이지만

이제 장차 우연이란 것을 비웃을 시대가 올 것입니다.

그리고 훌륭한 사고하는 뇌수(腦髓) 같은 것도,

장차는 학자가 만들어낼 것입니다. 6870

(황홀한 기분으로 그때까지 시험관을 들여다보며)

유리병이 귀여운 소리를 하는군요.

흐렸다간 다시 맑아집니다. 그러니 이젠 되어가는 게 틀림없습니다.

저렇게 귀여운 조그마한 인간이,

사랑스러운 모습으로 몸짓합니다.

더는 무엇을 바라리오. 세상에 이제 와서 더 바랄 게 무엇인가?

신비가 백일하에 드러나게 되었으니 말이다.

이 소리에 귀를 기울여보십시오.

그것은 목소리가 되고 말이 되는 거지요.

호문쿨루스[*]   (시험관 속에서 바그너에게)

안녕하신가요, 아버지. 이건 농담이 아니었군요.

자, 저를 진정 부드럽게 안아주세요.   6880

하지만 너무 꼭 껴안으면 유리가 깨어져버립니다.

사물의 속성에 대해서 말씀드리지만,

자연 그것들에겐 우주라도 좁지만,

인공의 것은 한정된 공간을 요구합니다.

(메피스토에게)

장난꾸러기 아저씨! 당신도 계셨군요.   6885

마침 좋은 때에 오셨어요. 감사합니다.

당신이 오신 것은 정말 운수가 좋았습니다.

저도 태어난 이상 일을 해야 하겠지요.

곧 일을 할 수 있도록 준비하고 싶습니다.

당신은 솜씨가 좋아요. 빠른 방법을 가르쳐주십쇼.   6890

바그너   나도 한마디만 합시다! 지금까지 늙은이고 젊은이고

여러 가지 문제들을 가지고 몰려드는 통에 식은땀을 흘렸소.

예를 들면 이건 아직 아무도 풀지 못했지만,

---

[*]   괴테의 자연철학에서 생겨 나온 신화적 인물이 분명하다. 일종의 데몬이라고 할
    수 있으며 파라셀수스는 남자의 정자를 밀폐한 시험관 속에다 넣어두면 그것이
    생기를 얻어 움직이는 것이 보이는데 그것이 바로 호문훌루스(소인간)라고 말
    한다.

영혼과 육체가 이렇게 잘 서로 어울리고

서로 굳게 의지하고 조금도 떨어지지 않으려고 하는데,   6895

어째서 하루하루를 줄곧 괴롭게만 하는 것인지, 그리고 또 —

메피스토   잠깐만! 나라면 차라리 이렇게 묻겠소.

어째 이다지도 남자와 여자는 서로 사이가 나쁠까요?

아무리 생각해도 당신은 이 문제를 알지 못할 것이오.

여기 할 일이 있소. 그것이 이 소인이 해야 할 일이오.   6900

호문쿨루스   할 일이 무엇이지요?

메피스토   (곁에 있는 문을 가리키며) 진정 그대는 귀엽기 짝이 없는 어

린애구나!

(한쪽 문이 열리며, 침대에 누워 있는 파우스트가 보인다.)

호문쿨루스   (놀라며) 대단한데!

(시험관은 바그너의 손에서 미끄러져 나와 파우스트 위에 떠서

그를 비춰준다.)

정말 아름다운 광경이로구나. 무성한 숲 속에

맑은 물이 흐르고 여자들이 옷을 벗는구나.

진정 아름다운 여자들이다. — 점점 더 그녀들이 신기하게 보이는

구나.   6905

한데 그중에서도 한 여자가 뛰어나게 빛나고 있구나.

아마 지고의 영웅이나 신의 혈통을 받았을 게다.

그 여인이 투명한 맑은 물에 발을 담그고 있다.

기품 있는 몸매의 우아한 생명의 불길이

정다운 수정 같은 물결에 닿아서 식어 간다 —   6910

그런데 이건 또 무슨 성급하게 활개 치는 소릴까.

무엇이 이렇게 철벅 철벅 거울 같은 잔잔한 수면을 쑤셔놓는 것

일까?

처녀들은 질겁을 해서 달아나는데, 그 여왕*만은

태연한 모습으로 백조의 왕이

뻔뻔스럽고 다정하게 무릎에 달라붙는 것을,   6915

자랑스러운 듯 여인다운 흐뭇한 감정으로 바라보고 있구나.

백조는 여왕과 친해지는 것 같구나.

한데 갑자기 운무가 솟아올라,

그 촘촘히 짠 명주 같은 비단 폭으로

이 기가 막힌 장면을 덮어버리는구나.   6920

메피스토   못할 소리 없이 모조리 지껄이는구나!

몸은 그렇게 작아도 그대는 굉장한 공상가로다.

내게는 아무것도 안 보이는데 —

호문쿨루스   그럴 테지요, 당신은 북녘에서

암흑시대라 불리는 중세에 자랐났고,

기사들과 중들이 들끓어 대는 속에서 태어났으니,   6925

어떻게 당신의 눈이 트일 수 있었겠어요!

암흑 세계만이 당신의 정든 곳일 수밖에 없지요.

   (주위를 살펴본다.)

곰팡이 슬고 구역질 나는 고동색 돌벽이

뾰족한 원천정을 이루고 꾸불꾸불 답답하게 짓누르고 있구나! —

이 사람이 잠에서 깨면 또 괴로운 일이 생기겠군요.   6930

당장에 이 사람은 목숨이 끊어질 테니까 말이오.

숲속의 샘이나 백조와 벌거숭이 미인들의 꿈을

이 사람은 꾸고 있습니다.

---

*   레다를 가리킨다. 다음 행에 나오는 '백조의 왕'은 물론 레다를 노리는 제우스를
    가리킨다.

이런 사람이 어떻게 이런 곳에 정들 수 있겠어요,

가장 낙천적인 나까지도 참을 수가 없군요.*　　　　　　　　　　6935

자, 이 사람을 끌어냅시다.

메피스토　　그것 참 좋은 생각이군.

호문쿨루스　　병사들에겐 출진(出陣)을 명령하고,

처녀들은 춤추는 곳으로 꾀어내세요.

그러면 그렇게 모든 것이 결정됩니다.

지금 막 생각이 났지만 오늘은 마침　　　　　　　　　　　　　6940

고전적인 발푸르기스의 잔치**가 열리는 밤입니다.

지금 우리가 할 수 있는 가장 좋은 일은

이 사람을 성품(性品)에 맞는 곳***으로 데리고 가는 거예요.

메피스토　　그런 잔치가 있다는 것은 들어본 일이 없는데.

호문쿨루스　　당신 귀에 그런 일이 어떻게 들어가겠어요?　　　6945

당신이 아는 것은 낭만적인 유령들뿐이지요.

진정한 유령이란 역시 고전적이라야 됩니다.

메피스토　　그러면 대체 어디로 향해서 떠날 것인가?

고대(古代) 티를 내려는 친구들이란 말만 들어도 싫어지는군.

호문쿨루스　　마왕님, 당신의 환락경은 서북쪽이겠지요.　　　6950

---

* 　육체가 없는 호문쿨루스는 자유자재로 어디에나 순응할 수가 있다. 그러나 음산
한 북구는 참을 수가 없다는 것이다. 고딕적인 세계에 대한 괴테의 반감이 드러
난다.

** 　괴테의 시적 상상력에서 나온 새로운 구상으로서 제1부 브로켄산에서 펼쳐지는
낭만적 발푸르기스의 밤에 대응한다. 일년에 한 번 있는 이날 밤 제전에는 고대
그리스의 온갖 영들이 모여든다. 과거 역사의 부활이며 시간을 초월하는 시간성
을 의미한다. 메피스토는 고대 발푸르기스의 밤에 대해서는 아는 바가 없다.

*** 　그리스를 의미한다.

그러나 이번에는 동남쪽으로 돛을 다십시다.

광활한 평야를 페네이오스강*이 유유히 흐르고,

수풀과 나무로 둘러싸인 조용하고 습기 찬 후미를 이루고,

평원은 산들이 골짜기까지 늘어나서

그곳에 신구(新舊) 두 개의 파르살루스 도읍**이 있어요.　　　　6955

메피스토　　아이구, 맙소사! 그만두게! 그리고,

폭군 정치와 노예제도와의 싸움 같은 것은 집어치우게.

간신히 끝장이 났는가 하면, 다시 처음부터,

시작하는 꼴이라니 지루해서 못 견디겠네.

게다가 사실은 아스모데우스***가 뒤에 숨어서　　　　6960

우롱하고 있다는 것은 아무도 모른단 말일세.

놈들은 자유와 권리를 위해 싸운다고 야단들이지만,

자세히 보면 노예와 노예들끼리의 싸움이란 말일세.

호문쿨루스　　　인간들의 고집통이 성품은 그대로 내버려두시구려.

누구나 어린 소년 시절부터 될 수 있는 한 제 몸은 지켜　　　6965

그래서 한몫의 어른이 되는 법이지요.

그러나 여기서의 문제는 오직 어떻게 이 사람을 고칠 수 있을까 하

는 거요.

방법이 있으면 여기서 시험해보세요.

할 수 없다면 내게 맡겨두시구려.

---

*　　테살리아의 평야를 관류하여 에게해로 흐르는 강

**　　테살리아의 파르살루스에서 고대 발푸르기스의 밤이 열린다. 페네이오스 강변
에 있으며 카이사르와 폼페이우스가 싸운 고전장(古戰場)이기도 하다.

***　　5378행에는 아스모디로 나왔으며, 부부간의 정을 끊는 악마로 나왔으나, 여기서
는 더욱 일반적인 불화를 빚어내는 악마가 되었다.

메피스토　브로켄산에서 하는 마술 같으면 해볼 만한 것도 많지만,

6970

이교도들의 문호(門戶)엔 그것이 통하지 않는단 말이야.

대체로 그리스 인종이란 별로 쓸모없는 족속이지.

그런데도 자유로운 관능의 놀이로 너희들을 현혹하고,

인간의 가슴을 즐거운 죄악으로 유혹한단 말일세.

거기에 비하면 우리의 죄악은 늘 음침하게 보일 테지.　　6975

한데 이제 어떻게 하지?

호문쿨루스　　당신은 어느 때나 아리송한 편은 아니죠.

그러나 테살리아의 마녀들이라고 말하면

할 말은 다 한 것으로 아는데요.

메피스토　(음탕한 기색으로) 테살리아의 마녀라구! 그것 좋군, 그것들은 내가

오랫동안 찾고 있던 여자들이지.

6980

그것들하고 밤마다 같이 산다고 해도,

별로 기분 좋을 것도 없다고 생각하지만,

시험 삼아 찾아볼 뿐이라면 —

호문쿨루스　　그 외투를 이리 주시오.

여기 있는 기사(騎士)를 싸주어야겠어요.

이 천 조각이 종전처럼　　　　　　　　　　6985

당신들 두 사람을 날라다줄 거예요.

내가 앞장서서 불을 밝히겠어요.

바그너　(불안한 듯)　　그러면 나는?

호문쿨루스　　참, 그렇군요.

당신은 집에 남아서 가장 중요한 일을 해주세요.

낡은 양피지 책을 펼쳐 들고

처방대로 생명의 원소를 모아,   6990

조심해서 하나하나 조합해보세요.

'무엇을'도 중요하지만 '어떻게' 할 것인가를 더욱 생각하세요.

그동안 나는 세상 일부를 두루 돌아보며

최후의 완성을 스스로 이룩하고자 합니다.*

그렇게 되면 위대한 목적은 이루어질 것입니다.   6995

그만한 노력을 하면 그만한 보수가 주어지는 법이죠.

황금, 명예, 명성, 불로 장수,

그리고 학문과 ― 아마 덕성까지도 얻을 수 있겠죠.

그럼 안녕히 계십쇼.

바그너　(서러운 듯) 잘 가게, 이렇게 되어 내 가슴이 아프구나.

다시는 너를 못 볼까 벌써 겁이 나는구나.   7000

메피스토　자, 그럼 페네이오스 강가로 기운차게 내려가보자!

이 조카 녀석 허술히 볼 것도 아니로군.

(관객을 향해서)

결국 우리는 자기가 만들어낸

인간들한테 끌려다니게 마련이군.

---

* 아직 육체가 없는 호문쿨루스가 육체를 얻는 상태를 말한다. 그리하여 비로소 완
전한 인조 인간이 탄생한다.

고전적 발푸르기스의 밤

파르살루스의 벌판

암흑.

마녀 에리히토 *   나는 에리히토라는 밤의 마녀올시다.   7005
  오늘 밤에도 전처럼 몸서리치는 잔치에 나가렵니다.
  괘씸한 시인들이 과장해서 욕하듯,
  나는 그렇게 흉측한 여자는 아니에요······. 시인들은,
  칭찬도 비난도 끝이 없어요······. 저 멀리 보이는 넓은
  골짜기는 회색 천막이 물결치는 바람에 희뿌옇게 보이는데,   7010
  걱정과 공포에 싸였던 밤의 형상입니다.

---

*   테살리아의 마녀로서 피가 스며든 토지의 위를 방황하는 밤의 요귀. 기원전 48년
에 이곳에서 카이사르와의 전투를 치렀을 때 폼페이우스는 승패를 이 마녀에게
물었다고 한다.

벌써 몇 번이나 되풀이되었는지 몰라요! 줄곧

영원히 되풀이되는 것일까요…… 누구도,

나라를 다른 이에게 내주려 하지 않고 완력으로 빼앗아

완력으로 다스리는 사람에게 맡기려 들지 않습니다.   7015

마음속의 자아를 다스릴 줄 모르는 자일수록,

자기의 오만한 뜻 그대로 이웃의 의지를 지배하려 들지요…….

여기서도 하나의 큰 예로 철저한 싸움이 벌어졌지요.

폭력이 더욱 억센 폭력과 맞서서 싸우고,

천만 가지 꽃으로 엮은 자유의 아리따운 화환은 깨어지고,   7020

빳빳이 굳어버린 월계수의 잎이 승자의 머리에 엉겨 붙었어요.

이쪽에서 폼페이우스가 지나간 위대한 영광의 날을 꿈꿀 때

저쪽에서는 카이사르가 흔들거리는 운명의 저울처럼 기웃거리며

밤을 새웠지요.

　　결판이 날 것은 물론이지요. 어느 쪽이 이겼는지는 세상이 알고 있

을 것입니다.

야관(野官)의 시뻘건 불길은 훨훨 타오르고,   7025

대지가 뿜는 것은 흘린 피의 반사입니다.

그리고 희귀한 밤의 이상한 불빛에 이끌려서,

그리스의 전설에 나오는 군사들이 모여듭니다.

어떤 모닥불의 둘레에도 옛날이야기에 나오는 듯한 모습들이

흔들흔들 비틀대기도 하고 앉아 있기도 합니다 …….   7030

보름달은 아니지만 밝게 빛나는 달이

솟아올라, 부드러운 빛을 사면에 뿌리고 있습니다.

천막의 환상은 사라지고 불들은 파랗게 타오릅니다.

한데 머리 위에 이건 웬 뜻하지 않은 유성(流星)일까요?

빛을 내며 둥근 덩어리를 비춰주고 있군요.　　　　　　　　　7035

어쩨 살아 있는 생명의 냄새가 나는군요. 내가 해를 끼치는

샘물에 가까이 가는 것은 별로 떳떳하지 않군요.

그런 짓은 내 소문이 나빠지고 소용에도 닿지 않습니다.

벌써 내려오기 시작하는군요. 조심해서 피해야겠습니다. (퇴장.)

　　(비행하는 것들이 위로 오른다.)

호문쿨루스　　　모닥불과 저 몸서리치는 놈들의 위를

다시 한번 빙 돌며 날아봅시다.　　　　　　　　　　　　　7040

하긴 골짜기고 바닥이고

모조리 도깨비처럼 보이는군요.

메피스토　　옛날 창 너머로 북방의

혼란과 무시무시한 꼴을 볼 때와 같이,

여기서는 몽땅 흉측한 도깨비들뿐이라,　　　　　　　　　7045

여기나 그곳이나 모두 고향 같군.

호문쿨루스　　　보세요! 키다리 여자*가 성큼성큼

우리들 앞을 지나가고 있지요.

메피스토　　우리들이 공중을 나는 것을 보고,

어쩨 불안해진 모양이군.　　　　　　　　　　　　　　　7050

호문쿨루스　　　그대로 가게 둡시다! 그 사람을 내려놓아요.

당신의 그 기사 말이에요, 그러면 당장에

---

* 　에리히토

392

다시 살아날 것입니다.

옛이야기의 나라*에서 생명을 찾는 사람이니까.   7055

파우스트 (땅에 닿자마자) 헬레네는 어디 있지?

호문쿨루스   그건 우리도 모르겠군요.

하지만 아마 여기서 물어볼 수 있을 거예요.

날이 새기 전에 서둘러서,

모닥불을 차례로 찾으며 다니세요.

어머니들한테까지 감히 갔던 분이니까,   7060

더는 무서워할 것이라곤 없겠지요.

메피스토 나도 여기서 내 볼일이 있네.

그런데 우리가 행복을 얻는 가장 좋은 방법은

각자가 모닥불을 돌아다니며

스스로 모험을 보는 수밖에 없겠구먼.**   7065

그리고 우리가 다시 만나야 하겠는데,

여보게 꼬마 친구, 자네 불빛을 소리 내며 비춰주게.

호문쿨루스   이렇게 번쩍이고 이렇게 소리를 내지요.

(유리가 울리며 소리가 나고 몹시 빛이 난다.)

자, 그러면 기운을 내서 새로운 불가사의들을 구경하러 갑시다.

(퇴장.)

파우스트 (혼자서) 헬레네는 어디 있지? 이제 더는 물어볼 필요ㄱ- 없

다…….   7070

---

*   그리스

**   그리스 땅에 닿자마자 눈을 뜬 파우스트는 헬레네(美)를, 메피스토는 마녀(醜)
     를, 또한 호문쿨루스는 육체를 찾아간다.

이 흙덩이가 그녀가 밟던 흙덩이가 아닐지라도,

이 물결이 그녀를 맞아 출렁이던 파도가 아닐지라도,

이 공기는 그녀의 말을 전하던 공기가 아니냐.

기적으로 나는 여기 그리스 땅에 와 있다.

내가 서 있는 땅이 어딘지를 나는 곧 알았다.　　　　　　　　　7075

잠자코 있던 나에게 새로운 정신이 불타오르자,

나는 대지에 닿아 힘을 얻은 안타이오스*와도 같이 여기 땅에 섰

노라.

그리고 여기 어떤 기괴한 것이 한데 모여 있다 해도,

나는 진정 이 불길의 미로를 찾아다니지 않을 수 없다. (퇴장.)

페네이오스강 상류

메피스토　　(사방을 살피며) 모닥불들 사이를 이리저리 쏘다니다 보니

　　　　　　　　　　　　　　　　　　　　　　　　　　　　7080

나는 완전히 낯설다는 생각이 드는구나.

거의 모두가 발가벗고 가끔 내의만 걸쳤을 뿐이다.

스핑크스는 창피를 모르고 그리프스**는 철면피다.

그리고 모조리 고수머리에 날개를 가지고 있고,

---

*　해신 포세이돈과 대지의 여신 가이아 사이에서 태어난 거인의 이름. 발이 대지에 닿기만 하면 새로운 힘을 얻기 때문에 막강하지만 결국 헤라클레스에게 공중에서 정복당한다.

**　사자의 몸에다 독수리의 머리를 가진 괴물인데 역시 날개를 가지고 있어 보물·묘지·궁전의 수호자로서 황금을 노리는 외눈박이 아리마스포이족의 강적이다.

앞뒤에서 눈에 비쳐 들어온다…….   7085

우리 역시 결코 얌전한 편은 아니지만,

고대 그리스 놈들은 지나치게 활발하단 말이야.

이런 놈은 최신의 감각으로 휘어잡아

현대식으로 여러 가지 겉칠을 하지 않을 수 없다…….

정말 구역질 나는 인종이다. 하지만 기분을 상혀서는 안 되고, 7090

새로 온 손님으로서 얌전히 인사해야겠구나…….

안녕하슈! 어여쁜 아씨들, 현명한 노인들이여.

그리프스   (카랑카랑한 목소리로) 그라이스가 아니고 그리프스일세.

　　　— 누구나

노인이란 소리는 듣기 싫지. 어떤 말이건

그 의미를 규정하는 어원의 여운이 남아 있는 볕,   7095

거무스레한, 까다로운, 짓궂은, 지긋지긋한, 구렁텅이, 격분한 등등,

어원적으론 그리프스와 같은 소리를 가지고 있어,

화가 치민단 말일세.

메피스토   하지만 단도직입으로 말씀드리면,

존함인 그리프스의 첫머리는 '긁어모은다'와 통하니 마음에 드실

테지.

그리프스   (여전히 카랑카랑한 목소리로)

하긴 그렇지! 닮았다는 것은 이미 증명이 되었네.   7100

때로는 욕도 먹었지만 칭찬도 훨씬 많이 들은 편일세.

계집애, 왕관, 황금 등 무엇이든 긁어모으란 말일세.

긁어모으는 자는 대개 행운의 여신이 귀엽게 보는 법일세.

개미들   (거대한 종류의 것) 황금이라고 하셨는데, 우리들은 그것을

　　　잔뜩 모아

바위틈이나 굴속에 몰래 다져 넣어두었습니다.   7105

그런데 외눈박이 아리마스포이족*이 그 냄새를 맡고

그것을 멀리 가지고 가서 웃고 있습니다.

그리프스들 우리들이 그놈들을 붙잡아 고백을 시키겠다.

외눈박이 아리마스포이 　　　이런 개방된 환락의 밤만은 용서하십쇼.

내일까지만 기다리면 모조리 써버리고 말 테니까요. 　　　　　7110

이번에는 어쩌면 성공할 것 같습니다.

메피스토 　(스핑크스들 사이에 앉아 있다.)

어째 이곳에 있기가 편하고 즐겁구나!

한 놈 한 놈 말하는 것을 나도 알 수가 있으니까.

스핑크스 　우리들은 유령의 목소리를 토하고 있을 뿐이오.

그것을 당신들이 구체화해보시오. 　　　　　7115

우선 이름을 대세요. 차차 그 정체를 알게는 될 테지만.

메피스토 　세상 사람은 나를 여러 가지 이름으로 부르고 있지 ―

여기 영국인은 없나? 그들은 여행을 많이 해서

옛날의 전쟁터를 찾거나 폭포니 무너진 성벽이니

유서 깊은 음침한 장소를 찾아다니는데, 　　　　　7120

여기도 그들에겐 어울리는 목적지라고 하겠구나.

그 친구들의 발명이지만 옛날 무대극에서는

나를 불러 늙은 악마**라고 했다네.

스핑크스 　어째서 그런 생각을 했을까요?

---

*　헤로도토스는 개보다는 작지만 여우보다는 큰 종류의 개미가 있어 사금을 모아서 그것으로 지하에 집을 짓는다고 전한다. 그런데 스키타이 지방에 사는 외눈박이 아리마스포이족은 그 개미로부터 황금을 훔쳐내기 때문에 개미가 서러워한다는 설화가 있다. 이 아리마스포이족은 황금을 수호하는 그리프스족과 곧잘 투쟁한다고 전한다.

**　영국의 옛 교훈극에 악마와 함께 등장하는 역할

메피스토	나도 왜 그런지 모르겠네.
스핑크스	그럴지도 모르겠군요! 그러면 별자리에 대해서는 좀 아시

나요?   7125

지금 몇 신지 말씀하실 수 있어요?

메피스토 (하늘을 우러러본다.) 별들이 연달아 살같이 달리고, 기운 달
이 밝게 빛나고 있군.

그리고 나는 이렇게 정다운 자리에서 유쾌하고,

그대의 사자 털가죽으로 훈훈하네.

일부러 별의 세계에까지 오르는 일은 밑지는 장사다.   7130

어디 수수께끼라도 물어 주게, 글자 찾기라도 내주게.

스핑크스 당신 자신의 이야기를 해보세요, 그러면 그것이 벌써 수수
께끼지요.

당신을 자세하게 풀어보도록 하세요.

'착한 이에게도 악한 이에게도 필요한 것으로서

착한 이한테는 금욕을 위한 싸움의 과녁이 되고   7135

악한 이한테는 추태를 연출할 때의 친구가 되는 것,

그리고 그 어느 것이건 오로지 제우스 신을 즐겁게 하기 위한 것.'

그리프스 1 (카랑카랑한 소리로)

나는 저놈이 싫다!

그리프스 2 (더욱 카랑카랑한 소리로)

저놈이 무슨 짓을 할 작정이지?

둘이 함께 저런 추악한 놈은 여기 둘 수 없다.

메피스토 (사납게) 네놈은 이분의 손톱이 네놈의 날카로운 발톱만큼

                                  7140

할퀼 수가 없을 것이라고 생각하느냐?

어디 한번 덤벼보라 —

스핑크스 (온건하게) 얼마든지 여기 계셔도 좋아요.

별수 없이 당신은 곧 도망치고 말 테니까.

당신의 나라에선 여러 가지 재미를 보실 수 있는데,

어째 여기서는 별로 재미가 없으신 것 같군요.   7145

메피스토 너는 상반신은 정말 맛있어 보이는데, 하반신은 짐승이라

어째 무시무시하구나!

스핑크스 엉터리 수작을 하면 여기서 지독한 앙갚음을 받아요.

우리들의 앞발은 억세단 말이오.

절름발이 말발굽을 가진 당신 따위가   7150

우리들 사이에 끼어 유쾌할 리 없지요.

(바다의 요부 세이렌*들이 위에서 즉흥적으로 연주한다.)

메피스토 저기 강가의 백양나무 가지에서

흔들거리고 있는 새는 무엇이오?

스핑크스 조심하시란 말이오! 가장 훌륭한 분도

저 노랫소리에는 넘어가고 말았으니까요.   7155

세이렌들 아아, 어찌하여 그런 추하고 이상한 것**에

덧없이 정을 들이시려는 건가요.

들어 주세요. 우리들 떼 지어 여기 몰려와서

가락도 잘 맞는 노래를 부릅니다.

이것이 세이렌한테 어울리는 재주입니다.   7160

---

*   머리는 여자, 하반신은 새의 모습이며, 아름다운 노래로 뱃사공을 유혹하여 난파
     시킨다.

**   스핑크스를 가리킨다.

스핑크스들　　（같은 곡조를 조롱하며 노래 부른다.） 저 새들을 끌어 내
　　　　려라!

　　　　그 나뭇가지 속에 매의 발톱을

　　　　숨기고 있는 것을 알 수 있지요.

　　　　만일 그대 귀를 기울이고 있으면,

　　　　그대를 사로잡아 파멸로 인도하리.　　　　　　　　7165

세이렌들　　미움을 버리세요! 시기를 버리세요!

　　　　하늘 밑 여기저기 흐트러진

　　　　깨끗한 즐거움을 우리는 모릅니다!

　　　　뭍에서도 땅에서도

　　　　명랑한 몸짓으로　　　　　　　　　　　　　　7170

　　　　손님을 맞아들입니다.

메피스토　　이거 지독한 신파들이 나오셨구나.

　　목청에서 나는 소리, 현에서 나는 소리가,

　　서로서로 얽히고설키는 식이로구나.

　　이렇게 떨리는 목소리는 내게는 효과가 없다.　　　7175

　　귓전은 간지럽게 할지 모르지만,

　　가슴 속까지는 스며들지 않는다.

스핑크스들　　가슴이니 어쩌니, 그런 헛소리는 마세요.

　　그보다도 쭈글쭈글한 가죽 자루쯤이

　　당신 얼굴에는 어울릴걸요.　　　　　　　　　　7180

파우스트　　（다가오며）진정 희한한 일이군! 보는 것만으로도 나는 흐
　　　　뭇하구나.

　　추악한 것 속에도 위대하고 굳건한 모습이 있구나.

　　나는 벌써 복 받은 운명을 예감하는데

　　이런 엄숙한 첫인상은 어디로 나를 데려갈 것인가?

(스핑크스들을 가리키며) 이런 것들 앞에 오이디푸스가 서 있었겠지.

(세이렌들을 가리키며) 이런 것들의 유혹이 두려워 율리시스는 밧줄로 몸을 묶게 했을 테지.

(개미들을 가리키며) 이것들이 지고의 보물을 긁어모았을 것이다.

(그리프스들을 가리키며) 그리고 이것들이 충실하고 틀림없게 보물을 지켰다.

나는 싱싱한 정이 마음속에 스며듦을 느낀다.

과거의 모습이 위대한 만큼 추억도 위대하구나.　　　　7190

메피스토　전 같으면 이런 것은 저주해서 물리쳤을 텐데.

이제 와선 이런 것에 호의를 갖는 모양이군요.

하긴 애인을 찾으러 오신 고장이니

괴물까지도 반가우실 테지요.

파우스트　(스핑크스들에게) 여보시오, 여인네들 잠깐 묻겠는데,　7195

당신들 중에 헬레네를 본 사람은 없소?

스핑크스들　그 사람의 시대까지 산 이는 없어요.

마지막 스핑크스가 헤라클레스*한테 맞아 죽었어요.

케이론** 선생한테라도 물어 보세요.

그분은 이런 유령들의 잔칫날 밤에는 이리저리 뛰어다니십니다.

---

*　지상의 유해한 괴물을 모조리 죽인 그리스의 영웅. 그러나 최후의 스핑크스가 그에게 살해되었다는 것은 괴테의 독창이라고 한다. 스핑크스는 헬레네보다 이전의 존재이기 때문에 헬레네를 모른다.

**　상반신은 인간, 하반신은 말인 켄타우로스족의 하나로서 스핑크스가 존재한 자연신화 시대부터 헬레네 등의 영웅 시대에 이르는 교량적인 역할을 한 사람이라고 한다. 그는 현자로 의사·음악가·천문학자를 겸하고 헤라클레스, 이아손, 아스클레피오스, 아킬레우스 등 무수한 영웅들을 교육했다고 한다.

그분을 붙잡아 세우시면 대성공이라 하겠습니다.

세이렌들 당신도 그래주었으면…….

오디세우스는 비웃고 지나가지 않고

우리 집에 머물렀을 때

여러 가지 이야기를 해주었지요.   7205

만일 당신이 푸른 바다 기슭

우리 마을에 오시게 되면,

그 이야기를 모두 밝혀드리지요.

스핑크스 귀하신 손님, 저런 말에 속으시면 안 됩니다!

오디세우스처럼 제 몸을 옭아매게 하는 대신,   7210

우리들의 친절한 충고로 마음을 결박하세요.

케이론 선생만 찾아낼 수 있으시다면

제가 당신한테 장담한 것을 아시게 될 것입니다.

(파우스트 퇴장.)

메피스토 (화가 치미는 듯) 날개를 치며 꺽꺽 울면서 날아가는 것은
무엇일까?

눈에 보이지 않을 정도로 쏜살같이   7215

줄줄이 늘어서 지나가고 있구나.

저런 꼴이면 사냥꾼도 지쳐서 녹초가 될 것이다

스핑크스 마치 북풍에 몰리는 비바람에 견줄 수도 있겠고,

알케우스의 손자인 헤라클레스의 화살도 당하지 못하겠어요.

저것은 잽싸기로 이름난 스팀팔리아 호반의 괴조(怪鳥)*이며, 7220

독수리의 주둥이와 거위의 발을 가졌으나,

꺽꺽 우는 것은 호의를 보이는 인사랍니다.

우리들 사이에 끼어들어서 원래는
자기도 한집안 사람임을 보이고 싶어 저러지요.

메피스토 (질린 듯) 그 밖에도 간간이 쉬쉬거리는 것이 있군.　　7225

스핑크스 그것은 조금도 겁낼 것이 없습니다.
저것은 레르네의 뱀^{**} 대가리들이에요. 벌써 허리통에서,
잘려 나갔는데, 저는 뭣인 척하고 있어요.
한데 당신은 어떻게 되신 거예요?
어찌 그렇게 조바심을 내시지요?　　7230
어디로 가실 작정이면 어서 빨리 가버리세요!
알겠어요! 저기 저 합창하는 친구들한테로,
당신은 목을 빼고 계시군요. 억지를 쓸 것 없이
어서 가보세요! 얼굴이 예쁘장한 것들한테 인사라도 하시구려!
저것은 라미에^{***}들이지요. 바람둥이 귀여운 창녀로　　7235
입가에 웃음을 짓고 뻔뻔한 이마빼기를 하고 있어,
사티로스족^{****}들이 대환영하는 것들이랍니다.
염소의 발목만 가졌으면 거기서는 무슨 짓이라도 할 수 있지요.

메피스토 자네들은 여기 있겠지? 다시 만나고 싶은데.

스핑크스 있고말고요! 바람둥이들 속에 끼어보시지요!　　7240

---

*　아르카디아의 동북 고산으로 둘러싸인 골짜기에 스팀팔리아 호수가 있다. 그곳
　에 살고 있는 맹금은 날카로운 깃털과 날카로운 주둥이와 발톱을 가지고 있어,
　그 깃털을 화살처럼 쏘아서 인간을 사냥하고 먹이로 삼는다. 헤라클레스가 퇴치
　했다.

**　레르네 늪에 사는 괴물 히드라. 머리가 아홉 있어서 목을 잘라도 다시 생겨난다.
　헤라클레스는 목을 자를 때마다 불로 지져서 퇴치했다고 한다.

***　흰 유방을 드러내어 남자를 유혹하고, 남자의 피를 빨아먹는 무서운 마녀

****　반신반양(半神半羊)의 숲의 신으로 호색가다.

우리는 이집트 시대부터 이때까지 천 년 동안을
같은 장소에 주저앉아 있는 데 습관이 되었어요.
우리들의 위치를 주의해서 보시라니까요.
음력 양력의 나날을 우리들이 정하는 것이니까요.
민족들의 최후 심판을 보려고   7245
우리는 피라미드 앞에 앉았습니다.
홍수건 전쟁이건 또한 평화건
우리는 얼굴 한 번 찡그리지 않았습니다.

페네이오스강 하류

　　페네이오스강, 물의 님프들로 둘러싸여 있다.

페네이오스　　갈대의 속삭임이여! 솔솔 일거라!
아련히 숨 쉬어라! 갈대의 누이들   7250
살랑거려라. 가냘픈 버드나무 숲이여,
속삭여라, 떨리는 포플러의 가지여
끊어진 꿈길을 더듬어서…….
한데 무서운 진동이 나의 잠을 깨웠으니
아무도 모르게 만물을 뒤흔드는 전율이   7255
물결 속에 잠들어 쉬던 나를 깨웠다.
파우스트　　(강가에 다가서면서) 내가 올바로 들은 것이라면,
이 얼키설키한 나뭇잎들 속에서
그리고 이 나뭇가지와 관목들 속에서
사람의 속삭임 같은 것이 들리는 듯하다.   7260

어쩐지 강물이 재재거리는 듯싶고
살랑대는 바람마저 ─ 흥겨워서 노는 것 같구나.

님프들   (파우스트에게) 그대에게 권하고 싶은 것은

여기 몸을 눕히고

시원한 곳에서   7265

피곤한 몸을 쉬어,

항상 그대를 피하는

잠을 이루시오.

살랑대며 속삭이며

그대의 꿈을 지켜주리라.   7270

파우스트   이건 꿈이 아니다. 그 여인들*이

비할 데 없는 아름다운 여인들의 모습이

내 눈앞에 현실 그대로 움직이는 것이 보이는구나.

깊은 감동이 내 마음속에 속속들이 스며든다.

이것은 꿈일까? 아니면 추억일까?   7275

이미 너는 한 번 그런 행복을 맛보았다.

한들한들 흔들리는 촘촘한 수풀의

시원한 속을 물줄기는 소리 없이 흐른다.

목소리도 내지 않고 졸졸 소리조차 없다.

사방팔방에서 몰리는 수백의 샘은   7280

한데 모여 깨끗하고 맑은 못을 이루고

목욕을 할 수 있도록 얕게 패인 웅덩이가 되어

---

*   헬레네의 모친 레다가 백조의 모습으로 변한 제우스와 가까이하는 꿈 속의 모습.
이곳 강변의 풍경이 꿈의 장면을 상기시킨다. 지금도 파우스트가 그것을 환상으
로 보고 있다.

건강한 젊은 여인들의 사지는
물의 거울에 비쳐서 이중으로
나의 눈을 즐겁게 해주는구나!   7285
여인들은 한데 얼려 즐거운 듯 목욕하고,
대담하게 헤엄치고 두려운 듯 찰박찰박 물을 건너고,
끝내는 아우성치며 물싸움을 시작한다.
나는 이런 것을 바라보는 것으로 만족하고
여기서 나의 눈요기만 하는 것이 좋을 것이다.   7290
하지만 나의 마음은 앞으로 치닫고
눈초리는 저 나무 그늘을 뚫어져라 살피려는구나.
무성한 초록의 풍성한 잎들이
거룩한 여왕을 감추지나 않았나 하고.

이상도 하다! 후미 쪽에서   7295
백조들의 무리도 당당한 모습으로
정결한 모습으로 헤엄쳐 오는구나.
유유히 떠다니며 정답게 어울려서
오만하고 우쭐대면서
머리와 주둥이를 움직이고 있구나!   7300
그중에도 유난히 눈에 띄는 한 마리는,
가슴을 활짝 펴고 대담하고 자신만만하게
모든 무리를 헤치고 재빨리 앞으로 나아가며
온몸의 깃털을 부풀릴 대로 부풀리고
주름지는 물결* 위에 파문을 일으키며   7305
그 거룩한 장소를 향해 돌진해 들어간다…….
다른 백조의 무리는 깃털을 조용히 번뜩이면서

이리저리 헤엄쳐 다니면서,

때로는 활발한, 화려한 싸움도 벌이지만,

그것은 수줍은 처녀들의 마음을 끌어   7310

여왕을 수호하는 그들의 소임을 잊게 하고,

제 몸의 안전만을 생각게 하려는 수작이구나.

님프들 여보세요, 이 물가 초록색 언덕에

귀를 대고 가만히 들어보세요.

내가 잘못 들은 것이 아니라면   7315

어쩐지 말발굽 소리가 나는 것 같군요.

오늘 밤 이런 잔치에 급한 소식

전하러 오는 사람은 누구일까요.

파우스트 성급한 말발굽 소리에 울려서,

대지가 우레를 치는 것도 같구나.   7320

나의 눈아, 저쪽을 보라!

행운이 벌써

나를 찾아드는 것이냐?

견줄 수도 없는 기적이로군!

말 탄 사람, 하나가 달려오는구나.   7325

지용(智勇)을 겸비한 자로 보이는데,

눈부신 백마에 올라앉았다…….

내 눈에 틀림은 없다. 저 사람이면 나도 알 만하군.

저것은 필리라의 이름난 아들!** ―

---

*   제우스의 화신인 백조는 깃털을 부풀려서 그 자신이 흰 물결처럼 보인다.

** 케이론은 크로노스와 필리라 사이에서 난 자식이다.

406

잠깐만 케이론, 잠깐만! 부탁이 있습니다……. 7330

케이론 무슨 일인가? 왜 그러지?

파우스트 당신은 발걸음을 늦출 수는 없나요?

케이론 쉬어 갈 수는 없네.

파우스트 그럼, 제발 나를 데리고 가 주시구려!

케이론 올라타게! 그럼 내게 마음대로 물어볼 수 있지.

어디로 가는 길인가? 그대는 이쪽 강가에 서 있었지.

내가 이 강을 건네줄 수도 있다네. 7335

파우스트 (올라탄다.) 마음대로 가시오, 영구히 은혜는 잊지 않겠소

이다!

위대한 분이고 고결한 교육자시여

영웅족을 길러서 이름을 올리시고

저 아르고의 배에 탔던 훌륭한 젊은이들*과

시인들이 노래 부를 이름난 사람들을 길러내셨지. 7340

케이론 그런 말은 끄집어내지 말기를 바라네.

팔라스**조차 스승 노릇으론 칭찬을 못 받았네.

제자란 것은 배우지 않은 것이나 진배없어,

끝내는 누구나 제멋대로 훌륭해지는 법이지.

파우스트 당신은 온갖 초목의 이름을 아시고 7345

그 뿌리들을 깊이깊이 알아내어

---

* 영웅 이아손을 대장으로 하여 아르고라는 배를 타고 콜키스국에 황금 양모를 빼앗으려 흑해를 건너 원정했던 영웅들

** 지혜의 여신 아테나는 '팔라스'라고도 불리며, 로마 신화의 미네르바, 이집트 신화의 네이트와 동일시한다. 아테나가 오디세우스의 충실한 친구 멘토르의 모습으로, 오디세우스의 아들 텔레마코스가 아버지를 찾아 길을 떠나는 데 동행하는 이야기가 있다.

병자를 고쳐 주고 상처의 아픔을 덜어 주시는 의사십니다.
나는 진심으로 당신을 존경하고 있습니다.

케이론   하긴 영웅이 내 곁에서 부상을 당하면
나는 치료하고 도와주었다.   7350
하지만 나의 의술도 오늘날에는 결국
무녀들이나 중에게 맡기게 되었다네.

파우스트   당신은 진정 위대한 분이군요.
칭찬의 말 따위는 귀에도 담으려 하지 않는군요.
겸손해서 이야기를 피해 달아나고   7355
자신 따위는 얼마든지 있다는 태도로군요.

케이론   그대는 언변이 썩 좋아
군주나 인민들의 비위를 잘 맞추겠군.

파우스트   하지만 아무리 그래도 이것은 인정하시겠지요.
당신은 당신 시대의 위대한 영웅들을 만났으며   7360
고결한 분들의 행위를 보고 그렇게 하려고 노력하고,
반은 신들과 같이 성실하게 세상을 살았다는 것을,
한데 영웅들 중에서 어떤 이를
가장 훌륭하다고 생각하십니까?

케이론   우선 아르고 선에 탔던 용사들은   7365
모두가 나름대로 훌륭하였고,
자기가 지닌 역량을 좇아
서로 모자라는 점을 보충해주었던 것이오.
넘쳐흐르는 청춘의 힘과 아름다움에서는,
언제나 디오스쿠로이 형제*가 제일이고   7370
결의에 찬 행동으로 언제나 자기편을 구해낸 공적은
보레아스의 자식들의 훌륭한 몫이었지요.

그리고 신중하고 힘세며 총명하고 지략이 무궁하고,

게다가 여인에게 인기가 있던 것은 이아손**이었소.

그리고 오르페우스***는 화사하고 늘 얌전하여,   7375

누구보다도 뛰어나게 칠현금을 뜯었지요.

눈이 날카로운 린케우스****는 밤낮없이

암흑과 절벽을 감시하여 무사히 배를 몰았으며,

협력해서 위험을 벗어날 수가 있었죠.

한 사람이 일하면 다른 사람은 모두 칭찬하더란 말이오,   7380

파우스트 헤라클레스*****에 대해선 한마디도 안 하십니까?

케이론 아이고, 그 이름을 대어 나의 그리운 옛정을 돋우지 말

　　　　 아요!……

나는 태양신 포이보스******를 한 번도 뵌 일이 없고,

아레스나 헤르메스******* 같은 이는 본 일이 없으나,

만인이 신처럼 우러러본 그 사람만은   7385

바로 내 눈앞에 서 있는 것을 보았소.

그 사람은 타고난 왕자였고,

젊었을 때는 보기에도 훌륭한 모습이었죠.

---

* 　 헬레네의 쌍둥이 형제로 카스토르와 폴리데우케스

** 　 아르고 호의 대장

*** 　 오이아그로스와 칼리오페(뮤즈의 한 사람)의 아들로서 칠현금의 명수이며 가인
　　　 (歌人)이다.

**** 아르고 호의 타수로서 날카로운 천리안을 가졌다.

***** 제우스와 알크메네의 아들로서 영웅 중의 영웅

******아폴론의 또 다른 이름

*******아레스는 그리스의 군신(軍神)으로 라틴어로는 마르스, 헤르메스는 신들의 사자
　　　 (使者)

형에게는 공손하고

귀여운 여인들에게도 상냥했소.   7390

대지의 여신 가이아*도 다시는 그런 이를 낳지 않을 것이며,

헤베**도 다시는 천국에 받아들이지 못할 것이오.

시인이 노래를 불러보고자 해도 헛된 수작일 뿐,

예술가가 쪼아서 새겨보려고 해도 헛된 일이지요.

파우스트   아무리 조각가가 자기 작품을 뽐내본다 해도,   7395

당신처럼 생생하게 그 모습을 그리지는 못합니다.

한데 제일 잘난 남자의 이야기는 들었습니다만,

이제 제일 잘난 여자의 이야기를 해주십시오.

케이론   뭐요! ……여인의 아름다움이란 별것이 못 되오.

자칫하면 굳어버린 모습이 되기가 일쑤지.   7400

내가 찬양할 수 있는 아름다움이란 오직

즐겁고 인생을 즐기는 데서 솟아 나오는 모습이오.

아름다움이란 자기만족으로 도취해버리기 쉬운데,

애교가 있어서 비로소 거역하기 힘들게 되는 법이오.

마치 내가 태워다주었던 헬레네와 같이.   7405

파우스트   당신이 태워다주었나요?

케이론   그렇소, 이 잔등에다 태웠소.

파우스트   그렇지 않아도 나는 벌써 어찌할 바를 모르겠는데,

이런 자리에 앉았다니 기쁘기도 하구나!

케이론   그 여자도 당신과 똑같이

---

*   대지의 여신

**   청춘의 여신이며 올림포스에서 헤라클레스와 결혼했다.

내 머리채를 꼭 잡고 있었소.

파우스트　정말 정신을 잃을 것 같구나!　　　　　　　　7410

어떤 모양이었는지 이야기 좀 하시구려.

그 사람은 내가 사모하는 유일한 여자요!

당신은 그 여자를 어디서 어디로 태워다주었소?

케이론　그 묻는 말에 대답하긴 쉬운 일이오.

그 당시 디오스쿠로이 형제가　　　　　　　　　　7415

누이동생을 도둑 떼*의 손에서 구해냈소.

한데 그 도둑들은 저 본 일이 별로 없기 때문에,

기운을 돋우어 뒤를 쫓아왔던 것이오.

그 남매들의 급한 걸음을 가로막은 것은

엘레우시스 근처의 늪들이었소.　　　　　　　　　7420

형제는 걸어서, 나는 그녀를 태우고 물을 헤엄쳐 건넜소.

그러자 그녀는 뛰어내려 물에 젖은

나의 갈기를 쓰다듬으며 상냥하게 치사했는데,

사랑스럽고 영악하고 게다가 기품이 있었소이다. 정말

매력이 있었지! 늙은 나까지도 그렇게 여겼지!　　　7425

파우스트　열 살도 채 안 되었지요!** ……

케이론　　그건 고고학자들이

당신만이 아니라 자기들 자신까지도 속였던 것이오.

---

*　테세우스를 말한다. 스파르타의 아르테미스의 신전에서 춤추는 헬레네를 보고, 반해서 유괴했다. 그러나 카스토르와 폴리데우케스 형제가 도로 빼앗아 왔다. 그 때 헬레네는 열 살이라고도 하고 일곱 살이라고도 전해진다.

**　6530행과 이곳에 나온 헬레네의 연령은 문헌학자들 사이에 여러 가지 설이 있다. 괴테는 처음에 7세라고 썼다가 후에 10세로 고치도록 에커만에게 명했다.

신화 속의 여자란 아주 특수한 것이라오.

시인이란 제멋대로 그려서 내놓는지라

언제 어른이 되었다든지 늙은이가 되었다는 이야기는 없이   7430

언제 보아도 군침이 넘어가는 모습을 하고 있어,

어려서도 꼬임에 빠지고 늙어서도 청혼을 받는 법,

요컨대 시인은 시간에 속박당하는 일은 없지.

파우스트   그럼 그 여자도 세월에 얽매이지 않아야 하겠지.

아킬레우스*가 펠레에서 그 사람과 만난 것도   7435

세월을 초월한 이야기지요. 얼마나 드문 행복일까요.

운명을 거역하고 사랑을 얻었다니!

그러니 나도 간절하게 사무치는 힘으로

그 비길 데 없는 모습을 살려낼 수 없을까?

그 상냥하고 위대하며 귀엽고 고결한   7440

신들에 못지않은 영원한 사랑의 모습을 말이다.

당신은 옛적에 보았으나 나는 오늘** 보았소.

마음을 끄는 아름다움, 그리움을 북돋는 아름다움

이제 나는 심신이 무섭게 결박당했으니

그 사람을 바랄 수가 없다면 살 수 없소이다.   7445

케이론   여보, 먼 데서 온 친구! 그대는 인간으로서 감격하고 있겠
          지만,

영들 사이에선 아마 미친 것처럼 보일 것이오.

마침 당신에게 다행한 일이 있구려.

---

*   비교적 후기의 전설에서 아킬레우스는 사후 모친의 탄원으로 다시 지상에 돌아
     와서 펠레에서 헬레네와 결혼했다고 한다.

**   파우스트는 헬레네를 만난 꿈에서 막 깨어났으므로 오늘 일이라고 생각한다.

다름 아니라, 해마다 나는 잠깐씩

의술의 신 아스클레피오스의 딸 만토*한테   7450

가고 있소. 그 처녀는 조용하게 기도드려,

아버지한테 제발 아버님의 명예를 위해

이젠 그만 의사들의 헛된 꿈을 깨놓도록 하시고

터무니없이 마구 때려죽이는 일이 없도록 해주십사고 간절히 빌

고 있소.

　　　그 애가 무녀들 중에서 내겐 제일 귀여운 놈이오.   7455

귀신 홀린 무서운 얼굴을 하고 떠들지도 않고 정답고 상냥하오. 당

신도

잠시 그 애 곁에 머무르면 약초 뿌리의 힘으로,

당신의 병을 완전히 고칠 시킬 수 있을 것이오.

파우스트　치료 따위는 받고 싶지 않소. 내 정신은 건전하오.

치료를 받으면 속물이 되고 말 것이오.   7460

케이론　거룩한 샘이 지닌 경험을 버리지 마시오.

자, 빨리 내리구려! 이제 다 왔소이다.

파우스트　당신은 이 무시무시한 밤중에 자갈 깔린

강을 건너 나를 어느 기슭으로 데려왔소?

케이론　이곳**은 로마와 그리스가 맞서 싸운 데요.   7465

오른편으로는 페네이오스가 흐르고 왼편에는 올림포스가 솟아

---

* 　테베의 장님 예언자인 테이레시아스의 딸. 고대에는 예언과 의술을 가까운 관계
로 여겼기 때문에 만토를 의술의 신인 아스클레피오스의 딸이라고 했다. 또한 만
토는 아폴론 신전의 무녀다.

** 　기원전 168년에 로마의 집정관 아이밀리우스 파울루스가 마케도니아 왕국의 페
르세우스를 파드나의 전투에서 대파하고, 대마케도니아국은 로마의 속령이 되
어버렸다. 여기에는 마케도니아가 그리스로 되어 있다.

있소.

가장 위대한 나라가 덧없이 무너져버린 것이오.

국왕은 도망치고 시민들이 승리의 노래를 불렀소.

위를 쳐다보구려! 아주 가까운 곳에

달빛을 받고 불멸의 신전*이 서 있소.   7470

만토   (안에서 꿈을 꾸듯)

이 거룩한 단 위에

말굽 소리 울리며,

반신께서 오시는군요.

케이론   네 말이 옳다!

눈을 떠 보아라!   7475

만토   (잠에서 깨며) 반갑습니다! 꼭 거르지 않고 오실 줄 알았
어요.

케이론   그대의 신전이 그대로 있듯이 나도 틀림없이 온다.

만토   여전히 쉬지 않고 뛰어다니시나요?

케이론   그대는 언제나 신전 안에서 고요하게 지내고 있지만
나는 돌아다니는 것이 재미지.   7480

만토   이렇게 꼼짝하지 않고 기다리고 있으면 시간이 나를 싸고
빙빙 돌지요.

그런데 이분은?

케이론   소문이 자자한 오늘 밤의 잔치가

이 사람을 와중으로 끌어넣어 예까지 데려왔지.

헬레네를, 미친 듯이

---

*   올림포스의 아폴론 신전

414

헬레네를 손에 넣고 싶어 한다네.   7485
그런데 어디 가서 어떻게 해야 할지 모르고 있어.
누구보다도 아스클레피오스의 치료가 필요한 사내지.
만토   그런 불가능한 것을 탐내는 사람이 저는 좋아요.
      (케이론은 이미 멀리 떠났다.)

만토   들어와요! 철부지 양반, 좋은 일이 있으니!
이 어두운 길은 페르세포네*에게로 통하는 길이에요.   7490
그분은 올림포스 산기슭 굴속에서
남몰래 금지된 인사를 귀담아 들어주시고 있어요.
언젠가 저는 오르페우스도 여기로 몰래 들어가게 했어요.
그 사람보다 더 잘해보세요.** 자, 기운을 내세요.
      (두 사람 내려간다.)

페네이오스강 상류

   전과 같이.

세이렌들   페네이오스 강물 속으로 뛰어들어요!   7495
      물소리 철썩철썩 헤엄을 쳐요.

---

*   명계의 신 하데스의 아내로 제우스와 데메테르의 딸
**   오르페우스(7375행)는 죽은 애인 에우리디케를 그리워하여 명계로 가서 노래의
      힘으로 허락을 받고 그녀를 데리고 지상계로 돌아오게 되었으나 약속을 어기고
      도중에 뒤를 돌아보았기 때문에 다시 그녀를 잃었기 때문이다.

불쌍한 뭍 사람들을 생각해서
즐겁게 노래를 부릅시다.
물이 없이는 복도 없는 법.
한데 어울려 즐거운 떼를 지어   7500
어서어서 에게해로 넘어가면
가지각색 재미를 보게 되지요.

(지진)

세이렌들　　파도는 거품 일며 되돌아오고
강바닥에 이젠 물도 흐르지 않아요.
대지가 뒤흔들려 물길이 터지고   7505
자갈밭과 언덕이 갈라져 연기를 뿜는군요.
자, 어서 도망가요! 어서 오세요. 모두 오세요!
이런 불길한 일은 아무에게도 좋지는 않으니까요.

자, 가십시다. 즐겁고 귀한 손님들,
명랑한 바다의 잔치를 보러 갑시다.   7510
살랑살랑 물결이 햇빛에 번쩍이며
조용히 굽이쳐서 기슭을 축이고
달빛이 이중으로 빛나고 우리들을,
정한 이슬로 적시는 곳으로.
그곳에는 생이 자유자재로 깃들고   7515
이곳에는 무서운 지진이 났습니다.
자, 누구나 영악하면 그리로 갑시다.
이 몸서리치는 무서운 고장을 버리고요.

세이시모스[*]　　(땅속에서 으르렁거리고 소리를 낸다.)

또 한 번 힘을 주어 밀어젖혀라.

어깨로 신나게 치켜 올려라!　　　　　　　　　　7520

그래서 땅 위까지 나갈 수만 있으면

겁이 나서 누구나 도망칠 것이다.

스핑크스들　　이건 정말 불쾌한 진동이군요.

추악하고 무서운 기상(氣象)이로군요.

이리저리 흔들리고,　　　　　　　　　　　　　7525

그네 뛰듯 좌우상하로 비틀비틀

이것은 정말 참을 수 없이 불쾌하군.

하지만 지옥이 송두리째 입을 벌려도,

우리는 제자리에서 옮기지 않아요.

아니, 이젠 이상하게 둥근 지붕이　　　　　　　7530

솟아 올라 왔네요.

이것은 바로 그 사람이군요.

언젠가 산고(産苦)에 신음하며 허덕이는 레토^{**}를 위해

파도 속에서 델로스섬을 밀어 올린

벌써 백발이 되어버린 그 노인이군요.　　　　　7535

그 사람은 기를 쓰며 밀어 대고 눌러 대고.

팔을 쭉 뻗고 등허리를 구부려

---

* 　지진

** 　헤라(로마에서 유노)의 질투 때문에 쫓기던 레토가 아폴론과 아르테미스를 해산
　　하기 위하여 진통을 겪고 있을 때 그녀의 안산(安産)을 위해 델로스의 섬이 바다
　　속에서 밀려 올라왔다고 전한다.

마치 아틀라스*와 같은 몸짓으로
땅이건 풀밭이건 흙덩이건 간에
그리고 자갈이건 모래건 진흙이건 상관없이   7540
우리의 조용한 강언덕을 밀어젖히지요.
끝내 그 사람이 골짜기의 조용한 땅덩이를,
비스듬히 한 조각 찢어놓았군요.
아무리 기운을 써도 지치지 않는 꼴은
마치 기둥을 받치는 거대한 여인상 같지요.   7545
무시무시한 암산(岩山)을 치켜들었는데,
아직도 가슴 아래는 땅속에 묻혀 있군요.
그러나 그 이상은 올라오지 못할 것이오.
이렇게 스핑크스가 자리를 잡고 있으니.

세이시모스   이것은 모조리 나 혼자 한 것이라는 것을,   7550
세상 사람도 결국 인정해줄 테지.
내가 마구 흔들어 대지 않았던들,
어찌 세계가 이렇게 아름다울 수 있으랴?
산들만 하더라도 만일 내가 그림처럼
황홀한 만큼 아름답게 밀어내주지 않았던들   7555
저 화려하게 개인 푸른 하늘에
어찌 저렇게 높이 솟아 있을 수가 있겠는가?
밤과 혼돈이라는 태고의 선조들 앞에서,
내가 마음껏 힘을 발휘하여
거인들과 어울려 공을 굴리듯   7560

---

*   허리를 굽히고 두 팔로 천공을 받치고 있는 거인

418

펠리온이나 오사*의 산을 내던지곤 하였지.

청춘의 뜨거운 정열을 믿고 발광한 끝에

싫증이 나자, 마지막으로 우리는

두 개의 산을 중절모자를 씌우듯

파르나소스산**에다 씌워놓았다.   7565

지금은 아폴론이 행복한 뮤즈의 무리와

즐거운 듯 그곳에 살고 있단 말이다.

번갯불 다발을 안은 주피터***를 위해서도

나는 의자****를 높이 치켜 올려주었다.

그래서 오늘 밤에는 무섭게 기를 써 가며   7570

땅속에서 치밀고 올라와서

즐거워하는 사람들을 큰소리를 쳐서

새 생활을 하도록 요구하고 있다.

스핑크스들   여기 이렇게 솟아오른 산들이

땅에서부터 몸부림치며 나오는 꼴을   7575

만일 우리가 제 눈으로 보지 않았던들,

태곳적부터 있었다고 할 테지요.

무성한 숲이 산 중턱까지 퍼져 나가고,

아직도 바위 더미들이 몰려오고 있어요.

---

*   둘 다 북부 그리스 테살리아 지방에 있는 산이다. 거인들이 신을 습격하기 위해
       올림포스 위에 펠리온과 오사를 쌓아 올리고 제우스의 옥좌까지 다다르려 했다
       는 전설이 있다.

**   성지(聖地) 델포이가 있는 산으로 아폴론이나 뮤즈들이 있는 곳으로 알려져
       있다.

***   제우스의 로마식

**** 올림포스를 가리킨다.

하지만 스핑크스들라면 그런 것쯤 개의치 않아요.　　　　7580

우리는 거룩한 자리에 태연히 앉아 있지요.

그리프스들　　　나뭇잎 같은 황금 종이가 되어 펄럭거리며

바위틈에서 번쩍이는 것이 보이는구나.

저런 보물을 빼앗기면 안 되지.

개미들아, 자, 파내려무나!　　　　7585

개미들의 합창*　　　거인들이 이 산을

밀어 올린 것처럼,

아장거리는 발을 가진 그대들도

냉큼 위로 올라가거라!

날쌔게 들락날락하거라!　　　　7590

이런 바위틈에 있는 것은

아무리 조그만 부스러기라도

모조리 거두어 가지란 말이다.

구석구석 샅샅이

어서어서 서둘러　　　　5795

아주 작은 부스러기라도

찾아내야 할 것이다.

너희들 우글대는 무리야,

줄기차게 열성을 보여 다오.

황금만을 모아들이고　　　　7600

돌조각은 내버려라.

그리프스들　　　들어오너라! 들어와! 황금을 무더기로 쌓아 올려라!

---

*　지진 때문에 바깥에 드러난 사금(砂金)을 찾아서 개미와 난쟁이들이 모여든다.

우리들이 그것을 발톱으로 짓누르고 있다.

이것이 최고의 자물쇠다.

아무리 막대한 보물이라도 간수는 잘될 것이다.　　　　　7605

난쟁이 피그미들＊　우리들은 이렇게 자리를 잡기는 했지만,

어떻게 된 일인지는 도무지 모르겠소이다.

우리가 어디서 왔는지는 묻지 마세요.

어쨌든 우리는 여기에 와 있으니까 말이오.

인생을 즐겁게 지내는 고장이라면　　　　　　　　　7610

어떤 나라인들 상관이 없소이다.

바위에 틈이 생기기만 하면

선뜻 난쟁이들이 자리를 차지하게 마련이지요.

난쟁이는 양주가 모두 부지런하며 잽싸서

모든 부부의 모범이라오.　　　　　　　　　　　7615

낙원에 살던 옛날에도 그랬었는지,

그런 것은 나도 모르는 일이라오.

하지만 어쨌든 이곳이 제일 좋군요.

행운을 가져온 별에 감사를 드리고 싶소.

동녘이건 서녘이건 간에　　　　　　　　　　7620

어머니 대지는 어린애를 잘도 낳으니까요.

닥틸레들＊＊　어머니 대지는 하룻밤 사이에

＊　　호메로스는 피그미가 세계의 남단에 살고 있는 난쟁이들로서 강 위를 날아 옥수
　　수밭을 노리는 두루미들과 전쟁을 한다고 했다. 괴테는 피그미를 개미들을 이용
　　해 땅속에서 금을 캐내는 난쟁이로 다루고 있다.

＊＊　피그미들보다 더 작은 난쟁이들. 솜씨 있는 대장장이다. 피그마이오스에게 고용
　　되어 쇠를 다룬다.

조그만 어린애들을 낳았습니다.

아주 작은 어린애도 낳을 테지요.

그러면 어울리는 상대도 생길 테지요.   7625

피그미의 장로   냉큼 서둘러서

알맞은 데 자리를 잡아라.

어서어서 일들을 시작하라.

기운이 모자라면 속도로 보충하라!

세상이 아직도 평화로울 때   7630

공장을 세우라.

군대를 위하여

갑옷과 무기를 만드는 거다.

너희들 개미들은 모두들

떼를 지어 일을 해서   7635

우리에게 금속을 날라 오라!

제일 작고 수가 많은

너희들 닥틸레들은

장작을 날라 오라.

명령을 내리겠다!   7640

그것을 쌓아 올려

가마 불에 구워내서

숯을 만들어내라.

장군   화살과 활을 메고

기운차게 나가거라!   7645

저기 저 못가에

수없이 집을 짓고

건방지기 한량없는

왜가리*들을 쏘아 다오.

모조리 한꺼번에   7650

한 마리도 남김없이.

그 깃으로 우리는

투구를 장식하련다.

개미와 닥틸레들 누가 우리를 구할 것인가?

우리가 쇠붙이를 마련해오면   7655

저놈들은 쇠사슬을 만들어 내는데

하지만 뿌리치고 달아나기엔

아직도 시간은 멀었으니

고분고분 참는 것이 좋으리라!

이비코스의 학** 죽이는 고함 소리, 죽어 가는 아우성!   7660

겁이 나서 날개를 화다닥 치는 소리.

이 무슨 신음 소리며 이 무슨 한숨 소리가

여기 이렇게 높은 데까지 치밀어 오는 거냐!

저것들은 모조리 맞아 죽어서

호수는 시뻘겋게 피로 물들었구나.   7665

흉악한 무리의 더러운 욕심이

왜가리의 기품 있는 장식을 앗아가는구나.

---

*   전술한 바와 같이 두루미가 피그마이오스를 습격하는 것이 이 희곡에서는 먼저
    난쟁이들이 왜가리를 학살하고, 그 깃을 투구의 장식으로 사용한 것 때문에 복수
    하는 것으로 되어 있다.

** 이비코스는 기원전 6세기의 그리스 시인이다. 학은 피그미의 원수다. 실러의 담
    시에서 이비코스가 흉한의 손에 암살당하는 것을 목격한 학이 그 이야기를 전달
    하고 죄상을 폭로해 복수의 기연을 만들었다고 하여 '이비코스의 학'은 복수의 새
    를 의미한다.

하지만 그것은 벌써 배불뚝이 꾸부정 다리의

악한들의 투구에서 하늘거리고 있다.

우리 패들의 친구들이여,   7670

줄지어 바다를 건너가는 친구들이여,

우리는 근친들이 당하는 희생에

복수로써 대할 것을 요구하노라.

누구나 힘과 피를 아끼지 말고

저 악당들을 영원한 원수로 대하여라!   7675

(울어 대며 공중으로 흩어진다.)

메피스토   (평지에서) 북녘의 마녀들 같으면 다루기가 쉬운데.

이 낯선 유령들은 어쩐지 마음대로 되지 않는군.

브로켄산은 역시 그리운 곳이야.

어디를 가도 환히 알 수가 있었거든.

일제* 마누라는 같은 이름의 바위에서 파수를 봐주고   7680

하인리히도 제 이름이 붙은 언덕에서 즐거울 거야.

드르렁 바위는 엘렌트를 향해 코를 골아 대겠지만,

어쨌든 천만 년이 지나도 여전하거든.

한데 이곳에선 서 있건 걸어가건

제 발밑의 지면이 부풀지 않으리라고 누가 장담할 수 있을까? 7685

내가 즐거운 기분으로 평평한 골짜기를 거닐면,

느닷없이 내 뒤에서 산이 솟아오른단 말이다.

---

*   하르츠산에 있는 강. 제1부 '발푸르기스의 밤'에서 일젠슈타인으로 나온다.

424

하긴 산이라고 하기는 어렵겠지만

그래도 스핑크스와 나를 떼어놓을 정도로는

높단 말이다 ― 여기서 골짜기를 따라 내려가면서   7690

아직도 많은 모닥불이 반짝이며 이상한 물건들을 비추고 있군.

여전히 맵시 좋은 여자들이 나를 유혹할 듯, 피하는 듯,

혹은 교활하게 속이려는 듯 춤을 추며 너울대는구나.

어디 슬슬 가볼까! 훔쳐 잡수시는 데는 솜씨가 좋으니

여기가 어디건 무엇이든 가로채보기로 할까.   7695

라미에들 (메피스토를 끌어당기며)

　　자, 빨리 해라, 좀 더 빨리!

　　어서 더 앞으로 나가야 한다!

　　그리고 또다시 주춤주춤하면서,

　　재재거리며 지껄이란 말이다.

　　저 늙은 죄인을   7700

　　우리한테로 끌어다가

　　지독하게 골탕을 먹이면

　　정말 재미있을 것이다.

　　말굽 같은 발로

　　넘어질 듯 넘어질 듯,*   7705

　　휘청대며 걸어오는구나.

　　우리가 도망치는 대로

　　저 작자도 발을 질질 끌며

　　뒤에서 쫓아오는구나.

---

* 　메피스토는 말발굽을 가지고 있는 절름발이이기 때문에 뒤뚝거린다.

메피스토　(발을 멈추며) 운수가 사납군! 얼빠진 놈이 됐군!　　　7710

아담 때부터 사내란 꾀임수에 넘어가게 마련이군!

누구나 나이는 들었지만 똑똑한 놈은 없군.

그만하면 벌써 어지간히 천치 구실도 했을 텐데!

저런 허리통을 졸라매고 얼굴에 떡가루를 칠한 것들은,

하나도 쓸모가 없다는 것쯤 알고 있을 텐데!　　　7715

어디를 만져 봐도 성한 데라곤 하나도 없고

사지가 모조리 썩어 문드러졌단 말이다.

그것은 뻔하지. 보아도 알고 붙잡아보아도 알고

그래도 저런 썩은 것이 피리를 불면 얼결에 춤을 추게 된단 말이다.

라미에들　(발을 멈추며) 기다려라! 저 작자는 생각에 잠겨 주저하고

있구나.　　　7720

도망가지 않도록 저 작자를 잘 모셔드려라!

메피스토　(다시 앞으로 걸어가며)

덤벼들자꾸나! 어리석게

의혹의 그물에 얽혀들 수야 없지.

이 세상에 마녀들이 없다면

제기랄, 누가 악마 노릇을 한단 말이냐!　　　7725

라미에들　(몹시 아양을 떨며) 이 어른 둘레에 둥그렇게 한번 모여보십

시다!

그러면 이분 가슴 속에

틀림없이 사랑이 솟아날걸요.

메피스토　희미한 불빛에서 보는 것이지만,

당신들은 모두 미인 같구려.　　　7730

그러니 당신들 욕은 삼가야겠군.

426

엠푸사[*]   (뛰어들면서) 제 욕도 마세요. 네! 역시 미인이라 하시고

　　　　당신들을 뒤따르게 해주세요, 네!

라미에들   저 애는 우리들 사이에선 따돌림받지요.

　　　　언제든지 우리들의 일을 망쳐놓는단 말예요.　　　　　　　　7735

엠푸사   (메피스토에게) 저는 종매(從妹)인 엠푸사예요, 안녕하

　　　　세요?

　　　　바로 나귀의 발을 가진 구면이에요.

　　　　당신은 단지 말발굽만을 가지고 있지만요.

　　　　하지만 오라버니, 잘 부탁합니다.

메피스토   여기는 온통 낯선 사람뿐인 줄 알았더니,　　　　　　　　7740

　　　　제기랄, 가까운 친척도 있었군.

　　　　고서(古書)라도 떠들어보아야겠군.

　　　　하르츠에서 헬라스까지 마구 친척들이 나타나다니.

엠푸사   저는 무엇이든 척척 해낼 수 있어요.

　　　　여러 가지 물건으로 변모할 수도 있습니다.　　　　　　　　7745

　　　　하지만 이번에는 당신한테 경의를 표하려고

　　　　당나귀의 머리를 얹어놓았었지요.

메피스토   어쩐지 이 친구들 사이에선

　　　　근친 관계라는 것이 큰 의미를 지니는 것 같군.

　　　　한데 설사 무슨 일이 일어나도 좋지만　　　　　　　　　7750

　　　　당나귀 대가리만은 제발 그만뒀으면 좋겠군.

라미에들   그런 추한 여자는 내버려두세요. 그 여자는

　　　　아름답고 귀여운 것이라곤 모조리 쫓아버려요.

---

[*]　한쪽은 청동, 다른 쪽은 당나귀의 다리를 가지고 여러 가지 모습으로 변하는 여괴

아름답고 귀여운 것이 있다고 해도

저것이 나타나면 그만 도망쳐 버리죠!   7755

메피스토　이 곰살궂고 화사한 아주머니들도,

내겐 모조리 의심쩍기만 한 걸.

저렇게 장미꽃 같은 불 속에도

어쩐지 괴물이 숨어 있을 것만 같군.

라미에들　우리는 이렇게 여럿이 있으니 어디 한번 해볼 테면 해보시

구려!   7760

알아보시구려! 그리고 당신이 운수가 좋으면

제일 좋은 제비를 뽑으면 될 것 아녜요.

색골 같은 군소리만 늘어놓아 무슨 소용이지요?

당신은 참 불쌍한 신랑감이로구려,

뽐내고 돌아다니며 큰소리나 치고! ―   7765

자, 이제 저놈이 우리들 패거리에 걸려들었다.

차례차례 가면을 벗어 붙이고

너희들의 정체를 나타내도록 해보렴!

메피스토　자, 제일 예쁜 놈을 골라잡았다······(여자를 껴안는다.)

아이구 맙소사! 이건 말라 빠진 빗자루군!(다른 여자를 붙잡는다.)

                                                                  7770

그럼 요것은?······ 아이구, 참을 수 없는 상판이로군!

라미에들　꼴에 더 나은 걸 바라다니? 기가 막혀서!

메피스토　작은 놈을 사로잡아보았더니······

도마뱀같이 내 손에서 빠져나가

땋아 늘인 머리채가 뱀처럼 미끈거렸다.   7775

그래 이번에는 키다리를 붙잡아보았더니,

428

손에 잡힌 것은 디오니소스의 지팡이*였고

그 끝에는 솔방울이 달려 있군!

자, 어떻게 한다?……뚱뚱보를 어디 한번

이것이면 아마 재미를 볼지도 모르겠군.   7780

이제 마지막 판이다! 덤벼들어보자꾸나!

지독하게 물컹하고 말랑거리는군.

동양인 같으면 비싼 값을 치르겠군.

아니, 이것 봐라! 말불버섯이 두 조각이 났구나.

라미에들   자, 이제 헤어집시다. 비틀비틀 둥실둥실!   7785

번갯불처럼 검은 날개를 펴고 뛰어든

저 마녀의 아들놈을 둘러쌉시다.

그리고 보이지 않는 무시무시한 원을 그립시다.

바퀴 모양 소리 없는 날갯짓을 합시다.

어쨌든 별로 손해 없이 이 사내는 끝난 셈이죠!   7790

메피스토   (몸서리를 치면서) 나도 별로 영악해지지 못한 것 같군.

여긴 정말 엉망이군, 하긴 북녘도 엉망이긴 했지만.

여기나 저기나 도깨비들이란 마음이 뒤틀렸고

국민이나 시인 놈들은 멋이 없단 말이다.

어디서나 미친 지랄 같은 춤이 있듯이,   7795

여기서도 마침 가장무도회가 열리고 있군.

나도 귀여운 가면들의 행렬 속에 손을 내밀어보았지만,

붙잡은 것은 소름이 끼치는 놈들뿐이다…….

속고도 모르는 척 재미를 보려고 했는데,

---

*   디오니소스나 그 무리는 포도 잎이나 담쟁이 잎을 감은 지팡이를 가지고 있다. 그
    지팡이 끝에는 솔방울이 달려 있다.

오래 놀 수 없으니 재미가 없군.   7800

　(돌 사이를 배회하면서)

대체 여기는 어디란 말이냐? 어디로 빠져나가지?

전에는 오솔길이었는데, 이젠 자갈밭이 되었군.

나는 평탄한 길을 걸어왔는데.

이젠 돌멩이만이 앞길에 뒹굴고 있구나.

올라갔다 내려갔다 한들 아무 소용도 없다.   7805

그 스핑크스들은 어디서 다시 만날 것이냐?

이렇게 터무니없을 줄은 생각도 못 했다.

하룻밤 사이에 이런 산이 생기다니!

제 손으로 브로켄산을 날아 오다니

이건 정말 마녀의 최신식 요술이라고 해야겠군.   7810

오레아스* (자연의 바위에서) 이리로 올라오시구려! 나의 산은

옛날부터 태고의 모습대로 서 있습니다.

이 험준한 바위 고개도 존중할 만하지요.

핀도스산**에서 뻗어 나온 마지막 지맥이니까요.

폼페이우스가 나를 넘어서 도망쳤을 때도   7815

나는 꼼짝하지 않고 이렇듯 서 있었지요.

이 옆에 서 있는 환상에서 나타난 모습***들은

벌써 닭들이 울기만 해도 없어져버립니다.

그와 마찬가지로 이야기 따위도 나왔다가는

갑자기 다시 없어지는 일이 자주 있지요.   7820

---

* 　산의 요정

** 　테살리아 지방에 있는 산맥의 이름

*** 　신화적 인물이나 요괴, 혹은 분화나 지진으로 돌연 출현한 암석 등을 의미한다.

메피스토　어째 거룩한 산인 것 같구려. 경의를 표하겠소이다.

높다란 참나무 숲으로 뒤덮이고

사방을 비치는 달빛마저

그 숲속의 어둠을 뚫고 들어오지 못하는구나 —

그런데 숲의 옆을 가냘프게　　　　　　　　　　7825

타오르는 불빛이 지나가고 있구나.

도시 저게 어찌 된 일일까?

옳지, 틀림없이 저것은 호문쿨루스였군!

여보게, 어린 친구! 어디서 오는 길인가?

호문쿨루스　　나는 여기저기를 떠돌았소이다.　　7830

어떻게든 완전한 의미로 생성하고 싶소이다.

이 유리를 깨뜨리고 나오고 싶어 못 견디겠소이다.

그러나 내가 지금까지 본 바로는

어디고 뛰어나오고 싶은 곳이 없었소이다.

다만 당신한테 믿고 하는 말이지만,　　　　　7835

지금 나는 두 사람의 철학자* 뒤를 밟고 있소이다.

귀를 기울이자니 자연, 자연이라고 합디다.

나는 이 두 사람에게서 떨어지고 싶지 않아요.

어쨌든 이 지상 세계의 일은 잘 알고 있을 테니까요.

아마 끝내는 내가 어디에 몸을 의탁하는 것이　　7840

가장 현명한지 저 사람들한테서 배우게 될 테니까 말이오.

메피스토　　그런 일은 자네 혼자 손으로 하는 것이 좋네!

유령들이 판을 치고 있는 곳에서는

---

*　　탈레스와 아낙사고라스

철학자도 환영받는 법일세.

세상은 그들을 박수갈채하도록 7845

당장에 한 다스쯤은 새로운 유령*을 만들어내네.

하지만 자네도 헤매지 않으면 현명해지지는 못하네.

완전히 생성코자 하려면 혼자 힘으로 해보는 거지.

호문쿨루스   그러나 유익한 충고를 무시할 수 없지 않소.

메피스토   그럼 어서 가보게! 어디 두고보기로 하세나.   7850

(그네들은 헤어진다.)

아낙사고라스**   (탈레스에게) 자네의 고집은 도무지 굽힐 줄을 모르
는군.

더는 무슨 증명이 필요하단 말인가.

탈레스***   가령 파도는 바람이 부는 대로 순순히 따라가지만,

그러나 완강한 바위는 피해서 가지 않나.

아낙사고라스   타오르는 불기운에서 그 바위도 생겨났지.   7855

탈레스   수분 속에서 생물은 발생했네.

호문쿨루스   (두 사람 사이에서)

미안하지만 두 분을 따라가게 해주십시오.

저 자신도 발생을 원하는 사람입니다.

아낙사고라스   여보게, 탈레스, 자네는 그래 하룻밤 사이에

이런 산이 진흙에서 만들어진다고 생각하나?   7860

---

*   여러 가지 새로운 개념이나 이론

**   아테네의 철학자. 페리클레스의 우인(友人)

***   기원전 550년 전후의 자연철학자. 만물은 물에서부터 발생하며, 지구는 넘쳐흐
르는 물 위에 떠 있고 그 상반은 천공을 이루며 하반은 대지를 이루고 있다고 주
장했다.

탈레스　　자연이나 그 자연의 생생한 변화도

낮이나 밤이나 혹은 시간에 한정되고 있지 않네.

자연은 만물을 법칙에 따라 형성하는 것으로서,

위대한 것 속에도 폭력이란 없는 법일세.

아낙사고라스　　그러나 여기 확고한 사실이 있지! 지옥의 신 플루

　　　　톤의　　　　　　　　　　　　　　　　　　7865

성난 불길과 바람의 신 아이올로스의 무서운 가스의 폭발력이

평지의 낡은 표피를 찢어발기고

단장에 새로운 산을 만들어 놓았단 말일세.

탈레스　　그래 그렇게 돼서 다음이 어떻게 된다는 것인가?

산은 생겼다고 하세. 그것도 좋다고 해주세.　　　　7870

하지만 이런 논쟁으로 우리는 시간을 허비할 뿐이며,

다만 참을성 있는 민중들을 이리 끌고 저리 끌고 할 뿐이 아닌가.

아낙사고라스　　순식간에 산에서는 미르미돈*의 일족이 우글우글

　　　　생겨서,

바위틈에 자리 잡고 살게 되었지.

다시 말하면 피그미족과 개미들과 난쟁이들　　　　7875

그밖에 부지런히 일하는 어린 것들이 말일세.

(호문쿨루스에게) 자네는 은둔자처럼 답답한 생활만 하고,

한 번도 위대한 것을 얻고자 노력하지 않는데,

혹시 인간의 지배자가 되고 싶지는 않나?

그렇다면 자네를 그들의 국왕으로 추대해주겠네.　　　　7880

---

*　　로이 전쟁 때 아킬레우스가 거느린 테살리아의 한 종족. 가미(미르메크스)에서 발
　　생한 종족이다. 여기서는 황금을 모으는 개미들을 말한다 아낙사고라스는 불의
　　작용으로 생물도 발생할 수 있다는 것을 증명하고자 했다.

호문쿨루스　　탈레스 선생은 어떻게 생각하시죠?

탈레스　　그런 것은 권하고 싶지 않군.

작은 놈들과는 작은 일밖에는 못 하는 법이지.

큰 놈을 상대로 해야 작은 놈도 커지는 것일세.

저걸 보게! 저 시커먼 구름 같은 학의 무리를.

저것들은 흥분해서 날뛰는 난쟁이 족속을 위협하고 있는 것일세.

7885

왕이 되면 저처럼 위협받을 것일세.

학들은 날카로운 주둥이와 예리한 발톱으로

저 작은 무리를 향해 내리 닥치고 있네.

이미 비운은 번개처럼 빛이 나고 있네.

그것은 조용한 평화로운 못을 둘러싸고　　　　7890

해오라기를 무참히도 죽인 결과일세.

그런 살육의 화살의 빗발은

무서운 피비린내 나는 복수열을 부채질해서

무도한 피그미들의 피를 보려는

해오라기의 근친들의 분노를 자극한 것일세.　　　7895

이제 와서 방패건 투구건 창이건 무슨 소용인가?

해오라기의 뾰족한 관모(冠毛)도 난쟁이한테 도대체가 무슨 소용

인가?

저 소인들과 개미들의 숨는 꼴을 보라!

벌써 난쟁이 군세는 뒤흔들리고, 도망치고 무너지고 있네.

아낙사고라스　　(잠시 침묵 후에 엄숙하게)

여태까지 나는 지하 세계의 것을 찬양해왔지만　　　7900

이번에는 하늘을 향해 기원해야겠구나…….

그대여, 천상에 있어 영원히 늙지 아니하고

세 가지 칭호와 세 가지 형상*을 지닌 자여,

삼위일체(三位一體)의 여신,** 디아나, 루나, 헤카테여!

우리 백성들의 고난을 겪어 그대를 부르노라.　　　　　　7905

그대 가슴을 펴게 하고 깊이 명상에 잠기는 자여,

그대, 조용히 내리비치고 위력 있는 은근한 자여,

그대 그림자의 무서운 입을 벌려서

예로부터 전하는 위력을 주술 없이 나타내어라.

(잠시 사이를 두고)

　　　나의 소원을 벌써 들어준 것일까?　　　　　　7910

　　　저 하늘을 향한

　　　나의 기원이

　　　자연의 질서를 문란케 하였는가?

여신의 둥글게 에워싸인 옥좌가

벌써 점점 커져서 가까이 다가오고　　　　　　7915

보기에도 무섭고 어마어마하구나.

그리고 그 불길은 우중충하도록 붉어온다…….

더 가까이 오지는 말아라! 위협하는 위력 있는 둥근 달이여.

그대는 우리도 뭍도 바다도 파멸시키려는가!

그럼 그것은 정말이었던가? 테살리아의 마녀들이　　　　　7920

무도하게도 마술로써 정다운 체하며

노래***의 힘으로 그대를 궤도에서 끌어 내렸기 때문에,

---

* 　상현달, 만월, 하현달을 말한다.

** 　달의 여신은 지상에서는 루나, 천상에서는 디아나, 지하 명계에서는 헤카테라는
　　세 가지 이름을 가지고 있다. 삼위일체 여신이라는 말도 여기서 생겼다.

*** 　옛날 테살리아의 마녀들은 주문으로 달을 불러 내렸다고 한다.

그대가 억지로 무시무시한 재앙을 이 세상에 내리게 했다는 것은
정말이었나.

빛나는 원반*의 주위가 어두워지기 시작하는구나.

그것이 느닷없이 터져서 번쩍이고 불꽃을 퉁긴다.   7925

저 터져나가는 소리! 저 물속에 떨어지는 소리!

그 소리와 뒤섞여 우렛소리에 비바람이 친다!

나는 공손하게 옥좌의 계단 앞에 엎드리자 ─

용서하십시오, 내가 저지른 일이올시다. (땅바닥에 엎드린다.)

탈레스   도대체, 이 친구는 안 듣는 게 없고 안 보는 게 없군.   7930

무슨 일이 일어났는지 도무지 나는 알 수가 없다.

그리고 이 친구가 말하는 따위도 느끼지 못했다.

하긴 솔직히 말해서 지금은 미치게 되는 시간인지도 모르겠다.

그리고 달님은 예나 다름없이

제자리에 천하태평으로 떠 있지 아니한가.   7935

호문쿨루스   하지만 저 피그미들이 있는 자리를 보세요.

둥글던 저 산이 이제 뾰족하지 않습니까.**

저는 무시무시한 충격을 느꼈는데요.

달에서 바위가 떨어져서

불문곡직하고 다짜고짜   7940

자기 편이건 적이건 닥치는 대로 으깨 죽였습니다.

하지만 저는 하룻밤에 창조적 힘으로

밑에서부터, 동시에 위로부터

---

*   괴테는 테살리아 마녀의 주문으로 월식이 생긴다는 이야기와, 아낙사고라스가
   태양의 운석을 예언했다는 디오게네스의 말을 결합해서 쓰고 있다.

**   하룻밤 사이에 생긴 산의 둥근 정상에 운석이 떨어져서 뾰족한 산이 되어 버렸다.

이런 산을 구축해낼 수 있었던

기술을 찬양하지 않을 수 없습니다.   7945

탈레스   진정하게! 그것은 환상에 불과하네.

그런 추악한 난쟁이의 무리는 망하는 게 좋네!

자네가 왕이 되지 않아서 다행이었네.

어디 이제부터 즐거운 바다의 잔치에나 가볼까.

거기서는 진기한 손님을 환대하고 존중하니.   7950

(그네들 퇴장.)

메피스토   (반대쪽을 기어오르며)

내가 이런 가파른 울퉁불퉁한 바윗길이나

늙은 참나무의 딱딱한 뿌리를 헤치며 기어다녀야 하다니!

고향의 하르츠 산 같으면 송진 냄새부터가

역청 같은 냄새가 나서 내 마음에 들었다.

유황 같은 것도 가까이 있었지……. 한데 그리스인의 나라에선

                                                                  7955

그런 냄새는 맡으려야 흔적도 없구나.

여기서는 지옥의 고뇌와 불길을 무엇으로 불러일으키는지

조사해보고 싶은 생각이 간절하다.

나무의 신령 드리아스   당신은 정든 나라에선 영악했을지 모르지만,

낯선 고장에 와서는 별수 없는 것 같군요.   7960

그렇게 고향 땅만 그리워하지 마시고

거룩한 참나무의 진가도 알아주세요.

메피스토   누구나 헤어진 것은 그리워하는 법일세.

정든 땅은 언제나 천당이지.

한데 저 굴속에,   7965

침침한 곳에 쭈그리고 앉은 세 친구는 누군가?

나무의 신령 드리아스   포르키스의 딸들*이에요. 소름이 끼치지 않
으면,

그곳으로 가서 이야기를 해보시지요.

메피스토   왜 못 가겠나! — 하지만 참으로 놀랐어!

남한테 지기 싫은 성미지만 고백하지 않을 수 없군.   7970

저런 놈은 한 번도 본 적이 없다.

사실 알라우네**보다도 더 고약하구나…….

저런 세 귀신을 한 번 보기만 해도

태곳적부터 비난받던 죄악쯤은

조금도 추하게 보이지 않을 것 같군.   7975

우리 고장에선 가장 무서운 지옥의 문턱일지라도

저런 것을 놓아두고선 못 참을 것이다.

저런 것이 이 미(美)의 나라에 뿌리를 박고 있어,

그것을 고대적이니 어쩌니, 소문이 자자하다니…….

저놈들이 움직이고 있군. 내 냄새를 맡은 모양이야.   7980

저 박쥐 같은 흡혈귀가 피리 소리를 내며 지저귀는구나.

포르키스의 딸들   동생들아, 눈을 좀 빌려 다오, 우리들의 신전으로

이렇게 가까이까지 온 것이 누군지 알아보겠다.

메피스토   아주머니들, 실례지만 가까이 가서

---

*   바다의 신 포르키스와 바다의 여괴 케토 사이에서 난 세 딸로서 흔히 그라이아이
라 불리며 셋이서 한 개의 눈과 한 개의 이빨만을 가지고 있다. 그래서 무엇을 먹
거나 볼 때는 눈과 이를 서로 빌린다.

**   앞서 나왔던 만드라고라의 다른 이름. 뿌리가 인간의 형태를 하고 있고, 불로장수
와 막대한 부를 가져다주는 마법의 약

세 분에게 축복받고 싶습니다.   7985

아직 안면은 없지만 이렇게 찾아왔습죠.

하지만 잘못 안지는 모르되, 먼 친척이 됩니다.

예로부터 거룩하신 신들은 벌써 뵈었습니다.

옵스와 레아*한테도 공손하게 허리를 굽혔구도.

혼돈이 낳은 아이이며 당신들의 자매가 되는   7990

파르체들한테까지도 어제 — 아니 엊그제 만났습죠.

하지만 당신들 같은 분은 한 번도 본 적이 없군요.

이제 말은 그만두고 묵묵히 머리를 숙일 따름입니다.

포르키스의 딸들 제법 사리를 아는 것 같군. 이 유령은.

메피스토 다만 이상한 일은 시인들이 한 번도 당신들을 찬양하지 않
          으니,   7995

어찌 된 일이지요, 어떻게 그렇게 되었지요.

그림에서도 당신들의 훌륭한 모습을 본 일이 없고,

조각가도 유노**나 팔라스나 비너스보다는,

당신들의 모습을 아로새겼으면 좋을 텐데요.

포르키스의 딸들 언제나 적적하고 조용한 어둠 속에 들어박혀 있기 때
          문에   8000

우리 세 사람은 아직 그런 생각을 못 해봤어요.

메피스토 별수 없는 일이기도 하군요. 그렇게 세상을 등지고,

아무도 만나지 않고, 아무도 당신들을 보지 못하니.

---

*   옵스는 로마인들 사이에서는 사투르누스의 누이동생이며 대지의 여신으로 알려
      졌고, 레아는 그리스 신화에서 제우스의 어머니다. 나중어는 이 양자가 동일시되
      었는데 모두 올림포스 시대 이전의 신들이다.

** 제우스의 아내, 헤라라고도 한다.

당신들도 영광과 예술이 같은 자리에 앉고,

대리석 덩어리가 날마다 영웅의 모습으로 변하여,　　　　8005

마구 쏟아져 이 세상에 나오는

그런 고장에 살면 좋을 텐데요.

그곳에선 —

포르키스의 딸들 입을 닥쳐요, 욕심을 내게 하지 마세요!

설사 그것이 좋다고 생각한들 무슨 소용이지요.

밤에 태어나서 밤의 것들과 가까이 지내며,　　　　8010

누구도 모르고 거의 우리 자신도 모를 지경에 있는 몸이니 말예요.

메피스토 처지가 이렇다면 별로 할 말이 없군요.

하지만 자기 몸을 타인으로 바꿀 수도 있지요.

당신들 셋은 눈 하나, 이 하나면 족하지 않소?

그러니 세 분의 본질을 두 분으로 줄여서　　　　8015

세 번째 분의 모습을 내게 맡겨주신다 해도

신화적으로 볼 때 별로 지장이 없을 텐데요.

잠깐만 말씀이에요.

포르키스의 딸 어떻게 생각하지? 괜찮을까?

다른 두 딸 한번 해보자꾸나 — 그러나 눈과 이빨은 안 돼요.

메피스토 그러면 바로 제일 좋은 것을 빼앗기는 셈이니,　　　　8020

어찌 모습을 그대로 닮을 수가 있겠습니까?

포르키스의 딸 한쪽 눈을 감으세요, 쉽게 할 수 있어요.

그리고 앞니를 한 번만 드러내 보이세요.

그러면 옆모습은 바로 우리들과 같아지고,

우리와 동기처럼 닮아질 테니까요.　　　　8025

메피스토 대단히 영광스럽습니다. 해보지요!

포르키스의 딸들 해보세요!

메피스토 (얼굴 모습이 포르키스의 딸이 되어)

자, 이만하면 나는 이제

혼돈세계의 귀염둥이 아들이 되었습니다.

포르키스의 딸들 우리는 틀림없는 혼돈 세계의 딸들이고요.

메피스토 이렇게 되니 반양반음(半陽半陰)이라고 조롱당할 것 같아

좀 창피한걸.

포르키스의 딸들 새로 생긴 삼 형제는 정말 미인이 되었어요!　　　8030

우리들은 눈도 둘이고 이도 둘이에요.

메피스토 나는 사람들의 눈을 피해 숨어 있어야겠군.

지옥의 진창에서 악마들을 깜짝 놀래주어야 할 테니까. (퇴장.)

에게해의 바위로 된 후미

달이 중천에 떠 있다.

세이렌들 (절벽 위에 흩어져서 자리잡고 피리를 불며 노래한다.)

그 옛날 테살리아의 마녀들이

무서운 야밤중에 무도하게도 당신을　　　　　　　　　　　　8035

하늘에서 끌어 내렸다고 하는데,

오늘은 당신이 차지한 밤하늘에서

하늘거리는 물결을 부드럽게 비쳐서

반짝반짝 빛나는 모양을 조용히 굽어보소서.

또한 파도를 헤치고 솟아 나와서　　　　　　　　　　　　　8040

우글우글 떼 지어 모인 것을 굽어보소서.

우리는 당신을 위해 무슨 일에건 몸을 바치겠으니

아름다운 루나여, 자비를 베푸소서.

네레우스의 딸들과 트리톤들 (바다의 괴물들로서)

넓고 넓은 바다에 울려 퍼지게

드높이 날카로운 소리 내어서   8045

바닷속의 무리를 불러냅시다!

비바람의 무서운 나락을 벗어나서

그지없이 조용한 뭍으로 피했습니다.

귀여운 노래에 우리는 이끌렸어요.

보세요 ─ 우리는 황홀한 나머지,   8050

황금의 사슬로 몸을 단장하고요.

더욱 귀한 보석 찬란한 왕관에

팔찌와 허리띠까지 한데 어울렸어요.

이것은 모조리 당신이 준 선물.

당신들 후미에 있는 영들이 부르는   8055

노래에 끌리어 파선한 배에서

쏟아져 가라앉은 보물들이라오.

세이렌들   시원한 바다에서 물고기들은

근심 걱정 모르고 떠도는 신세,

유쾌하고 평탄함을 우리는 알지요.   8060

하지만 잔치로 법석이는 무리여,

그대들이 물고기보다 뛰어난 신세란 것을

오늘은 우리가 보고자 합니다.

네레우스의 딸들과 트리톤들   우리들이 이곳에 오기 이전에,

먼저부터 생각을 그렇게 했었습니다.   8065

누이야 오라비야 어서들 가자.

물고기들보다 우리가 뛰어남을
충분하게 나타내 보이기 위해
오늘은 잠깐 길을 떠나야 해요.(모두 자리를 떠난다.)

세이렌들　　　눈 깜짝할 사이에 가버렸군요.　　　　　　　　　8070
사모트라케섬*을 향해서 곧장 떠났어요.
순풍을 타고서 사라졌어요.
거룩한 카피렌**의 나라로 가서
무슨 일을 하려고 그러는지요.
그는 희한하기 그지없는 신들이에요.　　　　　　　　　8075
끊임없이 자기가 자기를 낳고,
자기들이 누군지를 전혀 몰라요.

사랑스러운 루나여, 하늘 높이,
자비를 베푸시며 영원히 머무르시라!
긴긴밤이 새지 않고,　　　　　　　　　　　　　　　　8080
밝은 날이 우리를 몰아내지 않도록.

탈레스　　　(바닷가에서 호문쿨루스에게)
자네를 네레우스*** 영감한테 데리고 가도 좋지.
하긴 그가 살고 있는 굴은 여기서 멀진 않지만,

---

*　에게해의 북동부로서 흑해의 입구에서 멀지 않은 섬. 절벽이라 파선한 사람들이
　　배를 대기가 어렵다.

**　사모트라케인과 페니키아인들이 수호신으로 숭배한 신비한 신인데, 그 수가 일
　　정치 않고 끊임없이 자기 생산을 하며 정체를 모른다고 한다. 카피렌이란 '위대한
　　것'이라는 뜻이다.

***　'바다의 노인'이라고 부르는 해신(海神)으로, 딸들(네레이데)과 함께 해저(특히,
　　에게해)에서 살았다.

그 영감은 하도 완고한 친구이고,

심통이 사나운 고집쟁이 영감이란 말일세.　　　　　　8085

어찌 까다로운지 그 영감에겐 인간 세계의 일이

모조리 마음에 들지 않는단 말일세.

하지만 그 영감은 장래를 훤히 내다보기 때문에

그 점에서 누구나 경의를 표하고 있고,

그 사람을 그 자리에 앉혀 놓고 있는 것이라네.　　　　8090

사실 여러 사람한테 좋은 일도 많이 하긴 했지.

호문쿨루스　　우리도 시험 삼아 한번 문을 두드려보지요!

당장 유리나 불이 희생을 당하지는 않을 테지요.

네레우스　　내 귀에 들리는 것은 인간의 목소리가 아닌가?

이거 당장에 마음속부터 화가 치밀어 못 견디겠군.　　8095

저놈들이 신들의 영역까지 도달하려고 애를 쓰지만,

결국 저 자신밖에는 닮을 수 없는 저주받은 것들이지.

나는 옛날부터 신들처럼 편안히 살 수 있는 몸이지만,

뛰어난 놈에겐 잘해주고 싶어 못 견디었지.

하지만 마지막에 그놈들이 해놓은 일을 보면,　　　　8100

내가 충고를 안 한 것이나 조금도 다를 게 없단 말야.

탈레스　　그렇긴 하지만 바다의 영감님, 모두 당신을 믿지요.

당신은 현명한 분이니, 우리를 쫓지 마십시오.

이 불길을 자세히 보세요. 인간을 닮긴 했지만,

당신의 권고에 송두리째 몸을 맡길 작정입니다.　　　8105

네레우스　　뭐, 권고라고! 한 번이라도 권고가 인간에게 소용이 있었

더냐?

현명한 말도 완고한 인간의 귀에는 엉겨 붙어버리고 말지.

여러 번 실패하여 나 스스로 화내어 보았지만,

인간은 여전히 제 고집만 부리고 있단 말이다.

파리스만 해도 그랬지. 이방(異邦)의 여자가 그의 욕정에 올가미
를 씌우기 전에,   8110

내가 얼마나 저의 아비처럼 경고했는가 말이다!

그가 그리스의 해안에 대담하게 서 있었을 때,

나는 내 마음속에 비친 것을 그놈한테 일러주었다네.

바람에 소용돌이치며 사방으로 번져 가는 불길,

불을 뿜는 기둥과 서까래, 그 밑에는 살육과 참사!   8115

이런 트로이의 심판 날은 시구(詩句)로 엮어져서

천 년 후에까지 전해져 무서운 사실이 되었지.

하지만 이 늙은이의 말 따위는 그 건방진 놈에겐 웃음거리로 보였
단 말일세.

그래 정욕에 몸을 내맡겨, 일리아스의 서울*은 멸망했네.

트로이는 오랜 신고(辛苦) 끝에 뻗어버린 거인의 시체였네.   8120

그것은 핀도스**의 독수리들한테는 아주 반가운 먹이였지.

오디세우스***도 마찬가지였네. 나는 그자에게 미리미리

마녀 키르케****의 간계와 애꾸눈의 거인 키클로프스*****가 무서운
것도

---

*   트로이

**   테살리아 산맥의 이름. 핀도스의 독수리는 트로이를 공격한 테살리아 출신의 그
     리스 군을 말한다.

***   이타카의 왕으로 그리스 신화에 나오는 영웅이다. 트로이 전쟁에서 목마의 배 안
     에 군사를 숨기는 계략을 써 그리스군을 승리로 이끌었다.

**** 그리스 신화에 나오는 마녀. '독수리'를 의미한다. 요술에 뛰어나고 전설의 섬 아
     이아이에에 살면서 그 섬에 오는 사람을 요술을 부려 짐승으로 바꾼다.

***** 《오디세이아》에 나오는 외눈박이 거인

게다가 그 자신의 우유부단과 부하들의 경거망동도

모두 일러주었지. 하지만 무슨 소득이 있었소.　　　　8125

실컷 풍랑에 시달린 후에, 그것도 너무나도 늦게서야

간신히 물결 덕분으로 정다운 기슭에 닿을 수가 있었을 뿐이었지.

탈레스　　그런 행동은 현인들에겐 고통을 주겠지요.

하지만 착한 분이라면 또 한번 해볼 것입니다.

눈곱만한 감사일지라도 여간한 기쁨이 아닐 것이며　　　8130

천만금의 배은망덕도 완전히 메꿀 수 있을 겁니다.

이런 말을 하는 것도 실은 적지 않은 청이 있기 때문입니다.

이 아이가 기특하게도 발생하기를 원하고 있습니다.

네레우스　　별로 흔치 않은 내 유쾌한 기분을 망치지 말게.

오늘은 그것과는 아주 다른 딴 일을 할 게 있단 말일세.　　8135

도리스가 낳은 나의 딸들*인

저 바다의 네레이데들을 불러놓았네.

올림포스산에도 너희들 고장에도

그렇게 곰살궂게 구는 귀여운 애들은 없지.

그것들은 아주 우아한 몸짓으로　　　　8140

해룡(海龍)의 등에서 해신(海神)의 말 잔등 위로 옮겨 타고,

물거품마저 둥실둥실 타도 괜찮을 만큼

화사하게 물과 성품이 어울린단 말일세.

제일 예쁜 갈라테이아**는 비너스의

---

*　　네레우스의 딸들, 네레이데들을 가리킨다.

**　　50인의 네레이데들 중에서 가장 아름다운 갈라테이아는 비너스가 올림포스산으로 자리를 옮긴 후 그 대리로서 키프로스섬의 파포스에 있는 키프로스 신전에 모신 해신이며 불, 물, 나무, 사자, 용 등으로 변신한다.

오색 찬란한 조개 수레에 실려올 것일세.   8145

그 애는 키프로스가 우리를 등지고 떠난 후에

파포스의 서울에서 여신으로 숭상받고 있네.

그 귀여운 애는 비너스의 후계자로서

벌써 오래전부터 신전 있는 도시와 수레의 옥좌를 차지하고 있지.

저리 가게. 가슴에 증오를 품고 입에 독설을 담는 것은   8150

아비의 기쁨의 날에 어울리지 않네.

프로테우스*에게로 가게. 그 이상한 놈에게 물어보게.

어떻게 하면 이룩되고, 또 모습을 바꾸게 되는지를. (바다 쪽으로 사

라진다.)

탈레스   일껏 애를 썼지만 헛수고했군.

프로테우스를 만난다고 해도 곧 모습을 감출 것일세.   8155

설령 상대를 해 준다 해도 결국 그의 말은

다만 사람을 깜짝 놀라게 하고 어리둥절하게 할 뿐일걸세.

하지만 어쨌든 그런 조언이 필요하다니까,

어디 시험 삼아 이 길을 가보기로 하세나.

(그네들 퇴장.)

세이렌들   (바위 꼭대기에서)

저 멀리서 물결치는 바다를   8160

미끄러지듯 헤치고 오는 이들은 누구일까요?

마치 순풍을 받은

흰 돛을 달고 오는 듯하군요.

---

* 바다의 노인 중의 한 사람이며, 여러 가지 변신하는 한편, 예언에 능한 것으로 유
명하다.

보기에도 눈부신 모습들이에요.

찬란하게 빛나는 바다의 처녀들이군요.　　　　　　　　8165

자, 어서 저리로 내려갑시다.

벌써 목소리도 들리는군요.

네레우스의 딸들과 트리톤들　우리들이 손에 받쳐 들고 온 것은,

여러분 누구나가 기뻐할 물건.

커다란 거북의 등허리에선　　　　　　　　　　　　8170

엄하신 모습이 번쩍입니다.

이것이 우리가 모셔 온 신들이지요.

어서어서 거룩한 노래를 부르세요.

세이렌들　　모습은 작아도

지닌 힘은 크십니다.　　　　　　　　　　　　　　8175

파선한 사람을 구하는 분,

옛부터 위하는 신들이지요.

네레우스의 딸들과 트리톤들　평화로운 잔치를 벌리고 싶어

우리들은 카피렌을 모시고 왔습니다.

이분들이 거룩하게 다스리시면　　　　　　　　　　8180

넵튠*도 얌전하게 굴 것입니다.

세이렌들　　우리의 힘은 당신들에게 뒤떨어져요.

배가 쪼개져서 가라앉게 되면

거역할 수 없는 힘으로

당신들은 배꾼들을 구해주지요.　　　　　　　　　8185

네레우스의 딸들과 트리톤들　세 분을 우리는 모시고 왔어요.

---

*　로마의 해신(海神)으로 그리스의 포세이돈과 같다.

네 번째 분은 오시려 하지 않았습니다.

자기가 진정한 신이라고 말씀하시고

세 분을 대신해서 생각을 짜낸다고요.

세이렌들   신이라고 하시는 신이 다른 신을   8190

조롱하기도 하지요.

당신들은 모든 은혜를 존중하고

모든 재화를 두려워하시오.

네레우스의 딸들과 트리톤들   원래는 그분들이 일곱 분이라 하더군요.

세이렌들   나머지 세 분은 어디에 계신가요?   8195

네레우스의 딸들과 트리톤들   우리도 대답할 수가 없답니다.

올림포스산에 가서 물어 보구려.

그곳에는 생각지도 못하던

여덟 번째 분도 계신다고 합니다.

이분들의 은총은 우리를 기다리지만   8200

아직도 세상에 나오지 않은 분도 있어요.

비길 데 없는 이 신들은 생겨나고

또 생겨나고 끝이 없습니다.

얻을 수 없는 것을 얻어보고자

그리움에 가득 차고 허기져 괴로워하지요.   8205

세이렌들   태양에는 달에는

신들이 어디 계시건

기도를 올림은 우리의 버릇.

기도는 언제나 보람이 있습니다.

네레우스의 딸들과 트리톤들   오늘 밤 잔치를 인도하는   8210

우리의 명예는 드높이 빛납니다.

세이렌들   옛 시절의 영웅들의 높은 이름도

어디서 얼마나 빛나는지 몰라도
이처럼 빛을 내진 못했을걸요.
영웅들이 얻은 것은 황금 양피지만   8215
그대들은 카피렌의 신들을 모셔 왔지요.
(모두 합창하며 다시 반복한다.)

영웅들이 얻은 것은 황금 양피지만
우리*와 그대들은 뱃사공의 신들을 얻었으니까.
(네레우스의 딸들과 트리톤들이 지나간다.)

호문쿨루스   저 모양 없는 신들의 모습은
  마치 흙으로 구운 서투른 항아리 같군요.   8220
  그런데 학자들은 저런 것과 맞붙어서
  딱딱한 머리들을 깨는 것이군요.
탈레스   저런 것이 바로 인간들이 탐내는 물건일세.
  녹이 슬어야 비로소 동전도 값이 나가는 법이지.
프로테우스 (모습은 나타내지 않고)   8225
  나처럼 나이 먹은 몽상가에겐 저런 것이 반갑소.
  기묘하면 기묘할수록 우러러볼 가치가 있지.
탈레스   프로테우스 군, 자네는 어디 있나?
프로테우스 (뱃속에서 나오는 말투로, 때로는 가깝고, 때로는 멀리) 여길세!
  이번엔 여기라고!
탈레스   자네가 예로부터 하던 농을 나무라지 않네만   8230

---

*   '그대들'이라고 노래하는 것은 세이렌이고, '우리'라고 노래하는 것은 네레우스
    의 딸들과 트리톤들이다.

친구한테 헛소리는 그만두게나!

있지도 않은 데서 떠들고 있는 것은 알고 있네.

프로테우스 (먼 데서 말하듯이) 잘 있게!

탈레스 (나직한 목소리로 호문쿨루스에게) 바로 가까운 곳에 있네. 기
운차게 빛을 내게나!

그 친구는 물고기처럼 호기심이 많아서

어디에 어떤 꼴로 숨어 있어도

불을 보이면 꾀어낼 수가 있을 것일세.   8235

호문쿨루스 당장 불빛은 얼마든지 내놓겠지만,

유리가 깨지지 않도록 조심해야죠.

프로테우스 (거대한 거북의 모습으로)

그렇게 우아하게, 빛나는 것이 무엇인가?

탈레스 (호문쿨루스를 가리면서) 좋아, 보고 싶다면 좀 더 가까운 데
서 보여주지.

하지만 좀 힘이 들어도 싫다 하지 말고,   8240

인간답게 두 발로 선 모습으로 나타나란 말일세.

우리가 감추고 있는 것을 보고 싶다면,

그것은 우리들의 호의와 자유의사니까 말입니다.

프로테우스 (기품 있는 모습이 되어서)

약삭빠른 처세술을 아직도 잊지 않고 있군.

탈레스 모습을 뒤바꾸는 것이 여전히 자네의 즐거움이로군.

(호문쿨루스를 내보인다.)

프로테우스 (놀라면서) 빛을 내는 난쟁이군. 아직 한 번도 본 일이
없는걸!   8245

탈레스 이 친구가 방법을 물어서 생성하고 싶다는 것일세.

저 친구 이야기를 들은즉, 자기는 이상하게도

반밖에는 세상에 태어나지 못했다는 것일세.

정신적인 속성에 있어서는 모자라는 것이 없는데,   8250

붙잡아서 보람 있는 실팍한 육체가 없다는 것일세.

여태까지는 무게가 있다면 유리 정도라

우선 어떻게 해서든지 육체를 가졌으면 한다네.

프로테우스   너야말로 진정한 처녀의 아들이로구나.

아직 태어나서 안 될 것이 태어났으니 말이다!   8255

탈레스   (나직한 목소리로) 그리고 다른 면에서 보아도 좀 의심스
럽네.

어째 이 소인은 반양반음(半陽半陰)* 같단 말일세.

프로테우스   그러면 오히려 더 잘될 것이 틀림없지.

제가 생각만 있으면 교합(交合)** 문제가 없지.

하지만 여기서 이것저것 생각할 것은 없네.

넓은 바다에서 시작하면 될 것 아닌가.   8260

처음에는 작은 것에서 시작해서

아주 작은 놈을 삼키고 좋아하면 되네.

그렇게 해서 점점 크게 자라서

한층 높은 완성을 목표로 성장하는 것이지.

호문쿨루스   여긴 정말 훈풍이 불고 있군요.   8265

싱싱한 초록의 냄새*** 군요. 기분 좋은 향낸걸요.

---

*   호문쿨루스는 화학적인 합성한 인간이기 때문에 남성인지 여성인지 명확치가
　　않다.

**   비꼬는 투로 암수한몸이므로 오히려 간단히 될 수 있다고 말하고 있다.

***   적당한 온도와 적당한 습기를 띠고 있는 시원한 해풍, 생장과 생생한 생명의 상징
　　이다.

프로테우스   그럴 게다, 귀여운 애야!

하지만 좀 더 나가면 더욱 기분이 좋단다.

이 좁다란 해변 끝까지 가면

상쾌한 공기는 더욱 이를 데 없단다.   8270

그 앞으로 나가면 지금 막

덩실거리며 다가오는 행렬이 아주 가까이 보일 게다.

자, 같이 그리로 가자꾸나!

탈레스   나도 함께 가세.

호문쿨루스   신기한 세 도깨비*의 행차구나!

로도스섬의 바다 마귀 델피네들,** 고기 꼬리를 한 바다의 용을
타고, 바다의 신의 세 갈래 작살을 손에 들고.

합창   광란하는 거센 파도를 달래주도록   8275

우리들은 넵튠의 삼지창을 달구어냈지요.

우레의 신이 구름 펴고 하늘을 덮으면,

그 무서운 구르는 소리에 넵튠이 화답하지요.

위에선 날카로운 번갯불이 이리 번쩍 저리 번쩍

아래서는 밀어닥치는 파도가 물방울을 사방에 튀긴다.   8280

그 속에서 겁에 싸여 싸우는 자는

오래오래 휘둘린 끝에 물속 깊이 가라앉지요.

---

*   탈레스는 철학자의 망령이고, 호문쿨루스는 연금술이 만든 일종의 데몬, 프로테
우스는 바다의 괴물로, 세 도깨비라 지칭하고 있다.

**   로도스섬의 원주민이라고 전하며 해저에서 분화를 일으키는 요괴이고, 또한 폭
풍을 일으킨다. 그들은 해신 넵튠의 삼지창을 달궈주었다고 한다.

그래서 오늘 넵튠이 그 작살을 우리에게 빌려주셨네.

자, 잔칫날답게 안심하고 신나게 건너갑시다.

세이렌들 반가워요. 헬리오스*를 숭배하고   8285

맑은 날의 축복을 받은 이들이여.

이 시각은 여신 루나를 찬양하고 싶은

달 밝은 밤이니까요!

델피네들 창공에 높이 걸려 사랑스럽기 그지없는 달의 여신이여!

동포인 그대를 찬양하는 노랫소리를 즐거이 들으소서.   8290

기쁨에 넘친 로도스섬에 귀를 기울이소서.

그곳에선 헬리오스를 찬양하는 노랫소리 치솟아 오르고 있지요.

그분이 하루의 걸음을 내디디며, 중천에 솟아오르면,

불타는 찬란한 눈초리로 우리를 내려다봅니다.

산들도 고을들도 기슭도 물결도   8295

신의 마음에 들어 사랑스럽고 화창합니다.

한 번 태양이 빛나고 산들바람이 불면, 섬에는 구름이 가시고

고귀한 신은 가지가지의 모습으로 나타나지요.

때로는 젊은이로, 때로는 거인으로, 때로는 위대하게,

때로는 정답게.   8300

그러나 모든 신의 힘찬 모습을 처음에

품위 있는 인간의 모습**으로 만든 것은 우리들이지요.

---

* 그리스의 태양신. 세이렌들은 델피네족을 특히 태양신의 은총으로 맑은 날을 맞
게 되었다고 생각하여 환영한다.

** 태양신 아폴론의 상은 수없이 있지만 데메트리우스가 기원전 303년에 공격군을
철수한 후에 로도스섬의 칼레스는 105피트나 되는 거대한 아폴론의 동상을 만
들어, 고대의 7대 불가사의 중 하나로 꼽혔다. 그러나 80년 후 지진 때문에 무너
졌다.

프로테우스 마음대로 노래하고 멋대로 제 자랑을 하라고 하게.

태양의 거룩한 생명의 불빛에 견주면

생명 없는 동상쯤은 우스개에 불과하지.   8305

놈들은 싫증도 안 나는지 연신 녹여서 만들고 있다.

청동으로 구워내기만 하면,

제법 무슨 물건이 된 줄로 생각하고 있거든.

그런 오만한 무리가 결국 무엇이란 말이냐?

신들의 조상은 거창하게 늘어서 있긴 하다 —   8310

하지만 지진이 한 번 나자 무너져 버리지 않았던가.

그것을 또다시 녹인 지도 오래되었다.

땅 위에서 하는 짓은 무엇을 해도

결국은 헛수고에 그치는 것이다.

살아가는 데는 물결이 더욱 소용에 닿는다네.

자네를 영원한 물의 세계로 데려가는 것은   8315

프로테우스의 돌고래란 말일세.

　　(모습을 바꾼다.)

자, 이젠 됐네.

이제 자네도 가장 훌륭하게 성공하리라.

내가 자네를 업고 가서

바다와 인연을 맺어 주리라.   8320

탈레스 생명의 창조를 무(無)에서 시작하려는

자네의 장한 소원을 이루어주고 싶네.

신속하게 행동할 준비는 되었는가?

영원의 규범을 따라 활동하고

수천 아니 수만의 형태를 거쳐서   8325

인간이 되기까지 시간이 걸릴걸세.

(호문쿨루스는 프로테우스의 돌고래를 탄다.)

프로테우스   정신만의 인간으로 넓은 물의 세계로 가자.

거기선 곧 자네의 생명은 곧 종횡으로 뻗어서

마음 내키는 대로 활동이 가능할 것이다.

다만 위에 있는 축에 끼이려고 기를 쓰지만 말아라.   8330

일단 인간 따위가 되어버리고 나면

이젠 너도 완전히 마지막이니 말이다.

탈레스   그때의 사정에 달렸지요. 자기 시대에 훌륭한 사나이가 되
는 것도 나쁠 것은 없지 않나요.

프로테우스   (탈레스에게) 자네 같은 종류의 인간이 되란 말이지!

                                        8335

하긴 그것이면 당분간은 지탱도 할 것이다.

창백한 유령의 무리 속에서

벌써 몇백 년째 자네를 보아왔더니 말일세.

세이렌들   (바위 위에서) 달님이 둘레에 달무리 같은 원을 이루고,

구름으로 동그라미를 그리고 있는 것은 무엇일까요?   8340

그것은 사랑에 불타는 비둘기랍니다.

깃들은 햇빛처럼 희부옇군요.

사랑에 가슴 태우는 저 새들의 무리는

파포스에서 보내온 것이랍니다.

우리들의 잔치는 한고비를 넘어서   8345

명랑한 기쁨이 넘쳐납니다!

네레우스   (탈레스에게 다가서면서) 밤길을 재촉하는 나그네들은 저 달
무리를

공기의 현상이라 불렀다지만

우리들 영들은 전혀 다르게 생각하고 있소.

그리고 그것이 유일한 옳은 생각일 것이오.   8350

그것은 옛날 옛적에 배워둔, 이상하고

특수한 모양으로 날아다니며

조개 수레 타고 오는 나의 딸 갈라테이아를

인도하는 비둘기들이라오.

탈레스   나도 그 생각이 가장 옳은 것으로 생각됩니다.   8355

조용하고 훈훈한 가슴 속에

거룩한 감정이 살아서 움직이면

훌륭한 사나이의 마음에도 드는 법이죠.

프실렌족과 마르젠족[*]   (바다의 황소, 바다의 어린 양, 숫양을 타고)

키프로스섬의 거친 동굴 속에는,

바다의 신에게 가도 막히지 않고   8360

지진의 신에게 흔들리지도 않고

영원의 산들바람에 둘러싸여서

옛날 옛적과 조금도 다름없이

고요한 마음으로 즐거움을 안고서

우리는 키프로스의 수레를 간수해두었습니다.   8365

그리하여 밤마다 물결이 살랑대는 때면,

사랑스러운 물결이 얽히고설키는 속을 헤치고

새로운 종족들의 눈을 피하여

그지없이 귀여운 따님^{**}을 모셔 왔지요.

부지런한 우리들은   8370

---

*   전자는 아프리카의 리비아, 후자는 이탈리아의 뱀을 사용하는 곡예사의 종족이
        다. 키프로스의 비너스의 수레를 수호한다.

**   갈라테이아

독수리도 날개 돋친 사자도

십자가도, 그리고 반달도* 두려워하지 않습니다.

위에 서서 나라를 다스리는 자

얼마든 뒤바뀌고 흔들린대도,

쫓고 쫓기고, 죽고 죽이고 한대도,   8375

나라와 고을들을 무찌를 때도

우리는 언제나 변함없이

그지없이 사랑스러운 아가씨를 모셔 옵니다.

세이렌들 가볍게 움직이며 얌전한 걸음걸이로

수레를 둘러싸고 원에 원을 그리면서,   8380

행렬과 행렬은 흩어졌다 얽히고

뱀처럼 줄을 지으며 가까이 오너라.

늠름한 네레우스의 딸들이여,

정답고 굳건한 여자들이여,

귀여운 도리스의 딸들이여,   8385

어머니와 꼭 닮은 갈라테이아를 데리고 오시오.

갈라테이아는 보기에 신을 닮아 엄숙히

불멸의 품위를 갖추고

더구나 인간 세계의 부드러운 여자처럼

마음을 매혹하는 품위를 보이지요.   8390

도리스의 딸들 (합창하며 네레우스 곁을 지나간다. 모두 돌고래를 탔다.)

---

* 키프로스섬은 기원전 58년 이후 로마(독수리)한테 지배당하고 다음에는 일시 베
   니스(날개 돋친 사자)한테 지배를 받기도 하고, 기독교의 기사단(십자가)과 회교
   도인 터키(반달)의 지배를 받은 때도 있었다. 이것이 즉 8368행의 새로운 종족들
   이다.

루나여, 밝은 빛과 그림자를 보내어
이 젊은 꽃들을 환히 비춰주소서.
우리들은 청을 드려 아버님에게
사랑하는 남편을 보여드리고 싶으니까요.

(네레우스에게)

이들은 성내에 광란하는 파도의 이빨에서,   8395
우리가 구해 낸 젊은이들이에요.
갈대와 이끼 위에 눕혀 놓고서
따뜻이 간호하여 세상 빛을 보게 했습니다.
이젠 뜨거운 입맞춤으로 그들은
진심으로 우리에게 보답해줍니다.   8400
사랑스러운 이들을 너그러이 보아주소서.

네레우스 일거양득이라더니 잘들 하셨어요.
인정을 베풀고 자기도 재미를 보니 말이에요.

도리스의 딸들 아버님, 우리들이 한 일을 칭찬하시고
우리들이 얻는 사랑의 기쁨을 너그러이 보아주신다면,   8405
이들, 사랑하는 이들을 불사의 몸을 만들어
영원히 젊은 이 가슴에 안겨주세요.

네레우스 너희들이 사로잡은 그 훌륭한 것들을 마음껏 즐기렴.
그 젊은이를 한 사람의 남편으로 섬기렴.
하지만 제우스 신만이 베풀 수 있는 일*을,   8410

---

* 불사(不死)의 생명

내가 줄 수 없지 않으냐.

너희들을 출렁출렁 뒤흔드는 파도는

사랑도 영원히 계속하게 두지는 않을 것이다.

그러니 사랑의 꿈에서 깨어나거든

조용히 그들은 뭍으로 돌려보내주어라.   8415

도리스의 딸들 사랑스러운 젊은이들이여, 소중한 분들이건만,

할 수 없이 여기 슬픈 이별을 해야겠군요.

영원히 변치 않는 절개를 바랐건만,

신들이 그것을 용서치 않는다오.

젊은이들 우리는 젊고 굳건한 배꾼들,   8420

당신들의 고마운 신세는 영원히 잊지 않겠습니다.

이렇게 행복한 날을 보낸 적은 없었소이다.

이젠 더는 복된 것을 바라지는 않소이다.

(갈라테이아, 조개 수레를 타고 온다.)

네레우스 너였구나. 귀여운 딸애야!

갈라테이아   아아, 아버님, 반가워요!

돌고래야, 잠깐 멈춰 다오. 저 아버님의 시선이 나를 놓아주지 않

으신다.   8425

네레우스 벌써 가버렸구나, 그것들이 원을 그리듯,

펄쩍펄쩍 뛰면서 지나가버렸구나.

마음속에서 아무리 슬퍼한들 무슨 소용이랴.

아아, 나도 그들이 데리고 갔으면 얼마나 좋으리!

하지만 단 한 번 바라본 즐거움으로도   8430

넉넉히 일 년은 메워줄 수 있으리라.

탈레스 만세! 만세! 만만세!

나는 아름다움과 참됨이 뼛속까지 스며들어

피어오르는 기쁨을 누리고 있다……

삼라만상은 물에서 생겨났다.   8435

삼라만상은 물에 의해 생명이 유지된다.

대양이여, 그대의 영원한 삶을 계속해 다오.

그대가 구름을 보내어

수많은 여울을 마련하지 않고

여기저기에서 개울을 굽이치지 않게 하고, 강물을 이루어놓지 않

았다면   8440

산들과 평화와 세계는 어찌 되었겠느냐!

싱싱한 생명을 유지하게 하는 것은 그대뿐이다.

메아리 (전원의 합창) 싱싱한 생명을 유지하게 하는 것은 그대뿐
이다.

네레우스 내 딸들이 파도에 흔들리며 아득히 돌아간다.   8445

이제 눈과 눈이 마주칠 수도 없게 되었다.

길게 뻗어난 사슬같이 열을 지으며

잔치다운 기분을 내보려는 듯

무수한 무리가 빙빙 돌고 있구나.

그러나 갈라테이아의 조개껍질 옥좌는   8450

역력히 보인다. 아직도 확실히 보인다.

붐비는 무리들 속에서

그것은 별처럼 반짝인다.

귀여운 그 모습이 인파에 싸여서도

그리고 저렇게 아득하게 떨어졌어도   8455

언제까지고 가깝고 참되게

맑고도 밝게 반짝이는구나.

호문쿨루스   이 자비로운 물의 세계에서는

내가 여기서 어떤 것을 비춰보아도

모든 것이 아름다운 매력을 갖고 있습니다.   8460

프로테우스   이같이 생명에 넘치는 물의 세계에서

비로소 자네가 비치는 빛도

희한한 소리를 내며 빛나는 것일세.

네레우스   저 행렬의 한가운데서 어떤 새로운 신비가

우리들 눈에 펼쳐지려 하는 것일까?   8465

조개 수레 근처, 갈라테이아 발밑에서 번쩍이는 건 무엇일까?

마치 사랑의 맥박이 감동이나 받은 듯

때로는 억세게, 때로는 정답고 즐겁게 달아오르고 있군.

탈레스   저것이 프로테우스가 꾀어낸 호문쿨루스일세……

교만한 동경에 사로잡힌 징조올시다.   8470

몸부림치며 괴로워하는 신음 소리가 들릴 듯도 하군요.

저것이 찬란한 옥좌에 부딪쳐서 박살 나지 않을까?

아니, 타고 있구나, 이제 번쩍했다. 벌써 녹아서 흐르는구나.

세이렌들   정말 이상한 불길이 파도를 환히 비치고 있어요.

파도는 서로 부딪쳐서 번쩍하며 산산이 흩어집니다.   8475

빛을 내고 하늘거리며 이쪽을 밝혀 줍니다.

달밤의 물길 위에 모든 것이 휘황하게 빛납니다.

사면은 모두 불에 싸여 흘러내리고 있습니다.

모든 것을 만들어 낸 에로스*여, 이대로 다스리시라!

　　거룩한 불길에 싸인   8480

　　바다여, 만세! 파도여, 만세!

　　물이여, 만세! 불이여, 만세!

신기한 모험에 행운이 있어라!

일동   부드러운 산들바람이여, 복되어라!

신비에 가득 찬 동굴이여, 복되어라!   8485

이 세상 만물, 높이 찬양하리라!

물과 불과 바람과 흙, 네 가지 모두 다 찬양하리라!

---

* 플라톤의《향연》에서 에로스는 직접 혼탁으로부터 생성되었으며, 모든 신 중에
서 최초로 자연 발생한 신이라고 전한다. 그는 새로운 생명태의 발생이나 종족의
번식 등을 다스린다.

제3막
스파르타에 있는 메넬라오스 왕의 궁전 앞

헬레네 등장, 붙잡혀서 합창을 부르는 트로이의 여자들. 판탈리스가 합창을 지휘한다.

헬레네　칭찬도 많이 받고 욕도 많이 먹은 헬레네입니다.
간신히 우리가 상륙한 바닷가에서 오는 길입니다.
아직도 거센 파도에 뒤흔들리는 듯 취해 있습니다.　　　　8490
프리기아*의 평야에서 치솟은 높다란 등을 타고
포세이돈**의 은덕과 오이로스***의 힘을 빌려,
간신히 조국의 후미에 당도하게 되었습니다.

---

*　트로이
**　그리스 신화에서 바다, 강, 샘을 지배하는 신. 로마 신화에서는 넵튠.
***　오이로스는 동풍(東風)을 말한다.

464

저 밑에서는 지금 메넬라오스 왕*이 그의 전사 중에서
가장 용맹스러운 장군들과 개선을 축하하고 있습니다.   8495
하지만 거룩한 궁전이여, 그대는 나를 반겨 맞아 다오!
이것은 부왕 틴다레오스**가 이국에서 돌아오셔서,
팔라스의 구릉*** 근처에다 세우신 것이지만
이곳은 내가 클리타임네스트라****와 자매로서
또한 카스토르나 폴리데우케스*****와도 즐겁게 노닐며 자라난 곳,
                                                        8500
스파르타의 어느 집보다도 휘황하게 단장한 궁전이지요.
그대들 청동의 문짝들이여, 내게 인사해 다오.
옛날에, 많은 사람 속에서 선택되어 내 앞에,
메넬라오스 님께서 신랑의 모습으로 눈도 부시게 나타났을 때
너희들은 손님을 맞아들이려는 듯 활짝 열었지.   8505
자, 이번에도 나를 위해 문을 열어 다오. 내가 왕비된 몸에 어울리게
왕의 급하신 분부를 충실히 수행할 수 있도록
나를 안으로 들게 해 다오! 그리고 여태껏 불운하게도

---

*   스파르타 왕으로서 왕비 헬레네가 트로이의 왕자 파리스한테 유괴당했기 때문
    에 그리스의 대군을 이끌고 10년 간 트로이를 포위한 끝에 헬레네를 되찾았다.
    메넬라오스는 이 전쟁의 총 지휘관 아가멤논의 동생이다.

**   스파르타의 왕으로 왕비 레다와 많은 자식을 낳았는데 그중에서 헬레네, 카스토
    르, 폴리데우케스는 백조로 모습을 바꾼 제우스가 레다와 정을 통해 낳은 자식이
    라고 한다.

***   이 언덕 위에 아테나의 신전을 세운 후 틴다레오스는 언뜻에다 자기의 궁전을 축
    조했다.

**** 틴다레오스와 레다의 딸로서 헬레네의 동생이며 아가멤논의 왕비

***** 카스토르와 폴리데우케스는 제우스의 쌍둥이 아들로, 디오스쿠로이라고 한다.

나에게 달라붙어 괴롭히던 것은 모조리 밖에서 털어버리겠어요.

그럴 것이 내가 이 궁전의 문턱을 근심 걱정 모르고 넘어서서   8510

거룩한 의무를 다하고자 키테라의 신전*을 찾아갔다가

거기서 프리기아의 도둑**한테 유혹을 당하게 된 후,

여러 가지 일이 일어났는데 그것이 널리 세상 사람들의

이야깃거리가 되었지요. 그러나 자기에 관해서 있는 일, 없는 일,

마구 늘여서 이야기가 소설처럼 되어버리면 누구나 듣기가 싫은

법이죠.   8515

합창　　업신여기지 마오. 오오, 훌륭하신 왕비!

넘이 가지신 그지없이 좋은 보배를!

지고의 복은 임 혼자만의 차지입니다.

미인이란 명성은 무엇보다 뛰어납니다.

영웅들은 이름을 울려 대고 앞세우며,   8520

뽐내고 길을 걷지만,

모든 것을 무찌르는 미를 보면,

고집 센 사나이도 자기 뜻을 굽힌답니다.

헬레네　　이젠 그만두세요. 나는 남편과 배를 타고 와서

이제 남편의 분부로 먼저 서울에 오게 되었습니다.   8525

하지만 그가 품은 진심은 나도 모르겠어요.

과연 나는 아내로 왔나요? 왕비로서 왔나요?

그렇지 않으면 왕의 쓰라린 상처나 그리스인들이 오랫동안 참아 온

재앙을 메우기 위한 희생물로서 오게 된 것일까요 ―

---

*　　아프로디테의 신전. 헬레네는 이곳에 갔다가 아프로디테의 도움을 받은 파리스
　　의 유혹에 빠져 트로이로 간다.

**　　트로이의 왕자 파리스

나를 싸워서 빼앗았어요, 하지만 사로잡힌 몸인지도 모르겠어요.

8530

불사의 신은 아름다운 여인의 의심스러운 동행으로서
표리부동한 명성과 운명을 내게 정해주었어요
그것이 이 문턱에 이르자 음흉하고 무서운 모습으로,
바로 내 곁에 붙어 서 있는 것 같아요.
왜냐고요? 그것은 텅 빈 배 안에서도 남편은   8535
나를 쳐다보는 일이 드물었고 위로의 말 한마디도 하지 않았으니까요.

마치 불길한 일이라도 생각하는 듯 그저 저와 마주 앉아 있었어요.
그런데 앞선 배들이 에브로타스강*의
깊숙한 안쪽으로 들어가 뱃머리가 기슭에 닿자마자
마치 신의 계시라도 받은 듯 남편은 이렇게 말했어요.   8540
"우리 군인들은 정한 바대로 여기서 하선해서,
바닷가에 정돈시키고 내가 열병을 해야겠소.
그러니 당신은 먼저 가구려. 거룩한 에브로타스강의
비옥한 강기슭을 따라 줄곧 거슬러 올라가서
이슬에 젖은 초원의 꽃자리 같은 풀밭 위를 말을 달려서,   8545
한때는 준엄한 산악에 둘러싸이고
넓고 비옥한 들이었던 라케다이몬**의 서울이 있는
그 아름다운 평야까지 가도록 하시오.
그리고 높은 탑이 솟은 왕궁으로 들어가서

---

*   스파르타를 흘러서 라코니아만(灣)으로 들어가는 강

**   스파르타

내가 그곳에 두고 온, 영리하고 나이 든 여집사와 함께 남기고 온,

8550

하녀들을 조사해 보아라.
너의 아버지가 남기신 것에, 내가 바로
전쟁과 평화 사이를 거닐며, 항상 늘리고 쌓아서
푸짐하게 모아 둔 보물을 너에게 보여줄 것이다.
하나도 빠짐없이 정리가 되어 있을 것이오.   8555
대체로 자기가 집에 돌아와서 잃은 것이
하나도 없고 모든 것이 제자리에 놓여 있는 것을 아는 일이
바로 왕후로서의 특권이란 말이오.
신하들 마음대로 무엇이건 변경할 수는 없으니까.”

합창　　줄곧 불어만 간 희한한 보물로서   8560
　　　　눈과 마음에 위안을 주도록 하세요.
　　　　아름다운 사슬과 눈부신 왕관이
　　　　오만스럽게 버티고 난 체하지만
　　　　한 발 들여놓고 덤벼보라 하시면
　　　　그것들도 황급히 몸을 도사릴 것입니다.   8565
　　　　금, 은, 진주, 보석을 상대로 그대의
　　　　아름다운 자태가 겨루어봄도 볼만하리라.

헬레네　그리고 왕은 다시 이렇게 분부를 내렸어요.
　　　　“만일 내가 말한 대로 모든 것을 두루 살핀 다음에
　　　　거룩한 의식을 올리기 위해, 희생하는 사람이   8570
　　　　마련해야 할 여러 가지 제기(祭器)와
　　　　당신이 필요하다 생각하는 향로(香爐) 따위를 내놓구려.
　　　　냄비와 접시와 납작하고 둥근 대접 따위는 물론
　　　　거룩한 샘에서 길어 온 정한 물은 길쭉한 단지에 담아놓고,

게다가 불이 잘 일어날 마른 장작도   8575
그곳에다 만반의 준비를 해놓으시구려!
물론 잘 연마한 단도도 잊어서는 안 되오.
하나 그 밖의 모든 것은 당신 재량에 맡기겠소.'
그분은 내가 빨리 떠날 것을 연방 재촉하면서 이렇게 말했어요.
그러나 올림포스의 신을 위해 제물로서 도살할   8580
희생될 생물에 대해서는 전혀 말이 없었습니다.
좀 이상하긴 했지만 나는 더는 걱정 안 하고,
모든 것을 높으신 신들에 내맡겼습니다.
신들은 인간의 시시비비(是是非非)에도
그 뜻하시는 바대로 이룩하실 것이나,   8585
죽어야 할 운명을 지닌 인간은 참을 수밖에 없지요.
여태까지도 신들에게 희생을 바치기 위해
육중한 자귀를 땅에 꿇어 박힌 짐승의 목덜미 위에
치켜 올렸어도 죽이지 않은 일이 여러 번 있었지요.
적들의 갑작스러운 습격을 받거나 신이 희생을 마다하셨기 때문
이지요.   8590

합창   미래에 일어날 일은 모르는 법입니다.
여왕이여, 안심하시고
앞으로 나아가십시오!
길(吉)이건 흉(凶)이건 느닷없이
인간에게 닥쳐오게 마련입니다.   8595
미리 알게 되어도 인간은 믿지 않지요.
트로이는 불타 없어지고, 우리는 목전에서,
죽음을, 그 치욕의 죽음을 보지 않았습니까?
그래도 우리는 여기서

당신을 따르고 기꺼이 섬기며   8600
하늘의 눈부신 태양을,
그리고 지상에서 가장 예쁜 이를 보고.
그런 당신이 우리를 인자하고 행복하게 하는 것을 아시지
않나요?

헬레네   될 대로 되렴! 앞으로 무슨 일이 일어날지라도
지체 없이 왕궁으로 올라감이 나의 의무일 것이다.   8605
오랫동안 그리워하고 그리워했으니 거의 잃을 뻔했던
이 왕궁이 또다시 내 눈앞에 서 있게 되니 내 마음 말할 수 없구나.
어릴 때는 단숨에 뛰어오르던 이 높은 계단도
어쩐지 기운차게 올라가기 힘들구나. (퇴장.)

합창   서럽게도 사로잡혔던   8610
여인들이여, 온갖 그 쓰라림을
멀리 던져버리시오!
오래 지체는 했어도
그러기에 한결 확실한 걸음걸이로
조상님이 살던 옛 고향으로   8615
즐거이 돌아오시는
여왕님과 기쁨을 나눠 가져요.
헬레네와 기쁨을 나눠 가져요.

복되게 일을 마련하고
고향길로 인도해주고   8620
거룩한 신들을 찬양하세요.
자유롭게 해방된 사람들은

날개 돋친 듯, 어떤 험한 곳인들
훨훨 뛰어넘어 가지만
사로잡힌 이들은 헛되이   8625
감방의 벽 위로 팔을 벌리고
고향이 그리워 애태우며 여위기만 하였네.

하지만 신께서는 손을 펴시어
아득한 곳에서 슬퍼하는 여왕님을
일리아스* 서울의 폐허에서   8630
단장도 새로 한
조상들의 옛 궁전으로
모셔 왔어요.
이루 다 말할 수 없는
기쁨과 고뇌를 겪으신 후에,   8635
젊었던 옛 시절을
새로이 추억하실 수 있도록.

판탈리스   (합창을 지휘하는 여인으로서) 즐거움에 싸인 노래의 오솔길
              만 더듬지 말고,
출입구의 문들을 쳐다보세요!
이게 웬일일까요, 여러분? 여왕님이   8640
흥분하신 듯 사나운 걸음걸이로 돌아오시지 않아요?
위대한 여왕님 웬일이세요, 하인들의 인사 대신에
궁전의 넓은 방에서

---

* '트로야'라고도 하며, 트로이를 가리킨다.

무슨 충격을 받으셨나요? 숨기지 마셔요.

불쾌한 빛이 이마에 역력하군요.　　　　　　　　　　　　　8645

고귀한 역정이 경악과 싸우고 있는 듯하군요.

헬레네　　(문을 열어젖힌 채 흥분한 듯)

웬만한 공포쯤은 제우스의 딸인 내게는 어울리지 않는다.

또한 순간적인 가벼운 놀라움 따위는 내게 손끝도 대지 못한다.

하지만 태초의 암흑의 품 안에서 태어난 듯

게다가 갖가지 모습으로 변하며 마치 화산의　　　　　　8650

불 구덩이에서 치솟는 듯 이글거리며 구름처럼 솟아오르는 공포는

영웅의 가슴까지도 뒤흔들리라.

오늘은 무시무시하게도 지옥의 일당들이

내가 이 집에 들어가리라 미리 짐작했나 봐요.

그래서 나는 내쫓긴 손님처럼 지금까지,　　　　　　　　8655

자주 드나들고, 오래 그리워하던 문턱을 멀리하고 싶어졌어요.

하지만 안 되지요! 해가 비치는 곳까지 물러나긴 했지만

너희들이 어떠한 요괴일지라도 나를 더는 쫓지는 못하리라.

축원 올릴 생각을 해야겠다. 그리고 액이 풀리면

부엌의 불은 남편과 나를 맞아줄 것이다.　　　　　　　8660

합창을 지휘하는 여인　　거룩한 왕비시여, 임을 공격하며 시중드는

하인들에게, 무슨 일이 있었는지 밝혀주세요.

헬레네　　내가 본 것은, 만일 태초의 암흑이 당장에

자기가 낳은 모습을 깊고 기괴한 품속으로,

삼켜 버리지만 않는다면 너희들 눈으로도 보게 될 것이다.　　8665

하지만 너희들이 알도록 말로 이야기하리라.

우선 해야 할 일을 생각하며,

왕궁의 엄숙한 내부로 경건하게 발을 들여놓자,

쓸쓸한 복도가 괴괴한 데 깜짝 놀랐지.

분주하게 오가는 사람들의 발소리도 들리지 않고,　　　　　　8670

바쁜 듯 일하는 모습도 눈에 뜨이지 않았고,

여느 때면 어떤 손님이든 정답게 맞아주던

하인도 여집사도 나오지 않았다.

내가 부엌의 아궁이 가까이까지 이르자,

불이 꺼지고 남은 잿더미의 어스름 속에서　　　　　　　　8675

얼굴을 가린 몸집이 큰 어떤 여자가 바닥에 앉아 있는 것을 보았

어요.

그것은 잠을 자고 있는 것 같진 않았고 생각에 잠긴 듯했어요.

짐작컨대 이것이 아마 남편이 고용한,

여집사라 싶어 나는 주인다운 어조로

일을 하라고 일렀지요.　　　　　　　　　　　　　　　　8680

하지만 그 여자는 옷을 휘감은 채 꼼짝도 않았어요.

그래 결국 내가 을러대니까 그 여자는 오른팔을 내밀어

나를 부엌과 방에서 내쫓으려는 손짓을 했어요.

나는 그만 화가 치밀어서 곧 계단 쪽으로 달려왔죠.

그 계단 위에는 양주의 침소가 단장되어,　　　　　　　　8685

높다라니 마련되었고 그 곁에는 보물고가 있지요.

한데 갑자기 괴물이 재빨리 마루에서 일어나

도도하게 길을 막고 섰어요. 그래서 보니,

바짝 마르고 키가 크고 움푹 팬 핏발이 솟고 탁한 시선을 한

눈과 마음을 어지럽게 하는 기괴한 꼴이었지요.　　　　　8690

하지만 이야기한들 무슨 소용이에요. 아무리 말해도

모습들은 조물주처럼 설명해 낼 수는 없지요.

자, 저걸 봐요, 햇빛이 비치는 데까지 나왔군요.

여기선 남편인 왕께서 돌아오실 때까지 우리가 궁전의 주인이오.
저 무서운 암흑의 요괴는 태양신 포이보스가,   8695
동굴 속에 가두어 넣거나 묶어놓을 수 있을 거예요.

(포르키스가 출입구 문지방에 나타난다.)

합창   고수머리는 젊은이답게 관자놀이에서
물결치지만 나는 많은 경험을 했어요!
무서운 일, 전쟁의 참상 같은 것도
내 눈으로 보았지요. 일리아스의 성이   8700
떨어지던 날 밤에,
밀려드는 군사들이 구름을 일으키고
황진을 날리는 속에서 신들이 무시무시하게
울부짖는 소리를 들었으며 들을 건너
성벽을 향해 불화의 여신의 청동 쇳소리가   8705
울려 퍼지는 것을 들었지요.

아, 일리아스의 성은 그래도 버티고 있었어요.
하지만 불길은 벌써 이웃에서
이웃으로 번져갔고
스스로 불러일으킨 세찬 바람에,   8710
여기저기로 번져 나가
밤의 서울을 뒤덮었습니다!

나는 도망치면서 불길과 연기와
혀를 날름대는 뜨거운 불바다 속을
소름이 오싹 끼치는 분노한 신들이   8715

기괴한 모습으로 가까이 다가오고
불에 휩싸인 먹구름 속으로
거인처럼 사라지는 것을 보았습니다.

그런 무서운 단말마를 과연 내가 본 것일까요.
아니면 겁에 사로잡힌 내 마음의   8720
망상이었을까요?
무엇이라 말할 수가 없군요, 하지만
여기서도 그런 무서운 것이 내 눈에
보인다는 것은 틀림없이 알고 있습니다.
두려운 생각이 그런 위험한 것에서   8725
나를 멀리 잡아채지만 않는다면
내 손으로 그것을 잡을 수 있겠어요.

포르키스 딸들 중에
너는 어느 딸이냐?
나는 너를 그 무리들과   8730
비교할 사람으로 보았기 때문이다.
짐작하건대 태어날 때 벌써 너는
백발이며 한 눈과 한 이를
교대로 나눠 쓴다는
그리프스 중의 하나가 나타난 것일 게다.   8735

너와 같은 추물이 감히
아름답기 그지없는 여왕님과
훌륭하신 식별의 눈을 가지신 태양신 앞에

나타날 수가 있단 말이냐?

어디 마음대로 나와 보려무나! 8740

태양신의 거룩한 눈은 한 번도

그늘을 보시는 일이 없으시니

추한 것은 보시지 않을 것이오.

하지만 슬프게도 서러운 운명은

죽어 가게 마련인 인간들을 강요하여 8745

말할 수 없는 눈의 고통을 느끼게 합니다.

그것은 추악하고 영원히 저주받은 것들이

아름다움을 사랑하는 인간에게 주는 고통이오.

그러니 뻔뻔스럽게도 우리들 앞에

나타난 그대, 들어라 저주를, 8750

신들이 창조하신 복 받은 이들의

저주하는 입에서 나오는, 가지가지

욕설과 비방을 실컷 들어라.

포르키스   수치*와 아름다움이 손에 손을 잡고

이 세상 푸른 들길을 함께 가는 일은 없다는 말이 8755

예로부터 있지만 그 뜻은 여전히 엄숙하고 진실하지.

이 둘 사이에는 옛날부터의 증오가 깊이 뿌리박혀

어떤 길에서 만나도 이 두 원수는

서로 등을 돌려 대고서 각자

걸음을 재촉하고 사납게 가버리지요. 8760

---

* 포르키스, 즉 메피스토가 여기서 '수치'란 말을 끄집어내는 것은 그가 기독교의
  악마이고 역시 중세의 기독교 도덕관을 가지고 있기 때문이다. 그리스의 자유로
  운 관능의 해방에 대한 반발심이 드러난다.

수치는 슬퍼하고 아름다움은 자랑스럽게,

만일 나이가 두 놈을 미리 억제하지 않으면,

결국 지옥의 허전한 암흑 속에 이르기까지 돌진할 것이다.

한데 보아하니 그대들 뻔뻔스러운 것들은 이방(異邦)에서

오만한 얼굴을 들고 돌아온 것 같은데, 비유하자면,   8765

시끄럽고 목쉰 소리로 줄지어 날아가는 검은 학의 꼬락서니 같고

길게 뻗친 구름처럼 늘어서서 요란한 소리를 내니

조용히 걷던 나그네도 문득 하늘을 쳐다보는 격이지.

허나 학들은 제 갈 길을 가고 나그네도 제 길을 가는 법,

그러니 우리도 그렇게 될 것이로다.   8770

대체 네 년들은 누구냐? 거룩한 왕국 앞에서

마이나데스*와 같은 꼴로 주정꾼처럼 미쳐 날뛰다니

개 떼가 달을 보고 짖어 대듯이 왕궁의 관리자에게

소리를 지르나니 네 년들이 대체 누구란 말이냐.

너희들의 내력을 내가 모를 줄 아느냐?   8775

전쟁이 낳고 전쟁이 길러낸 애송이 같은 것들이

창녀들, 사내들이나 유혹하고 유혹당하며,

병사와 시민들의 기운을 모조리 소모했을 뿐이지,

너희들 떼를 보니 푸른 곡식밭을,

뒤덮고 덤벼드는 메뚜기 떼같이만 보이는구나.   8780

남의 근면한 노력을 좀먹는 것들이지.

이제 싹트는 나라의 복지를 모조리 먹어 치우는 것들.

약탈이나 당하고 장에서 사고팔고나 할 물건들이지!

---

* 주신(酒神) 디오니소스의 시중을 드는 여자들. 주난(酒亂)의 여인들

헬레네   주부의 면전에서 하비들을 욕하는 것은
　　　　주제넘게도 가정주부의 권리를 침해하는 것이오.   8785
　　　　칭찬할 것은 칭찬하고 못된 것을 처벌하는 일은
　　　　오직 주부에게만 주어진 권한이란 말이오.
　　　　그리고 강대한 일리아스가 포위되고
　　　　함락이 되고 멸망했을 때 이 비녀(婢女)들이,
　　　　내게 보여 준 수고에 나는 만족하고 있어요.   8790
　　　　그에 못지않게 우리가 유랑하던 길에서도, 누구나
　　　　제 몸이나 돌볼 생각을 할 처지에서도 잘해주었소.
　　　　여기서도 이 명랑한 이들이 시중을 그대로 들어주었으면 하오.
　　　　주인은 하인이 일하는 것만이 문제지. 사람이 어떻다는 것은 묻지
않는 법이오.
　　　　그러니 입을 봉하고 저 애들을 욕하지 말아요.   8795
　　　　그대가 지금까지 주부를 대신해서 이 왕궁을
　　　　훌륭히 간수해 준 일은 그대의 공로라고 하겠소.
　　　　하지만 내가 돌아온 이 마당에선 물러가도록 하오.
　　　　벌어 놓은 상(賞) 대신에 벌이나 받지 않도록 말이오.

포르키스   집안 일꾼들을 책함은 신의 복을 받은 왕비가,   8800
　　　　오랜 세월을 현명하게 집안을 다스린 보람으로서
　　　　차지하는 커다란 권리임에는 틀림없겠지요.
　　　　이제 당신이 다시 인정을 받고 여왕으로서
　　　　주부로서 새로 옛 자리를 차지하게 되신다니
　　　　오랫동안 느슨해진 고삐를 다잡아 다스리시고   8805
　　　　재물과 우리들을 모조리 받아 주십시오.
　　　　하지만 우선 당신 같은 어여쁘신 백조와 견주며
　　　　털도 제대로 나지 않고 꽥꽥거리는 거위들 같은

이 계집들을 나무라고 늙은이를 두둔해 주셔야죠.

합창을 지휘하는 여인　　　아름다운 분이 곁에 있으니 저런 추물이
더욱 추하군요!　　　　　　　　　　　　　　8810

포르키스　　영악하신 분이 곁에 있으니 철부지들이 더욱 철부지 같
구나!

(이때부터 합창대에서 한 사람씩 앞으로 나와 대답한다.)

합창대원 1　아버지는 에레보스*, 어머닌 밤이라고 털어놓으렴!

포르키스　　네 육친이며 종매인 스킬라**의 이야기는 어떻지!

합창대원 2　너희 집 족보에는 도깨비들도 많이 나오겠지!

포르키스　　지옥에 가서 너희 집안 사람이나 찾아보렴!　　　8815

합창대원 3　지옥에 사는 여자들도 네게는 너무 젊어 안 될걸.

포르키스　　그럼, 너는 테이레시아스*** 영감하고 붙어먹기라도 하려
무나!

합창대원 4　오리온****의 유모가 네 고손(高孫)쯤 되겠지.

---

*　　　그리스 신화에 나오는 어둠의 신. 카오스(혼돈)의 아들이다 다음의 '밤'이라고 한
　　　 것도 에레보스의 형제로서 여기서는 포르키스를 어둠에서 나온 추악한 것으로
　　　 보고 있다.

**　　그리스 신화에 나오는 바다의 괴물로, 다리가 없고 배 둘레에 개의 머리 세 개가
　　　 나온 흉한 모습을 가졌다. 남자를 잡아먹으며 개처럼 짖는다. 즉, 이 합창하는 여
　　　 자들을 스킬라의 친척이라고 하는 것이다.

***　테베의 예언자. 장님 오디세우스는 이 노인에게 지옥으로 가는 길을 물었다. 호색
　　　 한 합창하는 여자들은 노인을 상대로 해도 좋아한다는 의미로 하는 말이다. 테이
　　　 레시아스는 200년이나 살았다고 한다.

**** 그리스 신화에 나오는 태고의 사냥꾼 이름. 성좌(星座)가 되어 있다. 오리온의 유
　　　 모라고 하며 무섭게 늙은 것을 말한다.

포르키스   아마 하르푸이아이*가 너를 똥 속에서 길러냈지!

합창대원 5 무엇을 먹으면 그렇게 맵시 있게 깡깡 마를 수 있니.   8820

포르키스   네가** 그렇게 빨고 싶어 하는 피 같은 것은 싫다!

합창대원 6 제가 구역질 나는 송장이면서 송장이 먹고 싶으냐!

포르키스   뻔뻔스러운 네 아가리 속에서 밤피르의 이빨이 번쩍이는
구나.

합창을 지휘하는 여인   네 내력을 폭로해서 네 아가리를 틀어막겠다.

포르키스   그럼 네 이름이나 먼저 대봐라. 수수께끼는 저절로 풀릴
텐데.   8825

헬레네   너희들이 그렇게 서로 시끄럽게 싸우는 것을 금하려고,
나는 화가 났다기보다는 슬픈 기분으로 중간에 나서야겠다.
충직한 하인들 간의 남몰래 곪은
싸움처럼 손해는 없으니까,
그렇게 되면 주인이 내리는 명령의 메아리가   8830
이내 행동으로 이루어져 조화를 이루며 반동을 보이지 않는다.
아니, 그 메아리는 스스로 길을 잃고 공허를 느끼는 주인 주위를
떠들썩 설레며 날뛰게 된다.
그뿐이 아니다. 너희들은 쓸데없이 화를 내면서
불길한 저승의 여러 가지 무서운 형태를 마술의 힘으로 불러냈다.
                                                       8835
그것들이 나를 싸고 윽박지르니 나는 고향 땅에 왔어도

---

*   얼굴은 여자, 몸은 독수리이며 날카로운 발톱을 가진 괴물이다. 다른 사람이 먹는
것을 빼앗고, 남은 것을 오물로 더럽혔다고 한다. 여기서는 다른 사람의 애인을
빼앗는 호색한 여자를 풍자했다.

**   사내의 살을 먹는 무서운 밤피르를 말한다.

어째 내 몸을 지옥으로 잡아채어 가는 것 같구나.

이것은 추억일까? 아니라면 나를 사로잡은 망상일까?

고을들을 겁탈한 저 여자의 무섭고 꿈 같은 모습은,

과거의 나였던가, 지금의 난가. 미래에 그렇게 될 것인가.　　　8840

시녀들은 떨고 있고 나이 든 그대는

태연히 서 있으니 알아듣도록 내게 말해 다오.

포르키스　　오랜 세월에 맛본 갖가지 행복을 되씹어 보면,

결국은 지고한 신들의 은총까지도 꿈만 같이 보이죠.

한데 당신은 한없이 큰 은총을 받은 분이어서.　　　8845

일생에 만났던 사내들은 어떤 대담무쌍한 모험이라도

곧 해치울 만큼 사랑에 불탄 사람들이었지요.

우선 처음에 테세우스가 탐을 내어 몸이 달아 당신을 앗아갔지요.

그는 헤라클레스만큼 힘이 세고 아주 늘씬한 사내였지요.

헬레네　　불과 열 살짜리 호리호리한 노루였던 나를　　　8850

유혹해서 아티카의 아피드나이 성에 가두었지.

포르키스　　그러나 곧 카스토르와 폴리데우케스에게 구출되어

뛰어난 영웅들 간에 구애의 대상이 되었지요.

헬레네　　하지만 솔직히 말해서 내가 누구보다도 좋아한 이는

펠리데*를 빼놓은 듯이 닮은 파트로클로스였다오.　　　8855

포르키스　　그런데 아버님 의사로 대담한 항해자이며

집을 잘 다스리는 메넬라오스 왕과 혼인을 하셨지요.

헬레네　　아버님은 딸과 나라의 통치권까지도 내어주셨소.

그래 그 주부 생활에서 이윽고 헤르미오네가 생겼지.

---

*　　바다의 여신 테티스와 펠레우스 왕의 아들 아킬레우스. 파트로클로스는 그 우인
　　(友人)이다.

포르키스 그런데 유산인 크레타섬을 싸고 용감히 싸우러 원정 나간
　　　　　　사이에,　　　　　　　　　　　　　　　　　　　　　8860
　　　　　외로웠던 당신한테 너무나도 아름다운 손님*이 나타났지요.

헬레네 어째서 그대는 당시의 과부나 다름없던 생활이나,
　　　　　그 속에서 솟아난 무서운 재앙을 들추어내는 거지?

포르키스 그 원정에서 자유의 몸인, 크레타 여자인 나를,
　　　　　사로잡아서 오랫동안 노예로 부렸지요.　　　　　　8865

헬레네 그러나 그분은 곧 그대를 시녀장(侍女長)으로 삼아,
　　　　　성곽과 애써 모든 보물도 그대에게 맡기셨지 않았소?

포르키스 그 성곽을 당신은 버리고 탑들로 둘러싸인 일리아스와
　　　　　그칠 줄 모르는 사랑의 즐거움에 끌리셨지요.

헬레네 사랑의 즐거움이라니 말도 말아요, 이 가슴과 머리는, 8870
　　　　　끝없는 쓰디쓴 괴로움으로 잠겨 있었다오.

포르키스 하지만 소문인즉 당신은 두 개의 모습으로 분신하여
　　　　　일리아스에도 이집트에도** 계셨다던데요.

헬레네 내 거친 마음의 어지러움을 속속들이 어지럽히진 말아요.
　　　　　지금까지도 어느 쪽이 나인지 모르는 판인데.　　　　8875

포르키스 그리고 이런 말도 들리더군요. 아킬레우스까지도
　　　　　허망한 그림자의 나라에서 나와 당신을 열렬히 사모하는 데 한몫
　　　　끼셨다구요.
　　　　　그분은 전에도 운명의 온갖 결정을 거역하고 당신을 사랑했지요.

---

*　　트로이의 왕자 파리스를 말한다.

**　　파리스에게 유괴된 헬레네는 환상에 지나지 않고 실제로는 신의 사신 헤르메스
　　에게 인도받아 이집트에 가 있다가 남편 메넬라오스가 트로이에서 귀환하면서
　　이집트에서 헬레네와 메넬라오스가 상봉했다고 전해진다.

헬레네   환상인 내가 환상인 그분과 인연을 맺었을 뿐,

전설에도 그것은 꿈이었다고 말하고 있다오.   8880

나는 이대로 없어져서 스스로 환상이 돼 버리고 싶군요.

(합창대원의 한 사람 팔에 쓰러진다.)

합창   말을 말아라! 말을 말아!

흉측하게만 보이는 그 무서운 외 이빨의

입술에선 흉측한 말만 하는군요.

무섭고 흉악한 그 아가리에서   8885

무슨 그런 소릴 내뱉는가요?

겉으론 정답게 보이지만 악질이에요.

양가죽 집어쓴 이리의 마음보지요.

머리가 셋 달린 개*의 입보다도

더욱 무시무시하군요.   8890

우리는 겁이 나서 엿듣고 있었다오.

깊이 숨어 노리는 그 무서운 놈의

음흉한 꾀가

언제 어디서 어떻게 터져 나올까 하고.

넉넉히 위로하고 남을 정다운 말,   8895

근심 걱정 잊게 할 부드러운 말 다 버리고

과거사 모조리 들추어내어

---

*   케르베로스. 머리가 셋이고 꼬리는 뱀 모양이며 목 둘레에 살아 움직이는 여러 마
리의 뱀 머리가 달려 있다. 저승의 문을 지키는 개

좋은 일보다 궂은 일을 더욱 쳐들어
현재의 영광도
미래의 희망도   8900
정답게 비쳐 드는 햇빛도
똑같이 어둡게만 만드는군요.
말을 말아요! 말을 말아!
이제 곧 꺼져버릴 듯한
여왕님의 넋을 좀 더 견디게 하고   8905
해님이 비춰보신 누구보다도
그지없이 아름다운 그 모습을
단단히 붙잡아두어야 해요.
　　　(헬레네, 원기를 회복하고 다시 한가운데 선다.)

포르키스　안개에 가려도 황홀하게 하고 이제 눈부시게 빛나며 다스
　　　　리시는
　　높이 솟은 오늘의 태양이시여. 떠가는 구름에서 나와주세요.　8910
　　당신은 부드러운 눈길로 당신 아래 펼쳐진 세상을 보십니다.
　　저 애들이 나를 추하다고 욕하지만 나 역시 아름다운 것은 알고 있
어요.
헬레네　어지러워 빠졌던 적막한 곳에서 비틀거리고 나왔더니
　　잠시 쉬고 싶구나, 여간 몸이 고단하지 않다.
　　하지만 어떤 뜻하지 않은 위험이 닥치더라도　　　　　　8915
　　정신을 가다듬고 기운을 차리는 것이 여왕으로서 인간으로서 어
울리는 태도겠지.
포르키스　당신은 위엄과 아름다움을 나타내고 계시지만,
　　당신의 눈길은 무엇을 분부하실 듯하니 어서 분부를 내리시지요.

헬레네   너희들의 싸움으로 무엄하게도 시간을 허비했으니,
         서둘러서 국왕께서 분부하신 희생을 드릴 채비를 해 다오.   8920

포르키스   집 안에 모조리 마련되어 있습니다. 쟁시, 향로, 날카로운
         자귀.
         그리고 정수(淨水)와 피울 향도. 하지만 희생물은 무엇으로 하시
나요.

헬레네   국왕께서는 그 말씀은 안 하셨다오.

포르키스   안 하셨어요? 이런 딱한 일 봤나!

헬레네   무엇이 그리 딱하단 말이요?

포르키스   여왕님, 당신이 바로 희생물이에요.

헬레네   이 몸이?

포르키스   그리고 이 계집아이들도!

합창   아이고, 큰일 났군!

포르키스   도끼 밥이 되는 것이지요.   8925

헬레네   참혹한 일이야! 짐작은 했었지만 가련한 신세로군.

포르키스   어쩔 수 없는 노릇이에요.

합창   아이고! 그럼 우리는 어떻게 되지요?

포르키스   여왕님은 훌륭한 최후를 마치실 거야.
         하지만 너희들은 지붕 추녀를 받치고 있는 안쪽 들보에
         새 덫에 걸린 지빠귀처럼 죽 늘어서서 버둥거리게 될 것이다.
         (헬레네와 합창대원은 미리 의미심장하게 고안한 대로 떼를 지
어서 떨며 놀라고 있다.)

포르키스   이 망령들아! — 원래 너희들의 것도 아닌 햇빛과   8930
         이별한다고 해서 당장에 너희들은 동상처럼 서 있단 말이냐,
         인간들도 너희들과 꼭같은 망령들이지만,
         숭고한 햇빛을 단념하기 싫어해서 걱정이란 말이다.

하지만 그들을 위해서 그 최후를 탄원하고 구해주는 이는 하나도
없으며,

누구나 그것을 알고는 있지만, 단념하는 놈은 적단 말이다.　　8935

어떻든 너희들은 망했다! 자, 일을 시작해볼까 ―

　　(손뼉을 친다. 그러자 문에 가면을 쓴 난쟁이가 나타나 명령한
　　대로 재빨리 실천에 옮긴다.)

나오너라, 음침하고 공같이 둥글둥글한 도깨비들아!

이리 굴러오너라! 멋대로 망쳐 놓을 게 있다!

황금의 뿔이 달린* 계단은 여기다 놓고

도끼는 은빛 나는 모서리에다 번쩍번쩍 빛나게 놓아두고　　8940

시커먼 피로, 몸이 오싹하게 더러워진 것을

씻어 내야 할 테니 물단지엔 물을 가득 채워라.

그리고 양탄자를 여기 더러운 땅 위에다 멋지게 깔아라!

제물이 되는 왕비께서 왕비답게 무릎을 꿇고,

당장에 머리가 떨어지면 둘둘 말려서　　8945

지체에 어울리게 훌륭한 장례를 치러야 할 테니까.

합창대를 지휘하는 여인　　왕비께서는 수심에 잠겨, 한옆에 서 계시고

시녀들은 베어버린 풀잎과도 같이 시들하구나.

그러니, 태곳적 할머니인 당신하고 이야기하는 것은

제일 맏이인 나의 거룩한 의무라고 생각되는군요.　　8950

이 애들이 철없이 오해하고 당신한테 덤볐지만,

---

*　성찬대(聖餐臺)의 뾰족한 네 귀퉁이를 뿔이라고 한다. 원래는 희생 제물로 바치
　　는 짐승의 뿔에서 나온 것이지만 후에는 장식이 되었다.

당신은 경험이 많고 현명하고 우리한테 호의드 있는 듯한데,

어떻게 살아날 길이 있으면 일러주구려.

포르키스 쉬운 일이지. 왕비도 그렇고 덤으로 너희들까지도

생명을 보존하는 것은 왕비 한 분에게 달린 문제지.   8955

결심이 필요하지, 그것도 빨리 해야 한단 말이구.

합창 운명의 세 여신 중에서 제일 귀하신 분, 제일 영악하신 무

당님,

황금의 가위*는 거두어 두시고 햇빛과 구원을 일러주세요.

우리들은 우선 춤추며, 즐기다가 사랑하는 이의

품에서 쉬고 싶은데, 이 귀여운 다리가 벌써,   8960

공중에 매달려 흔들흔들 흉측스럽게 흔들거리는 것 같아요.

헬레네 이 애들은 겁이 나겠지요. 나는 슬프기는 하지만 두렵지는

않소.

하지만 살아날 길이 있다면 고맙게 받아들이겠소.

현명하고 시야가 넓은 이는 불가능한 것도 때로는

가능하게 되지요. 자, 어디 말 좀 해보구려!   8965

합창 말해주세요. 어서어서 흉악한 목걸이구 되어,

우리의 목에 씌워지려는 그 무섭고 더러운 올가미를

어떻게 하면 벗어날 수 있나요? 거룩하신 신들의 어머님!**

당신의 자비가 없으면 불쌍한 우리들은

벌써 숨이 끊어지고 질식할 것만 같습니다.   8970

포르키스 이야기가 질질 끌어 길어져도 참고 조용히

---

*   운명의 세 여신 중 아트로포스가 명(命)줄을 끊는 황금의 가위를 가지고 있다. 즉
  시녀들의 목숨을 끊지 말고 낮의 세계와 구원을 예언해 달라는 뜻이다.

** 레아. 올림포스 신들의 모친이며 제우스를 낳았다.

들어 주겠소? 여러 가지 이야기가 있단 말이오.

합창   참고말고요! 듣는 동안이라도 목숨이 붙어 있을 테니
            까요.

포르키스 집에서 기다리며 귀중한 보물을 간수하고
            대궐 안의 벽들이 갈라진 것을 때우고   8975
            지붕에서 비가 새는 것을 틀어막을 줄 아는 이는,
            긴긴 일평생 평안히 살 수 있을 것입니다.
            그러나 자기 집 문턱의 신성한 경계선을 경솔하게,
            들뜬 걸음걸이로 멋대로 넘어서 나가는 사람은
            다시 돌아와서 보면 그대로 제자리에 있기는 하고   8980
            별로 무너진 데가 없다고 하더라도 아무쪼록 모조리 변하는 법
이죠.

헬레네   무엇 때문에 그런 뻔히 아는 말을 늘어놓지?
            이야기해준다면서 또 불쾌한 일을 들추진 말아요.

포르키스 이건 사실을 말씀드리는 것일 뿐, 절대로 비난하자는 것은
            아닙니다.
            메넬라오스 왕은 해적질하면서 후미를 저어 다녔고,   8985
            연안과 섬들을 모조리 약탈하며 휩쓸어서,
            약탈한 물건을 가져다간 성 속에 쌓아뒀지요.
            일리아스를 포위하고는 십 년이란 긴 세월을 보냈지만
            개선하는 여정엔 얼마나 걸렸는지 저도 모릅니다.
            그러나 아버님 틴다레오스의 장엄한 궁전 근방의,   8990
            영토는 어찌 되었지요? 사방의 국토는 어찌 되었지요?

헬레네   이젠 그대는 욕지거리가 완전히 몸에 배어서,
            악평을 빼고는 입을 놀리지 못하는구나.

포르키스 스파르타의 후면 북쪽으로 점점 높이 올라가서

타이게토스산*을 등에 지고 있는 계곡은 8995
여러 해 동안 사는 사람도 없이 버려진 땅인데, 그곳에서
기운차게 흐르는 냇물은 에브로타스강으로 흘러내려,
이 골짜기의 갈대밭을 스치고 폭넓게 흘러서, 백조들을 키웁니다.
그 산골 속에 어느새 북녘 어둠의 나라에서
대담무쌍한 종족들이 이주해와 살고 있어, 9000
기어오를 수도 없는 견고한 성을 쌓고
멋대로 날아와 백성들을 괴롭히고 있습니다.

헬레네 그런 짓을 할 수가 있었단 말이요? 안 될 것 같은데.

포르키스 시간이 걸렸지요, 아마 이십 년은 됐을걸요.

헬레네 두목이 있소? 도둑 떼는 많나요? 도당을 짜고 있나요? 9005

포르키스 도둑 떼는 아니지만 두목이 한 사람 있습죠.
나도 습격을 받긴 했지만 그 사람 욕은 않겠어요.
모조리 다 뺏을 수도 있었는데 자진해서 얼마간
선물을 하니 흡족해하더군요, 공물이 아니고 기브라고 하더군요.

헬레네 그 사람 꼴이 어떻지요?

포르키스 흉하진 않아요. 내 맘엔 들더군요. 9010
쾌활하고 대담무쌍하고 몸집이 좋아요.
그리스인에게선 드물게 보는 총명한 사람이었어요.
그 종족을 야만인이라고들 하지만 일리아스의 성 밖에서
식인종처럼 굴던 그리스의 많은 영웅들에 비하면
그런 참혹한 짓을 하는 사람은 하나도 없는 것 같더군요. 9015
나는 그의 위대성을 존경합니다, 믿고 있어요.

---

*   펠로폰네소스 반도에서 가장 높은 산맥

그리고 그 성! 당신들 눈으로 한 번 보세요!

그것은 애꾸눈의 거인족 키클로프스*들이 자기 나름으로

한 것처럼 당신들의 조상들이 거친 돌 위에

거친 돌을 마구 쌓아 올려 만든   9020

그런 거친 성벽과는 다릅니다.

반대로 그곳은 모조리 수직 수평으로 규칙적입니다.

밖에서 보지요! 하늘을 향해 치솟아 올라가고

견고하고 이은 자리 하나 없이 강철같이 미끈합니다.

거길 기어오른다구요! 천만에, 그런 생각조차 미끄러져 떨어질 것

입니다.   9025

안에는 커다란 마당이 널찍하고 그 주위에는

온갖 종류와 용도를 가진 건물이 늘어서 있어요.

그곳에는 대원주, 소원주, 대소 홍예들,

안팎을 내다보기 위한 회랑과 발코니와,

그리고 문장(紋章)도 보입니다.

합창   문장이란 무엇이죠?

포르키스   아이아코스**가 그 방패에다,   9030

도사린 뱀을 붙이고 있었던 것은 너희들도 알겠지.

테베를 공격한 일곱 명의 용사도 각자가 방패에다

의미심장한 무늬를 붙이고 있었지, 거기에는

밤하늘의 달과 별도 있었고, 여신들 영웅들!

사다리와 검들, 그리고 횃불도 있고,   9035

---

*   전설상의 외눈박이 거인족

**   트로이 전쟁의 영웅 중 아킬레우스 다음으로 용맹한 사람

선량한 고을들을 참혹하게 위협하는 연장도 있었지.

지금 이야기하고 있는 용사의 무리도

선조 대대, 가지각색 찬란한 무늬를 달고 있어요

사자도 있고 독수리 발톱, 그리고 주둥이,

물소의 뿔, 날개, 장미꽃, 공작 꼬리에다,   9040

금·은·흑·청·홍 등 각색 줄무늬 진 것도 있어요.

그런 것들이 이 세상처럼 넓고 끝없는 방에,

줄줄이 즐비하게 걸려 있단 말예요.

너희들은 거기서 춤도 출 수 있을걸!

합창　거기에 춤추는 분도 있나요?

포르키스　기막힌 친구들이 있지! 금발의 고수머리에다 씩씩한 젊은

이들이지.   9045

청춘의 향내를 풍겨요. 단 한 사람 파리스가 왕비ᵇ에게

가까이 왔을 때 그런 향기를 풍겼을 뿐이지요.

헬레네　그대는 완전히

자기 소임에서 벗어났군! 결국 어떻게 하란 말이지.

포르키스　그것은 왕비께서 말씀하셔야죠! 진정으로

확실히 말씀하세요. 당장에 그 성으로 안내하겠습니다.   9050

합창　어서 말씀하세요,

어서 좋다고 하셔서 당신은 물론 우리들을 구해주세요.

헬레네　뭐라고? 메넬라오스 왕이 나를 해치다니!

그런 참혹한 짓을 할까 의심이 된단 말이냐!

포르키스　잊으셨나요. 전사한 파리스의 동생인

데이포부스*가 과부가 된 당신을 억지로 졸라 대어   9055

복되게도 애인으로 삼았을 때, 왕께서 보기 드물 만큼

처참하게 난도질한 것을. 코와 귀를 잘라내고

다른 데도 잘랐지요. 보기에도 징그러웠어요.

헬레네 그것은 그 남자에 대해서 나 때문에 그렇게 한 것이었지.

포르키스 그 남자 때문에 당신께도 같은 짓을 할 것입니다. 9060

미인은 둘이 나눌 수는 없지요. 미인을 독점한 이는

공유하는 것을 저주하는 나머지 차라리 죽여버립니다.

（멀리서 나팔 소리. 합창대원이 펄쩍 뛴다.）

저 나팔 소리가 귀와 창자를 갈기갈기 찢어놓는 듯하군요.

국왕의 가슴 속에서는 질투가 미친 듯 소용돌이치고 있습니다.

이미 독점할 수 없게 되니 잊을 수 없어 9065

사내의 가슴 속을 쓰리게 후벼대는 것이지요.

합창 뿔로 만든 피리 소리가 안 들리세요? 저 무기들이 번쩍이
는 것이 안 보이세요?

포르키스 반갑습니다, 국왕님, 모조리 보고드리겠습니다.

합창 그렇지만 우리들은?

포르키스 잘 알고 있겠지, 왕비의 죽음을 눈앞에 보고
궐내에서 너희도 죽는 건 뻔한 일, 살아나다니 어림도 없지. 9070

（잠시 후에）

헬레네 우선 급한 대로 해볼 수 있는 일을 생각해보았다.

그대가 악령인 것은 나도 잘 알고 있다.

좋은 것을 나쁜 것으로 돌려놓을까 겁도 난다.

그러나 다른 일 제쳐 놓고 그 성으로 그대를 따라가련다.

---

* 파리스의 동생. 헬레네를 그리스 군에게 돌려주는 것을 언제나 반대했다. 파리스
가 죽은 후에 강제로 헬레네를 처로 삼았다.

그 밖의 일은 내가 알아서 하겠다, 왕비로서 이런 일을 당하여, 9075
가슴 속 깊이 남몰래 무엇을 숨기고 있는지는
아무도 모를 것이다. 할멈! 어서 앞장을 서요!

합창   우리는 발걸음을 재촉하여
기쁨에 넘쳐서 갑니다.
뒤에는 죽음, 9080
앞에는 또한
치솟은 성의
넘을 수 없는 성벽,
트로이의 성은 결국
비겁한 목마의 계략에 빠졌지만 9085
우리를 지켜 주었다.
이처럼 이 성도 우리를 지켜주오.

(안개가 퍼지고 배경을 덮는다. 그리고 가까운 경치도 적당히
가린다.)

그러나 이것은 무엇인가요?
자매들아, 돌아들 보아요!
밝은 대낮이라 생각했는데, 9090
거룩한 에브로타스강에서
안개가 줄줄이 솟아올라서
갈대로 관을 쓴 아름다운 강변도
벌써 눈에서 사라졌어요.
그리고 자유롭고 우아하며 당당하게, 9095
떼를 지어 흥겹게 물살 헤치고

부드럽게 한가로이 미끄러지는 백조들도,
아아, 이제는 보이지 않게 되었어요!

하지만 저것은 무엇인가,
백조들이 우는 소리가 들려옵니다.   9100
멀리서 목쉰 소리 들려옵니다!
그것은 죽음을 미리 알린다고 하는데
기약 받은 구원의 복음 대신에
저것이 우리들의 파멸을 고하는
소리가 아니었으면 좋겠습니다.   9105
저 백조와 같이 길고 아름다운
흰 목을 가진 우리도 우리지만,
아아, 백조에서 태어나신 우리 왕비님!
불쌍도 하군요. 불쌍도 해요.

사방은 모조리 벌써   9110
안개로 뒤덮이고
우리도 서로서로 보이지 않는군요!
어인 일인가! 우리는 걷고 있는 건가요!
총총걸음으로 땅 위를 스치듯
두둥실 떠가는 것인가요?   9115
그대는 아무것도 안 보이나요? 헤르메스* 신이 앞장서서
떠나기나 하는 것이 아닐까요?

---

*   그리스 신들의 사신(使臣). 명부로 가는 안내역도 맡았다고 한다.

번쩍이는 황금의 지팡이, 우리에게 명하여
잿빛으로 날이 밝는, 걷잡을 수 없는 모습이 가득 찬
넘쳐흘러도 영원히 공허한   9120
황천의 불쾌한 나라로 우리를 쫓는 것이 아닐까요?

아니 갑자기 어두워졌네. 진한 잿빛의 벽처럼
고동색 안개는 빛도 없이 사라지더니 성벽이
훤하게 트인 눈앞에 나타났군요, 안마당일까?
깊은 웅덩일까? 어떻든 몸이 오싹합니다. 여러분,   9125
우리들은 사로잡혔어요! 전에 겪지 못한 식으로 사로잡혔어요.

성 안뜰

중세의 호화롭고 환상적인 건물로 둘러싸여 있다.

합창을 지휘하는 여인   지레짐작에다 어리석고, 진정 전형적인 계집
들이군.
눈앞의 일에 사로잡혀 행복과 불행 따위의 낌새에 놀아나고
태연하게 행복에도 불행에도 이겨낼 줄 모르는군.
늘 한 사람이 다른 사람한테 대들고   9130
거꾸로 다른 것들이 그 애한테 덤벼들지. 다만 기쁘거나
슬퍼서 웃고 울고 할 때만은 가락이 맞는군.
자, 입을 다물고 왕비께서 이 자리에서 당신과
우리를 위해 어떤 고매하신 결정을 내리실지 귀를 기울여라.

헬레네   그대는 어디로 갔느냐? 피토니사*인가 하는 무당아.   9135

---

*   델포이의 무녀(巫女). 포르키스가 헬레네의 미래를 예언했기 때문에 이런 이름
을 응용해본 것이다.

그 음침한 천장이 덮인 성의 방 안에서 나오너라.

만일 그대가 불가사의한 영주에게 내가 온 것을 전하고,

환영할 채비를 하려고 갔다면 고마운 일이다.

냉큼 나를 그에게로 인도하거라!

나는 방랑 생활을 끝장내고 쉬고 싶을 따름이다.　　　　　　9140

합창대를 지휘하는 여인　　사방을 둘러보셔도 헛된 일입니다, 여왕님.

그 보기 싫은 모습은 사라졌어요. 아마 우리들이,

걷지도 않았는데 이상한 걸음으로 갑자기 빠져나온

그 안개 속에라도 처져버린 것이 아닐까요.

혹은 왕후다운 훌륭한 인사를 차리기 위해,　　　　　　　　9145

성주를 찾아 ─ 여러 조각이 모여서 이상하게 하나가 된

미궁 속을 방황하면서, 헤매고 다니는지도 모르겠어요.

그러나 보십시오, 저 위에는 이미 수많은 사람이

회랑이나 창가나 현관에서 오락가락하고,

하인들이 이리저리 부산하게 오고가는군요.　　　　　　　　9150

저것은 정중하게 손님을 환영하는 뜻이지요.

합창　　이제 가슴이 후련해지는군요! 저쪽을 좀 보세요!

젊고도 귀여운 사내들이 조심스러운 걸음걸이르

얌전하게 줄을 지어 내려오는군요!

어쩌면! 누구의 명령으로 이렇게 일찌감치　　　　　　　　9155

저런 젊은이들의 훌륭한 무리가

줄을 지어 정돈하고 나타났을까?

가장 놀랄 만한 일은 무엇일까? 우아한 걸음걸일까?

눈이 부신 이마를 덮은 고수머리일까,

아니면 복숭아처럼 빨갛고, 부드러운 솜털이,　　　　　　　9160

돋은 양쪽 볼일까?

물어뜯고는 싶지만 그것도 겁이 덜컥 난다.
비슷한 경우가 있었는데, 말하기도 싫지만,
입속에 재를 잔뜩 물린 적이 있었으니까.*

그러나 제일 잘생긴 애들이   9165
이쪽으로 오는데요.
대체 무엇을 가지고 올까?
옥좌를 올라가는 계단
양탄자와 의자
휘장과 천막처럼 생긴   9170
장식품이 나오는군요.
그런 장식들이 여왕님의
머리 위에 구름의 동그라미를 지으며,
너울대고 있어요.
여왕님은 인도받으시고   9175
벌써 훌륭한 보료 위에 앉으셨어요.
자, 앞으로 나가세, 나가세!
한 층 또 한 층
엄숙하게 늘어서세요!
훌륭하군! 훌륭하군, 또 한 번 훌륭하군,   9180
이와 같은 영접을 축복들 합시다.

(합창대가 말한 것이 차례로 이루어진다.)

---

* 사해(死海) 해변에 위치한 소돔이란 나라에서 나는 능금 속에는 재가 들어 있다
는 고사가 있다.

498

(파우스트, 소년들과 시종들이 긴 행렬을 저어 내려온 뒤 파우
스트는 중세 기사의 궁중복을 입고 계단 위에 나타나서 천천히 점
잖게 내려온다.)

합창을 지휘하는 여인　　　(파우스트를 유심히 바라보며)

신들께서 가끔 그러시듯 이분에게

잠깐만 희한하기 그지없는 모습과

숭고한 태도와 사랑스러운 풍채를

임시로 빌려주신 것이 아니라면 이분은　　　　　　　　9185

어떤 일을 해도 사나이들끼리의 싸움이든

아름다운 부인들과의 자그마한 싸움이든 늘 성공할 겁니다.

나도 평판이 자자한 분들을 여러 사람 보았지만,

사실 이분은 누구보다도 훌륭하십니다.

왕후께서는 서서히 엄숙하고 정중하고 겸손하신 걸음으로　　9190

나오십니다. 그쪽으로 몸을 돌리세요, 여왕님!

파우스트　　(묶인 남자를 옆에 데리고 가까이 걸어온다.)

이런 경우에 어울리는 경사스러운 인사 대신에

그리고 공손한 환영사 대신에 저는 사슬로, 단단히

묶은 이 하인을 데리고 나왔습니다.

이자는 의무를 저버리고 저에게도 의무를 게을리하게 했습니다.

　　　　　　　　　　　　　　　　　　　　　　　　　9195

자, 여기 꿇어앉아 이 그지없이 높으신 부인에게,

네가 범한 죄를 실토하여라!

숭고하신 여왕이여! 이자는 드물게 눈이 날카로워서

높은 탑 위에서 사방을 감시하는 소임을 맡겼지요.

저 하늘도 또 이 넓은 지상도 뚫어지게 감시해서　　　　9200

여기저기서 나타나는 것들과

언덕에서 골짜기까지 견고한 성을 향해서

움직이는 것은 가축의 무리건 군대이건 간에 —

가축이면 보호하고,

적군이면 맞아 치게 되어 있습니다.   9205

그런데 오늘은 이 무슨 소홀한 짓이겠습니까?

당신이 오시는 것을 이자는 알리지 않았고

귀부인에 대한 당연하고도 공손한 영접을

그르치게 하였습니다. 이자의 죄과는

마땅히 죽음에 해당하니 벌써 사형에   9210

처해서 시체가 피 속에 쓰러져 있을 것이지만,

벌하시건 용서하시건 당신의 뜻대로 하십시오.

헬레네　　짐작건대, 저를 시험해보시려는 생각 같으신데,

재판을 하라, 명령을 하라고 하시니,

대단한 권한을 제게 주시는군요.   9215

그러면 재판관의 첫째 의무로서

피고의 말을 들어보지요. 자, 아뢰어라!

탑지기 린케우스*　　꿇어 엎드리게 해 주십쇼, 우러러보게 해주십쇼.

죽게 해 주십쇼, 살려 주십쇼.

저는 이미 신이 보내신 이 부인께   9220

제 몸을 바쳤으니까요.

아침 녘의 즐거움을 기다리면서

---

*　아르고 호의 키를 잡았던 자도 린케우스라는 청년이었지만 여기서는 딴 사람으
　로 파우스트의 성의 탑지기이다. '산고양이'라는 어원을 가지고 있어 멀리까지
　본다는 뜻이다.

동녘의 해가 뜨는 것을 지켜보는데
이상하게도 태양은 남녘에서
느닷없이 솟아났습니다.*   9225

그쪽으로 눈초리를 돌려
골짜기나 언덕을 보지 않고
넓은 천지도 보지 않고,
다시 없는 사람을 살피려고 했지요.

나무 끝에 앉은 살쾡이 같은   9230
시력을 지닌 저였습니다만
깊고 어두운 꿈에서 깨어나듯
애를 쓰지 않을 수 없었습니다.

그래도 어찌어찌 정신을 가다듬었는지
성인지 망루인지 닫힌 문인지가 보였습니다.   9235
그리고 안개가 너울대고 안개가 꺼지더니
이런 여신께서 나타나셨습니다.

눈도 가슴도 여신을 향하고
부드러운 빛을 마셨습니다.
눈이 부신 이 아름다움이   9240
불쌍한 저의 눈을 완전히 어둡게 하였습니다.

---

*   헬레네가 남쪽의 스파르타 쪽에서 나타난 것을 해가 뜬 것에 비유했다.

저는 파수 보는 소임을 잊어버리고

피리를 부는 맹세도 송두리째 잊었습니다.

저를 죽이겠다고 협박하십시오.

아름다우신 모습이 온갖 원망을 없애줍니다.   9245

헬레네   나 때문에 일어난 잘못을 내가 벌할 수는 없어요.

슬픕니다, 이내 몸이! 어디를 가나 사내들의

가슴을 이렇게 유혹해서, 자기 자신도

그 밖의 귀한 소임마저 등한시하게 하다니

얼마나 혹독한 운명이 저를 따라다니는지요.   9250

반신(半神)들, 영웅들, 여러 신들, 아니 악령들*까지도 나를 빼앗고,

유혹하고 쟁탈전을 벌이고 이리저리 잡아채어,

안 간 곳 없이 이리저리 끌고 다녔습니다.

홀몸으론** 세상을 어지럽혔고, 이중의 몸으론 더욱 심했으며,

이제 삼중, 사중의 몸이 되어 재앙에 재앙을 가져오고 있습니다.

9255

이 착한 사람을 데려다가 풀어주십시오!

신에게 유혹당한 사람이 어찌 치욕을 받겠습니까?

파우스트   여왕이여, 저는 영락없이 사랑의 화살을 쏘는 분과,

화살에 맞은 사람을 보고 놀랄 뿐입니다.

화살을 튕기는 활과, 상처를 입은 그 남자를 저는 봅니다. 그런데

---

*   반신은 테세우스나 아킬레우스 등을 가리킨다. 영웅들은 파리스나 헤라클레스
      등을 가리킨다. 여러 신들은 헤르메스와 제우스 등이며, 포르키스가 된 메피스토
      가 악령들이다.

**   역사상에 나타난 헬레네의 존재는 홀몸이지만 트로이와 이집트에 나타나기도
      했다.

화살은   9260

계속 날아들어

저에게 맞습니다. 성안 어디로 가나 화살은

날개를 푸덕거리며 가로세로 날고 있는 느낌입니다.

그런데 저는 무엇일까요? 당신은

대번에 저의 충신을 반역하게 하고, 저의 성벽을   9265

위태롭게 하셨지요. 그러기에 이미 저의 군대 역시 이기기만 하고
패할 줄 모르는 부인에게,

순종할까 겁이 납니다. 이렇게 되니

나 자신은 물론 내 것이라고 망상하고 있던 모든 것을

당신한테 바치는 수밖에 도리가 없겠습니다.

당신의 발 앞에 엎드려 자진해서 충성을 다하여   9270

당신을 주인으로 섬기게 해주십시오. 당신은

오시자마자, 재산과 옥좌를 차지하셨습니다.

탑지기 린케우스 (상자 한 개를 들고 등장. 그 뒤에서 상자를 든 사나이들이 따
라 나온다.)

여왕님, 저는 다시 돌아왔습니다.

부자라도 한 번 뵙기를 애걸합니다.

당신을 한 번 보면 당장에, 나는   9275

걸인처럼 가련하고 왕후처럼 뿌듯함을 느껴요.

처음에 저는 무엇이었죠? 지금은 무엇이죠?

무엇을 원하고 무엇을 하면 될까요?

눈빛이 아무리 예리한들 무엇하리오!

눈빛이 당신의 자리에 부딪치면 튕겨 나옵니다.   9280

동쪽에서 우리들은 찾아왔습니다.

그것은 서쪽에는 재앙이었지요.*
길고 폭이 넓은 민족의 대군으로
앞에 선 사람은 끝 사람을 모를 정도였지요.
앞 사람이 쓰러지면 둘째 사람이 일어서고   9285
셋째 사람은 창을 들고 나섰습니다.
사람마다 원기 백배 기운이 나서
천 명쯤은 죽어도 눈치도 못 챕니다.

우리는 쳐들어가고 무찔러나갔습니다.
이 고장에서 저 고장으로 정복해나갔습니다.   9290
오늘 내가 지배하고 명령한 고장을
내일이면 딴 사람이 약탈하지요.

우리는 살폈지요 ── 황급하게 살폈습니다.
어떤 자는 가장 예쁜 여자를 붙잡고,
어떤 자는 다리가 튼튼한 황소를 사로잡고,   9295
말 같은 건 누구나 끌어갔습니다.

하지만 제가 좋아한 것은 아무도 보지 못한
천하의 진품을 찾아내는 것이었지요.
다른 사람도 가지고 있는 것은
제게는 말라 빠진 풀잎과도 같았습니다.   9300
보물을 저는 찾아다녔습니다.

---

* 파우스트의 군대는 십자군에 참가한 게르만인이라고 생각할 수 있다. 그래서 동방
에서 침입했다고 하며, 한편 시대는 다르지만 민족대이동을 연상시키기도 한다.

날카로운 제 눈만 따라갔지요.
어떤 주머니 속도 꿰뚫어 보았으며,
어떤 장롱도 제게는 훤히 들여다보였습니다.

이렇게 해서 산더미 같은 황금이 제 것이 되지요.　　　　9305
하지만 가장 희한한 것은 보석이었습니다.
당신의 가슴을 푸르게 단장할 만한 것은
이 푸른 구슬 하나뿐이올시다.

귀와 입 사이에 바다 밑에서 건져낸
달걀 같은 진주알을 달아 한들거려보세요.　　　　9310
홍옥쯤은 당신 볼의 붉은 빛에 쫓겨서
무색하게 될 것이 확실합니다.

이렇게 저는 최상의 보물들을
당신의 옥좌 앞에 옮겨 놓습니다.
피비린내 풍기던 수많은 싸움에서 얻은 물건을　　　　9315
당신의 발 아래 바치겠습니다.

이렇게 많은 상자를 끌고 왔습니다.
쇠로 만든 통이라면 더욱 많지요.
저를 당신 곁에 있게 해주신다면
제가 보물 창고를 가득 채워드리지요.　　　　9320

그것은 당신이 옥좌에 올라가시자
지혜도, 부귀도, 노력도,

비길 데 없는 유일한 모습 앞에
머리를 조아리고 허리를 굽힐 테니까요.

제가 단단히 거머쥐고 있던 모든 물건은   9325
이제 저를 떠나서 당신 것이 될 것입니다.
귀하고 값지고 비싼 것이라 생각했는데
이제 보잘것없는 것으로만 보이는군요.

제가 가지고 있던 것은 사라지고
베어서 시들은 풀잎이 되었습니다.   9330
제발 명랑하게 한번 굽어보소서.
원래 지닌 값어치를 보여주소서!

파우스트   용감하게 싸워서 얻은 이 짐짝들을 냉큼 치워라.
꾸짖지는 않겠다만 칭찬은 못하겠다.
이 성안에 숨겨 둔 것은 이미 모두   9335
이분의 소유인즉, 유별나게 이분께 드리는 것은
쓸데없는 짓이다. 자, 저리 가서 여러 가지 보물을
차곡차곡 쌓아 올려라! 보지도 못한 호화찬란한
숭고한 광경을 이룩하여라! 둥근 천장을
맑게 갠 시원한 하늘처럼 빛나게 해서,   9340
생명 없는 보물로 생명 있는 낙원을 마련해라!
여왕님 가실 길엔 앞질러서 꽃무늬 양탄자를
차례로 펼쳐 놓아라! 그래서 밟으시는 발길에 보드라운 바닥이 닿
도록 하고
보시는 눈길에는, 거룩하신 분이 어지럽지 않도록
그지없는 빛을 스치도록 하여라!   9345

탑지기 린케우스 성주님의 분부는 쉬운 일입니다.

소인이 할 일로는 장난이나 다름없습니다.

재물이건 생명이건 이 아름다운 분의

위력이 지배하고 있으니까요.

벌써 온 군대가 맥이 풀리고,　　　　　　　　　　9350

칼들도 모조리 무디어져서 쓸모가 없고,

찬란한 모습 앞에서는

태양조차 무색하고 차가워집니다.

눈으로 보는 것이 풍성한 나머지

모든 것이 허전하고 허무해집니다. (퇴장.)　　　　9355

헬레네　　(파우스트에게) 이야기가 하고 싶습니다. 어서 이리

제 곁으로 올라오세요. 여기 빈자리가

주인을 기다리고 있습니다. 그러면 제 자리도 안정될 것입니다.

파우스트　우선 꿇어앉아 진심으로 몸을 바칠 것을 허락해주십시오.

귀하신 부인, 나를 당신 곁으로 끌어올리는,　　　　9360

그 손에 입을 맞추게 하여주십시오!

나를 당신의 가없는 나라의 공동 통치자로

인정해주십시오. 숭배자와 하인과 수호자를,

이 한 몸에 겸한 사람으로서 저를 받아주십시오!

헬레네　　갖가지 이상한 일을 보고 들어 깜짝 놀라서,　　　　9365

여러 가지 물어보고 싶습니다.

하지만 저 사람이 한 말이 어째서 내게 이상하고,

더구나 정답게 들리는지 가르쳐주세요.

한 가지 소리가 다른 소리를 따라가는 듯하고

한마디 말이 귀에 가서 박히면, 다른 말이 와서,　　　　9370

처음 말을 어루만지는군요.*

파우스트 우리 백성들의 말투가 마음에 드셨다면,

틀림없이 노래도 당신을 즐겁게 할 것이며,

귀와 마음까지도 속속들이 흡족하게 만들 것입니다.

허나 제일 확실한 건 당장에 연습하는 겁니다.   9375

주고받고 하는 말이 그것을 끼어내고 불러냅니다.

헬레네 대체 어떻게 하면 저도 그렇게 아름답게 이야기할 수 있을까요?

파우스트 아주 쉬운 일입니다. 가슴에서 우러나면 되지요.

그리고 가슴에 그리운 정이 넘쳐흐르면

돌아보고 묻지요 —

헬레네 누가 함께 즐거워할 거냐구요?   9380

파우스트 이제 마음은 앞도 안 보고 뒤도 돌아보지 않고,

오직 존재만이 —

헬레네 우리의 행복이죠.

파우스트 이 현재만이 보물이요, 최고의 이득이요, 재산이요, 담보이지요.

누가 그것을 보증하지요?

헬레네 저의 손이 보증하겠어요.

합창 누가 의심하였으리오?   9385

왕비께서 이 성의 주인에게

친절을 베푸시리라는 것을.

솔직히 말해서 우리는 일리아스가

---

* 린케우스의 대사는 고대 그리스의 시에는 없던 운(韻)이 들어간 시형(詩形)을 쓰고 있어서, 헬레네는 그 음향 효과를 이상하게 느낀다.

창피하게도 함락되고 미로와 같은
불안하고 괴로운 여정을 더듬은 후,   9390
여러 번 있었던 일이지만
언제나 사로잡힌 몸이었으니까요.

사나이들의 사랑에 익숙한 여자는
좋다 나쁘다 가리지는 않지만
사나이의 진가를 아는 법이에요.   9395
그래서 금발의 고수머리 목동이든
까칠까칠한 검은 머리의 판한테건
기회만 있으면 한결
포동포동한 그 수족을
송두리째 내어 맡긴답니다.   9400

벌써 두 분은 점점 가까이 앉아서
서로 기대고 있으시군요.
어깨와 어깨, 무릎과 무릎을 맞대고
손에 손을 잡으시고 옥좌의
푹신푹신한 안을 넣은 화려한 보료 위에서   9405
몸을 흔들고 계시군요.
지체가 높은 분들이란
남의 눈을 피하는 즐거움이라도
여러 사람의 눈앞에서
대담하게 털어놓고 보여주시나 봐요.   9410

헬레네　　저는 아주 멀리 있는 듯해도 가까이 있는 듯 느껴요.
하여간 기꺼이 말하겠어요. 나는 여기 있다, 여기 있다고.

파우스트   저는 숨이 막히고 몸이 떨리고 말이 막힙니다.

이것은 꿈입니다. 시간도 장소도 사라졌습니다.

헬레네   저는 다 산 것도 같고 새로 시작한 것 같기도 해요.   9415

낯선 당신에게 정성을 바치고 당신과 하나가 된 듯도 합니다.

파우스트   이 둘도 없는 이 운명을 너무 따지지 마십시오.

사는 것은 의무지요. 비록 순간일망정.

포르키스   (성급히 등장.)

사랑의 첫걸음의 가나다라도 좋지마는

시시덕거리며 사랑만을 생각하고,   9420

생각하며 늘어지게 줄곧 사랑만 하는 것도 좋지만,

이제는 그럴 때가 아닙니다.

저 아득하게 울리는 천둥소리가 들리지 않소?

저 나팔 소리를 좀 들어보시구려!

파멸이 멀지 않단 말이오.   9425

메넬라오스 왕이 파도처럼 대군을 이끌고

당신들을 치러 온단 말이에요.*

격전의 준비를 하도록 해요.

당신은 승리자의 무리에 와글와글 둘러싸여

데이포부스처럼 난도질을 당하고,   9430

여자를 손에 넣은 값을 치러야 해요.

우선 이 경박한 여자들이 축 늘어지면

곧 이 부인에겐 제단에

새로 날을 세운 도끼가 마련된다오.

---

* 메넬라오스 왕은 헬레네와는 달리 명부에서 불려 나온 존재가 아니기 때문에 쫓아올 수는 없다. 다만 메피스토(포르키스)가 위협할 뿐이다.

파우스트　　건방지게 방해만 일삼는구나! 지겹게도 쫓아다니는군.
9435

나는 위급한 때라도 어리석게 성급한 짓은 하지 않겠다.

만일 아름다운 사신일지라도 불행한 소식을 가져오면 추악해 보
이는 법인데,

그렇지 않아도 추한 그대는 좋지 않은 전갈만 가져오는구나.

하지만 이번에는 실패다. 헛된 숨을 내뱉어

공기를 뒤흔들기나 하렴. 여기는 위험이 없어.
9440

있다 해도 헛된 위협밖에는 안 될 것이다.

（신호, 망루에서 울리는 포성 소리, 나팔 소리와 목관 악기 소
리, 군악, 대군의 행진）

파우스트　　아니, 곧 단결한 용사들의 무리를

모아서 보여 드리겠습니다.

제일 억센 힘으로 부인을 보호할 수 있는 자야말로

여인들의 사랑을 받을 만한 값이 있지요.
9445

（중대에서 떠나 가까이 오는 대장들에게）

꾹 참고 있던 투지를 안고 나서라.

그것이 너희들에게 승리를 가져다줄 것이다.

너희들 북방의 젊은 꽃*들이여,

너희들 동방의 꽃다운 힘**들이여,

강철에 몸을 싸고, 빛에 둘러싸여,
9450

---

*　　게르만인, 프랑켄인, 노르만인을 의미한다.

**　고트인을 가리킨다.

나라마다 무찌른 용사들.
그들이 나타나면 대지가 흔들리고
그들이 지나가면 우렛소리 남는다.

우리는 필로스*에 상륙했지만
노장 네스토르**는 이제 없구나.   9455
그리고 모든 작은 왕국들을
자유분방한 우리 군대가 분쇄했다.

지체 말고 이 성곽으로부터
이제 메넬라오스를 바다로 쫓아내어라.
바다에서 헤매고 약탈하며, 길목이나 지키게 하라.   9460
이것이 그의 취미요 운명이었다.

스파르타 왕비의 명에 따라, 여기서
나는 그대들 장군들에게 인사를 하노라.
자, 산과 계곡을 여왕에게 바쳐라.
새로 얻는 나라의 영토는 너희들 것이다.   9465

게르만 사람이여, 그대는 방벽을 쌓고,
코린트의 후미를 지켜라.
그리고 수많은 계곡이 있는 아카이아는

---

*   펠로폰네소스 반도의 항구 도시로서 오늘날의 나바리노. 네스토르의 거성(居城)
     에 들어갔다.
**   트로이 전쟁에서 활약한 늙은 지략(智略)의 장군

고트족들이여, 그대들에게 방비할 것을 명하노라.

엘리스에는 프랑크 군이 진격하라.   9470
메세네는 작센인들에게 맡기노라.
노르만인은 해상을 소탕하고
아르고스의 영토를 넓혀라.

그리고 각각 그곳에 정착하면
밖으로는 국력과 국위를 선양시켜라.   9475
하지만 왕비가 계시는 옛 성 스파르타는
그대들 위에 군림하도록 하리라.

그대들이 각각 번영하는 고을에서
생활을 즐기는 것을 왕비께서는 보시리라.
그대들은 안심하고 왕비의 발 아래   9480
보증과 권리와 빛을 얻으리라.

(파우스트는 층계를 내려온다. 제후들이 그를 둘러싸고, 상세하게 명령이
나 지시를 받는다.)

합창   최고 미인을 수중에 넣으려는 자는
무엇보다 실력이 있어야 하며,
무기 따위를 잘 살펴보아야 합니다.   9485
아양을 떨며 그 사람은
이 세상의 최고 미인을 얻겠지만
안심하고 길이 지닐 수는 없지요.

음흉한 자가 간사한 꾀를 부려 그것을 뺏고
도둑이 대담하게 훔쳐 가지요.   9490
이것을 막을 준비를 하시오.

그래서 저는 우리 성주님을 찬양하고,
다른 사람보다 훌륭한 분으로 생각하지요.
영악하게 용사들과 손을 잡고 있기에,
힘센 이도 순순히, 어떤 지시를 내려도
따라갈 용의가 있습니다.   9495
명령은 충실히 이행할 것입니다.
그것이 용사들 자신을 위함이요,
성주께서도 감사히 처사를 하시게 되니,
양쪽이 높으신 명예를 얻으시게 됩니다.

이제 와서 어느 누가 왕비님을   9500
저런 억센 주인한테서 빼앗아가겠습니까?
왕비는 저분의 것이고, 그러기를 바라오.
저분은 왕비와 함께 우리들까지도
앞으론 견고한 성벽으로 밖으론 강력한 군대로 지켜주시니,
더욱더 바람직합니다.   9505

파우스트   여기서 이 용사들에게 하사하는 선물로는 ─
각자에게 풍성한 영토를 주기로 되었으니 ─
크고도 훌륭한 것이로다, 자, 진군시켜라!
나는 중앙에서 수비하고 있겠다.

그리고 모두가 앞을 다투어   9510

사방에서 물결이 밀려오고,
나직하게 뻗은 언덕이 유럽 맨 끝의
갈라진 산맥과 맞닿아 있는 반도를 지킨다.

일찍이 왕비를 우러러본 이 나라는
이제 왕비의 영토가 되었느니라.   9515
태양이 비치는 어느 나라보다도
이 나라에서 각 부족들이 영광을 누리리라.

에브로타스강의 갈대의 속삭임과 더불어
빛나는 껍질을 깨뜨리고 탄생하였을 때,*
왕비께서는 어머님이나 동기들보다도,   9520
눈에 서린 빛이 부셨다.

이 나라는 당신만을 향하여
이 나라의 가장 아름다운 꽃이 피어날 것입니다
온 누리가 당신의 것이기는 하지만,
당신의 조국을 더욱 소중히 여겨주십시오!   9525

산등성이에서는 뾰족한 봉우리가
아직 차가운 태양 빛을 감수하고 있으나
이제 바위는 푸르스름한 빛을 보이고,
염소들은 알뜰한 먹이를 탐내어 뜯는다.

---

* 헬레네는 레다의 알에서 태어났다고 전한다.

샘물이 솟아나 냇물이 되어 내리 닥치고   9530
산골과 언덕과 풀밭은 벌써 푸르르다.
여기저기 흩어진 들의 수많은 언덕 위에는
양 떼들이 흩어져서 나아가는 것이 보이리라.

이리저리, 나뉘어서 조심스레 늘어진 걸음으로
뿔 돋친 황소들이 험준한 절벽을 향해 가지만,   9535
암벽들이 둥글게 패어서, 무수한 동굴을 이루어
짐승마다 비바람을 피할 곳으로는 안성맞춤이다.

거기서는 목신이 그들을 지키고 또한 생명을 주는
물의 신령들이 축축하고 시원하게 숲이 우거진 계곡에 살고,
빼곡하게 서 있는 나무가 가지를 뻗치고,   9540
높은 지대를 그리워한다.

그것은 해묵은 숲이다. 떡갈나무는 힘차게 뻗어 올라,
가지들은 들쑥날쑥 서로 고집부리며 얽히고,
단풍은 상냥하게 달콤한 물기를 머금고,
늘씬하게 치솟아, 뒤덮인 잎들과 희롱한다.   9545

고요한 나무 그늘에서는 따뜻한 젖이 솟아,
어린애와 어린 양들이 마셔 주기를 기다리고,
평야의 무르익은 과실들도 가까운 데 있다.
또한 오목하게 패인 나무줄기에서는 꿀이 흐른다.

여기서는 생활에 흡족한 기분이 대대로 이어 내려와   9550

516

볼에도 입에도 즐거운 기운만이 감돈다.
누구나 제자리에서 불사신이 되어,
모두가 만족하고 건강하게 살고 있다.

이렇게 깨끗한 나날을 보내며 귀여운 아이들은,
자라나서 아버지로서의 힘을 얻게 된다.   9555
우리는 그것을 그저 놀랄 뿐이며 그들이
신인지, 아니면 인간인지, 언제까지고 의심하게 된다.

그래서 아폴론도 목동의 모습을 하고 있었으며
제일 아름다운 목동은 아폴론과 닮았다.
자연의 순수한 테두리를 지키고 다스리면   9560
온갖 세계가 서로 연결이 이루어진다.

  (헬레네 곁에 앉으면서)

이런 뜻에서 저도 당신도 잘되었습니다.
지나간 세월은 뒤에 내버려둡시다.
당신은 지고의 신*에서 태어난 것을 깨달으십시오.
당신은 최초의 세계**에만 속한 몸입니다.   9565

견고하게 닫힌 성에 당신을 가두지는 않겠소이다!

---

*   헬레네의 부친 제우스
**   최초의 세계는 '황금시대' 제2의 세계는 '백은시대', 제³의 세계는 '청동시대'
       이다.

스파르타의 이웃에는 아르카디아가

지금도 여전히 영원한 젊은 힘을 간직하고

우리에게 즐거움에 찬 날을 보내게 하려고 기다리오.

복 받은 땅에 사시라고 권유를 받아,   9570

당신은 가장 즐거운 운명 속으로 피해 왔습니다.

옥좌는 그대로 변하여 정자가 될 것입니다.

우리의 행복도 아르카디아처럼 자유롭기를!

　　(무대가 완전히 달라진다. 죽 늘어 놓인 바위의 동굴 앞에 닫힌
정자가 있다. 빙 둘러싸인 험한 절벽까지 그늘진 숲이 있다. 파우
스트와 헬레네는 보이지 않는다. 합창대원은 여기저기 흩어져서
잠을 자고 있다.)

포르키스　이 계집애들이 얼마나 오래 잤는지 모르겠다.

내가 내 눈으로 똑똑히 본 것을, 이 애들도   9575

꿈에서 보았는지 그것도 모르겠구나.

그러니 깨워 보자. 젊은 애들을 놀래줘야지.

뻔한 기적의 해결을 이제나저제나 볼까 하고,

관중석에 앉아서 기다리고 있는 당신들 털보들*도 놀랄 테지.

자, 일어나라! 일어나! 빨리 머리를 흔들고   9580

눈에서 잠을 쫓아내렴! 그렇게 끔벅거리지 말고 내 말을 듣거라!

합창　　어서 말해 줘요. 무슨 이상한 일이 있었는지 얘기해요.

──────────

*　관객을 보고 하는 말이다.

전혀 믿을 수 없는 일이 제일 듣고 싶어요.

이런 바위 따위만 바라보자니 지루해 못 견디겠어요.

포르키스　겨우 눈을 비비고 일어났는데 벌써 지루하단 말이냐.　9585

그럼, 들어봐. 이 동굴, 이 암실, 이 정자 안에는,

목가(牧歌)에 나오는 연인들처럼 우리들의

성주님과 왕비께서 남모르게 숨어 계신단다.

합창　　어쩌면? 저 안에?

포르키스　속세를 버리시고

오직 나 혼자만이 불려서 시중을 들고 있다.

각별한 대접을 받아 곁에서 모시는데, 신임이 두터운 만큼 나는

9590

되도록 딴전을 부려 이리저리 몸을 돌려야 하고

여러 가지 효과를 알고 있기 때문에, 나는 나무뿌리와 이끼와 나무

껍질에 시선을 돌렸다.

그래서 저렇게 두 분은 줄곧 재미를 보신다.

합창　　당신 얘기는 마치 온 세상이 저 속에 있는 것 같구려.

숲이니 목장이니, 냇물도 호수도 있다니, 무슨 꾸며낸 이야기 아닌

가요!　　　　　　　　　　　　　　　　　　　　　　9595

포르키스　정말이다. 이 철부지들아! 저 안은 날 수 없을 만큼 깊단다.

수없이 방들이 즐비하고 마당이 잇달았는데, 내가 조심조심 살살

이 살펴보았다.

한데 갑자기 간드러진 웃음소리가 동굴 속어 서 메아리쳤단 말

이다.

보니까, 사내아이 하나가 왕비 품에서 성주님 품으로,

즉 아버지한테서 어머니한테로 뛰어가고 뛰어오더란 말이다.　9600

쓰다듬고 재롱을 피우고 귀여워 죽겠다고 농을 치고

신이 나서 떠드는데 서로 야단법석이라 내 귀가 먹을 지경이었다.

벌거숭인데 날개 없는 천사 같고 판* 같지만 짐승은 아니더라.

그것이 단단한 마루청에서 뛰니까 글쎄, 마루청이 휘고

그 탄력으로 그 애는 공중으로 치솟는데,　　　　　　　　　　　　9605

두 번 세 번 뛰는 동안에 천장에 가서 닿더란 말이다.

어머니는 걱정이 되어 소리치더라. "얼마든지 마음대로 뛰어라.

그러나 공중을 날지는 말아라. 너는 자유로이 날아서는 안 된다."

그러자 성실한 아버지도 훈계했다. "땅속에는

뛰어오르게 하는 탄력이 있단다. 발끝으로 마루를 스치기만 하면,

　　　　　　　　　　　　　　　　　　　　　　　　　　　　　　9610

너는 땅의 아들 안타이오스**처럼 곧 기운이 솟는다."

그러자 그 아이는 마치 공이 부딪쳐서 튀어 오르듯이

바윗덩어리 위로 훌쩍 날더니, 바위 끝에서 다음 바위로 껑충 뛰더군.

그런데 갑자기 험한 바위틈으로 없어졌지 뭐냐.

이젠 그만이구나 생각했다. 어머니는 울고불고,　　　　　　　　9615

아버지는 달래고, 나도 걱정이 되어 어깨를 쭈뼛하고 있는데, 글쎄 이번엔

어떻게 나타난 줄 아니! 그곳엔 보물이 있었는지

그 애는 꽃무늬 옷을 점잖게 입고 있더란 말이다.

---

*　　반인반양(半人半羊)이며 임야의 신, 또는 목축의 신으로 호색하다. 오이포리온은
　　전라(全裸)의 동자(童子)이다.

**　　안타이오스는 해신 포세이돈과 대지의 여신과의 아들. 발이 대지에 붙어 있는 동
　　안에는 비상한 힘을 내지만 떨어지면 무력하다. 헤라클레스는 그를 안아 올려서
　　공중에서 죽였다.

술이 소매에서 치렁거리고 리본이 가슴에서 나부낀다.

손에는 금빛 칠현금을 들고, 아이는 마치 아폴론처럼   9620

신이 나서 불쑥 나온 절벽의 바위 끝에 나타났더란다. 우린 깜짝

놀랐다.

양친은 좋아 어쩔 줄을 몰라 서로 부둥켜안고.

그럴 것이 그 애의 머리가 얼마나 번쩍였는지!

무엇이 번쩍였는지 나도 모른다. 황금의 노리갠지, 영험한 영혼의

불길인지.

그런 꼴로 아직 소년이면서 장래에는 영원한 선율이,   9625

온몸에 배어 돌아가는 온갖 아름다움의 대가리처럼

나타내며 거동했다. 너희들도 그 소리를 듣고,

그를 한번 보면 정말 한없이 감탄하리라.

합창　　당신은 그것을 기적이라 하나요?

크레타 태생의 아주머니.   9630

노래에 담긴 뜻있는 말을

당신은 한 번도 귀담아듣지 않았군요?

이오니아의 헬라스*에,

먼 조상 때부터 풍부하게 전해 내려온,

신들과 영웅의 전설도   9635

들어 본 일이 없나요?

오늘날에 일어나고 있는

모든 일은

---

*　이오니아는 그리스 서방의 여러 섬이고, 헬라스는 그리스의 고칭(古稱)이다.

훌륭했던 조상 때의
슬픈 여운에 지나지 않는다오.   9640
마이아*의 아들을 노래 부른
사실보다도 더욱 그럴듯한
재미있는 거짓말에 비하면
당신의 이야기는 아무것도 아네요.

그 애는 귀엽고 튼튼했지만   9645
아직 갓 낳은 젖먹이였기에
조잘거리기 좋아하는 유모들이,
철없이 잘못 생각을 해서
깨끗한 강보에 포근히 싸서
값진 장식대로 꽁꽁 묶어 놓았다오.   9650
그런데 억세고 귀여운 장난꾸러기는
늘씬하지만 탄력 있는 사지를
슬금슬금 살짝 빼어내고
다칠세라 폭 쌓아둔
보랏빛 껍데기를   9655
슬쩍 그 자리에 내버려두었다오.
방금 생겨난 나방이가,
비좁고 단단한 번데기 속에서
날개를 펴고 날쌔게 빠져나와

---

*   그리스어로서 모친이라는 뜻. 로마 신화에서는 봄의 여신. 제우스와 사이에서 헤
르메스(로마 신화의 메르쿠리우스)를 낳았다. 이 헤르메스도 아르카디아의 동굴에
서 태어났다는 전설이 있다.

태양이 빛나는 대기 속으로   9660
대담하게 제멋대로 너울너울 나는 것 같더군요.

또한 그지없이 민첩한 그 아이는
도둑 떼와 악당들과 또한,
욕심꾸러기 놈들에게
영원히 자혜로운 영이라는 것을   9665
지극히 교묘한 솜씨로
곧 증명했었더라오.
그 애는 바다를 지배하는 신에게서
삼지창을 잽싸게 훔쳐내기도 하고 군신 아레스의 칼조차
약삭빠르게 그 칼집에서 뽑아냈다오.   9670
태양의 신 포이보스한테서도 활과 살을 또,
불의 신 헤파이스토스한테서는 불집게를 훔쳐냈다오.
만일 불만 겁나지 않았던들,
제우스 신의 번개조차 빼앗았을 거예요.
하지만 에로스와는 맞붙어 싸워   9675
다리를 걸어서 이겼지요.
키프로스의 여신*이 애무하는 사이엔
그 가슴에서 허리띠를 빼앗았지요.

(매혹적이며 맑은 현악기의 멜로디가 동굴 속에서 울려 나온
다. 모두 귀를 기울이더니, 이내 심히 감동된 표정이다. 여기서부

---

* 키프로스섬에서 숭배하는 아프로디테(비너스). 그 여신의 허리띠는 특히 사나이
를 매혹시키는 힘이 있다고 한다.

터 앞에서 잠시 쉴 때까지 줄곧 소리가, 조화된 음악이 따른다.)

포르키스   저 희한하게 아름다운 음악을 들어봐요.

그런 꾸며 낸 이야기는 냉큼 집어치워요!   9680

너희들 신들의 낡은 무리 따위는 내던져요.

다 지나간 이야기가 아니오!

아무도 너희들을 이해하려고는 않을걸.

우리는 더욱 비싼 세금을 요구한단 말이다.

사람의 마음을 뒤흔들어놓으려면,   9685

가슴에서 우러나야만 되는 법이니까.

(포르키스는 바위 쪽으로 물러간다.)

합창   무서운 할머니, 그대도 이런

은근한 음악은 좋아하는구려.

우리들은 지금 막 병이 다 나아서,

마음이 부드러워져, 눈물이 날 것만 같아요.   9690

태양의 빛을 없애 주세요.

마음속에 날이 밝아서

우리들 가슴 속에서, 온 세상에도

없는 것을 찾을 듯하니까요.

(헬레네, 파우스트, 위에서 말한 옷을 입은 오이포리온.)

오이포리온   어린애의 노랫소리가 귀에 들리면   9695

그것이 당장에 당신들의 재미가 되지요.

제가 박자를 맞춰 뛰는 것을 보면,

당신들의 가슴은 어버이답게 뛸 거예요.

헬레네   인간답게 복을 누리기 위하여

사랑은 고결한 두 사람을 가깝게 합니다.   9700

하지만 신과 같은 황홀감을 주려면

사랑은 세 사람을 더욱 즐겁게 만들어놓지요.

파우스트   이렇게 이젠 모든 것이 갖추어졌소.

나는 당신의 것, 당신은 나의 것,

그래서 이렇게 우리는 인연을 맺었으니,   9705

이것이 변해서는 안 되겠소!

합창   여러 해에 걸친 즐거운 생활이

아드님의 모습에 온화하게 반영되어,

이 두 부부 위에 모입니다. 오, 이 결합이 얼마나 마음을 뒤

흔들어놓는가!   9710

오이포리온   자, 저를 뛰게 해주세요!

뛰어봅시다!

공중 어디로나

치솟고 싶은 것이

저의 소원이에요.   9715

벌써 그 소원에 사로잡혀버렸어요.

파우스트   그저 알맞게 해라, 알맞게!

무모한 짓은 말아라!

떨어지거나 다치면 안 되겠다!

그런 짓을 해서   9720

소중한 아들이

우리들을 파멸시켜서는 안 된다.

오이포리온   더는 땅 위에 달라붙어

어물어물할 수는 없습니다.

제 손을 놓아주세요.   9725

제 머릿단을 놓아주세요.

제 옷자락을 놓아주세요.

그것은 모두 제 것이에요.

헬레네   훌륭하게 손에 넣은

내 것, 그대의 것, 그이의 것을   9730

그대가 파괴해버리면,

그대가 누구의 것인가.

그것이 우리를 얼마나 슬프게 하는지,

아아, 생각해봐요! 생각해보란 말이오!

합창   세 사람의 매듭이 곧   9735

풀어질까 겁이 납니다.

헬레네와 파우스트   억제해 다오!

지나치게 발랄한

억센 충동을

어버이를 위해 억제해 다오!   9740

소박하고 평화롭게, 이 숲속의

한가로운 고장의 자랑이 되어 다오!

오이포리온   당신들을 생각한 나머지 저는 참고 있습니다.

(합창대 사이를 헤치고, 춤판으로 모두 이끌고 간다.)

즐거운 무리의 주위를   9745

빙빙 돌아다니는 게 훨씬 편합니다.

가락은 이만하면 좋을까요?

몸짓은 이러면 되는 것일까요?

헬레네   그래, 그러면 됐다.

그 아름다운 여인들을 인도하여,   9750

멋진 윤무로 인도하여라.

파우스트 어서 빨리 끝났으면 좋겠군!

이런 속임수는

조금도 즐거울 것이 없다.

(오이포리온과 합창대원은 춤추고 노래를 부르며, 얽힌 대열
속에서 걸어간다.)

합창   두 팔을   9755

정답게 흔들며

고수머리를 빛내고

훨훨 날리면,

그리고 발을 그처럼 가벼이

지면 위를 스치며,   9760

수족을 이리저리

움직이면,

사랑스러운 아기여

님은 이미 목적을 이루셨지요.

저희들 모두의 마음은   9765

님에게 기울어졌으니까요.

(잠시 휴식)

오이포리온   그대들은 모조리

발걸음도 가벼운 사슴들이다.

새로운 놀이를 위해

기운차게 달려 나가라!   9770

나는 사냥꾼이고

너희들은 사슴들이다.

합창   우리들을 붙잡으실 생각이시라면,

그렇게 서둘지는 말아주세요!

우리들은 결국에는   9775

님을 품에 안아보고자,

열렬히 원하고 있으니까요.

님이여, 아리따운 모습이여!

오이포리온   숲 속을 뚫고서!

마구 달리자꾸나!   9780

쉽사리 얻을 수 있는 것은

내 마음에 거슬린다.

억지로 얻을 수 있는 것만이

무엇보다 내게는 즐겁다.

헬레네와 파우스트 이 무슨 방자한 짓일까, 무슨 난폭한 꼴이냐. 9785

절제라곤 바랄 수도 없구나.

마치 뿔피리라도 불 듯이

골짜기와 숲들이 뒤흔들리는구나!

얼마나 난폭한가! 이게 무슨 소란이냐?

합창   (한 사람씩 급히 등장.)

저분은 우리들 앞을 그대로 지나가셨네.   9790

우리를 업신여기고 조롱하시는 거야.

그리고 이렇게 많은 속에서 제일

사나운 애를 끌고 오시네.

오이포리온   (한 젊은 처녀를 안고 온다.)

이 탐스러운 아이를 끌고 와서

억지로라도 재미를 봐야겠다.   9795

내 즐거움을 위해, 재미를 위해.

거역하는 가슴을 끌어안고서,

싫어하는 입에다 입을 맞추고,

힘과 의지를 보여줄 테다.

처녀　　　나를 놓으세요. 내 몸에도   9800

마음의 용력은 있단 말이에요.

당신과 한가지로 우리들의 의지도

그리 쉽사리 앗아가지는 못할걸요.

내가 궁지에라도 몰린 줄 아시나요?

당신의 팔을 너무 믿으시는군요.   9805

단단히 붙잡으시구려! 나도 재미를 볼 겸,

어리석은 당신을 불로 지져줄 테니.

　　　(그녀는 훨훨 타오르며 하늘로 올라간다.)

가벼운 공중으로 날 따라오세요.

딱딱한 무덤 속으로 날 따라오세요.

도망친 놈을 붙잡아 보세요!   9810

오이포리온　　　(마지막 불길을 밑으로 떨치며)

　　　　무성한 숲 사이에,

　　　　바위들이 첩첩이 쌓여 있을 뿐이다.

　　　　이런 옹색한 곳에서 어찌하랴.

　　　　나는 젊고 기운이 팔팔하지 않은가!

　　　　바람이 울고 있고   9815

　　　　파도가 출렁대고 있구나.

　　　　하지만 모두가 멀리서 들릴 뿐이다.

　　　　좀 더 가까이 가보았으면!

(그는 점점 바위 위로 뛰어오른다.)

헬레네와 파우스트 합창　　너는 영양(羚羊)의 흉내를 내려느냐?

떨어질까 두려워 소름이 끼치는구나. 　　　　　　9820

오이포리온　　더 높이 올라가야지.

좀 더 넓게 내다보고 싶다.

내가 어디 있는지 이제야 알겠다!

섬 한가운데 들어 있구나!

산과도 바다와도 인연이 깊은 　　　　　　9825

펠로프스 땅의 한가운데 있구나.

합창　　산과 숲속에

평화로이 살고 싶지는 않으세요.

그러면 우리들이 곧

줄을 지어 서 있는 포도 나무, 　　　　　　9830

언덕 기슭의 포도 나무,

무화과와 사과 같은 것은, 곧 찾아 드리지요.

아아, 정다운 이 나라에서

정답게 살아보시오!

오이포리온　　너희들은 평화로운 날을 꿈꾸느냐? 　　9835

꿈을 꾸고 싶은 자는 꾸거라!

전쟁! 이것이 군호다.

승리! 이것이 뒤따르는 소리다.

합창　　평화로운 시대에 살면서,

전쟁을 일으키고 싶은 이는, 　　　　　　9840

미래의 행복에서

떨어져나간 사람이에요.

오이포리온   이 나라*가 위험한 시대에

위험한 속에다 낳아놓고

자유로운 정신과 무한한 용기를 지녀,   9845

제 피를 흘리기를 두려워 않는 사람들,

억제할 수 없는

거룩한 뜻을 위해

싸우는 모든 사람들에게

승리가 있으라!   9850

합창   이를 보세요. 얼마나 높이 올라갔나!

그래도 조그맣게는 보이지 않는군요.

갑옷을 걸치고 승리의 싸움터로 나가듯

쇠붙이나 강철을 몸에 두른 것 같군요.

오이포리온   울타리도 성벽도 없이   9855

각자가 제 힘만을 믿을 뿐이다.

끈기 있게 밀고 나갈 수 있는 굳은 성벽은,

오직 사나이의 강철 같은 가슴이다.

정복당하지 않고 살고 싶으면,

당장에 무장하고 재빨리 싸움터로 가라!   9860

여자들은 아마조네스**가 되고,

어린아이는 용사가 되거라.

합창   거룩한 시로군요.

하늘까지 올라가보세요!

---

*   이 나라라고 한 것은 튀르키예의 압박을 받고 있던 그리스의 독립 전쟁에 뛰어들어 전사한 영국의 천재 시인 바이런이다.

**   전설에 나오는 소아시아의 여자들만의 민족. 남자보다도 용맹스럽게 싸운다.

가장 아름다운 별이군요.   9865

멀리 아득한 데까지 빛나세요!

그래도 여전히 들려옵니다.

누구나 기꺼이

언제나 그 노래를 듣습니다.

오이포리온   천만에, 나는 어린애로 나타난 것은 아니다.   9870

무장한 청년으로 찾아왔다.

억세고 자유롭고 대담한 전사들과 어울려

마음속에서는 이미 용감히 싸웠다.

자, 가자.

자, 저 곳에   9875

명예의 길이 있다.

헬레네와 파우스트   겨우 이 세상에 태어나서

맑은 날을 구경하자마자

너는 어지러운 바위 층계 위에서

고난의 전장을 그리워하는구나.   9880

그렇다면 우리들은 네게는

아무것도 아니란 말이냐.

즐거운 인연도 꿈이란 말이냐?

오이포리온   저 바다 위의 우레 소리가 들리십니까?

그것이 저 골짜기마다 메아리치고,   9885

먼지와 물결 속에 병마(兵馬)들이 맞붙어 싸우고,

엎치락뒤치락 악전고투하고 있습니다.

그리고 죽음은

천명(天命)이지요.

그것은 자명한 일이 아닙니까.   9890

헬레네와 파우스트의 합창　　얼마나 놀랍고 무서운 말이냐.

　　　　대체 죽음이 너에겐 천명이라니!

오이포리온　　저더러 먼 데서 보고만 있으란 말입니까?

　　　　천만에, 나는 근심과 고통을 함께하렵니다.

헬레네와 파우스트의 합창　　그런 방자스럽고 위험한 짓을 —　　9895

　　　　죽을 것이 뻔한데.

오이포리온　　하지만 양쪽 날개가

　　　　활짝 펴집니다!

　　　　저쪽으로! 무슨 일이 있어도 가야겠어요!

　　　　저에게 날개를 주십시오!　　　　　　　　9900

　　　　(그는 공중으로 몸을 던진다. 옷이 잠시 그를 운반한다. 그의 머
리에서 빛이 나며, 그 빛이 뒤에 꼬리를 끈다.)

합창　　이카로스*다! 이카로스다!

　　　　아이고 딱하기도 하여라.

　　　　(아름다운 젊은 것이 양친의 발부리 앞에 떨어진다. 사람들은
그 죽은 자의 몸에서 누구나 잘 아는 모습이 나타나리라고 생각한
다. 그러나 그 형태는 이내 사라지고, 후광이 혜성처럼 하늘로 오
르고, 옷과 외투와 칠현금만이 남는다.)

헬레네와 파우스트　　기쁨을 뒤따라서 당장에 무서운 슬픔이 따라왔
　　　　구나.

오이포리온의 목소리　　　　(무대 뒤에서)

---

*　　다이달로스의 아들. 다이달로스는 날개를 두 개 만들어서 자기와 이카로스의 등
에다 밀초로 붙이고 공중을 날았다. 그러나 이카로스가 부친의 경고를 무시하고
태양에 너무 가까이 날았기 때문에 초가 녹아서 날개를 잃고 바다에 떨어져 죽
었다.

어머니, 어두운 나라에   9905
저를 혼자 버려두지 마십시오!

(잠시 후에)

합창   (애도의 노래)
혼자는 아닙니다! ─ 어디에 계시더라도
우리는 당신을 잊지 않습니다.
아, 당신이 이승에서 급히 가버리셔도,
누구의 마음도 당신에게서 떨어지진 않습니다.   9910
우리들은 당신을 서러워하기는커녕,
당신의 운명을 부러워하며 노래 부릅니다.
갠 날에도 흐린 날에도
당신의 노래와 용기는 아름답고 위대했습니다.

귀하신 조상님과 크나큰 능력을 지니고서,   9915
이 땅 위의 복을 누리게 태어나셨어도
서럽게도 일찍이 당신은 이 세상을 떠나시어
청춘의 꽃을 저버리게 하셨습니다.
세상을 보는 날카로운 눈을 지니시고
가슴에 치미는 충동에 동조하여   9920
훌륭한 부인들에게는 정열을 불태우시고
또한 비길 데 없는 노래도 지으셨습니다.

하지만 당신은 억제할 길 없는 자유의 충동에 사로잡혀
운명의 파멸의 그물 속에 뛰어들어
물불 가리지 않고 풍습과 법률과   9925
싸우셨습니다.

그래도 끝내 지고의 사념이
그런 순수한 용기를 중히 여겨서
훌륭한 업을 성취시키려고 하였지만,
그러나 그것은 성공을 못 보셨습니다.   9930

누가 그것을 성공할 것인가? 이 슬픈 물음엔
운명조차도 입을 다물 것입니다.
그 그지없이 불행한 날*에,
전 민족이 피를 흘리며 침묵하고 있을 때,
하지만 새로운 노래를 다시 생생하게 하십쇼.   9935
더는 허리를 굽히고 서 있어선 안 됩니다.
대지는 여태까지도 노래를 빚어냈듯이
지금부터도 여전히 빚어낼 것입니다.

(완전한 휴식. 음악이 끊긴다.)

헬레네   (파우스트에게) 행복과 아름다움은 줄곧 함께 있지 못한
              다는,
옛말이 섭섭하게도 제 한 몸으로 증명이 되었습니다.   9940
명줄도 사랑의 줄도 끊어져 나갔으니, 두 가지를
모두 서러워하면서 쓰라린 이별을 하겠습니다.
그러나 한 번만 당신의 팔에 안기게 해주세요.
황천의 여신이여, 어린애와 저를 받아주소서!

---

*   그리스 군의 최후의 거점 메솔롱기온이 함락된 1826년인데 바이런도 이곳에서
     그 전년에 전사했다. 괴테가 바이런의 전사 보도를 들은 것은 마침 제2부의 완성
     을 구상하고 있던 1824년 4월 19일이었다.

(파우스트를 포옹하자 그 여자의 육신은 사라지고 의상과 면사
포만이 그의 팔에 남는다.)

포르키스   (파우스트에게) 당신의 손에 남은 것을 단단히 잡으세요!*

9945

그 옷을 놓아서는 안 됩니다! 악령들이
그 옷자락을 잡고 저승으로 채어가려 합니다.
단단히 붙잡고 계세요.
여신은 이미 당신이 잃어 없어졌습니다.
하지만 그 옷은 거룩합니다. 헤아리기 어려운   9950
높은 은혜의 힘을 빌어, 위로 올라가십시오.
그것은 당신의 몸이 계속하는 한 재빨리
온갖 속된 것을 이탈해서 대기 속으로 올라갈 수 있습니다.
다시 만납시다, 먼 데서 여기서 아주 먼 데서.
    (헬레네의 옷이 흩어져서 구름이 되고 파우스트를 에워싸고 하
늘 높이 이끌며, 그를 데리고 가버린다.)

포르키스   (오이포리온의 의상과 망토와 칠현금을 지면에서 집어 올려 무대
            전면으로 나와서 그 유물들을 높이 쳐들고 말한다.)
        이것만도 요행히 손에 들어왔습니다.   9955
        불길은 물론 꺼져버렸습니다만**
        그런 것은 조금도 섭섭하지 않습니다.

이것만 남으면, 시인에게 밝히고,

동업 조합이나 수공업을 하는 사람을 부럽게 하기에 충분하지요.

저는 재능을 줄 수는 없지만,   9960

적어도 옷은 빌려줄 수 있으니까요.

(무대 전면 기둥 옆에 앉는다.)

합창을 지휘하는 여인   자, 서둘러요. 여러분들, 이제, 마술이 풀렸으니까요.

옛날 테살리아의 마귀*의 어수선한 점괘가 풀렸어요.

귀뿐이 아니라 마음속을 한층 더 어지럽게 하며,

시끄럽게 얽히고설킨 음악의 악취도 깨었어요.   9965

황천으로 내려갑시다! 여왕님은 엄숙한 걸음걸이로

서둘러 내려가셨습니다. 충실한 시녀는

바로 그 뒤를 따라가야 해요.

우리는 황천의 여왕의 옥좌 곁에서 그분을 만날 거예요.

합창   왕비님들이면 물론 어디나 기꺼이 가시겠지요.   9970

황천에 가서도, 상좌를 차지하고

거드럭거리고 같은 분들과 어울리고

페르세포네 여왕과도 정답게 되실 테지요.

하지만 우리 따위는 수선화**나 무성한

깊은 풀밭 저 속에 앉아서,

---

*   물론 포르키스를 말하는 것인데 판달리스는 그 정체가 메피스토라는 것을 눈치
    챘다. 그래서 테살리아의 마귀라고 했다.
** 원명 아스포델로스는 명부에 피는 꽃이라고 한다.

길게 뻗은 백양나무나

열매도 열지 않는 버들과 어울리기나 하여

무슨 즐거운 일이 있겠나요?

박쥐처럼 찍찍 울거나

유령처럼 재미도 없게 속삭일 뿐이지요.   9980

판탈리스   이름을 낸 적도 없고 고상한 뜻도 없는 사람은,

원소 중의 하나일 뿐이지요. 그럼, 가 보구려.

여왕님과 함께 있는 것이 나의 뜨거운 소원이오.

공로만이 아니라 충절이 인격을 보존하는 거요. (퇴장.)

일동   우리는 밝은 곳으로 돌아왔지요.   9985

         하긴 이젠 인격도 없다는 것은

         느끼기도 하고 알고도 있습니다만,

         그러나 황천으로 다시는 안 가렵니다.

         영원히 살아 있는 자연은

         우리들 요정들이 필요할 것이며,   9990

         우리도 자연이 필요할 것입니다.

합창 제1부*   우리들은 이 수많은 가지가 속삭이고 떨며, 소리 내고 흔

        들리는 속에서

장난치며 간지르고 생명의 샘을 뿌리에서 가지로

꾀어 올리지요. 때로는 잎, 때로는 꽃을 달고서 푹신한 머리를

---

*   합창대는 세 명씩 4조로 되어 있다. 이 합창대의 여자들은 지옥으로 돌아가기 싫
   어서 각자 자연의 정(精)으로 모습을 바꾼다. 제1부는 나무의 정인 드라이아데스
   로, 제2부는 산(메아리)의 정 오레야데스로, 제3부는 시냇물의 정 나이아데스로,
   제4부는 포도의 정 박칸테스로 모습을 바꾼다.

단장하고 자유롭게 공중으로 자라나게 합니다.　　　　　　　9995

열매가 떨어지면 즐거운 무리들과 가축 떼들이

엎치락뒤치락 주우려고, 먹으려고 몰려옵니다.

그리고 지고의 신들을 배알하듯 모두가 우리 주위에 허리를 굽힙
니다.

합창 제2부 우리는 멀리까지 번쩍이는 거울처럼 매끄러운 절벽에

잔잔한 파도처럼 움직이면서 아양 떨며 찰싹 붙어 있습니다.　10000

어떤 소리에도, 새의 노래에도, 갈대의 피리에도,

그것이 비록 판 신의 무서운 목소릴지라도 귀를 기울이고 곧 대답
합니다.

바스락 소리에는 바스락 대다 하고 우렛소리에는

두 곱, 세 곱, 열 곱으로 뒤흔드는 뇌성으로 대꾸합니다.

합창 제3부 언니들이여! 우리는 경쾌하게 냇물과 함께 서둘러 갑니다.

　　　　　　　　　　　　　　　　　　　　　　　　　　10005

저 아득한 곳 풍성하게 단장한 언덕의 모습이 마음에 들어

점점 아래로 점점 밑으로 마이안드로스 강물*처럼 여울지며

이번엔 초원을, 다음엔 목장을, 이윽고 집 주위의 정원을 축입
니다.

목표가 될 것으론 저기 삼나무의 늘씬한 가지가

들과 기슭과 수면을 제쳐 놓고 하늘에 치솟았습니다.　　　10010

합창 제4부 당신들은 마음대로 흘러가구려, 우리들은

빈틈없이 포도를 심고, 세워 준 손에 덩굴이 푸르른 언덕을 둘러싸
고, 떠들겠어요.

---

* 　소아시아의 굴곡이 심한 강. 지금은 '멘데레스'라고 한다.

거기서는 연중 언제나, 포도 재배에 열을 올리고,
정성을 다해서 노력을 해도 수확이 줄 것을 염려하는 빛은 없지요.
갈고 파고 흙을 파올리고, 가지를 치기도 하고, 묶어주기도 하면
10015

모든 신에게, 특히 태양신에게 기도 올리지요.
방탕한 바카스는 충직한 하인들을 걱정도 않고
정자에서 쉬든가 동굴 속에 기대앉아 어린 판과 희롱합니다.
이 주신(酒神)의 꿈꾸는 듯한 반취(半醉)를 위해 필요한 술은,
가죽 부대나 항아리나 술통에 담아서
10020
서늘한 움막 속 좌우에 언제까지나 보관하고 있지요.
그러나 모든 신들, 특히 태양신인 헬리오스가
바람을 통하고 습기를 넣어 따뜻하게 열을 내어 포도를 더미로 쌓아 올리면
농부들이 조용히 일하던 장소는 갑자기 활기 띠고
정자 안은 시끄럽고 그루에서 그루로 바스락 소리가 번집니다.
10025

바구니가 우지직, 들통은 덜거덕 소리를 내고, 멜통도 삐거덕거려
모조리 큰 통으로 들어가서 짜는 사람의 기운찬 춤을 요구하지요.
이렇게 해서 깨끗하게 빚어진 물기 많은 거룩한 과즙은
마구 밟히고 거품을 내며 물방울을 사면에 튀겨가며 으깨져 한데 섞입니다.
이번엔 신발과 종소리가 귀에 쟁쟁 울리는데,
10030
그것은 술의 신 디오니소스가 신비의 장막을 걷어 올리고
염소의 발 달린 사내와 엉덩이 흔드는 염소발의 여자를 데리고 나왔기 때문이죠.
그리고 그 사이사이엔 실레노스*를 태운 귀가 큰 짐승이 날카롭게

마구 울어 댑니다.

엉망진창이죠! 발톱이 짜개진 염소의 앞발이 모든 예절을 짓밟아 버리고,

온갖 관능이 비틀대며 소용돌이치고, 시끄러운 소란에 귀머거리가 되지요.   10035

취객은 잔을 손으로 더듬고, 머리고 배고 술로 가득 찹니다.

한두 사람이 시중을 들지만 소란을 더욱 떨게 할 뿐입니다.

그것도 그럴 것이 새 술을 담으려고 모두들 술부대를 비워야 하니까요.

(막이 내린다.)

포르키스는 무대 전면에서 거인 같은 모습으로 나타나지만 굽이 높은 무대 신발을 벗어버리고, 가면과 베일을 뒤에 던지고, 메피스토펠레스의 정체를 드러내고, 필요한 경우에 에필로그 형식으로, 각본에 주석을 가한다.

---

*   디오니소스의 스승이며 늘 취한 노인으로 나귀를 타고 다닌다고 한다.

제4막
고산련봉

하늘을 찌를 듯 모가 진 바위 꼭대기. 한 폭의 구름이 밀려와 바위에 몸을 기대는 듯하더니, 튀어나온 대지로 흘러내린다. 구름이 흩어진다.

파우스트   (앞으로 나선다.) 가장 깊고 고적한 경지를 발 아래 보면서
생각에 잠겨 이 정상의 바위 끝에 발을 디딘다.   10040
맑은 날에 육지와 바다를 건너서 부드럽게 나를
실어다 준 구름의 수레에는 작별을 했다.
구름은 흩어지지 않고 천천히 내게서 물러간다.
이 구름 덩어리는 둥그렇게 뭉쳐 동쪽으로 향해 간다.
나는 놀라고 감탄하며 눈으로 그것을 쫓는다.   10045
구름은 방황하고 물결치며 변화무쌍하다.
한데 어떤 모습을 나타내려는 듯싶다. ─ 그렇다 잘못 본 것은 아
니다.
햇빛 번쩍이는 보료 위에 우아하게 몸을 눕히고

거인처럼 크긴 하지만 신들과 닮은 여성의 모습이,
확실히 보인다! 유노와도 레다와도 헬레네와도 닮아서,   10050
언제나 기품 있고 사랑스럽게 내 눈에 어른대는지 모르겠다!
아아, 벌써 없어진다! 모습이 흩어지고 폭넓게 솟아올라,
아득한 빙산과 같이 동녘 하늘에 쉬며
속절없는 나날의 크나큰 뜻을 눈부시게 반영한다.

그래도 여전히 곰살궂은 밝은 안개의 띠가   10055
가슴과 이마에 서리고 둥실거리며, 시원하고 아양 떨 듯 기분을 돋
운다.
이번에는 그것이 가볍게 망설이며 점점 높이 올라
한데 뭉친다 — 착각일까, 저런 묘한 모습은
젊은 시절 첫사랑의, 이미 잃은 지 오래인 귀중한 재물이 아니냐.
깊은 가슴 속에서 오랜 옛날의 보물들이 솟아난다.   10060
저것은 가슴을 설레게 한 오로라*와의 사랑을 일러주는구나.
슬쩍 받아들여 놓고 자기도 몰랐던 첫 눈길이었지.
하지만 그 눈길을 꼭 붙잡아 놓으면 어떤 보물보다도 빛났다.
그 정든 모습은 영혼의 아름다움처럼 부풀어서
흩어지지 않고 대기 속에 올라가서   10065
나의 마음속의 최선의 것을 이끌며 사라진다.

---

* 서광을 상징하는 여성으로 오리온을 사랑했다고 전한다. 첫사랑을 뜻하기도 해
서, 여기선 파우스트가 처음 사랑한 여인 그레첸을 의미한다.

(7마일 장화*의 한쪽이 타박타박 걸어나온다. 그러자 곧 또 한
쪽이 그 뒤를 따른다. 메피스토가 내린다. 7마일 장화는 급히 앞으
로 걸어간다.)

메피스토　이번엔 정말 혼이 났습니다.
　　　한데 대체 당신은 무슨 생각이 들었지요.
　　　이런 무시무시한 장소의 한복판에
　　　이렇게 흉측하게 아가리를 벌리고 있는 바위 더미 한가운데에 내
리다니요.　　　　　　　　　　　　　　　　　　　　　　　　10070
　　　나는 이 바위를 잘 알고 있소. 여기는 내릴 장소가 아닙니다.
　　　원래 이곳은 지옥의 밑바닥 돌이었으니까요.
파우스트　자네는 언제나 어리석은 전설은 빼놓지 못했지만
　　　이번에도 그런 것으로 선심을 쓸 작정이로군.
메피스토　(점잔을 빼고) 주님이신 신께서 ― 그 이유를 알고 있지만
　　　　　　　　　　　　　　　　　　　　　　　　　　　　10075
　　　우리들을 공중에서 깊고 깊은 밑바닥으로 쫓아냈을 때,**
　　　한가운데***에서 뜨거운 불길을 사방에 튀기면서
　　　영원한 불이 훨훨 타고 있었지요.
　　　우리들은 주위가 너무 밝은 탓으로
　　　아주 답답하고 옹색한 꼴들을 하고 있었습죠.　　　　　10080

---

*　독일 동화에 나오는 것으로 한 걸음에 7마일이나 가는 신발. 여기서는 메피스토
　가 신는 신발
**　악마의 왕 루시퍼는 본래 대천사였는데 신에게 반역하여 지옥으로 쫓겨났다.
***　한가운데란 지구의 중심부를 말한다. 다시 대성론(大成論)을 아이러니컬하게 이
　야기하고 있다.

악마들은 모조리 기침을 하기 시작하고
위에서도 아래서도 헉헉거렸습니다.
지옥은 유황 냄새와 유산이 온통 꼬이더니
결국은 가스가 발생했어요! 그것이 어마어마한 것으로 변해서
이윽고 이 땅 위의 평평한 지반이 아주   10085
두꺼운 것이었는데 ― 요란하게 폭발하였죠.
그래서 위와 아래가 거꾸로 뒤집혀서
전에는 바닥이었던 것이 이젠 봉우리가 되어버렸지요.
여기에 세상에서 가장 얕은 것이 가장 높은 것과
뒤바뀔 수 있다는 그럴듯한 교리*의 근거가 있지요.   10090
하여간 우리들은 고역을 치르듯 뜨거운 굴 속에서
자유로운 공기가 혼전만전 지배하는 곳으로 도강쳤죠.
이것은 공공연한 비밀이지만 잘 간수되고 있어
세상엔 후일에 가서야 알려지게 된 것입니다.(〈에베소서〉6장 12절**)

파우스트 산맥은 나에게 위풍당당히 침묵을 지키고 있다.   10095
어떻게 해서, 왜 생겼는지 나는 묻지 않는다.
자연이 자기 자신 속에 기초를 세웠을 때
이 지구를 흠 없이 둥글게 만들고,
봉우리와 계곡을 만들어 좋아했고
바위에 바위, 산에는 산을 늘어놓았다.   10100
그리고 언덕은 기분 좋게 아래로 향해 경사지도록 하여
부드러운 선을 그으며 골짜기로 갈수록 평평해진다.

---

* 역시 화성론(火成論)에 대한 야유라고 보겠는데 악마가 기침을 해서 분화(噴火)
 가 일어난다.
** 이러한 성경 대한 주석은 괴테의 비서 리마가 붙였다.

그곳에는 초목이 무성하게 성장한다.

자연을 즐기기 위해 광포한 천지이변은 필요치 않다.

메피스토　당신은 그렇게 말씀하시죠! 명백하다고 생각하시죠. 10105

하지만 그 자리에 있었던 자는 그렇지 않았다는 것을 알고 있지요.

아직도 땅 밑에서 심연이 끓어오르고, 부풀어서

흘러가며 불길을 토하고 있을 때 나는 그곳에 있었다오.

몰로크*의 망치가 바위와 바위를 두들겨 만들고

산 덩어리를 멀리 내던지곤 하였소.　　　　　　　　　10110

이 지방에는 딴 곳에서 온 수천 관의 바위 덩이가 깔려 있죠.

누가 그것을 던진 힘을 알아내겠습니까.**

철학자 따위는 해석을 못 내립니다.

그곳에 바위가 있다, 그러니 그 사실을 인정할 수밖에 없다고 하

지요.

우리는 벌써 생각할 대로 다 생각해보았습니다 ―　　　　10115

오로지 순박한 민중들만이 이것을 잘 이해하고

제 생각을 굽히지 않소.

그것은 기적이다, 마왕의 짓이다 하는

진리가 그에게는 오래전부터 무르익었습니다.

그래서 나를 믿는 순례자는 신앙의 지팡이를 의지하고　　10120

절름거리며 악마의 바위나 악마의 다리를 찾아갑니다.

파우스트　악마가 자연을 어떻게 관찰하고 있는지

---

*　몰로크라는 악마는 신과 다투어 산의 바위를 함부로 깨뜨려서 지옥 주위에 성새
　　(城塞)를 쌓고 싸운 반신(半身)의 화신(火神)

**　독일에는 각처에 화강암의 층이 있는데 그것이 근처의 암석과 광물학적으로 완
　　전히 달라서 그 설명이 곤란하였다.

그것을 들어 보는 것도 헛된 일은 아니지.

메피스토   그런 건 아무래도 좋소! 자연 같은 건 아무래도 좋소.

중요한 점은 — 악마가 그 일에 한몫 끼었다는 사실이죠.   10125

우리들은 큰일을 해낼 수 있는 무리란 말이오.

소동, 폭력, 발광! 이 바위를 보면 그 증거란 말예요.

하지만 이젠 누구나 알 수 있는 이야기를 하겠소.

이 지구의 표면에선 아무것도 마음에 안 들었소?

당신은 끝없이 넓은 세상을 돌면서,   10130

온갖 나라들과 그 영화를 내다보았습지요. (〈마태복음〉 4장)

그래도 만족이란 것을 당신은 모르는 사람이니

아마 욕심 나는 것도 없었을 테지요?

파우스트   그런데, 있고말고. 굉장한 것이 마음을 끌었지.

무엇인지 알아맞혀 보게나?

메피스토   그것쯤 곧 맞혀 내지요.   10135

나라면 이런 도시를 찾아내겠어요.

도시 중심에는 시민이 식료품을 사고파는 복작대는 곳이 있고

꼬불꼬불한 골목과 뾰족한 파풍(破風) 등이 있그

비좁은 장터, 배추, 무, 양파가 있는가 하면

쇠파리들이 잔뜩 들러붙어 기름진 불고기를   10140

맛있게 쪼아 대고 있는 푸줏간도 있고요.

그런 곳은 언제나

냄새나고 분주한 것만은 틀림없지요.

그리고 넓은 광장이나 훤한 큰 길이

점잖을 빼고 내로라 버티고 있고요.   10145

그리고 끝으로, 성문으로 막혀 있지 않으면

교외의 거리가 끝없이 늘어서 있고요.

이런 곳에서 삯마차가

시끄럽게 오락가락하고

흩어진 개미 떼가 우글거리듯 사람들이,　　　　　　　10150

끝없이 왕래하는 꼴을 나는 보고 즐기지요.

그러면 마차를 달리건 말을 타건,

언제나 그자들의 중심이 되어,

수만의 사람들의 숭배를 받게 될 것이란 말이오.

파우스트　　나는 그런 것으로 만족할 수는 없다.　　　　10155

백성들의 수가 불어서 누구나 자기대로,

편안히 살아가고, 더구나 교양이나 학식이나 쌓으면

세상에선 부러운 노릇이라고 하지만

그러면 오로지 반역자*를 만들어 낼 뿐이지.

메피스토　　그리고 나 같으면 내 위력을 보이기 위해서　　10160

오락을 위해 경승지에다 호사스러운 별궁을 짓겠어요.

술과 언덕과 평지와 목장이나 들을

화려한 정원으로 개조한단 말이오.

푸르른 생나무 울타리 앞에는 비단 같은 잔디밭을 만들고,

쭉 뻗어나간 길, 묘하게 다듬은 나무의 그늘,　　　　　10165

바위에서 바위로 층층히 떨어지는 폭포수,

그리고 여러 가지 분수도 만드는데,

당당히 줄기차게 솟아오르는 그 곁에서는,

수천의 작은 물방울을 사면으로 튕기게 말이오.

그리고 다음에는 절세미인들을 위하여,　　　　　　　10170

---

*　　학문깨나 했다는 식자들이 곧잘 정부에 반역을 한다는 말로 1789년과 1830년의
　　혁명에 대한 비판이 담겨 있다.

정답고 쾌적한 정자를 세우고,

한없는 세월을 한적하게, 즐겁게

보내겠소이다.

내가 미인들이라고 했지만 그 미인이란 것을

나는 언제나 복수로 생각하고 있지요.　　　　　　　10175

파우스트　좋지 못한 현대식이군, 사르다나팔로스 왕*의 영화인가!

메피스토　그러고 보니 당신의 소원도 알겠소이다.

그건 확실히 숭고하리만큼 웅대한 것이었지요

그렇게 달 가까이까지 날아간 당신이니,

역시 같은 병이 당신을 끌어올리는 모양이군요.　　　　10180

파우스트　당치도 않은 소리! 이 지구에는 아직도

위대한 일을 할 여지가 남아 있다.

놀랄 만한 일을 해내야겠단 말이다.

나는 대담한 노력을 해야 할 힘을 잃지 않고 있다.

메피스토　그러면 명성을 얻고 싶으신 게로군요?　　　　　10185

그럴듯도 하군요. 당신은 여걸**한테서 돌아오셨으니까.

파우스트　지배하고 소유한다.

사업이 일체이며, 명성은 필요 없다.

메피스토　그래도 시인이란 자가 나타나서

후세에 당신의 영광을 전하고　　　　　　　　　　10190

---

*　아시리아 최후의 왕으로서 여장을 하고 후궁에서 유락(遊樂)의 날을 보냈는데,
　　산 채로 반역자들한테 잡힐 것을 피하기 위해 성안에서 스스로 타 죽었다고 하는
　　사치한 왕의 표본. '현대식'이라고 한 것은 자연스럽고 건전한 고대인의 취미에
　　대해서 말초신경적이고 퇴폐한 현대의 향락을 말한다.

**　고대의 영웅주의 세계의 사람. 즉, 헬레네

어리석은 이야기로 어리석은 일에 불을 지를 겁니다.

파우스트   내가 말한 것은 자네한테는 하나도 통하지 않는군.

무엇을 인간이 갈망하고 있는지 자네는 아는가?

자네와 같이 심술궂고 혹독하고 악랄한 성질을 가진 자가

인간에게 필요한 것이 무엇인지 알겠나?   10195

메피스토   그러면 당신의 의사대로 하십시오.

어디 당신의 그 변덕스러운 생각을 털어놓구려.

파우스트   나의 눈은 아득한 바다에 끌리었다.

부풀어 오르고 저절로 솟아올랐다가는

이윽고 누그러지는가 하더니만 파도를 치켜 올려서는   10200

광활한 해안의 경지에 덮쳐 들더군.

나는 그것이 화가 났다. 그것은 마치

오만불손한 마음이 정열에 들뜬 혈기를 믿고

온갖 권리를 존중하는 자유로운 정신을

불쾌한 기분으로 뒤바꿔 놓는 것과 다름없다.   10205

이것을 우연이라 생각하고 더욱 눈을 날카롭게 하니

파도는 쉬었다간 다시 밀려서는

득의만만하게 도달한 목적에서 멀어져가더군.

하지만 때가 오면 다시 이런 장난을 되풀이하는 법.

메피스토   (관객을 향해서) 그런 이야기는 나에겐 조금도 새로운 것이

못 되오.   10210

그런 것은 벌써 십만 년 전부터 알고 있는 것이니까.

파우스트   (정열적으로 말을 계속하며)

비생산적인 파도는 그 비생산적인 힘을

가는 곳마다 펼치려고 밀려든다.

부풀어 오르고 솟아올라 굴러가서는

황량한 지대를 덮친다.   10215

밀려오고 밀려가는 파도는 힘에 넘쳐 그곳을 지배하지만,

물러간 다음에는 아무것도 남지 않는다.

불안하고 절망하고 싶구나!

횡포한 아무 목적도 없는 자연의 힘이다!

그때 내 정신은 감히 자신을 뛰어넘고 말았지.   10220

여기서 나는 싸우고 싶다. 나는 이것을 이기고 싶다.

그리고 그것은 가능한 일이다 ─ 파도는 아무리 넘쳐도

언덕이 있으면 달라붙듯 그것을 돌아서 지나간다.

아무리 파도가 방약무인하게 날뛰어도

얼마 되지 않는 높은 곳도 자랑스럽게 맞서서 우뚝 솟고   10225

얼마 안 되는 팬 곳도 억세게 그것을 끌어들인다.

그래서 나는 재빨리 마음속에서 여러 가지 계획을 세웠다.

저 광포한 바다를 기슭에서 몰아내고

습기찬 넓은 땅의 경계선을 좁히며

파도를 멀리 바다 속에다 윽박질러버리는   10230

그런 값진 즐거움을 얻어 보고 싶다고

나는 이 계획을 하나하나 검토해보았다.

이것이 내 소원일세, 자, 이 일을 촉진해주게.

　　(북소리와 군악이 관객 뒤에서, 멀리 오른쪽에서 울린다.)

메피스토　그거 쉬운 일입니다! 멀리 북소리가 들리지요?

파우스트　벌써 또다시 전쟁인가? 현명한 사람은 그 소리를 듣기 싫

어한다.   10235

메피스토　전쟁이건 평화이건 간에 어떻게 하든

자기의 이익이 되는 것을 끌어내는 노력이 현명하오.

어떤 유리한 순간이든 정신을 차리고 기다려야 해요.

그 기회는 왔소이다. 자, 파우스트 선생, 놓치면 안 됩니다.

파우스트 그런 수수께끼 같은 장난은 집어치워라!　　　　　10240

간단히 말해서 어쩌라는 건가? 확실히 설명하게.

메피스토 이곳으로 오는 도중에 잠깐 들은 이야긴데.

그 호인인 황제가 크나큰 근심 걱정으로 들떴더군요.

당신도 황제는 알지 않나요. 우리가 그를 도와서,

속임수로 치부를 시켜준 장난을 쳤을 때는,　　　　　10245

온 세상을 사들일 만한 세력이었지요.

한데 원래 어려서 왕위에 올랐기 때문에,

통치하는 것과 동시에 향락하는 것이

잘 양립할 수 있었고

진정 바람직한 것이며 훌륭한 것이라고,　　　　　10250

잘못 판단을 내리고 싶어했던 것도 우리가 아니오.

파우스트 커다란 잘못이다. 명령을 내려야 하는 자는

명령을 내리는 데서 법열(法悅)을 느껴야 하는 법이다.*

그 사람의 가슴엔 원대한 뜻이 넘치고 있어도

그 뜻하는 일은 아무도 그 근본을 캐서는 못 쓰오.　　　　　10255

그가 충직한 신하의 귀에 속삭인 일이

한 번 실행되고 보면 온 세상이 놀라는 것이다.

이래서 그는 늘 최고자이며 최대의

권위자이다 ― 향락은 인간을 천하게 만든단 말이다.

메피스토 그자는 다릅니다! 자기가 향락을 했지요. 그것도　　　　　10260

한도가 없이. 그동안 나라는 무정부 상태가 되고

―――――――――

*　국가를 지배하는 자는 통치 자체가 향락이 되어야 한다.

552

귀천이 없이 서로 얽히고설켜서 싸우고
형제들은 서로 쫓아내고 죽이고
성(城)은 성에 대해서, 도시는 도시에 대해서
동업 조합은 귀족에 대해서 싸우고   10265
승정은 승원단과 교구와 싸웠지요.
얼굴만 맞대면 모두 원수였지요.
교회 안에서 살인, 타살이 자행되고
성문 밖에만 나서도 상인이나 나그네들이 목숨을 잃었지요.
그래서 모두들 적잖이 대담하게 되었습니다.   10270
산다는 것은 방비한다는 것 ― 그래도 통했습지요.

파우스트 그래도 통했겠지. 절름거리며 쓰러졌단 다시 일어났겠지.
그리곤 뒹굴어 흉한 꼴로 겹쳐 굴러 떨어질걸.

메피스토 그런데 이런 상태를 누구도 욕할 수는 없었습니다.
너 나 할 것 없이 누구나 큰소리 치고 또 칠 수 있었지요.   10275
워낙 보잘것없는 놈도 한몫의 인간으로 통했구요.
하지만 결국 착한 자들은 이건 너무 지독하다고 생각했고,
힘이 센 사람들이 실력으로 일어나
이렇게 말했지요. "우리의 치안을 다스리는 것이 군주다.
황제는 그럴 능력도 없고 그럴 생각도 없다 ― 우리가 새로운 황
제를 선발해서,   10280
이 나라에 새로운 혼을 불러 이룩하게 하자.
그리고 각자를 안전하게 해서,
신생 국가에서
평화와 정의의 혼연일체를 이룩하게 하자"고.

파우스트 제법 중 냄새가 나는군.   10285

메피스토 사실 중놈이 말한 것이오.

놈들은 통통하게 살진 배를 안전하게 만들었지요.

놈들은 누구보다도 가담을 많이 했으니까요.

반란은 확대되고 교회에서 성업(聖業)이라고 불렀소.

우리가 기쁘게 해 준 그 황제가 지금 이리로

진군해 오고 있소이다. 아마 최후의 결전을 하겠지요. 10290

파우스트   애처로운 일이다, 마음 좋고 탁 터놓는 성격이었는데.

메피스토   갑시다, 구경이나 하지요! 살아 있는 동안은

희망을 가져야지요. 황제를 좁은 산골에서 구합시다.

한 번 구해 주면 천 번 구한 것이나 다름없지요

주사위가 어떻게 구를지 누가 알겠소? 10295

운이 돌아오면, 황제에게도 신하가 생길 겁니다.

　　(그네들 두 사람은 중간 산맥을 넘어와, 골짜기에 배치된 군대를 살핀다. 밑에서 북과 군악 소리가 울려온다.)

메피스토   진은 잘 친 것 같습니다.

우리들이 참가하면 승리는 틀림없지요.

파우스트   이런 판에 자네한테서 무엇을 기대하겠나?

사기 아니면 마술 따위, 속임수거나 헛된 겉치레겠지. 10300

메피스토   전쟁에 이기기 위한 전략이요!

당신도 당신의 목적을 생각해서

커다란 뜻을 가지고 단단히 준비를 해야 되오.

만일 황제의 왕위와 국토를 유지시켜 주면

당신은 무릎을 꿇고 끝도 없는 해안 지대를 10305

봉토로 받게 될 것이란 말이오.

파우스트   벌써 여러 가지 일을 자네는 해냈지.

그럼, 이 싸움도 이기도록 해 다오!

메피스토   아니! 당신이 이겨야 합니다.

이번은 당신이 선임 장군이지요!   10310

파우스트   그것이 내게 어울리는 자릴 테지,

아무것도 모르면서 명령을 내리게 되다니!

메피스토   일은 참모에서 맡기시구려.

그러면 원수(元帥)는 안전하지요.

전쟁의 위험성은 벌써 짐작하고 있으니,   10315

참모도 미리부터 원시 산악의

원시인들로 패를 짜놓았지요.

그 패들을 긁어모은 자는 이기지요.

파우스트   저기 보이는 게 무언가? 저 무기를 가진 자는?

자네는 산의 백성들을 선동했나?   10320

메피스토   천만에요! 하지만 페터 스크벤츠 씨*와 다찬가지로

전체 놈팡이들 중에서 골라낸 놈입니다.

세 용사** 등장(〈사무엘 후서〉 23장 8절)

메피스토   자, 저기 우리 젊은 친구들이 옵니다.

보시다시피, 나이들도 매우 차이가 있고

갑옷이나 무기들도 여러 가지지만,   10325

써 보아서 나쁠 것은 없겠지요.

(관중을 향해서)

---

*   셰익스피어의 〈한여름 밤의 꿈〉을 흉내 낸 그리피우스의 작품에 나오는 주인공
으로서 이 작품 중에서 아주 서투른 배우들이 모여 연극을 손연하는 대목이 있다.

** 구약성경에 나오는 다비드의 세 용사를 모방하여 창작된 인물로서 전쟁, 살벌, 폭
력 등의 성격을 나타내는 알레고리적 인물

요즈음 젊은 애들은 누구나
투구라든가 기사의 옷깃을 달고 싶어하더군요.
그리고, 이 놈팡이들은 비유적인 인물이니
그만큼 더욱 마음에 드실 겁니다.   10330

싸움패   (젊고 가벼운 무장, 화려한 몸차림)

나에게 대드는 자는
대번에 주먹으로 턱을 갈길 테다.
비겁한 자가 도망을 치면
뒷머리채를 끌어당길 테니까.

날치기   (남자답고 부족없이 잘 무장하고 잘 차리고)

그런 김빠진 싸움은 웃음거리다.   10335
시간 낭비지.
꾸준히 대들어 날치기에만 마음을 쓰고,
다른 일은 모두 뒤로 돌려라.

뚝심쟁이   (늙은이, 중무장을 하고, 옷은 벗었다.)

그래 봤자 별로 소득이 없을걸!
커다란 재산도 곧 녹아 없어지고   10340
생활의 흐름 속에 흘러내려 가고 말지.
날치기도 좋지만 뚝심 좋게 붙잡고 있는 게 제일일세,
이 백발 노인에게 맡겨 두기만 하면
아무도 당신 것을 빼앗지는 못하오.

(그들은 함께 아래로 내려간다.)

앞산 위에서

밑에서 북과 군악 소리가 들린다. 황제의 천막을 친다. 황제, 선임 장군, 친위병들.

선임 장군 우리가 전군을 수습하여 이런 요지인   10345
산골로 후퇴 집결시킨 이 전략은
암만 봐도 용의주도한 계획이었습니다.
이 방도를 취한 것이 성공할 것은 틀림없습니다.
황제   어떻게 될는지 알게 될 테지.
하지만 나는 중도에서 패배한 듯이 후퇴하는 것이 마음에 안 든단
말일세.   10350
선임 장군 저기 아군의 우익 쪽을 좀 보십시오.
저러한 지형이야말로 전술상 안성맞춤입니다.
언덕이 가파르지도 않지만 그렇다고 별로 통로도 없습니다.
아군에겐 유리하고 적군에겐 위험합니다.
아군이 파상(波狀) 지대에 반쯤 숨어 있고,   10355

적의 기병도 감히 가까이 오지 못할 것입니다.

황제　　　칭찬하는 수밖에 별 도리가 없군.

여기서 힘과 용기를 시험하게 될 것이오.

선임 장군　여기 초원의 평지에서

돌격 부대가 사기를 떨치며 싸우는 것이 보입니다.　　　　　10360

창끝이 아침 안개 속에서 햇빛을 받아

공중에서 눈부시게 빛나고 있습니다.

강력한 사각형 진지가 시커멓게 물결치고 있습니다.

수천의 군병들이 대공을 세우려고 열을 올리고 있습니다.

이것으로 아군의 위력을 아실 것입니다.　　　　　　　　　10365

저만하면 적의 병력을 헤쳐놓을 수 있다고 믿습니다.

황제　　　이런 희한한 광경을 보기는 처음이다.

이렇게 하니 병력이 갑절은 많아진 듯하구나.

선임 장군　아군의 좌익에 대해서는 보고드릴 것이 없습니다.

험준한 바위산을 굳건한 용사들이 지키고 있습니다.　　　　10370

지금 무기가 번쩍이는 절벽이

이 좁은 산골짜기의 중요한 길목을 지키고 있습니다.

여기서 적의 군세가 뜻하지 않은 피 어린 전투로서

무너질 것이 벌써 뻔합니다.

황제　　　저기 뱃속이 시커먼 친척이란 놈들이 오는구나.　　　　10375

저놈들은 나를 숙부니, 사촌이니, 형제니 하면서

날이 갈수록 안하무인이 되어

빛나는 위력에서 힘을 빼앗고, 옥좌의 위엄을 빼앗으며,

이윽고는 서로 물고 뜯고 하여 나라를 황폐화해놓고,

이제 와선 한통속이 되어 나에게 반역을 일삼고 있지.　　　10380

민중들은 아직 마음의 갈피를 못 잡고 동요하여

결국 물결에 휩쓸려 흘러갈 뿐이다.

선임 장군 충직한 사나이를 간첩으로 내보냈더니

성급하게 바위를 타고 내려오는군요. 성공했으면 좋으련만.

간첩 1 교활하고 대담무쌍하게 하자는   10385

우리의 책략은 요행히 성공하여,

우리는 여기저기 숨어 들어갔습니다마는,

별로 신통한 정보도 못 가지고 왔습니다.

충직한 우리들과 같이 폐하에 대해서

진심으로 충성을 맹세하는 자들도 많지만,   10390

무위도식하는 대신에

내란이니 민심의 소란이니 말하고 있었습니다.

황제 제 목숨이나 살려보자는 것이 이기주의의 신조지.

감사고 의무고 명예고 소용이 없는 법이다.

부채가 워낙 많으면 이웃집 화재로   10395

자기도 타 죽는다는 것을 생각하지 못하는가?

선임 장군 두 번째 간첩이 옵니다. 천천히 내려오고 있군요.

피로한 나머지 저 친구는 사지를 부들부들 떠는군요.

간첩 2 처음에 우리는 신바람이 나서 난동분자들이

헤매고 다니는 꼴을 보고 있었습니다.   10400

그러나 느닷없이 눈깜짝할 사이에

새로운 황제가 나타났습니다.

그리고 대중들은 명령대로 길을 잡아,

들판을 질러서 닥쳐오지 않겠습니까?

모두들 새로 펼친 가짜 깃발을   10405

따라가더군요 — 양떼 같은 놈들이지요!

황제 황제를 자칭하는 놈이 나타난 것은 내게는 이롭다.

이제 비로소 나는 내가 황제임을 느끼게 되었다.

나는 다만 군인으로서 갑옷을 입은 것에 불과한데,

이제 그것을 더욱 거룩한 목적을 위해 걸치게 되었다.　　　　10410

언제나 잔치에는, 그것이 아무리 빛이 나고,

아쉬운 것이 없었다고 해도 위험이 없어 섭섭했다.

그대들이 잘 하던 고리꿰기*를 내게 권했을 때에도

나는 가슴을 설레고 마상시합(馬上試合)의 묘미를 맛보긴 했다.

그래, 만일 그대들이 전쟁을 말리지만 않았던들,**　　　　10415

지금쯤은 벌써 혁혁한 공훈을 세워 빛났으리라.

언젠가 내가 사면 불길 속에 갇히게 된 것을 보았을 때,

나는 내 가슴 속에서 자주 독립의 표시를 보았노라.

불길은 무섭게 나를 엄습해왔다.

하긴 환영에 지나지 않았지만 그 환영은 훌륭했었다.　　　　10420

나는 승리와 명성을 막연히 꿈꾸고 있었지만,

거만하게 게을리한 것을, 이제 회복해야겠다.

　　(반역 황제에게 도전하기 위해 사신이 파견된다.)

　　(파우스트, 갑옷을 입고, 투구로 반쯤 얼굴을 가리고 있다.

　　세 용사, 전과 같은 무장한 옷차림.)

파우스트　　이렇게 저희들이 나섰다고 책망하지 마시기를 바랍니다.

　　위급한 것은 없으나 조심하는 것이 상책입니다.

---

*　　말을 달리면서 긴 창으로 고리를 꿰는 기사의 경기

**　　황제는 자기가 유약한 것은 말하지 않고 주위 사람들이 전쟁을 말렸다고 비난
　　한다.

아시다시피 산중의 백성들은 생각과 궁리가 많고,*   10425

자연이나 암석에 나타난 문자에 정통하고 있습니다.

영들은 이미 오래전에 평지에서 물러나서,

전보다도 더욱 암산에 애착을 가지고 있습니다.

그들은 미로와 같은 산골을 헤치고 다니며 남몰래

철분이 넘쳐흐르는 향내 나는 연기에 싸여 활동하고 있습니다.

      10430

줄곧 골라내고 시험하고 결합시키고 하면서

유일한 욕심은 새로운 것을 발명해내는 일입니다.

영력(靈力)을 지닌 조용한 손끝으로

그들은 투명한 형태들을 꾸며내고

이윽고 그 수정과 영원한 침묵 속에서   10435

지상 세계에 일어난 일을 들여다봅니다.

황제   그런 이야긴 나도 들었네. 나는 자네를 믿네.

하지만 용사이면 그것이 이런 경우 무슨 소용인가?

파우스트   사비엘 사람으로 노르치아**의 마술사인가?

당신의 충성되고 정직한 신하올시다.   10440

한때 무서운 운명이 그를 위협한 일이 있었지요.

섶나무는 훨훨 타오르고 벌써 불길은 혓바닥을 날름대고 있었

지요.

---

*   산중의 백성은 요하네스 프레트리우스의 저서에 기재된 난쟁이 요마를 말한다.
프레트리우스의 책에는 펜타그램, 호문쿨루스 등도 설명되어 있다.

**   이탈리아 중부에 있는 도시. 이 지방 일대에는 마술사가 많다고 한다. 그런데 그
마술사의 한 사람이 로마에서 화형당하게 되었는데, 대관식차 로마에 와 있던 젊
은 황제한테 구원받았다는 것은 괴테의 창작이다.

그리고 주위에 쌓아 올린 장작 더미에는

역청(瀝靑)이나 유황이 묻은 곤봉이 섞여 있었지요.

인간도 신도 악마도 구할 수가 없었지만,　　　　　　　　10445

폐하께서 벌겋게 달아오른 사슬을 끊어주셨습니다.

로마에서의 일이었지요. 그래서 그는 대단히 감지덕지하여

폐하의 신상에 대해서 늘 마음을 쓰고 있었습니다.

그 시각부터 그자는 자기 몸을 완전히 잊고,

오직 폐하를 위해 천문과 신비를 살피고 있었습니다.　　　10450

화급한 일이라고 폐하를 돕도록

우리한테 당부한 것도 그자입니다. 산의 힘은 위대합니다.

자연이 산에서 비상하게 자유의 힘을 쓰는 것을

우둔한 성직자들은 마술이라고 저주하지요.

황제　　　　기쁜 날에 명랑하게 즐겨보려고,　　　　　　10455

명랑한 기분으로 찾아 드는 손님들을 맞을 때,

밀고 밀리고 방안이 미어질 듯한 손님들은

누구나 우리를 즐겁게 해주는 것일세.

그러니 운명의 저울질이 어느 쪽으로 기울어질지 모를

불안하고 염려스러운 이런 날 아침에,　　　　　　　　10460

아군을 도우려고 찾아 들어온

성실한 사나이를 나는 그지없이 환영한다.

하지만 지금이야말로 중대한 순간이니,

그대의 억센 손을, 빼고 싶은 칼에서 놓아주오.

수천 명의 사람들이 나를 위해 아군과 적군으로　　　　　10465

갈라져 싸우려 나서는 이 순간을 존중해주오.

독립하는 것이 사나이지! 황제의 관과 옥좌를 탐내는 자는

스스로 그 명예에 어울리는 자가 되어야 하오.

우리의 적이라고 일어나서 황제라고 자칭하고
여러 나라의 군주라느니, 군의 대원수라느니,   10470
제후의 지배자니 하는 유령들은,
내가 내 손으로 죽음의 나라로 처밀어 넣어야겠소.

파우스트　　그건 그렇다고 해도 대사를 이루려면
폐하의 목숨을 내거는 일은 좋지 못합니다.
투구는 계관(鷄冠)이나 깃으로 장식되어 있지 않습니까?   10475
투구는 우리의 용기를 고무하는 머리를 보호하지요.
머리가 없다면 수족인들 무슨 일을 해내겠습니까?
머리가 잠자면 사지도 늘어지고 맙니다.
머리를 다치면 당장 모든 것은 상처를 입지요.
머리가 시원하게 나으면 수족도 곧 기운을 얻지요.   10480
그러면 팔은 바로 그 억센 권리를 행사해서
머리통을 지키기 위하여 방패를 치켜들 수도 있고,
칼로 당장에 제 할 일을 알아차리고
힘차게 받아넘기고 치게 될 것입니다.
튼튼한 발도 아군의 행운에 한몫 들어,   10485
맞아 죽은 자의 목덜미 힘차게 밟을 것입니다.

황제　　　나의 노여움도 그러하다. 그놈을 그렇게 죽여서,
그 오만한 목을 발판으로 만들고 싶다.

사신들　　(돌아온다.) 저희들은 거기서
그리 존경도 받지 못하고, 대접도 못 받았습니다.   10490
이쪽에서 당당히 훌륭한 신청을 했지만,
껍질뿐인 농담이라고 비웃었습니다.
"너희들 황제는 행방불명이다.
저 좁은 산골에서 메아리만 친다.

그자를 생각해 보라고 하지만, 10495

동화 속에서 흔히 말하듯 ― 옛날 옛적 이야기다"라고 하더군요.

파우스트   그렇다면 군건히 충성스럽게 폐하의 편을 드는,

선발된 자들의 소원대로 되었습니다.

저쪽에 적들이 접근합니다. 우리 편은 의기충천 기다리고 있습니다.

공격을 명령하십시오. 기회는 유리합니다. 10500

황제   내가 직접 여기서 지휘하는 것은 그만둬야겠군.(장군에게)

후작, 그대의 의무는 그대 손에 쥐여져 있소!

선임 장군   그러면 자, 우익군은 전진하라!

지금 막 기어오르고 있는 적의 좌익을

최후의 일보를 내디디기 직전에 10505

이미 시련을 겪어본 충성스러운 젊은 힘 앞에 항복시킬 것이다.

파우스트   그렇다면 여기 이 기운찬 용사가,

지체없이 당신의 전열 속에 들어가서,

대열과 긴밀하게 일체가 되어, 그 일원으로서

용맹스런 본분을 발휘하도록 허락해주십시오. 10510

（파우스트, 오른쪽을 가리킨다.）

싸움패   （나타난다.）내게 얼굴을 보이는 놈은 턱주가리나

볼따기를 윽박지르기 전에는 돌아서지 못할걸.

내게 등을 들이대는 놈은 목이고 머리통이고

머리채고 간에 당장에 소름이 끼치게 등어리에 축 늘어질걸.

내가 날뛰고 덤벼드는 그대로 10515

우리 편 장정들이 칼과 몽둥이를 휘두르면,

적들은 한 놈 한 놈 쓰러져서

저희들 피바다 속에 빠지게 될 것이오. （퇴장.）

선임 장군 아군 중앙의 밀집 방어진은 소리 없이 전진하여

빈틈없이 전력을 다하여 적군을 대적한다.   10520

약간 오른쪽으로 처진 저쪽에서는 이미, 분개해서

우리 전투력이 적의 진지에 타격을 가했다.

파우스트 (앞으로 나온다.) 그렇다면 이 사나이도 명령을 따르게 해

주십시오.

아주 날쌔어 무엇이든 모조리 가로채니까요.

날치기 (앞으로 나선다.) 아군의 사기에는 또한   10525

약탈에 대한 욕심도 짝을 지어야지요.

가짜 황제에 푸짐한 천막을

모든 용사의 목표물로 정해둡시다.

그놈도 그 자리에 오래 뽐내고 있진 못할 것이오.

제가 선발대의 선두에 서지요.   10530

들치기 (주막의 여자, 재빨리 날치기에게 다가서면서)

나는 이분의 여편네는 아니지만

이분은 나의 제일 귀여운 서방님이에요.

우리도 추수할 가을철을 맞았단 말이에요!

여자란 움켜잡을 때면 사납지요.

빼앗아야 할 때는 인정사정없지요.   10535

이기는 편에 앞장을 서야지요, 무슨 짓을 해도 될 테니까요.

(두 사람 퇴장.)

선임 장군 예상한 대로 아군의 좌익에 대항해서

저의 좌익군이 맹렬하게 공격해오는군.

저 암석투성이 비좁은 통로를 점령하려는 적군의

광포한 공격에 병사마다 저항할 것이다.   10540

파우스트   (왼쪽에 손짓을 한다.)

그러면 폐하, 이자를 눈여겨보아주십시오.

강한 놈이 더욱 강해진다고 해서 해로울 것은 없겠지요.

뚝심쟁이   (앞으로 나선다.) 좌익에 대해서는 걱정을 마시오.

내가 있기만 하면 가진 것은 안전합니다.

늙은이는 잡으면 놓지 않아요.   10545

내가 쥔 것은 번갯불도 뺏지는 못할 것이오. (퇴장.)

메피스토   자, 보십시오, 배후에서

온통 뾰족뾰족한 바위틈에서,

무장한 친구들이 쏟아져 나와,

비좁은 길을 더욱 꽉 차게 메꾸고 있습니다.   10550

투구와 갑옷과 방패로 무장하고

우리의 배후에 성벽을 쌓고

치고 들어갈 신호만 기다리고 있습니다.

   (메피스토를 아는 관객들에게 나직이)

저것들이 어디서 나타났는지 물어서는 안 됩니다.

나는 물론 지체하지 않고 근처에 있는,   10555

무기고를 모조리 털어왔지요.

거기엔 보병도 있고 기병도 있었는데,

아직도 이 세상의 주인 행세를 하고 있더군요.

전에는 기사나 국왕이나 황제이긴 했지만

이제는 완전히 속빈 달팽이의 껍질에 불과하다오.   10560

그 속으로 여러 가지 도깨비들이 기어들어 단장을 하고 나서서,

중세기가 생생하게 되살아난 것처럼 되었소.

저 갑옷 속에 숨은 것이 어떤 마귀라 할지라도

이번만은 하여간 효과가 있을 것이오.

(큰 소리로) 여러분, 들으시오, 저것들이 지금부터 노기충천하여   10565

쇠붙이들을 덜거덩거리며 서로 부딪고 있습니다.

너덜너덜한 군기 조각도 시원한 바람을

쐬고자 조바심을 내고 기다리고 있습니다.

생각해 보십쇼, 여기선 옛사람들이 준비를 갖춰

새로운 싸움에 뛰어들고 싶어하고 있습니다.   10570

　　(위에서 놀랄 만한 나팔 소리가 들리자 적근에 심한 동요가 일

어난다.)

파우스트　　지평선이 어두워졌구나.

오직 여기저기서 심상치 않은 붉은 빛이

의미심장하게 빛나고 있을 뿐이다.

벌써 창검들은 핏빛으로 번쩍이고 있다.

바위고 숲이고 부는 바람과,   10575

하늘 전체까지도 싸움에 말려들었다.

메피스토　　우익군은 기운차게 버티고 있소이다.

하지만 그 중에서도 뛰어나게 보이는 것은

날쌘 거인인 싸움패 한스이며

제 버릇대로 잽싸게 활약하고 있군요.   10580

황제　　　처음에는 한 팔을 치켜드는 것이 보였는데,

이젠 벌써 열두 개나 날뛰고 있는 듯 보이네그려.

흔히 있을 수 있는 일이 아닌걸.

파우스트　　시칠리아의 해안에 길게 뻗친

안개의 띠에 대한 이야길 들으신 적이 없으십니까.   10585

그곳에서는 백일하에 하늘거리면서 역력하게

중앙에 높이 솟아,

이상한 아지랑이에 반영되어

희한한 광경이 나타난다고 합디다.

여기저기에 도시들이 나타났다간 없어지고,   10590

화원들이 떠올랐다간 가라앉곤 한답니다. 여하간

여러 가지 광경이 대기를 뚫고 나타납니다.

황제　　하지만 어쩐지 의심스럽군! 높다란 창끝이

모조리 번갯불이 치고 있는 듯 보인다.

아군의 방어진의 창 끝에선   10595

날쌘 불꽃이 춤추고 있는 것을 볼 수 있다.

이것은 너무나도 요사스러운 일이라 생각되는군.

파우스트　　황송하지만, 폐하, 저것은 이 세상에서

사라진 신령들의 흔적입니다.

어떤 뱃군이건 축원을 드리는   10600

디오스쿠로이 형제의 불*이올시다.

그들은 여기서 최후의 영력(靈力)을 쥐어짜는 것입니다.

황제　　자연이 우리를 향해서

너무나 이상한 것을 긁어모아 주는 것은

누구의 혜택인지 말해 보게나?   10605

메피스토　　그것은 폐하의 운명에 마음을 쓰는

그 거룩한 요술사 이외에 누구이겠습니까?

폐하의 적군들의 억센 협박으로 인하여,

그 친구는 마음속 깊이 격분을 했습니다.

---

*　　쌍둥이 성좌로 항해자를 보호한다. 디오스쿠로이 형제가 그 배를 수호해준다는
표시다.

그래서 설사 자기가 파멸할지언정   10610

은덕을 갖기 위해 폐하를 구원하려는 것입니다.

황제   언젠가 백성들은 탄성을 지르며 어마어마한 꼴로 나를 끌

고 다녔었지.*

나도 그래 제법 무엇이 된 기분으로 권력을 시험해보고 싶어졌

었지.

그래서 이거 잘됐구나 싶어 별로 생각도 않고

백발 노인에게 차가운 바람을 보내주었던 것이지만,   10615

대신 교회는 모처럼의 즐거움을 망치게 되어

나는 물론 교회의 호의를 얻을 수가 없었다네.

한데 그 일이 있은 지 몇 해가 지난 오늘에 와서

내가 좋아서 한 일의 보답을 받게 된다는 것인가?

파우스트   너그러운 마음에서 나온 선행은 얼마든지 이자가 붙죠.

                                                                10620

눈을 드시어 하늘을 바라보십시오.

어째 그 요술사가 길조를 보내는 것 같군요.

조심스럽게 보십시오, 곧 징조가 나타날 것입니다.

황제   독수리 한 마리가 하늘 높이 떠 있고,

이상한 새 그리프스**가 사납게 위협하며 대들고 있구나.   10625

파우스트   조심스럽게 보십쇼. 저것은 아주 길조로 보입니다.

그리프스란 옛이야기에나 나오는 새인데,

어찌 감히 제 주제에 진짜 독수리하고

---

*   백성들이 환성을 올렸다는 것은 대관식 때의 이야기다.

**   독수리의 머리와 날개를 가지고 사자의 몸을 가진 전설의 괴조(怪鳥). 여기서는
        독수리가 황제의, 그리프스가 참왕(僭王)의 알레고리다.

힘을 겨룰 생각이 들 수가 있을까요?

황제　　넓은 원을 그려 가며 서로　　　　　　　　　10630

빙빙 돌고 있구나 ― 그러자 순식간에,

그놈들은 서로 덤벼들어서,

가슴과 목을 찢어놓으려고 하는군.

파우스트　　잘 보십시오. 저 흉측한 그리프스는

찢기고 뜯기고 상처투성이로　　　　　　　　10635

사자꼬리를 축 늘어뜨리고

봉우리 숲 속으로 추락해버렸습니다!

황제　　이런 길조대로 되기만 했으면 좋으련만!

이상한 일이긴 하지만 믿어두기로 하자.

메피스토　　(오른쪽을 향해서)

맹렬하게 거듭하는 공격에　　　　　　　　　10640

적군은 물러나지 않을 수 없다.

그리고 어설픈 저항을 보이면서,

오른쪽으로 몰려갔기 때문에

적군의 중앙 주력(主力)의 좌익을

싸우면서 혼란시키고 있다.　　　　　　　　10645

아군의 방진(方陣)의 견고한 선두는

우측으로 진출하여, 번갯불같이,

적의 약점을 찌르고 있다 ―

이제 힘이 백중한 양군은

풍우로 미쳐 날뛰는 파도와 같이 두 군데 전투에서,　　10650

불꽃을 튀기면서 사납게 미쳐 날뛰고 있다.

이보다 장렬한 광경은 생각할 수도 없다.

이 전쟁은 아군의 승리올시다.

황제　　(좌측에서 파우스트에게)

보아라! 저쪽이 의심스럽구나.

아군의 수비가 위태롭다.　　　　　　　　　　　　　　10655

돌덩이가 나는 것도 보이지 않는다.

아래쪽 바위에는 적이 기어올라 왔고,

위쪽 바위를 아군이 버리고 말았다.

저것 보지 — 적군이 한 덩어리가 되어

점점 가까이 육박해오는구나.　　　　　　　　　　　10660

아마 통로도 점령된 것 같다.

이것이 사교도의 헛된 노력의 결과였던가?

그대들의 마술 따위는 헛된 수작이구나.　　(잠시 후에)

메피스토　　저쪽에서 제 까마귀 두 마리*가 날아옵니다.

무슨 소식을 전하려 온 것일까요?　　　　　　　　　10665

우리에게 좋지 못한 소식이나 아니었으면 좋겠군요.

황제　　저 흉악한 새가 무엇이란 말이냐?

검은 돛을 올리고 열전이 벌어지고 있는

바위에서 이쪽으로 오고 있으니.

메피스토　　(까마귀를 향하여)

내 귀에 바로 가까이 앉아라!　　　　　　　　　　　10670

너희들이 지켜 주는 자는 망하지 않는다.

너희들의 충고는 틀림이 없으니 말이다.

파우스트　　(황제에게) 비둘기들은 아무리 먼 나라에서라도

새끼나 먹이가 있는 집으로

---

*　메피스토가 언제나 두 마리의 까마귀를 데리고 다니는 것은 2491행에서도 나
왔다.

돌아온다는 것은 들어 보신 일이 있으시겠지요.　　　　10675
여기에 중대한 차이점이 있다면
그것은 비둘기는 평화에 봉사하는 사신이며,
까마귀는 전쟁에 보내는 사신이란 것입니다.

메피스토　　심한 비보가 들어왔습니다.
보십시오! 저 바위 끝에서 우리의 용사들이,　　　　10680
고정하고 있는 것을 지켜보십시오!
가까운 고지에는 이미 적이 올라왔습니다.
통로마저 점령당한다면
우리는 중대한 입장에 서게 될 것입니다.

황제　　　그렇다면 결국 나는 속임수에 넘어갔구나?　　10685
너희들은 나를 그물 속으로 끌어들였구나.
나를 농락하다니 몸서리가 친다.

메피스토　　용기를 가지십시오. 아직 패하지는 않았습니다.
최후의 난관에는 인내와 책략을 써야 합니다!
마지막 고비가 격렬해지는 것은 흔히 있을 수 있겠지요.　　10690
나는 확실한 사신을 두고 있습니다.
내가 명령을 내려도 좋다고 분부하십시오!

선임 장군　(그 사이에 가까이 오면서)
폐하께서 이자들과 결탁하셨습니다만,
그것이 제게는 줄곧 걱정이었습니다.
마법과 요술로는 확고한 행복은 얻을 수 없습니다.　　10695
저에게는 이 전황을 돌이킬 방법이 없습니다.
이자들이 시작한 일이니, 이자들이 결말을 내겠지요.
저는 제 지휘봉을 돌려드리겠습니다.

황제　　　때가 오면 우리에게 행운이 올지도 모를 것이니,

그때까지 지휘봉은 그대로 맡아두시오.   10700
나는 저 흉측한 자와
저자가 까마귀와 정답게 구는 데 몸서리가 났네.
(메피스토에게) 저 지휘봉을 자네에게 줄 수는 없네.
너는 적임자라고 생각되지 않으니까.
어서 명령을 해서 우리를 구하도록 해보게!   10705
어떻게 되든지 될 대로 되어라.
　(선임 장군과 같이 천막으로 사라진다.)

메피스토　그따위 어리석은 막대기로 몸을 수호하려 들다니!
우리에겐 그런 것은 별로 소용에 닿지도 않는다.
어쩐지 십자가 같은 꼴이 싫단 말이다.
파우스트　그런데 어떻게 할 작정인가?
메피스토　벌써 다 됐소이다!   10710
자, 검둥이 사촌들,* 어서 일을 보아주게나.
커다란 산중 호수로 가서, 물의 신령 운디네에게 긴사드리고,
넘쳐흐르는 물의 환영을 청해 오도록 하라.
그것들은 쉽사리 알아내지 못하는 여성의 술책으로,
실체와 가상(假像)을 분리시키는 능력을 지니고 있소이다.   10715
한데 누구나 환상을 실체라고 생각하기가 일쑤ㅈ요.   (잠시 후에)
파우스트　수정(水精) 아가씨들한테 우리의 까마귀들이
제법 그럴듯하게 비위를 맞췄음에 틀림없구나.
벌써 저기서 저렇게 물이 졸졸 흘러내리기 시작했구나.

---

*　메피스토의 까마귀 두 마리를 말한다.

여기저기 메마르고 벗어진 바위들 틈에서,　　　　　　　　10720

콸콸 성급하게 샘물이 솟아나고 있군.

이젠 적군의 승리도 허사가 되었구나.

메피스토　저렇게 희한한 인사를 받으니,

제 아무리 용맹스럽게 기어오르던 자도 얼떨떨하겠지.

파우스트　벌써 한 줄기 냇물이 몇 갈래로 세차게 내리 닥치고,　10725

협곡에서 배(倍)가 되어 다시 나타나는구나.

이제 물발은 활처럼 휘어 폭포를 이루며 떨어지고

갑자기 평평한 바위 위에 넓게 퍼져서,

여기저기로 소리 내고 거품을 튀기며 흘러서

층층으로 골짜기를 향해서 내리 닥친다.　　　　　　　　10730

용감하고 영웅답게 막으려 한들 무슨 소용이랴?

억센 파도가 적들을 휩쓸어 버리려고 도도히 흐른다.

이런 사나운 홍수를 보니 나도 소름이 끼치는구나.

메피스토　내겐 속임수의 물 따위는 조금도 보이지 않소이다.

오직 인간의 눈만이 속게 마련이지요.　　　　　　　　　10735

이런 희한한 사건은 흥겨워 못 견디겠소이다.

적군들은 모조리 덩어리로 굴러떨어지는군요.

저 어리석은 것들이 물에 빠져 죽는 줄 생각하는군.

단단한 땅 위에서 안전하건만 숨이 차는 듯

우스꽝스럽게도 헤엄을 치는 듯한 몸짓으로 달려간다.　　10740

일대혼란이다.

　　(까마귀가 다시 돌아온다.)

너희를 나중에 위대하신 스승* 앞에서 칭찬해주마.

하지만 또 한 번 악마다운 위력을 나타내고 싶거든,

어서 불이 이글거리는 대장간**으로 달려가거라.

그곳에서 난쟁이들이 피곤한 줄도 모르고　　　　　　　　　10745
쇠붙이와 돌을 두들겨 불꽃을 튀기고 있다.
그자들을 간곡히 타일러서
거룩한 뜻으로서 언제고 꺼지지 않는
빛나고 번쩍이고 불꽃 튀기는 불씨를 얻어 오도록 해라.
아득하게 먼 데서 번갯불이 비치고,　　　　　　　　　　　10750
드높은 별이 깜빡할 사이에 빨리 떨어지는 것은,
여름밤이면 언제나 있을 수 있는 일이지만,
얽히고설킨 숲속의 번개나,
축축한 땅을 스치고 별이 지나가는 일은,
그리 쉽사리 볼 수 있는 것은 아니다.　　　　　　　　　　10755
그러니 너희들은 별로 애를 태울 필요까지도 없고
우선 청을 해보고, 안 들으면 명령을 내리도록 해라.
　　(까마귀들 사라진다. 지시한 대로 사건이 벌어진다.)

메피스토　　적군은 짙은 어둠으로 휩싸였다!
한 걸음 한 발자국이 천방지축이로구나!
어느 구석을 봐도 도깨비불이 번쩍이고,　　　　　　　　　10760
느닷없이 눈을 멀게 하는 불빛이 일어난다.
모든 것이 희한하게 잘된 것 같다.
그러나 이제 무시무시한 소리도 필요하단 말이다.
파우스트　　무기창의 동굴에서 나온 몸뚱이 없는 갑옷들이,

---

*　　마왕 사탄을 말한다.

**　　산에 사는 난쟁이 요귀들이 사는 곳을 말한다.

시원한 바람에 기운이 났다고 느낀 모양이군.   10765

벌써 진작부터 저 위쪽에서 덜거덕, 삐걱,

괴상하고 알 수 없는 소리를 내는군.

메피스토　옳습니다! 이젠 막을 수도 없게 되었습니다.

벌써 그리운 옛 시절에 그랬듯이

기사들처럼 서로 치고 때리는 소리가 납니다.   10770

갑옷의 팔가림이나 정강이받이까지도

교황당이 되고, 왕당이 되어,

영원한 싸움을 다시 시작하고 있습니다.

언제까지라도 조상대대의 기분을 완고하게 지켜

조금도 타협할 기색이라곤 없습니다.   10775

벌써 원근에 시끄러운 소리가 들립니다.

결국 악마들이 축연을 벌일 때마다,

당파 간의 증오가 가장 효과를 발생하게 마련이고,

전율할 결과를 가져옵니다.

목신 판과 같은 참을 수 없는 불쾌한 소리에다,   10780

때로는 마왕과 같은 째지는 듯한 날카로운 소리가

골짜기를 향하여 위협하듯 들려 오는군요.

　　（악대석에서 전쟁 같은 소동이 일어난다. 나중에는 맑은 군악

소리로 변한다.）

반역 황제의 천막

옥좌, 풍성한 주의 환경.
날치기, 들치기.

들치기 역시 우리가 선봉을 차지했군요.

날치기 까마귀라 할지라도 우리처럼 빨리 날지는 못하지.

들치기 아이고, 여긴 정말 보물이 무더기로 있군요!   10785

   어느 것에서부터 손을 대고 어느 것에서 그쳐야 할까?

날치기 천막 속이 하나 가득하군!

   무엇부터 손을 대야 할지 도무지 모르겠군.

들치기 이런 양탄자는 내게 마침 알맞은 물건이군요.

   내 잠자리는 정말 지독할 때가 많거든요.   10790

날치기 여기 강철로 된 금성봉(金星棒)*이 걸려 있군.

---

* 별 모양의 돌기가 붙은 철봉. 중세의 무기

나는 진작부터 이런 것을 갖고 싶어했었지.

들치기　　금사(金絲)로 단을 박은 붉은 외투도 있어요.

이런 것을 나는 꿈꾸고 있었어요.

날치기　　(무기를 집어 들며) 이것이면 손쉽게 될 수 있지.　　　　　10795

사람을 때려 죽이고 앞으로 전진한단 말이야.

너 벌써 퍽 많은 것을 들치기를 한 모양인데,

별로 신통한 것은 꾸려 넣지 못하는 것 같구나.

그런 잡동사니는 제자리에 버려두고

이 궤짝을 하나 집으란 말이다!　　　　　　　　　　　　　　10800

이것은 병정들에게 지불할 월급으로

속에는 금화가 가뜩이란 말이다.

들치기　　이것은 지독하게 무겁군요!

난 들지도 못하니 가져갈 수가 없어요.

날치기　　빨리 허리를 굽혀! 엎드리란 말이다!　　　　　　　　　10805

네 그 억센 등에다 지워 줄 테니.

들치기　　아이구 아파! 아파요. 안 되겠어요!

무거워서 허리가 두 동강이 나겠어요.

　　　(상자가 떨어지며 뚜껑이 열린다.)

날치기　　이거 번쩍번쩍하는 금화가 무더기로 쏟아지는구나!

빨리 덤벼들어 긁어 담아라!　　　　　　　　　　　　　　10810

들치기　　(쭈그리고 앉는다.)

자, 빨리 이 치마폭에다 담아줘요!

이만해도 넉넉하겠어요.

날치기　　그만하면 넉넉할 거다! 어서 서둘러야 한다!

　　　(들치기 일어선다.)

원 저런! 치마폭에 구멍이 났군!

너는 가는 곳마다 서 있는 곳마다   10815

노다지를 마구 뿌려대는구나.

친위병들　(아군 측 황제의)

네놈들은 이 거룩한 장소에서 무슨 짓을 하는 거냐?

폐하의 보물을 어째서 뒤지고 있지?

날치기　우리는 우리 몸뚱이를 싸구려로 판 이상,

여기서 전리품의 몫을 받아 가는 것이다.   10820

적군의 천막에서 이런 일은 늘상 있는 법,

그리고 우리도 병정은 병정이란 말이다.

친위병들　그런 놈이 우리 전우가 될 수는 없다.

병정인 동시에 도둑놈이 되다니 있을 수 없다.

우리 황제 편을 들려는 자는   10825

정직한 병정이라야 한단 말이다.

날치기　정직이라고? 그런 것쯤 벌써 알고 있다네.

말하자면 징발이라면 된단 말이지.

하지만 너희들도 같은 처지가 아닌가?

"내 놔라"는 것이 패거리끼리의 인사가 아니냐?   10830

　(들치기를 향해서)

자, 가자, 가지고 있는 것을 끌고 가자.

우리는 여기선 반가운 손님이 못 된다. (퇴장.)

친위병 1　어째서 저런 뻔뻔한 놈의

따귀를 당장에 후려갈기지 않았단 말인가?

친위병 2　왜 그런지 나는 힘이 빠져버렸단 말일세.   10835

이상하게 도깨비 같은 놈들이었어.

친위병 3　나는 눈앞이 아찔아찔해서

잘 볼 수가 없었네.

친위병 4　어떻다고 해야 할지 알 수가 없는 노릇이지만,

하루 종일 지독하게 덥고,　　　　　　　　　　　10840

불안스럽고 숨이 탁탁 막히도록 무더웠거든.

서 있는 놈이 있는가 하면, 쓰러지는 놈이 있었지.

더듬더듬 가서 곧장 내리치고

칼을 휘두를 때마다 적은 쓰러졌단 말이야.

눈앞에는 안개 같은 것이 자욱하게 끼고,　　　　10845

귓속에서는 윙윙거리고 쉿쉿 소리가 울렸었어.

줄곧 그런 꼴이었는데 이제 보니 여기까지 왔거든.

어떻게 해서 왔는지 지나 모르겠단 말일세.

（황제, 후작 넷을 거느리고 등장.）

（친위병들 퇴장.）

황제　어찌됐건 간에 전투는 우리의 승리로 끝이 났네.

산산이 흩어져 패주한 적은 들판에서 사라졌고　　10850

여기 빈 옥좌만 남아, 반역도의 보물은

양탄자에 싸인 채 주위의 장소를 비좁게 하고 있다.

우리들은 공손하게 아군 친위병들의 보호를 받으며,

황제로서 여러 민족의 사신들을 기다리고 있다.

각 지방에서 오는 즐거운 소식으로는　　　　　　10855

나라는 평온하게 되었고, 기꺼이 우리에게 복종하고 있다고 한다.

우리의 전투에서는 요술까지 얽혀 있었지만,

요컨대 우리는 오직 우리들만으로 싸웠던 것이다.

여러 가지 우연한 사실이 싸운 자를 돕는 셈이지.

하늘에서 돌이 떨어지고, 적군에게 피의 비가 내리고,　　　　　10860

이상한 무서운 소리가 바위 구멍 속에서 울려 나와서,

아군의 용기를 북돋아주고 적의 가슴을 답답하게 한다.

패한 자는 쓰러져 언제까지고 후세의 조소를 받고,

승리를 뽐내는 자는 호의를 가져다준 신을 찬미한다.

만인은 소리를 합하여 명령을 내릴 필요도 없이　　　　　10865

백만의 목청을 돋우어 소리친다. "주여! 저희들은 그대를 찬양하

나이다"라고 소리 맞춰 외친다.

그러나 전에는 좀처럼 없었지만, 최고의 보상을 생각하며,

나는 엄숙히 내 가슴에 시선을 돌린다.

젊고 원기가 왕성한 군주라면 그의 하루를 헛되이 보낼 수도 있겠

지만,

세월이 흐름에 따라 그때그때의 중대성을 배우게 되었다.　　10870

그렇기 때문에 나는 때를 놓치지 않고, 곧 궁정과 국가를 위해서

그대들 네 충신과 결합할 것이다.

　　(첫 번째 충신을 보고)

오오, 후작, 군대를 정연하고 현명하게 배치해서,

중대한 순간에 영웅적으로 조치한 공은 그대의 것.

이제 시대의 요청에 따라, 평화 속에서 일해 다오.　　　　　10875

그대에게 궁내상을 제수하고 이 검을 내리노라.

궁내 대신　이제까지 국내 치안에 종사하던 폐하의 충성된 군대가,

이제 국경에서 폐하와 옥좌를 수호하는 이상,

대대로 내려온 광대한 성 안에서 축연이 있을 때면,

성찬이나 차릴 것을 우리한테 허락해 주십시오.　　　　　10880

그러면 저는 이 빛나는 검을 받들고 앞에 서고 옆에서 모셔

위풍당당하신 폐하의 곁에서 영원히 보필하겠습니다.

황제   (두 번째 충신을 보고) 용감한 남자이며 동시에 부드럽고 친
절한 그대는

시종관이 되게나! 이 직분은 용이한 것이 아닐세.

그대는 이제 궐내에서 일하는 모든 사람들의 장(長)이네.   10885

그들 사이에 내분이 있다면 신하로서 좋지 못하오.

그대의 행동 하나하나가 이후에 본보기가 되어 높이 평가되어,

주인과 군중의 모든 사람에게 만족을 줄 수 있도록 하게나.

시종관   가장 착한 자를 도와 주고, 악한 자라도 해치지 않고,

모략을 쓰지 말고 공명하며, 속이지 말고 침착하며,   10890

폐하의 큰 뜻을 넓히고, 폐하의 은혜에 참여하렵니다.

저의 뜻을 폐하께서 살펴주신다면, 저는 더는 만족이 없겠습니다.

그 축제에까지 널리 생각해보아도 좋을까요?

당신께서 식탁에 나오시면, 저는 금대야를 받쳐 드리고,

즐거우신 한때를 보내시기 위해서 손을 씻을 수 있도록,   10895

빼 놓으신 반지를 제가 들어 드릴 때 당신의 두 눈동자가 저를 반
기실 것입니다.

황제   하긴 지금 나로서는 잔치 따위를 생각하기엔 너무나 엄숙
한 기분이다.

그러나 좋다, 즐거운 모임을 갖는 것도 좋을 것이다.

    (세 번째 충신을 보고)

자네는 대사옹 원장(大司饔院長)으로 택하네! 따라서

지금부터 사냥질이나 새를 키우는 일이나, 채원은 자네 권한에 속
하네.   10900

언제나 다달이 생산되는 물건들 중에서

내가 좋아하는 것을 택하여 정성들여 조리해주게.

대사옹 원장   산해진미가 어전에 나와 그 맛을 보실 때까지,

엄하게 단식(斷食)하는 것을 즐거운 의무로 여기겠습니다.

부엌의 요리사들의 협력을 얻어서,   10905

먼 곳에서 물건을 사들여 오고 계절을 앞질러 다련시키겠습니다.

하긴 먼 곳 물건이나 계절을 앞지른 수라상을 꾸미는 것을 좋아하
시지 않고,

검소하고 영양 많은 것을 즐기심을 알고 있습니다만.

황제   (네 번째 사람에게)

잔치에 대한 이야기는 피할 수 없게 되었으니,

젊은 용사여, 그대는 술을 따르는 역할을 맡아 주게나.   10910

헌주관(獻酒官)이여, 그대는 우리 지하실에 홀륭한 술이

풍성하게 마련되도록 마음을 써주길 바란다.

하지만 그대 자신은 절제해야 할 것이다.

마침 잘됐다 하고 기회에 끌려서 도를 넘지 않기를 바라네.

헌주관   폐하, 젊은 것이라 할지라도 신임을 받게만 되면   10915

아무도 모르는 새에 어른이 되는 법입니다.

저도 그런 큰 잔치를 상상해보겠습니다.

궐내의 찬장은 모조리 금이나 은으로 된

가장 홀륭한 술잔으로 호화찬란하게 장식해두겠으나,

폐하를 위해서는 미리 가장 우아한 잔을 고르겠습니다.   10920

그것은 번쩍이는 베니스의 유리잔으로, 속에는 쾌락이 숨죽여 기
다리고

술맛을 더하게 하나 결코 취하게 하지는 않습니다.

그런 희한한 보물은 흔히 지나치게 신뢰하는 법이라.

폐하의 절제야말로 호신(護身)이 될 것입니다.

황제   내가 이 엄숙한 시간에 그대들에게 하고자 했던 말을,

                                                         10925

그대들은 믿을 수 있는 입으로부터 들었을 것이다.

황제의 말은 중한지라 제수한 것에 틀림이 없느니라.

허나 그것을 보증하려면 귀한 서류가 필요하고

서명도 필요하다. 그런 형식을 갖추기 위해서

마침 좋은 때에 좋은 인물이 나타났군.   10930

(대주교 겸 대재상 등장.)

황제   둥근 천장도 초석(礎石)에 의지하고 있으면,

한정없이 안전하게 서 있을 수 있소.

여기 네 사람의 공신이 있소. 우리는 우선

황실과 대궐 내의 보전을 위해 의논했소이다.

허나 나라 전체를 보전하는 일은   10935

그대들 다섯 사람들에게 단단히 맡기겠노라.

그대들의 봉토(封土)를 다른 누구보다도 빛나게 해주리라.

그런즉 지금 곧 반란에 가담했던 자들의 영토로서

그대들의 영지와 경계를 넓혀주겠노라.

충성스러운 그대들에게 넓은 비옥한 토지와 더불어   10940

기회 있을 때마다 계승하고, 사들이고 교환함으로써

그것을 확장할 수 있는 지상의 권리를 주겠노라.

또한 영주로서의 권한에 속하는 것은

어려움 없이 할 수 있다는 걸 굳게 약속하노라.

재판관으로서 그대들은 최종 판결을 내릴 수 있노라.   10945

그대들의 최고심에서 다시 상고하는 것을 인정치 않겠네.

그리고 세금, 사용료, 현물세, 연공, 안전 통행세, 관세,

산이나 소금이나, 화폐의 특권도 그대들에게 속하는 바일세.

나의 감사하는 마음을 십분 실증하기 위해서,

나는 그대들을 어디까지나 황제의 지위 바로 다음으로 이끌어 올

린 셈일세.   10950

대주교   일동을 대신해서 충심으로 감사드립니다!

저희들을 견고하게 하심은 곧 왕권을 강력하게 하시는 것입니다.

황제   그대들 다섯에게 나는 더욱 높은 권위를 부여하리라.

나는 아직도 나라를 위해 살고 있지만 이후에도 살고 싶다.

한데 선조 대대의 사슬은 나의 신중한 눈초리를   10955

성급한 공명심에서 미래의 위협으로 돌리게 한다.

때가 오면 나도 정든 사람들과 헤어지게 되리라.

그러면 후계자를 택하는 것이 그대들의 의무요,

관을 씌워 새 황제를 높이 성단 위에 세우고,

이렇게 소란한 세상을 평화롭게 끝내게 힘쓰렷다.   10960

대재상   가슴 깊이 긍지를 품고, 행동에는 겸손을 보이며,

지상의 제일인자인 제후들이 어전에서 고개 숙여 섰습니다.

충성된 피가 터질 듯한 혈관 속에 뛰는 한

저희들은 뜻하신 대로 움직이는 육체입니다.

황제   그럼 끝으로 지금까지 의논한 일은   10965

후일을 위해 서류와 서명으로 보증해 두겠노라.

그대들은 영주로서 소유 영토를 전혀 자유로이 다루어도 좋지만,

그것을 분할할 수 없다는 것을 조건으로 한다.

그대들이 내게서 받은 것을 아무리 불려도

그것은 고스란히 장남이 계승하도록 할 것이다.   10970

대재상   국가와 저희들의 복지를 위해, 이 중요한 규정을

저는 기꺼운 마음으로 양피지에 적겠나이다.

정서나 봉인은 기록계에서 할 것입니다.

거룩하신 폐하께서 친히 서명하셔서 확인해주십시오.

황제   그러면 다들 물러가시오. 오늘은 중대한 날인즉,   10975

각자 마음을 가다듬고 깊이 생각해보도록 하오.

(세습 제후들 모두 물러간다.)

대주교　　(남아서 비장한 말투로)

재상으로서는 물러갔으나 대주교로서 남았습니다.

귀에는 거슬리겠으나 직간을 드릴 생각입니다.

어버이와 같은 마음에서 폐하의 일이 걱정됩니다.

황제　　　이런 즐거운 때에 무슨 걱정인고? 말을 하게!　　　　10980

대주교　　거룩한 왕관을 쓰신 폐하의 머리가 이런 때에,

악마와 결탁하고 있는 것이 지극히 괴롭습니다.

하긴 겉보기로는 옥좌에 안정하고 계신 듯하지만,

슬프게도 그것은 주(主)이신 신과, 아버지이신 교황을 모독하시는

것입니다.

만일 교황께서 아신다면 금시 벌을 내리시어　　　　　　　　10985

그 거룩한 빛으로 이 죄 많은 나라를 멸하리이다.

교황께서는 폐하가 당신의 대관식 날에

마법사들을 석방한 일을 아직도 안 잊으셨습니다.

폐하의 왕관에서 뻗치는 최초의 빛이 저주받을

그 머리에 비친 것은 전 그리스도계의 화였지요.　　　　　　10990

그런즉 가슴을 두드리고, 그 불의의 복 가운데서

얼마간의 기부라도 즉각 거룩한 사원에 헌납하십쇼.

폐하의 천막을 쳤던 그 넓은 구릉 지대는,

악령들이 폐하를 지키려고 운집했었고, 또한

폐하께서 허위의 제후들에게 귀를 기울인 곳입니다.　　　　　10995

신앙심을 돋우어 그곳을 신성한 일을 위해 기부하십시오.

아득하게 뻗어 나간 산과 숲,

초록색으로 덮여 비옥한 목장이 된 구릉,

물고기들이 풍성한 맑은 호수, 그리고 세차게

꼬불꼬불 골짜기에 쏟아져 내리는 무수한 시내와,　　　　　　　11000

초원, 평원, 평지를 합친 넓은 골짜기를 기부하십시오.

그래서 회한의 정을 쏟으면, 신의 은혜를 받으실 것입니다.

황제　　　중대한 과실이었군. 나는 심히 황송하게 생각하네.

기부할 땅의 경계선은 그대가 좋도록 정하오.

대주교　　첫째 그런 죄악을 저질러, 부정하게 된 고장은,　　　　　11005

즉시 신의 성역으로 하겠다고 공고해주십시오.

홀연 제 마음속에 견고한 석벽이 치솟습니다.

아침 햇살이 벌써 그 성단을 비추고,

세워져 가는 건물은 십자형으로 넓어지고 있으며,

본당은 길어지고 높아져서 신자들의 기쁨이 됩니다.　　　　　　11010

최초의 종소리가 산과 골짜기에 울려 퍼지면,

신자들은 벌써 열렬한 마음으로 위풍당당한 정문으로 밀려듭

니다.

하늘 그리운 듯 치솟은 높은 탑에서 종소리 울려오면

참회하려는 사람들이 새로운 삶을 찾아 몰립니다.

장엄한 헌당식(獻堂式) 그날이 속히 왔으면 좋겠습니다!　　　　11015

그 식에는 폐하의 임시석이 지고의 광채가 되오리다.

황제　　　그런 대공사로 주(主)이신 신을 찬양하고 또한

내 죄를 씻기 위해 경건한 마음을 널리 알리고 싶다.

이제 됐네. 내 마음도 부풀은 것을 느끼고 있네.

대주교　　그러면 재상의 자격으로 결재와 형식적인 수속을 촉진하

겠습니다.　　　　　　　　　　　　　　　　　　　　11020

황제　　　교회에 기부한다는 취지의 합법적인 문서를

내게 제출하면 기꺼이 서명하겠소.

대주교　(물러나려다 입구에서 다시 돌아서서)

그러시고, 장차 세워질 건물에는 동시에

십 분의 일 세금, 임대료, 헌납금 등 일체의 수익금을

영구히 기부하십시오. 격에 어울리도록 유지하려면 여간 비용이

들지 않으며,　　　　　　　　　　　　　　　　　　　　11025

조심스럽게 관리하는 데도 막대한 비용이 듭니다.

그런 황무지에다 시급히 공사를 하는 것이니,

빼앗은 보물 중에서 얼마간 황금을 내놓으십쇼.

그 밖에 말씀 안 드릴 수 없는 것은,

먼 나라의 나무, 석탄, 슬레이트 같은 것이 필요하지요.　　11030

운반은 설교단에서 설법으로 백성들에게 시키겠습니다.

교회에 봉사하여 일하는 자에게 교회는 축복을 내릴 것입니다.

(퇴장.)

황제　　내가 짊어진 죄과는 크고 무겁구나.

그 흉악한 마술꾼들 덕에 지독한 손해를 입는구나.

대주교　(다시 돌아와서 공손하게 허리를 굽히며)

용서하십쇼, 폐하! 그 소문이 자자한 사나이*한테,　　　　11035

이 나라의 해안 지대를 내주셨으니 폐하는 뉘우치시는 뜻으로 그
토지의

십 분의 일 세금, 임대료, 헌납금, 수익 등을 교회에다

기부 않으시면 그자는 파문당할 것입니다.

황제　　(못마땅한 듯)

---

*　파우스트를 말하는 것으로 해안 지대의 매립을 허가한 것은 다음 행에서 언급되
었을 뿐이다.

그 땅은 아직 존재하지 않네. 바다 속에 가라앉아 있지 않은가!

대주교   권리와 인내심을 가진 자에게는 언젠가는 때가 오기 마련

입니다.   11040

우리로선 폐하의 말씀이 효력을 잃지 않는 것으로 알겠습니다.

황제   (혼자서) 이런 꼴이면 얼마 안 가서 나라 전체를 넘겨주어

야 할 판이로군.

확 트인 지방

나그네　　그렇다! 저것이다. 저기 저렇게 정정하고
　　연륜이 차고 굳세게 자란 보리수,
　　오랫동안의 여행을 끝마치고　　　　　　　　　　　　　11045
　　다시 저 나무를 보게 되었구나!
　　풍우로 성난 파도가 나를
　　저 모래 언덕 위에 팽개쳤을 때
　　나를 살려준 것은 저 오두막집이었다.
　　바로 옛날 그 고장이로구나.　　　　　　　　　　　　　11050
　　저 집 주인들을 나는 축복해주고 싶다.
　　남을 돕기 좋아하는 가상한 부부였지.
　　그 옛날에도 이미 늙은이었으니
　　오늘 다시 만날 수 있을까 보냐.
　　아아, 진정 착한 사람들이었지!　　　　　　　　　　　　11055
　　문을 두드릴까? 불러볼까? ― 안녕들하신가요.
　　지금도 여전히 손님 대접을 좋아하고 선행의 기쁨을

즐기고 계시다면 인사를 드리겠소이다.

바우치스 (고령의 노부인)

어서 오세요, 손님! 조용히! 조용히 해주세요!

가만히, 영감을 쉬게 해주세요.   11060

늙은이는 잠을 실컷 자면, 잠깐 깨어 있는 사이에도

일을 잽싸게 해치울 수 있으니까요.

나그네   할머니, 옛날에 영감님하고

젊은 사람의 목숨을 살려주신 분이

당신이었던가요? 그때의 인사를   11065

지금 받아주십시오.

당신이 다 죽게 된 저의 입에 서둘러서

기운 날 것을 마시게 했던 바우치스 노부인이신가요?

(그녀의 남편 등장.)

당신이 그렇게도 기운차게 저의 보물을

파도 속에서 건져 내 주었던 필레몬 노인이신가요?   11070

당신들이 재빨리 피워준 모닥불,

당신들이 울려주시던 종의 눈부신 소리,

그 무서운 조난의 뒤치다꺼리까지

두 분한테 맡기고 말았었지요.

다시 한번 밖에 나가,   11075

끝없는 바다를 바라보게 해주십시오!

무릎을 꿇고 기도를 올리게 해주십시오!

저의 가슴은 너무나도 벅차오릅니다.

(그는 모래 언덕에서 앞으로 나선다.)

필레몬   (바우치스에게) 상쾌하게 꽃이 만발한 뜰 한가운데서

어서 서둘러 식탁을 마련하도록 하구려!   11080

저 사람은 뛰어다니고, 놀라게 내버려둡시다.
자기의 눈에 보이는 것이 믿기지 않을 테니까.
　　（나그네 곁에 나란히 서면서）
파도 또한 사납게 거품을 내며
당신을 무섭게 학대하던 그 바다가
어제는 꽃밭으로 변모해서　　　　　　　　　　　　　　　11085
천국 같은 광경이 된 것이 보이지요.
나도 늙어서 전과 같이
손을 내밀어 도울 수는 없었지만,
내 힘이 점점 쇠약해짐에 따라서
바다의 파도 역시 멀리 물러나게 되었소이다.　　　　　　　11090
현명한 영주님들의 대담 무쌍한 신하들이
개천을 파고, 둑을 쌓아 올리고 해서
바다의 세력권을 좁혔으며
그 대신 자기가 주인이 되려고 하오.
보시구려. 푸르르게 연이은 초원들과　　　　　　　　　　　11095
목장, 정원, 촌락, 삼림 들을 ─
하지만 이젠 이쪽으로 와서 식사를 드시구려.
해도 곧 질 것 같으니까요 ─
저기 아득한 곳에 돛대가 지나가오.
밤을 지낼 안전한 항구를 찾는가 봅니다.　　　　　　　　　11100
배도 새와 같이 제 집을 알고 있는 법이지요.
이젠 저곳에 항구가 생겼소이다.
저 멀리 아득한 곳에 간신히
바다의 푸른 언저리가 보이지만,
이 넓은 일대는 오른편이고 왼편이고 간에　　　　　　　　　11105

번잡한 마을이 되었소.

(작은 뜰에서 세 사람이 식탁에 앉는다.)

바우치스 왜 잠자코 계시오? 허기가 졌을 텐데.

아무것도 안 드시오?

필레몬 아마 모두 이런 기적에 대해 알고 싶을 것이오.

당신은 이야기하길 좋아하니 들려주구려.   11110

바우치스 좋아요, 정말 기적이었지요!

오늘까지도 아직 마음이 안 가라앉아요.

어째 이 일은 모두가

떳떳하게 일어난 것 같지 않으니까 말이에요.

필레몬 이분에게 이 해안을 하사하신 황제가   11115

그런 죄를 저지를 수야 없지 않소?

의전관이 나팔을 불어대면서

그것을 전하고 지나가지 않았소?

우리들의 이 모래 언덕에서 별로 떨어지지 않은 데서

처음 공사가 시작이 되었었소.   11120

천막을 친다, 판잣집이 선다 ─ 하더니

벌써 푸른 숲 속에 훌륭한 궁전이 서 있지 않겠소.

바우치스 낮에는 부하들이 괭이니 삽을 들고

뚝딱거리면서 괜히 법석만 떨곤 하는데,

밤이 되면 조그만 불꽃들이 떼를 지어 복작거리건,   11125

벌써 다음날에 둑이 되어 있더란 말이오.

사람을 제물로 바쳐 피를 흘렸다는 것이 틀림없어요.

밤이면 고통으로 울부짖는 소리가 들렸어요.

훨훨 타오르는 불길이 바다 쪽으로 흘러내리면,

아침엔 벌써 운하가 되어 있었어요.   11130

이분은 신도 두려워하지 않는 사람으로
우리들의 오두막과 숲을 탐내고 있어요.
그런 사람이 이웃에서 뽐내고 있으니
우리야 굽신거릴 수밖에 없지요.

필레몬   하지만 그분은 새로 메운 땅의   11135
훌륭한 토지를 대신 주겠다고 하지 않았소!

바우치스   매립한 땅덩이 따위를 믿으면 안 돼요.
정든 이 언덕을 고집해야 해요.

필레몬   자, 예배당으로 가서
마지막 햇빛을 바라봅시다!   11140
종을 울리고 꿇어앉아, 기도를 드리고
옛부터의 신을 믿읍시다.

궁전

넓은 유원지, 크고 바로 뚫린 운하.
파우스트, 매우 나이 들었고, 생각에 잠겨 어슬렁어슬렁 걸어
온다.

탑지기 린케우스 (메가폰을 통해서)

해가 집니다, 마지막 배들이
기운차게 항구로 들어오고 있습니다.
한 척의 큰 짐배가 운하를 통해서   11145
이쪽으로 오려고 합니다.
오색의 깃발들이 즐거운 듯 나부끼고
굳건한 돛대는 만반의 준비를 갖추고,
당신을 보고 사공은 제 몸의 행복을 찬양하고,
행운은 이 가장 즐거운 때에 당신에게 인사를 합니다.   11150
    (언덕 위에서 종이 울린다.)

파우스트 (깜짝 놀라면서)

저주받을 종소리로다! 숨어서 쏘는 음흉한 화살처럼

너무나도 염치없이 내 마음을 상하게 하는구나.

내 눈앞에는 나의 영토가 무한히 넓지만,

배후에선 불쾌감이 나를 조롱하고,

시기에 찬 종소리가 이런 상념(想念)을 일으키는구나.　　　　11155

나의 훌륭한 영토도 흠이 있다.

보리수의 언덕도, 저 고동색의 판잣집도,

또 무너져 가는 예배당도 내 것이 아니라고 하는구나.

저기 가서 쉬고자 생각해도

낯선 것들의 그림자에 나는 오싹 소름이 끼친다.　　　　11160

저것은 눈엣가시요, 발바닥의 가시로다.

오오, 여기서 멀리 떠났으면 싶구나!

탑지기　　　(앞에서와 같이) 아롱진 화물선이 돛에

시원한 저녁 바람을 담뿍 싣고 즐겁게 흘러옵니다!

날쌔게 달리는 배에는 크고 작은 상자와 부대가　　　　11165

산더미처럼 쌓여 있습니다!

　　　(화려한 화물선, 외국산품을 가득히 다채롭게 싣고 있다.)

　　　(메피스토, 세 용사.)

합창　　　자, 상륙이다!

　　　자, 이제 다 왔구나!

　　　축복합니다, 주인 영감님.

　　　우리의 보호자인 주인 영감님!　　　　11170

　　　(그들은 배에서 내린다. 물건들을 육지로 운반한다.)

메피스토 이로써 우리의 실력은 시험이 끝났다.

이제 주인 영감이 칭찬해주면 그것으로 만족하지.

단지 두 척으로 떠났을 뿐이지만

20척이 되어서 항구로 돌아왔다.

얼마나 큰일을 해치웠는지   11175

우리들의 짐을 보면 알 것이로다.

자유로운 바다는 정신도 자유롭게 만드는 법,

바다에서 어느 놈이 사려 분별을 찾는단 말이냐!

무엇이든 잽싸게 움켜쥐면 그만이지.

물고기도 잡지만 배도 잡아야지.   11180

우선 세 척의 배를 가진 주인이 되면

네 번째는 갈고리로 낚아친단 말이다.

그렇게 되면 다섯 번째도 별 수 없게 되지.

힘이 있으면 권리도 쥐는 법,

무엇을 나꾸느냐가 문제지, 어떻게 잡느냐는 문제가 아니다. 11185

내가 배를 부리는 데 풋내기면 모르되,

전쟁과 무역과 해적질은

삼위일체로 떼어놓을 수가 없단 말이다.

세 용사 은혜로 모르고 인사도 없다.

인사도 치사도 없다니!   11190

마치 우리가 주인한테

구린 물건이라도 갖다준 꼴이로군.

저분은 못마땅한

얼굴만 하고 있구나.

저 꼴이면 왕가의 보물이라도   11195

마음에 들기는 틀렸군.

메피스토　더는 보수를

　　　받을 생각 마라!

　　　네놈들 몫은

　　　받지 않았느냐.　　　　　　　　　　　11200

용사들　　그것은 단지

　　　심심파적밖에 안 되오.

　　　우리는 모두 꼭 같이

　　　나누어주길 바라오.

메피스토　궁전의　　　　　　　　　　　11205

　　　각 방마다

　　　값진 물건들을

　　　모조리 늘어놓아라!

　　　영감님이 나오셔서

　　　저 푸짐한 물건을 보시고　　　　　　11210

　　　모든 물건을 하나하나

　　　더 자세히 살펴보시면

　　　절대 인색한 짓은

　　　하지 않을 것이며,

　　　승무원들에게　　　　　　　　　　　11215

　　　몇 번이고 잔치를 베푸실 것이다.

　　　내일이면 고운 계집들을 불러오겠다.

　　　그런 준비는 내가 다 해줄 것이다.

　　　(짐들을 운반한다.)

메피스토　(파우스트에게)

　　　당신은 이맛살을 찌푸리고 어두운 눈초리로

　　　자기의 훌륭한 행운에 관한 이야기를 듣고 있구려.　　11220

598

높은 지혜가 열매를 맺어
기슭과 바다가 화해했단 말이오.
바다는 기꺼이 바닷가에서 배를 맞아들여,
재빠른 뱃길을 마련해줍니다.
그러나 당신의 팔은 여기 이 궁성에서부터   11225
전 세계를 안고 있다고 말할 수 있지요.
바로 이 장소에서 일이 시작되었소.
이곳에 맨 처음 판잣집이 서 있었소.
실오리같이 파헤쳤던 도랑에
이제는 배가 부지런히 물방울을 튀기고 있소이다.   11230
당신의 높은 뜻과 신하들의 근면한 힘이
바다와 육지의 영광을 차지하였던 것이오.
이 장소에서부터 ─

파우스트   바로 이 장소가 저주스럽단 말이다.
바로 이 장소가 못 견디게 나를 괴롭히고 있다.
만사에 능한 너에게 나는 말하지 않을 수 없구나.   11235
나의 심장을 콕콕 찌르는 것이 있어서
나는 그것을 참을 수 없게 되었다!
이런 말을 하는 것이 창피한 노릇이지만,
언덕 위의 노인들을 물러나게 해서
보리수가 있는 곳을 내 별장으로 했으면 좋겠다.   11240
내 소유가 아닌 저 몇 그루 나무들이
나의 세계 소유권을 망치고 있다.
저곳에 나는 훤히 사방을 내다보기 위해
가지와 가지 사이에 발판을 만들고 싶다.
멀리까지 시야가 트이도록 해서   11245

내가 이룩한 모든 사업을 바라보고,
현명한 뜻을 가지고
백성들의 넓은 복지의 땅을 마련한,
인간 정신의 걸작을
한눈에 내다보고 싶단 말이다.   11250

부귀한 몸인데도 부족을 느끼는 일처럼
우리를 가혹하게 괴롭히는 것은 없다.
저 조그마한 종소리, 보리수의 향기가
사원이나 묘혈 속에라도 있듯이 나를 에워싼다.
절대적인 자유 의사도   11255
이 모래 언덕에 부딪쳐서 부서진다.
어떻게든지 내 마음속에서 저것을 쫓아내고 싶다.
저 종소리가 울리면 나는 미칠 것만 같다.

메피스토　물론 그렇겠지요. 중대한 불만사(不滿事)가 있으면,
인생이 쓰디쓰게 될 것은 틀림없지요.   11260
의당 그럴 것입니다! 저런 소리는 어떤
귀인의 귀에도 불쾌하게 들릴 것입니다.
명랑한 저녁 하늘을 안개로 뒤덮는 듯한
저런 저주스러운 뎅 ― 뎅 ― 뎅 하는 소리는,
세례에서 장례식에 이르기까지   11265
온갖 사건 속에 섞여 들어와서
마치 일생이 저 뎅 ― 뎅 ― 뎅 하는 사이
덧없이 사라져버린 꿈과 같습니다.

파우스트　반항과 고집 때문에
어떤 훌륭한 성공도 이지러진다.   11270

그래서 심각하고 무서운 고통을 느끼는 나머지,

정의를 유지하려는 마음도 지쳐버리고 마는 것이다.

메피스토   도대체 당신이 여기서 난처할 게 무엇입니까?

일찌감치 매립지에서 이주를 시켰으면 되었을 것을.

파우스트   그러면 가서 저것들을 딴 곳으로 치워주게! —   11275

내가 저 늙은이들을 위해 선정해놓은

훌륭한 땅은 자네도 알고 있을 테니까.

메피스토   저것들을 번쩍 들어다가 내려놓으면 되지요.

허나 돌아보기도 전에 다시 일어납니다.

폭력을 쓰더라도 해치운 후에는   11280

훌륭한 집이 생기면 화가 풀릴 겁니다.

(날카롭게 휘파람을 분다.)

(세 용사 등장.)

메피스토   자, 해치워라! 영감님의 분부이시다!

내일은 선원들의 잔치가 있을 것이다.

세 용사   영감님은 우리를 쌀쌀하게 맞으시더군요.

푸짐한 잔치쯤은 우리한테 베푸셔야 옳지요. (퇴장.)   11285

메피스토   (관중 보며) 옛날에 있었던 일이 여기서도 일어나는 거죠.

나봇의 포도밭*이란 고사가 있지 않습니까.(〈열왕기 상〉21장)

---

* 사마리아의 궁전 근처에 경건한 나봇이 가진 포도밭이 있었다. 왕은 그 밭을 사려
고 했지만 나봇이 거절했다. 부유한 국왕은 포도밭이 남의 것이라고 생각하니 자기
처럼 없는 것이 많은 사람은 없다고 생각한다. 왕비가 간계를 꾸며 나봇은 고소당
하고 돈으로 매수된 증인의 증언으로 신을 모독한 자로서 돌로 쳐 죽임을 당했다.

깊은 밤

탑지기 린케우스 (성의 감시대 위에서 노래 부른다.)

보기 위해서 태어나
파수의 임무를 띠고
탑지기 노릇을 하면   11290
세상은 좋기도 하다.
먼 곳을 바라보고
가까운 데 살펴보며
달과 별도
숲과 사슴도 본다.   11295
만물 속에 보이는 것은
영원한 멋이로다.
모든 것이 내 마음에 들 듯
나도 내 마음에 든다.
복 받은 두 눈이여,   11300
그대가 본 것은

뭐니뭐니 해도
모두가 진정 아름다웠다! (잠시 후에)
나는 재미만을 보기 위하여
이런 높은 곳에 서 있는 것은 아니다.   11305
얼마나 지긋지긋한 공포가
암흑의 세계에서 나를 엄습하느냐!
보리수의 한결 더 어두운 속에서
불똥이 사방으로 튀는 것이 보인다.
몰아치는 바람에 기운을 얻어서,   11310
불길은 점점 세차게 볶아친다.
이끼 덮이고 축축히 젖어 있던
아아, 나무 그늘의 오막살이가 타는구나.
재빨리 손을 써야 하겠는데,
구원한 길이라곤 전혀 없구나.   11315
아아, 저 착한 늙은이들은
언제나 그다지도 불조심을 했는데,
화염에 희생되는가 보다!
얼마나 무서운 재앙인가!
화염이 솟고 이끼 덮인,   11320
검은 오막살이는 불길 속에 시뻘겋다.
저 미친 듯이 타오르는 지옥 속에서
그 착한 사람들이 살아나야 할 텐데!
나뭇잎과 가지들 사이로
불길의 혀가 날름거리며 솟는구나.   11325
바싹 마른 가지는 훨훨 타올라서
순식간에 불덩이가 되어 떨어진다.

이 눈으로 저런 꼴을 봐야 하는가!

왜 나는 멀리 보는 눈을 가졌던가!

떨어져나간 가지의 무게로   11330

조그만 예배당도 무너져버렸다.

뾰족한 불길은 뱀처럼

벌써 높다란 우듬지까지 칭칭 감겼구나.

속이 빈 나무 줄기도 밑둥까지

시뻘건 불길에 훨훨 타오르는구나 —   11335

　　(오랜 휴식, 노랫소리)

언제나 내 눈에 정다웠던

수백 년 묵은 나무도 이제 없어졌구나.

파우스트　(발코니에서 모래 언덕을 향해서)

저 위에서 무슨 구슬픈 노랫소리냐?

허나 이제 말과 노랫소리가 무슨 소용이랴!

망루지기가 애통하고 있지만 나도 마음속으로는   11340

저런 참을성 없는 짓에는 화가 치민다.

하지만 보리수의 숲은 이제 처참하게

반은 숯덩어리로 되어버렸지만,

곧 망루가 세워지고

끝없이 먼 곳까지 바라볼 수 있게 되었구나.   11345

게다가 그 늙은 부부들이 들어갈

새로 마련해 준 집도 저기 보이는구나.

그 부부들은 나의 관대한 인정에 감동하여

여생을 즐겁게 보내겠지.*

메피스토와 세 용사　(밑에서)

전속력으로 저희들은 말을 달려왔습니다.   11350
용서하십시오. 일이 온건하게 되지 않았습니다.
우리는 얌전하게 문을 똑똑 두드렸습니다만,
아무리 해도 열어주지 않았소이다.
그래서 흔들어보고 자꾸 두들기는데
썩어 문드러진 문이 그 자리에 무너지더군요.   11355
우리들은 큰 소리로 외치고 마구 위협했지만
도무지 들어주지 않더란 말이오.
그런 경우엔 흔히 그렇지만
말은 전혀 들리지 않았고, 들으려고도 안 했죠.
하지만 우리는 지체하지 않고   11360
당장 그것들을 몰아내버렸지요.
노인 내외는 별로 괴로워하지는 않고
놀란 나머지 넋을 잃고 쓰러졌지요.
그곳에 숨어 있던 어떤 나그네 녀석이
싸우려고 덤비다가 뻗어버렸지요.   11365
잠깐 동안 맹렬히 싸우는 사이에
숯불이 온통 사면에 흩어져서
지푸라기에 붙어버렸단 말이오. 그러자 불은 제멋대로 타올라
그 세 사람은 화형당한 꼴이 되었지요.

파우스트 네놈들은 내가 말할 때는 귀가 먹었더냐?   11370
교환하고 싶었던 것이지, 뺏고 싶진 않았다.
그런 철없는 횡포한 짓을 나는 저주하겠다.

---

*   파우스트는 오두막이 탄 것은 알고 있지만 노부부가 무사하다고 생각한다.

이 내 저주는 네놈들 셋이 나누어 가져라!

합창　　　옛부터 내려오는 말이 들리는 듯합니다.

폭력에는 순순히 순종하란 말이다!　　　　　　　　　　　11375

만일 당신이 대담하게 한판 벌이려거든,

집과 터전 그리고 자기 생명까지 걸어라.

파우스트　(발코니 위에서)

별들은 반짝이던 빛을 숨기고

불도 가라앉아, 모닥불이 되었구나.

한 줄기 비 섞인 바람이 부채질하여,　　　　　　　　　　11380

연기와 물기를 이곳으로 몰아오는구나.

성급한 명령이 성급하게 실행되었다 ―

저것은 무엇일까, 그림자처럼 떠오르는 것은?

한밤중

회색빛 네 여인 등장.

첫 번째 여자   저의 이름은 부족이에요.

두 번째 여자   저는 죄악이라고 해요.

세 번째 여자   저는 우수(憂愁)이고요.

네 번째 여자   저는 곤란이라 하지요.   11385

셋이 함께   문이 닫혀 있어서 들어갈 수가 없군요.

    안에는 부귀한 분이 살고 있어, 들어가기도 싫고요.

부족   그럼 나는 그들이 되어야겠다.

죄악   그럼 나는 없어져버리겠다.

곤란   호강만 하던 사람들은 나를 외면하지요.

우수   여러분은 들어갈 수도 없고 들어가서도 안 되오.   11390

    하지만 우수인 나는 열쇠 구멍으로 숨어 들어가지요,

      (우수는 사라진다.)

부족   회색빛의 언니들, 여기서 물러갑시다!

죄악   나는 네 곁에 붙어 다니겠다.

곤란   곤란인 나는 너희들 발꿈치만 따라가야지.

셋이서 함께   구름이 흘러오고 별들은 자취를 감추어요!   11395
　저기 저 뒤, 멀고 아득한 데서
　그분이 와요, 오빠가 오셔요. 그분이 저기 와요, 죽음 말이에요.
（퇴장.)

파우스트   (궁성 속에서)
　나는 넷이 오는 것을 봤는데 셋만이 갔구나.
　이야기의 뜻은 알 수가 없었다.
　귀에 담은 여운은 ─ 곤란*이라고 하던 것 같은데,   11400
　계속해서 운이 들어 있는 말은 ─ 죽음이었다.
　그것은 허전하고 유령처럼 둔중한 소리였다.
　아직도 나는 자유로운 경지에까진 들질 못했구나.
　어떻게든지 나의 갈 길에서 마법을 제거하고
　주문 따위는 이제 송두리째 잊고 싶구나.   11405
　자연이여! 내가 한 사람의 사나이로서 그대 앞에 나설 수가 있
다면,
　인간으로서 존재하는 보람이 있으련만.
　나도 어두운 마법을 찾고, 무엄한 언사로
　내 몸과 이 세계를 저주하기 전까지는 그랬었다.
　이제 와선 이런 요귀들이 공중에 충만하고 있어   11410
　어찌하면 그것들을 피할 수 있을지 모르겠다.

---

*　곤란(Not)과 죽음(Tod)은 완전히 운이 맞는다.

비록 낮은 명랑하게 이성적으로 웃음을 던져주어도

밤은 나를 꿈의 그물 속으로 몰아넣는 것이다.

젊어 싱싱한 들에서 흥겨워 돌아오면,

새가 우는 것이다. 뭐라고 울지? 흉사라고 운다.　　　　　11415

밤이고 낮이고 미신에 얽매여 있어,

이상한 모습이 보이고, 징조가 나타나며 경고를 듣기도 한다.

이렇게 해서 나는 홀로 겁을 먹고 있다.

문 소리가 났는데 아무도 들어오진 않는구나.

(몸서리치며) 게 누구 왔소?

우수　　　그렇게 물으시면 "네"라고 해야겠지요.　　　　　11420

파우스트　아니 그대는 대체 누구인가?

우수　　　어쨌든 여기 온 사람이에요.

파우스트　물러가거라!

우수　　　여기가 바로 제가 있을 곳이지요.

파우스트　(처음에는 화가 났지만 진정하고 혼잣말로)

　　　　정신 차리고 주문은 제발 외지 말아 다오!

우수　　　제 목소리는 귀로는 못 들어도

　　　　틀림없이 마음에는 울리지요.*　　　　　11425

　　　　저는 여러 가지 모양으로 모습을 바꿔서

　　　　무서운 힘을 발휘합니다.

　　　　오솔길에서나 파도 위에서나,

　　　　영원히 불안한 길동무로서

　　　　찾지를 않아도 언제나 나타나고,　　　　　11430

---

* 　우수는 기생충과 같이 내부에서 좀먹어 들어온다. 불안, 의구심 등이 그 표상
　　이다.

저주도 받지만 칭찬도 받지요 ―

당신은 아직 우수를 모르셨나요?

파우스트   나는 한결같이 세상을 줄달음질쳐 왔다.

온갖 환락의 머리채를 휘어잡아 끌었고

흡족하지 않은 것은 놓아버리고,   11435

손아귀에서 빠져나간 것은 내버려두었다.

나는 오로지 애타게 원했고, 이룩하였고

또다시 소원을 품고, 그렇게 기운차게

일생을 치달아 왔다. 처음에는 위세 당당했지만

이제는 현명하고 신중하게 해나가고 있다.   11440

이 지상의 일은 알고도 남는다.

허나 천상의 일은 아무것도 모른다.

눈을 꿈벅거리며 하늘을 쳐다보고

구름 위에 저 같은 놈이 없나 하고 꿈꾸는 놈은 천치로다!

그보다 이 땅에 확고부동하게 발을 붙이고 주위를 돌아보아라.

11445

유능한 인간에게 이 세계는 침묵하지 않으리라.

무엇 때문에 영원의 천국으로 헤매어 들어갈 필요가 있을까?

자기가 인식한 것은 손아귀에 넣을 수가 있는 법,

이렇게 해서 이 땅 위의 나날을 보내면 된다.

유령이 나돌아도 내 갈 길만 갈 것이다.   11450

앞으로 나가는 데는 고통도 있고 낙도 있을 테지.

어떤 순간에도 만족을 못하기 때문이다.

우수   한 번 내게 붙잡히기만 하면

그 사람에겐 온 세상이 소용없이 되어서,

영원한 암흑이 내리덮여   11455

해가 뜨지도 지지도 않게 됩니다.
외부의 감각은 완전무결해도
내부에는 암흑이 들어 삽니다.
또한 온갖 보화 중 어느 하나도
제 것으로 할 수가 없을 것입니다.   11460
행도 불행도 다같이 화근이 되어
풍족한 가운데서 허기질 것입니다.
기쁨이건 괴로움이건
모조리 내일로 밀어붙이고
오로지 앞날만을 기대할 뿐   11465
완성이라고는 없을 것입니다.

파우스트 닥쳐라! 그런 따위로는 나는 꿈쩍도 않는다.
그따위 어리석은 말은 듣고 싶지도 않다.
썩 물러가라! 그런 시시한 염불에는
영리하기 짝이 없는 사나이도 홀리게 될 것 같다.   11470

우수 가는 것이 좋을지, 오는 것이 좋을지,
그런 사람은 결단을 내리지 못합니다.
훤히 뚫린 길 한복판에서
종종걸음으로 더듬다가 뒤뚱거리지요.
점점 깊숙이 길을 잃고서   11475
무엇이건 뒤틀리게 보기만 해서
저나 남에게 귀찮은 짐이 되고
숨은 쉬면서도 질식할 것 같지요.
질식까진 안 해도 생기를 잃고
절망은 않는다 해도 제 몸을 내맡기지도 못하지요.   11480
줄곧 이리저리 뒹굴기만 해서

그만두자니 괴롭고, 고통당하자니 불쾌하고,

때로는 풀려 나고, 때로는 압박을 받으며,

잠도 자는 듯 마는 듯, 휴식도 제대로 못하고 제자리에서 꼼짝달싹

못하게 되어,   11485

지옥으로 갈 채비나 차리게 되지요.

파우스트 저주받은 이 악령들아! 네놈들은 인간들을

천 번 만 번 그런 꼴로 취급하는구나.

아무 탈도 없는 나마저 네놈들은

그물에 얽힌 번뇌의 흉측한 혼란으로 뒤바꿔 놓는다.   11490

악령들한테서 벗어나기 어렵다는 것은 안다.

영들과의 엄격한 결합이란 여간해서 풀 수가 없다.

하지만 우수여, 너의 아련한 크나큰 힘을

나는 인정하지 않으련다.

우수   내가 저주를 해놓고 잽싸게   11495

당신한테서 떠날 때, 내 힘을 알 것이오!

인간은 일생 동안 장님이란 말이오.

그러니 파우스트 선생. 당신도 장님이 되세요.

  (파우스트에게 입김을 뿜는다.)

파우스트 (눈이 먼다.) 밤이 점점 깊어지는 것 같구나.

하지만 마음속은 밝은 빛이 빛나고 있다.   11500

내가 생각했던 일을 나는 서둘러 완성해야겠다.

주인된 자의 말처럼 중한 것은 없을 것이다.

이놈, 하인들! 자리에서 일어나라! 한 놈도 빠짐없이.

내가 대담하게 계획한 것을 흘륭하게 실현해 다오.

연장을 손에 잡아라! 삽을 써라, 괭이를!   11505

지시한 일은 곧 해치워야 한다.

엄격한 질서를 지키고 열성껏 일하면
그지없이 훌륭한 보수를 받으리라.
이 지대한 사업을 완성하려면
천 개의 손을 부리는 정신이면 충분하다.　　　　11510

궁전 앞 넓은 뜰

횃불.

메피스토　(감독자로서 앞에 서서)

　　모여라, 이리 모여라, 이리 들어오너라.

　　네놈들 휘청대는 죽음의 영들아!

　　끄나풀과 힘줄과 뼈를 엮어,

　　꿰매 놓은 반편 놈들아!

죽음의 신령 레무르들[*]　　　（합창으로）

　　당장에 분부를 받들어 드리지요.　　　　11515

　　슬쩍 우리들이 귀담아들은 바로는

　　아아, 아주 넓은 땅이 있어서

　　우리가 그것을 파야 한다지요.

---

[*]　　죽은 인간들의 망령들이다.

뾰족하게 다듬은 말뚝도, 측량에 쓸

긴 사슬도, 자, 여기 가져왔습니다.   11520

한데 어째서 이렇게 불려 나왔는지,

그것은 감쪽같이 잊어버렸습니다.

메피스토   여기선 그렇게 기술적으로 애쓸 필요는 없다.

치수는 제 몸으로 재면 된다!

제일 키 큰 놈이 번듯이 드러누우란 말이다.   11525

다른 놈들은 그놈 둘레의 떼를 뽑아라!

우리들의 아비들을 파묻었을 때와 같이

장방형으로 땅을 파란 말이다.

대궐에서 이 옹색한 집 속으로 영감께서 이사를 한다.

결국엔 이렇게 어리석게 되는 법이다.   11530

죽음의 신령 레무르들   (익살맞은 몸짓으로 땅을 파면서)

나도 젊고 팔팔하고 사랑을 했을 때는

생각하면 어지간히 재미도 보았다.

즐거운 소리가 나고 신이 나게 돌아가면,

내 발길은 저절로 그쪽으로 갔더란다.

하지만 음흉한 '늙음'이 찾아 들더니   11535

가시 지팡이로 나를 후려쳤단다.

나는 묘지 문전에서 비틀거리며 넘어졌는데

어쩌자고 그 문은 마침 열려 있었는지?

파우스트   (궁전에서 나오며 문설주를 손으로 더듬는다.)

저 쟁기로 흙을 파헤치는 소리가 정말 유쾌하구나.

저것은 나를 위해 부역에 종사하는 무리들이다.   11540

바닥에 가라앉은 땅을 육지에 돌려주고,

파도에는 그 한계선을 설정해주고,

바다를 엄중한 제방의 띠로 둘러친다.

메피스토 (혼잣말로) 네가 제방을 쌓고 둑을 막고 하지만

결국은 우리를 위해 애를 쓸 뿐이다.   11545

너는 바다의 마신인 넵튠을 위해

성대한 잔치를 마련하고 있는 셈이니까 말이다.

어떻게 하든 너는 살아날 수 없을 것이다 ―

물, 불, 바람, 땅 4대원은 우리와 결탁하고 있으니,

끝내는 파멸하고 말 것이다.   11550

파우스트 감독은 있는가?

메피스토 여기 있습니다!

파우스트 될 수 있는 수단을 다해서

인부를 모을 대로 모아라.

환락과 엄벌로 기운을 돋아주고

돈을 뿌리고 꾀어내고 위협해라!

그리고 계획한 수로(水路)가 얼마나 길어졌는지   11555

하루하루 보고를 해 다오.

메피스토 (목소리를 죽여서)

내가 받은 전갈을 보니

한 일은 수로가 아니라 못자리라고 하던데.

파우스트 저 산줄기를 따라 늪이 있어서 그 독기가

이미 간척해놓은 땅을 해치고 있다.   11560

그 썩은 웅덩이 물이 빠질 수 있게 하는 일이

최후의 일이며 최대의 일이다.

그것으로 나는 수백만의 백성에게

안전하지는 못할망정 일하며 자유로이 살 수 있는 땅을 마련하겠다.

들은 푸르고 비옥하여 사람도 가축도   11565
곧 새로운 땅에서 즐겁게,
대담하고 바지런한 백성들이 쌓아 올린
육중한 언덕 곁으로 당장에 이주할 것이다.
밖에서 거센 파도가 미친 듯 제방까지 밀어닥쳐도,
그 안은 천국과 같은 복지(福地)가 된다.   11570
그리고 해수(海水)가 억지로 집어삼키려고 덤벼들어도, 또한 밀물
이 억세게 밀려와 무너뜨리면,
모두 합심해서 달려가 구멍을 메운다.
그렇다! 나도 어디까지나 이 생각에 따르리라.
인간의 예지의 최후의 말은 이렇다 ―
"자유와 생명은 날마다 싸워서 차지하는 자만이   11575
누릴 만한 값이 있다."
그러니 여기서는 아이고 어른이고 노인이고 간에,
위험에 둘러싸여 유익한 세월을 보낸다.
나는 그러한 인간의 집단을 바라보며
자유로운 땅에 자유로운 백성과 살고 싶다.   11580
그러면 나는 순간을 향해 이렇게 부르짖어도 좋을 것이다.
"멈춰 서라, 너는 진정 아름답구나!"
내가 이 세상에서 남겨놓은 흔적은
이제 영구히 사라지지 않을 것이다 ―
이런 드높은 행복을 예감하면서,   11585
나는 이제 지고의 순간을 즐긴다.

    (파우스트, 쓰러진다. 죽음의 신들이 그를 받쳐 들어 땅 위에 눕
힌다.)

메피스토　이 친구는 어떤 향락과 행운에도 만족 못하고

변화하는 모습을 줄곧 찾아 헤매고

최후의 하찮은 허망한 순간을,

이 불쌍한 놈은 붙잡아두고자 원했다.　　　　　　　11590

내게는 억세게도 항거한 놈이지만

때로는 이기지 못해 늙은 것이 여기 누웠구나.

시계는 멎었다 ─

합창　　멎었다! 한밤중같이 고요하다.

바늘은 떨어졌다!

메피스토　그렇다, 바늘은 떨어지고 일은 끝났다.

합창　　지나갔다.

메피스토　지나갔다고! 어리석은 소리!　　　　　　　　11595

어째서 지나갔단 말이냐?

지나간 것과 전혀 없었다는 것과는 완전히 동일한 것이 아닌가!

영원한 창조란 도시 무엇이란 말이냐!

창조한 것을 모조리 무(無) 속으로 잡아채어가게 마련 아닌가!

"지나갔다" ─ 여기에 무슨 뜻이 있느냐?　　　　　　11600

그러면 처음부터 없던 것과 마찬가지 아닌가?

그런데 마치 무엇이 있는 듯이 뱅뱅 맴돌고 있다.

나는 오히려 영원한 허무가 좋단 말이다.

매장

죽음의 신령 레무르 (독창)

삽과 쟁기로 이 집*을

이렇게 서투르게 지었지? 11605

죽음의 신령 레무르들　(합창) 삼베를 걸친 우울한 손님에겐

이만해도 지나치게 훌륭하지요.

레무르　(독창) 어느 누가 이 방을 이렇게 서투르게 꾸몄나?

탁자와 의자들은 어디로 갔나?

레무르들　(합창)

목숨이란 잠깐 동안 빌렸던 것이라오. 11610

빚쟁이들이 수없이 득실거려요.

메피스토　육신은 쓰러지고 영혼은 빠져나가려고 하는구나.

재빨리 피로 서명한 쪽지를 들이대야겠다 ─

---

* 죽음의 신령이 부르는 노래는 역시《햄릿》의 무덤 파기 노래에서 나온 것. 집이
란 묘지를 말한다.

하지만 답답한 노릇이지만 근래에는 영혼은
악마한테서 가로채는 수단이 많아졌다.*   11615
그래서 구식으로 했다가는 욕을 먹고
신식으로 하는 일에는 내가 서툴다.
전 같으면 나는 혼자서 해치웠지만
이젠 조수를 불러와야 할 판이다.
우리에겐 만사가 신통치 않게 되어 가고 있다!   11620
재래의 관습, 옛부터의 권리도
이제 더는 믿을 수 없게 되었다.
전 같으면 마지막 숨결과 더불어 영혼이 튀어나오면,
내가 지키고 섰다가, 잽싼 쥐새끼를 잡듯이,
획! 채서는 불끈 쥔 내 손아귀에 잡아넣곤 했지.   11625
그런데 이젠 영혼은 머뭇머뭇 그 음침한 장소,
고약한 송장의 구역 나는 집에서 나오려 들지 않는다.
결국 서로 미워하는 육체의 원소들이
무정하게 쫓아내게 마련이다.
그래서 아침부터 저녁까지 고생하는데   11630
언제 어떻게 어디서 나오는지 이것이 까다로운 문제란 말이다.
'죽음'이란 늙은 놈이 날쌘 힘을 잃었기 때문에
과연 죽은 것인지조차 한참씩 의심하게 된다.
나는 이따금 다 굳어진 몸에 호색적인 눈초리를 던졌는데,

---

*   요즘은 인간의 영혼이 회오(悔悟), 고해, 최후의 도유식(塗油式) 같은 방법으로
구원받게 되어 있다. 그래서 악마가 옛날식으로 영혼을 강제로 탈취해서는 평판
이 좋지 않고 사체가 자연히 분해해서 영혼이 빠져 나가는 순간을 노리기도 어렵
게 되었다.

죽은 것 같은데 다시 꿈틀거리던 놈도 있었다.   11635
　　(기괴하게 명령을 내리듯 악마를 불러내는 몸짓을 한다.)
자, 냉큼 달려오너라, 걸음을 배로 해서 뛰어라.
여보시오, 뿔이 곧은 양반, 구부러진 양반들,
당신들은 모두 유서깊은 악마의 명문거족들이다.
어서 오는 길에 지옥의 아가리*를 가지고 오너라.
하긴 지옥에는 아가리가 하도 많아서,   11640
지위와 계급에 따라 삼켜 버리게 되어 있지만
이것 마지막 유희도
앞으로는 그것도 그리 까다롭게 굴지는 않을 것이다.**

　　(왼쪽에서 무시무시한 지옥의 아가리가 열린다.)
송곳니가 열리는구나. 둥근 천장 같은 목구멍에서
불길이 미친 듯이 쏟아져 나온다.   11645
그 속의 부글부글 끓어 대는 증기 속에는
영원히 작열하는 불이 도시가 보인다.
시뻘건 불은 파도처럼 이빨까지 치닫는다.
저주받은 자들이 구원을 바라면서 헤엄쳐 나온다.
그러나 거대한 승냥이 같은 입으로 갈기갈기 물어 뜯기어,   11650
그자들은 덜덜 떨면서 다시 불 구덩이로 돌아선다.
구석엔 또한 여러 가지 것들이 얼마든지 있다.
그 비좁은 장소에 그리도 무시무시한 것이 많을까.

---

* 　무시무시한 턱과 어금니를 드러내고 불바다 속에 화염의 도시가 보인다. 이것이
　　17~18세기경 바로크 극장에 으레 나오는 무대 장치였다.
** 　프랑스 혁명 이후 사회가 민주화하여 계급의 차별이 점점 없어진 것을 말한다.

너희가 이렇게 해서 죄인들을 혼내는 것은 썩 좋지만
놈들은 이것을 거짓·속임수, 꿈이라 생각하고 있다.　　　　　11655

（짧고 곧은 뿔이 달린 뚱뚱한 악마들에게）
자, 그럼 불 같은 뺨을 가진 배불뚝이 악한들아!
너희들은 지옥의 유황을 다 처먹고 잘도 타는구나.
통나무 밑둥같이 작달막한 목덜미가 꿈쩍도 않는다.
인(燐)처럼 푸른 불빛을 내는 것이 나오지 않나 밑구멍을 살펴라!
그것이 넋이다, 날개 돋친 나비를 닮은 영혼이다.　　　　　11660
그놈의 날개를 잡아 뜯으면 흉측한 구더기가 되지.
내가 그놈한테 도장으로 봉인을 해 줄 테니
이 불길이 몰아치는 소용돌이 속을 그것을 가지고 도망쳐 다오!

몸뚱이의 아래쪽을 잘 살피고 있어라.
이 술통 같은 놈들아, 그것은 너희들의 책임이다!　　　　　11665
영혼이 그런 곳에 살기 좋아하는지는
물론 뚜렷하게는 모르는 일이지만
배꼽 속에 그놈들은 즐겨 산다더라 ―
거기서 튀어나올지도 모르니, 정신을 바짝 차려라.

（길고 구부러진 뿔을 가진 말라깽이 마귀들에게）
이 허풍선이들, 선두에 서는 거인들,　　　　　11670
허공을 움켜잡아라, 쉬지 말고 휘젓도록 해라!
팔을 쪽 뻗치고 날카로운 발톱을 내밀고,
너울너울 달아나는 넋이란 놈을 붙잡아라!
그놈은 필경 그 낡은 집구석이 싫어졌을 시간이다.

그리고 이놈은 천재라 금시 위로 빠져나오려고 할 것이다.　　11675

（오른쪽 위에서 천국의 영광이 비친다.）

천사의 무리　　하늘이 보내신 자여,
천상의 겨레들이여,
죄진 이를 용서하고
티끌로 돌아간 이를 살리기 위해
유유히 날개 펴고 따르라!　　11680
여유 있게 줄을 지어
둥실둥실 떠도는 사이에도
삼라만상에
사랑의 자취를 남겨라!

메피스토　　불쾌한 소리가 들리는구나, 추악한 소리다.　　11685
반갑지 않은 햇살과 더불어 위에서 내려오는구나.
남자인지 여자인지 모를 괴상한 노랫소리다.
저런 것은 광신적 취미를 가진 놈이 좋아하겠군
우리들이 될 대로 되라고 생각했을 때 인간 족속들을,
전멸시키려고 했던 일은 너희들도 알 것이다.　　11690
우리가 생각해낸 저런 창피 막심한 죄*도
저놈들 예배에 꼭 어울리는 것이 되어버렸다.

저런 멍청한 것들이, 시치미를 떼고 오는구나!
저런 꼴로 저것들이 몇 사람을 가로채갔는지 모른다.

---

*　　그런 죄악 중에서 가장 창피한 것은 원죄, 천국에서 추방당하게 된 일이다.

우리들의 무기를 가지고 ─ 우리들을 잡자는 것이다.   11695
저놈들도 악마다. 단지 가면을 쓰고 있을 뿐이다.
이번에 네놈들이 지면 영원한 치욕이란 말이다.
자, 무덤 가까이 와서 언저리를 단단히 지켜라.

천사들의 합창   (장미꽃을 뿌리며*)

눈부시게 빛나고
그윽한 향기 보내는 그대 장미여,   11700
너울너울 둥실둥실 떠돌면서
은밀히 싱싱한 활기를 불어넣는 장미여,
가지를 날개 삼고
봉오리를 활짝 펴서
어서 가라! 꽃 피우러.   11705

봄이여 싹터 나오라.
붉은 꽃이여, 파아란 잎이여.
조용히 잠자는 자에게
낙원을 만들어주어라.

메피스토   (악마들에게) 왜 몸을 움찔하고 떠느냐? 그것도 지옥의 버
릇이냐?   11710
딱 버티고 서서, 뿌릴 테면 뿌리라고 내버려둬라.
모두 제자리를 지키란 말이다. 이 천치 놈들아!
저놈들이 저런 장미꽃을 눈처럼 뿌려서

---

* 　장미꽃은 신성한 사랑, 천국의 빛을 의미한다.

불 같은 마귀들을 모조리 묻어버릴 생각이로구나.
너희들이 입김을 내뿜으면 녹아서 오그라들 것이다.　　　　11715
자, 뿜어라, 풀무 귀신들아! ― 됐다, 이젠 됐다.
너희들의 뜨거운 입김으로 날아드는 꽃들이 모두 빛을 잃는다 ―
그렇게 세게 뿜지 마라. 입과 코를 틀어막아둬라.
사실 너희들은 지나치게 힘을 내뿜었단 말이다.
그래, 너희들은 절제를 모르는 놈들이냐.　　　　　　　　11720
오그라들었을 뿐 아니라, 고동색으로 말라서 타버렸다.
벌써 독기가 서린 환한 불꽃이 피어 날아오는구나.
모두 버티고 서서 한데 뭉쳐라! ―
기운이 빠지고 용기가 사라져버렸구나!
마귀 놈들이 색다른 어지러운 불길에 홀린 모양이군.　　　11725

천사들의 합창　　복 받은 꽃잎들과
　　　　　　즐거운 불꽃들은
　　　　　　마음 내키는 대로
　　　　　　사랑을 세상에 퍼뜨리며
　　　　　　기쁨을 준다.　　　　　　　　　　　　　　11730
　　　　　　진실한 사랑의 말은
　　　　　　해맑은 하늘에서
　　　　　　영원한 천사의 무리에
　　　　　　어디서나 광명을 던져준다.
메피스토　　급살할 놈들! 창피 막심이다. 이 천치 같은 놈들!　　11735
악마란 놈이 머리를 거꾸로 처박고 서다니!
저런 못생긴 것들이 곤두박질을 해서
꽁무니부터 지옥으로 떨어져 들어가다니

네놈들은 자업자득의 지옥의 열탕이나 뒤집어써라!

하지만 나는 이 자리에서 버티겠다 ─ 11740

(날아드는 장미를 헤쳐 내며)

이놈의 도깨비불들, 물러가라! 네놈들이 아무리 억세게 빛을 내도

움켜쥐면 구역질 나는 곤죽 덩어리밖에 더 되겠느냐.

왜 이렇게 너풀대느냐, 썩 없어지지 못할까 ─

역청과 유황 같은 것이 네 목에 찰싹 달라붙는구나.

천사들의 합창 그대들의 것이 아닌 것에는 11745

그대들은 손을 댈 수 없어요.

그대들의 마음을 휘저어놓는 것을

그대들은 견디어낼 수 없어요.

그래도 억세게 덤벼든다면

우리들은 씩씩하게 싸우렵니다. 11750

오직 사랑만이

사랑하는 이를 인도해드립니다!

메피스토 내 머리가 타는구나, 가슴이, 간장이 타는구나.

악마 이상의 불기운이구나!

지옥의 불보다도 더욱 쑤셔댄다 ─ 11755

그래서 실연한 남녀들이 버림을 받을 때면

목을 외로 꼬고 애인의 기색을 살피며

그다지도 지독하게 괴로워하는구나.

어째 나도 이상하다, 무엇이 내 머리를 저쪽으로 잡아끄는 것일까?*

나와 저놈들은 불구대천의 원수가 아니더냐! 11760

언제나 저놈들을 보면 미워서 화가 치밀었다.

이상한 기운이 내 몸에 온통 배어든 것일까?

나는 그 아주 귀여운 젊은 것들이 보고 싶어졌다.

내가 저주하는 것을 방해하는 것이 무엇일까?

그런데 만일 내가 정신을 어지럽힌다면,   11765

장차 나 말고 누가 천지 소리를 듣겠는가?

언제나 미워하는 심술쟁이 아이들이지만

마냥 귀엽게만 생각이 드는구나 —

애들아, 귀여운 애들아, 제발 좀 가르쳐 다오.

너희들도 루시퍼**의 일족들이 아니냐?   11770

참 귀엽구나, 사실 너희들에게 입을 맞추고 싶어졌다.

너희들이 찾아온 것이 정말 잘된 일 같다.

이미 천 번이나 너희들을 만나 보았던 것처럼

나는 정말 유쾌하고 당연하게 생각이 되는구나.

은근히 고양이 같은 욕심이 동하는구나.   11775

보면 볼수록 한층 더 아름다워진다.

오, 가까이 와서 내가 한 번만 보게 해 다오!

천사   가주고말고, 어째서 뒤로 물러서지?

가까이 갈 테니 그대로 있으렴!

    (천사들이 빙빙 돌며 무대 전체에 자리를 잡는다.)

메피스토   (무대 전면으로 쫓겨나서)

너희들은 우리를 저주받은 악령이라 욕하지만,   11780

---

*　 어쩐 일인지 메피스토가 천사들에게 욕정을 느낀다. 이것도 악마의 슬픈 운명이다.

**　본래 대천사였지만 신에게 반역해서 지옥에 떨어져 악마가 되었다.

너희들이야말로 진짜 마술사들이란 말이다.

왜냐고? 사내고 계집이고 홀리게 하니 말이다 ─

이 무슨 급살맞은 꼴을 당한담!

이것이 바로 그 사랑의 불꽃이라는 것이냐?

벌써 온몸이 불에 휩싸여서   11785

목덜미가 타 들어와도 감각도 없다 ─

너희들은 이리저리 공중을 날지 말고 다 이리 내려와서,

그 귀여운 팔다리를 좀 더 천하게 움직여보렴!

사실 그런 엄숙한 꼴이 너희들에겐 곧잘 어울린다.

하지만 한 번이라도 살짝 웃는 얼굴을 보고 싶구나.   11790

그러면 나는 영원히 황홀할 것이다.

사랑하는 것들이 서로 바라볼 때의 그런 눈길 말이다.

입 언저리를 조금만 일그러뜨리면 될 것 아니냐

이봐, 날씬한 친구. 나는 자네가 제일 마음에 드네.

중놈 같은 표정은 조금도 네겐 어울리지 않는다.   11795

좀 음탕한 눈으로 나를 보아주렴!

그리고 좀 살짝 속살이 보이도록 걸어도 괜찮지 않나.

그렇게 길고 주름 잡힌 속옷은 너무 점잖구나.

저것들이 돌아섰구나 ─ 뒤에서 보는 것도 볼 만한데 ─

그것들, 진정 구미를 돋우는구나!   11800

천사들의 합창   사랑의 불꽃이여!

청명한 하늘로 돌아갑시다.

제 몸을 저주하는 자를

진리의 빛으로 구원해줍시다.

이윽고 그들이   11805

악에서 벗어나서

즐거운 단락 속에서

축복을 받도록.

메피스토 (정신을 가다듬고)

도대체 이것이 어찌 된 일이냐! ― 욥*처럼 온 몸이

불에 데어 부르텄으니 내가 봐도 소름이 끼치는구나.　　　　11810

그러나 나는 내 마음을 뚫어지게 들여다보며

나와 나의 혈족들을 믿고 여기서 만세를 부른다

악마 세계의 귀인 한 사람은 구원이 되었고

사랑의 도깨비 따위는 단지 살갗을 스쳐갔을 뿐

그 가증스런 불꽃들은 이미 타버리고 말았다.　　　　11815

나는 천사를 저주한다. 정정당당히 전부를 저주한다.

천사들의 합창　거룩한 사랑의 불길이여!

이 불에 휩싸이는 이는

일생을 착한 이들과

복되게 살 것입니다.　　　　11820

모든 이 한데 뭉쳐

일어나서 찬양합시다!

대기도 이제 맑아졌으니

영혼이여, 이제 숨을 쉬어라!

(천사들, 파우스트의 불사(不死)의 영혼을 받들어 승천한다.)

메피스토　(주위를 돌아보며)

---

*　구약성경의 〈욥기〉 2장 7절에 "사탄은 이윽고 여호와의 앞에 나가서 욥을 때려 머리끝에서 발끝까지 좋지 못한 종기를 나게 한다"라고 도어 있다.

아니, 어떻게 된 일이지? 다들 어디로 갔을까?   11825

아직 철도 나지 않은 애들이 느닷없이 나타나서

내 물건을 앗아 가지고 하늘로 도망쳐버렸구나

그래서 고것들이 무덤 옆에 와서 입맛을 다시고 있었구나.

나는 하나밖에 없는 중요한 보물을 놓치고 말았다.

내가 담보로 잡아두었던 그 고상한 영혼을,   11830

고것들이 엉큼하게도 채어 가버렸구나.

이제 누구한테 이 일을 호소한단 말이지?

누가 나의 기득권을 회복해줄 것이냐?

나는 나잇살이나 먹은 것이 감쪽같이 속았구나.

자업자득이다. 지독하게 기분이 나쁘군.   11835

창피 막심하게 일을 그르쳤다.

굉장한 헛수고를 했으니 꼴사납게 되었구나.

철갑을 둘렀다는 악마란 것이

천박한 욕정과 어리석은 연정 때문에 망했다니

하지만 산전수전 다 겪은 내가   11840

이런 어리석고 허망한 일에 걸려들었으니

결국 내가 걸려는 어리석음이란

정말 어처구니없는 것이로군.

심산유곡

숲, 바위, 황량한 곳,
거룩한 은자(隱者)들 산 위로 올라가며
흩어져서 바위들 사이에 자리 잡고 있다.

합창과 메아리 숲은 이쪽으로 흔들리고,
바위들은 그것에 몸을 기대고   11845
나무뿌리는 서로 얽히고
줄기들은 꼭 끼어 치솟았다.
여울 짓는 물줄기는 물발 치며
깊고 깊은 동굴은 그늘을 짓고
사자(獅子)는 묵묵히 정답게   11850
우리들 주위를 말 없이 맴돌며
축복받은 장소를
거룩한 사랑의 은신처를 지킨다.
법열에 잠긴 신부 (아래위로 떠다니며)

영원한 법열의 불길,

불타는 사랑의 인연,   11855

끓어오르는 가슴의 쓰라림,

거품 내는 내 신의 즐거움,

화살이여, 나를 꿰뚫어라,

창끝이여, 나를 찔러라,

곤장이여, 나를 짓이겨라,   11860

번갯불이여, 나를 태워 없애라!

있어서 허망한 것

모조리 날려 보내고,

영원한 사랑의 정화인

영원의 별을 빛내듯이!   11865

명상에 잠긴 신부 (깊은 곳에서)

바위 절벽이 내 발밑에서

심연 위에 육중하게 걸려 있듯이

무수한 산골 물이 찬란하게 흘러서,

저 혼자만의 힘찬 충동으로   11870

나무줄기가 공중으로 치솟아 오르듯

만물을 형성하고 만물을 기르는 것은

전능한 사랑이다.

나의 주위에 사나운 물소리가 울리니

마치 숲도 바위 더미도 물결치는 듯.   11875

그래도 촬촬거리며 정다웁게

풍성한 물은 깊은 골짜기로 떨어져 내린다.

그것은 신속히 골짜기의 평지를 적시며

불꽃을 내리치는 번갯불도

독기와 악취를 품은 대기를   11880
정화하여줍니다.
이들은 사랑의 사신으로 영원히 창조하며,
우리를 둘러싸고 떠도는 것이 있음을 알립니다.
그것이 나의 내심에도 불을 붙여주었으면 싶다.
내 마음속 정신은 혼란해서 냉정하고,   11885
둔한 관능이 울안에 갇혀 괴로워하며,
굳게 얽어매려는 사슬에 묶여 고통을 받고 있다.
오오, 신이여! 이런 망상을 가라앉혀주시고
저의 가난한 마음에 빛을 주십시오.

천사 같은 신부 (중간 지대에서)
어쩌면 저런 아침 구름이, 전나무의   11890
하늘거리는 잔가지 사이로 둥실 떠 있을까!
저 구름 속에 살고 있는 것이 무엇일까?
그것은 아직 어린 영들의 무리이다.

승천한 소년들*의 합창   아버님, 우리들이 어디를 날고 있는지 가
르쳐주세요.
착하신 분들, 우리들이 누군지 가르쳐주세요.   11895
우리는 행복해요, 모든 이에게, 모든 이에게,
이 세상은 이다지도 온화하니까요.

천사 같은 신부   아이들아! 한밤중에 태어나
정신도 관능도 반쯤 눈을 뜬 채,
부모한테는 일찍 잃은 아이가 되어   11900

---

* 탄생 후 얼마 안 되어 죽은 소년들로, 현세에서 죄를 벌하지 않았기 때문에 승천
할 수가 있다.

천사들의 무리에 끼게 되었지.

사랑하는 이가 여기 한 사람 있다는 것을

너희들도 느낄 것이다. 자, 어서 가까이 오너라!

하지만 너희들은 복 받은 아이들이다.

험준한 세상 길을 걸어온 흔적도 없다.   11905

세상과 이 땅을 아는데, 쓸모 있는 연모인

내 눈 속으로 내려오너라.

너희들은 이 눈을 써서

이 고장을 두루 살펴보아라!

　　(소년들을 제 몸 속에 받아 넣는다.)

이것이 수목이다, 이것이 바위들이다.   11910

저 물줄기가 떨어져 내려가고

무서운 기운으로 폭포가 되어

험준한 산길을 내닫는다.

승천한 소년들　　(내부에서)

본다는 것은 대단한 일이군요!

하지만 이곳은 너무나 음침하고   11915

무서움과 두려움으로 몸이 떨리는군요.

귀하시고 착한 분, 우리들을 내보내주세요!

천사 같은 신부　　점점 높은 경지로 올라가도록 해라.

신께서 나오셔서 어느 때나

영원히 순결한 방법으로 힘을 주시니,   11920

아무도 모르는 새에 점점 크거라.

그것은 자유로운 대기 속에 가득 차 있는

영들의 양식이며 또한

천상의 복으로 개화할

영원한 사랑의 계시란 말이다.   11925

승천한 소년들의 합창   (산의 정상을 떠돌면서)

　기쁨에 넘쳐 손을

　둥글게 잡고

　춤추며 노래합시다.

　거룩한 마음을 노래합시다.

　신의 가르침을 받았으니,   11930

　이제 마음 놓고 몸을 맡기고

　너희들이 사모하는

　신의 모습을 우러러봅시다.

천사들   (파우스트의 불멸의 영혼을 나르면서 더욱 높은 공중에서 떠

　　　돈다.)

　영의 세계의 귀하신 분이

　악에서 구원을 받았습니다.   11935

　"언제나 노력하며 애쓰는 자를

　우리는 구할 수가 있습니다."

　게다가 이분에겐 천상에서

　사랑의 은혜가 베풀어졌으니

　축복받은 사람들의 무리가   11940

　진심으로 환대할 것입니다.

젊은 천사들   사랑에 넘친 거룩한 속죄하는

　여인들의 손에서 나온 그 장미꽃이

　우리들의 승리를 도왔습니다.

　우리들의 고귀한 일을 완성시켜서   11945

　이런 영혼의 보배를 손에 넣었습니다.

우리가 꽃을 뿌리니 악이 물러났습니다.
우리들의 꽃을 던지니 악마들은 달아났습니다.
낯익은 지옥의 형벌 대신에
악마들은 사랑의 고통을 받았던 것이지요.   11950
그 늙은 악마의 대장까지도
쑤시는 고통으로 온몸이 타올랐지요.
만세를 부릅시다, 성공을 했으니까요.

성숙한 천사들　　지상에 남은 것을 나르는 일은
우리들로서는 괴로운 일입니다.   11955
그것이 비록 석면으로 되어 있을지라도
절대로 깨끗하지는 않답니다.
굳건한 정신의 힘이
가지가지 원소들을
제 한몸에 긁어모아 놓고 있으면,   11960
밀착한 영과 육과의
한데 뭉친 이중체는
어떤 천사도 갈라놓지 못합니다.
오직 영원의 사랑만이
떼어 놓을 수가 있을 뿐이지요.   11965

젊은 천사들　　바위 더미 위를 감돌며 안개처럼,
지척에서 움직이는
영들의 거동을
나는 지금 느낍니다.
구름이 맑게 개여서   11970
승천한 소년들의
쾌활한 무리들이 보입니다.

저들은 지상의 압박을 벗어나서

둥그렇게 어울려서

천상계의   11975

새로운 봄철의 몸차림을

즐기고 있습니다.

이분도 우선 처음에는

이 소년들과 어울리고

점점 최고의 완성으로 올라감이 좋겠어요.   11980

승천한 소년들　우리들은 기꺼이

번데기의 상태에 있는 이분을 맞겠어요.

이것으로 우리들은 천사가 될,

담보물을 받은 것이 되었습니다.

이분을 싸고 있는   11985

솜털을 벗겨주세요.

벌써 이분은 거룩한 삶을 지녀,

아름답고 크게 자랐습니다.

마리아를 숭배하는 박사　　(가장 높고 정결한 동굴 속에서)

이곳은 전망이 터져

정신이 높이 솟는다.   11990

저기 여인들이 지나가는구나.

위를 향해 떠돌면서

그 한가운데 별의 관을 쓰신

훌륭한 분이 계신다.

저분은 천상의 여왕이시다.   11995

그것은 빛을 보아 알 수 있다. (황홀해서)

세계를 다스리는 지고의 여왕이여!

푸르게 갠

팽팽한 대공(大空)의 천막 속에 든

당신의 신비를 보게 해주소서!   12000

이 사내의 가슴을

엄숙하고 또한 부드럽게 움직여,

거룩한 사랑의 기쁨을 지니고

당신께 향하도록 하는 것을 가상히 여기소서.

당신이 숭고한 분부를 내리시면,   12005

우리들의 용기는 무적입니다.

당신이 우리를 만족하게 하여주시면

당장에 불길 같은 마음은 부드러워집니다.

가장 아름다운 뜻을 지닌 순결한 처녀,

우러러보아야 할 모성(母性),   12010

우리 위에 선택된 여왕(女王),

신들과 지혜를 같이 하는 분이십니다.

　　그분을 싸고서

　　가벼운 구름이 얽혔습니다.

　　그것은 속죄의 여인들,   12015

　　그분의 무릎을 싸고 돌며,

　　영기(靈氣)를 흡수하고

　　은총을 간구하는

　　다정다감한 무리입니다.

성처녀라 불리는 당신이지만   12220

유혹에 넘어가기 쉬운 사람들이
정다운 듯 당신께 찾아오는 일은
금지되어 있지는 않습니다.
관능의 약점에 끌려 들면
그들을 구하기는 어렵습니다.   12025
그 누가 자기의 힘으로 정욕의 사슬을
끊어 버릴 수 있겠습니까?
미끄러운 기울어진 마루청에선
얼마나 쉽사리 발이 미끄러집니까!
눈짓과 인사와 아양 떠는 입김에   12030
마음을 어지럽히지 않을 사람 누구입니까?

(영광의 성모, 하늘에 떠서 다가온다.)

속죄하는 여인들의 합창   당신의 영원의 나라,
　　　높은 곳으로 떠오르십니다.
　　　우리들의 애원을 들어 주세요.
　　　비길 데 없는 당신이여!   12035
　　　자비로우신 당신이여!
죄 많은 여인　　(〈루가복음〉7장 36절)
　　　바리새 사람들의 조소를 받으면서도
　　　승화하여 신이 되신 성자의 발에,
　　　향유처럼 눈물을 흘리게 한
　　　사랑으로 당신께 빕니다.   12040
　　　그다지도 풍성하게 향유를 쏟아 놓은
　　　항아리로, 그리고,

그다지도 부드럽게 거룩한 손발을
문지른 고수머리로 기원합니다 ―

사마리아의 여인 (〈요한복음〉 4장)

그 옛날 아브라함에게 양떼를 몰아가게 한,　　　　　　12045
샘물을 통하여 빌겠습니다.
구세주 입술에 시원하게 닿을 수 있었던
두레박으로 또한,
이제 그곳에서 솟아나서
영원히 맑고 넘쳐흐르는 듯　　　　　　　　　　　12050
모든 주위의 세계를 적시어주는
맑고 풍성한 샘물을 통하여 기원합니다 ―

이집트의 마리아* (〈사도행전〉)

주님을 쉬게 하였던
거룩하기 그지없는 장소에 맹세코
나를 훈계하며 성당 문에서　　　　　　　　　　　12055
밀어젖힌 팔로,
내가 사막에서 충실하게 치른
40년 간의 속죄로
내가 모래 속에 적어놓은
복된 작별 인사로 기원합니다.　　　　　　　　　　12060

셋이서　　　크나큰 죄를 지은 여인들에게도
당신 곁에 다가옴을 마다 않으시고

---

* 음탕한 생활을 한 그녀는 예루살렘의 교회 문으로 들어서려 했으나 눈에 보이지
않는 힘으로 거절당하자 죄를 깨닫고 40년 간 이집트 사막에서 속죄하고 자기를
위해서 기도를 올려달라는 유언을 모래 위에 써놓고 죽었다.

또한 속죄하는 공덕을

영원한 것으로 높이신 당신이여,

오직 한 번 자기를 잊었을 뿐,   12065

제 몸의 잘못도 알지 못한

이 착한 영혼에게도, 기쁜

용서를 베풀어주십시오.

속죄하는 여인 한 사람   (한때 그레첸이라 불린 여인, 성모에게 매달리며)

굽어보소서, 비길 데 없는 당신이여!

광명에 넘쳐흐르는 당신이시여!   12070

제발 저의 복됨을, 인자하게

얼굴을 돌리시어 보시옵소서.

옛날 사모하던 그분이

이젠 아무런 더러움 없이

그분이 돌아왔습니다.   12075

승천한 소년들   (원을 그리면서 다가온다.)

이분은 우리보다 훨씬 자라서,

팔다리도 우람차게 되었습니다.

충실하게 보살펴드린 보수를

듬뿍 받을 수 있겠지요.

우리들은 세상에 사는 무리 속에서,   12080

일찍이 떠나왔으나

이분은 배우신 것도 많이 있으니

우리들에게 가르쳐주시겠지요.

속죄하는 여인 한 사람

고귀한 영의 무리에 둘러싸여,

저 새로 오신 분은 자신을 모르나 봐요.   12085

아직 새로운 생명을 짐작도 못하지만,

그래도 벌써 거룩한 분들과 닮아갑니다.

보세요, 이분은 온갖 지상의 인연을 끊고

낡은 껍질을 벗어던지고,

영기(靈氣) 서린 옷자락에서   12090

최초의 젊은 기운이 나타나고 있습니다!

저분에게 가르쳐 드리는 일을 하게 해주세요.

아직 새로운 햇빛에 저분은 눈이 부십니다.

영광의 성모   자, 이리 오너라, 보다 높은 하늘로 오르라!

그 사람도 너인 줄 알면 따라오리라!   12095

마리아를 숭배하는 박사   (고개 숙이고 기도를 올리며)

모든 회개하는 연약한 여인들아,

구원의 눈초리를 우러러보라,

거룩하신 신의 섭리를 따라서

감사하며 스스로를 변모시키기 위해.

마음씨 착한 사람들이   12100

누구나 받들어 모시는,

동정녀여, 어머니여, 여왕이시여,

여신이여, 길이길이 은혜를 베푸소서!

신비의 합창   일체의 무상한 것은,

한낱 비유*일 뿐.   12105

미칠 수 없는 것

여기에 실현되고,

---

*   영원에 대한 비유

642

말할 수 없는 것
여기에 이룩되었네.
영원한 여성은   12110
우리를 인도한다.

작품 해설

괴테가 일생을 바쳐 완성한 이《파우스트》시극은 그 내용상 독자들에게 다소 해설이 필요할 것 같아 간단히 편견 없는 해설을 붙이고자 한다. 물론 이 작품을 작품으로서 감상하려는 사람을 위해서 쓰는 것이지 연구자를 위한 것이 아니기 때문에 이해를 돕는 정도에서 그치고자 한다.

파우스트 전설

《파우스트》시극의 소재가 된 것은 15세기에서 16세기에 실제로 살았다는 요한 파우스트라는 마술사의 방랑 행각기라고 하지만 실화로서는 그 근거가 매우 희박하다. 오히려 실존 인물인 요한 파우스트의 이야기에 여러 가지 흥미로운 마술 이야기를 덧붙여 만들어낸 전설의 집대성으로 보는 견해가 더 일리 있다. 1587년 괴테의 탄생지인 프랑크푸르트 암마인에서 출판되어 가장 오래된 책에 소개된 이야기는 다음과 같다.

바이마르 근방인 로다에서 농부의 아들로 태어난 파우스트는 뷔

텐베르크 친척 집에 머물며 그곳 대학에서 신학을 공부하여 신학 박사가 되었다. 원래 영민하고 향상력(向上力)이 강하여 만족을 모르는 성격인 그는 다시 의학을 연구하여 의학 박사가 되었다. 또한 수학과 천문학을 연구하고 마술에까지 손을 대어 천지 만물의 근원을 탐구하려 했으나 인간의 힘으로는 도저히 불가능하다는 것을 깨닫고 이 욕망을 성취하기 위해서 악마 메피스토펠레스와 계약을 하게 된다. 파우스트는 한밤중에 숲속에 가서 마술로 악마를 불러내는 데 성공하여 계약을 제안하지만 마왕의 허가가 필요하다는 이야기를 듣는다. 악마는 마왕의 허가를 받아 파우스트에게 24년간 악마의 힘을 빌려주기로 한다. 메피스토가 파우스트의 하복이 되어 봉사를 하는 대신에 파우스트는 신을 배반하여 그리스도의 적이 되고 두 번 다시 신에게 돌아오지 않으며 24년 후에는 그의 영혼을 악마에게 매도한다는 조건으로 혈약을 맺는다. 혈약을 맺을 때 피가 흘러 "O home fuge!(인간이여, 피하거라)"란 글자가 나타난다.

계약 후 8년 간은 여러 가지 기괴한 일을 겪으며 비텐베르크에 있는 파우스트의 집에서 보낸다. 그러는 동안 파우스트는 향락 생활에 욕심이 생겨 여자와 결혼하기를 원하나 메피스토펠레스는 모든 수단을 다하여 단념시키고 만다. 향락과 타락은 악마의 본령이지만 결혼이란 루터주의에서는 신의 것이기 때문이다. 그리하여 메피스토펠레스는 파우스트에게 천국과 지옥 이야기를 해주고 여행을 떠난다. 그들은 천국과 지옥을 구경하고 로마 법왕의 궁전을 방문하고, 콘스탄티노플에도 갔으며, 황제 카를 5세 앞에서 기기묘묘한 마술을 연출한다. 8년 간의 여행을 마치고 고향인 비텐베르크로 돌아온다. 이와 같은 공중 여행에 날개가 돋친 말과 마법 외투가 사용되었다.

그는 집에 돌아와 이웃에 사는 경건한 의사에게서 마음을 개선할 것을 충고받고, 과거를 후회하여 악마와의 계약을 파기할 것을 결심하나 악마의 반대로 실패로 돌아가고, 또다시 관능과 육욕의 향락 생활을 시작하여 절망 상태에 놓인 마음을 잊어버리려 한다. 파우스트는 지난날 비텐베르크 집에서 학생들의 연회가 있었을 때, 어느 학생이 세계 최고의 미인인 그리스의 헬레네가 보고 싶다고 하여 자신이 마술로 헬레네를 나타나게 한 일을 생각해낸다. 파우스트에게는 다시금 헬레네에 대한 열망이 솟아올랐고 메피스토는 어쩔 수 없이 이 열망을 풀어준다. 파우스트와 헬레네는 열렬히 사랑하게 되고 두 사람 사이에는 아들까지 생긴다. 이 아들은 조숙하고 예언력을 가진 신동이어서 두 사람은 매우 기뻐했으나 이미 24년이란 계약의 기한이 닥쳐오고 있었다. 파우스트는 사형수처럼 자신이 저지른 죄 때문에 슬퍼하고 후회하며 통탄하였으나 아무런 소용이 없었다. 그는 친구들, 학생들과 마지막 날 저녁을 보내고, 그들에게 진심에서 우러나오는 경고를 하며 작별 인사를 나누고는 폭풍우가 몰아치는 가운데서 죽는다. 그의 영혼은 영원히 악마의 소유가 되어버린다. 그가 죽은 후 헬레네와 그의 아들도 사라지고 만다.

이 외에도 여러 가지 설이 있으나 보편적인 전설을 소개했다. 이 이야기는 결국 15세기를 전후해서 민간에 널리 행해지던 마술 신앙이 기독교, 그중에서도 특히 루터교에 대한 배반이라는 것을 명백히 나타내고 있을뿐더러 마지막에 가서는 루터교의 승리를 강조했다고 볼 수 있다. 이 같은 전설을 괴테가 어떻게 취급했는지 레싱(독일의 계몽주의 사상가)을 통해서 살펴보기로 한다.

괴테《파우스트》의 의의

파우스트 전설은 세 가지 특징을 가지고 있다. 즉 첫째, 주인공의 성격이 거인적이고 모든 욕망을 향유하려 하며, 둘째, 이 모든 욕망이 하느님의 힘이나 광명으로는 이루어질 수 없고 악마와 결탁해야만 이루어지며, 셋째, 주인공이 멸망하고 영혼은 영원히 지옥으로 떨어지는 비극으로 끝을 맺는다는 점이다.

젊은 괴테가 거인과 천재의 존재를 느끼게 될 무렵에 이 첫 번째 특징에 마음이 끌린 것은 사실이다. 즉 괴테가 파우스트를 쓰기 시작한 것이 1773년, 즉 그의 나이 24세로 슈트라스부르크대학교에 다닐 때였으며, 문학 사조로 보면 슈트름 운트 드랑(질풍노도) 시대였으니까 감히 상상할 수가 있다. 그 후 괴테가 죽기 1년 전인 1831년까지, 고전주의 시대를 거쳐 낭만주의 시대까지 세 시대를 통해서 비로소 완성되었다.

괴테는 모든 욕망이 불타오르는 거인 파우스트를 통해서 파우스트가 아니라 인간 전체에서 선출된 대표적 인간상을 우리에게 보여준다. 끊임없이 노력하고 향상하려는 인간, 이러한 인간은 결코 멸망을 가져와서는 안 되며, 구제되어야 한다. 괴테가 우리에게 보여주는 파우스트는 한 개성의 전개 발달 역사가 아니며, 인간성 일반에 대한 괴테의 해석이며, 동시에 자연과 신에 대한 견해를 말해준다. 그러므로 괴테의《파우스트》는 한 인간이 신을 파악하고 신을 파악함으로써 세계를 이해하고, 그 세계 속에서 가장 참된 의미에서 하느님의 의지에 부합되는 보람 있는 생활을 하려고 노력하는 인간을 그려 보려고 했다. 이 같은 의도에서 악마와의 결탁은 참된 생활을 해보려는 한 수단에 지나지 아니하며, 수단이기 때문에 멸망하지 않는 것은 당연한 귀결이라 하겠다. 여기서 괴테의 파우스트는 비로소 하느님의 구제를 받게 된다.

괴테는《파우스트》를 통해서 그의 청년기에서 죽을 때까지의 모든 경험과 시대와 더불어 그 당시 문화 사상의 모든 사실을 예술적 표현으로 나타내고 있다.

《파우스트》의 근본 사상

이미 말한 바와 같이 괴테가 파우스트 전설에서 발견할 수 있는 것은 티타니스무스(거인주의)이다. 모든 것을 지니고 우주의 근본에 가까이 가려는 동경과 노력이다. 여기에 따르는 모든 타락이나 향락, 절망 같은 것도 천국으로 향하는 길이다. 그리하여 파우스트는 구제받게 된다.

괴테가 어떠한 근본이념으로 파우스트를 썼는지를 드러낸 것이 바로 〈천상의 서곡〉이다. 여기서 만물의 주(主)가 라파엘, 가브리엘, 미카엘의 삼대천사(三大天使)를 부려서 통치하는 전 우주는 하나의 통일체로서 이해되고 있으며, 만물은 시초 당시와 조금도 다름없이 숭고하고 엄숙하다. 그러나 모든 질서와 조화와 변화의 근본 원리는 천사도 모른다.

인간의 활동은 너무나 쉽사리 이완하며 인간은 무조건 안락을 취하려 한다. 그래서 인간을 자극하고 향상하기 위하여 인간의 이성을 조소하는 메피스토펠레스에게 끊임없이 향상하려는 인간 파우스트를 맡긴다. 인간은 향상하려고 노력하는 동안은 헤매나 지상 생활만으로는 만족하지 못하고 한층 더 높은 생명의 목표를 자아 안에 간직하고 있다. 그래서 인간 생활은 지상에서 인간의 요구만으로는 지배될 수 없으며 우주의 주, 자연의 원리에 맞는 것이라야 한다. 그러므로 인간은 깨끗한 경지로 구제될 운명을 지니고 있다. 또 인간이 가진 고유의 본성에는 파우스트적인 것과 메피스토펠레스적인 것이 있어 결국에는 파우스트적인 것이 승리를 거둔다.

요한 볼프강 폰 괴테 연보

1749년   8월 28일 독일 프랑크푸르트 암마인의 부유한 중산층 가문
에서 태어났다. 아버지는 왕실 고문관이었고 어머니는 프
랑크푸르트 암마인 시장의 딸이었다. 어려서부터 그리스
어, 라틴어, 히브리어, 프랑스어, 영어, 이탈리아어 등을 배
웠고, 그리스·로마의 고전 문학과 성경을 읽었다.

1765년   아버지의 권유로 16세 때 라이프치히대학교에 입학해 법
학을 공부했다. 라이프치히는 프랑크푸르트 암마인과 달
리 선진적인 도시였고 괴테는 이곳에서 계몽주의 사상을
피부로 느꼈다. 첫 희곡《연인의 변덕》을 발표했다.

1768년   폐결핵으로 학업을 중단하고 고향으로 돌아온 후 연금술,
점성술 등 신비주의에 몰두했다.

1770년   법학 공부를 계속하기 위해 수트라스부르크대학교(현재 프
랑스 스트라스부르대학교)에 들어갔고, 이곳에서 천재 시인
인 J. G. 헤르더를 만나 자유로운 정신의 확장을 경험했다.
호메로스, 오시안, 셰익스피어의 위대함에 눈떴고 '질풍노

도 운동'의 계기를 마련했다.

1771년   슈트라스부르크대학교에서 학위를 취득한 후 프랑크푸르트에서 변호사 사무실을 열었다. 하지만 경험 부족으로 첫 번째 사건에서 너무 과격하게 행동하여 견책을 받고 그 후 의뢰인을 더 받지 못했다.

1772년   법률 실습을 하기 위해 베츨라 고등법원에서 법관 시보로 일하다가, 약혼자가 있던 샤를로테 부프를 만나 사랑에 빠졌다. 이 경험은 훗날《젊은 베르테르의 슬픔》의 모티브가 되었다.

1773년   비극《괴츠 폰 베를리힝겐》을 발표했다.

1774년   자살로 끝나는 불행한 낭만적 사랑을 다룬《젊은 베르테르의 슬픔》을 출판했다. 당시 많은 젊은이가 베르테르에게 공감하며 자살하는 등 사회적으로 큰 반향을 불러일으켰다. 필생의 대작《파우스트》집필을 시작했다.

1775년   4월 릴리 쇠네만과 약혼했지만 얼마 후 파혼했다. 바이마르 공국의 군주 아우구스트 대공의 초청으로 11월에 바이마르로 갔다.

1776년   바이마르 공국의 추밀 참사관으로 임명되었다. 행정가로 국정에 참여해 다양한 성과를 거두었고 식물학, 해부학, 광물학, 지질학, 색채론 등 인간을 설명하는 모든 분야에 관심을 기울였다. 바이마르를 문화의 중심지로 끌어올리는 데 결정적인 역할을 했다.

1779년   《타우리스섬의 이피게니에》를 발표했다.

1782년   황제 요셉 2세에게 귀족 칭호를 받았다.

1783년   〈신성〉을 발표했다.

1786년   이탈리아 여행길에 올랐다. 베네치아, 나폴리, 로마 등을 돌아다니며 고전주의 문학관을 확립했다.

1788년 이탈리아 여행을 끝내고 바이마르로 돌아왔다. 그는 모든 공직을 포기하고 문학과 과학에 몰두하기로 결심했고, 크리스티아네 불피우스를 만나 사랑에 빠졌다. 〈타소〉, 〈로마의 비가〉를 발표했다. 첫 번째 주요 과학 저서인 《식물의 변형》을 출판했다.

1792년 아우구스트 공작을 수행하여 제1차 대프랑스 동맹 전쟁에 종군하여 발미 전투와 마인츠 포위전에 참전했다. 훗날 이때의 체험을 《프랑스 종군기》, 《마인츠 공방전》으로 남겼다.

1794년 실러를 만나 함께 독일 바이마르 고전주의를 꽃피웠다.

1796년 대표적인 교양소설 《빌헬름 마이스터의 수업 시대》를 완성했다. 서사시 《헤르만과 도로테아》를 발표했다.

1805년 실러의 죽음으로 큰 충격에 빠지지만 창작 활동과 연구를 멈추지 않았다.

1806년 《파우스트》 1부를 완성했다.

1809년 《친화력》을 발표했다.

1810년 《색채론》을 완성했다.

1816년 《이탈리아 기행》 1부, 2부를 발표했다.

1819년 《서동 시집》을 완성했다.

1821년 《빌헬름 마이스터의 편력 시대》를 완성하여 출간했다.

1823년 훗날 《만년의 괴테와의 대화》를 집필한 에커만이 괴테의 비서가 되었다.

1829년 《파우스트》가 초연되었다. 1821년에 출간한 1판을 개정하여 《빌헬름 마이스터의 편력 시대》 최종판을 출간했다. 《이탈리아 기행, 제2차 로마 체류》를 발표했다.

1830년	《시와 진실》 4부를 발표했다. 《괴테 작품집, 최종 완성판》을 출간했다.
1831년	《파우스트》 2부를 완성했다.
1832년	3월 22일, 세상을 떠났다.

옮긴이 **정경석**

일본 상지대학교 독문학과 졸업. 서독 뮌헨대학교에서 수학하고, 한국독어독문
학회장, 연세대학교 독문학과 교수를 역임했다. 저서로《파우스트 연구》등이 있
고, 역서로 괴테《젊은 베르테르의 슬픔》,《파우스트》,《시와 진실》, R.M. 릴케
《하나님 이야기》, 카프카《변신》, 루이제 린저《완전한 기쁨》외 다수가 있다.

파우스트

1판 1쇄 발행 1975년 3월 20일
4판 1쇄 발행 2025년 12월 25일

지은이 요한 볼프강 폰 괴테 | **옮긴이** 정경석
펴낸곳 (주)문예출판사 | **펴낸이** 전준배
출판등록 2004. 02. 11. 제 2013-000357호 (1966. 12. 2. 제 1-134호)
주소 04001 서울시 마포구 월드컵북로 21
전화 02-393-5681 | **팩스** 02-393-5685
홈페이지 www.moonye.com | **블로그** blog.naver.com/imoonye
페이스북 www.facebook.com/moonyepublishing | **이메일** info@moonye.com

ISBN 978-89-310-2602-3 04800
ISBN 978-89-310-2365-7 (세트)

• 잘못 만든 책은 구입하신 서점에서 바꿔드립니다.

문예출판사 ® 상표등록 제 40-0833187호, 제 41-0200044호

■ 문예세계문학선

(뒷면 계속)